흰옷을 입은 여인 1

The Woman in White

국립중앙도서관 출판시도서목록(CIP)

흰옷을 입은 여인. 1 / 윌리엄 윌키 콜린스 지음 ; 이주현
옮김 -- [고양] : 현대문학, 2014
    p. ;   cm -- (세계명작시리즈)

원표제: Woman in white
원저자명: William Wilkie Collins
ISBN 978-89-7428-390-2 04840 : ₩12000
ISBN 978-89-7428-389-6 (세트) 04840

영국 소설[英國小說]

843.4-KDC5
823.8-DDC21   CIP2014001047

흰옷을 입은 여인 1

The Woman in White

윌리엄 윌키 콜린스 지음 | **이주현** 옮김

차례

미술 교사 월터 하트라이트의 이야기

이 이야기는 여자의 인내심이 무엇을 견뎌낼 수 있고 남자의 의지가 무엇을 성취할 수 있는지를 말하고 있다. 만일 법이라는 것이 의심스러운 사건의 전모를 철저하게 밝혀낼 수 있을 만한 믿을 만한 도구였다면, 설사 안 보이는 곳에서 뇌물이 오갔다 해도 진실만 왜곡되지 않을 수 있었다면, 이 이야기도 정정당당하게 법정에 올라 세인의 지대한 관심 속에 다뤘을 것이다.

하지만 여전히 법은 두둑한 돈주머니의 하수인 노릇을 하고 있다. 따라서 이 이야기는 법관이 증언을 듣는 것과 비슷한 형식으로 이 책을 통해 독자 여러분에게 처음으로 전달될 것이다.

여기서는 사건의 진상이 밝혀지는 과정에서 떠돈 소문이나 풍문은 무시할 것이다. 이 이야기의 첫 번째 화자 월터 하트라이트는 이 사건과 가장 밀접한 연관이 있는 만큼 자기 관점에서 이 사건을 설명할 것이다. 그러다가 그의 경험이 소모될 즈음 그는 물러나고, 거기서부터 다른 화자가 이야기를 이어받아 역시 명쾌하고 생생하게 사건들을 풀어낼 것이다. 또한 다음 화자가 누구이건 그 역시 또렷하고 살아 있는 기록들을 전할 것이다.

법정에서 여러 증인들이 제각각 증언대에 서듯이, 저마다의 명확한 관점에서 증언을 하듯이, 이 이야기의 서술자들도 여러 사람이다. 지금부터 각 사건과 가장 밀접한 인물들을 불러내서 또박또박 그들의 경험을 말하게 할 것이다. 사건의 진행 과정을 꼼꼼히 추적해서 명확하게 진실을 드러내는 데 이보다 좋은 방법은 없기 때문이다.

지금부터 스물여덟 살의 미술 교사인 월터 하트라이트의 이야기를 먼저 들어보겠다.

1

7월의 마지막 날이었다. 지루하고 뜨겁던 여름도 서서히 막을 내리고 있었다. 런던 길바닥을 헤매는 지친 나그네였던 우리조차도 옥수수밭에 길게 드리운 시원한 구름 그림자, 해변에서 불어올 가을 바람을 고대하기 시작했다.

그 무렵 나는 처량한 신세였다. 저무는 여름은 내 모든 기력과 정신력을 앗아갔다. 나는 작년 내내 일해서 번 돈을 제대로 관리하지 않고 펑펑 써버린 탓에, 빈곤의 울타리에 갇혀 어머니의 햄스테드 별장과 런던의 내 작은 셋방 사이를 벗어나지 못하는 신세가 되고 말았다.

기억하건대 그날 밤은 적막하고 구름이 가득했다. 런던의 무거운 공기에 짓눌려 먼 도심의 차 소리조차 들리지 않았다. 내 안에 남아 있는 희미한 맥박만이 나를 둘러싼 이 도시의 거대한 심장과 함께 무기력하게, 저물어가는 해처럼 침몰하고 있었다.

나는 읽는다기보다는 몽상을 위해 펼쳐놓았던 책에서 가까스로 빠져나와 몸을 일으켰다. 그리고는 교외의 차가운 밤공기를 마시려고 방을 나섰다. 나는 매주 이틀 밤 정도는 어머니와 여동생과 담소를 나누며 보냈는데, 그중 하루가 바로 그날이었다. 나는 북쪽의 햄스테드로 걸음을 옮겼다.

이날 벌어진 사건을 말하기 전에 미리 언급해 둘 것이 있다. 지금 이 글을 쓰는 순간을 기준으로, 몇 해 전에 아버지가 돌아가셨고, 다섯 남매 중에 살아 있는 사람은 나와 여동생 세라뿐이라는 사실이다.

아버지는 내가 태어나기 전부터 그림을 가르치셨고, 땀과 노력으로 그 분야에서 상당한 성공을 일구셨다. 그리고 당신의 노동력에 기대고 있는 처와 자식들의 미래에 대한 넘치는 애정으로, 보통 사람들보다 훨씬 높은 수입을 얻으려고 인생을 다 바쳤다. 아버지의 그 존경스러운 절제력과 검소함이 이뤄낸 재산 덕에 어머니와 여동생은 아버지가 살아 계실 때와 별다르지 않은 생활을 유지할 수 있었다. 또한 나도 아버지의 직업을 이어받았고, 내 사회생활 앞날은 축복과 감사로 가득했다.

어머니의 집에 다다를 때까지 고요한 석양은 여전히 산울타리 꼭대기에 머물러 있었고, 그 발아래 런던은 짙은 밤 구름에 뒤덮여 검은 구덩이 속으로 빨려드는 것처럼 보였다.

문 앞에서 초인종을 누를 필요도 없었다. 문이 세차게 열리면서 내 친애하는 이탈리아인 친구 페스카 교수가 하인 대신 나타나 서투른 영국식 손님맞이 흉내를 내며 와락 달려들었기 때문이다.

그를 위해서, 아니 나를 위해서라도 이 친구를 정식으로 소개해야겠다. 우연한 사건 때문에 결국은 그가 이 기묘한 가족사를 풀어가는 서두가 되기 때문이다.

내가 그를 만난 건 어느 상류층의 대저택에서였다. 그곳에서 그는 이탈리아어를, 나는 그림을 가르쳤다. 당시 내가 그에 대해 알고 있던 거라고는, 그가 한때 이탈리아 파도바 대학교의 교수였다는 것, 정치적 이유로 고국을 떠났다는 것(그 정치적 이유가 뭔지는 끝까지 말하지 않았다), 그리고 영국에서 수년간 이탈리아어를 가르치면서 상당한 수준의 생활을 영위하고 있다는 것 정도였다.

9

그는 머리에서 발끝까지 균형이 잘 잡혀 있어서 난쟁이라는 소리는 듣지 않았지만, 내가 아는 사람 중에 가장 키가 작은 사람이었다. 마치 서커스 단원처럼 보이기도 했다. 그는 일단 외모부터 인상적이었고, 악의라고는 없는 성격 때문에 더욱 돋보였다.

나는 볼 때마다 그가 생계수단과 은신처를 제공해 준 이 영국이라는 나라에 감사를 표해야 한다는 생각에 강하게 사로잡혀 있다는 느낌을 받았다. 그는 항상 영국인이 되기 위해 온 힘을 다했다. 늘 우산을 들고, 목 긴 구두를 신고, 흰 모자를 쓰는 것만으로도 모자라 심지어 습관과 취미까지도 완벽히 영국인을 따라하며 경의를 표했다. 이 작고 천진한 양반은 영국인들이 유별나게 운동 경기를 좋아한다는 걸 알고는 기회만 있으면 영국인들의 스포츠와 놀이에도 몸을 던질 태세였다. 자진해서 영국식 목 긴 구두와 흰 모자를 쓰고 다녔던 것처럼, 스포츠와 오락도 의식적으로 노력하면 영국식으로 해낼 수 있다고 천진하게 믿고 있었다.

한번은 그가 여우 사냥과 크리켓 경기에서 팔다리가 부러질 정도로 무모하게 구는 것도 보았다. 그 다음에는 브라이튼 해변에서 수영 한번 하겠다고 목숨까지 내던지려는 것도 보았다.

당시 우리는 우연히 만나서 같이 수영을 했는데, 만일 그게 영국인들만 하는 특별한 종목이었다면 당연히 그에게 주의를 기울였을 것이다. 그러나 수영이야 외국인들도 다 하는 운동이었으므로, 설마 그가 수영에 서툴고 이걸 임기응변으로도 배울 수 있는 운동이라고 생각해 무모하게 덤벼들었던 거라고는 상상조차 못했다.

바다로 뛰어든 지 얼마 안 가 나는 그가 뒤처진 것을 깨닫고 급히 멈추었다. 그리고 그를 찾기 위해 방향을 돌렸다. 그때 공포스러운 풍경이 펼쳐졌다. 나와 해변 사이는 텅 비어 있고, 한사코 수면 위로 나오기 위해 허우적거리고 있는 가늘고 하얀 두 팔만 시야에 들어왔다.

그 두 팔은 내가 상황을 깨닫기도 전에 사라져 버렸다. 내가 그를 찾기 위해 바다 밑으로 내려갔을 때, 이 가여운 작은 몸뚱이의 사내는 푹 파인 물 밑 자갈 바닥 안에 몸을 웅크린 채 쓰러져 있었다. 그 자세 때문에 평소보다 몇 배는 작아 보였다.

그를 해변의 간이 탈의실로 끌고 가는 사이, 숨이 터진 페스카가 마침내 깨어났다. 그는 굳었던 몸이 풀리자마자 자기가 수영을 했다는 사실에 더없이 황홀해했다. 그 말하기 좋아하는 입이 정상으로 돌아오자, 그가 멍한 미소를 지으며 한 첫 마디는 "발에 쥐가 났다."는 것이었다.

완전히 회복되어 다시 해변에서 나를 만나게 되었을 때, 그는 한순간에 영국인의 점잔 빼는 습관을 벗어던지고 따뜻한 남쪽 나라 기질을 발휘하기 시작했다. 이탈리아식의 과장을 섞은 애정 공세를 퍼붓더니 열정적으로 자기 삶을 내게 걸겠으며, 감사를 증명할 기회를 허락하지 않는다면 자기는 결코 행복할 수 없을 거라고 말이다.

나는 눈물까지 쏟으며 퍼붓는 맹세를 진정시키려고 했다. 오늘 일은 그저 나중에 농담거리로나 이야기할 정도의 사건이라고 말이다. 다행히도 힘겹게나마 페스카의 그 지나친 의무감과 감사를 누그러뜨릴 수 있었다.

사실 나는 그때건 그 이후로건, 이 보은에 목마른 친구로부터 열렬한 봉사를 받게 될 날이 이렇게 빨리 오리라고는 상상도 못했다. 그는 내게 은혜를 갚기 위해 백방으로 노력했다. 그리고 그의 그런 의무감이 내 인생과 내 모습을 완전히 바꿔 놓았다.

그렇다. 만일 그날 내가 그를 구하러 뛰어들지 않았다면, 모든 가능성을 열어놓고 봐도 결코 나는 지금부터 펼쳐질 이 사건에 말려들지 않았을 것이다. 또한 이 여인의 이름도 애당초 듣지 못했을 것이다.

내 모든 생각 속에 숨쉬고 내 모든 삶의 에너지를 집중하도록 만든, 지금 내 인생의 목적을 지시하고 있는 내 단 한 사람의 안내자인 바로 그 여인 말이다.

2

문 앞에서 페스카를 만났을 때 그 얼굴 표정과 행동만으로도 뭔가 심상치 않은 일이 일어났음을 알 수 있었다. 굳이 캐물을 필요도 없었다. 그는 내가 일주일에 두 차례 같은 시간에 온다는 걸 알고 있었다. 따라서 제일 먼저 나를 만나기 위해 문 앞에서 기다리고 있었을 테고, 펄펄 뛰면서 나를 끌다시피 집 안으로 재촉하는 걸로 봐서는 희소식인 게 분명했다.

우리는 쿵쿵 발소리를 내며 요란스레 응접실로 들어섰다. 어머니는 창가에서 부채질을 하며 웃고 계셨다. 어머니는 페스카에게 각별한 애정을 가지고 계셔서, 그가 아무리 기이한 행동을 해도 전혀 불쾌해하지 않으셨다. 처음 페스카를 만났을 때 이 자그마한 몸집의 사내가 당신의 아들에게 푹 빠져 있다는 걸 알고는 "불쌍한 사람!" 하는 연민에 젖어 거리낌 없이 마음을 열어버린 것이다. 또한 어머니는 그의 유별난 이국적인 행동들까지 자연스레 받아들였다.

반면 여동생 세라는 아무리 젊은 아가씨라고는 해도 융통성이 너무 없었다. 그녀는 페스카 교수가 훌륭한 마음의 소유자라는 걸 인정하면서도 어머니처럼 마음으로 온전히 그를 받아들이려 하지 않았다. 예의범절에 대한 완고한 기준이 페스카의 겉치레를 싫어하는 천성과 끊임없이 불화했던 것이다. 게다가 어머니가 괴상망측한 외국인 페스카를 호감과 애정으로 대하는 걸 보면서 매번 놀라움을 표하곤 했다.

세라뿐만 아니라 다른 사람들에게서도 느끼는 거지만, 요즘의 젊

12

은 사람들은 나이 든 어른들처럼 진심을 드러내고 감정을 드러내는 데 인색했다. 그리고 명백한 사실 하나는, 어머니와 여동생이 페스카와 함께 있는 걸 보면 어머니가 여동생보다도 훨씬 젊어 보인다는 것이다.

그날도 마찬가지였다. 나와 페스카가 짓궂은 소년들처럼 소란스럽게 들어섰을 때, 어머니는 마음에서 우러나온 웃음을 보여주신 반면, 여동생은 페스카가 나를 만나려고 서둘러 나가면서 깨뜨렸을 게 분명한 그릇 조각들을 뽀로통한 얼굴로 줍고 있었다.

"네가 조금만 늦게 왔다면 무슨 일이 벌어졌을지 모르겠구나, 월터. 너를 기다리느라 페스카는 거의 제정신이 아니었단다. 나도 페스카가 대체 무엇 때문에 그러는지 궁금하구나. 오늘 이 교수님이 너한테 아주 굉장한 소식을 가지고 왔는데, 네가 와야만 말하겠다고 끝까지 입을 다물더구나."

"기가 막혀, 세트였는데 다 망가졌잖아!"

세라가 죽은 강아지를 어루만지듯 부서진 잔 조각들을 쓸어 모으며 혼잣말을 했다.

그러나 페스카는 아랑곳 않고, 자기가 깬 잔에 손을 다친 것도 개의치 않은 채, 기쁨에 들떠서 커다란 안락의자를 거실 한쪽으로 끌고 갔다. 청중들에게 연설하는 것처럼 안락의자 위에서 우리 셋에게 무슨 말인가를 할 참이었다. 결국 그는 의자 등받이를 우리 쪽으로 돌리고 의자 위로 껑충 뛰어올라 무릎을 굽히고 상체를 세웠다. 그리고는 급조된 세 명의 청중들에게 격앙된 어조로 즉석 설교를 시작했다.

"자, 친애하는 여러분."

페스카가 입을 열었다. 그는 항상 우리를 '내 소중한 친구들'이라는 의미로서 '친애하는 여러분'이라고 불렀다.

"제 말에 귀를 기울여 주시기 바랍니다. 드디어 놀라운 소식을 발

표할 시간이 왔습니다. 이제 발표하겠습니다."

"자, 귀야, 정신 차리고 들어라!"

어머니가 흥을 돋우며 맞장구를 치셨다.

"엄마, 저 사람 좀 봐요……."

세라가 소곤거렸다.

"이제 곧 우리 집에서 제일 좋은 안락의자의 등받이를 망가뜨릴 거라고요."

"감히 지상의 생명체 중에서 가장 고결하신 분께 묻겠습니다."

페스카의 열정으로 가득 찬 연설이 계속되었다.

"바다 밑에 죽은 채 누워 있던 저를 발견한 사람은 누구지요? 그리고 저를 껴안고 육지까지 온 힘을 다해 끌어준 분은 누구지요? 그래서 제가 다시 생명을 회복한 이 육신에 옷을 입고 난 뒤 뭐라고 말했을까요?"

"필요 이상으로 말이 많았지."

나는 가급적 냉정한 척 잘라 말했다. 조금이라도 뭐라고 덧붙이면 분명 페스카는 감정의 뇌관이 펑 터져 금방 울음을 터뜨릴 것이 분명했다.

"저는 맹세코 말했습니다."

그는 끈질기게 말을 이었다.

"제 남은 일생은 제 소중한 친구 월터의 것이라고 말입니다. 보시다시피 말입니다. 저는 이렇게 말했지요. '당신의 행복을 위해 뭔가를 하지 못한다면, 나 역시 결코 행복하지 못할 것입니다.'라고 말입니다. 그리고 축복으로 가득 찬 이 순간까지도 제 삶은 만족스럽지 못했습니다. 바로 지금까지 말입니다!"

열의로 가득 찬 이 작은 사내의 목소리는 한껏 높아져 있었다.

"저는 지금 땀구멍마다 흘러나오는 땀으로 온몸이 뒤범벅된 것처럼 온통 행복감으로 젖어 있습니다. 제 신의와 영혼과 명예를 걸고 마침내 해내고 말았습니다. 지금 이 순간 제가 할 수 있는 말이라곤, 얼씨구 절씨구 여보시게, 좋다 좋을시고! 이것뿐입니다."

보충 설명이 필요할 듯하다. 평소 페스카는 옷차림, 행동, 취미에서처럼 언어에서도 완벽한 영어를 구사한다는 것을 자랑스러워했다. 그래서 때때로 영국인이 즐겨 쓰는 구어체 몇 마디를 골라 의미와는 상관없이 저렇게 자기 입맛에 맞게 고쳐서 사용하곤 했다.

"제가 이탈리아어를 가르치는 영국의 훌륭한 집안 중에,"

그는 서론을 거두절미하고 본론으로 들어갔다.

"포틀랜드라는 부촌에 아주 대단한 집안이 있는데, 모두들 어딘 줄 아시죠? 네, 네, 당연지사, 물론지사죠. 제 친애하는 분들, 바로 그 근사한 집에 집만큼 근사한 가족이 살고 있습니다. 엄마도 근사하게 살이 쪘고, 세 처녀도 근사하게 살이 쪘고, 두 아들도 근사하게 살이 쪘는데, 그중에 가장 근사하게 살이 찐 건 그 아버지이지요. 그는 대단한 장사꾼인데 눈 아래까지 온통 금칠을 했습죠. 한때는 정말 근사했다지만, 이제는 머리도 벗겨지고 턱살이 축 쳐져서 더는 근사하다고는 못하겠지만 말입니다.

자, 지금부터 잘 들으세요! 저는 이 세 따님들에게 장엄한 단테의 〈신곡〉을 가르치고 있습니다. 아하, 맙소사! 맙시고, 맙시고, 맙소사! 그런데 이 숭고하기 그지없는 단테가 이 처녀들의 머리를 얼마나 고문하는지 어찌 인간의 언어로 다 표현할 수 있겠습니까? 별문제야 있겠습니까, 좋은 게 좋은 거고, 저야 강의 시간이 길면 돈벌이가 좋으니까요. 자, 제 말씀 잘 들으세요! 한번 상상해 보십시오. 여느 때처럼 저와 세 처녀, 이렇게 네 명이 단테의 지옥 편에 짓눌려 끙끙대고 있는 모습을 말입니다. 그런데 지옥 중에 일곱째 지옥 문에서 막히고 말았습니다. 하지만 괜찮습니다, 다른 문들에서도 늘 그랬으니까요. 그런데 이 근사하게 살찐 처녀들이 이 문에서는 더 옴짝달싹하지 못하는 겁니다. 제가 아무리 열변을 토하면서 이건 이렇고 저건 저렇다고 떠들어봐야 무슨 소용이 있겠습니까?

그런데 비로 그때, 바깥에서 발자국 소리가 들리는 겁니다. 그리고는 휘황찬란하게 차려 입은 그 처녀들의 아버지가 들어옵니다. 위대한 장사꾼, 벗겨진 머리와 늘어진 턱을 한 그 아버지 말입니다. 친애하는 여러분, 여러분께서 생각하시는 것보다 전 가르치는 일에 잘 단련되어 있지요. 세상에 저만큼 인내심 있는 사람 있으면 나와 보라고 하세요. 혹시 여러분도 참고 계십니까? 혹시 이렇게 말씀하실 건가요? '대체 왜 그러는 거야? 페스카가 오늘 밤은 왜 이리 말을 빙빙 돌리는 거야?'"

그 말에 우리는 지금 정말로 궁금해서 못 견딜 만한 이야기라고 입을 모아 답했고, 그가 계속 말을 이었다.

"이 우아한 금빛의 아버지는 손에 편지를 쥐고 있더군요. 인간사 잡일로 우리가 여행하는 지옥 세계를 방해해서 미안하다고 운을 떼더니 세 딸에게 말을 건네기 시작했습니다. 축복과 영광이 가득 찬 세상을 모두 담은 한 단어인 '오!'로 말입니다.

'오, 내 사랑하는 딸들아.'

그 위대한 상인이 말하더군요.

'오늘 내 친한 친구로부터 편지를 가져왔단다. 미스터……'

아차, 그 친구인 신사 분 이름이 갑자기 생각나지 않네요, 하지만 걱정 마세요, 금방 생각나게 되어 있으니까. 아무렴 그 귀한 이름이 어디 가겠습니까? 아무튼 아버지의 말은 계속됩니다.

'오늘 내 친구로부터 편지를 받았지. 훌륭한 미술 교사가 있으면 추천해서 시골집으로 보내달라고 하더구나.'

오, 맙소사, 이런 경사가! 제가 조금만 더 몸집이 컸더라면 당장 그를 품에 껴안고 오래오래 감사의 포옹을 했을 겁니다. 하지만 꼴이 이러니 그저 의자에 앉아 엉덩이를 들썩이면서 안절부절 조급함 때문에 마음만 끓였지요. 하지만 전 세 치 혀를 굳게 깨물면서 그분 말씀을 계속 듣기로 했습니다.

'아마도 너희는 알까 싶어서 말이다.'

이 돈 많고 정 많으신 호인은 편지를 계속 만지작거렸습니다. 손가락마다 번쩍이는 금반지가 편지까지 빛나게 만들더군요.

'추천할 만한 미술 교사를 너희는 알고 있겠지?'

세 딸들은 제각각 얼굴을 번갈아 마주보고는 말합니다. 물론 '오!'가 빠져서는 안 되겠지요.

'오! 어쩌죠, 아빠? 저희들은 몰라요. 하지만 여기 페스카 선생님은 알고 계실 거예요.'

제 이름이 거론되자 더는 망설일 필요가 없었지요. 내 친애하는 분들, 그때 내 친구 월터 생각이 마치 피가 머리끝까지 솟듯이 솟구쳤으니까요. 저는 대못이 땅과 의자를 뚫고 올라온 것처럼 의자에서 벌떡 일어나 그 풍채 좋은 상인에게 말하기 시작했습니다.

'주인어른, 제가 아는 분이 있습니다. 감히 말하건대 세상에서 최고로 뛰어난 미술 교사입니다. 오늘 밤 전보를 쳐서 그를 추천하십시오. 당장 짐을 싸서 보내 드리겠다고요. 아니면 내일 아침 일찍 열차 편으로 보낼까요?'

'잠깐, 잠깐만. 그분은 외국인입니까, 영국 사람입니까?'

전 대답했지요.

'뼛속까지 영국인입니다.'

'존경할 만한 분입니까?'

그 아버지가 이렇게 물으시더군요. 물론 이 마지막 질문은 제 자존심을 긁기에 더할 나위 없었습니다만, 다행히 저는 그런 식의 질문에 잘 적응되어 있지요.

'주인어른, 그 영국인은 가슴속에 꺼지지 않는 천재성이 이글대고 있습니다. 게다가 그의 아버지는 이미 미술가로서 명망 높으셨던 분입니다.'

'그런 이야기라면 됐소.'

금칠을 한 이 양반이 말을 끊더군요.

'천재성은 그리 중요한 게 아니오, 페스카 씨. 영국에서는 덕망이 중요합니다. 덕망이 있고 나서 천재성까지 겸비했다면 더할 나위 없겠지요. 혹시 그분의 인품을 증명하는 편지 같은 것, 그러니까 보증서를 받아볼 수 있겠소?'

'편지들이요?'

나는 확인하듯 물었습니다.

'하아! 백 번이고 천 번이고 좋고말고요! 저도 전적으로 동감합니다. 진심입니다! 책 한 권은 족히 넘는 편지들과 추천장들을 보내라 하겠습니다.'

그러자 이 침착하고 돈 많은 양반이 '한두 통이면 충분하지요.'하고 말을 끊습니다.

'그분 이름과 주소를 적은 보증서를 내게 보내시오. 그리고 잠깐, 페스카 씨, 가기 전에 중요한 쪽지 한 장 가져가시오.'

'은행 수표 말입니까?'

나는 화난 듯이 말했지요.

'그건 안 됩니다. 그런 건 그가 스스로 나서서 올 때 주는 게 예의라고 봅니다.'

'누가 은행 수표랍니까?'

몹시 놀라서 그는 말했습니다.

'내가 말한 건 계약서입니다. 금액과 일을 어떻게, 얼마나 할 것인지에 관한 서류 말이오. 이제 하시던 수업이나 계속하세요, 내 친구 편지를 요약해서 적어드리지요.'

돈과 장사의 대가인 이 아버지는 펜과 잉크와 종이가 놓인 곳에 앉았고, 나는 나대로 세 딸들과 함께 한 번 더 단테의 지옥문 아래 앉았습니다. 10여 분 후 그는 그 쪽지를 건네주고는 권위 높은 구

두 발자국 소리와 함께 사라졌지요. 그 순간부터, 제 명예와 신의와 영혼을 걸고 말씀드리건대 제 머릿속에는 한 가지 생각뿐이었습니다. 마침내 그토록 바라던 기회를 손에 쥐었다는 생각, 지상에서 가장 소중한 내 하나뿐인 친구에게 감사의 보답을 한 것과 다름없다는 생각이었지요.

그때부터 저와 그 집 세 딸들이 어떻게 지옥문에서 빠져나왔는지, 그 다음 잡무들은 어떻게 처리했는지, 저녁식사가 어떻게 목구멍으로 넘어갔는지, 달빛에 어린 그림자 환영처럼 묘연하기만 합니다. 이제 끝입니다. 바로 이 자리에 생명처럼 고동치고, 불길처럼 뜨겁고, 왕처럼 행복한 그 쪽지가 제 손 안에 있습니다. 그 사실만으로도 저는 몸을 가누기 힘들 정도로 기분이 넘실댑니다. 하! 하! 하! 좋고, 좋은걸, 좋아!"

이 교수님은 그 쪽지를 머리 위로 흔들더니 영국식 쾌활함을 이탈리아식으로 표현하며 그 길고 유창한 연설을 끝냈다.

어머니는 그의 말이 끝나자 붉어진 두 뺨과 환하게 빛나는 눈동자로 자리에서 일어났다. 그리고 이 작은 몸집의 남자를 두 팔로 덥석 껴안았다.

"이렇게 고마울 데가, 페스카. 난 한 번도 내 아들에 대한 선생의 우정을 의심치 않았다오. 그런데 지금 이 순간 다시 한 번 절실히 깨닫게 되었구려."

세라까지 거들었다.

"제 오빠를 위해, 정말 페스카 교수님께 감사의 마음을 전할지 않을 수가 없네요."

그러면서 반쯤 자리에서 일어나 그에게 다가가려 하다가, 페스카가 열렬하게 어머니의 손등에 키스 세례를 퍼붓는 걸 보고는 다시 얼굴이 굳어서 자리에 앉아버렸다.

물론 나는 페스카의 진심 어린 친절이 누구보다도 고마웠다. 그럼에도 곧 다가올 일에 마땅히 들떠 있어야 하는데 그렇지 못했다. 나는 페스카가 어머니의 손등에 정신없이 키스를 퍼붓는 모습을 지켜보다가 드디어 정식으로 고마움을 표하며 계약서를 볼 수 있겠냐고 말했다. 페스카는 승리에 도취된 과장된 손짓으로 내게 계약서를 건넸다.

"읽어보게!"

이 왜소한 친구는 거인처럼 우렁찬 목소리로 말했다.

"친구, 내 장담컨대 금칠을 한 그 양반이 직접 썼다는 것만으로도 이미 거래는 확정된 것과 다름없네."

계약서는 분명했고, 직접적이었고, 쉬웠다. 전달된 내용은 첫째, 컴벌랜드의 리머리지 가에 사는 프레더릭 페어리 씨가 넉 달 동안 유능한 미술 교사를 고용하고자 한다는 것, 둘째, 할 일은 두 가지인데, 하나는 수채화를 배우고 있는 두 숙녀에게 그림 강습을 하는 것, 다른 하나는 쉬는 시간 틈틈이 오랫동안 방치해 둔 고가의 미술품들을 잘 정돈하는 것, 셋째, 이 두 임무를 착실히 한다는 조건으로 일주일에 4기니의 임금을 지불하겠다는 것. 교사는 리머리지 가에 기거해야 하며, 더불어 신사의 예우를 받게 된다는 것, 넷째이자 마지막으로는 만일 인품과 능력을 보장하는 추천서가 없다면 지원하지 말라는 것, 추천서는 런던에 있는 페어리 씨의 친구에게 보내야 하며, 그가 페어리 씨를 대신해 계약에 관한 모든 권한을 가지고 있다는 것이었다.

그리고 이 조항들에 포틀랜드에 사는 페스카의 고용주의 이름과 주소가 덧붙여진 채 계약서는 끝을 맺고 있었다.

이 계약서의 제안은 분명 매력적이었다. 경험으로 보건대 일거리는 쉽고 편했고, 고용 기간도 가장 일거리가 없는 가을이었다. 분명히 나는 알고 있었다. 이 일자리를 얻게 된다면 굉장한 행운이라는 걸 인정해야 한다는 것을 말이다.

하지만 계약서를 읽자마자 뭐라 설명할 수 없는 거부감을 억누를 수 없었다. 예전의 경험을 다 살펴도 그때처럼 고통스럽고 마음속에서 충돌하는 갈등을 느껴본 적이 없었다.

"월터, 네 아버지도 평생 이런 기회는 없었단다!"

어머니가 계약서를 읽고 나서 다시 건네며 말했다.

"이런 명망 있는 분들과 알게 될 기회를 가지게 되다니 좋네요."

세라도 의자에서 몸을 세우며 말했다.

"게다가 그분들과 같은 신분으로 대접받는 것도요."

"그래, 여러모로 볼 때 이렇게 좋은 조건은 없지."

나는 별로 달갑지 않게 답했다.

"그래도 그쪽에 내 추천서를 보내기 전에 잠시 생각할 시간이 필요해요."

"생각이라니!"

어머니가 놀란 얼굴로 소리쳤다.

"왜 그러니, 월터, 대체 무슨 문제냐?"

"생각이라뇨?"

여동생도 소리쳤다.

"이런 조건에서 무슨 소리예요?"

"생각이라니!"

페스카도 장단을 맞췄다.

"생각할 게 뭐가 있나! 한번 말해 보시게! 자네는 늘 건강이 안 좋다고 하지 않았나? 시골의 신선한 바람을 그토록 바라지 않았나? 그래! 자네가 쥐고 있는 그 쪽지가 그 신선한 바람을 넉 달 동안 숨 막힐 정도로 실컷 맡게 해줄 걸세. 그렇지 않나? 아닌가? 그리고, 자네는 돈이 필요해. 그래, 일주일에 금화 4기니가 아무것도 아닌가? 오, 제발 그 축복과 영광을 나한테 줘보게! 나도 한번 금빛 찬란한 그 아버지처럼 번쩍이는 구두를 신고 멋지게 걷는, 그 부자들만 누리는 풍요의 걸음걸이를 맛볼 수 있게 말일세! 일주일에 금화 4기니, 그것뿐인가? 그보다 더한 건 두 젊은 숙녀가 있는 상류사회를 맛볼 수 있다는 거라네, 그것보다 더한 게 또 있구먼. 자네의 침실, 자네의 아침식사, 자네의 만찬, 자네의 귀한 영국 차(茶), 그리고 점심식사와 거품 넘치는 맥주, 이 모든 게 공짜 아닌가.

난 지금 난생 처음 얼굴에서 눈알이 빠져버려 앞을 못 보겠네. 자네가 너무 이상하게 보이거든!"

그러나 내 행동에 깜짝 놀란 어머니의 딱 벌린 입도, 페스카가 격렬하게 열거한 혜택 열람표도, 리머리지 가로 가는 것에 대한 나조차도 모를 거부감을 떨쳐내지는 못했다.

나는 컴벌랜드에 가기를 거부하는 심정 탓에 집요하게 아주 사소한 것까지 하나씩 짚어가기 시작했다. 마지막으로 꺼낸 이유는 내가 페어리 씨의 젊은 숙녀들과 바람을 쐬며 풍경화를 그리고 있을 동안에 런던에서 가르치는 학생들은 어쩔 거냐는 문제였다.

사실 이건 큰 문제가 아니었다. 학생들 대부분은 가을 여행을 떠나게 되어 있었고, 그나마 남은 학생들도 내 동료 교사에게 맡기면 그만이었기 때문이다. 일전에 내가 그 대신 학생들을 가르쳤듯 말이다.

여동생은 나에게 그 동료 교사가 이번 가을에 내가 런던으로 가도 얼마든지 대신해서 내 학생들을 가르쳐 주겠다고 말했다는 걸 상기시켰다. 어머니도 심각한 어조로 뚱딴지같은 변덕 때문에 큰 혜택도 입고 건강도 회복할 수 있는 절호의 기회를 놓치지 말라고 당부했다. 페스카 역시 자신이 생명의 은인에게 건넨 첫 보답을 거절해서 자기 가슴에 비수를 꽂지 말아달라고 애처롭게 간청했다.

이 모두는 진실하고 강한 애정에서 우러나온 충고들이었다. 이런 부탁을 거절한다는 건 조금이라도 착한 면을 가진 사람이라면 할 짓이 아니었다.

나는 결국 승복했다. 스스로도 설명할 수 없는 고집에도 불구하고, 이런 부탁을 거절하는 것도 수치스러운 일이라고 여겨졌다. 나는 정 그렇다면 고집을 꺾고 부족한 모든 걸 다하겠노라고 약속하고 말았다.

우리는 그날 저녁 나머지 시간 동안 컴벌랜드에서 젊은 두 여인과 어떻게 시간을 보낼지에 대한 유쾌하고 짓궂은 수다를 떨었다. 페스카는 영국식 럼주를 마시고 있었는데, 목구멍으로 흘러든 지 5분도 안 돼 취해서는 연이어 말을 쏟아냈다. 그리고 자기는 완벽한 영국인이 되었노라고 선언하기까지 했다. 그리고 내 어머니와 여동생, 그리고 나의 건강과 영국 시민들의 건강, 페어리 씨의 건강과 두 젊은 처녀들의 건강을 기원했다. 그러다가 잠시 감정이 벅찼는지 스스로에게도 감사를 표하더니 이내 냉정을 찾고 만인을 향해 고마움을 표하는 것으로 일장연설에 막을 내렸다.

"이건 비밀인데, 월터."

집으로 돌아오면서 이 작은 친구가 은밀하게 말을 건넸다.

"오늘 내가 토한 열변을 생각하니 나도 모르게 온몸이 달아오르는군. 내 영혼은 그 자체로 야망 덩어리인 것 같네. 자네가 국회의원이 되면 나도 자네의 뒤를 따라 영광스런 국회에 입문할 거야. 내 생애를 통틀어, 존경하는 페스카 님이 될 거야. 국회의원 말일세!"

다음날 나는 포틀랜드에 있는 페스카의 고용주에게 편지를 보냈지만 사흘간 답신이 오지 않았다.

나는 내심 기쁜 마음이었다. 내 서류들이 조건들을 만족시키지 못했나보다 생각했다. 그런데 나흘째 되던 날 답장이 날아왔다. 페어리 씨가 나를 고용하기로 결정했으며 답장을 받는 즉시 컴벌랜드로 출발해 달라는 요청이었다. 추신에는 여행에 관한 상세하고도 친절한 안내들이 덧붙여 있었다.

나는 내키지 않는 마음으로 다음날 일찍 떠나기 위한 준비를 마쳤다. 저녁 무렵 만찬 자리에 가는 도중에 페스카가 작별인사를 하러 잠시 들렀다.

"이런 위로로나마 이별의 눈물을 말려야겠네. 내 이 손이 자네 장래를 세상 속으로 이끈 행운의 손이라는 생각으로 말이야."

교수는 흥겹게 말했다.

"가게나, 친구! 그대의 태양이 컴벌랜드를 빛낼 때(영국 속담 중에 한 구절) 하나님의 이름으로 그대의 성공을 일구게! 두 젊은 처녀 중 한 명과 결혼하게! 국회의원 하트라이트가 되게! 그리고 사다리 꼭대기에 올라섰을 때 명심하게. 저 아래 바닥의 페스카라는 이가 이 모든 걸 시작했노라고!"

나는 그의 익살에 함께 웃으려 애썼지만 곤두선 정신이 그것을 용납하지 않았다. 그가 가벼운 인사말을 건네는 순간에도 안에서 무언가가 신경을 건드리며 삐걱거리고 있었다.

드디어 홀로 남겨졌다. 이제 남은 건 햄스테드로 가서 어머니와 여동생에게 작별인사를 하는 것뿐이었다.

3

온종일 뜨거운 열기가 땅 위로 푹푹 쩌대는 한여름이었다. 후덥지근한 날도 거의 밤으로 달려가고 있었다.

어머니와 여동생은 작별의 말을 연신 거듭하고, 끝없이 걱정을 했다. "마지막 5분만, 5분만 더."를 셀 수 없을 정도로 되풀이했다. 결국 하인이 내 뒤에서 대문을 닫았을 때는 거의 자정을 향하고 있었다. 나는 런던으로 가는 가장 빠른 길로 몇 걸음 내딛었다가 잠시 걸음을 멈추고 머뭇거렸다.

별 하나 없는 검푸른 하늘에는 둥근 달이 가득 차 있었다. 히스

나무가 무성한 황야는 신비한 달빛 아래에서 더 사나워 보였고, 저 먼 아래에는 대도시 런던이 놓여 있었다.

시간이 늦었으니 빨리 가자는 생각은 뜨거운 열기와 흐린 하늘로 뒤덮인 런던을 보자마자 금방 사라졌다. 답답한 방 안 침대 위에 몸을 눕혀야 한다고 생각하니 왠지 질식할 것 같았다. 마음은 혼란스럽고 몸은 바쁜 상황에서 이 모두가 나를 괴롭혔다.

나는 가능한 한 신선한 공기를 깊이 들이마시면서 천천히 걸었다. 길은 최대한 빙 돌아서 가는 길을 택했다. 한적한 히스 황야를 가로질러 빙 둘러 난 흰색 길로 가서 환하게 열린 외곽 길을 돌아 새벽 공기를 마시면서 런던으로 가기로 했다.

나는 너무 적막해 모두 멈춰버린 듯한 주변 풍경들을 신성한 무엇이라도 되는 듯 음미하고 울퉁불퉁한 길을 따라 걸음을 옮길 때마다 시시각각 변하는 빛과 어둠에 감탄하며 천천히 굽어진 길을 걸어갔다. 지금껏 해왔던 밤 산책 중에 가장 아름다운 이 산책에 깊이 빠져들면 들수록 내 마음은 눈앞에 펼쳐진 풍경들이 선사하는 깊은 외경 속에 사로잡혔다. 아주 잠시 사소한 생각조차 떠올릴 수 없었다. 아니, 모든 감각이 곤두서면서 뭔가를 생각하는 것이 불가능했다.

하지만 히스 황야를 벗어나 볼 것 없는 옆길로 돌아서자 자연스럽게 눈앞에 닥쳐온 변화에 대한 걱정이 되살아났다. 그 생각은 점점 내 의식을 잡아끌었고, 길이 끝날 무렵이 되자 나는 상상 속에서 지어낸 리머리지 가와 페어리 씨, 조금만 지나면 내가 가르치게 될 수채화 그리는 두 숙녀에게 몰입해 있었다.

그때 내 발걸음은 네 방향이 교차되는 독특한 길에 이르렀다. 지금껏 지나서 온 햄스테드로 가는 길, 핀칠리로 가는 길, 동서부로 가는 길, 그리고 런던으로 가는 길이 만나는 지점이었다.

나는 거의 자동적으로 런던으로 가는 길로 걸음을 옮겼다. 큰 길을 따라 천천히 걸으면서 컴벌랜드에 사는 그 젊은 두 여인의 얼굴을 궁금해하기 시작했다.

바로 그때, 몸 안의 모든 피를 일순간에 차갑게 식히는 가볍고 소스라치는 손길이 내 어깨를 건드렸다. 나는 반사적으로 지팡이를 꽉 쥔 채 뒤를 돌아보았다. 넓고 환한 큰 길 한가운데, 그때 느낌으로는 땅에서 솟았는지 하늘에서 떨어졌는지 전혀 알 수 없는 고독한 모습의 여인이 홀연히 서 있었다.

그녀는 머리에서 발끝까지 흰옷을 입은 채 내 얼굴을 살펴보려고 몸을 구부린 채였다. 얼굴은 딱딱하게 굳어 있었고, 내가 얼굴을 바라보자 손을 들더니 런던의 하늘 쪽을 가리켰다. 아무도 없는 외진 곳, 죽은 듯한 한밤중에 갑자기 출몰한 유령 같은 여인에 너무 놀란 나머지, 나는 그녀에게 대체 뭘 원하는지 묻는 것조차 잊고 말았다. 먼저 말을 건 사람은 그녀였다.

"이 길이 런던 가는 길인가요?"

그녀가 이 간단한 질문을 하는 동안, 내 시선은 오로지 그 얼굴에만 고정되어 있었다. 시간은 새벽 1시에 다다라 있었다. 그녀는 달빛에 고스란히 젖어 있는 핏기 없는 얼굴, 야위고 날카로운 턱과 볼, 크고 깊은 생각에 잠긴 두 눈, 초조하고 불안한 입술, 숱 적은 황갈색의 부드러운 머리카락을 가지고 있었다.

그녀는 거칠거나 사나워 보이지는 않았다. 오히려 조용하면서 통제력이 강해 보였고, 약간 우울하면서 의심으로 가득 차 있는 것 같았다. 완벽한 요조숙녀도, 그렇다고 천한 집안 출신도 아닌 듯했다. 목소리는 왠지 멈춰 있는 듯하고 감정이 없었으며, 말하는 속도는 놀랄 정도로 빨랐다. 손에는 작은 가방을 들고 챙 넓은 모자를 쓴 채 가운을 입고 숄을 두르고 있었는데 모두가 흰색이었다. 언뜻 보기에 수공이 많이 들거나 값비싼 재료로 만든 것 같지는 않았다. 또한 몸매는 가냘프고 키는 조금 큰 편에 걸음걸이나 행동거지에는 조금의 흐트러짐도 없었다.

여기까지가 그 희미한 달빛 아래에서 벌어진 당혹스러운 만남에 대해 내가 기억할 수 있는 전부이다.

그녀가 어떤 사람인지, 왜 홀로 그 외진 곳에, 그것도 새벽 1시가 다 된 시간에 나타났는지는 도저히 알 길이 없었다. 그저 확실한 건 그녀가 던진 질문에 담긴 의도뿐이었다. 의심을 받을 만한 늦은 시간, 다시금 의심을 살 만한 외진 곳이었음에도, 그녀가 던진 질문의 뜻은 누가 들어도 알 수 있을 정도로 명확했다.

"제 말 들으셨나요?"

그녀는 안달하거나 초조한 기색 없이 여전히 조용하고 빠른 말투로 물었다.

"이 길이 런던으로 가는 길이 맞는지 물었는데요?"

"맞습니다."

나는 어렵게 입을 뗐다.

"이 길로 가시면 됩니다. 따라가면 존 우드 가가 나오고 리젠트 공원이 보이지요. 대답이 늦은 걸 용서해 주십시오. 한밤중에 느닷없이 숙녀 분을 만나서 놀랐습니다. 무슨 사연이신지 궁금하군요."

"뭔가 나쁜 짓이라고 하는 것처럼 보이세요? 하지만 전 아무 잘못 없어요. 그저 사고를 당했을 뿐이고요. 저도 제가 이 늦은 시간에 여기 있게 된 걸 억울하고 운 나쁘다고 생각하고 있어요. 어째서 저를 의심하시는 거죠?"

그녀는 지나친 반응이라고 느껴질 정도로 짜증스러운 말로 받아치며 몇 걸음을 물러섰다. 나는 그녀를 안심시키기 위해 노력했다.

"부디 의심하고 있다는 생각은 거둬주세요. 또 제가 당신에게 도움을 드리고 싶다는 생각 외에 다른 엉뚱한 생각을 가지고 있다는 걱정도 마시고요. 난 단지 당신이 텅 빈 길에 느닷없이 나타나서 잠시 얼이 나갔을 뿐입니다."

그녀는 손끝으로 런던으로 가는 길과 햄스테드로 가는 길이 만나는 지점의 풀밭 사이로 난 작은 공간을 가리켰다.

"선생님이 오시는 소리를 듣고 저기에 숨어 있었어요. 용기를 내서 말을 걸기 전에 어떤 사람인지 알아야 했으니까요. 선생님이 지나가시기까지 저 역시 의심스러웠고 무척 두려웠습니다. 그래서 어쩔 수 없이 몰래 다가가서 손으로 건드린 거고요."

몰래 다가와서 손으로 건드렸다고? 왜 큰 소리로 부르지 않았을까? 아무리 생각해도 이상했다.

"선생님을 믿어도 될까요?"

그녀가 물었다.

"혹시 제가 사고를 당했다고 말해서 저를 더 나쁘게 생각하시는 건 아니겠죠?"

그녀는 당황한 기색으로 말을 멈추고는 가방을 이 손에서 저 손으로 옮기더니 비통한 한숨을 내쉬었다. 그 외로운 모습, 어쩔 줄 몰라 하는 몸짓이 연민을 불러일으켰다.

만일 내가 좀 더 나이 많고 현명하고 냉정했다면 이 갑작스러운 상황에서도 넉넉히 사리판단을 해서 상황을 피해가기 위해 요령을 부렸을 것이다. 그러나 당시 나로서는 먼저 그녀를 보호하고 도와줘야겠다는 생각이 더 강했다.

"어떤 이상한 생각으로 그런 건 아닙니다."

나는 마음을 고쳐먹고 말했다.

"상황을 설명하는 게 어려우시다면 굳이 말씀하지 않으셔도 됩니다. 제게는 당신의 설명을 들을 권리도 없고요. 다만 제가 힘이 된다면 어떻게든 돕고 싶군요."

"오, 정말 친절하시군요. 선생님 같은 분을 만나서 정말 다행이에요."

그녀의 목소리에는 여자 특유의 부드러움이 배어 있었다. 깊은 수심에 잠긴 커다란 두 눈이 물기조차 없이 계속 나를 바라보고 있었다.

"예전에 한 번 간 적이 있긴 한데."

그녀의 말이 점점 빨라지기 시작했다.

"그래도 저 너머 런던이라는 도시에 대해서는 아는 게 없네요. 뭐라도 좋으니 마차를 좀 탈 수 있을까요? 너무 늦었을까요? 잘 모르겠네요. 어디에서 타야 되는지만 말씀해 주시면, 제 일에 더는 관심을 가지지 않으시겠다고 약속해 주시면 좋겠어요. 제가 떠나려 할 때 떠나게만 해주세요. 런던에 저를 반갑게 맞이해 줄 친구가 있거든요. 더는 바라지도 않아요. 약속해 주시겠어요?"

그녀는 근심에 찬 눈빛으로 땅과 하늘을 번갈아 바라보았다. 다시 가방을 이 손에서 저 손으로 옮기기를 반복했다. 그러면서 거듭 말했다.

"약속해 주시겠어요?"

그녀는 나를 뚫어져라 바라보았다. 차마 마주 보기 힘겨울 정도로 애절하고 어쩔 줄 모르는 눈빛이었다.

대체 뭘 할 수 있겠는가? 한 낯선 여인이 무기력한 상황에서 내 도움만 바라고 서 있다. 게다가 가엾기 그지없는 여인이다. 근처에는 인가도 없고, 상의해 볼 만한 사람도 없다.

이 글을 쓰면서 나는, 이후 펼쳐진 암흑의 그림자 같은 일들을 생각해 볼 때 이 순간을 묘사한 내 글이 과연 적절한지 생각해 보게 된다. 그리고는 여전히 이렇게 되묻곤 한다.

'그때 내가 할 수 있었던 일은 뭔가?'

할 수 있는 일이라곤 그녀에게 질문을 던져 되도록이면 생각할 시간을 버는 것뿐이었다.

"정말 이 늦은 시간에 친구 분이 받아줄까요?"

"확신합니다. 단지 제가 떠날 때 그냥 떠나게 두시고, 간섭만 말아주세요. 그래주실 거죠?"

그녀는 이 말을 세 번째로 하면서 가까이 다가왔다. 그리고 갑작스럽게 내 가슴 위에 부드럽게 손을 얹어놓았다. 가늘고 차가운 손이었다. 손을 떼어내는데 무더운 밤이었음에도 차가운 냉기가 느껴졌다. 나는 젊은 남자이고 그녀는 젊은 여자이며 우리가 외진 곳에 단둘이 있다는 생각조차 들지 않았다.

"약속해 주시겠어요?"

"그러지요."

그 한 마디! 누구나 하루에 몇 십 번은 하게 되는 그 사소하고도 일상적인 한 마디, 그런데 이 글을 쓰는 순간 그 말을 떠올리니 온몸이 떨리기 시작한다.

우리는 얼굴을 런던 방향으로 돌린 채 새 날의 고요 속을 나란히 걷기 시작했다. 나와 그 여인, 그녀의 이름과 성격, 살아온 이야기, 삶의 목표, 그녀가 내 옆에 있는 이유, 이 모든 게 불가사의했다. 마치 꿈을 꾸고 있는 것 같았다. 정말 나는 월터 하트라이트인가? 내가 걷고 있는 이 길이 분명히 일요일이면 휴가를 즐기는 사람들이 거닐곤 하던 그 친숙하고 평온했던 그 길이 맞는가? 고요하고 깔끔하고 전통적인 가정적 분위기로 가득한 어머니의 별장을 떠난 지 고작 한 시간밖에 안 된 것이 분명한가?

나는 스스로에게 혼란스럽고 기묘한 질문을 던지느라 몇 분 동안 그녀에게 말을 걸지 못했다. 우리 둘 사이의 정적을 또 한 번 깨뜨린 것은 그녀의 목소리였다.

"물어볼 게 있어요."

그녀가 갑자기 말했다.

"런던에 아시는 분들이 많은가요?"

"네, 너무 많아서 탈이죠."

"높은 관직이나 작위가 있는 분들도요?"

이 이상한 질문에는 분명히 어떤 의심이 담겨 있었다. 나는 잠시 멈칫했다.

"조금 있지요."

"많지는 않고요?"

이 말에 잔뜩 힘을 주면서 그녀는 말을 멈추고 내 얼굴을 샅샅이 훑듯이 바라보았다.

"그러니까 준 남작 작위를 가진 사람들도 많이 아시는 거죠?"

그 엉뚱한 질문에 나는 다소 놀라서 대답 대신 반문했다.

"왜 그런 질문을 하시는 거지요?"

"제가 아는 어떤 사람을 선생님은 모르셨으면 해서요……."

"그분 존함은요?"

그녀의 목소리가 갑자기 커지고 날카로워졌다.

"말할 수 없어요, 감히 말해서는 안 돼요, 그 이름을 말하면 저는 미쳐버릴 거예요."

그녀는 움켜쥔 손을 허공으로 뻗은 채 격렬하게 흔들다가 갑자기 다시 평정을 되찾고 속삭임에 가까운 목소리로 말했다.

"선생님이 아시는 분들 이름을 말씀해 주시겠어요?"

나는 그런 사소한 일로 그녀에게 따지고 싶지는 않았다. 나는 세 사람의 이름을 말했다. 두 사람은 내가 가르치는 학생들의 아버지들이었다. 나머지 한 사람은 미혼 남자로, 내게 스케치를 부탁하면서 나를 자기 요트에 태워 바닷바람을 쐬게 해주곤 했다.

"아! 그 사람을 모르시군요."

그녀가 안도의 한숨을 내쉬며 말했다.

"선생님도 관직이나 작위를 가지고 계신가요?"

"전혀 거리가 멀죠. 전 단지 그림을 가르치는 미술 교사일 뿐입니다."

그 말이 내 입에서 나올 때 약간 쓸쓸했던 것 같다. 그런데 별안간 그녀가 내 팔을 덥석 잡았다. 그 행동만으로도 그녀의 성격을 짐작할 수 있었다.

"관직이나 작위가 없는 분이라는 거죠?"

그녀는 혼잣말을 반복했다.

"정말 다행이네요. 이제 안심하고 믿겠어요."

안 그래도 호기심을 억눌렀던 차에 이제 더는 참기 힘들었다.

"제 생각에 당신은 그런 지위를 가진 사람들에게 말 못할 불만을 품을 만한 이유를 가진 모양이군요. 댁께서 말씀하시길 꺼려하는 그 남작 되시는 분이 뭔가 당신에게 나쁜 일을 했습니까? 그 사람이 댁을 이 외진 곳에 이렇게 늦은 시간에 혼자 있게 만든 장본인인가요?"

"묻지 말아주세요. 제 입으로 그 이야기를 하고 싶지 않아요. 지금은 그럴 정신이 아니에요. 전 참혹하게 이용당하고 참혹하게 상처 입었어요. 빨리 가야겠군요. 그냥 아무 말도 말아주시면 더 고맙겠습니다. 저도 좀 진정해야겠어요."

우리는 다시 발걸음을 재촉했다. 족히 30분 동안은 아무 말도 없었다. 그녀가 더는 질문을 허락하지 않았으므로 나는 간간히 그녀의 얼굴만 훔쳐볼 뿐이었다.

표정은 여전했다. 꽉 다문 입술, 찡그린 미간, 앞만 바라보는 두 눈은 심각해 보였지만 초점이 없었다.

드디어 집들이 보이기 시작하고 웨슬리언 대학교도 저만치 모습을 드러내기 시작했다. 그제야 표정이 부드러워진 그녀가 내게 물었다.

"런던에 사시나요?"

"네."

그 대답을 할 때 불현듯 한 가지 추측이 떠올랐다. 그녀가 내게 도움이나 안내를 청하려 하고 있다는 추측이었다. 그렇다면 그녀가 크게 실망하지 않도록 나는 곧 런던을 떠나야 한다는 점을 미리 말해야 할 것 같았다. 그래서 나는 곧바로 덧붙였다.

"하지만 내일부터는 당분간 런던에 있지 않을 겁니다. 시골에 가게 되었지요."

"어디로요? 북쪽인가요, 남쪽인가요?"

"북쪽이죠, 컴벌랜드입니다."

"컴벌랜드에 가시는군요!"

그녀가 애틋한 어조로 이 말을 반복했다.

"아! 저도 거기로 갈 수 있다면 얼마나 좋을까요. 저도 한때 컴벌랜드에서 행복한 시절을 보냈거든요."

나는 다시 한 번 그녀와 나 사이에 놓인 장막을 걷어내려고 노력했다.

"그럼 당신은 그 아름다운 호숫가 마을에서 태어났군요."

"아뇨, 전 햄프셔 태생입니다. 하지만 컴벌랜드에 있는 학교에 다닌 적이 있지요. 호수라고요? 전 호수는 전혀 기억나지 않는데요. 제가 있던 곳은 리머리지 마을의 리머리지 가였죠. 다시 가보고 싶네요."

이번에 갑자기 걸음을 멈춘 사람은 바로 나였다. 그녀의 입에서 페어리 씨의 집 이름에 흘러나오자 정신이 아찔해지면서 잠시 비틀댔다.

"누가 우리를 불렀나요?"

그녀가 겁에 질린 채 길을 훑어보며 말했다. 순간 나는 중심을 바로잡았다.

"아뇨, 아뇨, 전 단지 리머리지 가라는 말에 놀랐을 뿐입니다. 며칠 전 컴벌랜드에 사는 사람에게 그 집 이름을 들었거든요."

"아! 제가 아는 분들은 아닐 거예요. 페어리 부인은 돌아가셨고 그녀의 남편도 돌아가셨거든요. 그 집의 어린 딸은 지금쯤 결혼해서 출가했을 거고요. 지금은 누가 그 집의 주인인지 모르겠어요. 그 집에 누가 남아 있다면 페어리 부인 생각이 나서라도 참 반가울 것 같군요."

그녀는 뭔가 더 말하려 했지만 어느새 애버뉴로 들어서는 지점에 있는 검문소에 다다라 있었다. 그녀는 손으로 내 팔을 힘주어 잡은 채 걱정스러운 표정으로 검문소를 바라보고 있었다.

"검문소 직원이 우리를 보고 있나요?"

그녀가 물었다. 하지만 검문소 직원은 바깥을 보고 있지 않았다. 우리가 문을 통과하는 동안 주변에는 인기척이 없었다. 하지만 가스등과 집에서 흘러나오는 불빛들이 보이자 그녀는 더 초초해하고 불안해하는 것 같았다.

"여기가 런던이군요."

그녀가 말했다.

"제가 탈 마차를 찾을 수 있을까요? 너무 피곤하고 두려워서 어서 마차 안에 몸을 감추고 사라지고 싶어요."

나는 가는 도중에 운 좋게 빈 마차를 만나지 못하면 더 걸어서 승차장까지 가야 한다고 말했다. 그런 후 다시 컴벌랜드 이야기를 꺼내려고 애를 썼지만 소용없었다. 그녀의 머릿속은 온통 마차를 타고 한시라도 빨리 떠나고 싶다는 생각으로 가득한 것 같았다. 그 외에는 다른 생각이나 말을 할 수 없는 것처럼 보였다.

몇 분이나 걸었을까. 마차 한 대가 길 건너편 아래에 멈추었다. 신사 한 사람이 내려서 정원 문을 열고 들어갔다. 마부가 다시 승차하려는 순간 내가 마차를 불러 세웠다. 길을 건너는 동안에 여인은 거의 뛰다시피하며 내 등을 밀었다.

"너무 늦었어요."

그녀가 말했다.

"너무 늦어서 이렇게 서두를 수밖에 없네요."

"토튼햄 법원 방향으로 가시는 게 아니라면 태워드릴 수 없겠군요."

마차 문을 열며 마부가 정중하게 말했다.

"말이 지쳐서 쓰러지기 직전입니다. 마구간으로 가는 길 외에는 더는 안 됩니다.”

“좋아요, 그 정도면 돼요, 그리로 가요. 그쪽으로 가려던 참이었어요.”

그녀는 숨을 헐떡이며 황급히 말하고는 나를 밀어내고 마차를 타려고 했다. 나는 마부가 점잖고 술에 취하지 않았다는 걸 확인하고 난 뒤에야 그녀를 마차에 타도록 했다. 그리고는 그녀에게 목적지까지 안전하게 도착하는 걸 확인하고 싶으니 같이 타고 가도 되는지 물었다.

“안 돼요, 절대 안 돼요!”

그녀의 목소리는 절박했다.

“이제 저는 안전하고 평온해요. 신사 분이라면 아까 했던 약속을 잊지 않으셨겠죠. 마차가 떠나게 해주세요. 제가 원하는 곳에서 멈출 거예요. 고마웠어요. 정말 진심으로 고맙습니다!”

그녀는 마차 문을 잡고 있는 내 손에 가볍게 입을 맞춘 뒤 뿌리치듯 놓아주었다. 마차는 곧바로 출발했다. 나는 도로 위로 달려 나갔다. 꼭 마차를 잡으려는 건 아니었다. 내 행동이 그녀를 놀라게 만들거나 나를 괜히 믿었다는 생각을 심어줄지 모른다는 생각 때문에 결국 큰 소리를 내지 못했다. 바퀴 구르는 소리가 점점 귀에서 멀어지고, 드디어 마차는 저 멀리 도로 위 그림자 속으로 사라졌다. 흰옷의 여인도 함께 사라졌다.

10분 정도 흘렀을까. 나는 여전히 마차가 서 있던 도로 가운데에 있었다. 나는 몇 걸음 앞으로 내딛었다가 다시 망연자실 멈추기를 거듭했다. 이 모든 게 한낱 꿈은 아닐까 하는 생각마저 들었다. 잠시 그녀에게 후회스러운 짓을 했다는 죄책감에 사로잡혔다.

나는 혼란스러웠고 슬펐다. 그녀에게 한 게 잘한 짓인지 아닌지도 분간할 수 없었다. 지금 어디로 가고 있는지, 뭘 하려고 했는지 몽롱하기만 했다.

그때 뒤에서 급하게 달려오는 마차 바퀴 소리에 번쩍 정신이 들었다. 아니, 거의 깨어난 것 같았다.

나는 몇 그루의 가로수에 가려 짙은 그림자가 드리워진 도로 어두운 쪽에 몸을 숨기고 주변을 살폈다. 반대편 밝은 길가, 나와 얼마 떨어지지 않은 곳에 경관 한 명이 리젠트 공원을 향해 천천히 걸어가고 있었다. 나를 지나친 마차는 2인승 역마차였다.

"멈춰요!"

역마차 속에서 한 사람이 소리쳤다.

"저기 경관이 있군, 직접 물어봐야겠소."

말이 즉각 멈춰 섰다. 내가 서 있던 자리로부터 불과 몇 미터 떨어진 곳이었다.

"경관 양반!"

맨 처음 말한 남자가 큰 소리로 경관을 불렀다.

"혹시 이 길로 여자 한 명 지나가는 거 못 보셨소?"

"어떤 여자 말씀이시오?"

"옅은 자주색 가운을 입은 여자 말이오."

"아닙니다."

두 번째 남자가 말을 막았다.

"우리가 준 옷은 침대에서 찾았지 않소. 분명 그 여자는 처음 우리한테 올 때 입었던 옷을 입고 달아난 게 틀림없습니다. 경관님, 흰옷입니다. 흰옷을 입은 여잡니다."

"그런 여자는 못 봤는데요."

"경관님이나 동료 분 중에 누구라도 그 여자를 보게 되면 꼭 붙잡아서 여기 주소로 안전하게 호송해 주시길 부탁드립니다. 필요한 경비는 물론이고 포상금도 후하게 드리죠."

경관은 남자가 건네준 명함을 물끄러미 바라보며 말했다.

"그 여자를 왜 잡으려는 겁니까? 무슨 짓이라도 저질렀습니까?"

"그러다마다요. 그 여자는 우리 정신병원에서 도망쳤습니다! 기억하십시오. 흰옷을 입은 여자입니다. 자, 갑시다."

4

"그 여자는 우리 정신병원에서 도망쳤습니다!"

사실 이 무서운 말도 내게는 명확한 의미로 다가오지 않았다. 돌이켜보면 뭔가 부주의했던 게 틀림없지만, 원할 때 그냥 보내주겠다는 약속을 한 뒤 나는 그녀가 던진 이상한 질문들을 그저 천성적으로 의심 많고 불안해서, 또는 갑작스런 충격으로 잠시 평정을 잃은 징후라고만 생각했다. 게다가 겪어본 바로 볼 때, 그녀와 '정신병원'이라는 단어는 쉽게 연결되지가 않았다.

솔직하게 털어놓자면, 그녀와 나눈 시간 동안 그 말투나 행동에서 정신적으로 문제가 있다는 건 전혀 느낄 수 없었다. 아까 그 낯선 자들이 경관에게 말한 이야기들을 아무리 곰곰이 생각해 봐도 그녀가 미친 사람이라고는 생각되지 않았다.

그럼 나는 무슨 짓을 한 걸까? 누명을 쓰고 정신병원에 갇혀 있던 억울하고 가여운 여자의 탈출을 도와준 셈인가? 아니면 신사로서 자비롭게 돌봐야 할 불행한 세속의 먹잇감을 거칠고 광대한 런던에 무책임하게 방치해 버린 걸까?

이 세 번째 질문이 떠오르자 너무 늦었다는 생각과 함께 기분이 착잡해지고 말았다.

마침내 클레멘트 하숙집의 내 방에 도착했지만 마음이 산란해서 잠을 이룰 수 없었다. 몇 시간 후면 컴벌랜드로 떠나야 했다. 나는 마음을 다잡고 일어나서 앉았다. 스케치를 좀 하고 책을 읽겠다고 마음먹었다. 하지만 그 흰옷의 여인이 나와 연필 사이를 가로 막고, 나와 책 사이를 서성거렸다.

의지할 곳 없어 보이던 그 여인은 과연 무슨 쓰라린 일을 겪었던 걸까? 그 상황을 정면으로 상상할 용기도 없었지만, 아무튼 그게 처음 든 생각이었다.

이어서 다른 생각들이 꼬리에 꼬리를 물었다. 그녀는 마차를 타고 가다가 어디에 내렸을까? 지금은 어떻게 되었을까? 추격 중이던 두 남자에게 붙잡힌 것은 아닐까? 아니면 원하는 길로 가고 있을까? 우리가 만나서 늦은 밤에 그 길을 함께 걸었던 건 일종의 운명 같은 건 아닐까? 그녀와 나 사이에 놓인 넓은 간격이 점차 좁아져서 마침내 다시 만나게 되는 건 아닐까?

이런 생각을 하는 사이에 마침내 방문을 잠가야 하는 시간이 다가왔다. 런던의 학생과 친구들에게 작별인사를 하고 새로운 일을 찾아가게 된 것이 이상하게도 마음에 위안이 되었다. 평소에는 귀찮고 짜증나기만 했던 철도역의 부산함과 시끄러움조차 힘을 북돋아주고 있었다.

여행 안내서에 따르면 먼저 칼라일에 간 다음 해변으로 가는 지방 열차로 갈아타야 했다. 그런데 운이 나빴는지 랭커스터와 칼라일 중간 지점에서 열차 엔진이 고장 나서 지연되는 바람에 곧바로 갈아타야 하는 열차를 놓치고 말았다. 이후 몇 시간을 더 기다려 다음 차를 타고 리머리지 가와 가장 가까운 역에 도착했을 때는 이미 밤 10시가 지나 있었다. 주위는 앞이 안 보일 정도로 어두워 페어리 씨가 대기해 놓겠다고 약속한 마차를 찾기도 쉽지 않았다.

마부는 내가 너무 늦게 도착한 것에 대해 심기가 뒤틀려 있었다. 영국 하인들이 대개 그러는 것처럼 애써 공손함을 가장하면서 화를 억누르고 있었다.

우리는 한 마디도 주고받지 않고 천천히 어둠 속으로 나아갔다. 길이 몹시 울퉁불퉁한 데다 칠흑 같은 어둠 때문에 마차는 더 무방비 상태였다.

새벽 1시 30분이 거의 되어서야 해변의 파도 소리가 들리는 잘 정돈된 자갈 도로에 들어섰다. 저택 현관을 지나기 전에 문 하나를 지나서 두 개의 또 다른 문을 통과하고 나서야 마차는 저택에 도착했다.

제복 입은 엄숙한 표정의 하인이 나를 맞이했다. 그는 가족들은 이미 잠자리에 들었다면서 나를 천장이 높고 고상한 분위기의 방으로 안내했다. 고급 마호가니 나무로 된 커다란 식탁 위에는 무인도에 홀로 남은 사람을 위해 준비한 것 같은 저녁식사가 을씨년스럽게 차려져 있었다.

나는 너무 피곤하고 정신이 날카로워져 있어서 제대로 뭔가를 먹을 수가 없었다. 특히 만찬 손님이라도 맞이하는 것처럼 정중히 내 옆에 서 있는 하인 때문에 더 입맛이 달아났다. 10여 분이 지났을까, 나는 침실로 안내를 받았다. 엄숙하게 굳은 표정의 하인이 나를 멋지게 꾸며진 침실 안으로 안내하면서 말했다.

"아침식사는 9시입니다."

그리고는 뭐 흐트러진 게 없는지 방 안을 샅샅이 살펴보고 나서야 조용히 물러났다.

나는 촛불을 끄며 생각했다. 오늘 밤에는 무슨 꿈을 꾸게 될까? 흰옷의 여인? 아니면 이 저택에 살고 있는 사람들? 마치 친구로서 초대를 받았지만 사실 그 가족들과 일면식도 없는 사람 같은 기묘한 기분이었다.

5

다음날 아침 눈을 떠서 창가의 커튼을 걷자 8월의 화창한 햇살 아래 푸른 바다가 눈앞에 펼쳐졌다. 스코틀랜드의 해변이 부드러운 푸른빛으로 수평선 둘레를 감싸고 있었다.

　지긋지긋한 런던의 벽돌과 시멘트로 가득한 거무죽죽한 풍경에 익숙해져 있던 내게 이 장면은 놀라움으로 다가왔다. 상상도 못했던 장관을 보는 순간 금방 내 안에서 싱싱하고 활력에 넘치는 새로운 생명력이 솟아났다. 현재와 미래 그 어떤 것도 확실하지 않은 상태에서 과거라는 과거는 모조리 일시에 단절된 듯한 황망함이 엄습했다. 지난 며칠 사이에 일어났던 일들도 아주 오래전 일인 것처럼 기억 속에서 희미해졌다.

　페스카의 요란한 발표, 어머니와 여동생과 나눈 작별의 대화들, 심지어 햄스테드에서 귀가하는 중에 일어났던 그 신비스러운 사건조차도 내가 태어나기도 전에 일어난 일 같았다. 흰옷의 여인은 여전히 내 마음속에 남아 있었지만, 어느덧 그녀의 이미지도 낡고 오래된 흑백사진처럼 느껴졌다.

　9시가 조금 못 되어 일층으로 내려갔다. 복도 사이를 왔다 갔다 하던 전날 밤 그 심각한 얼굴의 하인이 나를 발견하고는 깍듯한 예의로 아침식사 방으로 가는 길을 안내했다.

　하인이 문을 열자 먼저 창문으로 둘러싸인 긴 방이 보였다. 그 한가운데에는 식기들이 으리으리하게 장식된 식탁이 있었다. 내 시선은 식탁에서 가장 멀리 떨어진 창문으로 옮겨갔다. 거기에는 한 여인이 문을 등지고 서 있었다.

　그녀에게 눈길이 닿는 순간, 나는 그녀의 보기 드문 아름다운 몸매와 꾸밈없는 우아한 자태에 잠시 아찔한 기분에 빠져들었다. 키가 컸지만 지나치게 크지는 않았고, 몸은 부족함도 모자람도 없이 딱 알맞았다. 자연스러운 머리는 단호하면서도 부드럽고 유연하게 어깨와 이어져 있었다. 그녀의 허리는 남자들 눈에는 완벽 그 자체로 비쳐질 것이 틀림없었다. 풍만한 엉덩이를 타고 올라가 완전한 황금 비율을 이루는 눈이 부실 정도의 몸매였다.

그녀는 내가 들어온 것을 알아차리지 못한 듯했다. 덕분에 나는 당분간 그녀의 몸매를 음미하는 사치를 누릴 수 있었다. 나는 그녀를 너무 놀라게 만들지 않으면서도 주의를 끌기 위해 옆의 의자를 움직였다.

여인은 금방 내게로 몸을 돌렸다. 먼 창가에서 내 쪽으로 다가오는 팔다리와 몸동작 하나하나에서 우아한 멋이 풍겼다. 어서 얼굴을 가까이에서 자세히 보고 싶다는 기대감이 들었다.

그녀가 창가에서 다가오기 시작하자 나는 속으로 '얼굴이 까무잡잡하군.'하고 중얼댔다. 그녀가 더 가까이 다가오자 이번에는 '그녀는 젊군.'하고 생각했다. 마침내 그녀가 더 가까이 다가왔을 때 내 놀라움을 제대로 표현할 만한 말은 한 마디뿐이었다.

'정말 못생긴 여자군!'

자연은 실수하지 않는다는 속담이 무색하게 느껴지는 순간이었다. 딱 잘라 말하면 그 반대였다. 그 아름다운 몸매가 그 위에 놓인 얼굴에 처참히 배신당하리라고 누가 상상했을까!

그녀는 안색은 거의 불에 탄 듯했고 윗입술에 난 잔털은 거의 콧수염처럼 보였다. 입과 턱은 커다랗고 각진 남자의 그것이었다. 단호해 보이는 갈색 눈동자는 툭 튀어나왔고, 석탄처럼 새까만 숱 많은 머리카락이 이마를 수북하게 가리고 있었다. 밝고 꾸밈없고 지적인 언행이 그나마 돋보였지만 입을 다물고 있을 때는 여성 특유의 부드러움과 유순함을 찾으려야 찾을 수 없었다. 그 부드러움과 유순함이 없다면 그 어떤 미인도 완벽하게 아름답다고 말할 수 없을 것이다.

죽은 해골이라도 그곳에 놓이고 싶어 무덤에서 벌떡 일어날 정도로 아름다운 양어깨 위에 놓인 그 남성적인 얼굴, 그 아름다운 팔다리에 매료당한 뒤 결국 배신당한 그 얼굴을 보는 것은 괴상망측한 꿈을 꾸고 난 다음의 기분과 비슷했다. 꿈이니까 그러려니 하면서도 결국은 받아들일 수 없는 기분 말이다.

"하트라이트 씨인가요?"

그녀가 탐색하듯이 물었다. 검은 얼굴에 떠오른 환한 미소가 빛을 발했고, 그 얼굴은 대화가 계속될수록 부드럽고 여성스럽게 변했다.

"어젯밤에는 못 오시는구나 생각해서 평소대로 잠자리에 들었거든요. 미리 환영인사를 드리지 못한 걸 사과하겠습니다. 저는 선생님이 가르치게 될 제자 중에 한 사람이에요. 악수를 청해도 될까요? 어차피 해야 할 거라면 지금 하는 게 좋겠죠?"

기묘한 환영사를 전하는 그녀의 목소리는 또렷하고 낭랑하면서도 쾌활했다. 불쑥 내민 손은 약간 컸지만 정교하고 훌륭했는데 상류층 여인의 자연스러운 자신감이 묻어났다. 우리는 마치 몇 년이나 알고 지낸 사이처럼 어색함 없이 식탁에 나란히 앉았다. 달리 표현하자면 여기서 만나 옛날 얘기들을 나누기로 약속이라도 한 사람들처럼 말이다.

"선생님께서 저희를 잘 가르쳐주실 생각으로 기껍게 오셨기를 바랍니다."

그녀가 말을 계속했다.

"그런데 오늘 아침은 저와만 식사를 하셔야겠군요. 동생은 지금 방에 있죠. 몸이 약해서 늘 잔병치레에 시달린답니다. 만성 두통이지요. 다행히 동생의 가정교사인 베시 부인께서 자비롭게도 원기를 회복시키는 차를 끓여서 그녀를 돌보고 있고요. 제 숙부인 페어리 씨는 저희와 식사를 함께 하지 않습니다. 몸이 아파 거동도 힘드신데다 결혼도 안 하시고 방에만 계시거든요.

이 집에 이제는 저 말고는 아무도 없어요. 두 젊은 숙녀 분들이 한동안 살았지만 실망해서 어제 떠났습니다. 그리 놀랄 일도 아니고요. 숙부께서 계속 몸져눕는 바람에 더 머문다 해도 시시덕거리거나 농을 걸거나 치근대는 재미거리를 줄 남자가 없었거든요. 결국 우리는 저녁식사 때마다 싸웠죠. 여자만 넷이 달랑 앉아 있는데 어떻게 싸우지 않고 오순도순 식사하길 기대하겠어요? 여자들은 너무 바보 같아서 같은 식탁에 앉아도 서로의 기분을 맞춰줄 줄 모르죠. 보시다시피 전 여자들한테는 별 관심이 없어요.

하트라이트 선생님, 뭘 마시고 싶으세요, 커피? 차? 저처럼 툭 털어놓고 말하는 여자도 없겠지만, 여자들은 자기 정체성을 중요시여기지 않아요. 어머, 어쩌나. 표정이 안 좋으시네요. 왜 그러시죠? 아침식사로 뭘 먹게 될까 생각하시는 건가요? 아니면 제가 너무 천방지축으로 떠들었는지도 모르겠네요. 만일 아침식사 때문이라면 친구로서 말씀드리죠. 옆에 있는 차가운 햄은 건드리지 마시고 곧 나올 오믈렛을 즐기시는 게 낫겠군요. 제 말하는 태도가 거슬리신 거라면 마음을 좀 진정시킬 수 있도록 차를 따라드리지요. 사실 여자는 자기 혀를 단단히 잡아맬 줄 안답니다. 시간 문제겠지만요."

그녀는 쾌활하게 웃으면서 내게 차를 건넸다. 그녀의 부담 없는 청산유수 같은 언변과 낯선 사람에게도 거리낌을 느끼지 않는 태도는 꾸밈이라곤 없는 자연스러움, 스스로에 대한 타고난 자신감, 높은 사회적 지위와 합해져 그 어떤 대담하고 간 큰 남자들도 무릎을 꿇게 만들 정도였다. 옆에서 격식을 차리고 무게를 잡는 것도 어려웠지만, 사유분방히게 어울리려고 다가서는 것도 어려웠다.

나는 그 사실을 본능적으로 깨달았지만 어느새 그녀의 호쾌한 웃음과 흔쾌한 대화에 전염되어 솔직하고 활기 띤 모습을 따라하고 있었다. 내가 궁리 끝에 당황한 이유를 설명하려는데 그녀는 연신 "네, 네." 고개를 끄덕였다.

"이해해요. 선생님께서는 난생 처음 이곳에 오신 이방인이신데 제가 우리 가족들 이야기를 있는 그대로 했으니 당황하실 수밖에 없지요. 지극히 당연합니다. 제가 그걸 염두에 두었어야 하는데, 어쨌든 얘기를 꺼냈으니 가능한 한 빨리 끝내는 게 좋겠죠?

우선 저부터 소개할게요. 그래야 다른 사람에 대해서도 편하게 말할 수 있겠죠. 제 이름은 마리안 할콤입니다. 페어리 씨를 제 숙부라 부르고, 그 조카인 페어리 양을 제 동생이라고 했는데, 사실 정확한 건 아니에요. 제 어머니는 결혼을 두 번 하셨죠. 처음은 제 친아버지인 할콤 씨와, 두 번째는 돌아가신 제 여동생의 아버지인 페어리 씨와 했죠. 저와 제 동생은 아버지도 다를 뿐더러 둘 다 고아라는 점만 빼면 모든 게 아주 달라요. 제 아버지는 가난했고 동생의 아버지였던 페어리 씨는 부자였죠. 전 빈털터리지만 동생은 가진 유산이 많죠. 전 까맣고 못생겼지만 동생은 곱고 예쁘죠.

사람들은 저를 심술궂고 괴팍하다고 생각해요. 정확히 봤어요. 그리고 동생은 마음 곱고 매력적이라고 생각하죠. 더 정확히 본 거지요. 한 마디로 말해 동생이 천사라면 전 뭐랄까…….

아, 그 마멀레이드 좀 드셔보세요, 숙녀의 예의범절을 생각에서 이제 얘기를 끝내게 해주세요. 참, 솔직히 페어리 씨에 대해서는 뭐라고 말씀드려야 할지 잘 모르겠군요. 아마 식사가 끝나면 분명 선생님을 부르러 누군가를 보낼 테니 직접 보시는 편이 낫겠네요. 그런데 몇 가지는 말씀드리 수 있죠. 첫째, 그는 돌아가신 고 페어리 씨의 남동생이에요. 둘째, 결혼하지 않았고요. 셋째, 그는 동생의 법적 보호자라는 점이에요.

저는 동생 없이는 살 수 없고 동생도 저 없이는 살 수 없어요. 그래서 제가 여기 리머리지 가에 오게 된 거죠. 동생과 저는 있는 그대로의 서로를 좋아합니다. 사실 우리의 가정사를 생각하면 도저히 이해되지 않으실 거예요. 저 역시 그렇게 생각해요. 하지만 사실이랍니다. 하트라이트 선생님, 그래서 선생님의 가르침이 만족스럽다면 우리 둘 다 그럴 거고, 그렇지 않아도 우리 둘 다 똑같이 실망할 거예요. 더 어려운 건, 선생님께서 완벽하게 저와 제 동생하고만 지

내게 되실 거라는 점이에요. 베시 부인은 훌륭한 분으로 겸양과 도덕을 갖춘 분이시지만, 선생님께 해드릴 수 있는 부분은 거의 없을 거예요.

페어리 삼촌도 워낙 병약해서 누구와도 친구로 지내기 어려워요. 저도 의사들도 삼촌이 어떤 병에 걸렸는지 몰라요. 사실 삼촌 자신도 문제가 뭔지 모르니까요. 우리는 모두 신경에 관한 병일 거라고 말하지만 사실 정확히 어떤 병인지 몰라서 그러는 거죠. 하지만 살짝 힌트를 드리자면, 삼촌은 당신만의 특이한 취미를 칭찬하면서 기분을 맞춰드리면 아주 좋아하세요. 오늘 만나실 때 수집한 주화나 판화, 수채화를 대단하다고 말씀하시면 아주 흡족해하실 거예요.

사실 선생님께서 조용한 시골 생활을 좋아하신다면 이 만큼 좋은 곳도 없을 거예요. 아침부터 점심까지는 삼촌의 그림들을 정리하고, 점심 이후에는 저와 동생이 어깨에 스케치북을 걸고 밖으로 나가 엉터리 그림을 그려댈 때 저희를 지도해 주시면 되는 거죠. 사실 그림은 동생이 훨씬 더 좋아할 뿐 저는 아니에요. 여자들이 무슨 그림을 그리겠어요? 마음은 워낙 변덕스럽고 시선은 늘 집중력이 부족하니까요. 그럼 어때요? 동생이 좋아하니까 된 거예요. 저는 물감이나 낭비하고 종이나 더럽히면 족하죠. 제가 여느 영국 여자들처럼 태연하고 고분고분히게 그림을 그리는 건 오직 동생을 위해서예요.

제 생각에는 저녁 시간에는 저희가 도움이 될 것 같네요. 동생 로라는 연주를 아주 흥겹게 할 줄 알죠. 저는 음표 구별도 할 줄 모르지만요. 대신 체스나 카드로 상대해 드릴게요. 물론 여자라서 흡족하시지는 않겠지만 당구도 같이 칠 수 있답니다.

어떠세요? 이 조용하고 규칙적인 생활에 익숙해질 수 있으시겠어요? 아니면 이 고루하기 짝이 없는 환경에서 변화나 모험을 시도하려고 몰래 애태우며 지내실 건가요?"

그녀는 공손함을 표하기 위한 내 짧은 응답 외에 어떤 저지나 개입도 없이 특유의 유창하고도 농담 섞인 말투로 멀리까지 이야기를 풀어냈다. 그런데 그녀의 마지막 말에서 튀어나온 '모험'이라는 단어가 느닷없이 흰옷의 여인과의 만남을 떠올리게 만들었다. 그녀가 페어리 부인 이야기를 했던 것이 기억나면서 이름 없이 정신병원에서 뛰쳐나온 그 도망자와 리머리지 가의 전 안주인이 한때 가졌을 게 분명한 관계가 무엇인지 너무 궁금해졌다.

"제가 아무리 조급한 성격이라 해도 당분간은 모험에 목말라 하지 않을 것 같군요. 여기 도착하기 바로 전날 밤, 정말 모험이라고 할 만한 일을 겪었거든요. 그 놀라움과 흥분은 확신하건대 할콤 양, 비록 여기 머무는 시간이 짧긴 하지만 아무튼 이 컴벌랜드에 있는 동안에는 결코 사라지지 않을 겁니다."

"그러셨나요? 하트라이트 선생님? 무슨 얘기인지 말씀해 주실 수 있으세요?"

"그래야 할 것 같습니다. 제 모험담의 주인공은 제게 완벽한 이방인이고, 아마 아가씨에게도 마찬가지일 겁니다. 그런데 문제는 그 여인이 이곳의 여주인이었던 페어리 부인 이야기를 언급했다는 겁니다. 그것도 지극한 감사와 배려를 담아서 말입니다."

"돌아가신 제 어머니 이름을 말했다고요? 정말 흥미롭군요. 말씀 계속하세요."

나는 즉각 흰옷의 여인을 만났던 상황을 순서대로 이야기했다. 그리고 그녀가 페어리 부인과 리머리지에 대해 말한 내용들을 되도록 빠짐없이 전했다.

할콤 양은 이야기 시작부터 끝까지 그 밝고 다부진 두 눈으로 나를 뚫어져라 바라보았다. 그녀의 얼굴은 생생한 관심과 놀라움을 담고 있지만 그 이상은 없었다. 그녀 역시 나만큼 이 수수께끼에 대해 아무것도 모르고 있는 게 분명했다.

"제 어머니에 대해 말할 때 그런 표현을 썼다고요?"

"그렇습니다. 그녀가 누구건 한때 리머리지 마을에 있는 학교에 다녔고, 페어리 부인의 각별한 애정을 받았던 것이 분명합니다. 흔히 그런 경우 더 오래 기억하듯이, 지금 여기 살고 있는 모든 사람들에 대해서도 애정 어린 관심을 보였습니다. 페어리 부인과 부군이 돌아가셨다는 것도 알고 있었고, 더군다나 페어리 양에 대해서는 어릴 적부터 알고 지낸 사이처럼 말하더군요."

"그렇군요. 그 여자가 이곳 출신은 아니라고 말하셨죠?"

"네, 햄프셔 출신이라고 했습니다."

"그 사람의 이름은 알 수 없었나요?"

"전혀요."

"정말 이상한 일이군요. 그 불쌍한 여인이 원하는 대로 말하는 것쯤이야 큰 문제가 아니지요. 그 여자는 선생님 면전에서 뭔가 제지당할 만한 일을 한 건 아니니까요. 하지만 이름 정도는 알아두었다면 좋을 뻔했군요. 어떻게든 이 수수께끼는 밝혀야겠어요. 하지만 페어리 삼촌이나 동생에게는 아직 말하지 않는 게 좋겠어요. 확신하건대 두 사람 다 저만큼이나 그 여인이 누군지, 과거에 리머리지가와 어떤 연관을 맺었는지 모를 테니까요. 게다가 이런 얘기를 들으면 초조하고 예민해질 거예요. 하지만 호기심 많은 저로서는 지금부터 그 비밀을 캐는 데 온 힘을 기울일 수밖에 없게 됐군요.

어머니는 두 번째 결혼 이후 이곳으로 와서 학교를 세우셨죠. 학교는 남아 있지만 예전에 일했던 교사들은 모두 여기를 떠나거나 죽었죠. 결국 그쪽을 통해 뭔가를 알아낸다는 건 불가능할 것 같으니 생각해 볼 만한 유일한 방법은……."

순간 하인이 들어오는 바람에 대화가 끊어졌다. 페어리 씨가 식사가 끝나면 나를 보고 싶어 한다는 메시지를 가져온 것이다.

"홀에서 기다리고 계세요. 하트라이트 선생님은 곧 나가실 거니까요."

할콤 양이 준비라도 한 것처럼 재빠르게 답했다. 그리고 다시 말을 계속했다.

"제가 무슨 말을 하려고 했죠? 아, 동생과 저는 어머니의 편지를 많이 가지고 있어요. 그 편지들은 어머니가 제 친아버지와 동생의 아버지께 보낸 것들이죠. 더 좋은 정보원이 없다면 오전에는 그 편지들을 읽으며 보내야겠어요. 페어리 씨는 런던을 굉장히 좋아해서 집을 떠나 런던에 계시는 때가 많았죠. 그럴 때마다 어머니는 편지로 페어리 씨에게 리머리지의 근황을 알려드리곤 했어요. 그 편지에는 어머니가 넘치는 애정으로 대했던 학교 이야기들이 가득하답니다. 분명히 그 편지들을 다시 보면 도움이 될 만한 정보를 발견할 수 있을 거예요.

참, 점심식사 시간은 오후 2시랍니다. 그때 제 동생을 소개해 드릴게요. 그 다음엔 마차를 타고 마을 주변을 둘러보면서 저희들이 좋아하는 장소도 소개해 드리겠어요. 2시예요. 그럼, 이따 뵐게요."

그녀는 특유의 생기발랄한 우아함과 꾸밈없는 친밀감이 넘치는 모습으로 가볍게 목례를 하고는 창문 반대편으로 난 문을 통해 사라졌다.

나는 곧바로 나를 기다리는 하인을 향해 발걸음을 옮겼다. 처음으로 페어리 씨의 얼굴을 보게 될 터였다.

6

하인은 어젯밤 내가 묵었던 침실이 있는 이층 통로로 나를 인도하더니 그 침실 바로 옆방 문을 열고는 내게 안을 살펴볼 것을 정중히 권했다.

"주인나리께서 선생님이 작업실로 사용하시게 될 이 방을 꼭 보여드리고 마음에 드시는지 알아오라고 분부하셨습니다."

안으로 들어서보니 이 방을 안 보고 갔다면 어쩔 뻔했나 싶을 정도로 분에 넘치는 곳이었다. 창문은 아까 아침에 침실에서 눈을 뜬 뒤에 바라보았던 그 눈부신 전망을 고스란히 담고 있었고, 가구는 이를 데 없이 호화롭고 아름다웠다. 가운데 놓인 탁자에는 화려하게 정장된 채 쌓여 있는 책들, 우아한 필기구들, 아름답게 꽂힌 꽃들로 눈이 부실 지경이었다. 창문 옆에 놓인 작은 탁자 위에는 수채화 용품들이 가지런히 놓여 있고, 마음대로 접고 펼 수 있는 이젤도 있었다. 벽 사방마다 수려하게 수놓은 커튼들도 보였고, 바닥은 담황색과 빨간색이 어우러진 인도풍 양탄자가 깔려 있었다. 지금까지 본 작업실 중에 가장 아름답고 근사했다. 나는 애써 흥분을 억누르며 탄성을 질렀다.

늘 굳은 표정을 유지하는 하인은 자기 직업에 지나치게 몰입한 탓인지 조금도 감정을 내비치지 않았다. 내가 작업실을 보고 온갖 찬사를 늘어 놓았는데도 고작 고개를 숙인 채 경의를 표할 뿐이었다. 그리고는 기계적으로 조용히 문을 열더니 다시 통로로 나를 안내했다.

모퉁이를 돌자 길게 뻗은 또 하나의 복도가 나타났다. 그 끝의 짧은 계단을 오르니 둥근 모양의 작은 현관이 보였다. 하인은 현관을 가로질러 검은 천으로 덮인 문을 열더니 몇 걸음 더 가서 또 다른 문으로 나를 안내했다. 그 문을 열자 앞에 바다색 비단으로 만든 두 개의 커튼이 쳐져 있었다. 하인은 커튼 한 쪽을 소리 없이 올리더니 소곤대듯 안을 향해 말했다.

"하트라이트 선생님이십니다."

말이 끝나기가 무섭게 그는 사라졌다.

웅장하게 조각된 천장 아래에 널찍하고 고고한 방 안에 나는 홀로 서 있었다. 바닥에 깔린 양탄자가 너무 두툼하고 부드러워서 마치 넓은 침대 위에 서 있는 기분이었다. 방 한쪽에는 긴 책장이 있었는데, 희귀한 나무에 무늬가 아로새겨진 처음 보는 진기한 책장이었다. 높이는 약 2미터쯤 되어 보였고, 책장 위에는 대리석으로 만든 작은 조각상들이 일정한 간격으로 장식되어 있었다.

맞은편에는 두 개의 고풍스런 장식장이 있고, 책꽂이와 진열장 사이를 가로질러 라파엘로의 이름이 새겨진 커다란 성 모자의 그림이 유리 액자에 아래쪽 틀이 금으로 도금된 채 걸려 있었다. 내가 서 있는 곳의 좌우로는 낮은 장식장과 서랍장, 그리고 선반 등이 비치되어 있었다. 이것들도 희귀한 나무 제품들과 마찬가지로 신비감 넘치는 세공 무늬들이 새겨져 있었는데, 그 위에는 화려하고 세련된 도자기 그릇들과 희귀한 꽃병, 상아 장식, 금과 은과 갖가지 보석들로 빛을 발하는 골동품들이 늘어서 있었다.

방의 맞은편 끝자락에는 입구에 놓인 것과 꼭 같은 재질과 색깔의 커튼을 쳐놓아서 햇빛이 아주 은은하게 스며들고 있었다. 그렇게 햇빛이 걸러지면서 방 안 분위기는 공들여 만든 듯 부드럽고 신비스러우면서도 절제된 느낌이 들었으며, 모든 사물을 똑같은 밝기로 비추는 빛이 방의 정적을 더욱 무겁게 만드는 동시에 실내를 장악한 은둔의 분위기를 더 완벽하게 만들었다. 또한 무엇보다도 집 주인의 외로운 모습에 평온의 그림자를 드리워주는 것 같았다.

저택의 주인은 커다란 안락의자에 무기력하게 앉아 있었다. 의자 한편에는 독서대가, 다른 쪽에는 작은 탁자가 놓여 있었다.

별다른 치장 없는 남자의 맨얼굴이 나이를 짐작케 하는 데 적지 않은 기여를 한다면, 그의 나이는 대략 쉰 살에서 예순 살 사이로 보였다. 수염 없는 얼굴은 야위고 수척했으며 비록 주름살은 없지만 창백했다. 코는 매부리코마냥 휘어져 있고 콧대는 높았다. 두 눈은 회색이 감도는 파란색에다 크고 툭 튀어나와 있었으며, 눈 주

위에는 홍조가 감돌았다.

머리카락은 숱 없이 부드러워 보이는 데다 옅은 갈색이었는데 이제 막 회색으로 변할 조짐이 역력했다. 또한 입은 옷은 검은 정장 차림으로 일반 정장보다 훨씬 얇은 천으로 만든 것이었으며 조끼와 바지는 얼룩 한 점 없는 흰색이었다.

그의 발은 초라해 보일 정도로 야위고 작았으며, 담황색 비단 스타킹을 신고 약간은 여성스러운 청동색 슬리퍼를 신고 있었다. 가냘프고 하얀 손에는 두 개의 반지가 빛나고 있었다. 보석에는 전혀 문외한인 내가 보기에도 엄청나게 비싸 보였다.

전체적으로 그는 연약하고 활기라고는 없는 성마른 인상과 지나치게 세련된 면모 때문에 다소 거북한 모습이었다. 그가 남자라는 사실을 고려하면 그 모습은 너무 특이하고 어색해서 차라리 여자였다면 훨씬 자연스럽지 않았을까 하는 생각이 들 정도였다. 아침에 있었던 할콤 양과의 만남을 통해 집안의 모든 사람에게 기꺼이 마음의 문을 열겠다는 마음을 가졌음에도, 페어리 씨를 보는 순간 그 기분은 완전히 사라지고 말았다.

다가가서 보니 내 생각과 달리 그가 아무 일도 안 하고 있는 건 아니었다. 그의 옆 둥근 탁자 위에는 흑단 나무와 은으로 장식된 작은 서랍장이 하나 있었는데, 일렬로 가지런히 배열된 서랍 안에 크기도 모양도 색깔도 각양각색인 동전들이 담겨 있고, 그 서랍들 중 하나가 그의 의자에 딸린 작은 탁자 위에 놓여 있었다. 그 옆에는 보석상들이 사용하는 몽당연필만 한 부드러운 가죽 솔과 작은 액체를 담은 병이 놓여 있었는데, 동전들을 살펴보면서 자그마한 먼지라도 발견되면 언제라도 털어내는 데 사용되고 있었다.

그는 연약하고 하얀 손가락으로 한가롭게 뭔가를 만지작거리고 있었는데, 아무것도 모르는 내 눈에는 그저 백랍으로 만든 모서리가 닳아빠지고 얼룩이 진 메달로만 보였다. 나는 어느새 그가 앉은 자리에서 얼마 떨어지지 않은 곳까지 다가가 있었고, 마침내 고개를 숙여 인사를 하려고 걸음을 멈추었다.

"리머리지에서 당신을 만나게 돼서 무척 반갑습니다, 하트라이트 씨."

그가 말했다. 음산하고 투덜거리는 목소리가 귀에 거슬리는 고음과 졸린 듯 나른하게 내뱉는 말투와 뒤섞여 불쾌하게 들렸다.

"앉으시오. 부탁인데 의자는 가급적 움직이지 말아주시고 말이오. 난 신경이 너무 약해서 약간의 움직임도 말 못할 고통이오. 작업실은 보셨소? 마음에 드십니까?"

"방금 작업실을 보고 오는 중입니다. 페어리 씨, 진심으로……."

그때 그가 두 눈을 감더니 간청하듯이 한손을 들어 내 말을 막았다. 나는 깜짝 놀라서 입을 다물었다. 이어서 그가 내 불쾌한 감정을 누그러뜨렸다.

"정말 미안합니다, 선생. 조금만 더 목소리를 낮춰줄 수 없겠소? 난 신경이 몹시 형편없어서 약간만 목소리를 높여도 엄청난 고문입니다. 당황스럽겠지만 부탁드립니다. 아마 선생도 내가 이렇게 힘겹게 지내는 걸 이해하시리라 믿소. 몸이 아프니 대화를 할 때마다 부득이 이런 말을 할 수밖에 없지요. 그래요, 작업실은 정말 마음에 드십니까?"

"그럼요, 바랄 나위 없는 훌륭한 작업실입니다."

나는 목소리를 낮춰 대답했고, 동시에 이 사람의 이기적인 가식과 형편없는 신경이 서로 다른 게 아니라는 것을 금방 알아차렸다.

"다행이군요. 당신은 이곳에서 만족할 만한 대우를 받을 겁니다. 적어도 이 집에서는 예술가들을 우습게 보는 영국인들의 야만적인 모욕을 겪지 않게 될 거요. 나는 오랜 세월 동안 외국에서 지낸 덕에 그런 면에서 결코 편협하지 않소. 그래서 나는 상류사회 신사 무리들을 혐오하지요. 그들은 미술에 관한 한 야만인 떼거리들이

오. 아마 그런 이들이 카를 5세가 티치아노가 떨어뜨린 붓을 주워 주는 광경을 봤다면 그만 놀라 기절했을 거요. 이 동전함을 서랍장에 다시 넣고 다른 걸 좀 주시겠소? 신경이 워낙 쇠약해서 작은 일거리도 내겐 참을 수 없는 고역이오. 아, 고맙소."

그가 방금 전에 말한 그림에 대한 의견 탓인지 몰라도 왠지 그 냉담한 요청이 그리 싫지 않았다. 나는 최대한 공손하게 그에게서 받은 서랍을 집어넣고 다른 서랍을 꺼내서 건넸다. 그는 곧바로 동전 하나를 집어서 솔로 느슨하게 털어가면서 힘없이 살펴보더니 대화 내내 그것들을 자랑하기 시작했다.

"감사하오. 동전 모으는 일 좋아하시오? 그림 외에도 우리가 함께 좋아할 게 있어서 기쁘군요. 자, 우리가 계약한 금액 문제 말인데, 솔직히 어떻소, 만족할 만하오?"

"아주 만족합니다, 페어리 씨."

"무척 다행이오. 다음은 뭐지? 참 신기해요, 할 말은 너무 많은데 막상 말을 하려면 생각이 나지를 않는군. 저 종 좀 흔들어 주시겠소? 저 모퉁이에 있는 거 말이오. 오, 고맙소."

종을 흔들어 소리를 내자 하인 한 사람이 조용히 등장했다. 소리 없이 만면에 미소를 짓고 머리는 깔끔하게 빗질한 모습이 타고난 하인처럼 보였다.

"루이스."

동전의 먼지를 터는 솔로 손끝을 털며 꿈에 잠긴 듯 페어리 씨가 말했다.

"오늘 아침 내가 장부에다 몇 가지를 써놨는데 그 장부 좀 찾아와. 정말 미안하오, 선생, 좀 따분하지요?"

내가 미처 대답을 하기도 전에 그는 어느새 피곤한 듯 눈을 감았다. 그의 말대로 나는 정말 따분해지기 시작한 참이라 입을 다물고 앉아서 라파엘로가 그린 성 모자 그림을 올려다보았다. 어느새 방을 나간 하인이 상아로 만든 작은 책자를 들고 다시 나타났다.

페어리 씨는 먼저 긴 한숨으로 몸을 푼 다음 한손으로는 책을 잡고 밑으로 펼치고, 다른 한손으로는 하인에게 더 기다리라는 표시로 작은 솔을 잡은 채 위쪽으로 들고 있었다.

"그래, 맞아!"

페어리 씨가 책자를 살펴보며 말했다.

"루이스, 그 그림책을 가져와."

그가 창가 근처의 마호가니로 만든 선반 위에 꽂힌 여러 권의 그림책들을 손으로 가리켰다.

"아냐, 초록색 표지 말고, 선생, 저기에 렘브란트 판화 책이 있소이다. 동판화 좋아하시오? 그래요? 어허, 우리가 취미를 공유할 항목이 또 하나 생겼구먼. 루이스, 빨간 표지 말이야. 떨어뜨리지 않도록 조심하고! 선생, 저 친구가 저걸 떨어뜨리면 그 소리가 나를 얼마나 고통스럽게 만들지 상상도 못 할 거요. 저 그림들을 그냥 의자에 올려놔도 괜찮겠소? 안전할 것 같소, 선생? 그래요? 다행이군요. 그럼 부탁인데 미안하지만 그 그림들을 한 번 봐주시겠소? 루이스, 썩 꺼져, 이 엉터리 같으니라고. 이 메모장 내가 들고 있는 게 눈에 안 보이나? 내가 그 작품집을 받아볼 거라고 생각했나? 아니면 내가 말하기 전에 이 메모장부터 가져갔어야지. 정말 미안하구려, 선생. 하인들이란 늘 저렇다니까, 안 그렇소? 그나저나 그 그림들은 어떻소? 처음 샀을 때는 아주 끔찍한 상태였지요. 돈을 치르고 펼쳐보니 흉측한 그림 중개인들의 악취가 펄펄 풍겼지요. 선생이 손봐줄 수 있겠소?"

비록 내 후각은 페어리 씨의 코를 찌른 문외한들의 악취를 느낄 만큼 날카롭지는 않았지만, 내 식견은 그림을 마주하고 그 가치를 충분히 음미할 정도는 되었다. 나는 그 그림들을 천천히 넘겨가며 보기 시작했다. 대부분이 정통 영국 수채화의 전통을 훌륭히 이

어받은 것들로, 이전 주인들에게 받은 것보다 더 많은 손길을 받아 마땅한 그림들이었다.

"이 그림들은 조심스럽게 펴서 진열해야겠습니다. 제 의견으로는 이 그림들은 아주 가치가……."

"다시 말씀해 주시겠소?"

페어리 씨가 말을 끊었다.

"눈을 감고 들어도 괜찮겠소? 내게는 저 불빛이 너무 강해서 말이오. 말씀하시오."

"저는 방금 이 그림들 모두가 더 많은 공을 들일 만한 가치가 있다고……."

그때 페어리 씨가 불쑥 눈을 뜨더니 어쩔 줄 모르는 공포가 담긴 눈알을 사정없이 굴려가며 창가 쪽으로 시선을 향했다.

"정말 미안하오."

힘없이 안절부절못하며 그가 말했다.

"분명히 저 아래 정원에서 고약한 아이들 소리를 들었지요?"

"글쎄요, 페어리 씨. 전 듣지 못했는데요."

"부탁 좀 들어주시오. 선생은 내 불쌍한 신경 상태에 참 잘도 맞춰주셨소. 저 가리개를 약간만 올려주시겠소? 햇빛은 막아주고. 선생! 가리개 올렸소? 이제 바깥을 보고 정원에 정말 아무도 없는지 확인해 주시겠소?"

나는 이 새로운 부탁에 가리개를 살짝 들어올렸다. 정원은 온 사방에 쥐새끼 한 마리 들어오기 어려울 정도로 꼼꼼히 담으로 둘러싸여 있었다. 이 성스러운 은신지에는 어떤 움직이는 생명체도 보이지 않았다. 나는 이 다행스러운 사실을 페어리 씨에게 보고했다.

"정말 고맙소이다. 다행이오. 집 안에 아이들이 없다는 건 하늘에 감사할 일이오. 하지만 하인들이 자꾸 아이들을 이 집에 데려온다오. 정말 말도 꺼내기 싫은 꼬마 녀석들이오. 난 정말 아이들을 죄다 개조하고 싶소. 조물주는 아이들을 끊임없이 소음만 만들어내는 기계로 만들지 않았소. 라파엘로가 생각한 저 아이들 모습이 훨씬 바람직하지 않소?"

그가 성 모자 그림을 가리켰다. 윗부분은 이탈리아 회화 특유의 아기 천사들이 그려져 있었다.

"얼마나 좋은 모델입니까!"

아기 천사를 흘긋 보면서 페어리 씨가 말했다.

"저 아름다운 둥근 얼굴과 부드러운 날개가 전부 아니오. 제멋대로 돌아다니는 더러운 발도 없지요, 아무데서나 고래고래 고함칠 소란스러운 허파도 안 보이지요, 그 어떤 생명체와도 비교가 안 될 정도로 탁월하지 않습니까? 괜찮으시다면 다시 눈을 붙일까 하오. 정말 그림들을 잘 관리할 수 있는 거지요? 정말 다행이구려. 또 합의를 봐야 할 일이 있겠소? 만일 있다면 내 기억력 문제겠지만 말이오. 종을 울려서 루이스를 다시 부를까요?"

이번에는 내 쪽에서 빨리 대화를 끝내고 싶은 마음이 굴뚝같았다. 그래서 하인을 부를 필요 없이 내 책임에 대해 필요한 제안을 내가 먼저 하기로 했다.

"문제 하나가 남긴 했습니다. 제가 가르쳐야 할 두 젊은 숙녀 분들의 스케치 공부 말입니다."

"오! 그렇군. 나 역시 그 부분에 개입할 수 있다면 좋으련만. 하지만 난 힘이 없소이다. 선생의 지도를 받게 될 그 두 아이가 스스로 일정을 짜고 결정했으면 좋겠소. 내 조카는 선생이 잘 그리는 그 수채화란 걸 무척 좋아합니다. 자기들한테 뭐가 부족한지도 충분히 알고 있고 말입니다. 그러니 직접 상의해 보세요. 이제 뭐 다른 건 없는 것 같군. 이제 서로를 잘 알게 됐으니까 일을 지체할 이유가 없지요. 이제야 모든 문제들을 말끔히 정리한 것 같아서 기분이 좋구려. 임무를 다 끝낸 뒤에 머리가 맑아지는 해방감은 참 좋은 거요. 종을 울려서 루이스가 이 그림책을 선생 작업실로 가져가게 해 주시겠소?"

"괜찮으시다면 제가 직접 가져가겠습니다."

"선생께서? 그렇게 기력이 좋단 말이오? 힘이 넘치니 얼마나 좋으시오! 정말 떨어뜨리지 않을 자신 있지요? 선생을 리머리지에 모시게 돼서 얼마나 다행인지 모르겠소. 난 보다시피 병자라서 선생을 자주 보지는 못할 겁니다. 나갈 때 문을 세게 닫거나 그림책을 떨어뜨리지 않도록 주의해 주시오. 커튼도 살살 다뤄주시오. 아주 조그만 소리도 내겐 칼날이오. 만나서 즐거웠소!"

바다색 커튼을 닫고 두 개의 문을 차례로 열었다가 닫고 난 뒤, 나는 잠시 둥근 홀 위에서 동작을 멈추고 깊은 숨을 내쉬었다. 깊은 바다 아래 머무느라 숨이 찼다가 다시 해수면 위로 떠오른 기분이었다.

마침내 내 작업실에 제정신으로 안락하게 자리를 잡고 앉고 나자 나는 먼저 단호한 결심 하나를 했다. 다시는 저 건물 안에 있는 주인의 방 쪽으로 걸음을 옮기지 않으리라고 말이다. 물론 다시없길 바라는 주인의 초대를 제외하고는.

이 집 주인에 대한 앞으로의 처신과 관련해 마음의 정리를 하고 나자 비로소 그의 거만한 언사와 가식적인 예절이 앗아갔던 마음의 평정을 되찾을 수 있었다.

오전 나절의 나머지 시간은 후다닥 즐겁게 지나갔다. 그림책을 다시 훑어보고, 종류별로 재배치하고, 너덜해진 가장자리를 손질하고, 안대를 받치는 데 필요한 준비물들을 챙기면서. 지금보다 더 손이 빨라야 할 것 같았다. 그런데 점심식사 시간이 점점 다가오면서 이 하잘 것 없는 잡일에도 더는 정신을 집중할 수가 없었다.

2시 무렵 나는 약간 조바심 이는 마음으로 다시 식당으로 내려갔다. 대략 두 가지의 흥미로운 기대가 다시 그 방을 찾는 내게 조바심을 일으켰다.

한 가지는 페어리 양과의 첫 만남이 눈앞에 다가왔다는 것과 할콤 양이 어머니의 일기를 살펴본 다음 어떤 사실들을 알아냈을까, 과연 흰옷의 여자에 대한 비밀이 밝혀질 수 있을까 하는 기대였다.

7

식탁에는 할콤 양과 나이 지긋한 부인이 앉아 있었다. 바로 페어리 양의 전 가정교사였던 베시 부인이었다. 호쾌한 할콤 양의 표현을 빌리자면 베시 부인은 "모든 기본적인 도덕을 갖추었지만 할 수 있는 일은 거의 없는" 사람이었다. 그녀에 대한 할콤 양의 묘사가 정확했다는 것 이상으로 덧붙일 내용은 없어 보였다.

베시 부인은 인간의 침착성과 여인의 온화함을 보여주는 일종의 화신처럼 보였다. 조용한 존재감을 맛보는 듯 조용한 즐거움이 둥그렇고 평온한 얼굴 위의 느릿한 미소로 드러났다. 어떤 인간들은 인생을 질주하고 어떤 인간들은 인생을 빙빙 떠돌아다닌다. 베시 부인은 인생을 느긋이 앉아서 보내는 사람 같았다.

그녀는 이른 아침이건 늦은 밤이건 앉아서 시간을 보냈다. 정원에서도 앉아 있고, 복도에서도, 창가에서도 의자에 앉아 있었고, 친구와 산책을 나가서도 야영 의자에 앉아 있을 따름이었다. 또한 무엇을 쳐다보거나 무엇을 얘기하건 먼저 앉아 있어야 했다. 그렇게 앉아 있을 때면 입가에 가득한 미소와 경청하듯 머리를 한쪽으로 기울였다. 손과 팔은 항상 평온하게 늘어뜨리고 말이다.

이런 태도는 집안에 어떤 경조사가 일어나도 변함이 없었다. 온화하고 유순하며 형언할 수 없는 고요와 선의를 간직한 늙은 부인, 누구든지 그녀를 보면 태어나는 순간부터 움직임과는 거리가 멀었던 존재라고 여길 것 같았다. 자연은 너무 많은 종류의 존재들을 만들어내는데, 그녀를 보면 두 가지 일을 동시에 하는 게 얼마나 힘들까 하는 생각이 들 정도였다.

하지만 신은 그녀가 태어났을 때 양배추를 만들고 있었음이 분명하다. 그렇지 않다면 저처럼 만나는 모든 사람들을 흡족하게 만드느라 쉴 새 없이 배려라는 양배추를 벗겨서 바치면서도, 늘 같은 모양과 변함없는 모습을 간직할 수는 없을 테니 말이다. 벗겨도 또 벗겨도 그대로인 양배추처럼 말이다.

"자, 베시 부인."

고요한 늙은 부인의 옆자리에 앉아서 그런지 할콤 양은 그 어느 때보다 밝고 화사하고 분명하고 자신감 넘치는 모습으로 말했다.

"뭘 드실래요? 얇게 저민 쇠고기 튀김은 어떠세요?"

베시 부인은 식탁 모서리에 주름 진 두 손을 포개고 앉아 편안하게 말했다.

"그러죠, 아가씨."

"거기에는 뭐가 있죠? 삶은 닭고기군요, 어떠세요? 베시 아주머니는 쇠고기 튀김보다는 삶은 닭고기를 더 좋아하시지 않나요?"

베시 부인은 식탁 위의 두 손을 들어 이번에는 무릎 위에 포갰다. 그리고 삶은 닭고기 이야기가 나오자 생각에 잠긴 듯 고개를 끄덕였다.

"그러시죠, 아가씨."

"제발 오늘은 뭘 드시고 싶은지 말씀하세요, 네? 하트라이트 선생님 옆에 있는 삶은 닭고기를 드릴까요, 아니면 제가 들고 있는 쇠고기 튀김을 드릴까요?"

베시 부인은 한손을 다시 식탁 위에 놓고는 느긋하게 머뭇거렸다. 그러다가 말했다.

"마음에 드는 걸로 주세요, 아가씨."

"아, 우리 선량하신 아주머니, 이번 요리는 제 입맛이 아니라 아주머니 입맛에 달렸다고요. 둘 다 조금씩 드시고 싶은 거죠? 그럼 삶은 닭고기를 먼저 드셔야겠네요. 하트라이트 선생님께서 정성스 럽게 아주머니를 위해 닭 요리를 썰어드릴 테니까요."

베시 부인은 나머지 손도 다시 탁자 위에 얹어놓았다. 그리고 희 미하게 밝은 표정을 잠시 짓더니 공손하게 머리를 숙이며 말했다.

"그게 좋다면 그러세요, 아가씨."

의심할 나위 없이 온순하고, 형언할 수 없을 정도로 고요하고, 악 의라고는 없는 늙은 부인. 자, 지금은 베시 부인에 대해서는 이 정 도만 알면 충분하다.

식사 내내 페어리 양은 보이지 않았고, 식사를 다 마쳤는데도 역 시 모습을 드러내지 않았다. 무엇 하나 놓치지 않을 정도로 눈치 빠른 할콤 양은 내가 여러 번 문 쪽으로 시선을 주는 것을 놓치지 않았다.

"무슨 생각하시는지 알아요, 하트라이트 선생님. 또 한 명의 제 자한테 무슨 일이 있나 궁금하신 거지요? 그 아이는 아래층에 있어 요. 두통은 많이 나았지만 함께 식사할 만큼 입맛을 되찾지 못했지 요. 지금쯤 정원을 뒤지면 찾아볼 수 있을 것 같은데요."

할콤 양은 옆에 놓인 양산을 들고 나를 방 아래편 끝 잔디밭으로 이어지는 문으로 안내했다. 베시 부인은 여전히 자리에 얌전히 앉 아 있었다. 주름 진 두 손을 식탁에 걸친 채 나머지 오후 내내 그 자리에 꼼짝 않고 앉아 있을 것이다.

우리가 잔디밭을 지나고 있을 때 할콤 양이 의미심장하게 고개를 절레절레 저었다.

"선생님이 말씀하신 그 기괴한 모험 말이에요. 아직도 깜깜한 한 밤중에 머물러 있는 상태예요. 오전 내내 어머니 편지를 뒤졌지만 아직 발견한 게 없어요. 하지만 실망하지 마세요, 선생님. 이건 호 기심이나 채우자고 하는 일이고, 제가 있잖아요. 분명히 수수께끼가 풀릴 거예요. 편지가 아직 세 뭉치나 남았거든요. 오늘 밤 마지막 편지까지 다 살펴볼 테니 저만 믿으세요."

결국 아침에 했던 내 기대 중 하나는 물거품으로 돌아갔다. 그러자 페어리 양에 대한 기대마저 실망으로 바뀌지는 않을까 하는 불안감이 엄습했다.

"그나저나 삼촌과는 어땠어요?"

잔디밭을 지나 관목 숲으로 들어섰을 때 할콤 양이 물었다.

"오늘따라 심하지는 않았나요? 대답할 때 너무 고민하지 않으셔도 돼요. 표정만 봐도 오늘 삼촌이 평소보다 예민했다는 게 느껴지니까요. 저까지 선생님께 그런 심정 가지도록 만들고 싶지 않으니, 질문은 여기서 끝낼게요."

그녀가 말하는 사이 우리는 휘어져 난 길로 접어들어 스위스의 작은 산장처럼 보이는 예쁜 여름 별장에 도착했다. 계단을 오르니 방 하나가 보이고, 한 여인이 통나무로 만든 탁자 옆에 서 있었다. 그녀는 황야의 오지와 나무 사이로 보이는 언덕을 바라보면서 곁에 놓인 스케치북을 넘기고 있었다. 바로 페어리 양이었다.

과연 그녀를 어떻게 묘사해야 할까? 그 뒤로 일어난 모든 사건과 별개로 과연 그때 그 인상을 객관적으로 묘사할 수 있을까? 이 글을 읽는 이들에게 과연 맨 처음 그녀를 보았을 때 느낀 그 기분을 온전히 전달할 수 있을까?

지금 이 글을 쓰는 내 책상 위에는 그녀를 처음 봤을 때 모습을 그린 수채화가 놓여 있다. 나는 그림을 바라본다. 그러자 초록색이 감도는 어두운 갈색의 여름 별장에서 파란색과 흰색 실을 섬세하게 수놓은 소박한 무명 드레스를 입은 화사한 젊은 여인이 서서히 눈앞에 나타난다.

같은 소재로 만든 스카프가 잔물결을 이루며 그녀의 어깨를 감싸고 있고, 수수한 리본으로 장식된 자연스러운 색의 작은 밀짚모자가 만들어낸 진주 같은 그림자가 그 얼굴 윗부분에 드리워져 있다. 그녀의 갈색 머리는 너무 옅고 창백해 빛의 색에 가깝고, 그렇다고 황금색도 아니다. 그저 윤이 나는 듯 보이면서 여기저기 모자의 그늘에 동화되어 있다. 그 머리칼을 수수하게 갈래로 나눠 양쪽 귀 뒤로 말아서 올리고, 이마를 가로지른 앞머리에는 자연스러운 잔물결이 퍼진다.

눈썹은 머리카락보다 짙은 색이다. 두 눈은 맑고 부드러운 터키옥색으로 수많은 시인들이 예찬했지만 현실에서는 잘 볼 수 없는 색이다. 색깔도 모양도 사랑스러운 눈, 커다랗고 부드럽고 고요한 사색에 잠긴 눈, 파고들수록 지상 그 무엇보다 아름다운 눈, 이곳 아닌 더 순진무구한 세상에서는 더 고왔을 그 눈은 그녀의 가장 부드럽고 뚜렷한 매력이다. 그 매력이 다른 결점들을 완벽히 덮은 바람에 다른 사람의 전체적인 매력과는 비교 자체가 어렵다. 얼굴의 아랫부분은 정교하게 얼굴의 윗부분과 조화를 이루고 있다. 부드럽고 예민한 입술은 미소를 지을 때면 양쪽 턱까지 올라온다. 그것은 약간 불안정한 느낌을 풍기지만 다른 사람이었다면 쉽게 눈에 띄었을 이 결점마저도 그녀만의 독창적인 아름다움을 보여주는 모든 이목구비와 완벽한 조화를 이루고 있어서 보통 눈 움직임으로는 전혀 알아차릴 수 없다.

행복했던 시절 헌신과 맹목적 인내로 그려낸 이 초라한 초상화가 과연 지금까지 말한 그녀의 아름다움을 고스란히 담고 있다고 말하기는 어려우리라. 이 그림에는 내 마음의 경탄에 비하면 빈약한 아름다움만 담겨 있을 뿐이다.

단정하고 섬세한 여인, 예쁘고 수수한 옷차림으로 스케치북을 만지작거리는 동안 그 진실하고 순수한 푸른 눈은 위를 쳐다보고 있었다. 이것이 이 그림이 담고 있는 전부이다. 그 어떤 사려와 글로도 그녀의 아름다움을 고스란히 드러내기 어려울 것이다. 내 아름다움에 대한 무지에 최초로 생명과 빛과 형태를 부여한 여인, 이전에는 몰랐던 인간 정신의 결함을 비로소 메워준 여인. 아무리 그녀의 아름다움을 드러내려 해도 인간의 지각이나 표현으로는 끝끝내 할 수 없을 것이다.

결국 그녀의 아름다움을 표현할 수 있는 건 이 한 마디 고백뿐이다. 그녀의 아름다움과 신비로움은 인간 영혼의 저 깊디깊은 신비감과 같다고. 이렇게 말하고 나자 그녀의 아름다움도 비로소 펜과 연필이 비추는 좁디좁은 빛의 공간에서 벗어나 저 멀리 찬란한 광채로 훨훨 날아간다.

그녀를 생각해 보자. 처음 보자마자 걷잡을 수 없이 심장을 뛰게 만들고 다른 아름다운 것들은 떠올릴 수조차 없게 만들어버린 여인, 내가 그랬던 것처럼 그녀의 친절하고 솔직한 두 눈이 당신의 눈을 바라보게 하라. 우리가 너무 잘 알고 있는 가장 아름다운 여인의 모습과 마주하라. 가장 감미로웠던 음악을 그녀의 목소리라고 생각하고, 당신의 가슴을 가장 황홀하게 두드렸던 그 발걸음을 이 페이지 위를 오가는 그녀의 발걸음이라고 생각하라. 당신의 몽상을 키워낸 그녀가 이제 서서히 당신의 마음속에서 더 또렷하게 살아나서 생생한 여인의 모습으로 떠오를 것이다.

그러나 그녀를 처음 본 순간, 이런 경탄의 감정들과는 전혀 어울리지 않는 또 하나의 감정 하나가 불쑥 샘솟아 나를 혼돈에 빠뜨렸다. 그것은 페어리 양이라는 존재에 전혀 어울리지 않고 좀처럼 납득하기 어려운 감정이었다.

해맑은 얼굴과 아름다운 머릿결, 상냥한 말투, 자신감 넘치는 단순명쾌한 태도에 압도당하면서도, 내 안에는 분명 또 다른 감정이 도사리고 있었다. 그것은 음울한 분위기, 결핍의 느낌이었다. 마치 그녀 안에 무언가 채워지지 않는 부분이 있는 것 같기도 했고, 다른 한편으로 그것은 내 자신의 결핍처럼 보이기도 했다. 그 감정이 나로서는 그녀를 충분히 이해할 수 없을 것이라고 느끼게 했다. 그건 분명 모순이었지만, 바로 그 감정이 그 어떤 황홀한 감정보다 더 강하게 나를 지배했다. 그녀의 아름다움을 충분히 느끼는 순간, 동시에 든 해명할 수 없는 그 감정이 나를 괴롭혔다. 분명히 결핍된 그 무엇은 과연 어디에 존재하는가? 그건 과연 뭐지?

알 길이 없었다.

이 야릇한 감정의 충돌 때문에 그녀와 처음 이야기를 나누는 내 내 마음이 편치 않았다. 이 때문에 그녀가 건넨 환영의 말에 의례적인 답례조차 하기 어려울 만큼 평정을 잃고 말았다. 내 머뭇거리는 모습을 그저 수줍음 탓이라고 여긴 할콤 양이 나를 배려하듯 편안하고 쾌활하고 말했다.

"이걸 보세요, 선생님."

여전히 탁자 위의 스케치북을 만지작거리고 있는 작고 섬세한 페어리 양의 손을 가리키며 할콤 양이 말했다.

"마침내 진짜 모범생을 발견하셨다는 생각 안 드세요? 선생님이 집에 들어서는 순간, 이 모범생은 저 애지중지하는 스케치북을 들고서는 대자연의 모습을 직시하며 수업을 시작하기만을 애타게 바랐거든요!"

페어리 양은 습관적으로 환한 웃음을 터뜨렸다. 그 웃음은 햇살처럼 그 아름다운 얼굴 위에서 떠올라 우리를 환하게 비추었다.

"근거 없는 말이랍니다."

페어리 양이 맑고 천진난만한 두 눈으로 나와 할콤 양을 번갈아 바라보며 말했다.

"그림을 좋아하긴 하지만 저는 제 부족함을 너무 잘 알아서 애타게 기다리기보다는 두려웠어요. 선생님이시니까 말씀드리지만, 사실은 어렸을 때 받았던 그림 수업을 생각하면서 이 그림들을 뒤적이고 있었어요. 그때 그림에 소질 없다는 말을 들을까봐 얼마나 조마조마했는지 모르실 거예요."

그녀는 사랑스럽고 명료하게 자기 마음을 털어놓았다. 그러면서도 어린아이처럼 앙탈부리듯이 스케치북을 자기 쪽으로 바짝 당겼다. 할콤 양이 단호하게 상황을 정리했다.

"기분이 좋거나 나쁘거나 아니면 그냥 무관심하다고 해도 아무튼 학생의 그림은 스승의 엄격한 평가를 받아야 해. 그래야 결과도 나오지. 로라, 그 그림을 가지고 마차를 타자. 그리고 덜컹대는 마차 안에서 선생님께 네 그림을 보여드리자.

마차가 움직이는 동안에는 바깥의 웅장한 장관과 네 그림 속의 풍경을 번갈아 봐도 정확히 비교하기가 힘들겠지? 결국 선생님도 두 손 들고 그냥 잘 그렸다고 칭찬하고 넘어가시겠지. 그러면 우리 자존심을 다치지 않고도 선생님의 엄격한 기준을 통과하게 되는 거야."

"전 선생님의 칭찬 같은 건 기대하지 않아요."

모두 별장을 떠나려는 찰나 페어리 양이 말했다.

"이유를 들어볼 수 있겠습니까?"

내가 물었다.

"저는 선생님의 말씀 모두 그대로 받아들일 테니까요."

그녀가 간단하게 대답했다. 무심코 던진 그 몇 마디가 그녀의 모든 면면을 잘 밀해 주고 있었다. 그녀는 오로지 자신의 진실성에 기대어 살아가는 여인이었고, 천성적으로 위선이 없었다. 그래서 만나는 모든 사람에게 진실성 외에는 드러낼 게 없어 보였다. 당시에는 이 사실을 직감으로 느꼈고, 지금은 경험으로 알고 있다.

우리는 먼저 점심 식탁에서 디저트를 먹고 있는 베시 부인을 만나서 그녀를 자리에서 일으켰다. 그리고 마차에 올라탔다. 할콤 양과 베시 부인은 뒷좌석에 앉고 페어리 양과 나는 자연스레 앞좌석에 나란히 앉았다. 스케치북은 내가 잘 볼 수 있도록 그녀와 내 무

65

를 위에 펼쳐놓았다.

그녀의 그림을 진지하게 비평하겠다고 했던 결심은 실행이 불가능했다. 할콤 양이 작심한 듯 베시 부인과 페어리 양, 그리고 미술 작업에 대해 농담을 늘어놓았기 때문이다. 나는 그저 기계적으로 그림을 내려다볼 뿐이었다. 대신 그녀들이 주고받는 자유분방하고도 유쾌한 대화를 관심 있게 들었고 지금도 그것들을 잘 기억하고 있다. 특히 페어리 양이 말한 몇 마디는 마치 몇 시간 전에 들은 것처럼 생생히 내 머리에 각인되어 있다.

그래, 인정한다. 처음 만난 날, 나는 그녀에게 빠져서 홀린 듯이 선생으로서의 지위를 잊고 말았다. 또한 지금도 그녀의 모습을 생생히 기억하고 있다. 연필 사용법과 물감 섞는 법 같은 그녀가 내게 던졌던 모든 사소한 질문들, 내 눈과 마주칠 때마다 시시각각 떠오르던 그 눈동자의 미세한 변화들, 내가 말한 모든 것을 새겨서 듣겠다는 눈빛, 내가 보여줄 수 있는 것이 무엇인지 확인하고야 말겠다는 다부진 입술 같은 것들이 광활한 평야 위에 넓게 퍼진 햇빛과 그림자, 수평선을 그리는 해변 같은 아름다운 장관들보다 더 강하게 내 마음을 사로잡았다.

그러자 우리가 머물고 있는 이 자연이 사실은 우리 마음과 관심을 끄는 데 하잘 것 없다는 점을 깨달았다. 이상했다. 우리는 고통 속에서 위안을 찾거나 즐거움 속에서 애정을 느끼고자 할 때 자연을 찾는다. 그러나 그것은 어디까지나 책 속의 이야기일 뿐이다. 시인들이 그토록 찬미하는 자연은 사실 우리가 가장 훌륭한 마음 상태에 놓여 있을 때조차 우리 천성과는 거리가 멀다.

어릴 때 우리는 자연을 감상하는 능력이 없었다. 배우지 않고는 자연의 아름다움을 모르는 것이다. 자연의 변화무쌍한 광휘에 터전을 잡고 사는 사람들조차 자연의 숭고함이나 위대함에는 무감각하다. 그들에게는 오직 삶을 위해 먹고사는 일이 있을 뿐이다.

우리가 자연을 찬미하고 그 진수를 느끼게 된 것은 순전히 미술을 통한 배움 덕이다. 물론 희박하지만 태생적으로 자연을 음미할 능력을 가진 이들도 있다. 그러나 그들조차 그 능력을 발휘하는 건 마음이 공허할 때나 어떤 것에 몰두하고 있지 않을 때뿐이다. 과연 즐겁건 괴롭건 자연의 매력이라는 게 사실 나와 내 친구들의 흥미나 감정에 얼마나 큰 영향력을 미칠까? 우리가 일상 중에 주고받는 수많은 말 중에 자연의 아름다움과 관련된 건 과연 몇 마디나 될까?

피조물들은 어쩔 수 없이 감정의 결핍을 가지고 살아가며 거기에는 반드시 이유가 있다. 인간의 광범위한 운명과 생활 속에서 발견되는 이 결핍은 자연의 가장 거대한 광경에서 인간이 궁극적으로 얻을 수 있는 것이라곤 결국 허무뿐이기 때문이다. 순진무구한 마음으로 아무리 찾으려 해도 찾을 수 없는 영원불멸. 다시 말해 허무와 죽음으로 결말이 나는 자연은 그래서 인간의 타고난 관심 대상이 될 수 없는 것이다.

마차가 다시 리머리지에 도착했을 때는 거의 세 시간이 흘러 있었다. 나는 돌아오는 길에 두 여인에게 다음날 오후에 어디서 그림을 그릴지 정해 두라고 말했다.

여자들이 저녁식사를 위해 옷을 갈아입기 위해 올라가면서 다시 나 혼자가 되자 갑자기 넋을 잃은 기분이 되었다. 뭔가 나 자신에 대해 불만족스러웠지만 이유를 알 수 없었다. 선생 위치를 잊은 채 손님 입장이 돼서 지나치게 즐겼다는 걸 그제야 깨달았기 때문일 것이다. 또는 페어리 양을 처음 보았을 때 느꼈던 그 결핍, 아니 어쩌면 내 결핍일지도 모를 그 쩔쩔매게 만들었던 느낌이 여전히 남아 있어서였을지도 모른다. 어쨌든 저녁식사 시간이 되자 나는 그 불편한 고립감에서 풀려날 수 있었다. 다시 두 사람 사이로 돌아가게 된다고 생각하자 안도감이 들었다.

거실로 들어서자 두 여인이 입은 드레스의 대조적인 면이 잠시 나를 놀라게 했다. 색의 차이 때문이라기보다는 옷감의 대조 때문이었다. 베시 부인과 할콤 양은 나이에 걸맞은 우아한 드레스를 입고 있었다. 베시 부인의 은회색 드레스와 할콤 양의 황갈색 드레스는 각자의 피부색과 머리색에 잘 어울렸다. 반면 페어리 양은 장식 없는 흰 무명 드레스를 입었는데 한 점 무늬도 없는 순백 그 자체였다. 아름답긴 했지만 다소 초라해서 가정부보다도 가난해 보일 정도였다.

나중에 페어리 양을 더 잘 알게 되면서 알게 된 사실이지만, 이는 천성인 섬세한 감성과 더불어 남에게 부유함을 드러내지 않으려는 성향에서 비롯된 것이었다. 심지어 베시 부인이나 할콤 양조차도 그녀에게 가난한 여인들을 압도하고 부유한 숙녀의 위치를 확고히 하라고 설득할 수 없었다.

저녁식사를 마친 뒤 우리는 다시 응접실에 모였다. 그날 페어리 씨는(그는 너그러운 군주 흉내를 내는 데 열심이었다) 하인을 통해 저녁식사 후 내가 좋아하는 와인을 마음껏 선택할 수 있도록 배려해 주었다. 하지만 나는 그 많은 술병들 앞에서 홀로 마실 술을 선택할 수 있는 특권을 과감하게 거절했다. 그리고 여인들에게 함께 식후의 시간을 즐길 수 있게 해달라고 부탁했다.

남은 저녁 시간을 보낼 응접실은 일층에 있었고 아침식사를 했던 방과 같은 모양, 같은 크기였다. 방 한쪽의 커다란 유리문은 곧바로 테라스와 연결되어 있고, 테라스에서 응접실로 가는 길은 아름다운 꽃들로 장식되어 있었다. 우리가 길을 따라 응접실로 들어서자 부드럽고 희미한 노을이 꽃과 잎들을 적시고 달콤한 저녁 꽃향기가 열린 문을 통해 우리를 반겨주었다.

선량한 베시 부인은(언제나 제일 먼저 자리에 앉는 사람은 그녀였다) 구석 안락의자에 앉아 꾸벅꾸벅 머리를 떨어뜨리며 졸다가 편안하게 잠이 들었다. 내 요청으로 페어리 양이 피아노 앞에 앉았다. 내가 그녀를 따라서 피아노 옆에 앉는 동안 할콤 양은 지는 해의 끝자락을 붙잡고 어머니의 편지를 뒤적이며 읽고 있었다.

이 글을 쓰고 있는 순간에도 그때의 평화로운 응접실의 아늑한 모습들이 생생하게 떠오른다. 페어리 양 옆자리에서 바라본 할콤 양의 모습, 하반신은 노을빛에 은은히 드러나고 상반신은 저무는 해그림자에 가려진 채 무릎에 편지들을 얹어놓고 열심히 읽고 있던 그 모습이 지금도 생생하다.

내 가까운 곳 페어리 양의 옆모습은 희미한 실내 벽과 대조를 이루며 도드라졌다. 바깥 테라스에는 잔잔한 저녁 바람에 흔들리는 꽃향기와 가지런히 춤추는 풀들이 차분한 풍경을 자아내고 있었다. 그 은은하고 조화로운 광경은 서걱거리는 풀 소리조차 귀에 들리지 않게 만들었다. 하늘은 구름 한 점 없었고, 서쪽에서 떠오르는 신비에 가득 찬 달빛이 동녘을 살그머니 흔들고 있었다. 평화와 고요의 지배 아래 놓여 있던 그곳은 나로 하여금 모든 잡념을 거두고 깊은 사색에 잠기게 했다. 그것은 이승의 평온, 그 이상의 침잠이었다.

향기까지 풍길 것 같은 고요가 짙어가는 마지막 빛으로 인해 더 경건한 침묵을 부여할 즈음, 그 고요를 더욱 빛내는 피아노 소리가 울렸다. 모차르트의 음악이었다. 그날 저녁은 결코 잊지 못할 고요와 소리가 빚어낸 천상의 시간이었다.

우리는 앉은 자리에서 말이 없었다. 베시 부인은 여전히 졸고 있었고, 페어리 양은 여전히 피아노를 연주했고, 할콤 양은 여전히 편지를 읽었고, 빛은 여전히 우리에게 떨어지고 있었다. 그때 달이 갑자기 테라스를 둥글게 비추었다. 신비스러운 달빛이 방 안으로 스며들었다. 노을의 변화무쌍한 모습에 넋을 잃은 우리는 말없이 등불을 끄기로 합의했고, 하인이 등불을 다시 가지고 왔을 때도 그 방을 밝히고 있는 빛이라고는 피아노 위의 두 촛불뿐이었다.

피아노 선율은 30분 정도 계속되었다. 그런 뒤 테라스를 비추는 달빛이 페어리 양을 밖으로 이끌었다. 너도 그녀를 따라서 나갔다. 피아노 위의 촛대에 촛불이 밝혀지자 할콤 양은 그쪽으로 자리를 옮겨서 편지를 계속 읽었다. 우리는 피아노 옆에 놓인 낮은 의자에 앉아 있는 그녀를 그냥 두기로 했다. 그녀는 너무 열중한 나머지 우리가 움직이는 소리조차 듣지 못하고 있었다.

페어리 양과 나는 유리문 바로 앞의 테라스에 서 있었다. 내 기억으로는 채 5분도 지나지 않았을 무렵이었다. 페어리 양이 찬 밤공기를 조심하라는 내 권유를 받아들여 막 손수건을 머리에 둘러매려는 찰나였다. 바로 그때 평소의 낭랑한 목소리와는 다른, 낮고 다급하게 내 이름을 부르는 할콤 양의 목소리가 들렸다.

"하트라이트 선생님, 잠깐만 이리로 와주시겠어요? 말씀드릴 게 있어요."

나는 즉각 방으로 들어갔다. 할콤 양은 테라스와 한참 떨어진 피아노 옆에 앉아 어질러진 편지들을 무릎 위에 놓고, 그 가운데 고른 편지 하나를 촛불로 비추면서 살피고 있었다. 나는 테라스 근처에 있는 긴 의자에 앉았다. 이 위치라면 달빛에 흥건하게 젖은 채 테라스를 오가는 페어리 양의 모습을 충분히 볼 수 있었다.

"이 편지 마지막 부분을 읽을 테니 잘 들어보세요."

할콤 양이 말했다.

"만일 도중에 선생님의 기괴한 런던 모험담의 작은 단서라도 보인다면 즉각 말씀해 주세요. 이 편지는 제 어머니가 페어리 씨에게 보낸 편지예요. 날짜로 보니 결혼 후 11년에서 12년 사이 같네요. 이때는 페어리 씨와 페어리 부인, 그리고 로라가 몇 년 동안 이 집에서 함께 살고 있을 때입니다. 저는 파리의 대학에서 졸업을 하기 위해 집에서 떨어져 있던 때이고요."

편지를 보면서 말하는 그녀의 목소리는 간절하면서도 약간은 불편한 기색이 감돌았다. 할콤 양이 편지를 촛불 쪽으로 가져가 읽기 시작하려는 순간, 테라스의 페어리 양이 언뜻 걸음을 멈추고 실내를 들여다보았다. 그리고 우리가 뭔가에 골몰하고 있는 것을 보고는 계속 걸음을 옮겼다.

할콤 양이 읽은 편지의 내용은 다음과 같았다.

사랑하는 필립, 끊임없이 학교와 학생 문제로 시달리게 해서 미안해요. 하지만 저를 탓하지 않으셨으면 해요. 이건 리머리지의 삶이 지루하고 단조롭다 보니 별 대단한 소식이 없어서이기도 해요. 그런데 이번에는 정말 당신의 관심을 끌 만한 이야기예요. 새로 들어온 어느 학생에 대한 거랍니다.

마을에서 가게를 운영하는 늙은 캠피 부인을 당신도 아시죠? 오랜 병마 끝에 의사도 끝내 그녀를 포기하고 말았어요. 지금은 하루하루 죽어가고 있는 상황이랍니다.

그런데 지난주에 그 부인의 유일한 혈육인 여동생이 그녀를 간호하겠다고 이곳으로 왔답니다. 그 먼 햄프셔에서 먼 길을 왔는데 이름은 캐서릭 부인이라고 하더군요. 나흘 전에 그 부인이 저를 찾아왔는데 외동딸과 함께 왔어요. 우리 사랑스러운 로라보다 한 살 많은 아주 귀여운 소녀입니다.

마지막 문장이 그녀의 입에서 흘러나오는 순간, 페어리 양이 다시 문 앞에 나타났다. 그녀는 아까 연주했던 음악을 조용히 흥얼대고 있었다. 할콤 양은 페어리 양이 사라질 때까지 기다렸다가 다시 편지를 읽었다.

캐서릭 부인은 고상하고 예의바르고 존경받을 만한 여자랍니다. 지금은 중년의 모습이지만 나이가 무색할 정도로 젊었을 때의 고운 외모가 남아 있지요. 그런데 그녀의 태도나 외모를 볼 때 도저히 이해할 수 없는 부분들이 있었어요. 그녀의 인상 자체가 완전히 베일에 싸인 비밀이었거든요. 뭐라 표현할 수 없을 정도로 그 얼굴에는 가슴에 뭔가 털어놓지 못한 비밀이 있다는 걸 암시하는 듯한 표정이 쓰여 있었어요. 한 마디로 움직이는 수수께끼라고나 할까요?

그런데 리머리지에서의 용무는 아주 간단했어요. 임종을 앞둔 언니를 간호하기 위해 햄프셔로 왔지만, 햄프셔에는 그녀의 딸을 돌봐줄 사람이 없어서 여기로 함께 올 수밖에 없었다고 해요. 캠피 부인이 일주일 안에 세상을 떠날지 몇 개월을 더 살지 모르는 상황에서 할 수 있는 유일한 선택은 나를 찾아 딸 앤이 학교에 다닐 수 있게 부탁하는 것이었지요. 언니가 세상을 떠나면 다시 딸을 데리고 햄프셔로 돌아간다는 조건으로 말이에요. 전 즉시 승낙했죠. 바로 그날로 저는 로라와 함께 산책을 나가면서 그 열한 살 된 어린 소녀를 학교로 데려갔답니다.

한 번 더 페어리 양이 흰 무명 드레스를 밝게 빛내며 얼굴은 턱까지 동여맨 손수건 때문에 각이 진 채 달빛을 받으며 거실 옆을 지나갔다. 한 번 더 할콤 양은 그녀가 사라질 때까지 읽기를 멈추었다가 다시 읽기 시작했다.

여보, 그런데 저는 이 새로운 학생에게 강렬하게 끌리는 느낌을 받았어요. 그것이 뭔지는 당신을 더 깜짝 놀라게 해주고 싶으니 미리 말하지 않으려 해요. 아이 어머니는 스스로에 대해서도 조곤조곤 밝히지 않았던 것처럼 아이에 대해서도 언급한 게 별로 없어서 결국 저 혼자 힘으로 알아내야 했지요.

그 아이에게 수업을 하는 순간 알게 되었지만, 그 아이는 또래와 비교할 때 지적 능력이 모자란 편이었어요. 저는 이 사실을 안 바로 다음날, 아이를 집으로 보낸 뒤 몰래 의사와 약속을 잡았죠. 직접 와서 아이를 진찰하고 의견을 말해 달라고요. 그런데 의사 말은 이 아이가 정상적으로 자라기 힘들겠다는 거예요. 이 아이가 잘 자라려면 섬세한 학교 교육이 필요하다고요. 학습 능력이 왜 떨어지냐고 물으니, 아이가 더디게 배우는 건 역으로 이 아이가 남들보다 훨씬 뛰어난 기억력을 가진 데다 일단 마음에 뭘 수용하면 거기에 특별히 매달리는 심리 상태가 원인이라고 했어요. 잠깐만요, 여보, 제가 이 아이에게 막무가내로 집착하고 있다는 생각은 말아주세요. 이 작고 불쌍한 앤 캐서릭은 귀엽고, 정 많고, 감사할 줄 아는 소녀랍니다. 당신도 때가 되면 어떤 아이인지 알게 되겠죠.

그런데 이 아이는 말을 해도 아주 곱게 하고, 나이에 걸맞지 않는 기발한 말만 해요. 놀랍고도 거의 기절초풍할 식으로 말이에요. 비록 옷을 더럽게 입고 다니거나 하지는 않지만 칼라나 모양이 어딘가 촌스러워 보이죠. 그래서 우리 사랑스러운 로라가 입던 흰 드레스를 수선해서 입히기로 했어요. 너는 살결이 희니 흰색이 가장 잘 어울리고 깔끔해 보인다고 말해 주면서요. 그리고 옷을 입혀주려는데 아이가 약간 망설이는 거예요. 그러더니 얼굴이 갑자기 빨개지면서 곧 알아듣는 것 같더군요. 그리고 갑자기 제 손을 꽉 쥐고는 거기에다 느닷없이 입맞춤을 했어요. 그 나이에 말이죠. 그리고 세상에, 그 어린 나이에 이렇게 말하는 게 아니겠어요.

"제가 살아 있는 한, 저는 꼭 흰옷만 입을 거예요. 흰옷을 입고 있으면 부인을 기억하게 될 거고, 언제든지 부인을 기분 좋게 해드릴 수 있을 테니까요. 혹시 제가 여기를 떠나서 부인을 영영 못 보게 되더라도요."

어쩜 어린아이가 이런 식으로 말할 수 있을까요? 정말 놀랍지 않으세요? 불쌍하고 귀여운 영혼이죠. 이 아이가 자라서 학교를 떠나면 그때도 아마 흰옷을 입고 떠나겠죠.

할콤 양이 읽기를 멈추고 피아노 너머로 나를 바라보았다.

"길 위에서 만난 그 여자는 젊어 보였어요? 스물두세 살 정도로요?"

"맞아요, 그 정도 나이였습니다."

"옷차림도 이상했나요? 머리에서 발끝까지 흰색이었나요?"

"전부 흰색이었죠."

마지막 대답을 하는 사이 페어리 양이 세 번째로 불쑥 테라스에 나타났다. 이번에는 가던 길을 계속 가지 않고 테라스 난간에 기대어 등을 우리 쪽으로 돌린 채 아래쪽에 펼쳐진 정원을 바라보았다. 순간 내 눈은 그녀의 빛나는 흰 무명 드레스와 머리에 두른 손수건에 멈추었다. 형언할 수 없는 어떤 감정이 순식간에 나를 사로잡아

심장을 뛰게 하고 맥박을 요동시켰다.

"전부 다 흰색이었다고요?"

할콤 양이 거듭 물었다.

"하트라이트 선생님, 가장 중요한 부분은 곧 읽게 될 마지막 구절이에요. 그런데 선생님이 만난 그 여자의 흰옷과 내 어머니의 어린 학생의 마음을 움직인 그 흰옷의 우연한 일치가 정말 놀랍군요. 의사가 내린 지진아라는 진단은 틀렸을 가능성도 있어요. 어쩌면 그 어린아이는 전혀 지진아가 아닌 상태로 어른이 되었을지도 모르고요. 흰옷은 어린 소녀라면 누구나 입고 싶어 하는 일종의 낭만이니까요. 비록 그 아이에게는 더 각별한 의미가 있겠지만요. 그 흰옷을 입은 여인 역시 우리가 모르는 각별한 의미를 간직한 채 흰옷을 입고 있었을지도 몰라요."

나는 몇 마디 답변을 했지만 뭐라고 했는지 전혀 기억할 수가 없다. 내 관심은 오로지 페어리 양의 흰옷에서 빛나는 광채에 쏠려 있었기 때문이다.

"이제 마지막 구절을 들어보세요. 아마 선생님도 적잖이 놀라실 거예요."

그녀가 편지를 읽으려고 촛불 가까이 가져갔을 때, 페어리 양이 난간에서 등을 돌렸다. 이상한 듯 테라스 아래 위를 번갈아 바라보더니 유리문 쪽으로 몇 걸음을 옮긴 뒤 멈춰 서서 우리를 바라보았다.

그런 줄도 모르고 할콤 양은 마지막 구절을 읽기 시작했다.

여보, 이제 더 쓸 공간도 없군요. 이제 오늘 이 학생에 대해 당신께 긴 글을 쓴 진짜 이유를 말할게요. 정말 놀라운 일이고, 제가 이 아이를 좋아하지 않을 수 없는 이유이기도 하지요. 사랑하는 필립, 이 아이가 글쎄, 이게 무슨 창조주의 변덕인지 글쎄, 머리카락이나 외모나 눈동자 빛깔이나 얼굴 형태가 글쎄, 우리 로라보다 매력은 없지만, 뭐랄까…….

할콤 양이 마지막 글귀를 미처 읽기도 전에 나는 의자에서 벌떡 일어나고 말았다. 그날 밤의 호젓한 길 위에서 낯선 손길이 내 어깨 위에 놓였을 때 내 몸을 관통했던 강한 전율이 다시 나를 사로잡았다.

저기, 페어리 양이 흰옷을 입고 홀로 달빛을 받으며 서 있었다. 그녀의 태도와 고개의 움직임과 안색과 얼굴 생김새 등은 바로 딱 저 정도의 거리에서, 그리고 저 같은 분위기에서 생생히 살아 있는 한 모습을 떠올리게 했다. 흰옷을 입은 바로 그 여인의 생생한 모습을!

순간 그녀를 처음 본 뒤로 내내 마음을 괴롭혔던 의문이 순식간에 확신으로 돌변했다. 뭐라 말하기 힘들었던 '뭔가의 결핍'은 바로 그녀를 본 순간 어떤 느낌을 인식했기 때문일 것이다. 정신병원에서 탈출한 여자와 리머리지 가의 내 학생과의 섬뜩한 유사성 말이다.

"아시는군요!"

할콤 양이 말했다. 그녀는 이제는 쓸모없어진 편지를 힘없이 떨어뜨리면서 반짝이는 눈으로 나를 바라보았다.

"이제야 알았군요. 어머니는 11년 전에 벌써 알았던 사실을요."

"네, 이제 알겠군요. 말로는 표현 못할 끔찍한 기분으로 말입니다. 심지어 아무리 운명이 내린 우연의 일치라고는 해도, 외롭고, 친구도 없고, 길까지 잃은 여자와 페어리 양을 조금이라도 연관짓는다는 건 지금 우리를 보고 있는 저 화사하기 이를 데 없는 여인의 앞날에 어두운 운명의 그림자를 드리우는 일입니다. 가능하면 한시라도 이 끔찍한 생각에서 벗어나야 해요. 그녀를 어서 안으로 부르세요. 저 음침한 달빛에서 벗어나게 해요. 제발 그녀를 안으로 불러요!"

"선생님, 정말 똣뵈이네요. 여자는 그렇다 쳐도 19세기의 남자는 미신을 믿지 않는다고 생각했는데요."

"제발 좀 안으로 불러요!"

"쉿, 진정하세요. 들어오고 있어요. 동생에게는 아무 말도 마세요. 두 사람이 닮았다는 이야기는 저와 선생님만의 비밀로 해요. 들어와, 로라. 어서 와보렴. 피아노 소리로 베시 아줌마를 깨워드릴까? 선생님께서 음악을 좀 더 연주해 달라고 하셔. 이번에는 밝고 활기찬 걸로 말이야."

8

그렇게 내 리머리지에서의 첫날이 지나갔다.

할콤 양과 나는 비밀을 지켰다. 두 사람이 꼭 닮았다는 사실까지는 알아냈지만 그 뒤로는 '흰옷의 여인' 수수께끼와 관련한 어떤 새로운 사실도 밝혀내지 못했다.

할콤 양은 나름대로 요령을 부려가며 페어리 양에게 그들의 어머니와 옛 시절들, 앤 캐서릭에 대해 요리조리 물어보았다. 하지만 페어리 양은 그 어린 여학생에 대한 기억이 거의 없었고, 남아 있는 것도 별 특별할 게 없었다. 그녀는 어머니가 가장 좋아했던 학생과 자기가 닮아 있었다는 사실까지는 기억하고 있었지만, 충분히 있을 수 있는 일이라고 여기는 듯 대수롭지 않게 언급했다. 또한 흰 드레스를 선물로 준 일이나 그 순진무구한 아이가 어머니와 자신에게 나이에 걸맞지 않은 감사의 말을 했던 일은 전혀 기억하지 못했다. 페어리 양은 앤이 학교를 다닌 기간은 고작 몇 개월이었고, 햄프셔에 있는 집으로 돌아갔다는 기억은 있지만 그 후로 리머리지에 다시 왔는지 아니면 그 이후로 소식을 들은 적이 있는지는 기억하지 못했다.

할콤 양은 나머지 편지를 모두 읽었지만 그 역시 궁금증만 증폭시킬 뿐이었다. 다만 이 수수께끼의 해결에 조금의 진전이 있었다면, 한밤중에 만난 그 여인이 앤 캐서릭이라는 사실과 왜 그녀가 하필이면 흰옷을 입었는지, 어째서 어른이 된 뒤에도 페어리 부인에 대해 여전히 어린아이 같은 고마움을 품고 있었는지 하는 이유들을 알았다는 점이다. 우리가 밝혀낼 수 있는 부분은 딱 거기까지였다.

그렇게 또 하루가, 또 몇 주가 지났을까. 어느새 황금빛 가을날이 여름의 무성한 녹음을 뚫고 그 얼굴을 완연하게 드러내기 시작했다. 평화롭고 행복했던, 멈추지 않고 내달린 시간들!

그녀가 내 옆을 순식간에 지나친 것처럼 이제 내 이야기도 쏜살같이 달려갈 것이다. 그녀가 내게 무한대로 퍼부었던 그 수많은 보석들 중에 쓸 만한 건 과연 얼마나 남았을까?

아무것도 남지 않았다. 남은 것이라고는 고작 남자가 할 수 있는 그 어떤 고백보다도 슬픈 고백, 그리고 내가 저지른 과오들뿐이다.

내가 고백할 비밀은 별 고통 없이 담담히 말할 수 있는 것들이다. 간접적으로 그것은 이미 내게서 벗어나 있기 때문이다. 그녀의 아름다움을 이렇게든 묘사해 보기 위해 내뱉은 내 비약한 표현들이 오히려 그녀로부터 선사받은 벅찬 감정들을 무참히 무너뜨리고 있다. 인간들이란 다 그렇지 않은가! 인간의 말이란 우리 자신을 해칠 때는 날카롭지만, 우리에게 도움이 될 수 있을 때는 또 얼마나 무디던가.

나는 페어리 양을 사랑했다.

나는 지금 이 한 마디에 깃든 온갖 모욕과 비웃음과 슬픔을 생생히 느낀다. 내 비통한 고백을 읽고 나를 동정할 어느 다정한 여자처럼, 나 스스로도 내 고백에 측은지심을 느낀다. 나 역시 이 고백을 내뱉은 나에게 군은 표정으로 지독한 경멸감을 보내리라.

나는 그녀를 사랑했다! 누군가 나를 동정하건 멸시하건 진실을 위해 흔들리지 않는 단호함으로 나는 고백하겠다.

변명거리는 없을까? 찾으면 약간은 있다. 내게 이런 감정이 생긴 것은 리머리지 가의 고용 조건 탓이기도 했다. 사실상 내 오전 시간은 작업실의 고요하고 격리된 공간 속에서 거리낌 없이 흘러갔다. 내 몸은 주인의 지시대로 그림을 보살피고 수선하는 일에 유쾌하게 열중했다. 그러나 그 순간에도 마음은 고삐 풀린 상념과 공상에 실려 훨훨 날아다녔다. 혼자 보내는 그 오전의 고독한 시간은 내 활력을 소진시키기에는 충분했지만, 기력을 되살려줄 만큼 충만하지는 않았다.

그 위험한 고독의 시간을 견디고 나면 오후와 저녁 시간은 두 여자의 공간 속에서 함께 지냈다. 하루하루와 일주일과 일주일을 오로지 두 여인이 빚어낸 세상 속에서만 살았다. 한 여인은 똑똑하고 재기발랄하고 교양이 넘쳤고, 또 한 여인은 아름다움과 상냥함과 소박한 진실성을 가지고 있었다. 그녀의 소박한 진실성은 한 남자의 마음을 아이처럼 달래주고 정화시켜 주었다. 단 하루도 학생과 선생의 아슬아슬한 관계를 넘지 않은 날이 없었다.

내 손은 언제나 페어리 양의 손에 닿을 수 있었고, 서로의 체온을 느낄 정도로 볼과 볼을 맞댈 수 있는 순간도 있었다. 그녀가 내 가르침에 전념할수록 나는 더 가까이 그녀의 향기를 맡았고, 더 진하게 그녀의 숨결에서 풍기는 향기를 음미했다. 그것 또한 내 임무였다. 그녀의 눈앞에서 내가 살아 있음을 증명하는 것도 내 임무 중에 하나였다.

한번은 그녀의 위에서 몸을 기울이다가 가슴을 거의 건드릴 정도로 가깝게 다가간 적이 있었다. 나는 그것을 만져보고 싶다는 생각에 몸을 떨었다. 또 한번은 그녀가 내게 몸을 굽혀 내가 하는 일을 더 자세히 보려고 바짝 다가왔다. 그 바람에 그녀의 목소리는 속삭임이 되었고, 그녀의 옷에 달린 리본이 내 뺨을 스치기도 했다. 그랬다. 그것도 내 임무였으리라.

바깥에서 진행하는 스케치 수업 뒤에 이어지는 저녁 시간은 이 순수하고도 필연적인 친밀감을 다른 모습으로 변주했다. 나는 음악을 좋아했다. 그녀는 내가 좋아하는 음악을 부드럽고 감미로우면서도 그녀만의 여성적인 취향으로 연주해 주었다. 그것은 내 수업에 대한 달콤한 답례였다. 내가 그녀에게 전하는 그림의 아늑한 세계와 그녀가 내게 보내는 음악의 아득한 세계가 만나 우리는 점점 더 밀접한 관계가 되었다.

함께 나눈 대화의 순간들, 심지어 식탁에서 습관적으로 나란히 앉는 자리, 늘 준비되어 있던 할콤 양의 농담들, 비록 학생인 그녀에게 열정을 불러일으키기는 하지만 선생으로서 너무 지나친 관심을 보이는 건 아니냐며 놀려대던 그 농담들, 그 농담에 지긋이 고개를 끄덕이던 베시 부인의 사심 없는 모습들, 모범적인 젊은 남녀로 두 사람을 결합시키는 농담에 마냥 고개를 끄덕이던 늙은 여인의 한적한 미소, 그 모든 사소하고도 오밀조밀한 순간들, 그리고 다른 더 많은 일들로 꽉 차 있던 나날들, 그것들은 우리 둘을 점차 하나로 묶어 절망의 끝으로 이끌고 있었다.

나는 내 위치를 깨달았어야 했다. 스스로를 더 엄격히 관리했어야 했다. 물론 그렇게 했지만, 이미 늦어버린 뒤였다. 다른 여자들에게는 그토록 철저했던 모든 판단력과 경험들, 어떤 유혹에서도 나를 건져주었던 내 이성도 그녀의 앞에서는 여지없이 무너졌다.

지난 세월 동안 나는 다양한 연령대의 수많은 아름다움을 가진 여인들과 아주 친밀한 사이로 지내왔다. 그것이 내 직업이었고, 나는 그것을 내 천직으로 생각하고 살았다. 정말이지 내 또래에 느낄 수 있는 모든 감정들을 헌신짝 버리듯이 걷어차면서 차갑게 나 자신을 연마시켰다. 오래진부터 기성사실처럼 담담하게 나는 나 자신을 여학생이 정도를 넘어 접근하면 명확히 선을 긋는 사람으로 여겨왔다. 아름답고 매혹적인 여자들 사이에서 위험 없는 애완동물처럼 받아들여지는 것을 당연하다고 여겨왔다. 일찍부터 절제력을 몸에 익혔고, 이 엄격하고도 냉혹할 정도의 자제력 덕에 내 좁디좁은 길을 수도승처럼 걸었고, 단 한 번도 나 자신을 거기에서 벗어나게 놔두지 않았다.

그런데 그 든든했던 믿음의 부적이 내게서 처음으로 떨어져 나갔다. 그랬다. 그토록 힘겹게 익혀온 통제력이 언제 있었냐는 듯이 홀연히 사라져 버렸다. 여자관계로 밥 먹듯 허둥지둥하는 그런 남자들처럼 말이다.

지금에야 알 것 같다. 처음부터 나 자신에게 되물었어야 했다. 그녀가 들어올 때면 왜 그곳이 내 집보다 편했는지, 그녀가 나간 뒤에는 왜 모든 것이 버려진 황무지처럼 삭막했는지, 다른 여자들을 보면서는 전혀 알아차리지 못했던 조그만 옷차림의 변화까지도 그토록 민감하게 알아챌 수 있었는지, 만나고 헤어지며 악수를 나눌 때 어째서 생전 다른 여인에게서는 느끼지 못했던 감정을 느꼈는지, 진작 스스로에게 따졌어야 했다. 마음을 찬찬히 들여다보며 이 신비로운 감정의 종양이 무럭무럭 자라는 것을 알아차리고 더 크기 전에 송두리째 도려냈어야 했다.

이 쉽고도 간단한 자기 통제가 왜 당시에는 힘들었을까? 이에 대한 답은 이미 말한 그 짧은 한 줄로 충분하다.

나는 그녀를 사랑했다.

시간은 흘러 어느덧 내가 컴벌랜드에 온 지도 석 달이 지나고 있었다. 단조로우면서도 그 자체로 행복했던 우리만의 고립된 시간들이 개울처럼 반짝이며 빠르게 흘러갔다. 과거에 대한 모든 기억들,

미래에 대한 모든 생각들, 내가 저지르고 있는 잘못에 대한 죄책감들, 내 위치의 허망함, 이것들이 내 마음에서 숨을 죽인 채 움트고 있었다. 내 심장이 들려주는 세이렌의 노래에 유혹당하며 나는 점점 더 치명적인 암초를 향해 떠밀려가고 있었다.

마침내 내 나약함을 스스로 질책하는 갑작스런 경고는 모든 경고들 중에서도 가장 명료하고 진실하면서도 관대한 모습으로 나타났다. 그 경고는 다름 아닌 그녀로부터 나직하게 전해졌다.

어느 밤 우리는 평소처럼 헤어졌다. 나는 그 순간에도, 그 이전에도 그녀에게 내 마음을 드러내거나 그녀가 진실을 깨닫고 놀랄 만한 그 어떤 말도 한 적이 없었다. 그런데 다음날 아침 그녀에게는 어떤 완연한 변화가 나타났고, 그 변화가 내게 모든 걸 말해 주었다.

나는 그녀의 가슴 가장 깊은 곳의 성역을 침범해 그것을 타인들에게도 무방비로 노출시키는 일을 삼갔다. 그것은 마음을 솔직히 드러내는 것과는 다른 일이었다.

더 이상 말이 필요할까? 확신하건대 그녀는 처음 내 비밀을 알아차리면서 동시에 그 자신의 비밀까지도 알아차렸을 것이다. 바로 그것이 하룻밤 새에 나에 대한 태도를 바꾼 결정적인 원인이었을 것이다. 그 이상 무슨 말이 더 필요할까?

그녀는 남을 속이기에는 너무 진실했고 자신을 속이기에는 너무 고결했다. 내가 깊이 묻어두었던 비밀이 처음에는 그녀를 의문에 휩싸이게 했겠지만, 그 진실이 완전히 제 얼굴을 드러내고 그녀의 마음을 송두리째 점령했을 때, 그녀는 자기만의 명료한 언어로 이렇게 말했을 것이다.

"그분에게 죄송한 일이야, 그리고 나 자신에게도 미안한 일이고."

그녀의 표정은 분명한 사실을 말하고 있음에도 당시에는 그것을 해석하기가 어려웠다. 단둘이 남겨졌을 때 그녀가 내비친 혼란, 마음을 억누르려고 꽉 다문 입술에서 느껴지는 인내와 슬픔, 자신을 지배해 버린 무언가에 온몸을 던지고 싶은 갈망, 그 모습을 읽고 있노라면 감히 모든 걸 멋대로 해석할 수 없었다.

나는 그제야 왜 그녀가 달콤하고 섬세한 입술에 더는 미소를 띠지 않고 항상 뭔가에 얽매인 듯했는지 알 것 같았다. 나를 바라보는 그 맑고 파란 눈이 왜 천사의 눈처럼 내게 동정을 보내다가도, 어린아이 같은 순진무구한 당혹감을 내비쳤는지도.

하지만 그 변화가 의미하는 건 그 이상의 것이었다. 그녀의 손은 차가웠고, 얼굴은 부자연스러웠으며, 모든 행동 하나하나에서 끊임없는 두려움과 자책이 묻어났다. 내가 그녀에게서 발견하고 나 자신에게서 발견한 감정들은 이런 게 아니었다. 두 사람이 함께 느끼면서도 인정하기를 거부했던 그 감정들은 결코 이런 게 아니었다. 그녀의 변화는 우리 사이에 여전히 은밀하게 공유하는 무언가가 있음을 암시하는 동시에 또한 은밀하게 우리 둘을 떼어놓고 있었다.

나는 홀로 감당해야 하는 의구심과 당혹감, 막연한 의심들에 둘러싸여 힘겨워하다가 단서를 찾듯이 할콤 양의 태도와 표정을 유심히 살피기 시작했다. 두 사람은 워낙 친밀했으니 서로 영향을 받지 않을 수 없었다.

페어리 양의 변화는 할콤 양에게도 변화를 가져왔다. 그녀는 비록 입은 굳게 닫고 있었지만, 시간만 나면 나를 빤히 쳐다보는 버릇이 생겼다. 때때로 그 눈길은 참고 있는 분노 같기도 했고, 참고 있는 우려 같기도 했고, 둘 다 아니기도 했고, 어떨 때는 아무 의미도 없는 것 같기도 했고, 한 마디로 해독할 수가 없었다.

우리 셋 모두를 엄격한 비밀 속에 가둬두었던 한 주가 지났다. 나는 자제력을 잃고 위치를 망각했다는 자괴감과 너무 늦게 그 사실을 깨달았다는 수치심에 짓눌려 인내심이 거의 바닥 난 상태였다. 한시바삐 나를 옥죄고 있는 상황에서 벗어나고 싶다는 마음이 굴뚝같았지만 최선의 행동은 무엇인지, 첫 마디를 어떻게 시작해야 할지 고민하고 있었다.

나를 이런 굴욕감과 절망감에서 구해 준 사람은 할콤 양이었다. 그녀의 입술을 타고 흘러나온 그 말은 쓰라리지만 반드시 알아야 했던 뜻밖의 진실이었다. 그녀의 진심 어린 배려 덕에 나는 그 말에서 받은 충격 속에서도 가까스로 몸과 마음을 지탱할 수 있었다. 그녀의 분별력과 용기는 나는 포함해 리머리지의 다른 이들에게까지 닥칠 뻔한 최악의 상황을 막아주었다.

9

그날은 화요일이었고, 내가 컴벌랜드에 머문 지도 만 석 달이 되는 날이었다.

아침식사 시간에 맞춰 식당으로 내려갔는데 처음으로 할콤 양이 늘 앉던 자리에 없었다. 바깥 잔디밭에 있던 페어리 양은 나를 보자 고개를 까딱하며 인사는 했지만 안으로 들어오지는 않았다. 그녀나 나나 서로를 불편하게 만드는 말은 하지 않았다. 하지만 서로가 고수하고 있는 침묵 또한 불편해서 단둘이 남는 것을 피했다. 그녀는 잔디밭에서, 나는 식당에서, 베시 부인과 할콤 양이 들어올 때까지 기다리고 있었다.

불과 2주 전만 해도 얼마나 서둘러서 자리에 함께 앉고, 얼마나 자연스럽게 악수를 나누고, 얼마나 즐겁게 대화에 빠져들었던가.

몇 분 뒤 할콤 양이 안으로 들어왔다. 그녀는 만반의 준비를 한 표정으로 아무렇지도 않은 듯 늦어서 미안하다고 말했다.

"페어리 삼촌과 집안 문제에 대해 의논하느라 늦었어요."

페어리 양이 안으로 들어오고 난 뒤 우리는 늘 하던 아침 인사를 나누었다. 그녀의 손은 평소보다 차갑게 느껴졌다. 내게는 눈길조차 주지 않았고 얼굴은 창백했다. 심지어 베시 부인조차 그 낌새를 느꼈는지 식당 안에 들어오는 순간 서둘러 입을 열었다.

"바람이 예전 같지 않아요. 머지않아 겨울이 올 것 같군요."

우리 두 사람의 마음속에는 이미 겨울이 들이닥쳐 있었다. 그날 우리의 아침식사에는 예전의 호들갑스러웠던 하루 계획이 자취를 감추었다. 침묵이 허용한 의례적인 몇 마디만이 식탁을 점령했다. 페어리 양은 대화가 끊어지는 것에 상당한 중압감을 느끼고 있는 것 같았다. 그래서 언니가 가급적 그 침묵의 빈 공간을 채워주기를 간절히 바라고 있었다. 할콤 양은 한두 번은 주저했지만 드디어 자신감 넘치는 태연한 투로 입을 열었다.

"로라, 오늘 아침에 삼촌을 봤어. 분홍색 방이 다 준비되었는지 내게 물으시더라. 그리고 내가 일전에 네게 말했던 걸 확인해 주셨어. 그날은 화요일이 아니라 월요일이야."

페어리 양은 이 말을 듣는 동안 연신 식탁 아래에서 손을 마주 만지작거리면서 무릎에 있는 빵 부스러기를 털어내기에 바빴다. 뺨에 서려 있던 창백한 기운이 입술로 번지는 순간 그 입술이 눈에 보일 정도로 떨리기 시작했다. 나만 이 모습을 본 게 아니었다. 할콤 양은 동생의 표정을 읽자마자 다들 마음에는 있지만 감히 행동으로 옮기지 못할 행동을 한순간에 실행했다. 자리에서 벌떡 일어난 것이다.

베시 부인과 페어리 양도 함께 방을 떠났다. 페어리 양의 슬픈 눈빛은 다가올 이별의 긴긴 아픔을 예고하는 것만 같았다. 나 역시 쓰라린 고통을 느꼈다. 그 고통은 그녀와의 이별이 멀지 않았음을 말해 주는 동시에 그 이별이 가져올 더 큰 그리움을 예리하게 짚어 주고 있었다.

그녀가 문을 닫고 모습을 감추자 나는 정원으로 눈길을 돌렸다. 할콤 양이 손에 모자를 들고 나를 질식시킬 듯한 눈빛으로 바라보고 있었다.

"작업실로 가시기 전에 저랑 잠시 말씀 나누실 수 있겠어요?"

"물론이죠, 할콤 양. 원하신다면 시간을 내드려야죠."

"단둘이 드릴 말씀이 있어요. 모자를 가지고 정원으로 나오세요. 지금 이 시간이라면 누구에게도 방해받지 않을 거예요."

우리가 잔디밭으로 발길을 옮기는데, 그때 보조 정원사 한 사람이 손에 편지를 들고 우리 곁을 지나갔다. 할콤 양이 그를 불러 세웠다.

"나한테 온 편진가?"

"아닙니다, 아씨. 작은 아씨께 온 편집니다."

그가 대답을 하면서 편지를 들어 보였다. 할콤 양이 편지를 낚아채서 주소를 살펴보았다.

"이상한 필체군."

그녀가 혼잣말을 했다.

"로라가 편지를 주고받는 사람이 있었나? 이 편지는 어디에서 가져왔지?"

그녀가 추궁하듯 말을 멈추지 않았다.

"글쎄요, 아씨. 어떤 부인으로부터 받았는데요."

"어떤 부인?"

"나이가 꽤 많아 보이는 분이요."

"나이 든 부인이라고? 아는 분인가?"

"아뇨, 전 본 적 없는 분이었는데요."

"어느 쪽으로 갔지?"

"저 문으로 나갔어요."

정원사는 주춤대며 남쪽으로 몸을 돌리고는 팔 전체를 휘둘러서 그 방향의 영국 지역 전체를 감싸듯 가리켰다.

"이상하네, 자선 요청 편지가 분명할 거야."

그녀가 편지를 되돌려주며 말했다.

"이 편지는 집으로 가져가서 아무 하인에게나 전하도록 해. 자, 하트라이트 선생님. 괜찮으시다면 이쪽으로 가실까요?"

그녀가 잔디밭을 가로질러 걸어갔다. 그 길은 내가 리머리지에 온 다음날 그녀가 안내했던 길이었다. 페어리 양과 내가 처음 만난 바로 그 여름 별장으로 말이다. 그녀가 걸음을 멈추더니 내내 유지했던 침묵을 깼다.

"여기라면 제가 할 수 있는 말을 다 할 수 있겠어요."

그 말과 함께 그녀는 별장으로 들어가 조그만 원형 식탁 앞 의자에 앉더니 내게도 앉으라는 손짓을 했다. 식당에서 그녀가 말을 건넬 때 이미 무슨 일이 벌어지리라 예상은 했지만, 자리에 앉자마자 그 느낌이 더 확실해졌다.

"하트라이트 선생님, 진심으로 저는 꾸밈도 가식도 없이 있는 그대로를 말씀드리고자 합니다. 여기 오신 뒤 저희와 무척 가까워지셨으니 지나친 무례는 아니라고 생각해요. 선생님이 오시자마자 제게 그 이상한 상황에서 만난 흰옷의 여인에 대해 말씀하시는 순간부터 저는 자연스럽게 선생님과는 마음을 터놓을 수 있겠다고 생각했죠. 물론 모든 행동이 다 현명했다고는 할 수 없지만, 자기절제와 세심함, 타고난 신사가 가질 법한 동정심을 가진 분이라는 걸 알 수 있었지요. 그래서 상당한 기대를 품었고, 선생님께서도 제 기대를 저버리시지 않았습니다."

그녀가 잠시 말을 멈췄다. 그리고 한쪽 손을 들어 그녀의 말에 개입하지 말라는 신호를 보냈다. 방금 여름 별장에 들어섰을 때만 해도 나는 흰옷의 여인에 대해서는 생각하지 않고 있었다. 하지만 할콤 양의 입에서 그 말이 나오자마자 마음속에 그녀와의 만남이 다시 한 번 떠올랐고, 그 회상이 할콤 양과의 대화 내내 마음에 남아 있었다.

"친구 같은 마음으로, 명료하고 솔직하게 본론으로 들어갈게요.

전 선생님의 비밀을 알고 있어요. 물론 누구의 도움이나 암시도 없었고요. 하트라이트 선생님, 선생님은 부주의하게도 제 동생을 좋아하게 되었습니다. 그것도 진지하고도 헌신적인 애정으로요. 굳이 선생님의 고백을 귀로 들어서 선생님을 곤란한 입장에 처하게 하고 싶지 않아요. 너무 정직하셔서 부인하지 않을 분이란 것도 잘 알고 있으니까요.

선생님을 비난하는 것도 아니랍니다. 오히려 희망과 사랑에 마음의 문을 열어버린 선생님께 연민을 느낍니다. 엉큼한 이득을 취하려 하지도 않았고, 동생과 단둘이 비밀리에 사랑을 나누지도 않았습니다. 자기 이익은 조금도 상관하지 않는 나약함과 순수함이 죄라면 죄일 수도 있겠죠.

만일 선생님께서 그런 감정을 가지고도 그렇게 세심하고 겸손하게 행동하지 않으셨더라면, 전 선생님께 경고를 하거나 누구와 상의조차 않고 당장 이 집에서 나가라고 말했을 겁니다. 사실 불운하다면, 선생님이 처한 위치가 불운한 것일 뿐 선생님을 탓하지는 않아요.

우리 악수해요. 전 지금까지 선생님께 고통을 드렸고, 앞으로도 더 많이 드리게 되겠죠. 하지만 어쩔 도리가 없습니다. 악수하시죠, 선생님의 친구인 마리안 할콤와 악수부터 하시죠."

그녀의 그 친절함, 뜻밖의 따뜻하고 고결하며 당당한 연민은 자칫 주눅이 들 뻔한 내게 안도감을 선사하며 순간 나를 그녀와 대등한 위치에 서게 했다. 적절한 순간 상대를 세심하게 대하는 그 친절함이 내 명예와 용기를 시험하고 있었다. 그녀가 내 손을 잡았을 때, 나는 그녀의 얼굴을 보려 했다. 하지만 눈은 초점을 잃었고 감사의 말을 하려 해도 입이 떨어지지 않았다.

"제 말 들어보세요."

내가 자제력을 잃고 어쩔 줄 몰라 하는 걸 일부러 모른 척하면서 그녀가 말했다.

"제 말을 들으세요. 이 상황을 서둘러 끝내도록 해요. 그간 한 지붕 아래에서 이렇게 친한 사이로 지낸 분께 제 입으로 사회적 지위나 서열 문제를 언급해서 마음의 상처를 드리고 싶지 않아요. 사태가 더 악화되기 전에 여길 떠나셔야 해요, 하트라이트 선생님. 이말씀을 드리는 게 제 의무랍니다. 설령 선생님께서 영국의 가장 전통 깊고 부유한 집안의 남성이라 해도 역시 그렇게 말하는 게 제의무입니다. 우리를 떠나셔야 해요. 그것은 당신이 그림을 그리는 신분이라서가 아니라……."

순간 그녀가 말을 멈추더니 손을 옮겨 내 팔을 세게 움켜쥔 채로 나를 빤히 바라보았다.

"신분 때문이 아니라, 제 동생 로라 페어리는 약혼한 상태이기 때문입니다."

마지막 말이 총알이 되어 내 가슴을 관통했다. 내 팔을 움켜쥔 손아귀의 힘도 느낄 수 없었다. 움직일 수도, 말 한 마디 할 수도 없었다. 싸늘한 가을 바람이 발밑의 낙엽을 이리저리 굴리며 갑작스러운 추위를 몰고 왔다. 내 헛된 욕망이 낙엽처럼 한갓 죽은 잎사귀가 되어 바람에 휘날리고 있는 것 같았다.

바람! 배신 따위와는 아무 관련 없는 단순한 욕망! 그녀는 나와 다른 집안의 여인, 내가 넘봐서는 안 될 신분의 여자였다. 다른 남자들이라면 이런 처지에서 이 객관적인 사실을 알아차릴 수 있었을까? 아마 못 그랬을 것이다. 그들도 나만큼 그녀를 사랑했다면 말이다.

비통한 순간이 지나자 느낌조차 없는 무감각한 고통만 남았다. 나는 다시금 내 팔을 꽉 쥔 할콤 양의 손아귀를 느낄 수 있었다. 나는 고개를 들어 그녀를 바라보았다. 그녀의 커다란 검은 눈동자가 내 얼굴에 박혀 있었다. 나도 느꼈고, 그녀도 알아차린 내 얼굴의 창백한 변화를 읽으면서.

"뭉개버려요, 선생님. 동생을 처음 본 바로 이 자리에서 뭉개버려요. 여자처럼 움츠러들지 말고 남자처럼 찢어버려요. 발로 짓밟아 버려요!"

그녀의 침착한 열정, 나를 쳐다보며 투사하는 그 의지의 힘, 그리고 아직도 붙들고 있는 그녀의 손이 나와 교감을 나누면서 나를 진정시켜 주었다. 우리는 둘 다 말없이 잠시 기다렸다. 시간이 막바지에 이르자 나는 그녀가 내게 걸었던 남자다움에 대한 신의에 최소한 겉으로는 응답할 수 있었다. 나는 통제력을 되찾았다.

"이제 정신이 돌아왔어요?"

"아가씨와 그녀에게 사과를 드릴 만큼은요, 할콤 양. 당신이 건넨 충고의 안내를 받을 수 있을 만큼은요. 다른 방법으로는 내 감사를 입증할 방법이 없지만, 아무튼 아가씨께 깊은 고마움을 표할 수는 있겠군요."

"그 말씀으로 충분히 입증되었어요. 우리 사이에는 숨길 게 없을 겁니다. 숨기는 척할 줄도 모르고요. 선생님을 위해서나 동생을 위해서나 여길 떠나셔야 해요. 선생님의 모습, 우리에게 보여주신 친밀함, 아무리 그게 선의라 해도 그것이 동생을 흔들리고 비참하게 만들었어요. 나보다 내 동생의 인생을 소중히 여기는 저로서는, 내 신앙만큼 동생의 순수와 진실과 고결함을 믿는 저로서는, 약혼녀의 순결을 지키지 못했다는 자책으로 동생이 겪고 있을 말 못할 고통을 누구보다 잘 알고 있어요. 이런 말을 지금 해봤자 소용없겠지만 사실 약혼은 동생의 모든 사랑을 철저히 붙들어놓고 있었어요.

이 결혼은 집안 사이의 결혼이지 사랑에 의한 결혼은 아니죠. 로라 아버님이 2년 전 임종하실 때 결정하신 거니까요. 내 동생은 환영하지도 거부하지도 않았어요. 그냥 만족했어요. 선생님이 오시기 전만 해도 상대를 좋아하지도 싫어하지도 않는 상태로 결혼하는 수많은 여인들 중의 하나에 불과했지요. 결혼 전이 아니라 결혼한 뒤에 서서히 사랑을 익혀가는 경우 말이에요.

말로는 다할 수 없는 기도로 저는 빌어요. 선생님도 헌신하는 마음으로 기도해 주시길 바랄게요. 그간 간직해 왔던 고요와 평온을 뒤흔들어 버린 낯선 생각과 감정들이 동생의 마음속에 너무 깊이 뿌리 박혀서 뽑기 어려워지지 않기를 말이에요. 선생님의 부재가 제 노력들을 도와줄 거예요. 시간이 우리 셋을 다 살려줄 거예요. 제가 처음 가진 선생님에 대한 신뢰가 잘못된 게 아니었다는 걸 보여주세요. 난생 처음 길에서 만난 여인에게 그랬던 것처럼, 선생님과의 만남으로 인해 불행의 짐을 지게 된 이 여학생에게 좀 더 정직하고 남자답고 배려 있게 행동해 주세요.”

또 다시 흰옷의 여자 이야기가 나왔다. 페어리 양과 나에 대한 언급 와중에 왜 앤 캐서릭의 기억이 떠올랐을까? 피할 수 없는 운명처럼 우리 둘 사이에 그녀가 존재하는 것일까?

“내가 내 직분을 넘어선 짓을 했다는 것에 대해 어떻게 사과하면 좋겠소? 사과가 받아들여지면 언제 떠나는 게 좋겠소? 아가씨의 충고와 말을 따르겠다고 약속합니다.”

“항상 시기가 중요한 법이죠. 오늘 아침에 제가 다음주 월요일 건에 대해 말하는 것 들으셨죠? 분홍색 방 정리를 마쳐야 할 시간이죠. 월요일은 손님이 오는 날이니까요.”

더 길게 말할 필요도 없었다. 이제야 알게 되었지만, 오늘 아침 식당에서 보여준 페어리 양의 표정과 태도를 떠올리니 리머리지를 방문할 그 손님은 장래에 그녀의 남편 될 사람이 틀림없었다. 순간 의지보다 강한 무언가가 내 안에서 솟구쳤다. 나는 할콤 양의 말을 막았다.

“오늘 떠나게 해주시오. 빠를수록 더 좋소.”

“오늘은 안 돼요. 계약 기간 전에 떠나는 걸 삼촌이 허락하실 경우는 예상치 못한 부득이한 일이 벌어졌을 때뿐이에요. 내일까지 기다리세요. 그래야 삼촌도 런던에서 편지가 와서 정말 사정이 그렇다고 믿게 될 거예요. 아무리 좋은 뜻에서 그랬다 해도 거짓말을 하는 건 비참한 일이지요. 하지만 맹세코 전 알아요. 만일 페어리 삼촌이 약간의 의문이라도 품게 된다면 절대 선생님은 떠나지 못하시게 될 거예요. 삼촌께 금요일 아침에 말씀하세요. 그런 다음 어차피 삼촌께 받아야 할 보수도 생각하셔야 하니까 가능한 한 복잡하지 않게 미처 못 끝낸 일을 정리하는 데 전념하세요. 그런 뒤 토요일에 여길 떠나세요. 시간은 충분해요."

그녀의 말대로 행동하겠다고 다짐의 말을 건네기 직전이었다. 관목 숲에서 들려오는 발자국 소리에 우리 둘 다 깜짝 놀랐다. 누군가 우리를 찾으러 오고 있는 것이다. 피가 얼굴로 확 밀려왔다가 다시 쓸려가는 느낌이었다. 이 시간 이런 상황에, 지금 빠른 걸음으로 걸어오고 있는 사람은 페어리 양일까?

슬프고 불가항력적으로 페어리 양에 대한 마음과 자세를 완전히 바꾼 상태에서, 참으로 다행이었다. 우리 마음을 불안하고 어지럽게 만든 이는 페어리 양의 하녀였기 때문이다.

"잠시 드릴 말씀이 있어요, 아씨."

하녀는 불안하고 허둥대는 태도로 말했다.

할콤 양이 내려가 하녀와 함께 관목 숲으로 향하더니 몇 걸음 더 깊숙이 들어갔다. 홀로 남겨진 나는 말로 표현할 수 없는 외롭고 참담한 마음으로 다시 돌아가게 될 쓸쓸한 런던 하숙집의 고독을 떠올렸다. 내가 컴벌랜드로 간다는 소식에 함께 기뻐했던 햄스테드의 자상한 어머니와 어동생도 떠올랐다. 계약을 깨고 돌아가면, 내 비참한 비밀을 듣게 되면, 햄스테드의 별장을 떠나던 날 밤 그토록 희망과 기대에 즐거워했던 어머니와 누이는 과연 어떤 표정을 지을까?

다시 앤 캐서릭이 생각났다. 심지어 어머니와 여동생과 그날 밤 나눈 기어조치도 린던으로 가는 길에서 마주친 그 사건과 관련짓지 않으면 잘 떠오르지 않았다.

이건 무슨 의미일까? 그녀와 내가 다시 한 번 만나게 된다는 걸까? 있을 수 있는 일이었다. 내가 런던에 산다는 걸 그녀는 알고 있을까? 물론 알고 있다. 분명 그녀가 그 이상한 질문들을 던지기 전 아니면 후에 그 사실을 말해 주었으니까. 남작들을 얼마나 많이 알고 있냐는 그 이상한 질문 말이다. 하지만 마음이 혼란스러워 정확히 언제였는지는 기억나지 않았다.

몇 분 후 할콤 양이 하녀를 보내고 다시 나타났다. 이젠 그녀까지도 불안해 보였다.

"필요한 것은 모두 준비해 두었어요, 하트라이트 선생님. 우리는 친구니까 서로를 잘 이해하리라 믿어요. 곧장 집으로 가죠. 고백하건대 무척 마음이 소란스러워요. 동생이 저와 직접 이야기를 나누기를 원하네요. 하녀 말로는 동생이 오늘 아침 어떤 편지를 받고 불안해하고 있어요. 여기 오기 전에 봤던 그 편지가 분명해요."

우리는 서둘러 관목 숲으로 난 길을 통해 집으로 돌아갔다. 할콤 양은 할 말을 다했지만 나는 아직 할 말이 남아 있었다. 리머리지 가를 방문할 사람이 페어리 양의 남편 될 사람이라는 것을 안 순간부터 비통함, 쓰라린 호기심, 벌겋게 달아오르는 질투로 그가 누구인지 알고 싶어 미칠 지경이었다. 시간이 흐르면 질문을 하는 게 어려워질 것 같아서 나는 망설이지 않고 되돌아가는 중에 용기를 내서 물었다.

"아가씨나 나나 친구로서 서로를 잘 이해하니까 말하겠습니다. 저 스스로는 제가 아가씨의 정직한 충고에 진심으로 감사를 표한다는 걸, 또 그 말을 그대로 따르리라는 점을 충분히 알기에 감히 묻습니다. 어떤……."

나는 머뭇거렸다. 페어리 양의 남편이 될 그를 생각하는 것보다 그에 대한 것을 입으로 묻는 게 훨씬 어려웠다.

"페어리 양과 결혼할 분은 어떤 사람입니까?"

할콤 양은 동생의 전언에 온통 정신이 쏠려 있는 게 분명했다. 그녀는 다급하게 대답했다.

"햄프셔에 사는 부유한 신사입니다."

햄프셔! 앤 캐서릭의 고향 아닌가. 또 다시 흰옷의 여인이다! 여기에는 운명이 도사리고 있는 것이 분명했다.

"존함은 어떻게 되죠?"

나는 가능한 한 느긋하게 무관심한 듯이 물었다.

"퍼시벌 글라이드 경(卿)입니다."

퍼시벌 경! 앤 캐서릭의 남작 서열의 사람들을 알고 있느냐는 그 의심스러운 질문이 할콤 양의 입을 통해 이 말이 언급되기 전까지 내 마음에 여전히 잠재되어 있다가, 다시 돌아가는 이 길 위에서 의식의 수면 위로 불쑥 떠올랐다. 나는 갑자기 걸음을 멈추고 그녀를 쳐다보았다.

"퍼시벌 글라이드 경입니다."

내가 미처 알아듣지 못했다고 생각한 그녀가 다시 말했다.

"작위를 수여받은 훈작사인가요, 아니면 준남작인가요?"

나는 조바심을 감추지 못하고 물었다.

그녀는 잠시 입을 다물었다. 그리곤 차분하게 대답했다.

"당연히 준남작이죠."

10

집으로 돌아가는 길에 둘 다 아무 말이 없었다. 할콤 양은 급히 동생 방으로 향했고, 나는 작업실로 들어와서 서둘러 손질하지 못한 페어리 씨의 그림들을 정리했다. 혼자 남게 되자 억누르고 있던 생각들과 내가 처한 상황에 대한 비참한 기분이 몰려들었다.

그녀는 약혼을 했고, 약혼한 상대는 퍼시벌 글라이드 경이다. 준남작 신분의 남자이고, 햄프셔의 재력가이다.

영국에는 수백 명의 준남작들이 있고, 햄프셔에는 수십 명의 대지주들이 있다. 그러므로 객관적으로 퍼시벌 글라이드 경을 흰옷을 입은 여자가 던진 질문과 결부시키는 건 터무니없었다. 그런데도 나는 두 사람을 연결시키고 있었다. 이것은 그저 그 남작을 페어리 양과 연결시키고, 페어리 양과 너무 닮았다는 점에서 앤 캐서릭과도 연결시켜서 억지 관계를 짜내려는 마음의 환상에 불과한 걸까? 오전에 벌어졌던 일들을 감당하기 힘들어서 이런 환상을 통해서나마 고통을 덜어보려는 걸까?

답은 알 수 없었다. 어렴풋이 느낄 수 있는 것이라고는 집으로 돌아오는 길에 할콤 양과 주고받은 말들이 이상한 힘으로 나를 붙들고 있다는 사실뿐이었다. 여전히 저 아래 숨어서 모습을 드러내지 않은 어떤 불길한 전조가 우리 모두를 포위하고 있다는 생각이 강하게 들었다. 컴벌랜드를 떠나도 어차피 이 운명의 사건들에 말려들게 될 것이라는 예감, 이것으로 모든 사건을 종결시킨 게 아니라는 의문이 나를 더 깊은 어둠 속으로 떠밀었다. 짧고도 주제넘은 사랑의 종말이 가져온 고통은 그보다 큰 불길한 앞날에 대한 두려움, 보이지 않는 위협으로 다가오고 있는 엄청난 힘에 의해 무뎌지고 둔감해졌다. 그 불길한 힘은 시간의 분부만을 기다리면서 우리 머리 위를 빙빙 맴돌고 있었다.

그림 정리를 시작한 지 30분쯤 흘렀을까, 문을 두드리는 소리가 들렸다. 내가 답하자 문이 열렸다. 들어온 사람은 할콤 양이었다. 한눈에도 그녀는 몹시 화가 나고 흥분한 상태였다. 내가 자리를 권하기도 전에 의자를 들고 내 곁에 바짝 붙어 앉으면서 말했다.

"선생님, 오늘 우리 둘 사이의 대화는 그 정도면 충분하다고 생각했어요. 최소한 아까까지는 말이죠. 그런데 그렇지가 않네요. 내동생이 다가올 결혼을 두려워하고 있어요. 제가 모르는 뭔가가 있어요. 아침에 정원사가 동생 앞으로 가져가려던 이상한 필체로 쓴편지 기억하시죠?"

"물론이지요."

"그 편지는 익명의 편지였어요. 로라가 무서워 할 정도로 온통 퍼시벌 글라이드 경을 깎아내리는 야비한 내용이었어요. 그 편지 내용에 로라가 너무 기겁하고 공포에 질려버려서, 정말 젖 먹던 힘까지 짜내서 겨우 진정시키고 오는 길이에요. 물론 이 문제는 선생님과 상의해서는 안 될 우리 집안 문제이고, 선생님께서 괜히 걱정하시거나 관심을 가지실 이유는 없지만……."

"잠깐, 할콤 양. 제가 가장 걱정하고 관심을 가지는 것은 페어리양이나 아가씨의 행복과 안위입니다."

"그렇게 말씀해 주시니 감사해요. 선생님이야말로 여기서든 어떤곳에서든 제게 조언을 줄 유일한 분이죠. 페어리 삼촌은 건강 때문에 조금만 복잡한 일에도 과잉 공포를 가지는 성격이라 상의할 엄두가 나지 않아요. 착하고 연약하신 목사님은 종교 이외에는 아무것도 모르는 분이고요. 이웃들은 편안하고 좋은 게 좋은 사이라, 곤경에 빠졌을 때는 전혀 도움이 되지 않아요.

제가 알고 싶은 건 바로 이거예요. 당장이라도 편지를 쓴 작자를알아내야 할까요, 아니면 기다렸다가 내일쯤 동생의 법률 고문에게 부탁해야 할까요? 지금은 하루를 버리느냐 버느냐가 아주 중요해요. 선생님 의견은 어떠세요? 다만 상황의 절박함이 이런 긴밀한신뢰를 낳게 했지만, 제가 간과하지 말아야 할 점이 있긴 합니다. 아무리 믿고 기대게 되었다 한들 선생님은 아직 석 달 동안의 우정이라는 점이죠."

그녀가 내게 편지를 건넸다. 편지는 사전 인사나 소개 같은 절차도 없이 곧장 본론으로 들어가고 있었다.

당신은 꿈을 믿나요? 당신 자신을 위해서 그러기를 바랍니다. 당장 성경 속에서 말하는 꿈과 성취에 대해 읽어보시죠. 그리고 늦기 전에 제가 전하는 경고를 받아들이기 바랍니다.

어젯밤에 꿈을 꾸었지요. 바로 당신, 페어리 양의 꿈을요. 꿈속에서 저는 교회 성찬 모임에 참여해서 설교단 한쪽에 앉아 있었지요. 다른 쪽에는 목사가 법복을 입고 성서를 쥔 채 앉아 있었고요.

얼마 뒤 교회 통로를 따라 한 남자와 한 여자가 내려왔어요. 결혼식을 거행하는 중이었죠. 여자는 바로 당신이었어요. 흰 드레스를 입고 길게 늘어뜨린 면사포로 얼굴을 가린 당신은 너무 아름답고 순결해서, 제 마음은 당신에게 끌리고 제 눈에는 눈물이 고였지요.

그런데 그 눈물은 축복의 눈물이 아닌 하늘이 내리신 동정의 눈물이었어요. 그건 우리가 매일 흘리는 일상적인 눈물이 아니었어요. 볼을 타고 땅바닥으로 떨어지는 대신 두 줄기의 빛으로 변했지요. 그리고 그 빛은 당신 옆 제단에 서 있는 남자를 향해 방향을 돌리더군요. 그리고 남자의 가슴을 비추더니 어느새 크고 둥근 무늬를 그리면서 무지개 한 쌍처럼 변했지요. 나는 그 빛을 따라 그 남자를 바라보았습니다. 그 남자의 가장 깊숙한 내면을 들여다보았습니다.

당신이 결혼할 그 남자는 외모는 훌륭합니다. 키는 크지도 작지도 않고, 몸집은 약간 작지요. 유쾌하고 활동적이며 고결한 정신의 소유자로 대략 마흔다섯 살 정도로 보였어요. 얼굴빛은 창백하고 앞이마는 넓게 벗겨졌지만 나머지는 술 많은 검은 머리카락이었죠. 턱은 말끔히 면도를 했지만 윤기 나는 갈색 수염이 입술 위와 양쪽 뺨에 나 있더군요. 눈도 갈색이었고요. 아주 밝은 갈색 말이에요. 코는 쭉 뻗은 모양이 잘생겼고 여자의 코처럼 우아했습니다. 두 손도 마찬가지였죠. 그는 간혹 마른기침을 하면서 얼굴을 찌푸리더군요. 그가 손을 들어 입으로 가져가는데 손등에 오래된 상처로 인한 붉은 흉터가 보이더군요.

제가 제대로 된 꿈을 꾼 게 맞는지요? 당신이 가장 잘 알겠죠, 페어리 아가씨. 제가 거짓말을 하고 있는지 아닌지는 당신이 잘 아시겠지요. 이제 부디 남은 내용들까지 읽으시길 바랍니다. 꼭 읽으시고 손에 쥘 만한 가치가 있는 건 꼭 움켜쥐시길 바랍니다.

전 두 개의 광선을 따라 그 남자의 내면 깊은 곳을 들여다보았어요. 그곳은 칠흑같이 검었고, 그 위에는 붉게 이글거리는 글씨들이 쓰여 있었는데, 하늘에서 타락한 천사의 필체였답니다.

"피도 눈물도 없는 자, 이 사람은 다른 이들의 길을 고통으로 뒤덮었고, 이제는 옆에 선 여인의 길까지 고통으로 뒤덮이게 할 것이다."

제가 그 글을 다 읽고 나니 빛이 방향을 틀어 그 남자의 어깨 너머를 비추었는데 거기에는 악마가 낄낄대며 서 있었죠. 빛은 다시 움직여서 당신 어깨 너머를 비추었는데 거기에는 울고 있는 천사가 서 있었답니다.

다시 빛줄기가 움직이면서 당신과 그 남자 사이를 비추었고, 그러자 그 빛은 넓게 옆으로 번지면서 당신과 그 남자를 양옆으로 내동댕이쳤답니다. 그 모습을 목사는 멍하니 바라보고 있었고, 급기야 저도 황급히 놀라서 성경을 덮고는 넋을 잃은 채 바라만 보고 있었죠. 그리고 두 눈 가득 눈물을 머금고 두려움에 요동치는 심장으로 잠에서 깨어났지요. 왜냐하면 저는 꿈을 믿으니까요.

당신도 믿으세요, 페어리 양. 바라건대 아가씨 자신을 위해서 저처럼 그 꿈을 믿으세요. 성서에 나오는 사람들, 요셉과 다니엘 역시 꿈을 믿었지요. 손등에 붉은 흉터를 가진 남자가 누군지 과거를 들춰보도록 하세요. 당신 입으로 나는 불쌍한 아내라고 울부짖게 되기 전에 말입니다.

이 경고는 결코 저 자신을 위한 게 아닙니다. 아가씨를 위해서랍니다. 제가 살아 숨 쉬는 한, 전 당신의 행복을 기원합니다. 당신 어머니의 딸로서, 당신은 아직도 제 가슴에 따뜻한 숨결로 자리 잡고 있습니다. 제게 당신 어머니는 제 최초의 친구이자 가장 좋으신 단 하나의 친구였기 때문입니다.

이렇게 편지는 끝을 맺고 있었다. 아무 서명도 남기지 않은 채.

필체만으로는 어떤 단서도 기대할 수 없었다. 자로 그은 선 위에 빼곡히 석어내린 글씨는 전통적인 서체였다. 잉크 얼룩이 좀 있고 글씨 굵기도 가늘어 희미했지만 유별난 데는 없었다.

"글을 못 읽는 사람이 쓴 건 아니군요."

할콤 양이 말했다.

"다만 교양 있는 사람의 글이라 하기에는 앞뒤도 안 맞고 조리도 없어요. 드레스와 면사포, 다른 세세한 부분에 대해 쓴 걸로 봐서는 여자가 쓴 걸로 보여요. 선생님 생각은 어떠세요?"

"내 생각도 그렇습니다. 내가 보기에는 여자가 쓴 편지일 뿐만 아니라 뭔가 틀림없이……."

"제정신이 아니다?"

할콤 양이 대신 말했다.

"빛을 언급한 부분에서 저도 그런 생각이 들었어요."

나는 대답하지 않았다. 대화 내내 나는 편지의 마지막 글귀에서 눈을 떼지 않았다.

당신 어머니의 딸로서, 당신은 아직도 제 가슴에 따뜻한 숨결로 자리 잡고 있습니다. 제게 당신 어머니는 제 최초의 친구이자 가장 좋으신 단 하나의 친구였기 때문입니다.

이 마지막 글귀와 그녀의 정신 상태에 대한 의심이 뒤섞여 한 가지 생각이 떠올랐다. 하지만 나는 이 생각을 입밖에 내뱉기가 두려웠다. 급기야 내 정신까지 균형을 잃고 있는 건 아닌지 의문이 들었다. 마치 나 자신이 눈앞에 벌어진 괴이한 일들을 하나도 놓치지 않고 샅샅이 추적해서 사악한 사실로 몰고 가는 편집광 환자처럼 느껴졌다.

나는 이번에야말로 용기와 분별력에 기대어 명백한 사실이 밝혀

98

질 때까지 어떤 결론도 내리지 않겠다고 마음먹었다. 그리고 희미한 추측이 유혹하는 그 어떤 결론에도 단호히 등을 돌리겠다고 다짐했다.

"만일 이 편지를 쓴 사람을 찾을 방법만 있다면……."

나는 할콤 양에게 편지를 돌려주며 말했다.

"지금 당장이라도 손을 쓰는 것이 좋겠습니다. 정원사에게 그 편지를 준 늙은 부인에 대해 알아본 뒤에 마을을 뒤져서 그녀를 찾아야지요. 그런데 먼저 질문할 게 있습니다. 내일 법률 고문에게 상의를 한다고 말씀했는데, 왜 꼭 내일이죠? 오늘은 왜 안 되는 겁니까?"

"동생의 약혼 문제에 대해서 좀 더 자세히 설명해야 이해가 되시겠네요. 굳이 이 말까지 꺼내는 건 불필요하고 바람직하지도 않다고 생각했어요. 월요일에 퍼시벌 글라이드 경이 여기 오는 목적 중에 하나는 결혼 날짜를 잡기 위해서예요. 아직 날짜를 정하지 않았거든요. 그런데 그 분이 갑자기 올해가 가기 전에 식을 올리길 원하세요."

"페어리 양도 그 사실을 알고 있습니까?"

"전혀 모르고 있어요. 하지만 어제와 오늘 사이 이런 일이 터지고 동생의 반응을 보니 굳이 동생에게 그걸 말해서 좋을 게 없을 같군요. 퍼시벌 경은 단지 삼촌께만 자기 의견을 말했죠. 또 삼촌이 저에게 그 사실을 말해 줬고요. 동생의 보호자로서 이번 일을 잘 준비해야 한다고 걱정하시더군요.

그래서 삼촌은 런던에 있는 가족 변호사인 길모어 씨에게 편지를 썼어요. 그런데 공교롭게도 길모어 씨는 사업 문제로 글래스고로 출장을 가 계셨죠. 그래서 런던으로 올라오는 길에 들른다고 하셨는데 그게 바로 내일이에요. 여기서 며칠 머물면서 퍼시벌 경과 충분히 의견 교환을 하고 합의를 본 뒤 런던으로 가서 절차에 따라 처리하신다고 했지요. 이제 어째서 이 일을 내일 법률 고문과 얘길

해야 하는지 이해하시겠죠? 길모어 씨는 페어리 집안과 2대에 걸쳐 친분을 맺어온 믿을 만한 분입니다. 그분만은 누가 뭐래도 확실히 믿고 있죠.”

합의된 결혼! 이 두 단어를 듣는 순간 독과 다름없는 질투 어린 실망감이 가슴을 찔렀다. 사실 이런 심정을 이 자리에서 고백하자니 고역스럽지 않을 수 없다. 하지만 이미 고백하기로 작정한 이상 무엇도 감추거나 숨겨서는 안 된다. 그러니 사실을 말하는 편이 낫겠다.

당시 나는 나도 모르게 익명의 편지가 언급한 불길한 내용들이 사실이기를 은근히 기대하면서, 퍼시벌 글라이드 경에 대해 무턱대고 반감을 가지기 시작했다. 저 잔혹한 비난의 글이 진실을 바탕으로 써진 것이라면 어쩔 것인가? 그래서 편지의 진실이 결혼 최종 합의 전에 입증된다면?

나는 지금까지도 이 모든 걸 순전히 페어리 양의 앞날을 위해서였다고 생각하려고 애쓰곤 한다. 하지만 나는 스스로도 내가 편지 내용을 믿고 싶어 했음을 알고 있으며 이제 와서 남들까지 속이려 해서는 결코 안 될 것이다. 그때의 감정과 생각들은 순전히 그녀와 결혼할 그 남자에 대한 증오심에서 비롯된 것이었다.

“만일 우리가 뭔가를 찾을 수만 있다면……”

그 편지가 가져온 영향의 화살이 내게 향하고 있음을 느끼면서 나는 말했다.

“단 1분이라도 그냥 흘려보내서는 안 됩니다. 말했듯이 먼저 정원사에게 최대한 알아볼 건 알아보고, 마을로 당장 내려가서 물어보는 게 좋을 것 같습니다.”

“두 경우 다 제가 도움이 되겠네요.”

할콤 양이 자리에서 일어나며 말했다.

“가시죠, 하트라이트 선생님. 함께 할 수 있는 건 모두 다 해보기로 해요.”

나는 그녀에게 문을 열어주려고 손잡이를 잡다가 갑자기 멈추었다. 떠나기 전에 중요한 질문 하나가 떠올랐기 때문이다.

"그 익명의 편지에는 약혼자의 생김새가 너무 세밀하게 언급되어 있어요. 물론 퍼시벌 글라이드 경의 이름은 언급되지 않았지만 말입니다. 편지의 묘사와 실물 사이에 일치하는 부분이 있습니까?"

"정확해요. 심지어 마흔다섯 살이라는 나이까지요……."

마흔다섯이라! 그녀는 아직 스물한 살도 안 됐지 않은가! 그 또래의 남자들이 이 또래의 여자들과 결혼하는 일은 사실 매일매일 일어난다. 종종 그런 결혼이 가장 행복하다고도 한다. 그 점을 모르는 건 아니었다. 그런데도 그 남자의 나이와 그녀의 나이를 생각하니 퍼시벌 경에 대한 증오심과 불신으로 눈이 멀 지경이었다.

"정확해요."

할콤 양이 계속 말했다.

"심지어 손등의 흉터까지요. 그건 이탈리아 여행 도중에 입은 상처죠. 그의 개인적인 외모까지 낱낱이 쓴 걸 보니 편지를 보낸 사람은 분명히 이런 것까지 잘 알고 있는 게 분명해요."

"편지에 언급된 마른기침까지요? 제 기억이 맞나요?"

"네, 아주 정확히 적었어요. 주위 친구들은 적잖게 신경 쓰지만 그분은 그 기침을 대수롭지 않게 여겼죠."

"그렇다면 그의 인격에 대한 소문 같은 건 없습니까?"

"하트라이트 선생님! 설마 그 파렴치한 편지를 믿으시는 건 아니겠죠? 제발 이상한 쪽으로 생각하지 말아주셨으면 좋겠어요!"

순간 피가 얼굴로 확 몰리는 것을 느꼈다. 그녀의 말이 맞았다. 나도 그걸 알고 있었다.

"나도 그러길 바랍니다."

나는 당황해서 대답했다.

"제 입장에서 할 만한 질문도 아닌 것 같습니다."

"질문이 유감스럽다는 건 아니에요. 오히려 퍼시벌 경에 대한 평판을 말씀드릴 기회가 생겼으니까요. 선생님, 저와 제 가족들은 그 어떤 쑥덕임도 듣지 못했어요. 그분은 선거를 두 차례나 훌륭하게 치르고 당선된 분이에요. 지금껏 명성에 아무 흠집도 내지 않고 그 시련을 이겨낸 거죠. 영국에서 그런 일을 해낼 수 있다면, 그건 자기 인격이 온전하다는 것을 충분히 입증한 것과 다름없습니다."

나는 말없이 문을 열어 그녀를 먼저 나가게 한 뒤 곧바로 따라서 나갔다. 하지만 그녀의 그 설명이 나를 충분히 납득시킨 건 아니었다. 물론 기록을 담당하는 천사가 하늘에서 내려와서 자기 기록물을 펼쳐 보였다 해도 그 순간의 나를 납득시키지 못했을 것이다.

정원사는 평상시와 다름없이 일을 하는 중이었다. 아무리 생각해도 그 우둔한 정원사로부터 중요한 실마리를 얻는 건 불가능해 보였다. 그에게 편지를 건넨 사람은 늙은 부인이었고, 그에게 한 마디도 없이 황급히 남쪽으로 사라져 버렸다. 이 정도가 그가 들려준 이야기의 전부였다.

마을은 집에서 남쪽 방향에 있었다. 우리는 마을 쪽으로 발길을 향했다.

11

우리는 인내심을 가지고 리머리지의 모든 길과 만나는 모든 사람마다 집요하게 묻고 또 물었다. 하지만 아무것도 건지지 못했다. 마을 사람 중 세 명이 그 여자를 봤다고 확신했지만 생김새를 묘사하기에는 역부족이었고, 마지막으로 봤을 때 어디로 갔는지에 대해서도 의견이 다 달라서, 결국 다른 태평하고 도움 안 되는 이웃들과 별반 다를 게 없었다.

소득 없는 탐문 끝에 우리가 다다른 곳은 페어리 부인이 설립했던 옛날 학교가 있던 자리였다. 아이들이 다니기에 알맞은 건물 옆길을 지나면서, 나는 교장을 만나면 어떻겠냐고 제안했다. 그래도 그 마을에서 지위로 봤을 때 가장 아는 게 많은 사람일 거라는 생각에서였다.

"제 생각에는 그 부인이 여기를 지나 마을로 들어갔다가 다시 이곳을 통해 마을을 빠져나갔을 때, 아마 교장은 학생들에게 정신이 팔려 있었을 거예요. 하지만 별 수가 없네요."

우리는 운동장 안으로 들어서 교실 창문들을 지나 건물 뒤쪽에 있는 문을 빙 돌아서 갔다. 나는 창문에서 잠시 걸음을 멈추고 안을 들여다보았다.

교장은 등을 우리 쪽으로 돌린 채 높은 의자에 앉아 학생들에게 긴 설교를 하고 있었다. 딱 한 명 예외가 있었는데, 건장하고 옅은 색의 머리칼을 가진 소년 하나가 다른 학생들과 멀리 떨어진 구석에 놓인 체벌대 위에 외롭게 서 있었다. 홀로 치욕스러운 벌을 받고 있는 그는 마치 외딴 섬에 고립된 로빈슨 크루소처럼 보였다.

문으로 다가가서 보니 문이 살짝 열려 있었다. 잠시 멈춰 서 있는데 교장의 목소리가 생생하게 들려왔다.

"자, 이제 모두들 잘 들어라. 한 번만 더 학교에서 내 귀에 유령 이야기가 들어오는 날에는 모두에게 제일 가혹한 날이 될 거다. 유령 같은 건 어디에도 없다. 그러니까 유령을 믿는 학생이 있다면, 있을 수 없는 걸 믿고 있다는 뜻이지. 리머리지 학교에 다니는 학생이 있을 수 없는 걸 믿는다는 건 이성과 규율에 등을 돌렸다는 것과 다름없으니 합당한 벌을 받아야 할 게다.

저기 창피하게 의자 위에 서 있는 제이콥을 보거라. 저 녀석이 벌을 받는 건 어젯밤 유령을 봤다고 말했기 때문이 아니다. 이성에 귀를 기울일 수 없을 정도로 무례하고 고집불통이기 때문이다. 내가 분명히 유령 같은 건 없다고 거듭거듭 말해 줬는데도 유령을 봤다고 계속 고집을 부리기 때문이다. 아무리 말해도 듣지 않는다면 회초리로 때려서라도 유령을 쫓아내야 하지 않겠니? 만일 제이콥 말고 너희들까지 그런다면 몽둥이로 학교를 몽땅 두들겨 패서라도 유령을 몰아내겠다."

"때를 잘못 고른 것 같아요."

교장의 일장연설이 끝나자 문을 열고 안으로 들어가며 할콤 양이 말했다. 우리의 출현은 학생들에게 격렬한 반응을 불러일으켰다. 아이들 눈에는 우리가 제이콥이 매를 맞는 모습을 보기 위해 나타난 사람들로 보였던 것이다.

"너희들 모두 집으로 가서 저녁들 먹어라."

교장이 말했다.

"제이콥만 빼고. 제이콥은 저 자리에 계속 있어야 해. 유령이 저녁을 가져다주겠지."

제이콥은 친구들과 저녁식사가 동시에 눈앞에서 사라지는 것을 그저 바라보고만 있었다. 그리고는 두 손을 주머니에서 빼서는 뚫어지게 쳐다보다가 주먹을 서서히 눈 위로 올리더니 눈 주위를 주무르고 콧소리를 내면서 일정한 간격으로 흐느꼈다. 어린아이의 비애가 고스란히 담긴 울음이었다.

"뎀스터 교장 선생님, 안녕하세요. 여쭤볼 게 있어서 들렀어요."

할콤 양이 인사를 하며 말을 건넸다.

"유령을 쫓아내느라 정신을 쏟고 계신 줄은 생각도 못했네요. 무슨 일이죠? 무슨 일이 일어난 거죠?"

"저 고약한 녀석이 학교 전체를 발칵 뒤집어 놓았습니다, 할콤 양. 글쎄, 어젯밤에 유령을 보았다고 난리를 부리지 않았겠습니까. 내가 그렇게 말했는데도 지금도 저렇게 고집을 부리고 있는 것 보세요."

"정말 이상하네요. 아이들이 유령을 봤다고 상상하리라고는 꿈에도 생각하지 못했는데 말이에요. 리머리지 학생들 모두의 마음 자세를 바로잡도록 해야 할 정도로 심각한 문제네요. 힘드시겠지만 잘 해내시리라 믿어요, 뎀스터 교장 선생님. 참, 저희가 여기 왜 왔는지 말씀드려야겠군요."

그녀는 마을 사람들에게 물었던 똑같은 질문을 교장에게 던졌고, 그 답 역시 똑같은 실망으로 돌아왔다. 그는 우리가 찾고 있는 낯선 사람에게는 눈길 한 번 줄 시간도 없었다고 했다.

"집으로 돌아가는 게 낫겠어요, 하트라이트 선생님. 우리가 원하는 정보는 얻기 어려울 것 같아요."

그녀가 뎀스터 교장에게 인사를 하고 교실을 막 떠나려던 순간이었다. 콧물을 들이키고 훌쩍이며 외롭게 걸상 위에서 벌을 서고 있던 제이콥의 처량한 모습이 할콤 양이 주의를 끌었다. 할콤 양은 문을 열기 전에 이 작은 죄수에게 농담이라도 건넬 요량으로 다가갔다.

"너 바보구나. 교장 선생님께 잘못했다고 말씀드리고 입 다물고 있으면 되잖니."

"하지만 정말 유령을 봤단 말예요."

공포 어린 눈망울에 가득 눈물을 머금은 채 제이콥이 끈질기게 말했다.

"말도 안 돼! 네가 어떻게 유령을 봤단 말이니? 정말 유령이야? 어떤 유령?"

"저기, 할콤 양."

교장이 약간 심기가 불편한 듯 끼어들었다.

"저 아이에게 물어봤자 별 것 없습니다. 말도 안 되는 저 녀석 이야기는 잊어버리세요. 괜히 얼떨결에……."

"얼떨결에? 얼떨결에 뭘요?"

할콤 양이 날카롭게 추궁했다.

"얼떨결에 할콤 양까지 기분이 상하실 것 같습니다만."

몹시 당황한 표정을 지으며 교장이 말했다.

"절 우습게 만드시네요, 교장 선생님. 저런 꼬마의 말에 기분이 상할 만큼 제가 순진하다고 생각하시다니 뭐라 감사의 말씀을 드려야 할지 모르겠네요."

할콤 양이 과장된 표정으로 마치 제이콥이 유령이라도 되는 듯 연기하면서 제이콥에게 고개를 돌렸다.

"이리 와, 꼬마야. 이 일의 자초지종을 알아야겠구나. 이 고집불통아, 유령을 본 게 언제지?"

"어제, 노을이 질 때요."

"오호! 어제 저녁 해가 질 무렵에 보셨다? 어떻게 생겼는데?"

"흰옷이요, 귀신들은 다 그렇게 입어요."

유령 목격자는 나이답지 않은 확신에 가득 차서 대답했다.

"그러면 어디서 봤지?"

"저기 건너편 교회 앞마당에서요. 귀신은 그런 곳에 나타나요."

"귀신이 그렇게 입고, 귀신이 저런 곳에 나타난다고? 야, 대단하구나! 태어날 때부터 유령의 옷과 행동거지를 아주 잘 아는 것처럼 말하네! 어쨌든 유령을 네 맘대로 가지고 노는구나. 그럼 그게 누구 귀신이었는지도 한번 들어볼까?"

"네! 그럴게요."

눈물 자국이 묻은 의기양양한 승리의 기색을 얼굴 가득 머금고 소년이 고개를 끄덕였다.

뎀스터 교장은 여러 차례 대화 도중 끼어들려고 했지만 여의치 않자 이번에는 단호하게 큰 소리로 말했다.

"죄송합니다, 할콤 양. 감히 말씀드리자면 지금 이상한 질문으로 저 녀석에게 헛된 생각만 불어넣고 계시군요."

"선생님, 딱 한 가지만 더 묻고요. 죄송해요."

그녀가 소년에게 고개를 돌리며 계속 말했다.

"유령 이름이 뭐지?"

"페어리 부인의 유령이었어요."

제이콥이 속삭이듯 대답했다.

왜 교장이 그렇게 끼어들어 대화를 중지시키려고 했고, 기분을 상하게 할지 모른다는 우려감에 안절부절못했는지, 할콤 양의 얼굴에 나타난 표정만으로 충분히 알 수 있었다. 화가 치밀어 얼굴이 빨개진 할콤 양이 그 얼굴을 아이에게 갑자기 들이대는 바람에 아이는 겁에 질려 급기야 울음보를 터뜨렸다. 그녀는 무슨 말을 하려다가 대신 교장에게 말을 건넸다.

"저 아이에게 무슨 잘못이 있겠어요? 틀림없이 다른 사람이 저 아이 머릿속에 유령 이야기를 집어넣었을 거예요. 뎀스터 교장 선생님, 만일 제 어머니가 베푼 공덕도 모르고 함부로 제 어머니를 욕보이는 자가 있다면 꼭 찾아내고 말 거예요. 아직도 이 마을에 저와 페어리 삼촌의 영향력이 조금이라도 남아 있다면, 그 대가를 톡톡히 치르게 하고 말 거예요."

"그럴 리가 있겠습니까? 염려하지 마십시오, 할콤 양. 오해하고 계십니다. 모두가 저 녀석의 고집과 잘못으로 시작된 겁니다. 실제로 봤는지, 아니면 봤다고 생각하는지 모르겠지만, 어제 저녁에 저 녀석이 교회 마당을 지나고 있을 때 흰옷을 입은 여자를 보았다고 합니다. 그 여자가 실제 인물인지 공상 속 인물이지 모르지만 페어리 부인 무덤 너머에 있는 페어리 부인의 기념비인 대리석 십자가 옆에 서 있었다는 겁니다. 그 기념비야 여기 리머리지에 사람이라면 모두들 잘 알고 있는 바이고, 저 녀석도 누구의 기념비인지 잘 알고 있지요. 이 두 경우로 비추어 보건대 왜 저 녀석이 아가씨께 누가 되는 그런 말을 했는지 저 녀석 입장으로는 그럴 만하지 않습니까?"

비록 할콤 양은 충분히 납득하는 것 같지 않았지만, 그녀 역시 교장이 말한 내용이 워낙 민감한 부분이라 공개적으로 이러쿵저러쿵 따질 문제가 아니라고 판단한 듯했다. 그녀는 교장에게 관심을 보여줘서 고맙다고 말한 뒤, 의문이 해결되면 다시 찾아오겠다는 약속으로 대답을 대신했다. 그리고 머리를 숙여 인사를 하고는 교실 문을 열고 밖으로 나왔다.

나는 이 모든 장면들을 제삼자의 입장에서 거리를 두고 귀 기울여 들은 덕분에 내 나름의 결론을 도출할 수 있었다. 단둘이 있게 되자마자 그녀는 내게 감이 잡히는 게 있냐고 물었다.

"아주 분명한 감입니다. 저 아이 이야기는 사실에 근거한 게 분명하다고 봅니다. 페어리 부인의 무덤에 있는 그 기념비와 그 주변을 지금 당장 살펴보고 싶군요."

"보여드리죠."

그녀는 대답을 한 뒤 잠시 걸음을 멈추었다. 그리고 그 걸음을 다시 옮기면서 생각에 잠긴 채 말을 이어갔다.

"학교에서 일어난 일에 너무 신경을 썼는지 편지 일은 까맣게 잊고 있었어요. 오늘은 혼란스러워서 더는 힘들군요. 그냥 접고 내일 길모어 씨가 올 때까지 기다릴까요?"

"절대 안 됩니다. 학교에서 발생한 일 때문이라도 더 깊이 조사할 필요가 있습니다."

"왜 학교 일로 조사가 더 필요해진 거죠?"

"왜냐하면 그 일이 당신이 내게 준 편지를 읽었을 때 느꼈던 의심을 더 굳게 만들었기 때문입니다."

"지금까지 그 의혹을 제게 말하지 않은 이유는요?"

"처음에는 터무니없다고 생각했지요. 순전히 내 상상이 지어낸 심술이라고 생각했습니다. 하지만 지금은 아닙니다. 아가씨의 질문에 아이가 했던 답뿐만 아니라 교장의 설명에서 흘러나온 말들만 봐도 더는 헛된 상상으로만 치부해서는 안 될 것 같군요. 물론 이 것도 단순한 환상에 불과할 수 있어요. 그런데 지금 제 마음에서는 한 가지 믿음이 더 강해졌습니다. 무덤에 나타난 그 유령이라는 여자와 익명의 편지를 쓴 여자가 같은 인물이라는 점 말입니다."

그녀의 안색이 창백하게 변했다. 그녀는 걸음을 멈추더니 나를 유심히 쳐다보았다.

"어떤 사람 말이죠?"

"교장이 무심결에 말했죠. 아이가 교회 마당에서 본 인물을 묘사할 때 분명히 이렇게 말했죠. '흰옷을 입은 여자'라고."

"설마…… 앤 캐서릭?"

"앤 캐서릭이 틀림없습니다."

그녀는 내 팔을 감싸면서 몸을 기대왔다. 그리고 나지막한 목소리로 말했다.

"이유는 모르겠지만 선생님이 품고 있는 의심이 괜히 저를 불안하게 만드네요. 제 느낌은……."

그녀는 말을 멈추고 웃음으로 그 불안을 떨쳐버리려 했다.

"하트라이트 선생님, 무덤을 보여드리죠. 그리고 얼른 집으로 돌아가요. 로라를 너무 오래 혼자 뒀어요. 어서 돌아가서 옆에 있어야겠어요."

우리는 교회 마당 가까이 다가갔다. 회색 돌로 지은 황량한 교회가 작은 골짜기에 자리 잡고 있었다. 사방의 황무지에서 불어오는 삭막한 바람을 피하기 위해서였을 것이다.

묘지는 골짜기 앞, 교회 옆 언덕의 경사진 곳에 있었다. 주변은 투박하고 낮은 돌담으로 둘러싸여 있었는데, 아무것도 심지 않아 황량하기 그지없었다. 다만 돌 많은 언덕 사이로 시냇물이 흐르는 한쪽 끝에 빈약하지만 키 작은 나무들의 숲이 듬성듬성 난 풀밭 위로 좁은 그림자를 드리우고 있었다. 그 시냇물과 나무들 너머 입구 역할을 하는 돌계단에서 멀지 않은 교회 쪽 전망 좋은 곳에 흰 대리석 십자가가 주변의 조잡한 묘비들과는 확연히 다른 모습으로 우뚝 솟아 있었다.

"저는 더 갈 필요가 없겠죠?"

할콤 양이 무덤을 가리키며 말했다.

"의문을 해소할 만한 뭔가를 찾으면 제게 말씀해 주세요. 집에서 다시 보기로 해요."

나는 그녀가 떠나자마자 교회 마당으로 내려가 돌계단을 건너 페어리 부인의 무덤 쪽으로 향했다.

무덤 주변은 잔디가 너무 짧고 땅이 굳어 있어서 발자국 흔적조차 찾기 어려웠다. 나는 크게 실망한 채 십자가와 그 아래 사각형 대리석 판에 새겨진 비문을 유심히 살폈다. 십자가의 흰 빛은 세월의 흔적으로 빛바래고 희미해져 있었다. 비문이 새겨진 대리석 판 역시 한쪽 부분이 희미하게 변해 있었다. 그런데 다른 쪽 부분은 그와 달리 멀쩡해서 단숨에 눈길을 끌었다. 나는 그 부분에 좀 더 가까이 시선을 가져갔다. 누군가가 깨끗이 닦아놓은 것임을 한눈에 알 수 있었다. 그것도 아주 최근에 머리 쪽에서 다리 쪽으로. 닦은 부분과 닦지 않은 부분의 경계가 선명하게 줄을 그은 듯 보였는데, 그 경계는 글이 적힌 부분과 빈 부분의 경계이기도 했다. 자연의 힘이 이렇게 했을 리 만무했다. 그렇다면 누가 이렇게 닦아놓았을까? 나머지는 왜 닦지 않았을까?

나는 궁금증을 품고 주변을 살펴보았다. 내가 선 지점에서 보면 누군가 머물다 간 흔적은 발견되지 않았다. 묘지는 전적으로 망자의 소유 아래 놓인 쓸쓸한 분위기였다.

나는 교회로 발걸음을 돌려서 건물 주변을 돌아 뒤쪽으로 향했고, 거기서 다른 돌계단을 통해 돌담을 넘었다. 그러자 저 아래쪽에 버려진 채석장이 눈에 들어왔다. 나는 채석장으로 난 오솔길

앞에 섰다. 채석장 한쪽에 방 두 칸짜리 조그만 오두막이 있었고, 문밖에서 한 늙은 여자가 열심히 씻고 있었다. 나는 그녀에게 다가가 교회와 묘지에 대해 이야기를 나누었다. 그녀는 대화에 적극적이었다. 그녀가 채 몇 마디를 하기도 전에 벌써 나는 그녀의 남편이 교회의 심부름꾼이자 묘지기를 겸하고 있다는 사실을 알 수 있었다.

내가 페어리 부인의 묘비가 훌륭하다고 말하자 그녀는 고개를 절레절레하며 처음에 비하면 흉해진 것이라고 말했다. 그 묘비를 돌보는 건 자기 남편 일이었는데 남편이 몇 달째 몸이 아파 교회에 가지 못했다는 것이다. 그래서 묘비도 계속 방치되었다고 했다. 이제 아픈 것도 가시고 기력도 되찾아서 일주일이나 열흘 후면 묘비를 닦고 돌볼 예정이라고 했다. 그녀의 두서없고도 억센 컴벌랜드 사투리로 가득한 이야기들은 내가 진짜 알고 싶었던 정보를 충분히 선물하고도 남았다. 나는 그 가난한 늙은 여자에게 약간의 돈을 쥐어주고 곧장 리머리지 가로 돌아왔다.

그렇다면 묘비를 절반이나마 닦아낸 손은 누군가 다른 사람의 손이 분명했다. 방금 들은 정보와 학교에서 들었던 유령 이야기를 연결시키자 더 주저할 이유가 없었다. 오늘밤 페어리 부인의 무덤을 몰래 감시해야만 했다. 해질 무렵에 다시 여기로 와서 어둠이 질 때까지 어딘가에 숨어서 말이다. 묘비를 닦는 작업을 미처 다 못했으니, 그 일을 시작한 사람도 분명 작업을 마치기 위해 다시 돌아올 것이다.

나는 집에 도착하자마자 할콤 양에게 내 계획을 말해 주었다. 그녀는 놀라고 불안한 얼굴이었지만 크게 만류하지는 않았다. 이렇게 말할 뿐이었다.

"잘되기를 바랄게요."

그녀가 방을 나서려는 순간, 나는 그녀를 잠시 멈춰 세워서 가능한 한 조용하게 페어리 양의 몸 상태를 물었다. 듣자하니 훨씬 좋아졌다고 했다. 해가 기울면 산책이라도 나갈 생각이라고 했다. 나는 작업실로 돌아와 다시 그림을 정리하기 시작했다. 꼭 해야 하기도 했고, 복잡한 생각들로부터 벗어나기 위해서라도 그래야 했다. 머지않아 눈앞에 다가올 감당하기 힘든 이별을 잊기 위해서라도.

작업 도중에 나는 틈틈이 창밖을 내다보았다. 붉은 해가 점점 수평선 가까이 내려오고 있었다. 창밖을 몇 번이나 봤는지 모르겠지만 창문 아래 넓은 자갈길 위에 어떤 이의 걷는 모습이 눈에 들어왔다. 페어리 양이었다. 나는 아침 이후로 그녀를 보지 못한 차였다. 리머리지에서의 마지막 하루, 이것이 내게 남은 전부였다. 그 하루가 지나면 다시는 그녀를 보지 못하게 될 것이다. 이 생각 때문에 나는 창문을 떠나지 못했다. 나는 그녀를 배려하는 조심스러운 마음에, 혹시나 그녀가 고개를 들어 위를 보더라도 내가 눈에 띄지 않도록 가리개를 조절했다. 그러나 그녀의 모습이 시야에서 사라질 때까지 조금이라도 더 오래 보고 싶다는 욕망을 억누를 수 없었다.

그녀는 검은색 비단 가운 위에 갈색 망토를 입고 있었다. 우리가 처음 만났던 날 썼던 그 밀짚모자가 그녀의 머리 위에 놓인 채 내 가슴을 쓰라리게 했다. 머리 가리개 때문에 얼굴은 볼 수 없었다. 그녀 옆에는 어린 그레이하운드 한 마리가 빠른 걸음으로 함께 걷고 있었다. 그녀가 산책할 때마다 늘 곁에 붙어 있는 이 애완견은 찬바람을 막기 위해 붉은색 천으로 만든 귀여운 옷을 입고 있었다.

그녀는 개에게는 전혀 눈길을 주지 않았다. 고개를 약간 앞으로 숙인 채 양팔은 망토 속에서 팔짱을 낀 모습으로 앞만 응시하며 곧장 걸었다. 오늘 아침 그녀의 약혼 사실을 알았을 때 내 앞에서 휘몰아쳤던 그 낙엽들이 이제는 그녀의 앞에서 몰아치고 있었다. 스러져가는 일몰 속에서 그녀가 걸음을 옮기자 낙엽들이 허공으로

올랐다가 떨어지면서 그녀 발아래로 흩어졌다. 개는 몸을 부들부들 떨고 계속 몸을 그녀에게 비비면서 관심을 갈구했다. 그녀는 여전히 개에게는 눈길을 주지 않은 채 가끔 바닥 위를 맴도는 낙엽을 가르며 앞으로만 나아가면서 내 시야에서 점점 멀어졌다.

그렇게 나는 눈 한 번 깜빡이지 않고 그녀를 끝까지 응시했고, 이윽고 내 무거운 마음과 쓰라린 두 눈만이 그녀가 사라진 텅 빈 길 위에 홀로 남겨졌다.

한 시간이 다시 지나 작업은 끝이 났다. 일몰 직전이었다. 나는 홀에 있는 모자와 외투를 손에 쥐고 아무도 모르게 집을 빠져나왔다. 서쪽 하늘에 구름이 잔뜩 몰려들었고 바닷바람은 차가웠다. 해변이 멀리 있었음에도 교회 마당으로 들어서니 파도 소리가 귓전을 세차게 때렸다. 살아 있는 생명체라고는 보이지 않았다.

나는 위치를 정하고 앉아서 페어리 부인의 무덤 위로 솟아 있는 십자가에 눈을 고정시켰다. 기다릴수록 묘지는 더 쓸쓸함만 깊어갔다.

12

묘지 주변은 워낙 휑하게 드러나 있어 자리 고르기가 쉽지 않았다. 교회 입구는 묘지 바로 옆이었다. 그 양옆으로 돌담이 둘러싸고 있었다. 숨을 곳을 골라야 하는 처지가 된 사람이 흔히 그러는 것처럼 나는 잠시 머뭇거리다가 교회 현관 안으로 들어가기로 결심했다. 들키지 않는 것이 최우선이었다.

현관 돌담 양옆으로는 망 보는 창문이 하나씩 나 있어서 그중 하나를 통해 페어리 부인의 무덤을 충분히 살필 수 있었다. 맞은편 창은 묘지기의 오두막이 있는 채석장 쪽으로 나 있었다. 앞에는 교회 입구를 정면으로 바라보고 있는 황량한 묘지가 나지막한 돌담의 선을 따라 시야에 들어왔다. 적막한 언덕 쪽으로 멈추지 않는 강풍과 함께 일몰의 구름 떼가 빠른 속도로 밀려들고 있었다. 그 어떤 살아 있는 생명체의 모습과 소리도 보이거나 들리지 않았다. 새 한 마리도 근처를 날지 않고, 묘지기 오두막의 개 짖는 소리조차 들리지 않았다. 멀리 들려오던 희미한 파도 소리가 멈추면 묘지의 키 작은 나무들이 서걱거리는 소리, 개울물 흐르는 소리만 적막을 가득 메웠다. 쓸쓸한 풍경에 어울리는 쓸쓸한 시간이었다. 교회 정문 아래 숨어 시계를 볼 때마다 내 마음은 더 무겁게 가라앉았다.

아직 해가 하늘에 걸려 있어 황혼은 아니었다. 자리를 잡고 잠복한 지 30분쯤 지났을까. 발자국 소리와 사람 목소리가 들려왔다. 발자국 소리는 교회의 다른 쪽 문으로 나오는 소리였고, 목소리는 여자 목소리였다.

"아가, 그 편지는 안심해도 된다. 그 청년한테 안전하게 건네줬고 그 청년도 말없이 받았으니까. 그 청년은 곧 자기 길을 갔고 나는 내 길을 갔지. 그 후로 아무도 날 따라오지 않았으니까 안심해도 돼."

앞으로의 일에 대한 기대가 고통스럽게 느껴질 정도로 그 한 마디가 나를 바짝 긴장시켰다. 대화는 끊겼지만 발자국 소리는 계속 다가오고 있었다. 그때였다. 드디어 두 사람의 모습이 시야에 들어왔다. 둘 다 여자였다. 그들이 곧장 묘비 쪽으로 직진하면서 자연스레 나는 그 뒷모습을 볼 수 있었다.

한 여자는 챙이 넓은 모자에 숄을 걸치고 있었고, 다른 여자는 진청색 긴 망토에 망토의 후드를 바짝 올려 머리를 완전히 감싸고 있었다. 망토 아래로 안에 입은 가운 끝자락 살짝 보였는데, 그 색깔을 보는 순간 심장이 요동치기 시작했다. 흰색이었다!

교회와 묘지 사이의 중간에 다다라 두 사람은 걸음을 멈추었다. 망토를 입은 여자가 동행한 여자 쪽으로 고개를 돌렸다. 보닛 모자를 썼다면 옆얼굴이나마 조금 볼 수 있었겠지만 얼굴 앞쪽으로 튀어나온 두꺼운 후드 때문에 그럴 수가 없었다.

"그 편안하고 따뜻한 망토는 꼭 입고 다니렴."

아까 들었던 목소리였다. 숄을 걸친 여자의 목소리 말이다.

"어제 토드 부인이 한 말은 사실 맞다. 온통 흰옷만 입는 건 이상해 보이지. 네가 여기 있는 동안 난 주변을 걸어야겠구나. 네겐 낯익은 곳이겠지만 나는 교회 마당이 익숙하지 않으니 어서 일을 끝내줬으면 해. 가급적 내가 오기 전에 말이야. 내가 와서 점검하고 밤이 되기 전에 집으로 가도록 하자꾸나."

그녀는 말이 끝나기 무섭게 몸을 돌려 얼굴을 내 쪽으로 향하며 한 번 지났던 길을 다시 걸어왔다. 갈색의 주름진 건강한 얼굴을 가진 늙은 여인이었다. 남을 속이거나 등쳐먹을 만한 이의 얼굴은 절대 아니었다. 그녀는 교회 가까이 다가서자 숄을 더욱 단단히 둘러맸다.

"이상해."

그녀가 혼잣말을 했다.

"옛날부터 저 변덕이나 행동거지들을 도무지 종잡을 수 없으니. 그래도 아무 악의가 없으니 된 거지, 저 불쌍한 것."

늙은 여인은 한숨을 쉬며 초조하게 묘지 주변을 살폈다. 그러더니 그 황량한 풍경에서는 기대할 게 없다는 듯 고개를 내젓고 교회 모퉁이를 돌아 자취를 감추었다.

나는 당장 달려가서 그녀에게 말을 걸까 망설였다. 하지만 묘지에 남아 있는 여인을 살피고 싶은 마음이 더 강했으므로 발걸음을 멈췄다. 또 늙은 여인은 교회 마당 근처에서 다시 나타날 때까지 기다리면 됐다. 물론 내가 원하는 정보를 흔쾌히 얻을 수 있을지는 의문이었다. 중요한 건 편지를 전달한 쪽이 아닌 편지를 쓴 쪽이니까. 즉 편지를 쓴 여자야말로 내 관심의 핵이자 정보의 진원이었다. 그리고 그 주인공이 바로 내 앞에 있었다.

이런 생각을 하는 동안 망토를 입은 여인이 무덤가 가까이 다가갔다. 그녀는 잠시 동안 무덤을 바라보았다. 그런 후 주변을 황급히 둘러보고는 흰 천 조각처럼 보이는 것을 꺼내 개울가로 향했다. 개울은 담장 밑 아치 모양의 작은 입구를 통해 교회 앞마당으로 들어와서는 구불구불한 수로를 타고 돌다가 출구로 빠져나가고 있었다. 여인은 천 조각을 물에 적신 뒤 다시 무덤으로 돌아왔다. 하얀 십자가 묘비에 입술을 맞춘 뒤 무릎을 꿇고 물에 적신 천으로 묘비를 닦기 시작했다.

나는 어떻게 하면 가급적 그녀를 놀라게 하지 않을 수 있을까 고심하다가 교회 앞마당 돌담을 삥 돈 뒤 다시 무덤 근처 돌계단을 지나 교회 마당으로 들어가기로 했다. 그렇게 하면 그녀도 내가 다가가는 걸 눈치 챌 수 있을 것이었다.

그녀는 묘비를 닦는 일에 너무 열중한 나머지 내가 돌계단에 발을 딛고 나서야 내 기척을 알아차렸다. 고개를 들어 나를 보더니 반사적으로 몸을 일으키며 희미한 비명을 질렀다. 아무 움직임도 말도 없이 공포에 질린 채 멍하니 바라보고만 있었다.

"놀랄 것 없습니다. 제가 누군지 기억하시지요?"

나는 말을 건네면서 걸음을 멈췄다. 그리고 다시 부드럽게 다가갔다가 멈추기를 서너 번 반복하면서 다가갔다. 마침내 우리는 가까운 거리에서 얼굴을 마주볼 수 있었다. 방금까지만 해도 내 마음에 남아 있던 약간의 의심은 그녀와 마주서는 그 순간 완전히 사라졌다. 페어리 부인의 무덤을 사이에 두고 마주보고 있는 그 여인은 분명히 달 밝은 밤 외진 길 위에서 마주친 바로 그 얼굴이었다.

"기억나시지요? 우리 아주 늦은 밤에 만난 적이 있지요? 제가 런던으로 가는 길을 안내했는데, 설마 잊은 건 아니지요?"

그녀의 표정이 누그러지더니 안도의 한숨이 흘러나왔다. 나를 알

116

아보자 죽음 앞에 선 듯 새파랗게 질려 있던 얼굴에 곧 혈색이 돌 았다.

"급하게 말하실 필요 없습니다."

나는 계속 말했다.

"마음을 가라앉힐 시간을 가지세요. 내가 당신의 친구라는 사실을 충분히 확신할 수 있을 만큼 말입니다."

"정말 친절하시군요. 그때처럼 말이에요."

그녀는 내 말대로 말을 멈추고 잠시 침묵을 지켰다. 시간이 필요한 건 그녀뿐만이 아니었다. 희미하게 꺼져가는 노을 속에서 그녀와 나는 다시 만났다. 둘 사이에는 죽은 자의 무덤이 놓여 있고, 사방의 언덕들이 우리들을 에워싸고 있었다. 황량하기 그지없는 언덕을 누르고 있는 저녁의 적막 속에 갇힌 채 우리는 서로의 얼굴을 마주보고 있었다.

이제 곧 주고받게 될 말이 모든 의문들에 대한 해답을 줄 것이다. 이 여인에게 신뢰감을 안겨줄 수 있느냐 없느냐에 따라 페어리 양의 선과 악의 줄다리기 같은 그 모든 앞날이 결정되리라. 그토록 사랑했던 한 부인의 무덤가에서 바르르 떨며 외로이 서 있는 이 여자의 진실을 얼마나 정확히 알아내느냐에 따라 모든 것이 결정될 것이다. 만일 내가 말을 잘못해서 내 앞의 이 여인이 통제력을 잃거나 평정심을 상실할 경우, 내 어떤 말 때문에 이 여자가 진실이 아닌 자기를 방어하기 위한 거짓만 말하게 될 경우, 이 모든 경우를 염두에 둬야 했다. 따라서 내가 가진 모든 능력을 다 동원해 스스로를 통솔해야 했다. 나는 잠시 동안 온갖 지혜를 짜내려고 안간힘을 다했다.

"이제 좀 진정이 되셨습니까?"

나는 이 순간이 적기라는 생각이 들자마자 다시 입을 열었다.

"부디 겁내지 마시고 내가 당신의 친구라는 사실을 분명히 인식

117

해 주세요."

"여기는 어떻게 오시게 됐지요?"

내가 방금 말한 걸 제대로 듣지 못했는지 그녀가 불쑥 질문을 던졌다.

"예전에 제가 컴벌랜드로 갈 거라고 말했던 걸 기억하십니까? 그후로 줄곧 여기서 지냈습니다. 리머리지 가에서요."

"리머리지 가에서!"

창백했던 얼굴이 그 말과 동시에 환해졌다. 초점 없던 눈빛도 비로소 관심의 눈빛으로 변해 내 얼굴에 머물렀다.

"그렇다면 행복하게 지내고 계시겠군요."

말 속에 묻어 있던 불신의 그림자가 가셨다. 그녀는 나를 진지하게 바라보았다.

나는 그녀가 보여준 안도감을 틈타서 감춰두었던 호기심과 집중력을 발휘해 그 얼굴을 세밀히 살피기 시작했다. 내 마음은 언젠가 테라스의 달빛 아래 불길한 모습을 드러냈던 내 사랑하는 여인의 모습을, 그리고 내 눈은 이 여자를 보고 있었다. 전에는 페어리 양의 모습에서 앤 캐서릭의 얼굴을 보았지만, 이제는 앤 캐서릭의 모습에서도 페어리 양의 얼굴을 볼 수 있었다. 그리고 이제는 더 또렷이 두 사람의 정확히 닮은 점과 닮지 않은 점도 알 수 있었다.

일반적인 얼굴 윤곽, 이목구비의 배치나 비율, 머리칼의 색이나 약간 불안정해 보이는 입술, 형태의 크기나 키, 머리와 몸의 동작들, 이런 것들은 정말이지 상상했던 이상으로 닮아 있었다. 하지만 닮은꼴은 여기서 끝이었다. 이 끝난 지점에서 전혀 닮지 않은 세부적인 부분이 나타났다. 페어리 양이 지닌 우아한 아름다움, 투명하고 맑은 눈빛, 윤기 흐르는 정갈한 피부, 감미롭게 피어나는 입술의 빛깔, 이 모두가 지금 나를 바라보는 지치고 수척한 얼굴에는 없었다.

썩 내키지 않지만 어쩔 수 없이 드는 생각이 있었다. 만일 사랑

118

하는 페어리 양의 앞날에 불행의 그림자가 드리우게 된다면, 그녀가 이 여인처럼 애처로운 신세라도 되는 날이면, 두 사람의 닮은꼴이 마침내 완성될 것이라는 생각이었다. 만에 하나라도 그런 날이 오면 이 두 여인은 마침내 우연의 신이 빚어낸 한 쌍의 쌍둥이 자매가 될 것이고, 서로의 모습을 고스란히 비춰주는 살아 있는 거울이 될 것이다.

그 생각에 나는 몸을 떨었다. 마음을 스쳐가는 이 엉뚱한 생각 때문에 알 수 없는 불길한 예감에 사로잡혔다. 그 순간 처음 만났을 때 내 온몸을 굳게 만든 그 손길이 반갑게도 이런 생각들을 쫓아버렸다. 은밀하고도 느닷없던 그 손길이 다시 내 어깨에 놓인 것이다.

"저를 보면서 다른 생각에 빠져 있군요."

그녀가 빠르고 쉼 없는 투로 말했다.

"무슨 생각을 하고 계시죠?"

"별다른 건 아닙니다. 당신이 왜 여기 있는지를 생각하고 있었습니다."

"친한 친구와 함께 왔어요. 여기 머문 지는 이틀 되었고요."

"여기 오는 길은 어제 알았습니까?"

"그걸 어떻게 아셨죠?"

"그냥 짐작입니다."

그녀가 몸을 돌려 한 번 더 묘비 앞에 무릎을 꿇었다.

"제가 여기 말고 달리 어딜 가겠어요? 페어리 부인은 제게 친어머니 이상인 분이세요. 리머리지에서 방문해야 할 유일한 벗이셨죠. 묘비가 이렇게 더러워져 있어서 얼마나 속상한지 모르겠어요! 부인을 위해서라도 이 묘비는 하얀 눈처럼 늘 깨끗하게 관리돼야 해요. 어제부터 이 묘비를 깨끗이 해야겠다고 마음먹고 닦았어요. 완전히 닦지 않으면 마음이 놓이지 않을 것 같아 오늘 다시 온 거고요. 제 행동에 뭔가 잘못된 게 있나요? 그렇진 않겠죠? 페어리 부인을 위한 행동인데 잘못일 리가 없죠?"

그녀는 여전히 은인에 대한 감사의 마음으로 충만해 있었다. 너무 오래 공개적으로 드러내서 이제는 아무 감명도 주지 못하는 혼자만의 감정임에도 말이다. 순간적으로 나는 그녀의 마음을 얻으려면 그녀가 하고 있는 이 천진난만한 작업을 독려하고 다독여야 한다는 것을 느꼈다.

내가 하던 일을 마저 하라고 말하자 그녀는 다시 작업을 시작했다. 묘비 전체를 마치 연약한 아기 피부를 닦듯 조심스럽게 닦으면서 비문에 적힌 글을 넋 나간 듯 거듭해서 혼잣말로 읽기도 했다. 마치 소녀 시절로 돌아가 페어리 부인의 무릎 위에 앉아 부인의 가르침을 열심히 따라하는 것처럼 말이다.

나는 그녀가 만일 질문을 던지면 어떻게 답해야 할지까지 치밀하게 생각하며 말했다.

"당신은 어떻게 생각할지 모르지만, 여기서 다시 당신을 보게 돼서 놀랍고도 한편으로는 다행이라는 생각이 듭니다. 당신을 마차로 보낸 뒤 마음이 편치 않았거든요."

그녀가 재빨리 그리고 의심스럽게 나를 쳐다보았다.

"마음이 편치 않다니, 왜죠?"

"그날 밤 우리가 헤어진 뒤에 이상한 일이 일어났습니다. 어떤 두 남자가 누굴 쫓고 있는지 내 옆에서 급히 마차를 세우고는 길 건너편에 있는 경관에게 큰 소리로 말을 걸었지요."

그녀가 즉각 동작을 멈추었다. 비문을 닦던 젖은 천 조각이 손에서 힘없이 떨어졌고, 다른 한손은 무덤 위에 있는 대리석 십자가를 꽉 움켜쥐었다. 그녀가 공포에 짓눌린 얼굴을 내 쪽으로 서서히 돌렸을 때 나는 이미 내뱉은 말을 거두기에는 늦었다는 생각에 위험을 무릅쓰고 말을 이었다.

"두 남자가 경관을 불러 세우더니 당신을 봤냐고 묻더군요. 경관이 못 봤다고 하니까 다른 남자가 당신이 정신병원에서 도망쳤다고 말했습니다."

마치 추적자들이 내 마지막 말을 듣고 달려오고 있기라도 한 것처럼 여인은 내 말이 끝나기가 무섭게 자리에서 벌떡 일어났다.

"잠깐! 내 말을 끝까지 들으세요."

나는 매섭게 소리쳤다.

"잠깐만! 내 말을 듣고 나면 당신도 내가 당신 편이란 걸 알게 될 거요. 만일 내가 한 마디만 했다면 그들은 당신이 어느 쪽으로 갔는지 알게 됐을 겁니다. 하지만 나는 입을 열지 않았어요. 나는 당신의 탈출을 도왔고, 당신을 안전하고 확실하게 그들로부터 멀어지게 도와주었어요. 한 번만 생각해 보세요. 내가 당신에게 하고 있는 이 말들이 무슨 뜻인지 이해해 보란 말이오."

내 말보다는 내 간절한 태도가 그녀의 마음을 돌려놓은 듯했다. 그녀는 뭔가 생각을 정리하려고 애쓰는 모습이 역력했다. 물에 적신 천을 이 손에서 저 손으로 번갈아서 쥐었다. 처음 만난 날 밤, 가방을 이 손에서 저 손으로 불안정하게 옮기던 모습과 비슷했다.

서서히 그녀의 혼란스럽고 초조한 마음에 내가 한 말이 자리를 잡는 듯했다. 서서히 표정에 안정감이 감돌고 급격히 사라졌던 호기심 어린 눈빛도 서서히 되살아나 나를 향하고 있었다.

"당신 생각에도 제가 병원으로 돌아가는 게 좋을 것 같나요? 그런가요?"

"천만의 말씀입니다. 난 당신이 거길 탈출해서 기쁩니다. 내가 도움이 돼서 다행입니다."

"그래요, 맞아요. 선생님 도움이 정말 컸어요. 덕분에 무사히 빠져나왔지요."

그녀가 약간 공허한 표정으로 말을 이었다.

"도망치는 건 쉬웠어요. 그렇지 않았다면 애당초 시도조차 안 했겠지요. 그들은 나를 의심하지 않았어요. 전 너무나 조용하고 고분고분했고, 너무 쉽게 놀라는 성격이었으니까요. 그래도 런던을 찾아가는 건 무척 어려웠죠. 그런데 선생님이 도와주셨고요. 그때 제가 고맙다는 말씀을 드렸던가요? 지금 진심으로 고맙다고 다시 한번 제 마음을 전하고 싶어요."

"그 병원은 우리가 만난 곳에서 먼 곳에 있습니까? 아가씨, 나를 친구로서 믿는다는 걸 보여주시오. 병원이 어디 있었지요?"

그녀가 위치를 말해 주었다. 미루어 보건대 그곳은 사설 정신병원이고, 우리가 만난 장소에서 멀지 않은 곳임이 분명했다. 순간 내가 그 정보를 어떻게 사용할지 의심이 가는 듯 그녀가 반복해서 물었다.

"설마 제가 병원으로 돌아가야 한다고 생각하시는 건 아니죠?"

"다시 말씀드리건대 당신이 탈출해서 기쁩니다. 나와 헤어진 뒤에도 무사히 잘 지낸 것도 다행이고요. 런던에 있다던 그 친구는 만났습니까?"

"네, 무척 늦은 시간이었어요. 마침 집 안에 안 자고 바느질을 하던 소녀가 있었어요. 그 아이를 시켜서 클레먼츠 부인을 깨우게 했죠. 클레먼츠 부인은 제 친구예요. 선량하고 친절한 분이세요. 페어리 부인만큼은 아니지만요. 아, 없지요, 페어리 부인 같은 분은 더는 이 세상에 없을 거예요."

"클레먼츠 부인은 옛 친구인가요? 오래전부터 알고 지냈습니까?"

"네. 고향인 햄프셔에서 같이 살던 이웃이었어요. 저를 좋아해 주셨고 어릴 때부터 잘 돌봐주셨지요. 부인은 햄프셔를 떠나 런던으로 이사를 가면서 제 기도서에 이렇게 적어주었죠.

'앤, 만일 어려운 일이 생기면 나를 찾아오렴. 내게는 너를 반대할 남편도, 돌봐야 할 자식도 없으니까. 내가 널 도와줄게.'

인정 넘치는 글 아닌가요, 그렇죠? 제가 그 글을 기억하는 이유는 너무 친절했기 때문이랍니다. 그걸로 충분하지요!"

"당신을 보살펴주는 부모님은 없습니까?"

"아버지요? 난 아버지는 한 번도 본 적이 없어요. 엄마는 아버지에 대해 말한 적이 없었지요. 아버지요? 오, 맙소사! 아마 죽었겠죠."

"어머니는?"

"어머니와는 사이가 별로 좋지 않아요. 서로가 부담되고 불편하니까요."

서로가 부담되고 불편하다니! 그 말에 한 가지 강한 의문이 가슴을 쓸고 지나갔다. 그 어머니가 바로 이 여인을 병원에 가둔 장본인일지도 모른다는 의심이었다.

"어머니에 대한 질문은 말아주세요. 차라리 클레먼츠 부인에 대해 말하고 싶군요. 부인도 당신처럼 제가 다시 돌아가는 걸 원치 않아요. 부인도 제가 그곳을 빠져나오게 된 걸 다행으로 여기죠. 그녀는 내가 겪은 불행을 듣고 많이 울었어요. 그리고 다른 이들에게는 절대 비밀로 해야 한다고 했죠."

'불행'이라고? 이 여자는 지금 어떤 의미의 불행을 말하는 걸까? 익명의 편지를 쓰게 된 동기와 관련된 걸까? 자기 인생을 망친 남자의 결혼에 익명으로 끼어들어 방해를 놓는 수많은 여자들이 겪는 것 같은 그런 흔해 빠진 불행 말인가? 더 많은 얘기가 오가기 전에 명쾌한 결론을 얻어야 했다.

"어떤 불행 말씀입니까?"

"제가 거기에 갇혀 있었다는 불행이죠."

내 질문에 놀란 표정을 지으며 그녀가 답했다.

"달리 다른 불행이 있겠어요?"

나는 되도록 세심하고 은근하게 파고들기로 작정했다. 내가 얻고자 하는 모든 정보들을 일일이 확신하고 넘어가는 것이 중요했기 때문이다.

"여자들이 쉽게 당하는 불행들이 또 있지요. 그것 때문에 그 여자들은 평생 한탄과 수치심을 품게 되고요."

"어떤 불행이죠?"

그녀가 관심을 가지고 물었다.

"자신의 정절뿐만 아니라 사랑하는 남자의 신뢰와 명예를 지나치게 믿고 의지했다는 불행입니다."

어린아이처럼 당황한 표정으로 그녀가 나를 바라보았다. 그 얼굴은 모든 감정을 고스란히 내비치고 있었다. 얼굴 표면 위로 금방 드러나려는 수치심조차 모르고 있는 표정이었다. 그녀가 페어리 양에게 편지를 보낸 동기가 이런 종류의 것이 아니라는 것을 그 표정을 통해 확고히 알 수 있었다. 이제 그에 대한 의문은 풀렸다. 문제는 그것이 사라진 동시에 새롭게 태어난 또 하나의 의문이었다.

그 편지는 비록 이름을 거명하지 않았지만, 분명히 퍼시벌 글라이드 경을 겨냥한 것이었다. 분명 어떤 깊은 상처와 그것이 야기한 강력한 동기로 인해 그런 분노를 표출한 것이 틀림없었다. 그 편지는 은밀하게 페어리 양에게 그를 단념하라고 말하고 있었다. 그것은 단순히 정절을 잃고 오명을 쓰게 되었다는 정도의 이유로 쓸 만한 글이 아니었다. 다시 말해 퍼시벌 경이 이 여인에게 저지른 악행은 그런 성질의 것이 아닌 게 분명했다.

그렇다면 어떤 동기가 그녀로 하여금 그렇게 험악한 편지를 보내도록 만들었을까?

"무슨 말씀인지 모르겠어요."

그녀는 내가 마지막으로 던진 말의 의미를 이해하려 애쓰며 말했다.

"괜찮습니다. 하던 얘기나 계속할까요? 런던에서 클레먼츠 부인과 얼마나 오래 지냈는지, 그리고 여기에 어떻게 왔는지 말해 주시겠소?"

"이틀 전 여기 올 때까지 계속 같이 있었어요."

"그럼 마을에서 지냈다는 말인가요? 이상하군요. 아무리 이틀 전이라 해도 당신 소식을 전혀 듣지 못했으니."

"아뇨, 마을이 아니고 약 4킬로미터 떨어진 곳에 있는 농장에서 지냈어요. 혹시 아세요? 토드 코너라는 농장이요."

물론 잘 알고 있었다. 마차를 타고 가면서 종종 지나치는 곳이었다. 그곳은 인근의 농장들 중에 가장 오래된 농장으로 두 개의 언덕 사이에 위치한 한적한 곳이었다.

"토드 코너에는 클레먼츠 부인의 지인들이 살고 있어서 종종 클레먼츠 부인에게 쉬었다 가라고 권하곤 했지요. 부인도 몇 번 간다고 했고요. 그래서 부인이 제게 깨끗하고 조용한 전원 공기를 마시러 가자고 말했죠. 참 친절하시죠? 전 조용하고 안전하고 외진 곳이라면 어디든 환영이예요. 게다가 그 농장이 리머리지 마을 근처라고 하니 너무 기뻐서 맨발로 달려가라고 해도 갈 것 같았어요. 학교도, 마을도, 리머리지 가도 볼 수 있으니까요. 농장에 사는 분들은 다 선량하세요. 오래 오래 살고 싶은 곳이에요. 딱 하나 마음에 안 드는 부분이 있긴 해요. 그건 클레먼츠 부인에게도 마찬가지지만……."

"그게 뭐죠?"

"그곳 분들은 제가 흰옷을 입는 걸 싫어해요. 이들의 표현대로 하자면, 너무 이상하다나요. 하긴 이들에게 멋이란 게 있겠어요? 멋에 대해서는 페어리 부인이 잘 아셨죠. 페어리 부인이라면 이런 보기 흉한 파란 망토를 못 입게 하게 하셨을 텐데. 그분은 생전에 흰색을 좋아하셨죠. 여기 비석도 흰색이잖아요. 부인을 위해서 제가 지금 더 하얗게 닦고 있고요. 그분도 흰옷을 자주 입었죠. 작은 딸에게도 늘 하얀색 옷을 입혔고요. 페어리 양은 행복하게 잘 지내고 있나요? 어릴 때처럼 지금도 흰옷을 입나요?"

페어리 양에 대해 말하는 그녀의 목소리가 갑자기 작아졌다. 그리고 의식적으로 고개를 돌렸다. 그 태도의 변화를 보는 순간 직감적으로 그녀가 익명의 편지를 보낸 걸 마음에 걸려 하고 있음을 알아차렸다. 나는 그녀의 급소를 겨냥해 뭔가를 얻어내기로 결심했다.

"오늘 아침 페어리 양의 얼굴은 어둡고 침울했습니다."

내가 답했다. 그러자 그녀가 뭐라고 중얼거렸는데 워낙 작은 목소리에 말이 두서 없어 알아듣기 힘들었다.

"지금 오늘 아침 페어리 양의 얼굴이 왜 어둡고 침울해 보였냐고 물어본 겁니까?"

나는 기회를 놓치지 않았다.

"아뇨."

그녀가 다급하게 말했다.

"아뇨. 전 그런 질문한 적 없어요."

"그렇다면 질문은 안 하셨지만 그 이유를 말씀드리죠."

나는 멈추지 않았다.

"페어리 양이 당신의 편지를 받았습니다."

이 말이 나오기 전까지 그녀는 나와 이야기를 나누며 무릎을 꿇고 앉아 조심스럽게 비문에 남아 있는 얼룩들을 지우던 중이었다. 내가 처음 말을 했을 때는 하던 일을 멈추고 무릎을 꿇은 채 고개를 돌려 나를 응시하는 정도였다. 그러나 두 번째 말을 하자 그녀는 돌처럼 굳어버렸다. 쥐고 있던 헝겊이 손에서 떨어지고 입술이 살짝 벌어졌다. 일순간에 그녀의 얼굴에 남아 있던 모든 빛깔이 사라져버린 듯했다.

"어떻게…… 알았죠?"

그녀가 들릴 듯 말 듯 말했다.

"누가 그 편지를 당신께 보여준 거죠?"

주체할 수 없는 핏기가 일시에 그 얼굴로 몰렸다. 자기가 내뱉은 말로 인해 진실을 들키고 말았다는 느낌이 옥죄어오는 것 같았다.

"전 절대 그 편지를 쓰지 않았어요."

그녀는 공포에 질려 숨이 막히는지 짧게 내뱉었다.

"전 아무것도 몰라요!"

"아니오. 당신은 모든 사실을 알고 있죠. 당신이 그 편지를 썼다는 것도 말입니다. 그런 편지를 보내는 게 아니었어요. 페어리 양을 겁에 질리게 만들지 말았어야 하는데. 그녀가 꼭 알아야 할 뭔가가 있었다면, 당신이 직접 리머리지 가로 갔어야 했습니다. 당신의 입으로 직접 하고 싶은 말을 했어야 합니다."

그녀는 무덤 위 평평한 돌판 위에 엎드려 얼굴을 완전히 파묻고 아무 대답도 하지 않았다.

"당신이 순서를 밟아 그 일을 했다면 페어리 양도 그녀의 어머니처럼 당신에게 친절과 선량함을 베풀었을 겁니다. 당신의 비밀을 지켜줬을 것이고, 당신에게 어떤 해도 끼치지 않았을 겁니다. 내일 그녀를 농장에서 만나겠습니까, 아니면 리머리지 가의 정원에서 만나겠습니까?"

"아, 이대로 죽어서 이 밑에 숨을 수 있다면! 그래서 부인과 편히 쉴 수만 있다면!"

그녀가 밑에 누워 있는 유해를 향한 사무치는 애정으로 묘비에 입술을 대고 중얼거렸다.

"아시잖아요, 당신을 위해서라도 제가 얼마나 따님을 사랑하고 있는지를요! 오, 페어리 부인! 오, 어떻게 해야 따님을 구할 수 있을지 제게 방법을 말해 주세요. 한 번만 더 내 어머니, 제 구원이 되어서 어떻게 해야 좋을지 가르쳐 주세요!"

그녀가 비석에 입을 맞추는 소리가 들렸다. 그 모습이 내게 어떤 감동을 일으켰다. 나는 몸을 숙여 그녀의 손을 쥐고 그녀를 달래려고 애를 썼다. 그러나 소용없었다. 그녀는 내 손을 세차게 뿌리치면서 묘비에 얼굴을 묻고 꼼짝하지 않았다. 그제야 어떻게든 그녀를 진정시켜야 한다는 생각이 들었다.

머리에 갑자기 한 가지 생각이 떠올랐다. 그녀가 품고 있을 유일한 걱정에 답을 주는 것이었다. 그녀는 분명 자기는 정신이상자가 아닌 스스로를 통제할 줄 아는 정상인이라는 점을 어떻게든 확인시키고 싶어 할 것이다.

"그만, 그만해요."

나는 부드럽게 말했다.

"마음을 차분하게 진정시켜요. 자꾸 이러면 당신에 대한 내 생각을 바꿀 수도 있어요. 당신을 그 정신병원에 가둔 자가 어쩌면……."

그 다음 말은 입속으로 숨어들었다. 위험을 무릅쓰고 '정신병원에 가둔 자'라는 말을 하기가 무섭게 그녀가 용수철처럼 몸을 일으킨 것이다. 그리고 얼굴에 기묘한 변화가 나타났다. 그토록 측은했던 얼굴이 갑자기 두려움과 증오심으로 불타올라 뭐든지 무너뜨릴 것 같은 괴력과 광기를 품고 있었다.

그녀는 땅에 떨어졌던 천 조각을 낚아채서 손에 쥐었는데 얼마나 세게 쥐었는지 천에 남아 있던 물기가 바닥으로 뚝뚝 떨어질 정도였다.

"그 이야기는 그만하세요."

그녀의 이빨 사이로 싸늘한 한 마디가 새어나왔다.

"한 번 더 하시면 어찌될지 저도 몰라요."

방금 전만 해도 그녀를 가득 채우고 있던 그 모든 애틋한 감정들이 깡그리 사라졌다. 내가 짐작했듯이 그녀의 기억 속에는 어릴 적 페어리 부인의 친절만 자리 잡고 있는 게 아니었다. 그 반대편에는 부당하게 정신병원에 억류당한 일에 대한 복수심 또한 가득했다.

누가 이런 극악한 짓을 했을까? 정말 그녀의 어머니일까?

나는 계획된 질문을 계속 던지고 싶었지만, 그녀의 모습을 보는 순간 단념하지 않을 수 없었다. 그녀가 평정을 되찾을 수 있도록 인간적인 동정심을 보이는 것 외에는 뭘 해도 그녀에게 잔혹한 일이 될 터였다.

"당신의 기분을 해치는 언사는 삼가겠습니다."

나는 달래듯 말했다.

"뭔가를 캐내려 하시는군요."

그녀가 날카롭고 의심스러운 투로 말했다.

"저를 그런 표정으로 보지 마세요. 말해 보시죠. 원하는 게 뭐죠?"

"제가 원하는 건, 당신이 마음의 안정을 되찾고 그런 뒤 내 말을 잘 헤아려보는 것입니다."

"당신 말이라고요?"

그녀가 손에 쥔 헝겊을 구기며 혼잣말로 속삭였다.

"당신 말이 뭐였죠?"

그녀는 다시 내게 얼굴을 돌리면서 본능적으로 머리를 흔들었다.

"좀 도와주시지 왜 가만히 계시는 거죠?"

그녀가 갑작스럽게 화난 투로 말했다.

"그래요, 도와드리겠소. 내 말 기억날 겁니다. 내일 페어리 양을 만나서 편지의 진실을 말해 달라고 했습니다."

"아, 페어리 양, 페어리…… 페어리……."

그녀는 그 사랑스럽고 친근한 이름을 반복해 부르는 것만으로도 어느 정도 진정이 되는 것 같았다. 그녀는 곧 원래 상태로 돌아왔다.

"당신은 페어리 양에게 두려움을 느낄 이유가 없어요."

나는 말의 끈을 놓지 않았다.

"편지 때문에 겪어야 할 곤란에 대해서도 생각할 필요가 없고요. 이젠 그녀도 그 내용에 대해 너무 잘 알기 때문에 일일이 말할 필요가 없을 겁니다. 아무것도 숨길 게 없는 마당에 말해서 안 될 게 뭐가 있습니까? 당신 편지에는 이름이 거론되지 않았지만 페어리 양은 그 남자가 퍼시벌 글라이드 경이란 것도 알고 있어요."

그 이름이 나오자마자 그녀가 벌떡 몸을 일으켰다. 그리고는 교회가 떠나갈 듯 비명을 질렀다. 그 소리에 내 가슴까지 공포로 널뛰었다. 방금 전 사라졌던 그 뒤틀린 표정이 다시 얼굴을 덮쳤고, 아까보다 더 격해지더니 이윽고 얼굴이 부르르 떨리기 시작했다. 그 이름에 즉각 튀어나온 비명 소리, 뒤이어 드러난 증오와 공포의 일그러진 표정, 이것만으로도 모든 걸 짐작할 수 있었다. 그녀의 어머니는 그녀를 정신병원에 가둔 적이 없다. 그녀는 가둔 것은 한 남자이다. 그 남자의 이름은 바로 퍼시벌 글라이드 경이다!

그 비명 소리는 나뿐만 아닌 다른 사람들의 귀까지 심하게 뒤흔들었다. 한쪽에서는 묘지기의 오두막 문이 덜커덩 열리는 소리가 들렸고, 다른 쪽에선 그녀의 친구, 숄을 걸친 클레먼츠 부인의 목소리가 들렸다.

"간다, 지금 간다!"

키 작은 관목 숲 뒤에서 목소리가 크게 울렸다. 곧이어 황급히 클레먼츠 부인이 나타났다.

"댁은 누구시오?"

돌계단에 발을 내딛자 부인이 단호한 목소리로 물었다.

"어째서 이 힘없고 연약한 아이에게 겁을 줍니까?"

내가 답하기도 전에 부인은 앤 캐서릭의 옆에 가서 팔로 그녀를 감쌌다.

"무슨 일이냐? 저 사람이 너한테 무슨 짓을 한 거냐?"

"아무것도 아니에요. 그냥 저 혼자 그런 거예요."

클레먼츠 부인이 두려운 기색도 없이 화난 얼굴로 나를 쳐다보았는데, 그 모습은 존경심까지 불러일으켰다.

"제가 부인께서 그런 화난 표정으로 바라보실 만한 짓을 했다면 기꺼이 그 비난을 받아들이겠습니다. 하지만 그런 짓을 한 것 같지는 않습니다. 고의로 이분을 놀라게 한 게 아니었습니다. 이분과 저는 초면이 아닙니다. 직접 물어보십시오. 제가 의도적으로 이분은 물론 다른 여인들을 겁줄 만한 위인인지 말입니다."

나는 또렷하게 말했다. 앤 캐서릭이 내 말을 듣고 내 마음을 이해해 주길 바랐다. 과연 효과가 있었다.

"네, 맞아요. 이분은 제게 무척 친절하셨죠. 절 도와주신 분이에요."

그리고 그녀는 부인의 귀에 나머지 이야기를 속삭였다.

"이렇게 놀라울 데가."

클레먼츠 부인이 당황한 표정으로 말했다.

"제가 잘못 판단했군요. 거칠게 굴어서 정말 미안합니다, 선생. 하지만 낯선 사람에게는 이런 상황이 의심스러워 보일 수 있다는 걸 이해해 주시길 바랍니다. 이런 장소에 이 아이 혼자 둔 제가 잘못입니다. 자, 이제 집으로 가자."

이 선량해 보이는 부인은 걸어서 돌아가야 하는 귀가 길이 적잖이 불안한 모양이었다. 그래서 내가 농장이 보일 때까지 배웅하겠다고 제안했다. 그녀는 고맙다고는 했지만 정중히 사양했다. 일단 마을 안의 길에 들어서면 농장 일꾼들이 있을 테니 괜찮다고 했다.

"되도록이면 나를 잊어버려요."

앤 캐서릭이 부인의 팔을 붙잡고 떠나려고 몸을 돌릴 때 내가 말했다. 나는 그녀를 두려움에 떨게 만들 생각은 아니었다. 그 창백하고 여전히 겁에 질린 얼굴이 보자 마음이 아팠다.

"그럴게요. 하지만 당신은 너무 많은 걸 알고 있군요. 전 이제 당신을 볼 때마다 놀라게 될 거예요."

클레먼츠 부인이 나를 흘긋 보더니 동정 어린 눈빛으로 고개를 설레설레 저었다.

"안녕히 가세요, 선생. 어쩔 수 없었을 겁니다. 잘 알아요. 하지만 이 아이가 아니라 치리리 지를 놀라게 했다면 좋았겠군요."

그들이 몇 발자국 걸었다. 나는 그들이 완전히 떠나는 거라고 생각했다. 그런데 앤 캐서릭이 걸음을 멈추고 부인에게서 몸을 뗐다.

"잠깐만요, 작별인사를 해야겠어요."

그녀가 무덤으로 돌아와 두 손을 십자가 묘비에 살며시 얹고 입을 맞추었다.

"이제 마음이 편해졌어요."

그녀가 나를 조용히 바라보며 말했다.

"당신을 용서합니다."

그녀는 다시 부인에게 갔고, 두 사람은 묘지에서 사라졌다. 그리고 교회 근처에서 잠시 발걸음을 멈추고 오두막에서 나온 묘지기의 부인과 얘기를 나누더니 들로 향하는 길로 걸어갔다.

나는 멀리서 땅거미가 완전히 깔릴 때까지 앤 캐서릭이 사라지는 모습을 지켜보았다. 흰옷을 입은 여자의 외롭고 쓸쓸한 일생을 마지막으로 보는 것처럼 애처롭고 근심 어린 마음으로 말이다.

13

약 30분 후 나는 집으로 돌아와 할콤 양에게 그 동안의 일을 모두 말해 주었다.

그녀는 내 말을 처음부터 끝까지 귀 기울여 들었다. 그녀의 평소 성격으로 볼 때 이렇게 진지한 태도로 끝까지 귀를 기울인다는 건 적잖게 충격을 받았다는 의미였다.

"걱정되네요. 앞날이 어찌될지 참 걱정이에요."

내가 말을 끝냈을 때 그녀가 한 말은 이게 다였다.

"미래는 현재를 어떻게 이용하느냐에 달렸죠. 내가 여자였다면 앤 캐서릭도 더 흉금을 터놓고 말할 수 있었을 겁니다. 만일 페어리 양이……."

"추호도 그럴 생각은 없어요."

할콤 양이 단호한 어조로 말을 끊었다.

"그럼 이렇게 하는 건 어떻습니까? 아가씨가 앤 캐서릭을 만나는 겁니다. 그녀가 마음을 열도록 최선을 다하는 거지요. 저는 이미 그녀를 비참하게 만들었으니 더는 그녀를 괴롭힐 수 없습니다. 내일 나와 농장으로 같이 가시면 어떻겠어요?"

"어디든 가야죠. 로라를 위해서라면 어디든 가서 무슨 짓이든 할 거예요. 그곳 이름이 뭐라고 하셨죠?"

"당신도 잘 아는 곳일 겁니다. 토드 코너라더군요."

"잘 알지요. 토드 코너는 페어리 삼촌이 소유한 농장 중에 하나예요. 여기에서 일하는 유제품 담당 하녀가 그 집의 둘째 딸이죠. 여기에서 농장으로 왔다 갔다 부지런히 움직인답니다. 그러니 이 아이가 우리에게 뭔가 정보를 줄 수 있을지도 모르겠네요. 아래층에 있을 것 같던데 한번 불러볼까요?"

그녀는 종을 울려 하인 한 사람을 불러서는 그 하녀가 어디 있는지 물었다. 하인은 곧 다시 올라오더니 지금 농장에 있다고 했다. 지난 사흘간 집에 가지 못해서 관리인이 저녁 한두 시간 동안 집에 다녀오라고 휴가를 준 것이다.

"내일 그 아이와 얘기하면 돼요."

하인이 방을 나가자 그녀가 말했다.

"그런데 내가 앤 캐서릭과의 대화에서 얻어야 할 게 정확히 뭐죠? 그녀를 정신병원에 가둔 자가 퍼시벌 글라이드 경이라는 점은 의심의 여지가 없는 건가요?"

"티끌만큼도 없어요. 남아 있는 유일한 수수께끼는 그가 왜 그랬는가입니다. 퍼시벌 경과 앤 캐서릭의 사회적 지위로 볼 때 두 사람이 한 지붕 아래에서 지낼 가능성은 전혀 없었을 터인데, 그건 그렇다 쳐도 어째서 그녀를 가두지 않으면 안 될 상황이 닥쳤냐는 거지요. 그 이유를 밝혀야 됩니다. 백보 양보해서 설령 그녀에게 그럴 만한 심각한 병이 있었다 해도 왜 하필 그가 직접 그녀를 감금했는지…….”

“사설 정신병원이라고 하셨죠?”

“그래요, 그곳에 말입니다. 그곳은 가난한 사람은 감당 못할 거액의 병원비가 필요한 곳이죠.”

“이제 뭘 알아내야 할지 알겠어요, 하트라이트 선생님. 약속하건대 그 의문은 풀릴 거예요. 앤 캐서릭이 내일 우리를 도와주든 아니든 말이죠. 퍼시벌 글라이드 경은 길모어 씨나 저를 납득시키지 못하면 이 집에 오래 머물 수 없을 거예요. 제게 동생의 미래는 가장 중요한 사안입니다. 동생의 결혼 문제라면 제 능력이 미치는 한 모든 노력을 다해야겠죠.”

우리는 그렇게 결론을 내리고 각자의 방으로 갔다.

아침식사 후, 내가 전날 사건 때문에 미처 생각지 못했던 장애물이 농장으로 직행하려는 우리의 발걸음을 붙잡았다. 그날은 내가 리머리지 가에 머물 수 있는 마지막 날이었다. 할콤 양의 조언대로 우편물이 오는 즉시 페어리 씨와 만나 갑작스런 계약 단축에 대한 동의를 얻어야 했다. 계약 기간은 한 달 뒤에 끝나지만 런던에 갑작스러운 일이 생겨 피치 못하게 떠나야 한다고 말할 작정이었다.

다행스럽게도 그날 우편물에 런던에서 날아온 두 통의 편지가 섞여 있었다. 나는 편지를 들고 곧장 작업실로 들어와 하인을 불러 언제 면담이 가능한지 요청하는 전언을 보냈다.

나는 페어리 씨가 내 요청을 어떻게 받아들일지에 대해서는 전혀 신경 쓰지 않고 하인이 돌아오기만을 기다렸다. 페어리 씨가 받아들이건 말건 무조건 떠나야 했기 때문이다.

　페어리 양과 이토록 허무하게 영원히 이별해야 한다는 생각 때문에 나 자신의 문제는 무덤덤하기만 했다. 지금껏 가졌던 가난한 남자의 다치기 쉬운 자존심도, 보잘것없는 예술가의 허영도 모두 사라져 버렸다. 페어리 씨가 아무리 무례하게 나를 대한다 해도 상처 입지 않을 것 같았다.

　그런데 하인은 예상하지 못한 답변을 들고 왔다. 그날따라 건강 상태가 너무 좋지 않아 나와 면담할 엄두조차 낼 수 없으니 유감을 전한다는 답신이었다. 그는 용서를 바라면서 얼굴을 직접 보는 대신 편지로 면담하자고 했다.

　나는 이곳에 석 달간 머물면서 그런 식의 편지에 익숙해져 있었다. 그 동안 페어리 씨는 나를 물건처럼 소유하는 것에 만족했을 뿐 면담 같은 건 하려 들지 않았다. 석 달 내내 우리가 주고받은 것은 하인이 한 아름 안고 들어온 그림들뿐이었다. 내가 그것을 정성껏 수선하고 다듬어서 "존경하는 분께"라고 적은 메모와 함께 돌려보내면 또다시 하인이 달랑 종이쪽지를 하나 들고 돌아왔다. 쪽지에는 "아주 만족합니다.", "정말 수고하셨소." 같은 내용들이 적혀 있었다. 그리고 건강 때문에 감옥 같은 방에 갇혀 있어 유감이라고 덧붙인 메시지도 왔다. 사실 고용주와 고용인 사이에 이렇게 좋은 고용 조건도 없었다.

　나는 즉시 책상에 앉아 편지를 썼다. 가급적 내 입장에 대해 공손하고 명쾌하고 간략하게 설명했다. 답장은 금방 오지 않았고 거의 한 시간이 지나서야 내 손에 놓였다. 내용은 이랬다.

　페어리 씨가 하트라이트 씨에게 친애의 안부 인사를 전합니다. 또한 하트라이트 씨의 요청에 말로 표현하기 힘들 정도로 놀라서 실망감을 표하셨습니다. 페어리 씨 본인은 집안 실무자가 아닌 그의 재산 관리인과 이 문제를 두고 상담했는데, 그 결과 생사가 오가는 일을 제외한 그 어떤 문제로도 이 계약을 파기할 수 없다는 결론을 내렸습니다. 페어리 씨는 예술과 예술가에게 대단한 관심과 배려를 지닌 분이며, 예술에 대한 사랑만이 고통 받는 육체에 대항하는 유일한 힘이신 분입니다. 이런 분과 결정했던 계약을 뒤흔들겠다는 것은 실로 유감이자 애석한 일이 아닐 수 없습니다.

하지만 이왕 일이 이렇게 된 바, 하트라이트 씨의 예의에 벗어난 요청을 페어리 씨가 거절해 하이트라이트 씨를 묶어둔다 한들 두 분의 관계는 예전 같지 않을 것입니다. 그것은 페어리 씨의 신경을 더 자극하는 일이 될 것이며, 매우 심각한 건강 악화를 유발할 것이 명백합니다.

따라서 단호히 하트라이트 씨의 요청을 거절한다는 사실을 밝히되, 향후 더 큰 악화를 방지하기 위해 하트라이트 씨가 여기를 떠나도 좋음을 통보합니다.

나는 편지를 접어 다른 편지와 함께 옆으로 치웠다. 사실 이 편지는 저주를 퍼부을 정도로 모욕적인 것이었지만 나는 담담히 그것을 공식적인 해고 통지서로 받아들였다. 그리고 아래층으로 내려가 할콤 양에게 농장으로 갈 준비가 되었다는 전갈을 보내면서 가급적 편지 내용을 머리에서 지우려고 노력했다.

"삼촌이 허락해 주셨나요?"

집을 나설 때 할콤 양이 물었다.

"가도 좋다고 했습니다."

그녀는 재빨리 나를 바라보았다. 그리고 처음으로 덥석 내 팔짱을 꼈다. 삼촌의 편지가 어땠는지는 안 봐도 충분히 알겠으며, 내게 선생으로서가 아닌 친구로서 깊은 연민을 느낀다고 말하는 듯한 행동이었다. 그녀의 자상한 태도에 무례한 편지 생각은 눈 녹듯이 사라지고, 그녀의 속죄하는 듯한 친절을 가슴 깊이 느낄 수 있었다.

우리는 농장으로 가면서 계획을 짰다. 할콤 양이 혼자 들어가고 나는 이름을 부르면 들을 수 있는 거리를 두고 밖에서 기다리기로 했다. 이렇게 하기로 한 이유는, 어제 저녁 내가 앤 캐서릭에게 끼친 공포와 두려움이 너무 컸기 때문이다. 만일 그녀가 나를 보고 전날의 기분이 되살아나면 난생 처음 보는 할콤 양에게까지 경계심을 가질 수 있었다.

할콤 양은 먼저 농장 관리인의 아내를 찾았다. 할콤 양을 잘 아는 그녀라면 어떻게든 도와주려 할 것이 분명했기 때문이다. 나는 주변에서 기다렸다. 혼자서 꽤 긴 시간을 기다려야 할 거라고 예상했는데 채 5분도 지나지 않아 할콤 양이 다시 나타났다.

"앤 캐서릭이 만남을 거절했습니까?"

나는 당황해서 물었다.

"앤 캐서릭은 떠났어요."

"떠났다고요?"

"클레먼츠 부인과 오늘 아침 8시에 이곳을 떠났대요."

아무 말도 할 수 없었다. 마지막 기회가 두 사람과 함께 사라졌다는 느낌뿐이었다. 할콤 양이 계속 말했다.

"토드 부인이 이야기해 준 내용만으로는 상황을 종잡을 수 없어요. 두 사람은 어제 당신과 헤어지고 무사히 돌아왔다는군요. 그리고 평소처럼 잘 있었는데, 저녁식사 전에 앤 캐서릭이 난데없이 정신을 잃어서 사람들을 놀라게 했대요. 어제보다는 덜했지만 농장에 도착한 첫날에도 기절을 했다는군요. 토드 부인에 의하면, 그 첫 번째 기절은 지역 신문에 난 기사 때문이라고 해요."

"어느 기사 때문에 그녀가 충격을 받았는지 알고 있던가요?"

"아뇨, 부인도 이상해서 신문을 뒤적거려 봤지만 전혀 나쁜 뉴스는 없었다고 해요. 그래서 제가 그 신문 좀 보자고 했죠. 그랬더니 바로 첫 면에 우리 가족과 관련된 기사가 대문짝만 하게 나와 있더군요. 동생의 약혼에 관한 기사, 런던 신문에서 발췌한 고위층의 결혼에 대한 기사였어요. 나는 즉각 이것이 앤 캐서릭을 기절시킨 원인이라는 걸 알아차렸죠. 그리고 바로 이게 앤 캐서릭이 편지를 쓰게 만든 원천이 되었으리라 생각했고요."

"그 부분은 의심의 여지가 없군요. 그런데 어제 저녁에 쓰러진 이유는 들었나요?"

"아니요. 이번에는 완전히 의문투성이예요. 방에 낯선 사람도 없었고 방문객이라고는 우리 유제품 담당 하녀, 제가 말씀드렸던 농장의 둘째 딸뿐이었죠. 게다가 평상시처럼 동네에 떠도는 소문들로 잡담이나 하고 있었고요. 그런데 앤 캐서릭이 이유 없이 소리를 지르더니 얼굴이 백지장처럼 하얗게 변했대요. 그래서 토드 부인과 클레먼츠 부인이 그녀를 위층에 서둘러 눕혔다는군요. 그날 토드 부인은 두 사람이 잘 시간이 훨씬 지났는데도 대화를 나누는 걸 들었다고 해요. 그리고 아침이 밝자 클레먼츠 부인이 토드 부인을 서둘러 한적한 곳으로 데려가더니 지금 떠나야겠다고 급작스레 말하더래요.

토드 부인이 알아낸 것이라곤 어떤 일이 터졌다는 것, 그 일이 농장 가족들과는 상관없다는 것, 그 사건이 앤 캐서릭에게 충격을 줘서 떠날 수밖에 없게 되었다는 것뿐이에요. 클레먼츠 부인에게 좀 더 자세하게 말해 달라고 해도 막무가내였다는군요. 클레먼츠 부인은 고개만 설레설레 내저으며 앤을 위한다면 부디 아무 질문도 말아달라고 했다고 해요. 얼굴엔 안절부절못하는 표정이 역력했고, 앤이 떠나야 하며, 자신도 따라가야 하며, 어디로 가는지도 말할 수 없다는 말만 되풀이했답니다. 토드 부인이 말린 건 말할 필요도 없고요.

결국 토드 부인은 두 사람을 태워서 세 시간 남짓 걸리는 근처 역까지 배웅해 줬답니다. 가는 도중 무슨 연유인지 알아내려고 했지만 헛수고였대요. 자꾸 느닷없게 재촉만 해서 토드 부인도 자신을 남 대하듯 구는 그들의 무례함에 섭섭하고 화가 나 역에서 내려주고는 작별인사도 않고 돌아왔다는군요. 이것이 이야기의 전부예요. 뭔가 짐작 가는 부분 없으세요?"

"먼저 생각해 봐야 할 게 있습니다. 내가 앤에게 적잖은 충격을 줬다 해도 그 무렵이면 충분히 진정이 됐을 겁니다. 그런데 왜 돌연 기절했는지 연유를 찾아야 합니다. 그녀가 기절했을 때 어떤 소문 이야기를 하고 있었는지 알아봤습니까?"

"네. 토드 부인 말로는 앤은 그들의 대화에 완전히 무관심한 표정이었다고 하네요. 늘 그렇듯 서로서로 겪은 걸 얘기했을 뿐이니까요."

"둘째 딸의 기억력이 그 어머니보다 나을 것 같습니다. 귀가하는 즉시 그녀에게 물어보지요."

할콤 양은 집으로 돌아오자마자 내 제안을 실행에 옮겼다. 나는 할콤 양을 따라 하인들의 작업장으로 갔다. 농장의 둘째 딸이 소매를 어깨까지 말고서는 흥겹게 노래를 흥얼대면서 커다란 우유통을 청소하고 있었다.

"한나, 오늘 신사 한 분을 특별히 모시고 왔단다. 네가 일하는 모습은 우리 집의 자랑거리니까 말이야."

할콤 양이 말했다. 소녀는 얼굴을 붉히면서 몸가짐을 바로했다. 그리고 모든 물건을 깨끗하고 정리하는 데 최선을 다하고 있다고 수줍게 말했다. 할콤 양이 계속 말했다.

"우린 네 집에서 오는 길이야. 네가 어제 저녁에 농장에 있었다더구나. 농장에서 손님들 봤니?"

"네, 아가씨."

"손님 중에 한 분이 갑자기 기절했다며? 그분을 놀라게 할 얘긴 없었다는데, 무슨 얘길 했는데 그랬을까?"

"아무 얘기도 없었는걸요."

소녀가 소리 내서 웃으며 말했다.

"그냥 잡담만 했어요."

"토드 코너 농장에 관한 잡담?"

"네, 아가씨."

"리머리지 가에 대해서도 말했어?"

"네, 아가씨. 그렇다고 크게 놀랄 얘길 한 건 아니에요. 왜냐면 제가 말을 꺼내기 시작할 때부터 이미 그 손님은 아픈 얼굴이었거든요. 저는 한 번도 기절한 적이 없어서 그분이 기절하는 모습에 가슴이 철렁했어요."

소녀가 더 말하려 할 때 계란이 도착했다는 소리가 문 쪽에서 들렸다. 소녀가 떠나자 나는 할콤 양의 귀에 속삭였다.

"오면 물어보세요. 혹시 리머리지 가에 손님이 올 거라고 말을 꺼냈는지요."

할콤 양이 미소로 내 의중을 알겠다는 표시를 보냈고, 소녀가 나타나자 곧장 같은 질문을 던졌다.

"아, 네, 말했어요."

소녀가 짤막히 대답했다.

"사람들이 방문할 거고 얼룩소가 사고를 쳤다고 말한 게 제 얘기의 전부였어요."

"이름도 말했니? 가령 퍼시벌 글라이드 경이 월요일에 올 거라고 말했어?"

"네, 아가씨. 퍼시벌 글라이드 경이 오실 거라 말했어요. 큰 의미 없이 말한 거예요. 말하면 안 되는 건가요?"

"아니, 아무것도 아냐. 하트라이트 선생님, 이제 가시죠. 더 이야기하면 이 아이 일을 방해하겠네요."

다시 단둘만 남자 우리는 걸음을 멈추고 서로를 쳐다보았다.

"이제 의문이 다 풀렸나요, 할콤 양?"

"이제 퍼시벌 글라이드 경이 이 모든 의문을 풀어주거나, 로라가 그의 아내가 되지 않거나 둘 중 하나겠죠?"

14

우리가 저택 주변을 돌아 정문까지 왔을 때, 저만치 기차역 방향에서 역마차 한 대가 다가왔다. 할콤 양은 마차가 멈출 때까지 정문 앞 계단에 서 있다가 먼저 다가가 노신사와 악수를 나누었다. 그는 마차가 완전히 멈추기도 전에 활기차게 훌쩍 뛰어내렸다. 변호사 길모어 씨였다.

서로 소개를 하는 동안 나는 흥미와 호기심을 감추지 않고 그를 쳐다보았다. 이 노신사는 내가 여기를 떠난 후에도 남아 있게 될 사람이었다. 그는 퍼시벌 글라이드 경의 말을 끝까지 경청할 것이며, 그런 다음 경험에서 우러나온 조언들을 통해 할콤 양의 판단을 도울 것이다. 또한 결혼 문제가 결정될 때까지 남아서 모든 일을 처리하고, 일이 잘 해결되면 저 손으로 페어리 양을 영구히 묶어둘 결혼 서약서를 작성할 것이다.

지금 내가 알고 있는 것, 그리고 내일이면 결코 알지 못하게 될 일들 사이의 묘한 대비로 인해 나는 그 노신사를 이전에는 낯선 사람에게서 느껴보지 못했던 지극한 관심으로 바라보았다.

외양만 보자면 길모어 씨는 우리가 일반적으로 생각하는 나이 든 변호사 이미지와는 딴판이었다. 혈색은 좋았고 다소 긴 흰 머리칼은 잘 다듬어져 있었다. 검은 외투와 조끼와 바지는 완벽한 조화를 이루었다. 거기에다 흰색 넥타이를 단정하게 맨 다음 성직자의 손에 끼어도 잘 어울릴 정도로 점잖은 연보랏빛 가죽 장갑을 끼었다. 그의 태도는 유쾌하면서도 전통 있는 교육을 거치면서 몸에 배었음이 분명한 세련된 격식이 풍겼다. 거기에다 활기 넘치는 예리함과 민첩함이 생기를 불어넣고 있었는데, 일종의 직업적 노련미에서 얻어진 결과인 것 같았다. 자신만만함과 풍부한 낙천성, 오래 누려온 직업적인 성공, 이런 부류의 사람들이 으레 물씬 풍기는 쾌활함과 성실함, 폭넓은 층으로부터 받아온 덕망, 이런 것들이 내가 처음 길모어 씨에게서 받은 인상들이었다. 나중에 그를 더 깊이 알게 되고 함께 더 많은 경험들을 하게 되면서 그 인상은 더 확실해졌다.

한 집안의 일을 낯선 내가 방해하는 게 아무래도 마음에 걸려서 나는 두 사람이 이야기할 수 있도록 자리를 떠나 홀로 정원을 거닐었다.

리머리지 가에서의 마지막 시간이 다가오고 있다. 내일 아침에 떠나야 한다는 건 돌이킬 수 없는 사실이었다. 익명의 편지에 대한 탐문 작업에서 맡았던 내 역할도 이제 끝이었다. 이제 방심하지만 않으면 누구에게도 상처를 주지 않을 수 있었다. 욕망을 억제하는 이 자제력이 얼마 남지 않은 시간 동안 약해지지만 않는다면 말이다. 이제는 내 행복했던 시간, 사랑하는 여인과 함께해 준 이 모든 풍경들에 작별을 고할 시간이었다.

나는 본능적으로 전날 저녁 페어리 양이 개와 함께 걸었던 내 작업실 창문 아래로 발길을 돌렸다. 나는 페어리 양의 장미 정원으로 들어서는 작은 문 앞에 이를 때까지 그녀의 사랑스러운 발걸음이 오고간 그 길을 따라서 걸었다.

정원은 이제 겨울의 나목들과 차가운 바람만 남아 있었다. 그녀가 내게 이름을 말해 줬던 꽃들, 내가 어떻게 그리라고 가르쳐줬던 꽃들, 그 꽃들은 모두 사라지고 없었다. 꽃밭 사이를 가로지른 희고 좁은 길은 벌써 질척해져 있었다. 나는 8월 저녁의 따스한 향기가 머물던 가로수 길을 계속해서 걸었다. 발밑에 무수히 재잘거리던 햇살과 음영의 조화에 감탄했던 곳이었다. 이제는 바람에 신음하는 나뭇가지에서 떨어진 낙엽들, 썩어가는 흙내가 나를 뼛속까지 얼어붙게 만들었다.

조금 더 걷다 보니 샛길이 있었다. 그 길은 완만하게 가까운 언덕까지 굽이굽이 이어지고 있었다. 우리가 잠시 쉬려고 앉곤 했던 길가의 그루터기는 빗물에 축축하게 젖어 있었다. 내가 그녀를 위한 스케치 소재로 이용했던 한 무더기의 고사리와 풀들은 넘치는 웅덩이 속에서 썩어가고 있었다.

나는 언덕 꼭대기에 다다랐다. 그리고 우리가 기쁨으로 감탄했던 전경들을 바라보았다. 이제 그것은 차갑고 헐벗은 모습으로 남아 더 이상 내가 기억하는 전망이 아니었다. 그녀의 모습이 어린 햇살은 너무 멀리 떨어져 있고, 내 귀에 속삭이던 매혹적인 목소리도 더는 남아 있지 않았다.

그녀는 언젠가 나와 이 전경을 내려다볼 때, 마지막까지 함께였던 아버지 이야기를 꺼냈다. 자신이 아버지를 얼마나 좋아했는지, 얼마나 아버지를 보고 싶어 하는지, 문득 방에 들어서는데 아버지 모습이 마음속에 떠올라 하던 일을 멈출 수밖에 없었다는 이야기 등등. 그녀의 이야기를 들으면서 봤던 그 풍경이 지금 홀로 정상에 서서 내려다보는 이 풍경이 맞는가?

나는 돌아서서 그 자리를 떠났다. 굽이굽이 길을 따라 내려와 들판으로, 다시 돌아 모래 언덕으로 내려와 해변에 다다랐다. 성난 파도의 흰 포말과 광대한 파도의 부딪침, 그녀가 양산 끝으로 한가롭게 모래사장에 그렸던 그림들은 다 어디로 갔는가. 내가 가족 이야기를 시작하자 그녀가 귀를 기울이며 여자다운 섬세한 호기심으로 질문을 던졌던 자리, 순수한 눈망울로 한 번이라도 집을 떠난 적이 있냐고, 아내는 없냐고, 내 소유의 집은 있냐고 물으며 앉았던 그 자리는 지금 어디 있는가?

그녀가 모래사장에 그린 그림은 이미 바람과 물결에 지워지고 없었다. 나는 바닷가의 넓고 단조로운 풍경을 바라보았다. 우리가 한가로이 보냈던 여름날의 시간은 마치 한 번도 없었던 것처럼 사라졌다. 마치 낯선 곳에 처음 선 것처럼 생소했다. 텅 빈 해변의 침묵이 내 심장을 관통했다.

나는 다시 리머리지 가로 돌아왔다. 그나마 이곳은 곳곳에 그녀의 잔영이 남아 있었다.

서쪽 정원을 걷는 도중 길모어 씨를 만났다. 나를 보자 발걸음을 재촉하는 것으로 보아 나를 찾고 있던 게 분명했다. 나는 너무 울적해 낯선 사람과 대화하고 싶지 않았다. 그러나 불가피했기에 내색하지 않고 최선을 다하기로 했다.

"한참을 찾았소이다."

그가 말했다.

"드릴 말씀이 두 가지 있소, 선생. 괜찮으시다면 지금 이 자리에서 말씀드리지요. 쉽게 말하자면, 할콤 양과 나는 가족 문제를 논의하고 있습니다. 내가 여기 온 것도 그것 때문이고 말이오. 그런데 얘기 도중에 할콤 양이 달갑지 않은 익명의 편지에 대해 말해 주더군요. 그리고 지금껏 당신이 감수해 온 역할에 대해서도 소상히 들었습니다. 그리고 아주 적절하고 훌륭하게 그 역할을 맡아주셨기에 선생께서도 관심이 클 줄 알고 말씀드리오. 이제 그 일의 마무리는 믿을 만한 사람에게 맡겨질 겁니다. 선생께서는 걱정 않으셔도 됩니다. 내가 책임질 테니까요."

"여러모로 어르신께서 맡는 것이 저보다 낫지 않겠습니까. 그런데 실례인지 모르나 향후 계획은 정하셨습니까?"

"굳이 표현하자면, 정했다고 말해야겠군요. 일단 런던에 있는 퍼시벌 경의 변호사에게 편지 사본을 정황 설명과 함께 보낼 생각이랍니다. 그 양반과 나는 잘 아는 사이지요. 편지 원본은 내가 보관했다가 퍼시벌 경이 오면 보여드릴 것이오. 두 여인의 행방에 대해서는 벌써 충직한 하인을 역으로 보내서 알아보도록 조치했습니다. 그 어떤 단서라도 포착하면 그가 계속 두 여인을 추적할 겁니다. 이것이 퍼시벌 경이 월요일에 도착할 때까지 내가 하게 될 조치들입니다.

나는 확신하고 있습니다. 퍼시벌 경은 이 모든 것을 납득시킬 만반의 준비를 해올 거라고 말이지요. 그분의 지위와 명예로나 덕망으로 볼 때 이 모든 의문을 어렵지 않게 해결해 줄 걸로 굳게 믿고 있소. 이 점을 당신에게 확실하게 말할 수 있어서 다행이라 생각합니다. 내 경험상 이런 일들은 언제나 일어나지요. 익명의 편지, 불행에 빠진 여인, 사회의 어두운 그늘 같은 것 말입니다. 이 사건의 경우 특이한 점이 있긴 하지만 그렇다 해도 사건 자체는 대부분의 경우와 마찬가지로 지극히 흔해빠진 것입니다.”

“불행히도 이 사건을 바라보는 관점이 저와 다르시군요.”

“그렇습니다, 그래요, 선생. 나는 늙은이요. 그래서 실용적인 견해를 중시합니다. 선생은 젊으니 다르게 해석할 상상력도 풍부하겠지요. 우리 관점이 다르다는 문제는 더 거론하지 말기로 합시다, 선생. 난 직업상 늘 논쟁 속에 삽니다만, 이번 경우만큼은 그렇지 않아서 무척 다행이오. 기다리기로 합시다. 참 매력적인 곳이지요, 이곳 말입니다. 사냥터도 괜찮지 않았습니까? 하지만 페어리 씨의 땅은 과거에 사냥터로 많이 쓰여서 지금은 허가가 나지 않은 것 같군요. 그래도 참 좋은 곳이고 사람들도 인정 많지요. 그림을 그리신다고 들었습니다만, 맞습니까, 하트라이트 씨? 부러운 재능입니다. 어떤 그림을 그리시는지?”

일상사로 대화의 주제가 넘어갔다. 주로 길모어 씨가 말했고 나는 들었다. 내 관심은 그가 유창하게 읊고 있는 주제들과는 한참 떨어져 있었다.

나는 지난 두 시간 남짓의 외로운 산책에서 벗어나지 못하고 있었다. 한시라도 빨리 리머리지 가를 떠나고 싶었다. 1분 1초라도 더 머무는 게 어리석게 느껴졌다. 더는 내 도움을 원하는 이도 없지 않은가? 내 역할을 다한 이상 컴벌랜드에 더 이상 머물러야 할 하등의 이유가 없지 않은가? 내 고용인이 내 사직을 허가할 때 시

145

간 제약을 둔 것도 아니었다. 그렇다면 왜 지금 떠나지 못한단 말인가?

나는 끝내기로 작심했다. 아직 해가 저물려면 몇 시간이 더 남아 있으니 오후에 곧바로 런던으로 돌아가지 못할 이유도 없었다. 나는 길모어 씨에게 자리를 뜨겠다고 정중하게 양해를 구하고 곧 집으로 돌아왔다.

그렇게 작업실로 오르는 계단에서 할콤 양과 부딪쳤다. 내 서두르는 모습에서 뭔가를 감지한 그녀가 무슨 일이냐고 물었다. 나는 방금 언급한 대로 내가 곧바로 떠나야 하는 이유를 설명해 주었다.

"안 돼요, 선생님."

그녀가 간절하게 말했다.

"부디 친구로서의 뒷모습을 보여주세요. 우리와 한 번만 더 식사를 해요. 여기 남아서 저녁을 드세요. 부디 남아주시면 첫날 저녁에 그랬던 것처럼 우리의 마지막 밤을 행복하게 보낼 수 있을 거예요. 이것은 제 초대이고, 또 베시 부인의 바람이며……."

그녀는 잠시 머뭇대더니 덧붙였다.

"마찬가지로 로라의 초대이기도 합니다."

결국 나는 그러겠다고 약속했다. 이들 중 누구에게도 슬픈 그림자를 남기고 떠날 수 없었다.

내 작업실은 저녁식사 종소리를 기다리기에 더할 나위 없이 좋은 휴식처였다. 나는 식사 시간까지 담담히 기다렸다. 그날 종일 페어리 양에게 말 한 마디 건네지도 못했고, 얼굴조차 볼 수 없었다.

그리고 거실로 들어가 서로 첫 대면을 했을 때, 그녀나 나나 통제력을 지키느라 애써야 했다. 그녀 역시 우리의 지나간 황금빛 세월을 나름대로 새롭게 간직하고자 최선을 다하고 있었다. 다시는 오지 못할 그 시간들을 위해서 말이다.

그녀는 그날 저녁, 내가 그 어떤 옷보다 잘 어울린다고 칭찬했던

146

그 드레스를 입고 있었다. 진청색 비단에 예쁘장한 레이스로 가장자리를 장식한 드레스였다. 그녀는 미리 굳게 마음먹은 듯 내게 다가와 인사를 건넸다. 우리의 아름다웠던 시간들을 위한 것이라는 듯이 솔직하고 순진한 태도로 손을 내밀었다. 살짝 잡은 그 차가운 손이 떨리고 있었다. 창백한 뺨 가운데 홍조가 빛을 발했다. 입술 위에 가까스로 붙들어둔 희미한 미소가 내가 바라보자 순식간에 사라졌다. 그것만으로도 그녀가 속마음을 감추려고 얼마나 자신을 혹사시키고 있는지 알 수 있었다. 내 심장은 더는 그녀의 가까이 다가갈 수 없었다. 그렇게 하지 않으면, 전보다 더 큰 사랑이 자라나 그녀를 절대 놓치지 않으려고 발악했을 것이다.

길모어 씨가 그나마 자리를 부드럽게 만들어 주었다. 그는 넘치는 유머로 좌중을 웃게 만들었고, 시종일관 대화를 이끌었다. 할콤 양도 분투했다. 나 역시 그녀의 사기를 돋우기 위해 최선을 다했다. 나는 할콤 양의 친절하고 부드러운 두 눈의 변화가 무엇을 말하는지 너무 잘 읽고 있었다. 우리가 처음 식탁에 앉을 때 그 눈은 애원하듯 나를 바라보고 있었다.

"로라를 도와주세요!"

상냥하고 걱정 어린 얼굴이 나를 향해 또렷이 외치고 있었다.

"동생을 도와주세요, 그게 절 도와주는 거예요!"

우리는 겉보기에는 아주 즐겁게 식사를 마쳤다. 여자들이 자리에서 일어나고 길모어 씨와 단둘이 남게 되었을 때 새로운 관심거리가 생겨났다. 앤 캐서릭과 클레먼츠 부인을 찾으러 나갔던 하인이 보고서를 가지고 돌아온 것이다.

"자, 알아낸 거라도 있나?"

"두 여자가 역에서 칼라일로 가는 표를 끊었답니다."

"그 말을 듣고 자네도 거기 갔겠지?"

"당연히 갔습니다만, 그들을 추적하는 건 더는 불가능했습니다."

"역에 알아봤나?"

"네."

"내가 쓴 글은 경찰서에 넘겨줬고?"

"그럼요."

"됐네, 자네는 할 일을 다 했네. 나 역시 내가 할 일을 다 한 셈일세. 이젠 결과를 기다리는 일만 남았군. 우리가 가진 카드는 다 쓴 것 같군요, 선생."

하인이 물러가자 그가 말을 이었다.

"적어도 지금까지는 그 여인들이 우리를 이겼소. 이젠 퍼시벌 경이 오는 월요일까지 기다리는 게 최선인 것 같군요. 한 잔 더 안 드시겠소? 좋은 술이군요. 잘 익은 데다 알차고 오래된 술이군요. 비록 내 지하실에는 이보다 좋은 것들도 있지만 말입니다."

우리는 다시 응접실로 돌아왔다. 내 생애 가장 행복한 시간들을 보냈던 곳, 앞으로는 결코 머물지 못할 곳이었다. 해가 짧아지고 날씨가 추워지자 방의 풍광도 많이 변해 있었다. 테라스 쪽 유리문은 닫힌 채 두꺼운 커튼으로 가려져 있고, 부드럽고 감미로운 황혼 대신 램프가 환한 빛을 뿜으며 시야를 어지럽혔다. 모든 게 변해버린 것이다.

할콤 양과 길모어 씨는 함께 카드 탁자에 앉아 있었다. 베시 부인은 늘 앉던 의자에 자리를 잡았다. 저녁 시간을 보내는 일에는 어떤 격식도 필요하지 않았다. 그러나 그 격식 없는 풍경을 바라보는 내 마음은 그날따라 왠지 모를 격식에 묶여 있었다.

페어리 양은 피아노 의자 근처에 있었다. 예전 같으면 스스럼없이 곁으로 다가갔을 것이다. 그러나 이번에는 어디로 가야 할지 무엇을 해야 할지 안절부절못하고만 있었다. 그녀가 나를 살짝 바라보더니 피아노 위에 있는 악보 한 장을 들고 내게로 다가왔다.

초조하게 악보를 펼쳐 들고 고개를 숙인 채 그녀가 말했다.

"선생님이 좋아하시는 모차르트 작품 몇 곡을 연주해 볼까요?"

내가 고맙다고 말하기도 전에 그녀는 급하게 피아노 쪽으로 향했다. 내가 항상 앉던 옆자리는 덩그러니 비어 있었다. 그녀가 건반을 몇 번 두드리더니 나를 다시 바라보다가 다시 악보로 시선을 돌렸다.

"늘 앉던 자리에 안 앉으실 건가요?"

어색할 정도로 불쑥 하고 낮은 목소리로 그녀가 말했다. 내가 답했다.

"마지막 밤이니 앉아도 괜찮을 것 같습니다."

그녀는 대답하지 않았다. 그저 무심한 듯 악보에만 열중했다. 하지만 그 음악은 그 동안 수십 번 반복해서 악보 없이도 연주할 수 있는 곡이었다. 볼에 홍조가 사라지고 얼굴빛이 창백해지는 것만으로도, 그녀가 내가 다가가는 소리를 듣고 그 사실을 예민하게 느끼고 있다는 것을 알 수 있었다.

"가신다니 마음이 너무 아파요."

거의 꺼져가는 목소리로 그녀가 속삭이면서 점점 더 악보를 뚫어져라 바라보았다. 건반을 두드리는 손가락에서는 전에 없던 열기가 발산되고 있었다.

"내일이 오고 또 내일이 지나도 결코 당신을 잊지 않겠습니다, 페어리 양."

창백한 얼굴이 아예 백짓장처럼 변하면서 그녀는 급기야 얼굴을 돌려서 피했다.

"내일 이야기는 하지 말아요. 우리의 대화보다 즐겁게, 이 건반이 오늘 밤 우리의 행복한 시간을 연주하게 해주세요."

그녀의 입술이 떨리고 있었다. 입술 사이로 가느린 한숨이 새어나왔다. 숨기려 했지만 소용없었다. 손가락이 건반 위에서 허둥대더니 결국 엉뚱한 건반을 두드렸다. 그녀는 그걸 바로잡아 보려고 어쩔 줄 몰라 하다가 마침내 화가 치민 듯 두 손을 무릎 위에 내려 놓았다. 카드 게임을 하던 할콤 양과 길모어 씨가 놀라서 피아노 쪽으로 얼굴을 돌렸다. 졸고 있던 베시 부인 역시 고개를 번쩍 들고 무슨 일이냐고 물었다.

"카드 놀이 안 하시겠어요, 하트라이트 선생님?"

할콤 양이 의미심장한 눈초리로 바라보며 말했다.

그녀가 무슨 말을 하려는지 나는 알고 있었다. 그녀가 옳다는 것도 알았다. 나는 곧바로 자리에서 일어나 카드 탁자로 향했다. 내가 자리를 뜨자 페어리 양은 악보를 넘기더니 아까보다 확신에 찬 손놀림으로 건반을 두드리기 시작했다.

"이제 제대로 쳐볼게요."

그녀는 열정적으로 연주하며 말했다.

"마지막 밤에는 이 음악이 좋겠네요."

"베시 아주머니, 여기로 오세요. 하트라이트 선생님과 카드 파트너가 되어 주시지 않겠어요? 길모어 아저씨와 전 지쳤어요."

할콤 양의 말을 들은 노 변호사는 으스대듯 미소를 지었다. 그는 이제 막 승리의 패를 쥔 차였고, 할콤 양이 갑작스레 자리에서 일어난 걸 단순히 그녀가 지고 있어서라고 생각하는 듯했다.

나머지 시간은 조용히 지나갔다. 페어리 양은 얼굴을 돌리거나 한 마디도 건네지 않고 피아노 앞만 지켰고, 나 역시 카드 탁자 앞에만 앉아 있었다. 그녀는 마치 피아노 치는 것만이 유일한 피난처인 듯 멈추지 않고 연주했다. 어떤 때는 연주와 혼연일체가 된 듯이 아름답게 연주했고, 어떤 때는 음반을 잘못 건드려 머뭇대다가 억지로 연주하기도 했다. 마치 고된 작업이라도 하듯 연주하는 손가락의 동요와 불안이 고스란히 건반으로 전해졌다. 그럼에도 그녀는 결연한 의지로 연주를 멈추지 않았다. 모두 일어나 작별인사를 할 때가 돼서야 그녀도 자리에서 일어났다.

베시 부인이 첫 번째로 나와 악수를 나누었다.

"이제 다시 뵐 기회가 없겠군요, 하트라이트 선생님. 진심으로 섭섭합니다. 그 동안 정말 친절하셨고 열심이셨어요. 나 같은 늙은이조차 선생님께 자상함을 느꼈답니다. 선생님의 행복과 좋은 추억을 기대해요."

길모어 씨가 다음 차례였다.

"다음에는 더 좋은 인연으로 만나길 기대하겠소, 하트라이트 선생. 내가 안전하게 일을 처리할 거라는 걸 믿으시지요? 그럼요, 그럼요. 걱정하지 마십시오. 날씨가 춥소. 너무 오래 문 앞에 세워둬선 안 되겠구려. 즐거운 여행이 되시기를 바랍니다."

할콤 양이 뒤를 이었다.

"내일 아침식사는 7시 반이에요."

그녀가 귀엣말로 속삭였다.

"오늘 밤 선생님의 말과 행동을 다 지켜봤어요. 오늘 하신 행동을 보고 선생님을 제 평생의 친구로 삼기로 결심했습니다."

페어리 양이 마지막이었다. 그녀의 손을 잡았지만 내일 아침을 생각하니 차마 얼굴을 볼 수 없었다.

"내일 아침 일찍 출발할 겁니다. 페어리 양, 당신이……."

"안 돼요."

그녀가 서둘러 말을 막았다.

"제가 방에서 나오기 전에는 안 돼요. 언니와 함께 아침을 드셔야 해요. 지난 석 달을 제가 잊을 수 있다고 생각하신다면……."

그녀는 말을 잇지 못했다. 그리고 내 손을 부드럽게 어루만졌다가 갑자기 놓았다. 내가 인사를 하기도 전에 그녀는 뒤돌아보지 않고 급히 사라졌다.

마지막 날의 여명이 리머리지 가를 비추면서 내 결말도 점점 박차를 가하며 다가오고 있었다.

7시도 채 안 돼서 아래층으로 내려갔는데 두 여인이 벌써 식탁에 앉아 나를 기다리고 있었다. 싸늘한 공기와 희미한 불빛, 이른 아침의 고요 속에서 우리 셋은 식사를 하며 대화를 나누려고 노력했다. 겉으로 마음을 드러내지 않으려는 필사의 노력도 허사였다. 나는 이 모든 걸 끝내려고 서둘러 자리에서 일어났다.

가까이 앉아 있던 할콤 양에게 악수를 하려고 손을 내밀었고, 그녀도 내 손을 잡고 악수를 했다. 그때 페어리 양이 갑자기 방을 서둘러 빠져나갔다.

"그냥 두세요."

문이 닫히자 할콤 양이 말했다.

"선생님에게나 동생에게나 이 편이 낫겠죠."

나는 잠시 말을 잊었다. 작별인사 한 마디 없이, 이별의 마지막 눈길도 없이 그녀를 잃어야 한다는 생각에 마음을 다잡으려고 혼신의 힘을 쏟았다. 할콤 양에게 적절한 작별의 말을 건네려고 무척이나 애를 썼다. 하지만 입에서 억지로 끄집어낸 말은 고작 한 줄이었다.

"편지를 기다려도 될까요?"

"너무 당연한 말씀이네요. 결과가 어떻게 나건 꼭 알려드릴게요."

"제가 저질렀던 무례함이나 잘못이 잊혀진 오랜 뒤에라도, 혹시 도움이 된다면 꼭 돕고 싶습니다."

결국 나는 말을 더듬었다. 눈앞이 축축하게 흐려졌다. 그녀가 내 두 손을 굳게 잡았다. 힘과 평온이 느껴지는 손길이었다. 반짝이는 검은 두 눈동자와 갈색 얼굴, 그 얼굴에서 뜨겁게 발산되는 힘과 에너지가 나를 향한 관용과 동정으로 아름답게 타올랐다.

"그때가 오면 선생님을 로라와 저의 진정한 친구로서, 로라와 저의 오라버니로서 믿을 겁니다."

그녀는 두려움 없이 나를 자기 쪽으로 바짝 끌어당겼다. 그리고 내 이마에 입술을 댔다. 그리고 내 정식 이름을 불렀다.

"신의 가호가 있기를, 월터! 여기 잠시 계세요. 마음을 진정시켜요. 저는 자리를 뜨는 게 낫겠어요. 위층 발코니에서 떠나는 모습을 볼게요."

그녀가 방을 떠났다. 나는 창문으로 향했다. 쓸쓸한 가을 풍경만 눈에 가득 들어왔다. 이제 스스로를 다독여 떠나야 했다. 1분도 채 지나지 않았을 것이다. 그때 문이 조용히 열렸다. 양탄자 위를 스치는 치맛자락 소리가 다가왔다. 나는 두근거리는 심장으로 고개를 돌렸다. 페어리 양이 방 끝에서 내게로 걸어오고 있었다.

우리의 눈이 마주쳤다. 그녀는 방 안에 단둘만 있다는 걸 알고 잠시 걸음을 멈추었다. 그런 후 큰일에 오히려 대담해지는 여자들만의 용기로 다시 내게 다가왔다. 창백하면서도 고요한 얼굴이었다. 한손으로 곁의 탁자를 스치며, 다른 한손으로는 치마에 가려 보이지 않는 뭔가를 들고 점차 가까이 다가왔다. 그녀가 말했다.

"이걸 가지러 거실에 갔어요. 이게 선생님께 이곳의 추억을 떠올리게 해줄 거예요. 제가 이걸 그렸을 때 실력이 많이 늘었다고 하셨죠. 그러니 선생님이 이걸……."

페어리 양이 내게 그림 한 장을 내밀었다. 연필로 그린, 우리가 처음 만난 여름 별장을 스케치한 그림이었다. 종이는 떨리고 있었고, 건네받는 내 손도 떨렸다.

나는 감정을 말하기가 두려워 답변만 했다.

"이 그림을 평생 간직할 겁니다. 이 그림은 내가 가장 아끼는 귀중품이 될 겁니다. 이 그림을 받게 돼서 감사합니다. 아가씨께 작별인사를 하고 떠나게 해주셔서 정말 감사합니다."

"우리가 함께 한 날들이 얼마나 아름다운 시간이었는데 선생님을 그냥 떠나보낼 수 있겠어요?"

그녀의 말은 순진함 그 자체였다.

"그날은 이제 결코 다시 오지 않을 겁니다. 내가 살아갈 길과 아가씨가 살아갈 길이 너무 다르니까요. 하지만 어쩌다 제 모든 영혼과 힘과 열정을 바쳐 아가씨를 잠시라도 행복하게 해드리고 슬픔에서 벗어나게 해드릴 기회가 있다면, 그날 아가씨를 가르쳤던 이 불쌍한 그림 선생을 기억해 주시겠습니까? 할콤 양은 제게 그렇게 약속해 주었습니다. 아가씨도 그래주시겠습니까?"

그녀의 눈가는 이별의 슬픔을 내비치는 눈물이 가득 고여 희미하게 빛나고 있었다.

"약속할게요."

그녀가 울먹이는 목소리로 말했다.

"아, 제발 그런 눈으로 절 보지 마세요. 진심으로 약속합니다."

나는 용기를 내서 가까이 다가가 손을 내밀었다.

"아가씨를 사랑하는 많은 사람들이 있고, 그 친구들은 한결같이 아가씨의 행복을 소망하고 있습니다. 저도 그들처럼 그 소망을 가져도 되겠습니까?"

급기야 눈가에 고인 눈물이 주르륵 흘러내렸다. 그녀는 떨리는 몸을 지탱하려고 한손은 탁자에 기댄 채 나머지 한손을 내게 내밀었다. 나는 그 손을 굳게 잡았다. 그 손 위로 고개를 숙인 채 눈물을 흘리며 입을 맞췄다. 절대 사랑해서만은 아닐 것이다. 절망으로 인한 고통과 자포자기의 감정이 더 컸으리라.

"이제 제발 떠나주세요!"

그녀가 가까스로 말했다.

그 한 마디에 그녀의 마음 속 깊이 간직한 비밀이 쏟아져 나왔다. 내게는 그 말을 들을 자격도, 그 말에 대답할 자격도 없었다. 모든 것이 끝났다. 나는 그녀의 손을 놓았다. 아무 말도 하지 않았다. 시야를 가린 눈물 때문에 그녀를 볼 수 없었다. 나는 안간힘을 다해 눈물을 훔치고 마지막으로 그녀를 보려고 했다. 그리고 그녀가 의자에 쓰러지듯 주저앉고 탁자 위 두 팔에 머리를 맥없이 파묻는 모습을 보았다. 나는 그 모습을 기억하며 방을 나왔다. 그리고 어떤 문이 닫히고 그녀와 나 사이에 까마득한 거리가 펼쳐지자, 로라 페어리의 이미지는 삽시간에 머나먼 과거의 추억으로 변해버렸다.

변호사 길모어 씨가 이어가는 이야기

나는 지금 내 친구 월터 하트라이트 씨의 부탁으로 이 글을 쓰고 있다. 다음의 내용은 하트라이트 씨가 리머리지 가를 떠난 뒤 일어난 일련의 사건들, 페어리 양에게 심대한 충격을 안겨준 사건들에 대한 것이다.

내게는 이 기막힌 가족사를 밝히는 일에 대한 결정권이 없다. 내 진술은 아주 중요한 부분에 해당되고 하트라이트 씨가 이것을 책임진다고 했다. 그간의 경과로 볼 때 그는 이 같은 요청을 할 만한 충분한 자격이 있다.

그가 진실하고 생생하게 이 모든 사건들을 밝히기 위해 차용한 전개 방식은 이렇다. 각 사건이 발생한 순서에 따라 거기에 개입된 인물들이 진술을 하는 것이다. 내가 지금 화자로 등장하게 된 것도 그 약속 때문이다.

나는 퍼시벌 글라이드 경이 컴벌랜드에 체류할 때 함께 있었고, 그가 페어리 씨의 저택에서 머물 때 발생한 한 가지 중요한 사건에 관여했다. 따라서 하트라이트 씨가 떠난 직후 끊어져버린 이야기의 사슬을 내가 다시 엮는 것이 당연하다.

1

나는 11월 둘째 주 금요일에 리머리지 가에 도착했다. 내 목적은 퍼시벌 글라이드 경이 올 때까지 페어리 씨의 집에 머무는 것이었다. 만일 페어리 양과 퍼시벌 경의 결혼 날짜가 결정되면 필요한 절차와 요구 조건들을 가지고 런던으로 돌아와 두 사람의 결혼 서약서를 작성할 예정이었다.

그런데 도착한 날 페어리 씨와의 면담이 불발했다. 진짜인지 그의 상상인지는 모르겠으나, 그는 지난 수년간 몸이 많이 쇠약해졌다고 했다. 그날도 면담을 진행할 수 있을 만큼 상태가 좋지 않았다. 내가 제일 먼저 본 이 집안의 가족은 할콤 양이었다. 그녀는 나를 정문 현관 앞에서 맞이해 주었고, 몇 달 전부터 이곳에 거주해 온 하트라이트 씨를 소개시켜 주었다.

페어리 양은 그날 늦은 저녁식사 시간에야 볼 수 있었다. 안색이 좋지 않아 보여서 유감이었다. 그녀는 자신의 훌륭했던 어머니처럼 주변 누구에게나 다정다감한 관심을 쏟는 매우 상냥하고 사랑스러운 처녀였다. 그러나 그녀의 외모는 아버지를 많이 닮았다. 페어리 부인은 눈과 머리칼이 검었다. 페어리 양의 언니 할콤 양은 영락없이 어머니를 닮았다.

밤이 되자 페어리 양도 함께 어울렸다. 하지만 평소와는 달리 그다지 좋아 보이지 않았다. 우리는 카드 놀이를 하고 있었다. 사실 휘스트 게임은 수준 높은 카드 놀이와 비교하면 아이들 장난에 불과했다.

나는 이미 첫 만남에서 하트라이트 씨에게 상당한 호감을 가지게 되었다. 그리고 얼마 지나지 않아 그 역시 자기 또래들과 마찬가지로 사교상의 약점으로부터 자유롭지 못하다는 것을 알게 되었다. 요즘 젊은이들은 세 가지를 누리지 못한다. 하나는 와인의 맛이다. 둘째, 그들은 휘스트 게임을 못한다. 마지막으로 이들은 숙녀를 칭찬할 줄 모른다. 하트라이트 씨도 마찬가지였다. 그것만 제외하면 짧은 만남이었음에도 그가 겸손하고 신사다운 젊은이라는 것을 충분히 느낄 수 있었다.

그렇게 금요일이 흘러갔다. 그날 내 주의를 끌었던 보다 심각한 문제에 대해서는 언급하지 않겠다. 일전의 글에서도 언급되었지만 나는 퍼시벌 글라이드 경이 오면 만사가 해결되리라는 확신을 가졌기 때문이다.

토요일 아침, 내가 아침식사를 하러 내려갔을 때 하트라이트 씨는 벌써 떠나고 없었다. 페어리 양은 종일 방 안에 틀어박혀 있었고 할콤 양은 약간 정신이 나간 듯했다. 그 집은 더 이상 예전에 필립 페어리 부부가 살았던 곳이 아닌 듯했다. 정오 무렵 산책을 나갔을 때 본 풍경들도 내가 약 30년 전 집안 일을 처리하느라 머물렀던 그때의 풍경이 아니었다.

2시 무렵에 페어리 씨로부터 나를 만나겠다는 전갈이 왔다. 한마디로 그는 조금도 변하지 않았다. 얘기하는 것도 한결같았다. 자기 병에 관한 얘기, 진귀한 동전들, 그리고 그가 소유한 훌륭한 렘브란트의 동판화 얘기들.

내가 여기 온 목적을 말하려고 하자 그는 즉각 눈을 감으며 내가 자기를 불편하게 만들고 있다고 했다. 나는 한사코 그 문제로 화제를 돌려서 계속 그의 신경을 건드렸다. 내가 확인할 수 있었던 것은 그가 조카의 결혼을 기정사실로 받아들이고 있다는 점이었다. 그는 페어리 양의 아버지와 자신이 승인한 데다 바람직한 결혼이고 하니 혼사를 순조롭게 끝내면 더 바랄 게 없다고 생각하고 있었다. 또한 그는 내가 자기 조카와 직접 이야기해도 좋고, 내 풍부한 지식으로 혼사에 관여해도 괜찮으며, 모든 일을 제대로만 준비하면 다 좋으니 가급적 자신의 역할을 줄여달라고 했다. 즉 때가 됐을 때 두 사람에게 보호자로서 축복의 말만 하게 해달라고 했다. 내 의견도, 다른 모든 사람들의 의견도 무한한 즐거움으로 맞이하겠다는 것이다.

그렇다면 나는 방에 감금된 이 허약한 병자에게 고통만 주고 있는 꼴이었다. 그는 뭐 때문에 고통을 받으려고 나를 만나고, 나는 뭐 때문에 고통을 주겠다고 이곳에 앉아 있어야 하는가?

그가 독신에 리머리지 재산의 종신 소유권밖에 못 가진 사람이라는 점을 충분히 알지 못했다면, 나는 아마 보호자로서 제 역할을 다하려 들지 않는 페어리 씨의 무신경에 적잖이 놀랐을 것이다. 그러나 사실을 아는 나는 면담 결과에 실망하거나 놀라지 않았다. 페어리 씨는 내 예측을 확인시켜 주었을 뿐, 그것만으로도 해결을 본 것과 다름없었다.

일요일은 집 안에서나 집 밖에서나 따분했다. 퍼시벌 글라이드 경의 변호사가 보내온 편지가 도착했다. 익명의 편지에 대해 잘 읽었으며 같이 보낸 글의 내용도 충분히 알았다고 했다. 페어리 양은 오후가 다 돼서야 나타났는데 창백하고 우울해 보였다. 나는 퍼시벌 경에 대해 넌지시 말을 꺼냈지만, 그녀는 듣기만 할뿐 도통 말이 없었다. 다른 주제에는 기꺼이 의견도 피력하고 적극적으로 말하다가도 이 얘기만 나오면 아무 내색도 하지 않았다.

혹시 그녀가 약혼을 후회하고 있는 건 아닌가 하는 의문이 들었다. 그리고 이미 늦었다고 생각하는 건 아닌지 걱정이 되었다.

월요일에 퍼시벌 글라이드 경이 도착했다. 몸가짐이나 외모로만 보자면 상당히 호감 가는 인물이었다. 예상보다 나이는 좀 더 들어 보였다. 이마까지 머리가 벗겨졌고 얼굴 곳곳에 세월의 흔적이 서려 있었다. 하지만 행동이나 정신은 여느 젊은이 못지않게 날렵했고 의기충천했다. 할콤 양과의 대화만 봐도 아무 겉치레가 없었다. 보자마자 나를 맞이하는 태도도 편하고 즐거워서 우리는 금방 오랜 친구처럼 가까워졌다.

그가 도착했을 때는 자리에 없던 페어리 양이 약 10분 후에 방으로 들어왔다. 퍼시벌 경은 거의 완벽에 가까운 신사도로 그녀에게 인사를 건넸다. 그리고 숙녀의 얼굴에 나타난 우울한 표정에 공손하고 자상하게 관심을 표했다. 말하는 어조와 목소리, 태도에 조금의 가식도 없고 부드러워서 역시 좋은 집안에서 자란 인물이라는 점을 확신할 수 있었다.

이런데도 페어리 양이 계속 자리를 피하려고 하는 것에 나는 퍽 놀라지 않을 수 없었다. 그녀는 가장 먼저 자리를 떴다. 하지만 퍼시벌 경은 그녀의 어색한 회피를 눈치 채지 못한 듯했다. 페어리 양이 있을 때는 무리하게 관심을 드러내지 않았고, 그녀가 자리를 떴을 때도 할콤 양에게 페어리 양이 왜 그러는지 궁금하다는 마음조차 열어 보이지 않았다. 리머리지 가에서 함께 있는 동안 그 주도면밀한 태도나 행동은 한 치의 흐트러짐도 없었다.

페어리 양이 자리를 뜨자마자 그는 자발적으로 익명의 편지 이야기를 꺼내 우리를 혼란에서 건져주었다. 그는 햄프셔에서 오는 길에 런던에 들러 변호사를 만났다고 했다. 또한 내가 보낸 편지들도 읽었다고 했다. 그리고 컴벌랜드로 오는 내내 어떻게 하면 한시라도 빨리 우리를 만나 의심을 풀어주고 안도감을 안겨줄 수 있을까 노심초사했다고 한다.

그의 말에 나는 그에게 확인을 부탁하려고 간직해 둔 편지 원본을 건넸다. 그는 내게 고마움을 표했지만 굳이 원본을 받을 필요는 없을 것 같다고 말했다. 이미 사본을 읽었으니 원본 처리는 우리에게 맡기겠다는 것이다.

그가 단도직입적으로 한 설명들은 예상했던 대로 간단하고 만족스러웠다. 그의 설명에 따르면, 캐서릭 부인은 한때 그의 집에서 얼마간 충실하게 일을 해준 사람이었다. 그런데 얼마 후 그녀가 베푼 헌신에 보답할 기회가 찾아왔다. 당시 그녀는 두 가지 불운한 상황을 겪고 있었는데, 하나는 그녀를 버린 남편과 결혼했다는 것, 또 하나는 그와의 사이에 낳은 외동딸이 아주 어릴 때부터 정신장애를 가지고 있다는 점이었다.

비록 결혼한 뒤에는 퍼시벌 경이 사는 저택에서 멀리 떨어진 곳에 살게 되었지만, 퍼시벌 경은 캐서릭 부인을 소홀히 대하지 않고 눈여겨 보았다. 과거에 자기 가문에 봉사했던 모습을 보고 그 가여운 여인에게 호감을 가지게 되었고, 어려움 속에서도 굴하지 않고 견뎌내는 정신력을 보면서 그 불쌍한 여인에 대한 연민이 더 깊어졌다고 했다.

그런데 시간이 흐르면서 캐서릭 부인의 딸의 정신 상태가 심각할 정도로 악화되어 적절한 의학적 치료가 필요할 지경에 이르렀다고 했다. 그런데 캐서릭 부인도 치료의 필요성은 익히 알았지만 자존심이 아주 강해서 자식이 정부가 운영하는 정신병원에 거지 취급을 받으며 갇혀 지내는 것에 반감을 가지고 있었다고 한다.

결국 퍼시벌 경은 그녀가 어떤 부류였건 이런 자립심을 가진 것을 높이 샀고, 그녀가 과거에 자신의 집안일에 헌신해 준 것에 대해 분명한 마음의 표시를 하기로 했다. 다름 아닌 유명한 사설 정신병원에 그녀의 딸을 입원시키고 제반 비용을 자신이 지불하기로 한 것이다.

그러나 그녀의 딸은 어머니에게나 자신에게나 실망스럽게도 어쩔 수 없이 통제를 해야 하는 병원 환경에 적응하지 못하고, 그 탓을 자기를 입원시킨 퍼시벌 경에게 돌리면서 증오심과 불신감을 키웠다. 즉 병원에서 다양하게 표출했던 그 증오심이 그녀가 병원에서 탈출한 뒤 익명의 편지를 보내게 된 결정적인 원인이 되었다는 것이다.

퍼시벌 경은 그 정신병원의 주소와 앤의 입원 판정을 내린 두 명의 의사 이름과 주소를 건네면서, 자기 말에 수긍할 수 없거나 그 정신병원에 대해 추가적인 해명을 바란다면 어떤 질문에도 흔쾌히 답하겠으며, 그 어떤 불확실한 요소도 철저하게 제거하고 싶다고 말했다. 그는 자기는 그 불쌍한 젊은 여인에게 마지막까지 자신의 임무를 다했다고 말했다. 이를테면 자기 변호사에게 그녀의 행방을 찾는 데 어떤 돈도 아까워하지 말라고 지시했고, 그녀를 다시 안전하게 병원에 입원시키라고 했다는 것이다. 그리고 이제는 격의 없는 진솔한 태도와 마음가짐으로 페어리 양과 그녀의 가족들에 대해서도 자기 의무를 다하고자 한다고 말했다.

이 호소에 가장 먼저 답해야 하는 사람은 나였다. 그런데 내 답변은 너무 명백했다. 법이라는 건 그 어떤 상황에서도 이성적인 토론을 거친 뒤에야 결론에 도달할 수 있다는 대단한 미덕을 지녔다. 내가 만약 퍼시벌 경의 진술을 반대하는 송사를 부탁받았다면, 그가 아무리 강력한 설득력으로 진술했다 해도 반드시 의문을 제기하고 반대 논리를 폈을 것이다. 하지만 당시 내 입장은 그런 것이 아니었다. 그저 지극히 공평하게 판가름하는 재판장 역할을 하면 될 뿐이었다. 즉 나는 그가 설명한 것들을 저울질해야 했다. 진술한 자의 높은 명망에 무게를 둘 것인가, 아니면 약간의 부정적 가능성에 더 큰 무게를 둘 것인가.

그리고 내 결론은 그의 높은 명망에 무게를 두는 것이었다. 그래서 기꺼운 마음으로 그의 설명에 전적으로 만족한다는 의견을 표했다.

할콤 양도 마찬가지 결론을 표명했음에도 상황에 어울리지 않게 망설임의 표정이 역력했다. 퍼시벌 경이 그녀의 망설임을 눈치 챘는지 확신할 수 없었지만, 느낌으로는 그런 듯했다. 이 정도면 그 주제를 더 언급하는 것이 불필요함에도 두드러질 정도로 재차 그 문제를 다시 언급했다.

"사실만 나열한 이 설명이 길모어 씨에게 제대로 전달되었다면,

더는 이 불행한 문제를 언급할 필요가 없을 겁니다. 길모어 씨께서도 지금 이 자리에서 명백한 입장을 표명하셨으니 저와 길모어 씨와의 문제는 해결된 것으로 믿겠습니다. 그런데 숙녀 분께서는 그렇지 않아 보이는군요. 제 말에 대한 보다 명확한 증거가 필요하신 것 같습니다. 할콤 양, 당신 입장에서는 제게 증거를 요구하는 게 실례라고 느껴질 수도 있겠군요. 그러니 당신과 페어리 양을 위해 제가 직접 증거를 제공하는 게 마땅하다고 봅니다. 할콤 양, 직접 캐서릭 부인에게 제가 한 말의 진위 여부를 확인하는 편지를 써주시겠습니까?"

나는 할콤 양의 안색이 변하는 것을 보았다. 약간 난처한 얼굴이었다. 퍼시벌 경의 제안은 정중하긴 했어도 방금 전 할콤 양의 망설이는 태도를 은근히 겨냥한 말이었기 때문이다.

"제가 경의 말을 못 믿을 거라는 오해는 마셨으면 좋겠습니다."

그녀가 재빨리 말했다.

"전혀 그런 의도가 아닙니다, 할콤 양. 단지 당신에 대한 제 관심 정도로 간주해 주십시오. 거듭 부탁드리고자 합니다. 무례함을 받아주시겠습니까?"

그는 집필용 탁자로 향하더니 의자를 끌어당겨 앉아 종이함을 열었다.

"저 자신을 위해서라도 다시 한 번 부탁드립니다. 글을 쓰는 데 몇 분이나 걸리겠습니까? 캐서릭 부인에게는 두 가지 질문만 하시면 될 것입니다. 첫 번째 질문은 그녀의 승인 아래에서 그녀의 딸이 정신병원에 입원하게 되었느냐는 것이고, 두 번째 질문은 제가 이 문제에 개입하게 된 연유가 정말로 제 고마움의 표시인지를 묻는 겁니다. 이 불편한 문제에 대해 길모어 씨는 안심하시는 것 같고, 할콤 양께서도 마음이 놓인다면 이제 마지막 제 부탁을 들어주세요. 제 마음도 편하게 해주시면 고맙겠습니다."

"마다하는데 굳이 등을 떠미시는군요."

말이 끝나기 무섭게 그녀는 자리에서 일어나 책상으로 갔다. 퍼시벌 경이 감사의 말을 전하며 그녀에게 펜을 건네고는 자신은 벽난로 쪽으로 걸음을 옮겼다. 페어리 양의 애견인 작은 이탈리아 그레이하운드가 난로 옆 깔개에 앉아 있었다. 퍼시벌 경이 개에게 손을 내밀며 말했다.

"이리 온, 니나. 우리 아는 사이지, 그렇지?"

그 작은 짐승은 애완동물들이 그러하듯 겁을 먹고 심술을 부리며 그를 날카롭게 쏘아보았다. 그리고 퍼시벌 경이 손을 뻗어 쓰다듬으려 하자 그 손을 피해 움츠리고 떨면서 소파 안으로 몸을 숨겼다. 고작 개의 반응에 난처한 얼굴을 보인다는 건 그로서는 있을 수 없는 일이었다. 그러나 나는 그가 얼굴을 찡그리며 갑자기 창문 쪽으로 가버리는 것을 두 눈으로 보았다. 그도 때로는 신경질적으로 변하는 건가? 물론 그 정도는 얼마든지 이해할 수 있다. 나도 때때로 짜증을 부리니까.

할콤 양은 길게 끌지 않았다. 편지를 다 쓰고 나자 자리에서 일어나 그 편지를 접지도 않고 퍼시벌 경에게 건넸다. 그는 고개를 숙여 인사를 하고 편지를 받았다. 그리고 내용은 읽지도 않고 곧바로 편지를 접어 봉한 뒤 겉봉에 주소를 적어 다시 그녀에게 건넸다. 내 생전에 그처럼 위엄 있고 적절한 처신을 본 적이 없었다.

"이 편지를 꼭 제 손으로 부쳐야 하나요?"

할콤 양이 말했다.

"그렇게 하시는 게 좋겠습니다. 이제 편지도 썼고 봉인도 됐으니 마지막으로 한두 가지만 물을 수 있도록 해주십시오. 길모어 씨께서 제 변호사에게 보낸 익명의 편지에 관한 내용은 잘 읽었습니다. 하지만 그 편지에 언급되지 않은 부분이 있습니다. 페어리 양은 앤 캐서릭을 본 적이 있습니까?"

"아니요."

할콤 양이 대답했다.

"당신은요?"

"저도 아닙니다."

"그렇다면 우연히 교회 뒷마당에서 그녀를 본 하트라이트인가 하는 사람 말고 이 집안 분들은 아무도 그녀를 보지 못했다는 말입니까?"

"아무도요."

"제가 알기로 하트라이트 씨는 리머리지에 그림 지도 교사로 근무했다는데, 혹시 수채화가협회의 회원입니까?"

"그런 걸로 압니다."

할콤 양이 대답했다. 그러자 퍼시벌 경은 마지막 대답에 대해 곰곰이 생각하는 듯 잠시 말을 멈추었다. 그리곤 덧붙였다.

"그 여자가 이 근처에 머물 때 어디에 기거했는지 확인해 보셨습니까?"

"네, 토드 코너 농장에서 지냈다고 하더군요."

"그 가여운 여인을 위해서라도 그녀를 찾아내는 게 도리일 겁니다. 아마 토드 코너에 지내면서 뭔가 자신을 찾을 만한 단서를 남겼을지도 모르겠군요. 제가 가보겠습니다. 찾아낼 건 찾아야지요. 그런데 다른 이야기입니다만, 감히 제가 페어리 양에게 직접 이 불행한 문제를 설명하는 건 경우가 아닌 것 같습니다. 할콤 양, 무리가 아니라면 저 대신 그녀에게 제 설명과 정황을 전해 주시겠습니까? 물론 편지의 답장이 올 때까지는 모든 게 언기되어야 한다는 말씀도요."

할콤 양은 그러겠다고 약속했다. 그러자 퍼시벌 경은 유쾌한 표정으로 감사의 뜻을 전하고는 자리를 뜨려 했다. 그가 문을 열 때 성이 나서 웅크리고 있던 그레이하운드가 소파 밑에서 주둥이를 내밀고는 문을 향해 짖어대며 이빨을 드러냈다.

"오늘 오전의 일은 훌륭했소, 아가씨."

둘만 남게 되자 내가 말했다.

"이제 근심 걱정은 다 풀렸다고 봅니다."

"네, 아저씨 마음이 흡족하시다니 다행이에요."

"나야 두말하면 잔소리지요. 편지를 손에 쥐었으니 아가씨도 흡족하지 않습니까?"

"오, 물론이죠. 안 그럴 리가 있겠어요?"

그녀는 내게 말한다기보다는 혼잣말하듯 말했다.

"다만 하트라이트 선생님이 이 자리에 합석해 퍼시벌 경의 설명을 같이 듣고 제가 편지를 어떻게 쓰면 좋을지 조언이라도 해줬다면 더할 나위 없었을 거예요."

나는 이 마지막 말에 놀라고 말았다. 아니, 약간은 자존심이 상하기도 했다.

"하긴 그 편지 건에 대해서는 하트라이트 씨가 더 밀접한 관련성이 있지요. 당연히 인정합니다. 그분이 있었다면 더 능숙히 처리했을 테고 적절한 대응으로 문제를 깔끔하게 해결했을 겁니다. 그만이 알고 있는 모든 연관성을 치밀하게 엮어서 말이지요. 그런데 납득이 가지 않는 부분이 있습니다. 도대체 그 사람이 이 자리에 합석해서 퍼시벌 경의 설명을 함께 듣는다고 해서 저나 아가씨에게 무슨 이득이 있겠습니까?"

"그냥 생각일 뿐이에요."

그녀가 멍하니 말했다.

"이제 별 얘기할 것도 없잖아요, 아저씨? 아저씨의 경륜이야말로 제가 가장 믿고 의지하는 힘인걸요."

나는 그녀가 이 한 마디로 모든 책임을 내게 지우는 것 같아 영탐탁치 않았다. 페어리 양이 그랬다면 놀라지도 않았을 것이다. 하지만 분명하고 확실한 성격으로 세상에서 둘째가라면 서러울 할콤 양이 뚜렷한 의견 없이 자기 입장을 뒤에 숨긴다는 게 영 개운치 않았다.

"아가씨, 미심쩍은 부분이 있다면 왜 지금 말하지 않습니까? 내게 찬찬히 말해 봐요. 퍼시벌 글라이드 경을 믿지 못할 만한 어떤 이유라도 있소?"

"그럴 이유가 있을 리 없죠."

"그의 설명 중에 뭔가 말이 안 되거나 앞뒤가 맞지 않는 부분은 정말 없습니까?"

"증거를 내 손에 건네줬는데 무슨 의문이 있겠어요? 그 여자 생모의 증언보다 더 확실한 증언은 없겠죠."

"그렇기는 하지요. 만일 캐서릭 부인의 답신에서 만족스러운 증언을 확보하게 된다면 더는 퍼시벌 경에게 해명을 요구할 필요가 없을 겁니다."

"그렇다면 이제 편지를 부칠게요."

그녀가 자리에서 일어나며 말했다.

"답장이 올 때까지는 이 문제에 대해 거론하지 말기로 해요. 조금 전에 제가 머뭇거린 행동도 신경 쓰지 마시고요. 그건 단지 로라를 지나치게 걱정해서니까요. 지나친 걱정이 우리의 분명한 확인을 뒤흔들어서는 안 되겠죠?"

그녀는 황급하게 방을 나가버렸다. 그녀의 마지막 말에서는 평소의 단호함과는 다른 망설임이 느껴졌다. 할콤 양은 이 시시하고 보잘 것 없는 시대에 흔치 않은 결의에 차고, 예민하고, 열정적인 여자였다. 나는 할콤 양이 아주 어렸을 때부터 그녀를 알아왔다. 성장하면서 가문 내의 몇 차례의 위기 속에서 그 시련에 당당히 맞서는 것도 보았다.

이처럼 오랜 경험 속에서 그녀를 알아왔기에 그 머뭇대는 행동에 나도 모르게 의미와 중요성을 부여하지 않을 수 없었다. 다른 여자였다면 전혀 신경도 안 썼을 그 작은 변화에 나까지도 흔들려 차츰 깊은 생각으로 빠져들었다. 젊은 시절이었다면 근거 없는 초조감에 온통 속이 타고 안절부절못했을 것이다. 그러나 나이가 든 것일까. 이제는 이런 고민 정도는 사색에 잠겨 산책을 하면서 바람에 홀홀 날려버릴 정도가 되었다.

2

저녁식사 시간이 되자 모두가 다시 모였다. 퍼시벌 경은 너무 잘 웃고 떠들어서 아침에 만났던 세련되고 절제력 있는 그 신사와 같은 사람이라고 느껴지지 않을 정도였다. 다만 페어리 양을 대할 때는 처음의 모습이 돌아왔다. 그는 그녀가 시선을 주거나 말이라도 한 마디 하려 치면 요란한 웃음을 멈추고 거침없이 토하던 장광설까지 중단하고, 주변에 아무도 없는 듯 그녀에게만 모든 관심을 집중시켰다. 억지로 그녀를 대화에 끌어들이지는 않았지만 그 표정과 말에서 조금이라도 기회가 보이면 요령과 재치를 다해 은근히 그녀를 대화에 참여시켰다.

그러나 내가 봐도 놀랄 정도로 페어리 양은 퍼시벌 경의 집중에 무감각했다. 그가 바라보거나 말을 걸 때면 당황한 기색을 보이면서 결코 따스한 시선을 건네지 않았다. 사회적 지위, 재산, 가문, 잘생긴 용모, 신사다운 덕성, 그리고 약혼자로서의 헌신 따위가 무참히 그녀의 발밑으로 나가 떨어졌다. 적어도 내 눈에는 이 모든 게 헛된 노력처럼 보였다.

다음날 화요일, 퍼시벌 경은 하인 한 명을 대동하고 토드 코너로 갔다. 나중에 들은 얘기로 그날의 탐문은 허사로 끝났다고 한다. 그는 돌아오자마자 페어리 씨를 만났고 그런 후 할콤 양과 함께 마차를 타고 나갔다. 그다지 기록할 만한 일은 없었다. 그날 저녁은 평소와 다름없이 지나갔고 퍼시벌 경에게서나 페어리 양에게서나 아무 태도의 변화도 감지되지 않았다.

그러다가 수요일에 우체부가 사건 하나를 던져놓고 갔다. 바로 캐서릭 부인의 답신이었다. 당시 그 편지의 사본을 만들어 두었는데 이 자리에서 공개하는 것이 옳을 것 같다. 내용은 다음과 같다.

> 아씨께서 보내신 편지의 질문에 답변을 하게 된 점, 영광으로 생각합니다. 제 딸아이가 제 허락과 인지하에 병원에 입원했는지 물으시는 질문과 퍼시벌 경께서 제 헌신에 대한 보답으로 물질과 정신 양면으로 관여하게 되었냐는 질문에 "둘 다 그렇다."고 답변을 드립니다. 제 답변이 도움이 되었는지 모르겠습니다. 제 말이 진실임을 확언하며, 충실한 하녀,
>
> -제인 앤 캐서릭 올림

짧고 날카롭고 핵심만 적힌 편지였다. 여자가 썼다고 하기에는 지나치게 사무적이었다. 물론 여기에 담긴 분명한 확인은 퍼시벌 경이 원할 만한 것이 틀림없었다. 이게 내 의견이었고, 몇 가지 미심쩍은 부분을 제외하고는 할콤 양의 의견도 대체로 나와 같았다. 그런데 퍼시벌 경은 우리와 달리 짧고 핵심만 밝히는 내용과 논조에 놀라지 않는 눈치였다. 캐서릭 부인은 원래가 말수가 적고 명석한 두뇌에 명쾌하고 직설적인 사람이며 글도 말투처럼 단순명료하다는 설명까지 덧붙였다.

이제 답신이 도착했으니 다음 할 일은 페어리 양에게 퍼시벌 경의 해명을 전달해야 했다. 이 일은 할콤 양이 맡기로 했다. 그녀는 동생에게 가겠다며 방을 나갔다. 그런데 잠시 후 다시 돌아와 내가 신문을 읽고 읽는 안락의자 옆에 앉았다. 퍼시벌 경은 방금 전에 마구간을 보겠다며 자리를 떠서 방 안에는 우리 둘뿐이었다.

"정말 우리가 할 수 있는 일은 철저히 모두 한 거겠죠?"

그녀가 캐서릭 부인의 편지를 만지작거리며 말했다.

"퍼시벌 경을 잘 알고 믿는 친구라고 본다면, 우리가 할 수 있는 이상을 했다고 봅니다."

나는 그녀가 다시 주저하는 걸 보고 약간 짜증이 난 상태로 말했다.

"하지만 만일 그가 의심해야 하는 적이라면……."

"그런 건 생각조차 마세요."

그녀가 말을 가로막았다.

"우리는 그분의 친구이고, 더 관대하게 보자면 존경이라도 해야 할 판이에요. 어제 그분이 삼촌을 만난 뒤 저와 함께 외출했던 거 아세요?"

"네, 두 분이 승마하러 가는 걸 봤습니다."

"우리는 가장 먼저 앤 캐서릭 얘기부터 했어요. 그리고 하트라이트 선생님이 그녀를 만났을 때 벌어진 독특한 상황에 대해서도요. 하지만 그 얘기는 얼마 가지 않았어요. 퍼시벌 경은 제 말이 끝나자 사심이라고는 없는 얼굴로 로라와의 약혼에 대해 말하더군요. 지금 로라의 마음이 온전하지 않다는 걸 눈치 챈 것 같았어요. 그리고 로라의 마음이 변한 걸 순전히 이 사건 탓으로 돌리겠다고 했어요. 그런데 만에 하나 또 다른 이유 때문이라면, 저나 삼촌이 로라에게 마음을 바꾸라고 강요하지 않았으면 좋겠다고 했어요. 로라 스스로 충분히 생각한 후 결정했으면 좋겠다는 거예요.

그리고 하나 더 부탁하자면, 약혼식을 올린 날의 일과 그 후부터 지금까지 자기가 어떻게 처신해 왔는지를 꼭 기억해 달라더군요. 그런 후에도 로라의 마음이 요지부동이라면, 자기는 모든 미련과 아쉬움과 사랑을 혼자 짊어지고 로라를 약혼의 굴레에서 놓아주겠다고 분명하게 말했어요."

"거기까지 했다면 충분합니다. 제 경험으로 볼 때 이런 상황에서 그렇게까지 말할 수 있는 남자는 없을 겁니다, 아가씨. 모든 게 진심이 담긴 말이라고 봅니다."

할콤 양은 내가 말을 끝내자 잠시 말을 멈췄다. 그리고 나를 바라보았는데 그 얼굴에는 기묘한 혼란과 불안이 배어 있었다.

"전 누구를 탓하거나 뭔가를 의심하는 게 아니에요."

그녀가 느닷없이 말을 뱉었다.

"하지만 왠지 로라에게 이 결혼을 설득할 수 없을 것 같아요. 또 그걸 제 책임으로 두고 싶지도 않고요."

"그건 퍼시벌 경이 어제 아가씨에게 부탁한 것 아닙니까? 억지로 마음을 바꾸지 말아달라고요."

"하지만 그가 한 말들을 로라에게 전하면 그 자체로 간접적인 강요가 되어버려요."

"어떻게 그럴 수가 있지요?"

"아저씨, 아저씨가 저 대신 얘기해 주세요. 로라의 성격을 생각해 보세요. 이 약혼이 어떻게 이루어졌는지 생각해 보라는 건 로라의 두 가지 성격을 건드리는 일이 돼요. 하나는 아버지의 명예를 더럽히지 말라는 것, 다른 하나는 약속을 지키라고 강요하는 거죠. 동생은 지금껏 약속을 어긴 적이 없다는 걸 아저씨도 잘 아시잖아요. 이 약혼은 로라의 아버지가 치명적인 병에 걸렸을 때 이루어졌어요. 마지막 임종 순간에 로라의 아버지께서는 퍼시벌 글라이드 경과 행복한 결혼을 원한다는 유언을 남기셨고요."

나는 그녀의 예리함에 내가 상당한 충격을 받았음을 솔직히 시인하지 않을 수 없었다.

"그렇다면 어제 퍼시벌 경이 아가씨께 그렇게 말한 건 그런 결과를 계산했다는 겁니까?"

그녀의 솔직하고 두려움 없는 표정은 이미 그 질문에 답하고 있었다.

"아저씨는 제가 단 한 순간이라도 아무 생각 없이 그 남자와 시간을 보냈을 거라고 생각하세요?"

그녀가 화를 내며 반문했다. 나는 그녀가 이렇게 노골적으로 분노를 보이는 게 은근히 좋았다. 내가 하는 일의 세계에서는 너무 많은 사악함, 너무 적은 분노를 보기 때문이다.

"그런 경우라면, 법적 용어를 사용해서 유감이지만 아가씨는 지금 증거 기록의 영역 밖에 서 있습니다. 결국 로라 아가씨가 어떤 결론을 내리건 퍼시벌 경은 현재의 약혼 상황을 합리적으로 살펴 달라고 요구할 권리가 있습니다. 만일 그 익명의 편지가 로라 아가씨에게 반감을 품게 했다면 당장 가서 퍼시벌 경이 나와 아가씨가 보는 앞에서 모든 의문을 해소시켜 주었다고 말씀하세요. 그러면 달리 반대할 게 없지 않소? 두 해가 넘게 도덕적으로 남편으로 받아들여 왔던 남자에게 로라 아가씨가 갑자기 마음을 바꿀 여지가 없잖습니까?"

"법과 합리의 입장에서 보면 그럴 이유가 없지요. 하지만 감히 말씀드리자면, 만일 로라가 여전히 망설이고 있고 저도 그렇다면요? 아저씨는 이 두 경우를 편하실 대로 여자의 변덕으로 돌려버리시면 되겠죠. 그리고 우리는 비난받아 마땅하고요."

이 말과 함께 할콤 양은 자리에서 일어나 방을 나가버렸다. 분별력 있는 여자가 진지한 질문을 단순한 답변으로 피하고 있다? 이것은 십중팔구 그녀가 뭔가를 숨기고 있다는 것을 의미했다.

나는 읽고 있던 신문을 다시 읽기 시작했다. 할콤 양과 페어리 양이 어떤 비밀을 퍼시벌 경뿐만 아니라 내게까지 숨기고 있다는 강한 의구심이 고개를 들었다. 그것은 나와 퍼시벌 경 둘 다에게 달갑지 않은 일이었다. 퍼시벌 경에게는 더 그럴 것이다.

내 의심, 아니 정확히 말하면 내 확신은 그날 늦은 시간 나눈 할콤 양과의 대화에서 더욱 굳어졌다. 한눈에 수상할 정도로 그녀는 동생 로라와 나눈 대화 내용을 지나치게 간단하게 설명했다. 내용인즉 페어리 양에게 익명의 편지에 대한 확인 결과를 설명했더니 페어리 양은 그저 조용히 듣기만 했다는 것이다. 그런데 퍼시벌 경이 온 목적이 결혼 날짜를 잡기 위해서라는 말을 듣자 갑자기 문제를 꼬치꼬치 파고들다가 결국 생각할 시간을 달라고 했다고 한다. 페어리 양의 입장은 퍼시벌 경이 허락해 준다면 최대한 노력해서 연말까지 최후 답을 전하겠다는 것이다. 동생이 워낙 안절부절못하며 시간을 달라고 하자 할콤 양은 어떻게든 그래보겠다고 답했다고 한다. 결국 결혼 문제는 페어리 양의 간곡한 요청으로 더는 진행되지 못하고 일단락되었다.

젊은 숙녀의 입장에서 일시적인 변덕 같은 건 별 골칫거리가 아닐지 모른다. 하지만 이 글을 쓰고 있는 내 입장에서는 여간 골칫거리가 아니었다. 그날 아침 우편물에는 내 동료 변호사의 편지도 있었는데, 다음날 오후 기차 편으로 런던으로 돌아오라는 내용이었다. 이렇게 되면 그해 안에 내가 리머리지에 다시 돌아올 가능성이 사라지게 되고, 페어리 양의 결혼 연기가 굳어질 경우 결혼 서약서를 작성하기 전에 반드시 필요한 그녀와의 개인적인 면담이 불가능해질 것이 분명했다. 그러면 확실히 서로의 입을 통해 확인되어야 할 의견 교환도 편지로 이루어지게 된다.

나는 페어리 양이 제안한 결혼 연기 건에 대한 퍼시벌 경의 의견을 알 때까지는 이 난처한 상황을 언급하지 않기로 했다. 그런데 대범한 성격의 퍼시벌 경이 그 자리에서 페어리 양의 요청을 수락했다는 것이다. 할콤 양에게 이 이야기를 듣고 난 뒤 나는 리머리지를 떠나기 전에 필히 그녀의 동생을 만나야겠다고 말했다.

그리하여 다음날 아침 페어리 양의 거실에서 만남 약속이 잡혔다. 그날 그녀는 저녁식사 시간에도, 식사 후 만남에도 모습을 드러내지 않았다. 몸이 좋지 않다는 이유였지만, 이 소식을 들은 퍼시벌 경은 기분이 상한 것처럼 보였다.

다음날 아침 나는 식사를 마치자마자 곧장 페어리 양의 거실로 올라갔다. 그녀는 반갑게 나를 반겼다. 이 불쌍한 소녀는 매우 창백했고 슬퍼 보였다. 그 모습을 보자 계단을 올라오면서 그녀의 우유부단과 변덕에 대해 한 소리 해야겠다고 다짐했던 마음이 순식간에 사라져 버렸다.

나는 그녀를 다시 의자로 앉히고 나는 맞은편 의자에 앉았다. 그녀의 심술궂은 그레이하운드가 있어서 미리 놈의 으르렁거리는 소리와 이를 드러내는 적개심에 마음의 준비를 해둔 차였다. 그런데 이상하게도 놈은 내가 의자에 앉자마자 내 무릎으로 껑충 뛰어오르더니 아양 떨듯 주둥이를 내 손 안으로 집어넣는 것이 아닌가?

"아가씨도 어렸을 때 종종 내 무릎 위에 앉곤 했지요. 이젠 이 빈자리를 이 귀여운 녀석이 차지하려고 합니다. 저 예쁜 그림은 아가씨 작품인가요?"

나는 그녀 옆의 탁자 위에 놓인 작은 그림첩을 가리켰다. 내가 방으로 들어설 때 그녀는 그 그림첩을 보고 있었다. 펼쳐진 페이지에는 수채화로 그린 풍경화가 붙어 있었다. 그 질문은 곧장 업무 이야기로 들어가기 머쓱해 불쑥 던진 한 마디에 불과했다. 그런데 그녀가 그림에서 고개를 돌리며 당황한 얼굴로 대답했다.

"아니요. 제 그림이 아니에요."

그녀는 어릴 때부터 항상 뭔가를 만지작거리며 이야기하는 버릇이 있었다. 페어리 양은 그 손을 그림첩으로 옮기더니 뜻 없이 그림의 가장자리를 만지작거리기 시작했다. 얼굴의 수심은 더 깊어졌다. 그녀의 시선은 그림을 보는 것도, 나도 바라보는 것도 아닌 채 불안하게 방 안을 떠다녔다. 나는 그녀가 내 면담 요청의 이유를 의심하고 있다는 걸 알았다. 그 모습을 보자 가능한 천천히 얘기를 꺼내는 게 낫다는 판단이 섰다.

"내가 여기 온 용건 중에 하나는 아가씨에게 작별인사를 하기 위해서입니다. 나는 오늘 런던으로 돌아가야만 해요. 그래서 떠나기 전에 아가씨 문제를 상의할까 합니다."

"떠나신다니 너무 섭섭해요. 이렇게 같이 있으니 마치 옛날로 돌아간 것 같았는데……."

"다시 와야지요. 와서 옛날로 돌아갈 시간을 가져야지요. 다만 미래라는 건 불확실한 것이니 기회가 있을 때 얘기할 건 해야겠습니다. 아가씨의 변호사이자 오랜 친구로서 약속하건대 부담 가지지 마시고 퍼시벌 글라이드 경과의 결혼에 대해 말해 주시면 좋겠소."

그러자 그녀는 만지고 있는 그림첩이 갑자기 뜨거워지기라도 한 듯 놀라면서 손을 뗐다. 그리고 그 두 손을 무릎 위에서 초조하게 움켜쥐었다. 두 눈은 다시 바닥을 향했고 얼굴에는 뭔가를 참으려 하는 표정이, 차라리 고통에 가까운 표정이 완연했다.

"제 결혼 문제를 꼭 얘기해야 하나요?"

낮은 목소리로 그녀가 말했다.

"어쩔 수 없이 해야 합니다. 하지만 너무 심각하게 고민할 필요는 없습니다. 단순히 할 거냐 말 거냐만 결정하면 됩니다. 전자라면 미리 결혼 서약서를 작성해야겠지요. 그런 일은 예의상 아가씨와 먼저 상의하지 않고는 할 수 없는 일이고요. 즉 아가씨가 결혼 서약에 대해 원하는 사항이 있다면 그게 뭔지를 제가 확실히 알아야 하는데, 어쩌면 지금이 그걸 들을 유일한 기회일지도 모릅니다. 따라서 아가씨가 결혼할 경우의 앞날에 대해서도 알려드리겠소."

나는 그녀에게 결혼 서약서의 목적에 대해 설명한 뒤, 그녀가 관리하게 될 재산이 얼마인지도 정확히 말해 주었다. 하나는 그녀가 성인이 되었을 경우, 두 번째는 그녀 삼촌의 임종 후에 관해서 말이다. 또 그녀가 살아 있는 동안에만 누릴 수 있는 재산과 사후에

175

상속할 수 있는 재산도 구분해 주었다.

그녀는 찬찬히 내 말을 들었지만, 얼굴에는 억누르는 감정이 가라앉지 않았고 두 손은 여전히 무릎 위에서 꽉 움켜쥔 채였다.

"자, 이제……."

나는 결론을 지으려 했다.

"만일 결혼을 한다면 다른 의견이나 요구사항이 있는지 말씀해 보시오. 물론 그 요청은 아가씨가 아직 어리니 보호자의 승인을 받아야 할 겁니다."

그녀는 의자에서 불안하게 몸을 움직이더니 별안간 간절한 눈빛으로 나를 보았다.

"만일 그렇게 된다면, 만일 세가……."

그녀가 희미한 목소리로 말했다. 나는 그녀에게 힘을 실어주려고 덧붙였다.

"결혼하게 된다면……?"

"언니와 떨어져 살지 않도록 해주세요."

갑자기 힘이 들어간 목소리로 그녀가 외쳤다.

"오, 아저씨. 제발 언니와 같이 살아야 한다는 조건을 만들어 주세요!"

다른 경우였다면 내 긴 설명과 질문에 여자들이 보이는 이 독특한 반응을 은근히 즐겼을 것이다. 하지만 그 말을 할 때 그녀의 절박함은 나를 어떤 슬픔 속으로 빠뜨렸다. 비록 몇 마디였지만 그 안에는 미래에 불길한 징조임에 분명한 과거에 대한 질긴 집착이 뚜렷이 드러났다.

"아가씨가 결혼 생활을 언니 곁에서 하겠다는 정도는 개인적인 규약만으로도 얼마든지 처리할 수 있습니다. 다시 말하자면, 제 설명은 아가씨의 재산 문제에 대한 겁니다. 아가씨가 가진 돈을 어떻게 처분할지에 대한 거지요. 성인이 되면 직접 유증 서류를 만들어야 하는데 이때 누구에게 돈을 맡기고 싶습니까?"

"언니는 제게 언니이자 엄마였어요."

예쁜 푸른 눈을 반짝이며 이 착하고 다정다감한 소녀는 말했다.

"언니에게 줘도 되나요, 아저씨?"

"그럼요, 아가씨. 하지만 재산이 얼마나 되는지는 알아두어야 합니다. 이 모든 재산을 모두 할콤 양에게 주겠다는 겁니까?"

그녀가 머뭇거렸다. 얼굴빛이 오락가락했다. 손은 다시 그림첩으로 옮겨갔다.

"전부는 아니고요. 언니 외에 또 한 사람이⋯⋯."

그녀가 말을 멈추었다. 얼굴빛이 빨개졌다. 그림첩을 잡은 손이 마치 회상에 젖어 예전의 멜로디를 즐기듯이 그림첩을 부드럽게 두드리기 시작했다.

"할콤 양 말고 집안 가족들 중에 다른 사람이 있단 말입니까?"

나는 할 말을 잃고 허둥대는 그녀를 보면서 말했다. 이어서 빨갛게 달아오른 홍조가 이마와 목덜미까지 번지더니 긴장한 손가락이 이윽고 그림첩을 꽉 쥐었다.

"다른 분이 있어요."

내 마지막 말을 못 들은 것처럼 그녀가 말했다.

"만일 제가 먼저 죽어서 재산을 남긴다면 기념품 정도로 기꺼이 받아줄 사람이 있는데, 그게 해가 되지 않는다면⋯⋯."

그녀가 다시 말을 멈췄다. 얼굴을 일시에 덮쳤던 홍조가 갑자기 사라졌다. 그림첩을 잡고 있던 손이 약간 떨리며 그림첩을 밀쳤다. 그녀는 나를 잠시 바라보더니 이내 고개를 돌렸고, 자세를 고치고 앉으려다가 손수건을 바닥으로 떨어뜨렸다. 손수건이 사라지자 이번에는 그 손으로 급히 얼굴을 가렸다.

얼마나 슬프기에 저러는 걸까. 나는 종일 웃음이 끊이지 않던 발랄하고 행복했던 그녀를 잘 기억하고 있었다. 가장 아름답고 젊음이 만발할 나이에 저렇게 무참히 무너지고 부서지다니!

솟구치는 비통함 속에서 나는 덧없이 흘러가버린 세월이 우리 둘의 관계에 커다란 변화를 가져왔다는 점조차 잊고 말았다. 나는 의자를 그녀 가까이 옮겨 바닥에 떨어진 손수건을 주웠다. 얼굴을 가린 손도 살며시 떼어냈다.

"울지 말아요, 아가씨."

나는 손을 들어 페어리 양의 눈가에 고인 눈물을 닦아주었다. 마치 그녀가 10년 전의 어린 소녀인 것처럼 말이다. 그것이 그녀를 달랠 수 있는 최선이었다. 페어리 양은 내 어깨에 살며시 얼굴을 기댄 채 눈물을 흘리며 입가에 미소를 지었다.

"제멋대로 굴어서 죄송해요."

그녀가 꾸밈없이 말했다.

"최근에 잘 지내지 못했어요. 너무 울적하고 마음을 다잡을 수가 없었어요. 혼자 있을 때는 그저 이유 없이 울었어요. 이젠 좋아졌어요. 아저씨, 지금부터는 정말 제 도리를 다해서 대답할게요. 정말이에요."

"아니, 이 정도면 됐어요. 현재 이 상태로 일단락된 걸로 합시다. 이미 아가씨는 내게 모든 걸 말했고 일임했소. 세부적인 문제들은 추후에 기회가 올 때 해도 늦지 않습니다. 업무 문제는 이걸로 마무리하지요. 다른 이야기를 하는 게 낫겠습니다."

나는 멈추지 않고 다른 주제로 유도했다. 10여 분이 지나자 그녀는 훨씬 기분이 나아진 듯했다. 나는 자리를 뜨려고 일어섰다.

"다시 오셔야 해요."

그녀가 간절히 말했다.

"다시 오시면 그때는 아저씨가 제게 베푸신 모든 것을 갚을 수 있는 로라가 되어 있을 거예요."

옛 시절에 저토록 매달려 있는 모습을 보라! 할콤 양이 그렇듯이

나 또한 그녀의 기억 속에서 과거를 상징하는 사람인 것이다. 이제 막 세상에 첫발을 내딛는 나이에 과거를 그리워하는 모습을 보다 니, 인생 막바지에 과거를 그리워하는 내 모습을 보는 것처럼 가슴 이 쓰라렸다.

"꼭 다시 옵니다. 그땐 꼭 행복한 모습으로 저를 맞이해 주세요. 우리 아가씨에게 신의 가호가 늘 함께 하기를!"

그녀는 대답 대신 자신의 입을 내 볼에 맞췄다.

변호사도 감정을 가진 인간이다. 그녀와 헤어질 때 참으로 오랜 만에 마음이 아려왔다. 우리의 만남과 헤어짐의 시간은 다해 봐야 30분도 채 되지 않았다. 그녀는 자신이 왜 슬픔에 빠져 있는지, 어 째서 이 결혼을 불안해하는지에 대해서는 한 마디도 하지 않았다. 오히려 내가 그녀의 질문에 걸려든 셈이었다. 대체 그 질문을 어떻 게 감당해야 할지 감이 오지 않았다.

처음 그녀의 방으로 들어설 때만 해도 퍼시벌 글라이드 경이 그 녀의 태도에 불만을 느낄 만하다고 생각했다. 하지만 방문을 나설 때가 되자 퍼시벌 경 스스로도 말했듯이 그녀를 놓아주는 것으로 일이 마무리되기를 내심 바라게 되었다. 내 정도의 경륜을 가진 사 람은 사실 이해하기 힘들 정도로 갈팡질팡하는 모습을 용납하기 어렵다. 그럼에도 진실이 그랬고, 그것을 외면할 수 없었다. 그저 마음이 그렇게 흐르고 있다는 걸 인정해야 할 것 같았다.

떠날 시간이 가까워지고 있었다. 나는 페어리 씨에게 안부 인사 를 하기 위해 면담을 요청했다. 그리고 시간이 급하다고 전했다. 그러자 그는 노트에서 찢은 종이에 답변을 휘갈겨 보내왔다. 건강 상태를 볼 때 급한 면담은 무리라는 말과 함께 사업의 번창을 빈다 는 내용이었다.

나는 떠나기 직전에 할콤 양과 잠시 단둘이 시간을 가졌다.

"동생에게 하실 말씀은 다 하셨나요?"

"그렇소만, 동생 분이 너무 기력 없고 쇠약했소. 아무튼 아가씨가 동생을 보호하게 돼서 무척 기쁩니다."

할콤 양의 날카로운 눈초리가 나를 뚫어지라 응시했다.

"로라에 대한 생각을 바꾸신 것 같군요. 어제보다는 더 관대해지셨어요."

분별력 있는 남자라면 미처 준비가 안 된 상태에서는 여자의 말싸움에 응하지 않는 법이다. 그래서 나는 간단히 대답했다.

"일이 생기면 연락을 주십시오. 아가씨에게 연락을 받을 때까지는 아무 행동도 하지 않을 겁니다."

할콤 양은 여전히 내게 의미 있는 시선을 거두지 않았다.

"모든 게 끝났으면…… 모든 것이 잘 끝났으면 좋겠어요. 아저씨도요."

이 말만 던지고 그녀는 훌쩍 떠나버렸다.

그날 퍼시벌 경은 최대한의 예의를 갖추고 한사코 나를 마차까지 배웅해 주었다. 그가 말했다.

"귀하가 제 이웃이었다면 우린 아마 절친한 사이가 되었을 겁니다. 이 가문이 신뢰하는 오랜 벗이시니 저도 언제나 반갑게 맞이하겠습니다."

정말이지 거부할 수 없는 위인이었다. 예의바르고, 사려 깊고, 흔쾌히 자존심을 던질 줄 아는 머리에서 발끝까지 철저한 신사였다. 마차를 타고 역으로 가면서 그를 위한 일이라면 마다 않고 해주고 싶은 마음이었다. 단 하나, 페어리 양과의 결혼 서약서를 작성해 주는 일만 빼면 말이다.

3

런던으로 돌아온 지 일주일이 지났지만 할콤 양으로부터는 아무 연락이 없었다.

여드레째 되던 날, 드디어 친필로 쓴 할콤 양의 편지가 책상 위에 다른 편지들과 함께 놓여 있었다. 편지에는 퍼시벌 경의 청혼이 수락되어 예정대로 해가 가기 전에 식을 올리기로 합의했다는 내용이 적혀 있었다. 날짜는 12월 하순이 가장 적합할 것 같다고 했다. 페어리 양의 스물한 번째 생일은 3월 하순, 계획대로 식을 올린다면 성년이 되기 약 석 달 전에 퍼시벌 경의 아내가 되는 셈이었다.

사실 놀라거나 아쉬워할 이유는 없었다. 그럼에도 나는 놀랐고 아쉬웠다. 게다가 할콤 양의 지나치게 짧은 글귀가 실망감마저 더해 그날 하루 기분을 완전히 망쳐버렸다. 그녀는 불과 여섯 줄로 결혼 사실과 계획을 설명하더니, 고작 석 줄로 퍼시벌 경이 컴벌랜드를 떠나 그의 자택이 있는 햄프셔로 돌아갔다고 말해 주었고, 덧붙인 두 줄에는 이런 내용이 적혀 있었다.

첫째, 로라는 기분전환을 위해 여행이 필요하다는 것. 둘째, 요크셔에 있는 옛 친구 집에 로라를 데려가기로 결심했다는 것.

편지는 그렇게 끝이 났다. 불과 일주일도 안 되는 그 짧은 시간 동안 어째서 페어리 양이 서둘러 결혼 결정을 내렸는지에 대한 언급은 한 줄도 없었다.

나중에야 그 이유를 충분히 알게 되었으나, 지금 이 자리에서 풍문에 의거해 그 연유를 허술하게 언급하는 것은 내 역할이 아닐 것이다. 그 경위에 대한 설명은 할콤 양이 직접 겪은 만큼, 내 이야기가 끝나고 할콤 양의 이야기가 이어질 때 그녀가 사건이 발생한 순서대로 구체적 정황과 세세한 부분들을 기록할 것이다.

펜을 놓고 이 이야기를 마치기 전에 반드시 밝혀야 할 한 가지 사실이 있다. 페어리 양의 결혼식과 관련해 내가 처리해야 할 결혼 서약서에 관한 이야기다.

내가 신부의 재산 상황과 관련해서 작성한 서류를 알기 쉽게 설명하려면 일단 몇 가지를 언급할 필요가 있다. 여기서 나는 전문적이고 난해한 내용들은 배제하고 있는 그대로 솔직담백하게 설명하기 위해 노력할 것이다.

이 사안은 지극히 중요하다. 일단 이 글을 읽고 있는 이들에게 한 가지 사실을 말하고자 한다. 페어리 양의 유산 문제가 페어리 양의 이야기에서 매우 중대한 부분을 차지하고 있다는 점이다. 즉 앞으로 전개될 이야기를 제대로 이해하려면 그와 관련해 내가 알고 있는 바를 자세히 알아야 한다.

페어리 양이 물려받게 될 유산은 크게 두 종류다. 하나는 그의 삼촌이 사망했을 때 상속받게 될 실질 재산과 부동산이고, 또 하나는 그녀가 성인이 되면 그녀 소유가 되는 개인 재산과 돈이다.

먼저 부동산을 보겠다. 페어리 양의 친할아버지가 살아 있었을 때 리머리지 가의 재산 상속 문제는 다음과 같이 규정되었다.

> 나는 세 명의 아들을 두었다. 필립, 프레더릭, 그리고 아서이다. 먼저 장남 필립이 재산을 물려받는다. 만일 필립이 아들 없이 죽으면 재산은 둘째 아들 프레더릭에게 돌아간다. 그리고 프레더릭 역시 아들 없이 죽으면 재산은 세 번째 아들인 아서 소유가 된다.

그런데 장남 필립 페어리는 외동딸 로라만 남긴 채 죽었고, 유언에 의거해 그 재산은 두 번째 상속인인 미혼의 프레더릭에게 돌아갔다. 셋째 아들 아서는 필립이 병에 걸리기 수년 전에 아들과 딸 하나씩만 남기고 죽었다. 그 아들은 열여덟 살 때 옥스퍼드에서 익사했다.

이 때문에 프레더릭이 특별히 아들이니 딸이니 문제를 거론하지 않는 이상 프레더릭의 사후 재산은 자연스레 필립의 딸 로라에게 돌아가게 되어 있었다. 프레더릭이 결혼을 하거나 자식을 둘 경우에는 상황이 달라지겠지만 이 두 상황은 아마도 프레더릭 생전에는 결코 일어나지 않을 것이다. 그러니 재산은 곧 로라의 것이 될 것이다.

그런데 여기서 짚고 넘어가야 할 부분이 있다. 여기서 로라에게 상속되는 재산은 부지 자체가 아니라 부지에서 나오는 수입에 대한 소유권이라는 점이다. 그것도 그녀가 살아 있는 동안에만 가능하다. 다시 말해 로라가 독신으로 죽거나 자식 없이 죽을 경우, 재산은 다시 그녀의 사촌인 아서 페어리의 딸 막달레나에게 이전되게 되어 있다. 반면 로라가 결혼하게 되면 매년 토지 임대에서 나오는 대략 3,000 파운드의 막대한 돈을 죽을 때까지 받을 수 있다. 물론 그 돈은 그녀 마음대로 처분이 가능하다.

이때 그녀가 남편보다 먼저 세상을 떠난다면? 당연히 남편이 그녀를 대신해 평생 그 돈을 누리게 된다. 만일 로라가 아들을 낳게 되면, 그녀의 사촌 막달레나 대신 그 아들이 리머리지 부지의 상속자가 된다.

즉 퍼시벌 글라이드 경은 페어리 양과 결혼함으로써 두 가지 혜택을 누리게 된다. 첫째, 매년 3,000 파운드의 돈을 얻게 된다. 물론 아내 생전에는 아내의 허락을 받아야 하겠지만 아내가 죽고 본인만 남는다면 엄연한 권리로써 알아서 쓸 수 있다. 둘째, 만일 그가 아들을 가지게 되면 그의 아들이 리머리지의 상속인이 된다.

이 정도면 페어리 양이 결혼할 경우 리머리지의 부동산과 거기서 나오게 될 수입 문제는 대략 이야기한 듯하다. 여기까지는 퍼시벌 글라이드 경의 변호사나 나나 그리 이견이 있을 리 없었다.

그 다음은 개인 재산, 즉 페어리 양이 성인이 되면 받게 될 돈 문제도 봐야 한다.

이 재산은 그 자체로 보면 그리 큰 재산은 아니다. 그녀의 아버지가 유언을 통해 남긴 것인데 액수는 약 2만 파운드 가량 된다. 이것

183

외에도 약 1만 파운드가 더 있는데 페어리 양은 그 이자만 살아 있는 동안 받을 수 있으며, 그 원금은 페어리 양이 사망할 경우 그 아버지의 유일한 여동생인 고모 엘리너에게 이전되도록 해두었다.

이야기의 핵심이 약간 빗나더라도 왜 이 엘리너 고모가 질녀인 페어리 양의 사후까지 유산 상속을 기다려야 하는지 설명해서 독자들에게 이 집안의 가족사를 명백히 이해할 수 있도록 돕겠다.

필립 페어리 씨는 여동생 엘리너가 결혼하기 전까지 오랜 시간 그녀와 사이좋게 지냈다. 그러다가 여동생이 늦은 나이에 결혼을 하게 되었는데 그 상대는 포스코라는 이탈리아 출신의 귀족이었다. 필립 페어리 씨는 그녀의 결혼을 한사코 반대하다가 급기야 의절까지 선언했고, 유언장에서 여동생의 이름을 지워버렸다. 그를 제외한 다른 가족들은 왜 그가 동생의 결혼에 그토록 분개하는지 의아하게 여겼다. 포스코 백작은 비록 부유하지는 않았지만 그렇다고 땡전 한 푼 없는 집안도 아니었기 때문이다. 그는 나름의 충분한 수입이 있었고, 이방인이라고 치부하기에는 영국에서 오래 살고 사회적 지위도 만만찮은 사람이었다. 하지만 이런 조건들도 필립 페어리 씨의 반대를 꺾지 못했다.

필립 페어리 씨는 사실상 영국의 골수 전통주의자였다. 그는 외국인을 싫어했는데, 결혼을 반대한 것도 단지 그가 외국인이어서였다. 세월이 흘러 페어리 양의 호소 덕분에 그나마 유언장에 동생 엘리너의 이름을 복원했지만, 그 조건은 여전히 가혹했다. 유산을 주되 엄격히 제한을 둔 것이다. 딸인 페어리 양이 살아 있는 동안에는 그 돈의 이자 수입을 페어리 양에게 돌려서 유산 부여를 정지시키고, 만일 동생 엘리너가 페어리 양보다 먼저 죽으면 페어리 양의 사촌인 막달레나에게 그 원금 1만 파운드를 물려주도록 했던 것이다. 다시 말해 조카들과의 나이 차를 감안할 때 그녀가 그 1만 파운드의 유산을 물려받는 것은 불가능에 가까웠다. 동생은 오빠의 부당한 대우에 분노한 나머지 질녀인 페어리 양을 보는 것조차 거부했고, 페어리 양의 눈물겨운 호소로 그나마 유산에 자기 이름이 다시 등재되었다는 사실도 인정하려 들지 않았다.

여기까지가 1만 파운드에 관련한 내력이다. 당연히 이 문제 역시 퍼시벌 글라이드 경의 변호사와 나 사이에 논란의 소지는 없었다. 이 돈의 이자 소득은 그의 아내가 될 페어리 양의 처분 밑에 두면 되고, 그녀가 죽게 되면 그 원금은 그녀의 고모나 사촌에게 맡겨지면 될 것이다.

그러나 지금까지의 1만 파운드는 이야기의 핵심인 2만 파운드의 조연에 불과하다. 자, 이제 본론인 2만 파운드로 들어가겠다.

이 돈은 페어리 양이 성인이 되면 무조건 그녀 소유가 되는 돈이다. 게다가 이 돈의 향배는 내가 작성하게 될 그녀의 결혼 서약서에 이 돈을 어떻게 사용할지 구성하느냐에 달려 있다. 다른 서약서의 항목들은 사실 형식적인 것에 불과해 언급할 필요도 없지만, 이 돈에 관한 항목은 너무 중요해서 간과할 수 없는 부분이다.

2만 파운드에 대한 내 견해는 단 몇 줄로 간단했다. 이 돈의 이자 소득은 페어리 양에게 평생 지급된다. 그리고 그녀가 사망할 경우에는 남편에게 지급된다. 원금은 두 사람이 결혼을 통해 낳은 자녀들에게 돌아간다. 만일 자식이 없을 경우 원금은 그녀의 유언이 지정한 사람에게 귀속된다. 이런 상황에 대비해 나는 그녀가 본인의 의지대로 유언장을 작성할 권리를 계약서에 확보해 놓았다. 부연 설명을 하자면 그녀가 자식 없이 죽고, 남편까지 사망할 경우, 할콤 양 아니면 그녀가 나눠주고 싶은 사람들에게 뜻대로 분배된다는 것이다. 반면 그녀가 사망했으나 자식들이 있다면 이들의 권리가 그 어떤 권리보다 우선될 것이다.

이상이 이 돈에 대한 구절이었다. 이 정도면 보편타당하고 누구도 이의를 제기하지 못할 것이라고 나는 생각했다.

이제 이 같은 내 제안에 남편이 될 퍼시벌 경 측에서는 어떤 반응을 보였는지를 보겠다.

할콤 양의 편지가 도착했을 무렵 나는 평소보다 바빴음에도 이 문제에 상당한 시간을 할애했다. 나는 서약서를 작성한 뒤, 할콤 양이 내게 편지를 보낸 지 채 일주일도 안 되어 퍼시벌 경의 변호사에게 부쳤다.

이틀이 지나 퍼시벌 경의 변호사로부터 내가 보낸 서약서에 메모와 표기를 첨언한 답신이 날아왔다. 그가 제기한 이의는 대부분 사소하고 기술적인 부분이었다. 2만 파운드에 대한 구절에 도달하기까지는 말이다. 하지만 이 구절에 다다르자 그는 분명한 반대의 표시로 빨간 잉크로 두 줄의 선을 좍좍 그어 놓았다. 거기에는 다음의 내용이 첨부되어 있었다.

절대 받아들일 수 없음. 글라이드 부인이 사망한 상태에서 퍼시벌 경이 살아 있고 둘 사이에 후손이 없을 경우 원금은 전적으로 퍼시벌 경에게 돌아감. 여기에는 논란의 여지가 없음.

다시 말해 2만 파운드 중 단 한 푼도 할콤 양이나 페어리 양이 주기를 바라는 친척이나 친구에게 줄 수 없다는 뜻이었다. 즉 그녀가 자식 없이 사망할 경우 그 돈이 통째로 남편의 호주머니로 고스란히 넘어갈 판이었다. 나는 이 뻔뻔스럽기 짝이 없는 글에 대해 되도록 짧막하면서도 날카로운 답장으로 응수하기로 했다.

친애하는 변호사님. 페어리 양의 결혼 서약서에 대해 말씀드립니다. 귀하가 반대하시는 조항에는 아무 하자가 없으며 애초에 제시된 대로 이행할 것임을 통보합니다. 안녕히 계십시오.

답신이 총알 같이 날아왔다.

친애하는 변호사님. 페어리 양의 결혼 서약서에 대해 말씀드립니다. 저희는 붉은 잉크로 제시한 반대 제안 그대로 이행할 것임을 밝힙니다. 안녕히 계십시오.

구역질나는 은어를 써가며 주고받은 난타전 끝에 결국 우리의 합의는 교착 상태에 빠졌고, 결국 의뢰인에게 사태의 진상을 전하는 것 외에는 방도가 없었다.

아직 페어리 양이 성인 되지 않았으므로 내 실질적인 의뢰인은 페어리 양의 보호자인 프레더릭 페어리 씨였다. 나는 그날 곧바로 그에게 편지를 써서 상황을 소상하게 보고했다. 왜 내가 그 구절을 끝까지 사수해야 하는지에 대한 자세한 이유는 물론 2만 파운드의 처리 방안을 반대하는 그들의 의중에는 금전적 욕심이 도사리고 있을 것이라는 내 의견도 솔직히 전했다. 사실 나는 검토용으로 퍼시벌 경의 재산 양도에 대한 조항을 받은 상황이었고, 그것을 통해 퍼시벌 경이 부동산과 관련해 상당한 채무가 있다는 것을 확인한 뒤였다. 당시 그의 수입은 적지는 않았지만 그의 사회적 지위에 비해서는 너무 적었다. 당장 현금이 될 수 있는 돈이 그의 생존에 실질적으로 필요했다. 그리고 2만 파운드에 대한 변호사의 대응이야말로 그것을 가장 잘 보여주고 있었다.

하지만 프레더릭 페어리 씨의 답장은 실망을 넘어 기가 막힐 지경이었다. 핵심과는 관련 없는 지극히 엉뚱한 내용으로, 쉽게 풀어보면 다음과 같은 취지였다.

친애하는 길모어 씨, 실제로 일어날지도 모를 일로 나를 이렇게까지 격정시켜야 만족하시겠습니까? 길모어 씨께서 이렇게까지 신경을 써주고 계신지 몰랐군요. 이제 막 스물한 살도 안 된 여자가 마흔다섯 살이나 먹은 남자보다 먼저

187

죽는 경우가 얼마나 되겠습니까? 그것도 자식 없이 말입니다. 그건 그렇다 치고 이런 비천한 문제 따위가 제 평화와 고요를 능가할 만큼 대단한 것입니까? 이 두 사람의 축복받은 혼사가 전혀 있을 것 같지도 않은 그런 2만 파운드의 상속 문제로 망쳐진다면 그거야말로 불공평하다고 생각하지 않으십니까? 두말하면 잔소리겠죠? 왜 합의를 해주지 않으시는 거요?

　나는 속이 뒤집혀서 편지를 내동댕이쳤다. 편지가 펄럭이며 바닥에 가라앉는데 방문 두드리는 소리가 났다. 퍼시벌 경의 변호사인 메리먼 씨였다.
　변호사의 세계에는 별별 칼날을 가진 수완가들이 가득하다. 이 중 다루기 가장 어려운 작자는 몸에 철저히 배인 직업적 예의범절의 가면을 쓰고 실제로는 상대방을 찌르려는 이들이다. 살찌고 기름기가 흐르고, 미소와 정감 어린 표정을 잃지 않는 부류들이야말로 처치 곤란한 속수무책의 위인들이다. 메리먼 씨가 그랬다.
　"안녕하십니까, 길모어 씨?"
　온갖 온화함과 따뜻함을 죄다 동원한 목소리였다.
　"이렇게 건강하신 모습으로 뵙게 돼서 기쁘군요. 우연히 근처를 지나다가 생각이 나서 잠깐 들렀습니다. 가능하시다면 이 별 것 아닌 문제를 구두로 간단히 해결해 볼까 하는데요. 아직 의뢰인께서는 답신이 없으셨나요?"
　"있었지요. 귀하는 받으셨소?"
　"선생, 나도 대체 무슨 답변이라도 좀 들었으면 원이 없겠소. 진심이건대 정말 이 문제에서는 완전히 손을 떼고 싶군요. 하지만 너무 완고하십니다. 아니 차라리 결연하다는 표현이 어울리겠어요. 한 발도 물러나려 하지 않으십니다. 이러시는 겁니다. '메리먼 씨, 세세한 부분은 당신에게 맡기겠소. 내 이익을 위해 옳다고 생각하는 바대로 실행하시오. 모든 일이 해결될 때까지 나는 멀찌감치 떨어져 있겠소.' 보름 전에 이 말을 하시고는 감감무소식입니다. 제가 그분을 설득할 수 있는 거라곤 고작 했던 말을 반복하는 것뿐입니다.

아시다시피 저는 고집 피우는 사람은 아닙니다. 우리끼리 하는 얘기는 솔직히 말하지요. 정말이지 이 자리에서 오늘 제가 보낸 편지를 당장 구겨서 던져버리고 싶군요. 하지만 퍼시벌 경께서 모든 문제를 제게 맡기고 빠지신 이상 의뢰인을 위해 최선을 다하는 것 말고 달리 도리가 있겠습니까? 전 옴짝달싹할 수 없군요. 안 그렇습니까? 제 뜻대로 손을 쓸 수가 없는 처지라는 겁니다."

"그렇다면 편지에 기록한 입장을 계속 고집하겠다는 말씀이십니까?"

"그렇죠, 달리 도리가 없습니다. 선택의 여지가 있어야지요?"

그는 벽난로로 걸어가 몸을 녹이며 저음의 경쾌한 콧노래를 흥얼거렸다.

"그쪽 의뢰인은 뭐라 하시던가요? 말씀해 주시겠습니까?"

나는 페어리 씨의 답장을 이야기하기가 수치스러웠다. 그래서 시간을 벌려고 했지만 결국은 법조인다운 본능이 앞섰다. 나는 심지어 흥정이라도 불사할 자세였다.

"2만 파운드라는 돈은 부인 친구들이 나눠 가지기에는 다소 많은 금액이긴 하지요."

내가 말했다.

"지당한 말씀입니다."

메리먼은 생각에 잠긴 듯 구두를 내려다보며 말했다.

"적절한 표현입니다. 정말 적절해요!"

"사실 남편 될 분의 이익과 친구들의 이익을 동시에 참작하는 것도 제 의뢰인에게 썩 나쁜 선택은 아닐 겁니다. 자, 끝냅시다. 이런 문제는 결국 타협으로 끝나게 마련이니까요. 최소한을 말해 보시겠습니까?"

"저희가 원하는 최소는 1만 9천 999파운드 19실링 11펜스 3파딩입니다. 하하, 용서하세요, 길모어 씨. 농담이 심했나요?"

"정말 가볍기 짝이 없는 농담이군요. 그 마지막 남은 3파딩만큼이나 말이오."

메리먼 씨는 유쾌하게 웃었다. 내가 한 대꾸에 방이 떠나가도록 박장대소를 했다. 나는 전혀 그 따위 웃음을 들을 기분이 아니었다. 어서 면담을 끝내고 싶었다.

"오늘이 금요일이니, 내주 화요일까지 답변을 드리겠습니다."

"좋으실 대로 하시죠. 원하신다면 더 시간을 가지셔도 됩니다."

그가 나가려고 모자를 집다 말고 다시 내게 말을 건넸다.

"그건 그렇고, 선생의 의뢰인 분들께서는 그 익명의 편지를 보낸 여자에 대해서는 더 들은 게 없다고 하십니까?"

"더는 없소."

내가 답했다.

"아직 알아낸 게 없습니까?"

"아직은요."

그가 답했다.

"하지만 아직 실망하지는 않습니다. 퍼시벌 경은 누군가 그 여자를 숨겨주고 있다는 의혹을 품고 있죠. 그 누군가를 우리가 감시하는 중입니다."

"컴벌랜드에 같이 왔던 그 늙은 여인 말입니까?"

"아닙니다, 선생. 우리는 아직 그 여자한테까지는 손을 쓰지 못했습니다. 제가 말하는 누군가는 남자입니다. 여기 런던에서 그를 예의주시하고 있지요. 그 작자가 애초에 정신병원 탈출부터 도와주었으리라는 강한 의혹을 품고 말입니다. 퍼시벌 경은 당장 그 작자를 족치자고 했지만 제가 말렸지요. '안 됩니다. 그를 추궁하면 그는 자기를 보호하려고 할 테니 지켜보면서 때를 기다려야 합니다.' 이렇게 말씀드렸지요. 상황이 어찌 될지는 시간이 말해줄 겁니다. 그 위험한 여자가 잡히지 않고 있습니다, 길모어 씨. 아무도 그 여자가 무슨 행동을 할지 모릅니다. 조심하시죠. 그럼 이만 물러가겠습니다. 내주 화요일에 좋은 소식 기대하겠습니다."

그가 친근한 듯 미소를 지어 보이고는 곧 사라졌다.

나는 이 작자와의 후반부 대화에는 거의 마음을 두지 않았다. 오직 서약서 문제에 몰입한 나머지 다른 곳에 정신을 팔 틈이 없었기 때문이다. 다시 혼자 남게 되자 나는 이 사태에 어떻게 대처해야 할지 온 신경을 쏟기 시작했다.

다른 의뢰인의 경우라면 아무리 역겨운 상황에서라도 순리대로 그 2만 파운드를 포기했을 것이다. 하지만 페어리 양은 단순히 업무적으로만 대할 수가 없었다.

정직하게 말하자면, 나는 페어리 양에게 애정과 존중을 품고 있었다. 또한 그녀의 아버지가 내게 있어 누구보다 귀한 후원자이자 친구였다는 사실을 잘 기억하고 있었다. 비록 나는 늙은 독신남이지만, 그녀에게는 마치 친딸 같은 느낌을 가지고 있었다. 그녀의 이익과 보호를 위해서라면 내 한몸 사리지 않고 헌신할 각오도 되어 있었다.

페어리 씨에게 다시 편지를 쓰는 건 그에게 한 번 더 빠져나갈 기회를 주는 것만큼 어리석은 짓이었다. 차라리 직접 만나서 이의를 제기하는 게 도움이 될 것 같았다. 다음날은 토요일이었다. 나는 왕복표를 끊고 덜컹거리는 컴벌랜드행 기차에 늙은 몸을 맡기기로 결심했다. 그에게 공정하고 독자적이고 명예를 지킬 수 있는 선택을 하라고 설득할 생각이었다.

물론 그럴 가능성은 매우 낮았지만 그렇게라도 해야 내 양심이 조금은 편해질 것 같았다. 그래야 내 오랜 친구의 유일한 혈육을 위해 할 일을 했다는 자기 위안이나마 얻을 것이다.

토요일 날씨는 좋았다. 서풍과 함께 밝은 햇살이 내리쬐고 있었다. 근래 들어 더 자주 머리가 띵하고 목이 뻣뻣하고 머릿속이 꽉 찬 것 같은 통증이 느껴졌다. 담당 의사가 지난 2년간 주의를 당부했던 증상이다. 나는 운동이라도 할 결심으로 가방을 먼저 마차로 보내고 유스턴 광장의 기차역까지 걸으면서 생각을 가다듬기로 했다.

그렇게 홀본까지 왔을 때, 급히 걸음을 옮기던 신사 한 명이 걸음을 멈추고 말을 거는 것이 아닌가. 다름 아닌 월터 하트라이트 씨였다.

만일 그가 먼저 말을 걸지 않았다면 나는 그냥 지나쳐 버렸을 것이다. 그는 외모가 너무 변해서 거의 알아볼 수 없을 지경이었다. 얼굴은 창백했고 핼쑥했으며 행동은 불안정해 보였다. 처음 봤을 때는 그렇게 단정하고 말끔했던 차림이 지금은 너무 누추해서 같이 서 있는 게 창피할 정도였다.

"컴벌랜드에서 돌아오신 지는 오래되었습니까?"

그가 허겁지겁 말했다.

"최근에 할콤 양에게 소식을 들었습니다. 퍼시벌 글라이드 경의 해명이 만족스러웠다고 말입니다. 결혼식은 곧 하는 겁니까? 아시는 게 있나요, 길모어 씨?"

말이 워낙 빠르고 여러 질문을 한꺼번에 해대는 바람에 종잡을 수가 없었다. 아무리 우연찮게 그 가족들과 친밀하게 지냈는지 몰라도 그런 사적인 일에 이런 질문을 던질 자격이 그에게 있는지도 의문이었다. 그래서 나는 가능한 그의 질문을 끊어야겠다고 작심했다.

"시간이 말해 주겠지요, 하트라이트 씨. 시간이 다 말해 줄 겁니다. 어느 날 신문을 펼치면 결혼 기사를 보게 될 날이 오겠죠. 그런데 실례지만, 마지막으로 봤을 때와 달리 그리 좋아 보이지 않는군요."

순간 그의 입술과 눈가에 미묘한 경련이 일었다. 그걸 보자 그에게 지나치게 의례적으로 대했다는 자책감이 밀려들었다.

"하긴 제게 그녀의 결혼에 대해 물어볼 자격이 있겠습니까."

그가 처연하게 입을 열었다.

"다른 사람들처럼 신문을 통해서 알면 되는 문제죠. 맞습니다."

내가 사과할 시간도 주지 않고 그는 말을 이었다.

"최근에 건강이 좋지 못했습니다. 분위기도 직업도 바꿀 겸 다른 나라로 떠날 예정입니다. 친절하게도 할콤 양이 도와주셔서 서류 심사도 무사히 통과했습니다. 아주 먼 나라지요. 하지만 어디로 가건, 기후가 어떻건, 얼마나 멀리 떨어진 곳이건 상관없습니다."

그는 말하는 도중 길 양옆으로 지나가는 행인들을 초조한 기색으로 유심히 두리번거렸다. 마치 누군가에게 감시라도 받고 있는 것 같았다.

"부디 외국에서 일을 무사히 잘 마치시고 안전히 돌아오시길 바랍니다."

이 말을 한 뒤 나는 남들이 들을까봐 그에게 가까이 다가가 덧붙였다.

"지금 일 때문에 리머리지로 가는 중입니다. 할콤 양과 페어리 양은 지금 요크셔의 친구 집에 있습니다."

이 말에 그의 눈빛이 밝아졌다. 뭔가 말하기 위해 입을 움직이려는 듯했다. 그러자 방금 전의 경련이 다시 얼굴을 스쳐갔다. 그는 내 손을 잡고 꼭 쥔 다음 말없이 곧게 입을 다문 채 군중 속으로 사라졌다.

비록 내게는 낯선 사람에 불과했지만, 그의 뒷모습을 바라보니 참담한 심정이었다. 나는 직업상 많은 젊은이들을 만났고, 덕분에 그들의 얼굴에 나타나는 어떤 징조를 통해 그들 앞에 어떤 불행이 다가올지를 헤아릴 수 있게 되었다.

나는 다시 역으로 걸음을 옮겼다. 하트라이트 씨의 앞날에 불안 이상의 불길한 일이 일어나리라는 예감 때문에 마음이 무거웠다.

4

이른 아침에 열차를 탄 덕에 저녁식사 무렵이 되자 리머리지에 도착할 수 있었다. 집 안은 숨 막힐 정도로 침울한 정적이 감돌았다. 나는 두 젊은 숙녀가 없는 자리를 베시 부인이 채워주리라 기대했지만, 그녀마저도 감기로 방 안에 갇혀 지내는 신세였다.

하인들은 나를 보고 놀라서 소란을 부리고 법석을 떨면서 온갖 짜증스러운 실수들을 저질렀다. 노련한 집사조차도 내게 차가운 와인을 가져올 정도였다.

페어리 씨의 건강 상태에 대한 보고는 평소와 다름없었다. 내가 도착 사실을 알리자 다음날 아침에 봤으면 좋겠다는 전갈이 돌아왔다. 내 갑작스런 방문에 마음이 편치 않아진 그는 그날 밤 두근거리는 가슴을 진정시키느라 침대에 엎드려 있어야 했다.

바람은 밤새 음산한 기운으로 울부짖고, 여기저기 삐걱대고 부딪치는 소리가 빈집을 휘감았다. 푹 잠들지 못하고 뒤척인 탓에 다음날 아침 영 개운하지가 않았다. 나는 아침식사를 먹기 위해 방을 나섰다. 그리고 아침 10시가 될 무렵 페어리 씨의 거처로 안내를 받았다.

그는 늘 머물던 방과 늘 앉던 의자에 앉아 여전히 신경질적인 심신의 고통에 갇혀 있었다. 안으로 들어서 보니 하인이 그의 앞에 내 사무실 책상만큼이나 큰 동판화첩을 들고 있었다. 페어리 씨는 판화첩을 유심히 검사하는 중이었다. 주인이 돋보기를 들고 판화를 천천히 넘기며 숨은 아름다움에 탐닉하는 동안 그 가련한 하인은 거의 절망적인 웃음을 애써 지어 보이고 있었다. 그는 금방이라도 지쳐 쓰러질 것 같았다.

"아하, 제 귀하신 옛 친구가 오셨구려."

나를 쳐다보기 전에 느긋이 등을 의자에 기대며 그가 말했다.

"잘 계셨소? 이렇게 아무도 없는 집에 내 말벗을 해주러 오시다니 영광이구려, 길모어 씨!"

나는 곧 하인을 물리겠지 생각했지만 아니었다. 페어리 씨는 동요 없이 창백한 손으로 돋보기를 이리저리 옮기며 판화를 살폈고, 하인은 무거운 판화첩을 덜덜 떨며 필사적으로 붙들고 있었다.

"아주 중대한 문제를 상의하려고 들렀습니다."

내가 하인을 보면서 말했다.

"단둘이 얘기할 수 있는 자리가 되었으면 하니 자네는 나가는 게 좋겠네."

가여운 하인은 내 말에 고마움의 표시를 보내왔다. 페어리 씨는 나지막이 내 말을 되풀이했다.

"나가는 게 좋겠다……?"

그는 놀라울 때 지을 수 있는 온갖 표정을 다 지었다. 그러나 나는 사소한 것에 신경 쓸 기분이 아니었던 터라 단도직입적으로 말했다.

"저 사람을 이 방에서 내보내야겠습니다."

나는 손가락으로 하인을 가리키며 말했다. 페어리 씨는 빈정대듯이 눈살을 찌푸리며 입술을 오므렸다.

"사람?"

그가 내 말을 반복했다.

"아니, 왜 내 화를 돋우십니까, 길모어 씨? 루이스를 사람이라고 부를 만한 특별한 사연이라도 있소? 어떻게 사람이라는 겁니까? 판화를 보려고 내가 불렀던 30분 전에는 사람이었을지도 모르지요. 그리고 30분 후에 내가 이 판화를 더 보고 싶지 않게 되면 다시 사람이 될 테고 말이오. 하지만 지금은 책자를 받치는 스탠드요. 책자 스탠드가 있으면 안 될 이유라도 있습니까?"

"충분히 있습니다. 다시 한 번 단둘만의 자리를 부탁드립니다."

내 목소리와 태도의 강경함에 그는 달리 내 말을 들어주지 않을 수 없었다. 그는 하인을 쳐다보고는 짜증나는 손짓으로 옆에 있는 의자를 가리켰다.

"동판화를 놓고 나가. 절대 멀리 떨어져서 나를 화나게 만들면 안 돼. 알아들었지? 내 손 닿는 곳에 좋은 잘 마련해 두었겠지? 그렇다고? 그럼 당장 나가지 않고 뭘 그리 꾸물거리냐!"

하인이 나갔다. 페어리 씨가 의자에 앉아 몸을 뒤틀더니 섬세한 삼베 손수건으로 돋보기를 찬찬히 닦았다. 그리고 곁눈질로 옆에 놓인 판화를 다시 바라보았다. 그걸 보며 화를 누르는 일은 결코 쉽지 않았다. 하지만 무조건 참아야 했다. 나는 말문을 열었다.

"전 지금 페어리 씨의 조카 따님과 가문의 이익을 위해서 개인적으로 불편을 무릅쓰고 여기에 온 겁니다. 저도 제 나름대로 노력했으니 어르신께서도 합당한 관심을 보여주실 법한데 말입니다."

"날 좀 괴롭히지 마시오!"

그는 의자에 털썩 몸을 기대며 눈을 감았다.

"제발 좀 그만하구려. 내 몸이 감당 못하는 걸 알잖소!"

나는 페어리 양을 위해서라면 그가 뭐라 하건 그 비난에 단호히 맞서기로 작정했다.

"제가 드리고 싶은 말씀은 제가 보낸 편지를 재검토해 달라는 것입니다. 또한 조카 따님을 위해, 그녀에게 딸린 모든 사람들의 이익을 위해서라도 제가 그 권리를 포기하지 않도록 해달라는 것입니다. 한 번 더, 마지막으로 이 경우에 대해 설명해 드리겠습니다."

페어리 씨는 고개를 절레절레 흔들며 애처로운 한숨을 내쉬었다.

"정말 무심하구려, 길모어 씨. 정말 무심해요. 그래요, 말해 보시구려."

나는 그에게 매우 세심하게 모든 쟁점들을 발생할 수 있는 모든 가능성에서 살펴볼 수 있도록 설명했다. 그는 내가 말하는 내내 눈을 감고 등을 의자에 기댄 채 설명을 들었다. 그리고 내가 말을 끝맺자 천천히 눈을 뜨더니 향수가 든 은빛 약병을 들어 우아한 동작으로 냄새를 맡았다. 그가 여전히 냄새를 맡으며 말했다.

"좋아요, 길모어 씨! 이렇게 열성적이라니 너무 고맙소이다. 어찌 이보다 더 멋지게 한 인간을 설득할 수가 있겠소!"

"단순한 질문에 단순하게 답해 주십시오. 한 번 더 말씀드립니다. 퍼시벌 글라이드 경은 결코 이자 소득 이상의 권리가 없습니다. 원금 그 자체는 페어리 양이 자식을 못 가지면 온전히 그녀에게, 아니면 그녀의 가족에게 귀속되어야 마땅합니다. 주인 어르신이 확고하시면 퍼시벌 경도 물러설 수밖에 없고, 물러나지 않으면 안 되게 되어 있습니다. 그가 이 문제로 계속 주장을 굽히지 않는다면 그것은 필경 그가 돈 때문에 페어리 양과 결혼한다는 것을 만천하에 고백하는 꼴이 되기 때문이지요."

페어리 씨가 장난을 치듯 향수병을 내 앞에서 흔들어댔다.

"친애하는 길모어 씨, 당신은 계급과 가문이라는 걸 혐오하시는군요. 단지 준남작이라는 이유로 글라이드 경을 얼마나 혐오하시는 게요? 당신은 너무 급진주의자시구려, 맙소사, 지나친 급진주의자군."

급진주의자라고! 다른 비난이라면 그냥 참고 넘어갔을 것이다. 하지만 평생 동안 건전한 보수파의 원칙을 지켜온 나를 급진파 취급하는 것은 도저히 참을 수 없는 모욕이었다. 피가 끓어올랐다. 나는 의자를 박차고 일어났다. 분노가 치밀어서 할 말을 잃었다.

"제발 조용합시다! 하느님 맙소사, 제발 조용 좀 합시다! 존경하고 존경하는 길모어 씨, 내 말은 기분 나쁘라고 한 게 아니오. 나는 나 자신까지도 개방적인 견해를 가진 급진주의자라고 생각합니다. 그래요, 우리는 한 쌍의 급진파구려. 그러니 화내지 말아요. 나는 싸울 기력조차 없잖소? 이제 그 얘긴 그만 할까요? 여기 좀 봐요. 이 판화는 정말 신이 빚어낸 작품 아닙니까? 이 천상의 진주 같은 선들을 어떻게 이해해야 할지를 내가 설명해 주겠소. 자, 어서요, 훌륭한 길모어 양반."

그가 주절거리는 동안 나는 서서히 이성을 되찾았다. 다행히 다시 말을 시작했을 때는 자존심을 유지하고 그의 무례함을 가벼운 경멸로 치부할 만큼 마음이 평온해져 있었다.

"완전히 헛짚고 계십니다, 어르신. 어찌 제가 퍼시벌 경을 미워하고 있다고 생각하십니까? 저는 그저 퍼시벌 경이 생각 없이 이 문제를 자기 변호사에게 전적으로 맡겨서 그가 터무니없는 주장을 하도록 내버려두는 것에 애석한 마음을 가질 뿐입니다. 제가 그에게 무슨 반감을 가진다는 말씀입니까? 방금 말씀드린 문제는 지위 고하를 막론하고 누구에게나 해당되는 문제들입니다. 제 주장은 아주 상식적인 것들입니다.

여기 가까운 곳에 가장 명망 높은 변호사에게 한번 알아보시겠습니까? 제 말을 아마 그대로 판에 박듯 말해 줄 겁니다. 다만 차이라면 그는 낯선 자로서 말할 것이고, 저는 친구로서 말할 뿐이지요. 그는 분명 부인의 돈이 결혼한 남편에게 몽땅 돌아가는 건 법적으로 전혀 합리적이지 않다고 말해 줄 겁니다. 또한 분명히 철저히 법률적인 기준 아래에서, 부인이 사망했을 때 2만 파운드를 남편에게 유증하는 것을 단호히 거부할 것입니다."

"정말 그럴까요? 만약 그렇게 끔찍한 말을 자신 있게 할 사람이 있다면 당장 종을 울려서 하인에게 찾아보라고 하겠소이다."

"저를 화나게 만들지 마십시오, 페어리 씨. 조카 따님을 위해서, 그녀의 아버지를 위해서라도 저를 이런 식으로 화나게 만들어서는 안 됩니다. 제가 이 방을 떠나기 전에, 어르신께서도 어깨 위에 놓인 이 모든 남부끄러운 문제를 스스로 해결하셔야 합니다."

"그만! 제발 그만! 지금 얼마나 귀중한 시간을 허비하고 있는지 생각해 보시오. 왜 귀한 시간을 이처럼 마구 버리는 거요? 나도 기력이 있으면 기꺼이 선생과 언쟁을 하고 싶소. 하지만 난 그럴 힘이 없소. 선생은 지금 나나 선생 자신뿐 아니라 퍼시벌 경과 로라, 모두를 힘들게 하고 있소. 그것도 세상에서 가장 일어날 확률이 적은 일을 가지고 말이오! 그건 안 됩니다, 평화와 평온을 위해서 그건 절대 안 돼요. 안 된단 말이오!"

"그렇다면 알겠습니다. 어르신의 답신대로 이행해 달라는 말씀이십니까?"

"그렇지요. 그럼요. 이제야 서로를 이해하게 되니 참 좋구려. 다시 앉아요. 앉아달라니까!"

나는 즉각 문으로 갔다. 그는 단념한 듯 종을 흔들었다. 방을 떠나기 전에 나는 고개를 돌려 마지막으로 그에게 일침을 가했다.

"앞으로 어떤 일이 일어나더라도 명심하시기 바랍니다. 어르신께 제가 할 수 있는 역할은 충분히 이행했다는 사실을 말입니다. 떠나는 마당에 이 가문의 충실한 친구이자 충복으로서 말씀드립니다. 만일 제게 딸이 있고 그 아이를 결혼시켜야 한다면, 지금 어르신께서 강요하는 그런 서약서의 조건으로는 제 눈에 흙이 들어가지 않는 한 누구과도 결혼시키지 않을 것입니다."

내 뒤의 문이 열렸다. 하인이 문 앞에서 나를 기다리고 있었다.

"자네, 길모어 씨를 잘 모셔드리고 와서 저 판화첩을 들고 있게나. 길모어 씨, 아래층으로 가서 제 부족한 하인들이 차려드리는 점심을 넉넉히 드시고 가시오. 점심은 꼭 들고 가시오!"

나는 역겨운 나머지 대답할 마음도 없었다. 나는 발을 돌려 말없이 그의 방을 나왔다. 오후 2시에 상행 열차가 있었다. 그 열차로 나는 런던으로 돌아왔다.

화요일에 나는 변경된 서약서를 보냈다. 페어리 양이 거명했던 이름들은 상속자 명단에서 제외시켰다. 달리 선택의 여지가 없었다. 내가 쓰길 거부한다 해도 필경 다른 변호사가 대신 써서 보냈을 테니까.

이제 내 임무는 끝났다. 이 가족사에 관해 내가 이야기할 수 있는 부분은 여기까지다. 곧 벌어질 기괴한 사건에 대해서는 다른 사람들이 계속 서술해 나갈 것이다.

심각하고 비통한 마음으로 이 짧은 기록을 마치기로 한다. 그리고 더 심각하고 착잡한 마음으로 내가 리머리지에 남긴 고별사를 다시 한 번 적으며 물러갈까 한다.

만일 제게 딸이 있고 그 아이를 결혼시켜야 한다면, 지금 어르신께서 강요하는 그런 서약서의 조건으로는 제 눈에 흙이 들어가지 않는 한 누구과도 결혼시키지 않을 것입니다.

마리안 할콤 양이 이어가는 이야기
(그녀의 일기에서 발췌함)

1

리머리지 가

11월 8일

오늘 아침 길모어 씨가 떠났다. 그가 로라와 이야기를 나누면서 얼마나 놀랐는지, 얼마나 가슴 아파했는지 그 표정을 통해 생생히 알 수 있었다. 그가 떠나고 나자 혹시 로라가 우리가 진짜 슬퍼하는 이유를 그에게 말한 건 아닌지 내심 두려웠다. 시간이 흐를수록 두려움은 커져서 할 수 없이 퍼시벌 경의 승마 제안도 거절하고 로라에게로 갔다.

나는 로라의 그 감정이 생각보다 깊다는 것을 알게 된 후 이 난감하고 당혹스러운 상황 속에서도 문제를 해결할 수 있으리라는 자신감을 잃었다. 나는 분명 하트라이트 씨의 세심함과 인내심, 그리고 신사도가 천성적으로 예민하고 관대한 로라에게 깊은 매력으로 다가갈 수 있다는 것을 미리 알았어야 했다. 하지만 동생이 자기 입으로 마음을 털어놓을 때까지만 해도 나는 어리석게도 그 아이의 감정이 그렇게 깊을 것이라고는 생각하지 못했다.

한때는 시간이 모든 걸 잊게 해주리라 생각했다. 그리고 지금은 그 감정이 로라의 마음에 남아 그녀를 계속 괴롭힐 것이며, 죽어서도 그를 잊지 못할지도 모른다는 생각이 든다.

이 충격적인 판단 착오로 인해 나는 모든 일에 자신감을 잃었다. 명백한 증거가 눈앞에 있음에도, 나는 퍼시벌 경에 대한 판단을 망설이고 있다. 심지어 오늘 오전 로라 방의 문손잡이를 쥐고도 무슨 말을 꺼내야 할지 망설였을 정도였다.

방문을 열어 보니 로라는 초조한 기색으로 방 안을 왔다 갔다 하고 있었다. 달아오른 얼굴에는 흥분한 기색이 역력했다. 그녀는 즉시 내게로 다가와 내가 입을 열기도 전에 먼저 말했다.

"언니, 안 그래도 기다렸어. 이리 와서 앉아! 나 이제 정말 더는 못 참겠어. 한시라도 빨리 끝을 봐야겠어."

로라의 두 뺨은 너무 뜨겁게 달아올랐고, 그 몸짓은 너무 흥분해 있었다. 목소리에는 완강함이 드러났다. 한손에는 하트라이트 씨의 그림이 담긴 그림첩이 들려 있었다. 홀로 있을 때면 저것을 가슴에 품고 꿈에 젖어 있을 것이다. 나는 천천히 그러나 단호하게 그 그림첩을 빼앗아 탁자 위에 놓았다.

"뭘 원하는지 나한테 침착하게 말해 봐. 길모어 아저씨가 뭐라고 하시지 않았니?"

로라가 머리를 세차게 흔들었다.

"아니, 내 심정을 모르셔. 너무 자상하시고 너그러운 분이신데, 그분 앞에서 울음을 터뜨려서 정말 속상했어. 난 어쩔 수가 없나 봐. 나 자신을 절제할 수 없어. 나와 우리 모두를 위해서라도 어떻게 해서든 끝을 볼 용기가 필요해."

"약혼을 파기한다는 말이야?"

"아니."

로라가 짤막히 답했다.

"진실을 말할 거야."

로라가 내 어깨를 두 팔로 감싸더니 내 가슴에 머리를 기댔다. 맞은편 벽에는 로라 아버지의 작은 초상화가 걸려 있었다. 로라의 시선은 그 초상화에 고정되어 있었다.

"결혼을 파기하겠다는 말은 절대 할 수 없어."

로라가 말을 이어갔다.

"이 혼약이 어떤 식으로 끝나건 비참한 결과를 가져올 건 분명하니까. 언니, 내가 할 수 있는 건 나 스스로 약속을 깨지 않고 아버지의 유언을 기억해서 비참한 결과를 더 악화시키지 않는 것뿐이야."

"그럼 어떻게 하자는 말이야?"

"내 입으로 퍼시벌 경에게 진실을 말하는 거야. 그래서 퍼시벌 경이 나를 놓아주게 만드는 거야. 내가 요청해서가 아니라, 그 사람이 모든 걸 알게 돼서 그렇게 되어야 해."

"로라, 모든 거라니, 무슨 소리야? 퍼시벌 경이 분명 본인 입으로 말했잖아. 결혼을 원하지 않는다는 의사만 밝혀주면 깨끗이 물러나겠다고 말이야."

"내 동의를 받아서 아버지께서 정하신 약혼인데 어떻게 못한다고 말해? 행복하진 않더라도 약속을 지킨다면 양심만은……."

로라는 말을 멈추고 얼굴을 내게로 돌려 내 뺨을 자신의 뺨으로 쓰다듬었다.

"난 정말이지 약속을 지켰을 거야. 그때는 없었던 지금 이 사랑이 내 마음에 이렇게 크게 자라지만 않았어도."

"로라, 그래선 안 돼! 그 사람에게 고백해서 너를 바닥으로 떨어뜨려선 안 돼."

"정말 추한 건 내가 이 결혼에서 벗어나려고 그가 알아야만 하는 사실을 감추는 거야."

"그는 그런 사실을 알 자격이 조금도 없어!"

"아냐, 언니, 그러면 안 돼. 난 누구도 속여서는 안 돼. 최소한 아버지와 관련이 있는 사람에게는, 또 내가 아는 사람에게는 더더욱 안 돼."

로라가 내게 입을 맞추었다. 그리고는 부드럽게 말했다.

"사랑하는 언니, 퍼시벌 경이 나를 어떻게 취급하건, 나를 얼마나 추한 여자로 생각하건 그렇게 하는 편이 나아. 그를 마음으로 속이고 내 이익을 얻으려 하는 게 더 나쁜 행동이야."

나는 깜짝 놀라 로라를 밀쳤다. 난생 처음으로 두 사람의 입장이 바뀌었다. 로라는 결의로 가득 차 있었고, 나는 온통 망설임뿐이었다. 나는 창백하고 말 없는 그 젊고 연약한 얼굴을 자세히 바라보았다. 나를 응시하는 아름다운 눈동자에 담긴 순결하고 순수한 마음을 보았다. 혀끝까지 치솟았던 세속적인 충고나 반대의 말들이 절로 시들어 버렸다.

허공에 걸린 내 머리는 정지 상태였다. 로라의 저토록 소박한 자존심이 내 넋을 빼놓고 있었다. 다른 여자 같으면 어쩔 수 없이 기만을 선택했을 것이다. 아마 나 역시 그랬을 것이다.

"화내지 마, 언니."

내 생각을 잘못 읽고 로라가 말했다. 나는 로라를 품에 안았다. 한 마디라도 더 하면 눈물을 주체할 수 없을 것 같았다. 나는 쉽게 눈물을 흘리지 않는다. 그러나 마치 남자처럼, 좀처럼 나오지 않던 눈물이 일단 터지면 억장을 무너뜨릴 정도로 흐른다. 주변의 모든 사람의 혼을 빼놓는 울음, 그게 바로 내 눈물이다.

"나도 내 사랑에 대해 며칠을 고민하고 또 고민했어."

로라는 불안한 듯 손가락으로 내 머리카락을 이리저리 꼬았다. 베시 부인이 고치려고 그토록 애썼지만 못 고친 버릇이었다.

"정말이지 진지하게 고민했어. 그리고 결심했어. 내 양심이 옳다고 나에게 말해 줬거든. 언니가 보는 앞에서 그 사람에게 말하게 해줘. 맹세코 그릇된 말은 하지 않을 거야. 절대로 나와 언니가 부끄러워할 말은 하지 않을게. 정말이야. 이 견딜 수 없는 비밀로부터 벗어나고 싶어! 다만 내 입장에서 내가 혹시나 거짓을 말하지는 않는지만 지켜봐주면 돼. 나는 할 말을 다하고, 그러고 난 뒤 그 사람이 뜻대로 결정하면 끝인 거야."

로라가 다시 내 가슴에 머리를 곱게 기대왔다. 파국적인 결말에 대한 슬픈 예감이 가슴을 짓눌렀다. 나는 최근 시작된 자신감의 결여를 여전히 느끼면서 그녀의 뜻대로 하겠다고 말했다. 로라는 고맙다고 말했고 우리는 서서히 다른 주제로 대화의 장을 넘기기 시작했다.

동생은 저녁 만찬에 모습을 나타냈다. 그 어느 때보다 자신감과 여유가 넘쳐흘렀다. 식사 후에는 피아노 앞에 앉아 새 음악을 연주했다. 현란하고 기교 넘치는 곡이었다. 불쌍한 하트라이트 씨가 가장 좋아했던 모차르트의 선율은 그가 떠난 뒤로 다시 듣지 못하게 되었다. 이제 피아노 의자에는 악보 책이 없었다. 하트라이트 씨가 떠난 뒤 로라가 어디론가 치워버린 것이다. 식구들 중 누구도 로라에게 악보 책의 행방을 묻지 않았다.

오전에 밝혔던 마음이 변했는지 아닌지는 알 길이 없었다. 그러나 그날 밤, 로라가 퍼시벌 경과 헤어지면서 던진 한 마디가 내 의문을 해소해 주었다. 퍼시벌 경에게 다음날 오전 아침식사 후에 만나고 싶다고 말한 것이다. 오전에 나와 함께 자기 응접실에서 만나자고.

조금도 흔들리지 않는 로라의 의지는 퍼시벌 경의 손까지 떨리게 만들 정도였다. 나는 그와 작별 악수를 나눌 때 그의 손이 떨리는 것을 느꼈다. 내일 오전의 만남이 그의 앞날을 결정짓게 될 것이다. 그도 이 사실을 분명히 알고 있었다.

나는 평소처럼 로라와 내 침실 사이로 난 문을 통해 들어가 잘 자라는 말을 건네려고 다가갔다. 키스를 해주려고 상체를 굽혔을 때, 하트라이트 씨의 작은 그림첩이 로라의 베개 밑에 반쯤 드러나 있는 것을 보았다. 나는 아무 말 없이 그저 손가락으로 그림첩을 가리키며 고개를 저었다. 로라는 두 손을 뻗어 내 얼굴을 부여잡고 자기 입술 쪽으로 당겼다. 그리고는 속삭였다.

"오늘 밤은 여기 놔두게 해줘. 내일 무슨 일이 일어날지 모르잖아. 내일이면 저 그림첩과 영원히 떨어지게 될지도 모르잖아."

11월 9일

오늘 아침 내 앞으로 하트라이트 씨의 편지가 도착했다. 퍼시벌 경이 익명의 편지의 의문을 깨끗이 해명했다는 내 편지에 대한 답장이었다.

그는 퍼시벌 경의 해명에 대해 과격한 반응을 보였다. 하지만 자신보다 높은 지위에 있는 사람에 대해 이러쿵저러쿵하는 것도 경솔한 짓이라고 짤막하게 적었다. 이 말은 슬펐다. 게다가 덧붙여 적은 내용은 더 나를 슬프게 했다.

그는 이전으로 돌아가려고 노력할수록 더 그럴 수가 없다고 말했다. 급기야는 영국을 떠나 다른 나라, 다른 사람들과 지낼 수 있게끔 일거리를 찾아줄 수 있겠냐고 부탁했다. 다른 풍경과 사람들 속으로 도망치고 싶다는 뜻이었다. 나는 너무 놀라서 한시라도 빨리 그의 부탁을 들어줘야겠다고 생각했다.

그는 그 이후로는 앤 캐서릭을 보거나 그녀에 대한 이야기를 들은 적이 없다면서 느닷없이 화제를 바꾸었다. 런던으로 돌아온 뒤 누군가로부터 끊임없이 감시와 미행을 당하고 있다는 것이다. 물론 누구라고 정확히 말할 수는 없지만, 그 의심이 밤낮 없이 그를 압도하고 있다고 했다.

그 말에 나는 두려움이 앞섰다. 필시 로라를 향한 집착이 감당할 수 없을 만큼 커져 그를 옥죄고 있는 것이라고 생각했다. 나는 즉시 어머니의 오래된 런던 친구들에게 편지를 써서 그의 부탁을 들어줄 작정이었다. 그가 말하는 새로운 환경과 새로운 직업을 찾도록 도와줄 것이다. 그것만이 그를 위태로운 앞날에서 구해줄 유일한 탈출구가 될 것이다.

다행스럽게도 아침식사를 못하겠다는 퍼시벌 경의 전갈이 왔다. 커피를 마시고 편지를 쓰느라 아무래도 식사는 곤란하다면서 괜찮다면 11시에 나와 동생을 만났으면 좋겠다고 했다. 전갈이 전해지는 동안, 내 시선은 계속 로라에게 머물러 있었다. 로라는 아침부터 말로 표현할 수 없을 정도로 고요하고 침착했다. 전갈을 보고받는 와중에도 고요는 더 깊어갔고, 심지어 거실 소파에 앉아 퍼시벌 경을 기다리는 동안에도 그 강한 통제력이 내 숨을 멎게 만들었다.

"언니, 걱정 마. 길모어 아저씨나 언니 앞에서는 내 분수를 잊었을지 몰라도 글라이드 경 앞에서는 결코 그러지 않을 거니까."

이 말이 로라가 한 말의 전부였다.

나는 로라의 얼굴을 바라보고, 놀라움 속에서 로라의 말을 들었다. 가까이 지내온 그 많은 세월 동안, 이런 요지부동의 힘이 로라의 안에 숨어 있는 줄은 몰랐다. 사랑이 그 힘을 발견하고 어서 나오라고 고통스럽게 불러낼 때까지는 말이다.

벽난로 위 괘종시계가 11시를 알렸다. 퍼시벌 경이 문을 노크하고 들어왔다. 그가 얼마나 걱정과 초조에 짓눌려 있는지는 그 표정만 봐도 알 수 있었다. 평소 그를 괴롭히던 마른기침이 더 자주 터져서 그를 불편하게 만들었다.

그는 우리의 맞은편 탁자에 자리를 잡고 앉았다. 로라와 나는 앉아 있던 자리에 다시 앉았다. 나는 둘의 얼굴을 번갈아 살폈다. 퍼시벌 경의 얼굴이 훨씬 더 창백했다.

그는 평소처럼 호탕하게 말하려고 애쓰면서 몇 마디 쓸데없는 얘기를 꺼냈다. 그러나 음성은 불안하게 떨렸고, 눈길은 어디에 둘지 몰라 쩔쩔 매고 있었다. 스스로도 자기의 그런 모습을 깨달은 것이 틀림없었다. 급기야 그는 당혹감을 숨기려는 노력조차 포기하고 말았다.

로라가 말문을 열기 전에 한 차례 질식할 것 같은 침묵이 흘렀다.

"지금부터 제가 말씀드릴 것은 우리 두 사람에게 매우 중요한 주제입니다. 여기 제 언니가 있습니다. 제가 함께 있어달라고 했지요. 언니가 있으면 마음이 놓이기 때문이에요. 지금 제가 말씀드릴 내용에 언니의 의견은 전혀 없습니다. 순전히 저만의 생각이고 저만의 결론입니다. 제가 본론으로 들어가기 전에 이 점을 충분히 이해해 주시겠어요?"

퍼시벌 경이 머리를 숙였다. 로라는 말을 이어갔다. 외견상으로는 완벽한 평정심으로, 완전무결한 태도로.

로라는 퍼시벌 경을 정면으로 바라보았고, 그도 로라에게서 눈을 떼지 않았다. 두 사람은 서로를 단순명료하게 이해하려고 단단히 마음먹은 것처럼 보였다.

"언니로부터 말씀 전해 들었어요. 이 결혼이 싫다면 제 의견만 말하면 된다고요. 그 말씀이 얼마나 너그럽고 인자한 마음에서 나온 것인지 잘 알고 있습니다. 그 일에 제가 고마움을 표시하는 게 경의 입장에서는 당연한 일이겠지요. 마찬가지로 제가 그 생각을 받아들이길 거부하는 것도 제 입장에서는 당연한 일이길 바라고, 그렇게 믿고 있습니다."

경청하던 그의 굳은 표정이 약간 누그러졌다. 하지만 탁자 밑의 한쪽 발은 멈추지 않고 바닥 양탄자를 두드리고 있었다. 여전히 초조감이 그를 압도하고 있는 것이다.

"경께서 제게 청혼의 영광을 선물해 주시고, 제 아버지께 승낙을

구했던 일을 어찌 잊을 수 있겠습니까? 그리고 경께서도 제가 결혼을 받아들인다고 했던 때의 일을 잊지 않으셨겠지요? 감히 말씀드리자면, 제가 청혼을 받아들인 건 제 아버지의 요청과 충고 때문이었습니다. 아버지의 안내를 받아들인 거랍니다. 아버지는 제게 가장 훌륭하신 조언자이자 가장 헌신적인 길잡이셨어요. 지금은 곁에 안 계시지만, 제 추억은 온통 그분의 사랑뿐이지요. 그러니 돌아가신 아버지에 대한 신의를 저버리지 않아야지요. 당신 생전에 늘 그러셨듯이 지금 이 순간에도 아버지의 기대와 바람이 온전히 저만을 위한 것임을 전 너무나도 잘 알고 있으니까요."

로라의 목소리가 처음으로 떨렸다. 로라의 손이 갈팡질팡하며 내 무릎을 더듬더니 이어서 내 손을 꼭 쥐었다. 잠시 한 차례 침묵이 흘렀다. 그러자 퍼시벌 경이 입을 열었다.

"물어보고 싶은 것이 있습니다. 혹시 제 가장 큰 명예이자 행복이라고 여겨왔던 그 신의에 대해, 제가 조금이라도 어긋난 행동을 한 것입니까?"

"절대 그렇지 않습니다. 경께서는 언제나 저를 깍듯한 대우와 넘치는 예의로 대해 주셨지요. 제 신의를 한 번도 저버린 적이 없답니다. 설사 억지로 찾아보려 해도 경께서는 약혼을 파기할 만한 그 어떤 잘못도 제게 하지 않으셨답니다. 이런 말씀을 드린 건 저 스스로도 제가 경께 책임져야 할 부분이 있음을 분명히 알고 있다는 걸 말씀드리기 위함입니다. 제 입장에서는 그 책임을 지켜야 할 의무, 아버지의 추억에 대한 제 사명감, 스스로의 약속에 대한 의무, 이 모든 것들 때문이라도 먼저 약혼을 파기하겠다고 말해서는 안 되는 것입니다.

다시 말해 약혼 파기는 제가 아닌 순전히 경의 마음과 결정에 달렸어요."

그의 불안한 발동작이 불시에 멈췄다. 그리고는 초조하게 몸을 앞으로 내밀었다.

"제 마음과 결정이라고요? 대체 제가 이 약혼을 파기할 이유가
뭐가 있단 말입니까?"

로라의 호흡이 가빠지고 있었다. 두 손도 점점 차가워졌다. 로라
가 단둘이 있을 때 약속을 했음에도 나는 불안했다. 이번에도 내
판단이 틀린 것 같았다.

"경께 말씀드리기 너무 힘든 변화가 있었습니다. 이 변화는 경께
나 제게나 약혼 파기를 정당한 것으로 만들 정도로 심각한 변화랍
니다."

로라는 안색이 너무도 창백해져 입술까지 핏기를 잃었다. 퍼시벌
경은 팔을 들어 의자의 방향을 틀더니 손에 머리를 기대었다. 그의
옆모습만 우리에게 비쳐졌다.

"어떤 변화지요?"

질문을 던지는 어조가 내 신경을 건드렸다. 무언가를 힘들게 억
제하려고 하는 어조였다. 로라는 깊은 한숨을 내쉬고 내게 몸을 의
지했다. 로라는 떨고 있었다. 나는 시간을 벌 요량으로 뭐라고 이
야기하려 했지만, 로라가 내 손을 눌러 내 말문을 저지했다. 로라는
말을 계속했다. 이번에는 그를 바라보지 않았다.

"그간 수없이 들어왔고, 저 스스로도 믿고 있었던 신념이 있습니
다. 애정 중에 가장 큰 애정은 한 여자가 자신의 남편에게 바치는
애정이라고요. 약혼할 당시에 저에게는 마음만 먹으면 경께 드릴
수 있는 그런 애정이 있었습니다. 그런데 지금 그 애정의 가능성이
완전히 사라졌다면, 경께서는 저를 용서해 주실 건가요? 그래도 절
받아주실 건가요?"

그의 대답을 기다리는 동안, 로라의 눈가에 고였던 눈물이 볼을 타
고 흘러내렸다. 그는 아무 말도 하지 않았다. 로라가 대답하는 순간,
그가 머리를 받쳤던 손을 움직여 얼굴을 가렸다. 일체의 움직임도 없

었다. 머리를 지탱했던 손가락은 머리칼 깊숙이 파묻혀 있었다.

그 손가락들은 무어라 단정 짓기는 어려웠지만, 숨겨진 분노와 슬픔을 표출하고 있는 것 같았다. 어떤 떨림도 없었고, 따라서 그가 어떤 생각을 하고 있는지도 짐작할 수 없었다. 그의 인생 그리고 로라의 인생에서 절체절명인 이 순간에!

나는 로라를 위해서라도, 그가 자기 입으로 자기의 입장을 천명하게 만들겠다고 결심을 굳혔다.

"퍼시벌 경!"

나는 칼로 베듯이 침묵을 잘랐다. 매정한 성격이 나도 모르게 튀어나왔다.

"이 정도면 동생도 해야 할 말을 충분히 전한 것 같군요. 제 생각에 경께서는 오늘 여자의 진심과 도리를 들을 자격 그 이상을 누리신 걸로 보입니다."

마지막에 내뱉은 내 경솔한 말은 그가 나로부터 벗어날 기회를 주었고, 그는 그 기회를 놓치지 않았다.

"미안합니다만, 할콤 양."

그가 여전히 손으로 얼굴을 가린 채 말했다.

"미안합니다만, 제가 그런 권리를 주장한 적이 없다는 걸 말씀드리고 싶군요."

내가 몇 마디 더해서 그를 조금 전의 위치로 돌려놓으려는 순간, 로라가 나를 저지했다.

"제 고백이 헛되지 않았길 바랍니다. 계속 말씀드려도 될까요?"

"물론입니다."

얼굴에서 손을 떼며 그가 짤막하고도 부드럽게 답했다. 얼굴은 다시 우리를 향하고 있었다. 오로지 로라의 입에서 나올 말만을 애타게 기다리는 진지하고 궁금한 표정이었다.

"저 자신을 위해 말씀드리고 있지 않다는 점을 부디 알아주셨으면 합니다. 말씀을 다 들으신 후에 저를 떠나시겠다면, 다른 사람과 결혼하게 내버려두지 말아주세요. 그냥 독신으로 평생 살게끔 허락해 주세요. 경에 대한 이 잘못은 단지 제 생각으로만 진행된 것이고, 그러니 제 생각으로만 끝나야 하는 것이니까요. 더 이상 제 죄가 커지게 해서는 안 됩니다. 어떤 말도……."

로라는 다음 할 말에 대해 확신을 가지지 못한 듯 말을 멈추었다. 해야 할 말을 하면서도 스스로 당혹스러워하는 모습이 보기에 안타깝고 애처로웠다. 로라가 안간힘을 짜내 힘들게 말을 이어갔다.

"그 어떤 말도 오고가지 않았습니다. 지금 이 자리에서 처음이자 마지막으로 말씀드리는 그 사람과 저는 서로 어떤 말도 주고받지 않았습니다. 제가 그 사람에 대해 느낀 감정이나 그 사람이 저에게 느낀 감정에 대해 서로 단 한 마디도 나누지 않았습니다. 그 사람이나 저나 이 세상에서 다시 만날 것 같지도 않습니다. 부탁입니다. 이 이야기에 대해서는 이제 그만 말했으면 합니다. 그리고 제가 지금 한 말의 진실을 믿어주시길 바랍니다. 제가 지금까지 드린 말씀은 제 약혼자라면 반드시 들을 권리가 있습니다. 제게 뼈를 깎는 고통이 온다고 하더라도 말입니다. 관대함으로 절 용서해 주시고 명예로서 비밀을 지켜주시길 바랍니다."

"제게 한 당신의 고백은 신성한 것입니다. 그리고 그 두 부탁은 반드시 지켜질 것입니다."

그는 정중히 말하고 난 뒤, 마치 더 듣고 싶은 듯 말없이 로라를 응시했다.

"이제 더는 드릴 말씀이 없습니다. 이걸로 경께 약혼을 파기할 충분한 근거를 드렸다는 생각입니다."

"너무도 소상히 말씀해 주셔서, 이제 이 약혼을 끝까지 지키는 것이 제 가장 고결한 의무가 되어 버렸군요."

이렇게 말하면서 그는 자리에서 일어나 로라에게로 가까이 다가왔다. 로라는 너무 놀란 나머지 자신도 모르게 입가에 짧은 신음을 흘렸다. 로라가 지금까지 한 말들은 그 한 마디 한 마디가 로라의 순결성과 진실성을 고스란히 드러낸 것이었고, 퍼시벌 경으로서는 로라의 완전무결한 순결과 진실성을 마음껏 포식한 것과 마찬가지였다. 로라가 그토록 간절히 의지하고자 했던 그 정직한 행동이 도리어 적이 되어 로라를 무방비 상태로 만들어버린 것이다.

처음부터 이런 결과를 예상 못했던 건 아니다. 다만 사전에 차단할 기회가 없었다. 이제는 기다리는 수밖에 없었다. 그가 잘못 판단하고 있다는 꼬투리를 잡을 만한 말이 그의 입에서 나오기를 간절히 바랄 뿐이었다.

"페어리 양, 당신은 내게 당신을 포기할지 말지 선택권을 일임했습니다. 그리고 저는 스스로가 세상에서 가장 순결한 여성임을 입증한 여인을 포기할 만큼 멍청하지 않습니다."

온화함과 연민, 열정과 세심함이 조화를 이룬 그의 말과 태도는 너무 완벽했다. 마침내 정신을 차린 로라는 얼굴을 꼿꼿이 쳐들고 잃었던 기력을 되찾은 듯 단호하게 온 힘을 다해 울부짖었다.

"안 됩니다! 사랑 없는 결혼 생활에 자신을 맡긴다는 건 그야말로 비참한 일입니다."

"아내의 사랑을 얻는 것이 그 남편의 최고 과제가 되어도 그럴까요?"

"경께서 이 결혼을 계속 주장하시고, 제가 충실한 아내로 남아줄 것을 계속 고집하신다면 그렇게 따라야겠죠. 하지만 안 됩니다. 그래선 안 됩니다. 제 마음을 제가 이토록 잘 아는데 어찌 그럴 수가 있겠습니까!"

로라가 떳떳하게 말하는 순간, 그 연약한 모습에서 나오는 당당함은 뿌리칠 수 없을 정도로 아름다웠다. 아마 그 어떤 남자라도

213

로라에게 반감을 품고 차갑게 돌아설 수 없었을 것이다.

나는 퍼시벌 경에게 차갑게 대하려고 노력했다. 또 그렇게 말하려고 했다. 하지만 여자의 모성애란 어쩔 수 없다. 나는 어느덧 그를 동정하고 있었다.

"나는 당신의 진실과 신의를 영광스럽게 받아들일 것입니다. 당신이 내게 보내는 마음이 아무리 작다 해도, 세상 어느 여자의 깊고 크나큰 마음보다 내게는 더 소중합니다."

로라의 왼쪽 손은 여전히 내 손을 쥐고 있었다. 하지만 오른손은 어디에 두어야 할지 몰라 허공을 더듬고 있었다. 그때 그가 그 손을 살며시 쥐고 자기 입술로 당겼다. 키스라기보다는 차라리 절을 하는 것처럼 그 손에 입술을 맞추었다. 그런 후 빈틈없는 예의와 자로 잰 듯한 태도로 조용히 방에서 물러갔다.

그가 떠난 뒤 로라는 한 마디 말도 하지 않고 미동조차 없었다. 그저 내 손을 잡은 채 멍하니 바닥에만 시선을 두고 있었다. 말을 걸어도 소용없다는 걸 알았으므로 말없이 안아줄 수밖에 없었다.

얼마나 오래 있었을까. 점점 침묵이 나를 짓누르기 시작했다. 나는 견디다 못해 분위기를 바꿔보려고 부드럽게 말을 건넸다. 내 목소리에 로라는 갑자기 깨어난 것처럼 화들짝 내 품에서 몸을 빼더니 벌떡 몸을 일으켰다.

"난 복종해야 하고, 할 수 있을 거야. 이제부터 내 인생은 견디기 힘든 의무의 나날이 될 거야. 그리고 오늘이 그 첫날이야."

로라는 창가 옆 탁자로 가서 탁자 위에 놓인 그림 도구들을 정성껏 주워 모아 장식장 서랍 속에 집어넣었다. 그리고 서랍을 잠근 뒤 열쇠를 나에게 내밀었다.

"그 사람을 생각나게 하는 건 뭐든 멀리해야 돼. 열쇠는 언니가 보관해 줘. 다시는 찾을 일이 없을 거야."

그리고는 내가 말을 꺼내기도 전에 책장 쪽으로 몸을 돌려 하트라이트 씨의 그림이 담긴 그림첩을 꺼냈다. 잠시 머뭇거리다가 그림첩을 가만히 어루만지고 입술로 가져가 입을 맞추었다.

"오, 로라!"

나는 화가 나서 나무라는 게 아니었다. 내 목소리와 가슴에는 슬픔만이 넘쳐흘렀다.

"이게 마지막이야, 언니. 마지막 인사는 해야지."

로라가 그림첩을 탁자 위에 놓았다. 그리고 머리를 고정시켰던 핀을 풀었다. 비할 데 없이 아름다운 머리카락이 등과 어깨를 지나 허리 주변에 출렁거렸다. 로라는 그 머리칼을 가느다랗게 한 묶음 쥐고 자른 다음, 둥글게 말아 그림첩 맨 앞 페이지에 핀으로 고정시켰다. 그러고는 잠깐의 지체도 없이 그림첩을 닫아 내 손에 넘겨주었다.

"언니, 그 사람과 편지를 주고받지? 내가 살아 있는 동안 그 사람이 혹시 내 안부를 묻거든 잘 있다고 해줘. 내 불행을 알려서 그 사람 마음 아프게 하면 안 돼. 그러니까 꼭 잘 살고 있다고 말해야 해. 만일 내가 먼저 죽으면 약속해 줘, 이 작은 그림첩을 그에게 전해 주겠다고. 내 머리카락이 들어 있는 이 그림첩을 말이야. 내가 세상에서 사라지면 그때는 아무 죄가 안 될 거야. 이 머리카락을 내 손으로 직접 잘랐다고 말해도, 직접 내 손으로 여기에 넣었다고 말해도……. 그리고 언니, 나 대신 꼭 말해 줄래? 절대 내 입으로 할 수 없는 말, 대신 해줄래? 그럴 거지? 그 사람 사랑했다고."

로라가 두 팔을 내 목에 두르며 속삭인 이 마지막 말에는 여자만이 느낄 수 있는 열정적인 환희가 배어 있었다. 심장이 무너지는 기분이었다. 깊은 어둠 속에 갇혀 있던 사랑의 표현이 모든 구속을 내던지고 폭죽처럼 터진 것이다. 로라는 광적인 희열에 휩싸여 온몸을 소파에 내던졌다. 마침내 그녀는 주체할 수 없는 울음을 터트렸다.

나는 로라를 달래려 했지만 부질없다는 것을 알고 있었다. 결코 잊혀지지 않을 하루가 막을 내리고 있었다. 로라의 울음 바다도 서서히 지쳐서 말라갔다. 오후의 온기가 로라를 깊은 잠으로 안내했다. 나는 그림첩을 눈에 띄지 않는 곳에 숨겼다.

로라가 눈을 떴을 때 나는 평온한 얼굴을 유지하려 노력했다. 우리는 남은 시간 동안 약속이라도 한 듯 더는 이 이야기를 하지 않았다. 퍼시벌 경의 이름도 거론하지 않았고, 하트라이트 씨에 대한 암시도 더는 없었다.

11월 10일

아침이 되자 로라도 평온을 되찾고 본래 모습으로 돌아온 듯했다. 나는 어제의 아픈 얘기를 끄집어내지 않을 수 없었다. 생각할수록 황당하기 그지없는 결론이었다.

나는 로라에게 이대로 끝내서는 안 된다고, 퍼시벌 경과 페어리 삼촌이 함께 한 자리에서 내가 너를 대신해 네 입장을 정확히 전달하겠다고 말했다. 더도 말고 덜도 말고 있는 그대로의 진심을 정확히 밝혀야 한다고 말이다.

로라는 다그치는 나를 부드럽지만 단호한 어조로 가로막았다.

"어제에 모든 걸 맡겼어. 그리고 어제의 운명이 이미 결정을 내렸잖아. 다시 돌이키기에는 너무 늦었어."

오후에 퍼시벌 경이 내게 어제 일에 대한 생각을 말해 왔다. 로라의 숨김없는 솔직함에 로라의 순결함과 진실성을 확신하고 감복을 받았다는 것이다. 그리고 한순간이라도 부질없는 질투심은 없었다고 말했다. 또한 자신도 그 불행한 애정 관계를 몹시 개탄하고 있지만 약속하건대 그 문제는 과거에 몰랐던 것처럼 앞으로도 없던 일로 하겠다고 했다. 또한 그 확언을 증명이라도 하듯이 그 문제에 아무 관심도 보이지 않았다. 근래의 일인지 오래된 일인지, 그 남자는 누군지조차 전혀 물어보지 않았다. 미심쩍은 부분들은 어제 로라의 모든 고백으로 충분히 해결되었으며, 이제는 그 문제에 대해서는 조금도 더 듣고 싶지 않은 게 솔직한 심정이라고 했다.

그는 그렇게 말하고는 잠시 나를 바라보았다. 순간 이상한 적대감이 생겨났다. 뭔가 이유 없는 적대감이었는데, 문제를 캐묻지 않겠다고 해놓고 내 충동적인 답변을 기대하고 있는 건 아닌가 하는 느낌이 들었다.

나는 괜한 잡념이려니 치부하고 그 부분은 입을 다물기로 다짐했다. 하지만 내 입으로 로라의 하소연을 대신할 기회는 놓치지 않았다. 나는 과감하게 말했다. 한편으로는 아쉽다고, 당신이 좀 더 큰 아량을 베풀어 차라리 로라를 자유롭게 해주지 않은 게 아쉽고 후회스럽다고 말이다.

그러나 그는 상대를 무장 해제시키는 천연덕스러운 아량을 다시금 발휘했다. 그는 정중하게 나에게 다음의 차이점을 잘 헤아려줄 것을 요구했다. 그의 말은 이러했다.

그는 로라가 자기를 버리는 것과 자신이 로라를 포기하는 것 사이에는 차이가 있다고 했다. 만일 로라가 자신을 포기한다면 그것은 자기만 받아들이면 되는 일이지만, 후자의 경우는 자기 스스로 자신의 귀중한 희망을 죽이는 일이라고 했다. 어제 로라가 보여준 행동이 지난 2년 동안의 변치 않는 사랑을 더 굳게 만들어 버려서, 이제 그런 감정에서 벗어나는 건 상상조차 할 수 없게 됐다는 것이다. 한 마디로 로라에게 완전히 빠져버렸다는 뜻이었다.

나는 아연실색하지 않을 수 없었다. 그제야 나는 그가 철저하게 이기적이고 나약하며, 자신이 그토록 찬미해 마지않는 여인에 대해 사실상 누구보다도 냉정하게 구는 남자라고 확신하게 되었다. 더군다나 그는 빠져나가기 어려운 질문으로 나를 더 옥죄기 시작했다.

"죽을 때까지 상대로부터 인정받지 못한 채 심장에 박힌 사랑을 고통스레 짊어지고 평생을 홀로 지내는 게 좋겠습니까? 아니면 자신의 걸음마다 놓인 발자국마저 숭배하는 남자와 결혼해 사는 게 더 좋겠습니까?"

그러면서 후자의 경우는 희박하긴 해도 시간이 흐르면 문제가 해결될 가능성이 있지만, 로라 자신도 인정했듯이 전자의 삶에는 그 어떤 희망의 그림자조차 없다고 강조했다.

결국 나 역시 그렇게 답할 수밖에 없었다. 그 주장이 설득력 있다고 느껴서라기보다는 내 세 치 혀도 어쩔 수 없이 여자에 속했기 때문이다. 또한 퍼시벌 경이 무슨 대답이든 하지 않으면 안 될 상황으로 나를 몰아붙였기 때문이다.

한 가지 명백한 점이 있었다. 어제 로라가 털어놓은 말들은 퍼시벌 경에게 유리한 선택을 할 수 있는 여지를 제공했다. 그는 지금 그것을 철저히 이용하고 있었다. 나는 그렇게 확신했고, 지금 내 방에서 이 글을 쓰는 이 순간도 그 확신에 변함이 없다.

이제 유일한 희망은 그의 말대로 그가 거역할 수 없는 사랑의 힘 때문에 로라를 버리지 않았기를 바라는 것, 그것만큼은 진심이기를 바라는 것뿐이었다.

일기를 마치기 전에 기록해 둬야 할 것이 하나 더 있다. 불쌍한 하트라이트 씨를 위해 런던에 계신 어머니의 친구 두 분에게 편지를 썼다는 사실이다. 그분들은 상당한 사회적 지위와 힘을 가진 분들이므로 마음만 먹으면 하트라이트 씨의 소원을 별 어려움 없이 해결해 줄 것이다.

나는 로라 다음으로 하트라이트 씨를 걱정한다. 시간이 갈수록 깊은 관심과 연민의 정을 느끼게 된다. 그가 여기를 떠난 후 벌어진 일들로 인해 더더욱 그가 아쉽다.

부디 내 편지가 그를 안전하고 무사한 외국으로 떠나보내는 데

도움이 되었기를 기도한다. 간절한 마음으로, 진심으로 걱정하는 마음으로 그의 모든 주변 일이 잘 마무리되기를 바란다.

11월 11일

퍼시벌 경이 페어리 삼촌과 면담을 가지기로 했다. 곧이어 내게도 그 자리에 참석하라는 전갈이 왔다.

페어리 삼촌은 마침내 "집안의 걱정거리(삼촌은 조카딸의 결혼을 보통 이런 식으로 불렀다)"가 마침내 해결된 것에 매우 흡족한 표정이었다. 그때까지만 해도 나는 삼촌에게 이 결혼에 대한 의견을 말할 생각이 없었다. 하지만 그가 짜증날 정도로 무기력한 태도로 퍼시벌 경이 요청한 날짜에 결혼식을 올리겠다고 말하는 순간, 나는 말로 할 수 있는 가장 강한 반대를 펼쳐 그의 허약한 신경을 괴롭혔다. 로라의 의사에 반하는 그 어떤 서두름도 있어서는 안 된다고 말이다. 그러자 퍼시벌 경도 허겁지겁 내 뜻을 충분히 알겠다고 나를 안도시켰다. 그리고 절대 자기가 먼저 날짜를 잡자고 한 게 아니라고 친절히 말해 주었다.

페어리 삼촌은 천천히 몸을 의자에 기대며 눈을 감았다. 그리고는 퍼시벌 경과 내가 제발 다른 사람 생각도 해주었으면 좋겠다면서, 아무 반대도 없었던 것처럼 애초의 제안을 반복했다. 결국 나는 로라가 먼저 그 문제를 꺼내기 전에는 언급조차 사양하겠다고 차갑게 선언한 뒤 곧바로 자리를 박차고 방을 나왔다. 퍼시벌 경은 당황하고 근심 어린 표정이었다. 페어리 삼촌이 게으른 다리를 발받침대에 쭉 뻗으며 말했다.

"마리안, 네 그 튼튼한 신경이 너무 부럽구나. 문이나 세게 닫지 말거라!"

나는 로라의 방으로 가는 도중에 베시 부인을 만났다. 그녀는 로라가 나를 찾아서 내가 페어리 씨와 퍼시벌 경과 같이 있다고 전했다고 했다. 로라는 나를 보자마자 무슨 이유로 불려갔냐고 물었다. 나는 숨길 게 없었다. 심지어 내 짜증과 원망의 마음마저 감추지 않았다. 그러나 그에 대한 로라의 말은 한없이 나를 우울하게 만들었다. 로라는 거의 상상조차 못할 말을 했다.

"삼촌 말이 옳아. 난 늘 언니와 주변 사람들에게 근심만 끼쳤어. 이제 더 이상 그러지 않을래. 퍼시벌 경이 하자는 대로 그냥 두자, 언니."

나는 차분히 로라를 설득하려고 했지만 요지부동이었다.

"난 이미 약혼에 묶인 몸이야. 지금까지의 나는 잊어야 해. 무작정 미룬다고 그 불행한 날이 오지 않는 것도 아니잖아. 그러지 마, 언니. 삼촌 말이 맞아. 나는 충분히 근심을 일으켰어. 더 그래서는 안 돼."

과거의 로라는 이렇지 않았다. 항상 융통성과 분별력을 지닌 흐르는 물 같았다. 그러나 지금의 로라는 자포자기의 사슬에 묶인 포로처럼 굴었다. 차라리 로라의 면전에 이렇게 쏘아붙이고 싶었다. 차라리 예전처럼 안달복달이라도 했다면 내 마음이 훨씬 가벼웠을 것이며, 네 불행을 훨씬 부담스럽지 않게 짊어졌을 거라고.

그러나 오늘 본 로라는 평소와는 너무도 딴판의 모습, 멍청하리만치 분별력을 상실한 죄인의 모습이었다. 나는 큰 충격에 휩싸였다.

11월 12일

아침식사 도중 퍼시벌 경이 로라에 관해 몇 가지 질문을 던졌다. 그래서 나는 로라의 말을 배달부처럼 그대로 전해 주었다. 달리 방법이 없었다.

우리가 대화를 나누는 도중에 로라가 내려와 자리에 참석했다. 나와 대화를 나눴을 때와 마찬가지로 퍼시벌 경 앞에서도 부자연스러울 정도로 침착함을 유지하고 있었다. 아침식사를 마치고 기회를 보던 퍼시벌 경이 창가의 구석진 곳에서 로라와 단둘이 몇 마디를 나누었다. 2~3분쯤 지났을까, 대화가 끝나자 퍼시벌 경이 내게 다가오는 사이 로라는 베시 부인과 방을 나갔다.

퍼시벌 경은 로라에게 무슨 이야기를 했는지를 이야기해 주었다. 신부의 특권으로 언제든 원할 때 날을 잡아달라고 부탁했다는 것이다. 로라는 그저 알았다고 답했고, 그 문제는 나와 상의해 달라고 했다는 것이다.

정말이지 이제는 이 글을 더 쓸 인내심마저 사라졌다. 결국 퍼시벌 경은 내 안간힘을 무시한 채 자기 뜻대로 완벽한 마침표를 찍었다. 처음 여기 왔을 때 가졌던 목적에서 조금도 어긋나지 않게 자기의 목표를 달성했다.

로라 스스로 자신을 체념의 노예로 만든 이상, 로라에게 남은 것이라곤 무기력함뿐이었다. 그나마 남아 있던 하트라이트 씨와의 추억까지 사라져버린 마당에 그 천성적인 온화함과 다정함도 함께 사라진 듯했다.

이 글을 쓰는 시간은 3시다. 퍼시벌 경은 이미 떠났다. 햄프셔의 집에서 신부를 맞이할 준비를 하기 위해 의기양양한 예비신랑 기분을 내며 신나게 달려가고 있을 것이다. 천재지변이 일어나지 않는 한 두 사람은 올해가 가기 전, 정확히 그가 바라는 날에 결혼할 것이다. 이 글을 쓰고 있는 내 손가락에서 불꽃이 일고 있다!

11월 13일

로라에 대한 불안감 때문에 간밤에 잠을 이루지 못했다. 동이 틀 무렵 나는 결심했다. 로라의 정신을 되돌리려면 다른 환경이 필요하다고 믿는다. 리머리지를 벗어나 옛 친구들의 환한 표정을 보면 무기력한 공황 상태에서 빠져나올 수 있지 않을까?

숙고 끝에 나는 펜을 들어 요크셔에 있는 아놀드 남매에게 편지를 쓰기로 결심했다. 그들은 순박하고 친절하게 우리를 환대해 줄 이들이었고, 로라도 그들을 어릴 적부터 사귀어왔다. 나는 편지를 우체통에 넣은 뒤 로라에게 내 계획을 말해 주었다. 왜 그런 짓을 했냐고, 자기는 안 가겠다고 말이라도 했다면 차라리 마음이 놓였을 것이다. 로라의 말은 이게 다였다.

"언니와 함께라면 어디든 갈게. 그럴게. 언니 말대로 그게 좋을 것 같아."

11월 14일

길모어 아저씨께 편지를 썼다. 이 불행한 결혼이 곧 현실로 이루어질 것이며, 로라를 위해 다른 곳에서 잠시 지내는 게 좋을 것 같다고도 말했다. 마음과는 달리 더 자세히 쓸 힘이 없었다. 시간이 지나면 다 알게 되겠지. 연말 무렵이 되면 다 알게 될 것이다.

11월 15일

내 앞으로 세 통의 편지가 도착했다. 하나는 아놀드 남매의 편지였다. 우리를 다시 만나게 돼서 너무 기쁘다는 내용이었다. 두 번째 편지는 하트라이트 씨의 청을 부탁한 분의 편지였다. 하마터면 놓쳐버렸을 기회가 다행히도 남아 있어 부탁을 들어줄 수 있게 되었다는 내용이었다.

마지막 편지는 하트라이트 씨의 편지였다. 정중하게 감사를 표하는 편지로, 가족과 집과 친구들로부터 떠나게 해줘서 고맙다는 편지였다. 한 재단에서 중앙아메리카의 멸망한 도시들의 발굴 작업을 시작하는데, 리버풀에서 출항할 거라고 했다. 본래 그 작업을 하기로 되어 있던 한 도안가가 마지막 순간 갑자기 마음을 바꾸는 바람에 그 자리를 하트라이트 씨가 대신 맡게 된 것이다.

그의 말에 의하면, 일단 온두라스에 도착해서 여섯 달 동안 머물 것이고, 이후 발굴 작업이 성공적이고 자금이 버텨주면 1년 정도 더 작업을 계속하게 될 것이라고 했다. 모든 준비가 끝나고 항구에서 떠나는 순간에 꼭 작별 전보를 보내겠다는 말과 함께 편지는 끝을 맺었다.

이 문제에 대해 우리 두 사람 모두가 올바른 선택을 했기를 진심으로 바라고 기도한다. 그가 가는 길이 너무 힘든 걸음이 될 것 같아 그의 심정을 떠올리는 것만으로도 가슴이 철렁 내려앉는다. 하지만 그 견디기 힘든 상황 속에 그가 계속 남아 있기를 어떻게 기대하고 바랄 수 있단 말인가?

11월 16일
마차가 문 앞에 대기 중이다. 로라와 나는 오늘 아놀드 남매의 집으로 떠난다.

* * * * *

요크셔, 폴스딘 별장

11월 23일
일주일 동안 이곳의 풍경과 두 남매의 환대가 로라의 상태를 약간은 호전시킨 것 같다. 비록 만족할 정도는 아니지만.

여기서 일주일을 더 보내기로 했다. 리머리지로 지금 돌아가봐야 소용없나. 특별히 돌아가야 할 이유도 없다.

11월 24일
오늘 아침 슬픈 소식이 날아들었다. 지난 22일 중앙아메리카 원정대가 떠났다는 소식이었다. 진정한 남자이자 진실한 친구를 놓쳐 버렸다. 월터 하트라이트 씨가 영국을 떠났다.

11월 25일

어제는 슬픈 소식이, 오늘은 불길한 소식이 연이어 도착했다. 퍼시벌 글라이드 경이 삼촌에게 편지를 보냈고, 이에 삼촌이 즉시 리머리지로 돌아오라는 편지를 보내왔다. 무슨 일일까? 우리가 없는 사이에 결혼 날짜를 정한 걸까?

2

리머리지 가

11월 27일

불길한 예감이 적중했다. 결혼 날짜가 12월 22일로 정해진 것이다. 우리가 폴스딘 별장으로 떠난 다음날, 퍼시벌 경이 페어리 삼촌에게 편지를 쓴 듯했다. 햄프셔에 있는 집을 수리하는 공사가 예정보다 길어질 것 같다는 내용이었다. 정확한 견적은 곧 받아보게 되겠지만, 인부들과 집을 수리할 일정을 의논하고 작업 진행을 원활하게 하려면 결혼식 날짜를 미리 정해야겠다는 내용이었다. 그래야만 날짜에 맞춰 모든 일을 세부적으로 계획하고 실천에 옮길 수 있겠다는 것이다. 덧붙여 그래야만 추운 겨울에 하객이 될 손님들에게도 양해의 편지를 띄울 수 있겠다는 내용도 있었다.

이에 페어리 삼촌은 신랑에게 직접 편한 날짜를 잡아달라고 부탁했고, 물론 조카딸의 승낙이 있어야겠지만 그 정도는 자기도 어렵지 않게 받아낼 수 있다고 말했다. 그러자 삼촌의 편지를 받은 퍼시벌 경은 처음부터 철저히 의도대로 계획된 것이었겠지만 12월

하순이 어떻겠냐고 썼고, 12월 22일이든 24일이든 그건 삼촌이나 신부가 좋을 대로 정하시라고 했다. 그리고 삼촌은 보호자의 신분으로 자기는 22일이 좋다고 했고, 그런 사연으로 우리에게 급히 돌아오라고 편지를 보낸 것이다.

삼촌은 이런 자세한 내용을 내게 설명하더니, 보기 드문 나긋나긋한 음성으로 오늘 이 문제를 상의해서 알려달라고 했다. 거부감이 치밀었지만 부질없는 짓이었다. 로라의 마음까지 굳어진 이상 내 마음대로 할 수 있는 게 없었다.

나는 로라에게 말하겠다고 순순히 답하면서도 한 가지는 분명히 했다. 결코 이 날짜를 따르자고 로라에게 설득 따위는 하지 않겠다고 말이다. 삼촌은 내 태도를 "당당한 마음"이라고 아첨하면서 내 비위를 맞춰주었다. 아마 산책 도중이었다면 "당당한 체력"이라고 혀를 내둘렀을 그런 식의 칭찬 말이다.

한눈에 나는 삼촌이 상당히 홀가분한 기분을 즐기고 있다는 것을 알 수 있었다. 가장으로서 져야 할 또 한 가지 의무를 내게 넘겼으니 말이다.

오늘 아침 나는 로라에게 이 말을 전했다. 그러자 퍼시벌 경이 떠난 뒤 유지하고 있던 일종의 평정심, 아니 무감각함이 온데간데없이 사라졌다. 내가 전한 내용을 감당할 만큼은 아니었던 것이다. 로라는 안색이 창백해지더니 온몸을 부들부들 떨며 외쳤다.

"그렇게 빨리는 안 돼! 오, 언니, 이건 너무 빠르잖아!"

그 정도의 암시면 충분했다. 나는 방을 나가려고 일어났다. 이제 눈앞에는 로라를 위해 삼촌과 일전을 벌일 일만 남아 있었다. 그런데 내가 방문 손잡이를 쥐는 순간, 로라가 황급히 내 옷을 붙잡았다.

"로라, 이거 놔! 삼촌에게 만사를 자기들 마음대로 할 수는 없다는 걸 보여줘야 해!"

로라는 비통하게 한숨을 쉬면서도 붙잡은 옷깃을 놓지 않았다. 그녀는 나약하게 중얼거렸다.

"아냐! 너무 늦었어. 언니, 너무 늦었어."

"조금도 늦지 않았어."

나는 퉁명스럽게 쏘아붙였다.

"시간은 전적으로 여자들 문제야. 나만 믿어. 결혼 날짜는 우리가 정할 문제야."

나는 로라의 손을 뿌리치려고 했다. 순간 로라가 두 손으로 내 허리를 감쌌다. 아까보다 더 단단히 나를 붙잡았다.

"그래봤자 우리만 더 곤란하고 난감해져. 삼촌과 언니 사이만 더 나빠질 거야. 퍼시벌 경에게 좋은 불평거리를 제공해서 여기에 다시 오도록 만들게 될 뿐이야."

"그러면 더 좋지!"

나는 격하게 소리쳤다.

"누가 그 사람 불평에 신경이라도 쓴다니? 넌 아예 그 사람 마음 편하게 해주려고 작정을 했니? 세상에 어느 남자도 우리 여자들에게 희생을 강요할 수 없어. 남자들! 그들은 우리의 순결과 평화를 짓밟는 적들이야. 그들은 우리를 부모님들의 사랑과 형제자매의 우애로부터 질질 끌고 가서 우리 몸과 마음을 자기에게 예속시켜 버리지. 우리의 무기력한 삶을 자기에게 묶어버리는 거야. 마치 사슬로 개를 묶듯이 말이야. 그래서 그 대가로 우리한테 해주는 게 뭔데? 뭐냐고! 가게 놔줘! 생각만 해도 미칠 것 같아!"

연약하고 비참하기 짝이 없는 울분으로 흘러내리는 여자의 눈물이 내 눈에서도 흐르기 시작했다. 로라는 슬픈 미소를 지으며 손수건으로 내 눈물을 닦아주었다. 로라는 나를 대신해 내 유약함을 숨겨주고 있었다. 내가 가장 싫어하는 것이 여자들의 징징대는 눈물이라는 걸 로라도 알고 있었기 때문이다.

"언니, 이거 봐. 이제 언니가 울고 있네. 언니가 말했지. 서로 입장이 바뀌어서 내 눈물이 언니 눈물이었으면 좋겠다고. 언니가 바치는 사랑, 언니가 아끼지 않는 용기와 헌신도 조만간 일어날 일을 바꿀 수 없어. 삼촌 뜻대로 하도록 놔두자. 이제 이 고통과 가슴앓이에서 그만 벗어나자, 언니. 말해 줘, 내가 결혼해도 내 곁에 꼭 있겠다고. 이젠 오직 그 말만 듣고 싶어, 언니."

하지만 나는 다른 할 말이 남아 있었다. 나는 내게도 아무 위안이 안 될 뿐더러 로라마저도 아프게 만드는 보잘것없는 눈물을 얼른 잘라냈다. 그런 후 되도록 차분하게 논리적이고 이치에 맞게 로라를 달래고 설득했다.

그러나 달걀로 바위치기였다. 로라는 몇 번이고 결혼하면 자기와 살아달라는 말만 되풀이할 뿐이었다. 그때 느닷없이 로라가 내 아픔과 고통을 딴 곳으로 돌리는 질문을 던졌다.

"폴스딘 별장에 있을 때 언니가 받은 편지……."

잦아든 목소리로 내 어깨에 얼굴을 파묻으며 표정을 감추려는 태도만으로도 나는 직감적으로 알았다. 말을 멈췄다 다시 하려고 주춤거리는 것만으로도 로라가 말하고자 하는 사람이 누구인지 알 수 있었다.

"로라, 앞으로 다시는 그 사람 얘기 안 하기로 했잖아."

"언니 그 사람 편지 받은 거야?"

로라가 끈질기게 물었다.

"그래, 받았어. 네가 굳이 알고 싶다면야."

"다시 편지 쓸 거야?"

나는 대답을 망설였다. 로리에게 사실을 말하기가 두려웠다. 그가 영국을 떠났다는 말을, 그가 먼 나라로 떠나는 걸 내가 도와주었다는 말을 하기가 두려웠다. 무슨 말을 하겠는가? 그 사람은 향후 몇 달 아니면 몇 년 동안 편지도 안 닿는 먼 타국으로 가버렸는데. 나는 입을 열었다.

"그래, 내가 그 사람에게 다시 편지를 쓴다 치자. 그럼 어쩔 건데, 로라?"

내 목에 닿은 로라의 뺨이 뜨겁게 달아올랐다. 나를 감싸고 있던 두 팔이 떨리면서 더 나를 힘차게 껴안았다. 로라는 속삭였다.

"그 사람에게 결혼 날짜 말하지 마. 내 이름조차도 말하지 마."

나는 그러겠다고 약속했다. 그러면서 마음이 슬픔으로 가득 차올라 참기가 힘들었다. 로라는 재빨리 내 허리에서 손을 거두고 창가 쪽으로 향했다. 내게서 등을 돌린 채 창밖만 바라보았다. 잠깐 뒤 얼굴을 돌리지 않고 다시 말했다.

"언니, 삼촌 만나러 갈 거지? 난 날짜는 상관하지 않는다고 전해 드려. 나는 걱정 마. 괜찮아질 거야. 조금 있으면 괜찮아질 거라고."

복도로 나오자마자 문득 이런 생각이 떠올랐다. 만일 손가락 하나를 살짝 올려 퍼시벌 경과 페어리 삼촌을 영원히 이 지구상에서 사라지게 할 수만 있다면 후련하게 손가락을 올리겠다고. 정말이지 찰나의 망설임도 없이 그러겠다고. 다시 한 번 못된 성질이 스물스물 솟았다. 그래, 울어버리겠다. 미친 듯이 하늘이 무너지고 땅이 꺼지도록 엉엉 울어버리겠다. 그 눈물이 지금 나를 태우는 이 분노의 불길을 깡그리 잠재울 수만 있다면 말이다.

그러나 현실은 그렇지 못했다. 나는 페어리 삼촌에게 정신없이 달려갔다. 그리고 최대한 거친 목소리로 그를 향해 외쳤다.

"로라가 22일에 동의했어요!"

그리고 대답도 기다리지 않고 들어왔던 속도로 또 다시 방을 나갔다. 거기다 문까지 부서져라 닫았다. 페어리 삼촌의 말라빠진 신경이 박살나 버리기를 바라고 또 바라면서 말이다.

11월 28일

오늘 아침 불쌍한 하트라이트 씨의 작별 편지를 다시 한 번 읽었다. 과연 이 사실을 로라에게 숨기는 게 옳은지 의심이 들었다.

그러나 다시 생각해도 내 행동은 옳았다. 로라가 이 편지를 읽고 그가 중앙아메리카로 떠났다는 걸 알게 된다면 필경 불편한 마음에 빠질 것이며, 그런 상황이 또 로라를 어떤 상태로 몰아넣을지 몰랐다.

게다가 우리를 잊기 위해 떠난 그가 지금 악천후와 미개인들과 맞서고 있다는 사실을 알면, 그것이야말로 로라를 불행으로 몰아넣는 가혹한 고백이 될 것이다. 굳이 알 필요도 없는데 그래야 할까? 한 걸음 더 나아가 아예 편지를 태워 없애야 하는 건 아닐까? 그와 나 사이에 평생의 비밀로 간직해야 할 이 내용들이 엉뚱한 타인의 손에 넘어가기라도 한다면?

그 타인이란 비단 로라만 뜻하는 게 아니었다. 끔찍하고 확고한 그의 언급, 리머리지를 떠난 후 계속 누군가에게 감시당하고 있다는 말이 바늘 끝으로 찌르는 듯 다가왔다.

그는 수상한 두 사람이 런던 거리에서 그를 쫓아왔고, 원정대가 리버풀에서 모였을 때도 쫓아왔고, 심지어 보트를 탔을 때도 뒤에서 "앤 캐서릭"이라고 말하는 소리를 정확히 들었다고 말했다. 그의 말을 옮겨보겠다.

이 사건에는 분명 감춰진 비밀이 있고, 반드시 모종의 결과가 있을 것입니다. 앤 캐서릭의 수수께끼는 아직 완전히 해결된 게 아닙니다. 내 입장에서는 더는 그녀와 만날 일이 없겠지요. 하지만 당신에게 만일 그 여자가 모습을 드러낸다면, 일전의 저처럼 조심성 없이 굴지 마시고 충분히 비밀을 밝혀내야 할 것입니다. 나는 지금 큰 확신으로 말씀드립니다. 바라건대 내 말을 항상 명심해 주십시오.

이것이 그가 쓴 글이었다. 내가 그의 말을 잊을 리는 하늘이 두 쪽 나도 없을 것이다. 하지만 이 편지를 간직하는 건 위험했다. 낯선 자의 손에 넘어갈 확률을 결코 배제할 수 없었기 때문이다. 여기까지 생각이 미치자 입술이 타고 목이 말랐다. 지금 당장 태워 없애는 게 나을 것 같았다. 걱정은 줄일수록 좋으니까.

그의 편지가 불타기 시작한다! 마지막 편지일지도 모를 그의 편지가 화로 위에 재로 변해 있다. 이것이 우리의 슬픈 이야기의 종착역인 걸까?

아직은, 아직은 그러기에 너무 이른 것 같다.

11월 29일

결혼 준비가 시작되었다. 오늘 예복을 만들 의상사가 집으로 왔다. 평생 한 번 입을 결혼 드레스인 만큼 보통 여자들이라면 호들갑스럽고 야단스럽게 이래 달라 저래 달라 요구하는 게 당연했다. 그러나 로라는 아무 관심 없이 고개만 끄덕인다. 모든 걸 의상사와 내게 일임해 버렸다.

만일 하트라이트 씨가 준남작이자 로라의 아버지가 점지한 신랑이었다면 얼마나 천진난만하게 요란을 떨었을까! 얼마나 부산을 떨고 변덕을 부렸을까! 로라의 요구를 들어주느라 의상사는 얼마나 녹초가 되어 떠났을까!

11월 30일

매일 퍼시벌 경에게서 편지가 온다. 가장 최근의 소식은 집을 새로 수리하고 뜯어고치는 데 대략 넉 달에서 여섯 달이 소요될 것이라는 내용이었다. 페인트공과 도배장이와 실내 장식업자들이 집뿐만 아니라 그 안에 행복까지도 만들어낼 수 있었다면 아마 이 모든 얘기에 관심을 가졌을 것이다. 하지만 전혀 관심이 없다. 그러던

중 고민과 생각을 불러일으키는 구절이 눈에 띄었다. 신혼여행에 대한 내용이었다.

퍼시벌 경은 올겨울이 유난히 춥고 지독한 겨울이 될 테니 이탈리아 로마에서 내년 초여름까지 보내겠다고 했다. 만일 싫다면 비록 자신은 도시에 적응이 안 된 사람이지만 런던의 잘 가꿔진 별장에서 보내는 것도 좋겠다고 했다.

내 견해나 감정 없이 객관적으로 보더라도 전자가 더욱 바람직한 건 틀림없었다. 어차피 어디로 가든 신혼여행 동안은 로라와 떨어져 있어야 했기 때문이다.

물론 외국으로 가면 런던에서 지내는 것보다 더 긴 이별이 될 것이다. 하지만 그런 불편을 감수해야 할 이유가 있었다. 로라에게는 무엇보다 활기와 새로운 삶의 풍경이 절실했다. 세상에서 가장 멋지고 온화한 곳에서 보내는 그 시간이 영양실조에 빠진 로라의 삶에 필요한 기운을 불어넣어 줄지도 몰랐다.

로라는 체질적으로 런던의 전통적인 번잡함과 역동성이 맞지 않았다. 그곳은 결혼에 대한 중압감만 더 안겨줄 것이다.

나는 지금 글로 표현하는 이상으로 로라의 결혼에 대해 두려움을 느끼고 있다. 해외에서 시작한다면 일말의 희망이라도 있겠지만 런던이라면 정말 가망이 없을 것이다.

내 일기의 마지막을 이렇게 장식하다니 묘한 일이다. 로라의 결혼과 로라와의 이별을 마치 사람들이 매일 벌어지는 일을 무덤덤하게 적듯이 쓰고 있다니, 로라의 앞날을 대못으로 박은 것처럼 바꾸기 어려운 것처럼 보고 있다니 참으로 몰인정하고 쌀쌀맞다는 느낌이 든다.

시간은 자꾸 다가오는데 무슨 다른 방법이 있겠는가? 새로운 달이 우리 머리 위로 지나가기도 전에 이제 로라는 '나의 로라'가 아닌 '그의 로라'가 될 것이다.

퍼시벌 경의 로라! 나는 아직도 이 이름이 가져올 파장을 실감하지 못하고 있다. 그저 멍해져서 쓰러질 것 같은 기분이다. 그녀의 결혼에 대해 쓰는 이 글이 마치 그녀의 죽음에 대해 쓰는 글 같다.

12월 1일

슬프고 슬픈 하루였다. 자세한 설명을 하기 어려울 정도로 슬프다. 그간 일주일이나 미뤄두었던 신혼여행 얘기를 오늘 아침 로라에게 말해 주었다.

이 가여운 아이는 내가 어디를 가거나 함께 할 것이라는 흔들리지 않는 확신을 가지고 아주 흡족해 했다. 피렌체와 로마와 나폴리를 본다는 기대에 거의 행복감마저 느끼는 듯했다.

로라로 하여금 차가운 현실과 마주치도록 해야 한다는 것에 가슴이 도려낼 듯 아팠다. 나는 힘을 내서 현실을 직시하라고 말했다. 세상 어떤 남자도 결혼을 시작할 때 연적을 용납하지 않는다고. 심지어 그 대상이 여자라도 마찬가지라고 말이다.

나는 그녀를 달랬다. 한 지붕 밑에서 평생을 같이 사는 게 우리의 궁극적인 목표라면 절대 퍼시벌 경의 질투나 불신을 유발해서는 안 된다고 말이다. 더군다나 그녀의 가장 은밀한 비밀이 될 신혼여행에서 내가 속속들이 들여다보는 염탐꾼이 되어서는 절대 안 된다고 말이다.

나는 그녀의 순결하고 티 없는 영혼과 마음속으로 한 방울 한 방울 세속적 지혜의 쓰라린 물방울을 떨어뜨렸다. 이 고된 작업을 계속할수록 내 고결한 감정들도 점점 더 숨을 죽였다.

이제 모든 작업이 끝났다. 로라는 냉엄하고 불가피한 수업을 마쳤다. 소녀의 순진한 환상이 내 손에 의해 거두어졌다. 그것이 퍼시벌 경의 손이 아니라 내 손이라는 것이 다행이었다. 그것이 그나마 나를 버티게 한 유일한 위안이었다.

그렇게 해서 퍼시벌 경의 첫 번째 제안이 채택되었다. 두 사람은 이탈리아로 떠날 것이다. 그리고 나는 퍼시벌 경의 허락을 전제로 그들이 긴 신혼여행을 마치고 돌아오면 마중을 나가고, 그들과 함께 살 준비를 하게 될 것이다. 내 인생 처음으로 남에게 부탁하는 꼴이 되는 셈이다. 그것도 내가 세상에서 가장 손을 벌리고 싶지 않은 사람에게.

좋다! 까짓것 로라를 위하는 일인데 뭐가 대수인가.

12월 2일

뒤돌아보면 나는 항상 퍼시벌 경을 경멸스럽게 대했던 것 같다. 이제 앞으로 살아갈 일들이 눈앞에 펼쳐진 이상 그에 대한 이 적대감도 뿌리를 뽑아야 한다. 대체 이런 감정이 어떻게 내 안에 자리 잡게 되었을까. 그 전에는 결코 없었던 감정들이 말이다.

로라가 그와의 결혼을 내키지 않아 해서? 하트라이트 씨의 사랑으로 상처받은 감정에 나도 모르게 동화된 걸까? 퍼시벌 경의 충분한 설명과 진실을 담고 있는 모든 증거까지 손아귀에 쥐었음에도 여전히 앤 캐서릭의 편지가 내 무의식 속에서 불신을 조장하고 있는 걸까?

한 가지는 분명했다. 의무감에 의해서라도, 이제부터는 퍼시벌 경에게 부당한 불신을 가지고 잘못을 범해서는 안 된다는 점이다. 만일 그를 나쁘게 표현하는 것이 일종의 습관이 되었다면, 이제부터라도 그 습관을 내 힘으로 끊어내야 한다. 결혼식이 끝날 때까지 일기를 쓰지 않는 한이 있더라도 말이다.

나는 지금 나 사신에게 아주 실망했다. 오늘은 그만 써야 할 것 같다.

12월 16일

두 주가 훌쩍 지났다. 그 사이 나는 한 번도 일기장을 펴지 않았다. 일기장을 멀리하면서 퍼시벌 경에 대해 좀 더 건전하고 나은 마음 상태를 가질 수 있게 되었다. 이 정도면 일기를 다시 펼쳐도 될 것 같다.

지난 2주 동안 특별히 기록할 만한 일은 없었다. 신부 드레스도 거의 마무리되었고, 주문한 새 여행 가방도 런던에서 도착했다. 가여운 로라는 종일 한시도 내 곁을 떠나지 않았다. 지난 밤 우리 둘 다 잠을 이루지 못할 때 그녀가 내 침대로 파고들었다.

"언니, 이제 곧 언니랑 떨어지겠지. 여기 있는 동안만이라도 가까이 있고 싶어."

결혼식은 리머리지 교회에서 하기로 했다. 다행히도 동네 이웃들은 예식에 초대하지 않았다. 유일한 하객이 있다면 우리 가문의 오랜 친구인 아놀드 씨 정도였다. 그는 로라의 손을 잡고 입장하는 역할을 맡기로 했다. 삼촌은 이 엄동설한의 날씨에 바깥 외출이 내키지 않은 모양이었다.

만일 내가 오늘부터 사물의 밝고 긍정적인 부분만 보겠노라고 결심하지 않았다면, 로라 일생의 가장 중요한 결혼식 날에 남자 친척이 한 명도 없다는 사실로 인해 미래에 대한 우울한 예감을 느끼고 초조해했을 것이다. 하지만 나는 이미 그런 것들과 작별을 고했다.

퍼시벌 경은 내일 도착할 예정이었다. 그는 우리가 격식을 지키기를 원한다면 교구 목사에게 편지를 써서 결혼 전 리머리지에 머무르는 동안 사제관에서 지내게 해달라고 부탁하겠다고 제안했다. 그러나 여러 사정으로 볼 때 나나 페어리 삼촌이나 그런 사소한 격식이나 형식에 굳이 얽매일 필요가 없었다. 황무지 시골에서 더구나 이렇게 넓은 저택에서라면 다른 지역들에서 신경 쓰는 사소한 관행 때문에 굳이 사서 고생을 할 필요가 전혀 없었다.

나는 퍼시벌 경에게 답장을 써서, 신랑으로서의 격식은 고맙지만 마음만으로도 충분하니 부디 리머리지 가에서 그가 사용했던 방에 묵어달라고 당부했다.

12월 17일

그가 오늘 도착했다. 짐작대로 약간 초췌하고 근심 어린 얼굴이었지만 여전히 세상에서 가장 호쾌한 말투와 웃음을 보여주었다. 그는 보석류의 아름다운 선물을 가져왔다. 로라는 위엄을 갖추고 기품 있는 태도로 그 선물을 받았다. 로라가 이 시련의 순간 냉정함을 유지하기 위해 심리적 투쟁을 벌이고 있음을 엿볼 수 있는 징후는 오직 하나, 혼자 있으려 들지 않는다는 것뿐이었다.

로라는 왠지 방에 혼자 가기가 두려운 듯했다. 오늘 내가 점심식사를 끝내고 산책을 하려고 모자를 가지러 위층으로 가는데 함께 가겠다고 했다. 또한 저녁식사 전에 옷을 갈아입는 중에도 나와 자기 방을 잇는 문을 열어놓고 옷을 갈아입었다. 계속 뭔가를 말하고 나를 쳐다보면서 말이다.

"항상 누군가와 함께 있게 해줘. 내게 생각할 틈을 주지 마. 이게 내 유일한 부탁이야, 언니. 내가 아무 생각도 못하게 해 줘."

이 고달픈 싸움은 결국 퍼시벌 경과 동석하는 자리만 늘어나는 결과를 가져왔다. 나는 로라의 속을 넉넉히 알고도 남건만 그는 그 변화를 자기 입맛대로 해석했다. 로라의 두 볼에는 열띤 홍조가 일고 두 눈에는 초조한 빛이 일었는데, 그는 이것을 그녀의 아름다움이 되돌아온 것으로 여기고 환영하는 눈치였다.

저녁식사 시간이 되자 로라는 거칠 것 없이 입에서 나오는 대로 떠들었다. 조용히 그녀의 입을 막고 데리고 나가고 싶을 정도였다. 그러나 퍼시벌 경의 즐거움과 놀라움은 이루 말할 데 없었다. 도착했을 때 보였던 근심 걱정의 표정은 온데간데없이 사라지고, 실제

나이보다 10년은 젊어 보였다.

　내 고집스러운 성격이 애써 눈을 가렸기 때문일까, 사실 한 가지는 의심의 여지가 없다. 로라의 미래의 남편은 누가 봐도 잘생긴 남자였다. 잘생긴 외모는 언제나 점수를 따고 들어가는 법인데 바로 그가 그런 것들을 갖추고 있었다. 밝은 갈색 눈동자는 여자든 남자든 대단한 매력이 아닌가. 그는 그것을 갖고 있었다. 대머리조차 그의 경우에는 오히려 보기가 좋았다. 이마 높이를 올려 지성미를 더해 주기 때문이다. 우아하고 자연스러운 행동, 지칠 줄 모르는 활력, 자신만만하고 유연하며 상대를 압도하는 화술, 이 거역할 수 없는 장점들을 그는 죄다 가지고 있었다.

　이런 모습들을 감안할 때, 로라의 비밀을 모르는 길모어 아저씨가 로라의 거부감을 보고 놀란 것도 당연했다. 길모어 씨뿐 아니라 누구라도 똑같이 느꼈을 것이다.

　이 순간 누군가 퍼시벌 경의 결점을 말해 보라고 한다면 겨우 두 가지 정도를 지적할 수 있을 뿐이다. 하나는 쉴 새 없는 부산함과 흥분하는 기질인데, 아마 별나게 의기충천한 성격 탓일 것이다. 또 다른 하나는 하인들을 대하는 짧고 퉁명스럽고 날카로운 태도인데, 이 역시 결국 사소한 버릇이지 않은가.

　그래서는 안 된다. 이런 것까지 불평할 순 없다. 퍼시벌 경은 아주 잘생겼고 호감 가는 인물이다.

　됐다! 마침내 이렇게 죄다 적었다. 의무를 다 마치고 나니 속이 시원하다.

12월 18일

　오늘 아침은 지치고 울적해서 로라를 베시 부인에게 맡기고 홀로 정오 산책을 나갔다. 최근 들어 산책을 자주 못하고 있었다.

　나는 황무지를 가로질러 토드 코너 농장으로 가는 건조하고 널찍한 길을 택했다. 약 30분 정도 걸었을까, 농장 쪽 길에서 퍼시벌 경이 오고 있는 걸 발견하고 깜짝 놀랐다.

그는 빠른 걸음으로 걸어오고 있었다. 지팡이를 크게 휘저으며 고개를 평소처럼 꼿꼿이 세운 채였다. 단추를 푼 사냥용 외투가 바람에 휘날리고 있었다. 그는 내가 질문을 던지기도 전에 방금 토드 코너에 다녀오는 길이라고 했다. 농장 부부에게 앤 캐서릭의 소식이 없었는지 물었다는 것이다.

"당연히 아무 소식도 없었겠죠?"

"아무 소식도 없었다는군요. 완전히 놓쳐 버렸다는 생각이 듭니다."

그는 내 얼굴을 유심히 살펴보면서 계속 말했다.

"혹시 그 그림 교사인 하트라이트인가 하는 양반이 뭔가 정보를 전해 주지 않았습니까?"

"그 사람은 여기를 떠난 뒤로 그 여자에 대해서는 듣지도 보지도 못했답니다."

"거 참!"

그가 매우 낙담한 듯 말했다. 그런데 동시에 왠지 안도하는 표정도 함께 스쳐 지나갔다.

"그 불쌍한 아이에게 불행한 일이 벌어지지 않았다고 장담할 수 없는 상황이군요. 정성을 다해 치료와 보호를 해주려 했는데 일이 이렇게 되고 말았습니다."

이번에는 정말로 실망한 것 같았다. 나는 몇 마디 위로를 건넨 뒤 집으로 돌아오면서 다른 화제를 꺼냈다.

산책 중의 우연한 만남에서 보여준 이 모습도 분명 그의 또 다른 훌륭한 면모를 증명하는 것이다. 결혼식을 불과 며칠 앞둔 새신랑이 몸소 마차도 없이 먼 길을 혼자 다녀온다는 건 앤 캐서릭을 염려하는 헌신적인 배려가 아니면 하기 힘든 일이었다. 이때쯤이면 로라와 어울려 시간을 보내기에도 모자랄 텐데 말이다.

나는 그가 순수한 자비심으로 그랬으리라 생각하면서 그의 남다른 너그러운 마음씨를 눈여겨보려 했다. 그게 맞다면 그는 남다른 칭찬을 받을 만한 사람일 것이다. 그냥 그의 아량에 박수를 보내자. 이걸로 생각은 끝이다.

12월 19일

오늘은 광맥처럼 무한한 퍼시벌 경의 미덕을 거듭 발견한 날이다. 사실 나는 두 사람이 신혼여행을 마치고 영국으로 돌아오면, 그때 기회를 봐서 내가 한 지붕 아래 살아도 되느냐고 문제를 꺼낼 작정이었다.

그런데 내가 채 말을 끝맺기도 전에 그는 따뜻하게 내 손을 쥐고서는 이렇게 말했다. 자기가 부탁하려던 걸 내가 먼저 해줘서 고맙다는 것이다. 나야말로 다른 누구보다도 사랑하는 아내를 안전하게 지켜줄 수 있는 사람이라는 것이다. 그는 지금까지 늘 로라의 곁을 지켜왔듯이 결혼 후에도 부디 그녀의 곁에서 보호자 역할을 맡아달라고 부탁했다. 그리고 내가 자신에게 평생의 은혜를 베풀었다고 고마워했다.

나는 그의 사려 깊은 친절에 대해 우리 두 사람의 이름으로 감사를 전했다. 그리고 곧이어 신혼여행 이야기를 시작했다. 로마에 있는 영국의 사교 모임에 로라를 소개하는 것과 관련한 이야기였다.

그는 이번 겨울 신혼여행 동안 외국에서 만나게 될 친구들의 이름을 나열하기 시작했다. 대부분이 영국인이었다. 단 한 사람, 포스코 백작을 제외하고 말이다.

포스코 백작 부부를 거기에서 만나게 될 것이라는 말을 듣자 처음으로 두 사람의 결혼이 긍정적으로 느껴졌다. 이전까지만 해도 포스코 부인은 로라에게 고모 노릇을 제대로 하지 못했다. 고인이 된 로라의 아버지가 남긴 유언 문제를 두고 스스로 더는 로라의 고모가 아니라고 선언해 왔기 때문이다.

하지만 이제는 그녀도 그 생각을 꺾을 수밖에 없을 것이다. 퍼시벌 경과 포스코 백작은 오랜 친구 사이였기 때문이다. 따라서 그들의 아내들도 이제는 서로 예의 바른 관계를 유지하지 않을 수 없을 것이다.

처녀 시절의 포스코 부인은 내가 이제껏 만난 여자 중에 가장 오만불손한 여자였다. 혀를 내두를 정도로 변덕스럽고 불평불만이 많고 기막힐 정도로 허영 덩어리였다. 만일 그녀의 남편이 그녀를 제정신으로 만든 거라면, 그는 우리 친척들 모두에게 감사의 말을 들어도 충분했다. 아마 제일 먼저 내 감사를 받아야 할 것이다.

나는 포스코 백작이 어떤 사람인지 몹시 궁금해졌다. 그는 로라 남편의 가장 친한 친구였고, 이 점이 내 관심을 강하게 끌었다.

로라나 나나 그를 만나본 적은 없었다. 그에 대해 내가 아는 전부는 몇 년 전 로마의 트리니타 데이 몬티 계단에서 강도를 당할 뻔한 퍼시벌 경을 우연찮게 포스코 백작이 구해 주었다는 것뿐이다. 당시 퍼시벌 경은 이미 칼에 손을 베었고, 그 다음에는 가슴이 베일 뻔한 위급한 순간이었다.

또 한 가지 기억은 작고한 로라의 아버지가 어처구니없는 이유로 동생의 결혼을 반대했을 때, 포스코 백작이 아주 공손하게 분별력 있는 편지를 보내왔다는 것이다. 부끄럽게도 우리 가문은 그에 대한 답장을 보내지 않았다.

이것이 내가 아는 퍼시벌 경의 친구이자 로라의 고모부인 포스코 백작에 대해 아는 전부였다. 나는 언젠가 그가 영국에 한 번 오게 되길 바라게 되었다.

괜한 몽상으로 이 글을 이상한 길로 벗어나게 한 것 같다. 다시 이성을 찾고 본래 얘기로 돌아가자. 퍼시벌 경은 결혼 후에도 로라와 함께 살고 싶다는 내 대담한 부탁을 기꺼운 마음과 애정으로 받아주었다. 그것은 분명 단순한 친절 이상의 호의였다.

확신컨대 앞으로 로라 남편에게 흠 잡힐 일은 없을 것이다. 처음처럼만 행동한다면 말이다. 이미 나는 그가 미남에다가 호감 가는 사람이며, 가여운 로라에 대한 선의의 마음으로 가득 차 있고, 나에 대해서도 애정 어린 친절함으로 가득하다고 공언했다. 벌써 그에게 이렇게 온정적으로 변하다니 나도 나를 종잡을 수가 없다.

12월 20일

나는 퍼시벌 경이 싫다! 솔직히 그가 잘생겼다는 건 말도 안 되는 소리다. 나는 그가 누구보다 성질머리 더럽고, 혐오스러우며, 친절함이나 선의라고는 눈곱만큼도 없는 사람이라고 생각한다.

어제 저녁에 결혼 청첩장이 집에 도착했다. 로라가 꾸러미를 풀었다. 거기에는 로라가 앞으로 불려질 이름이 새겨진 인쇄물이 있었다. 퍼시벌 경은 친숙한 태도로 로라의 어깨 너머로 그것을 보았다. '페어리'에서 '글라이드'로 바뀐 것을 보면서 정말 괴상한 만족의 미소를 흘렸다. 그러면서 그녀의 귀에 대고 뭔가를 속삭였다.

순간 그녀의 얼굴이 기절할 것처럼 창백해졌다. 그런데도 그 작자는 자기 말이 로라에게 어떤 고통을 주었는지 모르는 듯했다. 로라에게 대체 무슨 말을 들었냐고 물었지만, 로라는 답하지 않았다.

순간 그에 대한 오래된 악감정들이 기다렸다는 듯 일시에 몰아쳤다. 그 모든 노력과 공들인 시간들도 그에 대한 적대감을 끝내 처리하지 못한 것이다.

나는 전보다 더 이유 없이 부당한 편견으로 그를 바라보고 있다. 이 감정을 홀가분하게 드러내는 데 단 세 단어면 충분하다. 나는 그가 싫다!

12월 21일

최근의 근심이 나를 뒤흔들어서일까? 근래 나는 일기를 너무 경거망동하게 써왔다. 하느님은 아시리라, 이것이 사실 내 본성과는 얼마나 거리가 먼지를.

나는 지난 일기를 다시 읽어보면서 큰 충격을 받았다. 아마 지난 한 주간 로라의 심한 정신적 독감에 전염되어 나까지도 한 차례 홍역을 치렀는지 모른다.

그렇다면 이 홍역은 벌써 끝났다. 그 자리에는 이해할 수 없는 마음만 자리 잡았다. 끈질긴 생각 하나가 나를 떠나지 않고 있다. 게다가 어젯밤 이후로는 더더욱 심하게 나를 닦달하고 있다.

이 결혼을 막을 만한 어떤 사태가 벌어져주지는 않을까? 도대체 그 무엇이 이런 망상들을 불러일으키는 걸까? 로라의 미래에 대한 걱정이 너무 커서 그런 걸까? 아니면 결혼 날짜가 가까워질수록 더 뚜렷해지고 있는 퍼시벌 경의 초조한 모습에서 무의식적으로 느끼게 되는 어떤 예감 때문일까?

내 감정의 정체를 밝히기는 불가능하다. 나는 지금 내가 어떤 여자도 감히 품지 못할 가장 극단적인 생각을 가지고 있다는 걸 잘 안다. 하지만 그 생각의 원천과 동기는 추적이 쉽지 않다.

오늘은 그야말로 온통 혼란스럽고 참담했다. 어떻게 글로 옮길 수 있을까? 그래도 적어야 한다. 우울한 상념에 빠져 허우적대는 것보다는 나을 것이다.

그동안 우리가 신경 쓰지 못했던 친절한 베시 부인이 오늘 우리에게 슬픈 아침을 선사했다. 그녀는 몇 달간 남몰래 사랑하는 제자를 위해 셰틀랜드식 숄을 짜고 있었다. 그녀의 나이에 손수 짰다고 믿기 어려울 만큼 아름다운 숄이었다.

그녀는 엄마 없는 소녀였던 로라의 보호자이자 자상한 벗이었다. 그런 이의 손이 자랑스럽게 그 선물을 어깨에 덮어주자 마음 여린 로라는 마침내 무너지고 말았다.

그러나 나는 두 사람을 진정시킬 틈은 물론, 내 눈물을 닦을 틈도 없이 곧장 페어리 삼촌에게 불려갔다. 고작 결혼식 때 자신의 평정을 유지하기 위해 필요한 조치들을 설명하는 걸 듣기 위해서 말이다.

"사랑하는 로라는 이 삼촌의 선물을 받게 될 거다. 보석 대신 사랑하는 삼촌의 머리카락으로 장식한 소박한 반지를 말이지. 거기에는 애정과 영원한 우애를 담은 '사랑하는 로라'라고 새겨져 있단다. 사랑하는 로라는 이 반지를 얼른 받아야 바쁜 시간에 쫓기지 않을 거다. 그리고 우리 사랑하는 로라는 저녁 때 잠시 삼촌을 방문해야 할 거다. 물론 쓸데없이 소란을 피우지는 말아야겠지. 또 사랑하는 로라는 다음날 아침 신부복을 입고 다시 삼촌을 잠시 찾아야 한다. 역시 소동을 부리지 말고 말이야. 사랑하는 로라는 마지막 세 번째로, 여행을 떠나기 전에 한 번 더 삼촌을 방문해야 한다. 역시 떠나면서 괜한 말을 하지 않아야 하고, 눈물은 더군다나 흘려서는 안될 것이다. 모든 숭고한 이름을 걸고 마리안, 이 일은 가장 애정 깊고, 가장 화목하고, 가장 기쁘고 즐거운 일이니 명심해 다오. 눈물은 절대 안 된다!"

나는 이 이기적이고 사소하기 짝이 없는 말들을 들으며 너무 짜증이 난 나머지 그가 평생 들어본 적 없는 가장 가혹한 말을 내뱉을 뻔했다. 아래층에 아놀드 씨가 기다린다는 전갈만 없었어도 말이다.

나머지 시간은 어떻게 지나갔는지 설명조차 힘들다. 아마 집안 사람들 모두가 그랬을 것이다. 갖가지 소란과 소동들이 여기저기에서 연거푸 터졌다. 신부 드레스가 도착했는데 어디다 놓아뒀는지 모른다던가, 트렁크를 싸야 하는데 제대로 못 싸서 다시 쌌다던가. 게다가 온 데서 온갖 사람들이 보내온 선물들이 속속 도착했다. 그야말로 난장판이 따로 없었다. 모두가 내일 벌어질 행사에 노심초사했다.

퍼시벌 경은 특히 심했다. 한 자리에 잠시도 머물지 못했다. 짧고 날카로운 마른기침도 쉴 새 없었다. 온종일을 들락날락거렸고 오늘따라 꼬치꼬치 캐묻기를 멈추지 않았다. 심지어 작은 심부름을 하러 온 사람에게조차 큰일이라도 되는 듯 눈을 부라리며 캐물었다.

하지만 이런 것들은 번잡한 일부에 불과했다. 나와 로라를 가장 초조하게 만드는 건 내일부터 오랫동안 떨어져 지내야 한다는 사실이었다. 게다가 악몽처럼 부유하는 두려움, 서로 내색하지는 않았지만 너무 뚜렷한 두려움이 우리를 목 조르고 있었다. 이 비통한 결혼이 그녀의 일생에 참담한 실패작이 될지도 모른다는 두려움, 내게도 어찌할 수 없는 슬픔으로 다가오게 되리라는 두려움이 숨쉬기 힘들 정도로 우리의 가슴을 짓눌러왔다.

우리는 난생 처음으로 서로의 얼굴을 피했다. 약속이라도 한 것처럼 사적인 대화를 자제했다. 앞으로 그 어떤 불행이 닥칠지라도 이 21일이야말로 내 생애 가장 불편하고 고통스런 날로 기록될 것이다.

나는 자정도 훨씬 지난 늦은 지금 이 순간 내 방에 홀로 앉아 이 글을 쓰고 있다. 지금 막 몰래 침대 위에서 잠든 로라를 잠깐 보고 온 차다.

어릴 적부터 늘 사용해 온 작고 아담한 침대에 로라는 내가 보고 있는 줄도 모르고 누워 있었다. 하지만 잠들지는 않은 듯했다. 달빛 사이로 그녀의 두 눈이 완전 감겨 있지 않은 것이 보였다. 눈꺼풀 안에는 불빛에 아른대는 눈물이 고여 있었다. 침대 옆 탁자에는 기도서와 함께 브로치에 불과하지만 내가 준 결혼 선물, 그리고 로라가 어디를 가도 지니고 다니는 아버지의 작은 초상화가 함께 놓여 있었다.

나는 로라의 베개 뒤에서 물끄러미 로라를 내려다보며 잠시 기다렸다. 그녀는 한손을 침대 이불 위에 얹어 놓은 채 미동도 없이 새록새록 숨을 쉬고 있었다. 너무 평온해서 잠옷 주름조차 움직이지 않았다.

나는 그간 숱하게 보아온 그 얼굴을 앞으로 죽을 때까지 못 볼 것처럼 바라보았다. 얼마나 그렇게 있었을까, 조용히 내 방으로 돌아왔다.

내 사랑! 그 많은 재산을 가지고 저토록 아름다운 모습으로도, 친구 하나 없이 저토록 외롭고 쓸쓸한 나의 사랑! 네게 목숨을 던져 평생의 사랑을 줄 수 있는 남자는 지금 네게서 멀리 떨어져 폭풍우 치는 이 밤에 낯선 바다 위에 내던져져 거센 격랑에 맞서며 이리저리 뒹굴고 있구나. 이제 네게 남은 사람이 누가 있을까? 아버지도 오빠도 그 어떤 사랑하는 사람도 없이, 오직 이 쓸모없는 나만 남았다. 다가올 아침을 네 곁에서 기다리며 보잘 것 없는 이런 글 따위나 쓰고 있는 나뿐이구나.

아, 내일이면 저 남자의 손아귀에 지상에서 얼마나 귀한 가치가 맡겨지게 된단 말인가. 만일 그가 이 사실을 잊는다면, 만일 그가 네 머리카락 한 올이라도 상처 입힌다면, 절대 두고 봐!

12월 22일
7시를 알리는 괘종소리가 울렸다. 사납고 정신없는 아침이다. 로라가 일어났다. 이미 올 것이 왔다는 생각에서인지 어제보다 더 차분하고 담담해 보인다.

아침 10시 종이 울렸다. 로라가 드레스를 입는다. 우리는 입맞춤을 나누며 서로 용기를 잃어서는 안 된다고 격려한다. 나는 잠시 빠져나와 내 방에 있다. 혼미하고 산만한 가운데 여전히 어슬렁거리는 생각들이 있다. 무언가가 꼭 이 결혼을 멈추게 만들 거라는 야릇한 느낌이 상상 속에 떠오른다. 퍼시벌 경도 비슷한 느낌을 받은 걸까? 창문을 통해 보니 불안하게 마차들 사이를 왔다 갔다 하기를 멈추지 않는다.

내가 지금 무슨 망상을 쓰고 있는 거지? 결혼은 절대 불변할 현실이다. 30분도 채 안 돼 우리는 교회로 출발해야 했다.

11시다. 모든 게 끝났다. 그들이 식을 올렸다.

3시다. 그들이 떠났다! 눈물이 앞을 가려 도저히 글을 쓰지 못하고 있다. 눈물 때문에 더 이상 쓸 수가 없다!

– 1부 끝 –

마리안 할콤 양이 이어가는 두 번째 이야기

1
햄프셔, 블랙워터 파크

1850년, 6월 11일

돌이켜보니 벌써 여섯 달이 지났다. 로라와 내가 마지막으로 본 뒤 그 길고 외로운 날들이 여섯 달이나 흘렀다.

이제 얼마나 더 기다려야 할까? 딱 하루다! 내일 두 사람이 런던으로 돌아온다. 기쁨이 너무 커서 실감이 나지 않을 뿐이다. 이제 24시간만 지나면 로라와 마침내 다시 만날 수 있다는 게 도저히 믿겨지지 않는다.

로라와 그녀의 남편은 겨울 내내 이탈리아에서 지냈다. 그런 후로는 티롤에 있다가 이제야 런던으로 돌아오게 되었다. 올 때 포스코 백작과 그의 아내도 함께 온다고 했다.

포스코 부부는 런던 인근에 정착하고 싶어 했다. 살 곳을 완전히 정하기 전까지는 블랙워터 파크에서 여름을 보낼 예정이라고 했다. 로라만 돌아온다면 누가 함께 온들 무슨 상관인가. 로라와 내가 함께 살 수만 있다면, 퍼시벌 경이 그의 집 마루에서 천장까지 온갖 사람들을 가득 채운다 한들 무슨 상관인가.

한편 나도 이제는 블랙워터 파크에 새로이 둥지를 틀었다. 이곳은 유서 깊고 흥미로운 장소이자 안내판이 정중하게 알려주듯이 '퍼시벌 글라이드 경의 관할 지역'이다. 내 식으로 말하자면 평범한 노처녀 마리안 할콤이 앞으로 머물게 될 집이다. 지금 나는 편안하고 작은 거실에 앉아 차를 마시는 중이다. 주변에 놓인 상자 세 개와 가방 한 개가 내가 가진 물건의 전부다.

나는 어제 리머리지를 떠났다. 이틀 전 로라의 반가운 편지를 받았기 때문이다. 그간 나는 로라를 런던에서 만나게 될지 아니면 햄프셔에서 만나게 될지 확신하지 못하던 차였다. 그러나 이 편지를 받고는 퍼시벌 경이 사우샘프턴에 잠시 들렀다가 곧장 그의 시골집으로 간다는 사실을 알았다. 외국에서 너무 많은 돈을 쓰는 바람에 런던에서 여름 마지막까지 지낼 자금이 부족해진 것이다. 결국 그는 경제적인 이유로 여름과 가을을 블랙워터 파크에서 보내기로 했다고 한다.

로라 입장에서는 이국의 풍물과 경치와 문화를 즐길 만큼 즐긴 상황에서 어느덧 조용한 전원이 그리웠던 차에 남편의 경제적 문제로 소원을 이룬 셈이었다. 나는 로라와 함께라면 뭐든 좋았기 때문에 결국 첫 출발은 삼자가 모두 바라는 방식대로 시작되었다.

나는 어제는 런던에서 잤고, 오늘은 여러 사정으로 출발이 지연되이 해기 질 무렵에야 겨우 이곳에 도착했다. 이곳의 인상을 나름대로 결론짓자면, 리머리지와는 완전 딴판이라고 말할 수 있었다.

집은 침침한 평지에 지어져 있었다. 주변은 나무들이 빽빽하게 둘러싸고 있어 북쪽 사람이라면 갇힌 것 같은 기분이 들기 딱 좋았다. 내가 이곳에 와서 본 사람은 딱 둘뿐이었다. 내가 도착했을 때 문을 열어준 남자 하인과 나를 교양 있게 방으로 안내해 주고 차를 가져다준 이 저택의 여자 관리인이었다.

이층을 가로지르는 긴 복도 끝에 작지만 그럴싸한 내 방이 있었다.

하인들이 쓰는 방과 여분의 방들이 삼층에 있고, 거실은 모두 일층에 있다.

나는 그 이상 다른 곳은 보지 못했고 이 집에 대해 아는 바도 없었지만, 지은 지 500년이 넘는 건물이 있다는 것과 한때 이 집의 바깥에 연못이 빙 둘러 흘렀다는 것과(성의 해자였던 것 같다) 그 호수 때문에 집 이름이 블랙워터 파크라고 불리게 되었다는 것은 알고 있었다.

11시를 알리는 괘종소리가 근엄하게 울렸다. 집에 들어올 때 본 건물 중앙의 위쪽에 달려 있는 괘종이 틀림없었다. 그 소리에 깨어난 게 분명한 큰 개 한 마리가 길게 짖으면서 어슬렁거리는 소리가 들렸다.

게다가 아래층 통로에서는 텅텅 울리는 발자국 소리가 들렸다. 철로 된 현관문이 가슴 철렁대는 소리로 굳게 닫히고, 이어서 빗장을 걸어 잠그는 소리도 들렸다. 틀림없이 하인들이 잠자리에 드는 것이리라. 나도 잠자리에 들어야 하나?

아무래도 잠들기 힘들 것 같았다. 영영 꿈나라로 가지 못할 것 같은 느낌이다. 사랑스러운 로라의 얼굴을 내일 볼 수 있다는 사실, 내 귀에 늘 머물던 그 목소리를 내일 들을 수 있다는 사실만으로도 나는 졸리지 않았다. 내게도 남자들 같은 특권이 있다면 퍼시벌 경의 애마를 타고 몇 시간 동안 달려 무겁고 지루한 심야를 가르는 동녘의 일출을 바라보고 싶었다. 하지만 나는 여자인 만큼 정숙하고 예의에 걸맞게 행동해야 했다. 여자들만의 방식으로 마음을 다스려야 하는 것이다.

책을 읽으려 했지만 도무지 집중할 수가 없었다. 지금으로서는 이렇게 글을 쓰다가 피곤 속으로 끌려가는 게 최고일 것이다. 그렇지 않아도 일기에 소홀했던 차였다.

새 인생의 문턱에서 새 사람들과 새 일들을 앞두고, 로라의 결혼식 이후 그 길고 지루하고 따분했던 지난 여섯 달에 대해 무엇을 회상할 수 있을까?

가장 먼저 기억 속에 하트라이트 씨가 떠오른다. 지금은 곁에 없는 내 지인들의 어두운 행렬 맨 앞에서 그가 지나간다. 그의 원정대가 온두라스에 도착한 뒤 나는 짧은 편지를 받았다. 생각보다 훨씬 기운차고 씩씩해 보이는 글이었다. 그리고 한 달쯤 뒤 어느 미국 신문에서 탐사단이 내륙 탐사를 위해 밀림 지대로 떠났다는 짧은 기사를 읽었다. 대원들 모두가 손에는 장총을 등에는 가방을 메고 깊은 우림 지대로 떠났다. 그 이후 문명 세계는 이들의 흔적을 완전히 놓쳐버리고 말았다. 더 이상 하트라이트 씨부터 편지는 오지 않았고 신문에는 원정대에 관한 작은 토막 기사 하나도 등장하지 않았다.

앤 캐서릭과 그녀의 친구 클레먼츠 부인의 음울하고 울적한 그림자도 마찬가지였다. 두 사람에 대한 어떤 소식이나 정보도 다시는 들려오지 않았다. 영국에 있는지 외국에 있는지, 살았는지 죽었는지 아는 사람이 없었다. 결국 퍼시벌 경의 변호사도 그들을 찾는 걸 포기하고 희망을 버렸다.

우리의 오랜 벗인 길모어 아저씨도 그의 변호사 생활에 힘겨운 장애물을 만났다. 이른 봄 그는 사무실에서 의식을 잃은 채로 발견되었다. 뇌졸중이었다. 그는 오래전부터 머리가 돌로 꽉 차고 바위에 짓눌린 것 같다고 말하곤 했다. 그의 주치의도 그렇게 젊은 사람처럼 쉬지 않고 일하다가는 심각한 상황이 닥칠 거라고 누누이 당부해 왔다. 결국 그 경고가 현실로 나타났다. 그 때문에 그는 본의 아니게 적어도 1년 정도 업무에서 완전 손을 떼고 동업자에게 모든 업무를 맡겨야 했다. 그는 지금껏 유지해 온 삶의 형태를 바꿔 마음과 육체의 안정을 찾아야 했다. 그래서 현재는 독일에 무역 일을 하는 친척집에 있다. 그렇게 또 한 사람의 소중하고 의지할 수 있는 벗이 우리 곁에서 멀어졌다. 다만 이 헤어짐이 잠깐이 길 바라며 그럴 것이라고 믿을 따름이다.

불쌍한 베시 부인이 나와 런던까지 동행했다. 로라와 내가 없는 리머리지에 그녀를 홀로 남겨둘 수 없었다. 결국 우리는 미혼인 베시 부인이 클래팜에서 학교를 운영하고 있는 그녀의 여동생과 함께 살도록 조치했다. 이번 가을에는 그녀도 공식적으로는 학생이지만 사실상 딸과 같은 로라를 보러 이곳을 방문할 것이다. 나는 그녀가 여동생과 편안히 지내는 걸 눈으로 확인하고 온 차였다. 아마 베시 부인은 그곳에서 안락한 시간을 보내면서 로라를 만날 날을 하루하루 손꼽아 기다리고 있을 것이다.

페어리 삼촌에 대해 말하자면, 집에서 여자들이 모두 다 떠나게 된 것에 얼마나 기쁜 표정을 보였던지 미안할 정도였다. 우리가 얼마나 그에게 무심했으면 그렇게 환한 표정을 지으면서 "이제 너희마저 가면 정말 그림밖에 낙이 없겠구나."라고 했을까. 아마 그는 미술품과 다른 소장품을 위한 전문가 두 명을 고용해 그들을 혹사시키며 감옥 같은 독방에서 자기만의 성대한 예술 만찬을 탐닉할 것이다.

이제 내 기억 앞줄에 떠오르는 사람들과 그들에 관한 이야기는 다 한 것 같다. 그리고 내가 이 글을 쓰고 있는 지금도 내 마음 큰 부분을 차지하고 있는 사람은 바로 로라다. 오늘 일기를 마치기 전에 지난 여섯 달 동안 로라에 대해 기억할 만한 것들을 돌이켜보고자 한다.

그 동안 나는 로라의 편지를 나를 지탱해 줄 길잡이로 간직했다. 하지만 편지를 주고받으며 나눈 온갖 질문과 답들 중에 가장 중요한 질문은 여전히 암호로 남겨져 있다. 퍼시벌 경이 로라에게 친절하게 대해 주고 있을까? 그녀는 우리가 헤어진 결혼식 날보다 좋아졌을까?

나는 모든 편지에서 이 두 질문을 신경 썼고, 어느 정도는 노골적으로 물었다. 어떤 편지에서는 이렇게 물어봤다가 다른 편지에서는 저렇게 물어봤다가 했다.

그러나 로라는 이 질문에 관해서만은 은근슬쩍 답을 피했다. 마치 건강에 대한 형식적인 질문에 답하듯이 앵무새처럼 비슷한 답만 반복했다. 자신은 아주 잘 지내고 있고, 여행은 순조롭고, 난생 처음으로 겨울을 감기 없이 보내고 있다는 것이다.

그러나 그 많은 편지 어디에도 결혼 생활에 대한 감정을 확인할 만한 글귀는 없었다. 12월 22일을 더 이상 후회하거나 슬퍼하지 않는다는 글귀도 없었다. 남편에 대해서는 마치 여행을 함께 하는 친구나 뒷바라지를 해주는 사람 정도로만 언급했다. '퍼시벌 경'이 언제 떠나자고 했다는 둥, '퍼시벌 경'이 어디로 가자고 했다는 둥, 그냥 '퍼시벌'이라고 표현한 경우는 열에 한 번 꼴이었다. 그녀는 그렇게 남편에게 꼬박꼬박 존칭을 붙이고 있었다.

퍼시벌 경의 생각이나 습관이 변했는지, 그것이 로라에게 어떤 영향을 주었는지도 알 방도가 없었다. 보통의 젊고 순수하고 예민한 처녀가 결혼 뒤에 무의식적으로 겪게 되는 의무감이나 도덕심으로 인한 품성의 변화가 로라에게는 기미조차 없었다. 로라가 이국의 풍물에 대해 쓴 나름의 인상들은 사실 퍼시벌 경이 아닌 나와 여행했다 해도 쓸 수 있는 감상들이었다. 즉 그 여행은 신혼여행기라기보다는 통상적인 여행에 불과했다. 부부 사이에 존재하는 감정이나 연민은 눈을 씻고 찾으려야 찾을 수가 없었다. 심지어 여행 이야기에서 벗어나 영국에서 살아가게 될 앞날 이야기를 할 때조차 로라는 한사코 내 여동생으로서 자신을 생각하느라 여념이 없을 뿐 퍼시벌 경의 아내로서의 미래는 철저히 외면했다. 그러나 또한 편지 구석구석을 아무리 살펴도 로라가 비참한 생활을 하고 있다는 추측을 불러일으키는 글귀는 없었다.

그녀를 익숙한 여동생이 아닌 새 신부로 놓고 보자면, 거기에는 오직 무기력한 슬픔과 변하지 않는 무관심만 있었다. 다시 말해 지난 여섯 달간의 편지는 로라 페어리의 편지였을 뿐 글라이드 부인의 편지는 아니었다.

한편 남편의 성격이나 행동에 대해 로라가 일관하고 있는 이 침묵은 남편의 절친한 친구 포스코 백작과 부인에 대해서도 마찬가지였다. 지난 늦가을 즈음 포스코 백작 부부는 예상치 못한 일로 계획을 변경해 로마 대신 비엔나로 향했다. 그리고 때문에 퍼시벌 경도 본래는 로마에서 포스코 백작을 만날 예정이었는데 결국 비엔나로 향했다. 백작 부부는 봄까지 비엔나에 머무른 뒤 영국으로 돌아가는 신랑 신부를 위해 먼 티롤까지 여행했다.

로라는 포스코 부인과의 만남에 대해 거침없이 적었는데, 고모가 결혼한 뒤에 너무 훌륭해졌고, 처녀 시절보다 너무 점잖고 예의를 갖춰서 만일 내가 그녀를 봤다면 못 알아봤을 것이라고 했다. 그럼에도 포스코 백작에 대해서는(사실 나는 부인보다는 백작에 관심이 많았다) 짜증날 정도로 조심스럽고 언급이 없었다. 간신히 언급한 부분이라고는, 그가 자기를 당황스럽게 만든다는 것과 내가 직접 그를 만나 판단하는 쪽이 나을 것 같다는 얘기 정도였다.

나는 이것이 로라 눈에는 그가 좋은 사람으로 보이지 않는다는 표시임을 알았다. 로라는 상대가 친구인지 아닌지를 직감적으로 알아차리는 어린아이 같은 본능이 강했다. 그녀가 포스코 백작에게 좋지 않은 감정을 가지고 있다는 내 추측이 맞다면, 아마 나 역시 그 저명한 외국인을 제대로 파악도 하기 전에 불신과 의심의 눈초리로 바라보게 될 가능성이 높았다.

하지만 조금 더 참아야 했다. 오늘 하루가 지나고 날이 밝으면 이모든 의문의 실체들이 송두리째 드러나게 될 테니까.

바람도 없고 달빛도 없는 흐린 밤, 하늘에는 별 하나조차 없다.

사방을 가린 나무들이 거대한 암벽처럼 견고하게 버티고 서 있다. 멀리서 들리는 개구리 울음소리는 아득하고 희미하다. 자정을 알리는 무거운 시계소리가 끝난 뒤에도 숨 막히는 적막 속에서 귓전을 맴돈다. 블랙워터 파크의 낮은 어떤 모습일까? 아무튼 밤 시간의 이 장소는 영 기분이 좋지 않다.

6월 12일

오늘은 말 그대로 탐색전 같은 하루였다. 여러 이유 때문에 기대했던 이상으로 흥미로운 일들이 많았다. 나는 저택을 둘러보는 일부터 시작했다.

이 건물의 몸체는 과대평가된 최고의 인물인 엘리자베스 여왕 시대의 양식이었다. 일층에는 두 개의 쭉 뻗은 천정 낮은 거대한 화랑이 일렬로 배열되어 있었는데 천정이 낮은 데다 벽에 걸린 괴이한 가족 초상화들이 어둡고 음침한 분위기를 더 흉측하게 만들고 있었다. 마음 같아서는 손에 잡히는 아무거나 하나 떼어내서 불태우고 싶을 정도였다.

이 두 개의 화랑 위층 방들은 그럴싸하게 수리되어 있었지만 거의 사용하지 않는 듯했다. 나를 안내한 친절한 관리인은 그 방들을 보시는 게 어떻겠냐고 물으면서도 염려 가득한 얼굴이었다. 방들이 좀 어수선하다는 것이다. 방 하나 보겠다고 나한테는 엘리자베스 여왕 침대보다 귀한 속치마와 스타킹을 더럽힐 필요는 없었다. 그래서 나는 먼지와 얼룩으로 뒤덮인 그곳을 볼 생각이 없다고 딱 부러지게 말했다. 그러자 관리인도 "제 생각도 그렇답니다." 하며 나를 바라보았는데, 표정을 보니 자기가 만난 여자들 중에 가장 분별력 있다고 여기는 것 같았다.

중앙 건물은 이 정도였고, 그 양옆으로는 부속 건물이 서 있었다. 건물 가까이 갈수록 알게 되었지만, 왼쪽에 있는 폐건물과 다름없는 부속 건물은 한때 독립 주택이었던 14세기 건물로서 퍼시벌 경의 모계 조상 중 한 명이(누군지 기억 못할 뿐더러 신경 쓰지도 않는다) 앞서 말한 엘리자베스 시대에 오른 측면을 중앙 건물에 붙여 만든 것이라고 했다. 관리인의 말에 따르면 이 건물은 내부와 외부 모두 훌륭한 건축물로 평가받았다고 한다.

하지만 주저 없이 단언하건대 이것은 평가 자체가 이루어질 수 없는 건물로, 굳이 비교하자면 아까의 발 딛기조차 싫은 먼지와 얼룩투성이 침실과 다를 게 없었다.

내 말에 관리인은 한 번 더 "제 생각도 그렇습니다, 할콤 양."이라고 말하며 한 번 더 존경 어린 눈초리로 나를 바라보았다.

그 다음 우리는 오른쪽 건물로 향했다. 이 건물은 조지 2세 때 지어진 것으로 온갖 양식들을 뒤죽박죽 섞어 지은 허접스러운 건물이었다. 바로 이곳이 로라를 위해 수리를 하고 내부를 다시 장식한 곳이었다. 내 방 두 개를 제외한 나머지 모든 방들은 이층에 있었고, 일층은 거실, 주방, 가족 거실, 서재, 그리고 로라가 쓸 아담하고 예쁜 내실이 있었다. 방들은 모두 현대식으로 잘 꾸며진 우아하고 고급스러운 모습이었다. 리머리지 가의 방들만큼 탁 트이지는 않았지만 살기에는 퍽 괜찮아 보였다.

사실 나는 블랙워터 파크에 대해 이미 들은 이야기가 있어 매우 염려스럽던 차였다. 행여 금방이라도 부러질 것 같은 골동품 의자, 음산하기 짝이 없는 얼룩진 스테인드글라스, 곰팡이가 피고 헐어 빠진 커튼과 벽지, 그 외의 모든 남루한 가구들, 사람이 살 수 없을 정도로 황폐한 집안 살림들을 상상하며 극도로 두려워했던 것이다. 그러나 19세기의 모습을 가져다놓은 듯한 장식들을 보고 나자, 우리를 위해 그 골동품들이 자취를 감추었음을 깨닫고 마음이 놓였다.

나는 그렇게 오전 시간을 빈둥대며 보냈다. 이층의 방들을 둘러보다 싫증이 나면 바깥으로 나가 정원을 거닐었다. 그 널찍한 정원은 세 개의 건물과 높이 쳐진 철벽들, 그리고 앞쪽의 정문들이 모여서 만들어내는 공간이었다. 정원 중앙에는 납 상징물이 우뚝 솟은 커다랗고 둥근 연못이 있었다. 연못에는 금빛과 은빛의 물고기가 풍족하게 노니고, 그 둘레에는 여태껏 걸어본 그 어떤 잔디길보다 부드러운 잔디길이 빙 둘러 나 있었다.

나는 점심식사 때까지 그늘진 이곳 구석구석을 거닐었다. 그런 후 넓은 밀짚모자를 들고, 따뜻하고 포근한 햇살을 듬뿍 받으며 홀로 주변을 둘러보았다.

환한 대낮이었음에도 전날 느꼈던 인상, 온통 나무로 둘러싸여 있다는 느낌은 지울 수 없었다. 그 나무들 때문에 건물은 숨이 막힐 지경이었다. 나무들은 대부분 어린 나무들인 데다 너무 빽빽하게 심어져 있었다. 퍼시벌 경 이전의 주인 누군가 이 토지 일대를 무자비하게 벌목해서 화가 난 주인이 발 디딜 틈 없이 나무로 도배한 건 아닐까 하는 생각이 들 정도였다.

집 앞을 둘러보다가 왼쪽을 보니 꽃밭이 눈에 띠었다. 그쪽에 뭐가 있는지 궁금해서 발길을 돌렸다. 가까이 다가가 보니 관리가 부실한 작고 초라한 꽃밭이었다. 그곳을 지나 작은 문을 열자 이번에는 전나무 숲이 시야 가득 들어왔다. 구불구불 만들어진 좁은 오솔길이 내 발걸음을 전나무숲 속으로 이끌었다. 나는 북쪽 지방 출신의 직감으로 갈수록 모래에 히스가 많은 황야가 펼쳐지리라는 것을 깨달았다.

얼마 채 못 가서 갑자기 길이 급격하게 방향을 틀었다. 내 양쪽에 서 있던 나무들이 사라지고 탁 트인 장소가 나타났다. 그리고 느닷없이 저택 이름을 딴 블랙워터 호수가 눈에 들어왔다.

발밑으로는 무너져가는 모래땅이 펼쳐져 있고, 단조로움을 막아주는 낮은 히스 언덕들이 여기저기 솟아 있었다. 저 호수는 필경 옛날에는 내가 서 있는 곳까지 넘실댔던 게 분명했다. 그러다가 마르고 말라 물이 삼분의 일 정도로 줄어든 것이다.

나는 몇 백 미터 앞에 놓인 잔잔하고 움직임 느린 호수를 바라보았다. 내가 선 곳에서 멀리 떨어진 곳에 나무들이 빼곡하게 늘어서서 시야를 가렸고, 어두운 나무 그림자가 미동 없고 물 얕은 호수 위에 드리워져 있었다.

호수 쪽으로 더 내려가니 축축한 습지대가 등장했다. 잡초들이 무성하고 음산한 버드나무들이 줄지어 있었다. 나무 없는 모래땅 쪽 물은 칙칙한 빛깔 때문에 유독성 액체처럼 보였다. 습지대 가까이 다가갈수록 개구리 울음소리가 들리고, 시궁창의 쥐들이 그늘진 호수에서 그 자신들도 그늘처럼 움직이고 있었다.

그때 반은 물에 잠기고 반은 땅에 걸쳐진 뒤집힌 배 한 척이 보였다. 햇볕에 하얗게 그을린 배의 구멍 사이로 뱀 한 마리가 몸을 비비 꼬다가 속임수를 쓰듯 갑자기 멈추었다.

모든 풍경이 황량하고 음산하기는 매한가지였다. 머리 위 여름 하늘의 휘황찬란한 열기조차 이곳의 쓸쓸함과 황폐함을 더 깊게 만드는 것 같았다.

나는 히스가 핀 높은 곳의 둔덕 쪽으로 발걸음을 돌렸다. 그쪽에는 낡고 허름한 나무 오두막이 있었다. 이 오두막은 전나무 숲 바깥에 있었는데, 그간 갑자기 눈앞에 펼쳐진 호수 때문에 내 주의를 끌지 못한 듯했다.

이 오두막은 보트 창고로 쓰이던 곳임을 알 수 있었다. 의자 몇 개와 전나무 마루, 탁자 몇 개가 있어서 부족하나마 쉼터로 사용할 수 있을 듯했다. 나는 안으로 들어가 자리를 잡고 앉아 잠시 쉬면서 호흡을 골랐다.

얼마나 지났을까, 급히 내쉬는 내 숨소리를 따라 아래쪽에서 이상한 신음소리가 들렸다. 나는 정신이 번쩍 들어서 귀를 기울였다.

그 소리는 내가 앉은 자리 바로 아래에서 흘러나오고 있었다. 나는 여자 치고는 어지간히 겁이 없는 사람이었지만 순간 나도 모르게 반사적으로 용수철 튀듯 벌떡 몸을 일으키며 소리를 질렀다.

당연히 나를 도와줄 사람이 없는 상황에서의 외침이었으므로 결국 죽을힘을 다해 용기를 내야 했다. 나는 아래를 서서히 내려다보았다. 거기엔 몸을 잔뜩 웅크린, 나를 두렵게 만드는 존재가 처량하게 누워 있었다. 가련한 모습의 작은 개였다. 검거나 흰 점이 박힌 얼룩 스패니얼은 내가 소리를 내서 부르자 희미한 신음으로 답할 뿐 움직이지는 않았다.

나는 의자를 치우고 개에게 가까이 다가갔다. 개는 불쌍한 두 눈에 두려움을 담은 채 눈동자를 재빨리 돌렸다. 윤기 나는 흰자위에 핏물이 돌고 있었다. 이렇게 작고 약한 강아지가 상처 입고 고통 속에서 아무 도움 없이 홀로 버려진 광경은 그야말로 슬픔을 불러일으켰다.

나는 개를 조심스럽게 두 팔로 안아서 가급적 아프지 않게 치마 앞부분을 해먹처럼 모아 만든 부분에 감싼 뒤, 그 자세로 재빨리 집으로 돌아왔다. 와보니 홀에는 아무도 없었다. 나는 곧장 거실로 올라와 숄로 누울 자리를 만들어 개를 눕힌 다음 종을 울렸다.

모습을 드러낸 하녀는 아마 영국의 하인들 중 가장 몸집 크고 뚱뚱한 여자인 것 같았다. 얼굴에는 미련함과 즐거움이 가득한 표정이었다. 어떤 성인군자인들 저 모습에 욱하지 않을 수 있을까 싶었다. 그녀는 뭉툭할 정도로 커다랗고 살찐 얼굴로 바닥에 누운 개를 보고는 입이 찢어져라 미소를 지었다.

"뭐 그리 신나는 걸 봤다고 웃음이 나오지?"

나는 마치 내 몸종이라도 되는 듯 그녀에게 화를 냈다.

"이 개, 누구 집 갠 줄 알아?"

"아뇨, 모르겠는데요."

그녀는 웃음을 멈추고 개를 물끄러미 내려다보더니 갑자기 어떤 생각이 섬광처럼 스친 듯 환한 표정을 지었다. 그리고는 손가락으로 개의 상처 부위를 가리키며 기어코 한바탕 깔깔 웃었다.

"백스터 짓이에요, 틀림없어요."

나는 너무 화가 치밀어 하녀의 뺨이라도 후려치고 싶었다.

"백스터? 네가 말하는 백스터라는 짐승 같은 인간은 누구야?"

"대단하지 않아요, 아씨? 백스터는 사냥터 파수꾼이에요. 주변에 낯선 개들이 어슬렁거리면 잡아서 쏴죽이죠. 그게 그의 임무예요, 아씨. 저 개는 아마 죽을 것 같네요. 여기가 총 맞은 자리 맞죠? 봐요, 백스터가 한 짓이에요. 그게 그 사람 임무니까요. 백스터가 한 짓 맞아요. 그건 그의 임무니까요."

백스터라는 작자가 이 강아지 대신 저 하녀를 쏴버리면 속이 후련할 것 같았다. 도대체 이 돼지머리나 다를 바 없는 천하의 뚱보에게 무슨 말을 한들 알아들을 것 같지가 않았다.

나는 꾹 참고 관리인을 불러달라고 조용히 말했다. 뚱보 하녀는 들어왔을 때와 같은 쩍 벌어진 웃음을 지으며 방을 나갔다.

잠시 후 일전의 배운 게 있고 생각 깊어 보였던 관리인이 약간의 우유와 따뜻한 물을 가지고 위층으로 올라왔다. 그리고 바닥에 누운 개를 보자마자 금방 안색이 변했다.

"맙소사, 이럴 수가!"

관리인이 소리쳤다.

"캐서릭 부인의 개가 틀림없어요!"

"누구라고요?"

나는 아연실색한 채 나도 모르게 질문했다.

"캐서릭 부인의 개가 맞습니다. 캐서릭 부인을 아세요, 할콤 아가씨?"

"개인적으로 아는 사이는 아니지만 들은 적은 있어요. 그 부인이

258

여기 사나요? 딸 소식은 들었대요?"

"여기 살지는 않아요. 소식을 들으려고 왔었죠."

"언제요?"

"바로 어제요. 딸과 인상착의가 비슷한 누군가가 이 주변을 배회하는 걸 봤다는 말을 들었다고 했어요. 우리는 그런 말을 못 들었지만 말이에요. 제가 부인 말을 듣고 마을로 사람을 보내서 알아보니 그들도 모르겠다고 하더군요. 부인이 여기 오셨을 때 제가 분명히 이 개를 봤어요. 여길 떠날 때 이 개가 부인 뒤를 졸졸 따라가는 걸 이 두 눈으로 분명히 봤어요. 아마 길을 잃고 숲을 헤매다가 총에 맞은 것 같군요. 어디서 발견하셨어요, 아가씨?"

"호수 주변에 있는 오래된 오두막에서요."

"아, 수목원 부근이네요. 그렇다면 총에 맞고 나서 그 오두막까지 이 불쌍한 것이 혼자 몸을 끌고 간 거군요. 아가씨께서 이 우유로 입을 축여 주시겠어요? 저는 피가 굳은 상처 부위를 닦아 줘야겠군요. 너무 늦은 것 같아요. 그래도 목숨이 붙었으니 해봐야죠."

캐서릭 부인! 그 이름이 여전히 귓전을 맴돌았다. 마치 관리인이 나를 놀라게 만들 심보로 그 이름을 내뱉은 것처럼 느껴졌다. 우리가 개에게 정성을 쏟는 동안 하트라이트 씨가 한 경고가 뇌리를 때렸다.

"만일 기회를 잡는다면 저처럼 멍청하게 놓치지 말고 최대한 비밀을 캐내야 합니다."

지금 다친 스패니얼 한 마리를 발견한 것만으로도 이미 캐서릭 부인이 여기에 왔다는 정보를 얻게 된 셈이다. 그렇다면 거기서 또 다른 발견이 이어질 수도 있었다. 나는 이 기회를 최대한 잡아볼 생각이었다. 가능한 한 얻을 수 있는 정보는 모두 얻어야 했다.

"캐서릭 부인이 이 근처에 산다고 말했던가요?"

"아뇨, 웰밍햄에 살죠. 이 주(洲) 거의 반대편이에요. 최소 40킬로

미터는 떨어진 곳이라더군요.”

“오래전부터 그 부인을 알고 있었군요?”

“정반대예요, 아가씨. 어제 여기 오기 전에는 전혀 몰랐던 분이죠. 물론 듣기는 들었죠. 퍼시벌 경의 자상한 배려로 그 부인의 딸이 병원 치료를 받았다는 이야기 말이에요. 캐서릭 부인은 행동거지는 좀 이상했지만 외모는 굉장히 고상했어요. 어쩌면 그 부인의 딸이 이 부근에서 목격됐다는 말도 근거 없는 말일지도 몰라요. 여기 사람 누가 그게 진짠지 아닌지 알겠어요?”

“그 부인이 왠지 흥미를 끄는군요.”

나는 얘기를 중단시키지 않으려고 계속 말의 끈을 놓지 않았다.

“좀 더 일찍 도착해서 그 부인을 직접 봤어야 했는데……. 부인은 여기 오래 머물렀나요?”

“네, 꽤 있었죠. 어떤 낯선 신사 분이 오지만 않았어도 더 오래 있었을 거예요. 그 신사 분이 퍼시벌 경께서는 언제 오시냐고 묻더군요. 그분은 캐서릭 부인을 만나고 싶어 했어요. 그런데 부인은 그 남자가 왜 여기 왔는지 알고 나자 부리나케 일어나 서둘러 떠나버렸어요. 부인이 떠나면서 했던 마지막 말은, 자기가 다녀갔다는 말을 퍼시벌 경께 하지 말아달라는 거였어요. 이상하지 않아요? 존경하고 감사하는 분인데 그런 신신당부를 하는 게 말이에요.”

동감이었다. 퍼시벌 경은 틀림없이 리머리지에서 우리로 하여금 캐서릭 부인과 자신을 완벽한 친분과 믿음의 관계라고 믿게 했다. 그렇다면 왜 부인은 여기 왔다는 사실을 그에게 알리지 말라고 신신당부했을까?

“아마…….”

나는 관리인이 캐서릭 부인의 이상한 부탁에 대한 내 생각을 듣고 싶어 한다는 것을 알고 말했다.

“아마 먼 여행에서 돌아온 분께 괜히 실종된 딸을 못 찾았다는 걸 말해서 걱정 끼치는 게 싫었던 모양이죠. 딸의 실종 부분은 많이 얘기 않던가요?"

"거의 안 했어요. 주로 퍼시벌 경에 대해서만 말했지요. 아주 꼬치꼬치 캐묻더군요. 어디로 여행을 하는 중이냐, 신부는 어떤 여자냐 등등이요. 이런 질문을 하는 걸로 봐서 딸 소식이 캄캄해서 낙심했다기보다는 뭔가 심사가 뒤틀렸거나 심보가 비뚤어진 것 같아 보였어요. '그 아이는 포기하겠어요, 그냥 실종된 걸로 생각할래요.' 이 말이 전부였어요. 제 기억으로는 말이죠. 그렇게 말하고서는 곧바로 글라이드 부인에 대해 질문을 퍼붓더군요. 예쁜 여자냐, 마음씨 고운 부인이냐, 붙임성 좋고 건강한 젊은 여자냐, 언제 질문이 끝날지 궁금할 지경이었다니까요. 봐요, 할콤 아가씨! 이 불쌍한 것이 끝내 조용해졌네요!"

개는 죽었다. 관리인의 입에서 '건강하고 젊은 여자'라는 말이 나오는 순간 개는 가늘고 느린 신음을 내뱉으면서 다리에 경련을 일으키더니 숨을 거두었다. 한순간에 벌어진 생사의 갈림이었다. 그 짧은 찰나 이 생명체는 우리의 손 위에서 죽은 채 온몸이 굳어버렸다.

저녁 8시다. 나는 지금 막 주방에서 혼자 외롭게 식사를 마치고 돌아왔다. 창문 너머 짙게 둘러싸인 나무들 너머로 석양이 붉게 기울고 있다.

나는 지난 일기를 다시 읽고 있다. 계산대로라면 그들은 벌써 돌아왔어야 했다. 이 느릿느릿한 저녁의 고요하고 창백한 침묵의 시간을 어떻게 견디란 말인가. 도대체 얼마나 더 기다려야 마차 바퀴 소리를 듣고 뛰어나가 로라와 부둥켜안고 기쁨의 눈시울을 붉힐 수 있을까?

아까의 그 불쌍하고 가련한 강아지! 비록 미물의 죽음이긴 하지만 정말이지 블랙워터 파크의 첫날을 죽음으로 시작하고 싶지는 않았다.

웰밍햄, 일기를 다시 읽어보니 그곳은 캐서릭 부인이 살고 있는 동네 이름이었다. 나는 그녀의 짧은 편지를 아직도 가지고 있었다. 그녀의 불행한 딸에 대한 편지, 퍼시벌 경이 내게 쓰도록 강요하다시피 한 편지에 대한 짧은 답장 말이다.

머지않아 안전한 기회가 닿으면 이 편지를 들고 그 부인을 만나러 갈 것이다. 그리고 거기서 무엇을 얻을 수 있을지 살펴봐야겠다. 이해되지 않는다. 왜 그녀는 한사코 자기가 왔다는 사실을 알리지 말아달라고 당부했을까? 나는 관리인과 생각이 다르다. 그녀의 딸 앤 캐서릭이 정말 이 마을 부근에 있는지 아닌지 여전히 의문스럽다.

이렇게 급박할 때 하트라이트 씨라면 어떻게 했을까? 가엽고 그리운 하트라이트 씨! 나는 벌써 그의 진정한 조언과 기꺼운 도움을 그리워하고 있다.

들린다. 분명 소리가 들린다. 아래층의 발자국 소리일까? 그래! 말발굽 소리를 들었다. 마차 바퀴가 구르는 소리다!

2

6월 15일

두 사람이 도착하면서 시작된 혼돈을 정리할 시간이 필요했다. 이틀 정도 지나자 새로운 삶도 정상적인 궤도로 돌아가기 시작했다. 이제 일기를 펼치려 한다. 늘 그렇듯 글을 쓰기 전에 이틀간의 모든 일들을 차분히 정리하며 생각을 가다듬고 있다. 먼저 로라가 도착한 뒤 내가 깨달은 사실로 이 글을 시작하겠다.

절친한 두 사람이 있다고 치자. 보통 그 두 사람이 헤어질 때, 이를테면 한쪽은 해외로 나가고 한쪽은 집에 남게 될 때, 오랜 여행 후 재회하는 순간에는 기다리던 쪽이 불이익을 감수할 수밖에 없다. 한쪽은 긴 여행 속에서 새로운 생각들과 습관들을 받아들인 반면 다른 한쪽은 옛날 그대로의 생각과 습관을 유지하기 때문이다. 이런 두 사람이 만나면 본의 아니게 처음 보는 사람처럼 껄끄러워지고, 옛날의 정감이 이상한 거리감으로 돌변한 듯 느끼게 된다.

기다렸던 재회의 포옹을 하고 마주 앉아 숨결을 고르며 이야기를 시작할 때 나는 순간적으로 그런 기분을 느꼈고, 로라도 같은 기분을 느낀다는 걸 알아차렸다. 그러나 다시 옛 관계와 생활을 되찾자 이런 기분은 상당히 나아졌다. 머지않아 이 기분은 흔적도 없이 사라지겠지만, 여행에서 돌아온 로라에게 일종의 이질감을 느꼈다는 사실만큼은 부인하기 어려울 것 같다. 나는 그 이유에 대해 곰곰이 생각했고, 그래서 이 자리에서 그걸 밝혀보려고 한다.

나 자신은 변한 게 없는 반면 로라는 변한 것 같았다. 사람 자체도, 그리고 성격도 변했다. 다른 사람 눈에는 어떻게 보일지 모르겠지만 외모도 예전만큼 아름답지 않았다.

나와 같은 시선으로 그녀를 보지 못하는 사람들 눈에는 그녀가 안색도 좋아지고 얼굴 윤곽도 살아나고 몸매도 맵시 있게 바뀌고, 행동거지도 자연스럽고 다부져졌다고 말할 것이다. 하지만 내 눈에는 뭔가를 잃은 것처럼 보였다. 순수하고 고왔던 로라 페어리만의 그것을 글라이드 부인으로 변한 그녀에게서는 찾을 수가 없었다.

로라의 예전 얼굴에는 아름다운 생기, 부드러움, 수시로 변하면서도 영원할 듯한 달콤한 아름다움이 있었다. 그 매력은 말로는 표현할 수 없는 것이었다. 미술 시간에 하트라이트 씨가 종종 말했듯이 말이다.

그런데 그것이 사라졌다. 재회 첫날, 다시 만나 긴장했는지 로라의 안색은 창백했다. 그때 나는 한순간이나마 그 매력의 희미한 잔상을 보았다. 그런데 그 뒤로는 다시 그것을 볼 수 없었다.

사실 나는 그녀의 편지 어디에서도 이 같은 상실의 기미를 느끼지 못했다. 오히려 편지로 볼 때 최소한 외모만큼은 그대로일 것이라고 믿었다. 로라의 편지를 잘못 읽은 걸까, 아니면 지금 내가 로라의 얼굴을 잘못 보고 있는 걸까?

하지만 상관없다. 지난 반년 동안 로라가 더 아름다워졌건 못해졌건 긴 이별의 시간은 나로 하여금 그녀의 존재를 더 귀한 것으로 만들었다. 그것이야말로 이 결혼의 가장 큰 성과일 것이다.

두 번째 변화는 성격의 변화였다. 이건 나도 익히 예상하고 만반의 준비를 해왔다. 편지를 읽고 일찌감치 알아차렸기 때문이다.

그녀는 이전과 마찬가지로 결혼 생활에 대해서는 여전히 입을 다물고 있었다. 편지에서도 그랬듯이 말이다. 내가 그 주제로 이야기를 옮기면 즉시 손가락을 내 입술에 대고는 나를 노려보았다. 그 순간의 슬픔은 정말 감당하기 힘들었다. 그럴 때면 허물없이 마음을 주고받았던 옛날의 그 행복하고 오붓했던 시간들이 떠올라 슬픔이 북받쳤다.

"언니와 내가 함께 있는 이상, 늘 서로의 곁에서 지내는 이상, 이 결혼을 있는 대로 받아들이자. 사실 그대로를 순순히 받아들이는 거야. 여기서 더 깊이 발들이지 말아줘. 그것 외에는 모든 걸 언니에게 보여줄게."

로라는 내 허리 리본을 묶었다 푸는 손동작을 거듭하면서 불안한 표정으로 계속 말했다.

"내가 나에 대해 확신하는 것만 말할게. 그런데 결혼 이야기는 어쩔 수 없어. 나 자신도 뭐라고 말할 수가 없어. 이 결혼은 이미 바꿀 수 없는 현실이니까. 그분을 위해서나 언니를 위해서나 또 나를 위해서라도 그 말은 하지 않기로 해. 그렇다고 언니나 내가 비참해지지는 않을 거라고 믿어. 우리 이제 다시 만났잖아? 이제 늘 곁에 있게 됐잖아? 나는 이 이상 더 행복할 순 없을 거야. 언니도 그렇지?"

로라는 말을 갑자기 멈추더니 내 방 주위를 둘러보았다.

"아!"

그녀는 뭔가 익숙한 것을 발견하고는 환한 표정으로 미소를 지으며 두 손뼉을 마주쳤다.

"여기 또 오래된 게 있네! 언니 책장이잖아. 저 귀엽고 반들반들한 책장 말이야. 언니가 저걸 가져와서 너무 좋아! 또 저기 무시무시하게 큰 남자 우산도. 비가 올 때마다 쓰고 나갔던 저 우산 말이야. 그리고 무엇보다 제일인 언니의 소중하고 까무잡잡한 이 총기넘치는 얼굴, 늘 변함없이 나를 바라보는 이 얼굴 말이야. 여기 있으니까 다시 집에서 지내는 기분이야. 어떻게 하면 더 우리 집처럼 보이게 만들 수 있을까? 아버지 초상화를 내 방 말고 여기 걸어둬야 할 것 같아. 리머리지에서 가져온 내 귀한 보물들도. 그리고 언니랑 같이 온종일 우리 흔적이 많은 이 벽에 둘러싸여서 보내야지. 오, 언니."

로라는 불현듯 자리에서 일어나 내 발밑에 풀썩 주저앉더니 목소리를 바꾸었다.

"언니, 절대 결혼하지 않겠다고, 나를 떠나지 않겠다고 약속해줘. 물론 내 이기심인 거 알아. 하지만 언니는 결혼하지 않고 독신으로 지내는 게 더 어울려. 꼭 결혼해야 할 만큼 그 남자를 지독히 사랑하지 않는다면 말이야. 나 아닌 다른 사람을 더 사랑할 일은 없겠지, 그렇지?"

그리고 다시 입을 다물더니 내 두 손을 잡아 내 무릎 위에 얹고는 그 위에 머리를 뉘었다.

"편지 많이 주고받았어?"

그녀는 낮은 목소리로, 전혀 다른 감정으로 돌변해서는 물었다.

물론 나는 질문의 뜻을 잘 알고 있었다. 그러나 나는 대답을 참는 게 낫다는 걸 알았다.

"그 사람한테서 계속 소식 듣고 있어?"

로라는 노골적인 질문을 용서하라는 듯 기댄 내 손에 입을 맞추고 다시 어루만졌다.

"잘 지내고 있는 거지? 일도 만족하고? 이제 본래 모습을 되찾은 거지? 그리고…… 나를 잊은 거지?"

그런 질문을 해서는 안 됐다. 퍼시벌 경이 그녀를 받아들이겠다고 선포한 그날, 그의 그림첩을 내게 맡기며 다시는 보지 않겠다고 맹세했던 그날의 결심을 떠올려야 했다.

하지만 주여, 용서하소서! 완전한 인간은 세상에 존재하지 않는다. 넘어지거나 쓰러지지 않고, 한 치 오차도 허용하지 않고 자기 결단을 지킬 수 있는 자가 과연 몇이나 될까? 한때 가슴에 평생의 사랑으로 깊이 아로새겼던 사람을 순간의 결심으로 흔적도 없이 지워버릴 수 있는 여자가 어디 있단 말인가? 때때로 옛사랑으로 가슴이 찢어지는 고통을 용케 피해갈 여자가 정말 있기는 할까? 물론 책에는 그런 천상에나 있을 여자들이 등장하긴 한다. 하지만 우리의 실제 삶을 보면 과연 그것이 사실이라고 말할 수 있을까?

나는 로라를 질책할 수 없었다. 그 두려움 없는 솔직함을 진심으로 존중했기 때문이다. 로라 입장에 놓인 다른 여자들이었다면 아마 가장 친한 친구에게조차도 이렇게 마음을 털어놓지 못했을 것이다. 반면 나도 만일 그녀의 처지라면 같은 질문과 같은 생각을 했으리라. 하지만 내가 해줄 수 있는 거라고는 최근에는 연락한 사실이 없다고 말한 뒤, 가급적 덜 위험한 주제로 이야기를 옮기는 것뿐이었다.

그녀가 돌아온 뒤 처음 나눈 이 대화는 나를 슬프게 만들었다. 먼저 로라의 결혼은 난생 처음 우리 사이에 금기를 만들어냈다. 이 이야기에 한해 우리는 서로를 모른 척하며 떼어놓았다. 두 번째 슬픈 건, 로라가 부부 관계 이야기를 꺼리는 건 신혼의 부부에게 절대적으로 있어야 하고 있을 수밖에 없는 서로 간의 애정이 결여되었다는 것을 의미했다. 로라가 직접 말한 건 아니었지만 그런 기미가 말의 행간마다 짙게 깔려 있었다. 세 번째는 불행한 연정이 여전히 그녀의 깊은 가슴 저편에 꺼질 줄 모르고 타오르고 있다는 점이었다. 나만큼 로라를 사랑하고 그녀의 상황에 민감한 이라면, 누구라도 이런 것들을 발견하고 슬퍼하지 않을 수 없었을 것이다.

그래도 딱 하나 위안거리가 있었다. 그것으로 위안삼지 않으면 안 될 것이 남아 있었다. 로라의 상냥하고 소박하면서도 여성적인 아름다움, 그녀에게 접근하는 모든 이들에게 기쁨을 주고 애정을 일으키는 그 매력들이 다시 돌아왔다는 점이다. 다른 건 몰라도 이 사실만큼은 시간이 흐를수록 더 확신으로 굳어졌다.

잠깐 화제를 돌려 그녀와 여행을 같이 한 사람들에 대해 말해 보자. 제일 관심을 끄는 건 당연히 로라의 남편이다. 퍼시벌 경이 돌아온 뒤 내가 그에게 품었던 감정들은 과연 더 좋아졌을까?

결코 그렇다고 볼 수 없었다. 그는 돌아온 뒤 알 수 없는 짜증과 안달에 휩싸여 있었다. 어떤 남자도 신혼 절정기에 그런 태도를 보이지 않는 법이다. 내 눈에 그는 영국을 떠날 때보다 야윈 것처럼 보였다. 마른기침은 한결 더 그를 지치게 만들었다. 침착하지 못한 부산스러움도 심해진 것 같았다. 나를 대하는 태도에는 달가워하지 않는 감정이 한층 더 노골적으로 묻어났다.

여행에서 돌아온 날 저녁, 내게 인사를 하는 그에게서는 더 이상 이전에 보였던 공손함과 예의를 찾아볼 수 없었다. 친절한 환영인사도 없었다. 단지 형식적인 악수와 정확한 인사말인 "안녕하십니까. 할콤 양, 다시 만나서 반갑습니다."가 끝이었다. 그는 나를 블랙워터 파크에 있어야 할 물건 대하듯 지나쳤다. 남자들은 곧잘 집에 오면 다른 곳에서는 숨겼던 성질머리를 드러내게 마련이다. 다만 퍼시벌 경은 너무 일찍 질서와 규칙에 엄한 기질을 드러냈다. 이전의 그를 알고 있는 나로서는 상당히 새로운 발견이 아닐 수 없었다.

그는 내가 서재에서 책을 읽다가 그냥 탁자 위에 놓고 가면, 따라와서 그 책을 원래 있던 자리에 꽂아놓았다. 내가 의자에서 일어나 의자를 내버려두면 와서 원래 자리에 갖다놓았다. 양탄자 위에 꽃잎들이 몇 개 떨어져 있으면 그게 불씨처럼 양탄자를 태우기라도 할 것처럼 혼잣말로 불평을 늘어놓으며 주웠다. 탁자 탁자보가 조금이라도 접혀 있으면 하인들에게 불호령을 내리고, 식탁 위에 있어야 할 나이프가 없으면 인신공격이라도 당한 것처럼 사납게 몰아붙였다.

이 모두는 사실 여행에서 돌아온 그를 괴롭히는 다른 골칫거리들 때문일 수도 있었다. 아니, 그렇게 생각하려고 스스로 노력하는 중이다. 벌써부터 미래에 대한 희망을 잃고 싶지 않다. 어느 누구도 오랜 여행에서 돌아왔는데 성가신 일과 맞닥뜨리면 평정심을 잃을 수밖에 없을 것이다. 그런데 문제는 그가 이런 짜증을 바로 내 면전에서 부린다는 것이었다. 그게 내내 마음에 걸렸지만, 그럴 수 있다. 그렇게 넘겨버리자.

두 사람이 도착한 날, 관리인이 주인과 안주인과 손님들을 맞이하기 위해 나를 따라왔다. 퍼시벌 경은 그녀를 보자마자 근래 방문한 사람이 없었냐고 물었다. 관리인은 일전에 내게 말했던, 주인이 언제 도착하시냐고 물었던 남자가 있다고 말했다. 퍼시벌 경이 즉각 이름을 되물었다. 그러나 그는 이름을 남기지 않았다. 마찬가지로 무슨 용무인지도 말해 주지 않았다. 퍼시벌 경이 인상착의를 물었지만, 안타깝게도 관리인은 퍼시벌 경이 알아차릴 정도의 특별한 인상이나 특징을 설명하지 못했다.

퍼시벌 경이 바닥을 보며 인상을 찌푸렸다. 그런 뒤 아무도 쳐다보지 않고 안으로 들어갔다. 도대체 왜 저런 사소한 일에 과민한 반응을 보이는 걸까? 확실한 것은 그가 아주 심하게 심사가 뒤틀려 있다는 점이었다.

전체적인 관점에서 보면, 그의 행동과 말과 태도 등에서 나타나는 변화들로 성급하게 모든 걸 판단하지 말아야 했다. 때가 돼서 그가 마음을 괴롭히는 모든 것들에서 벗어날 때까지 기다리는 것이 최선이었다. 무엇이 그를 괴롭히고 있건 말이다.

일기장의 새로운 페이지를 넘기려고 한다. 이 시점에서 그에 대한 언급은 그만하기로 하자.

다음으로 이야기할 두 사람은 포스코 백작 부부다. 포스코 부인에 대해서는 되도록 빨리 끝내고 백작에 관해 적어보겠다.

내가 포스코 부인을 만나면 전혀 알아보지 못할 것이라는 로라의 말은 결코 과장이 아니었다. 여자가 결혼을 통해 성취할 수 있는 변화를 그녀처럼 극적으로 이뤄낸 경우는 처음 보았다.

엘리너 페어리였던 시절의 그녀는 늘 잘난 체하며 잡다한 수다를 늘어놓느라 쉴 틈이 없었다. 남자의 사소한 실수를 괴이한 기질로 둔갑시켜 버리는 어처구니없는 성격이었다. 독설을 거침없이 쏟아놓는, 모든 남자들이 보건대 걱정스럽고 혀를 찰 대상에 불과했다.

그런데 마흔세 살이 된 포스코 부인은 몇 시간이고 동상처럼 미동조차 없이 앉아 있다. 얼굴 양옆으로 길게 늘어뜨렸던 우스꽝스런 머리타래는 이제 구식 가발처럼 짧게 잘라 가지런히 감아올렸고, 그 위에 수수하면서도 점잖은 부인용 모자가 놓여 있었다. 나는 그녀에게서 난생 처음으로 얌전한 여인의 모습을 보았다. 그녀의 남편은 당연하고, 정말 누구도 그녀에게서 과거의 모습을 찾아볼 수 없을 것이다. 무엇보다 그녀는 어깨를 드러내는 드레스만 입던 처녀 시절 그렇게 비웃었던 목까지 올라오는 점잖은 검은색 드레스를 입고 말없이 구석에 앉아 있었다. 그리고 마르고 하얀 손을 쉴 틈 없이 움직였다. 단조로운 뜨개질을 하거나 남편이 피우는 담배를 계속 말면서 말이다.

간혹 차가운 푸른 눈은 일감에서 눈길을 뗄 때면 어김없이 남편을 바라보았는데, 거기에는 말 잘 듣는 강아지의 눈에서 흔히 볼 수 있는 순종의 빛이 떠올라 있었다.

그것 말고도 새로운 발견이 또 있다. 얼음장처럼 차가운 가면 뒤에 억눌린 긴장이 풀릴 때의 모습이었다. 그녀는 백작이 말을 걸거나 관심이나 흥미를 표하는 여자들(하녀들을 포함해)을 향해 격렬하게 치솟는 질투심을 꾹 참곤 했다.

그러나 이런 특별한 경우를 제외하면 그녀는 아침이나 오후나 저녁이나, 집 안에서나 밖에서나, 좋은 날이나 궂은 날이나, 언제나 얼어붙은 동상 같았다. 결코 쉽게 뚫고 들어갈 수 없는 모습이었다. 사교라는 통과의례를 거치며 그녀에게 일어난 이 놀라운 변화는 이유를 불문하고 결과적으로 그녀를 좋은 여자로 변신시켰다. 더는 주제넘게 남의 일에 참견하지 않는 교양 있고 조심성 많은 여자가 된 것이다.

그런데 문제는 이 변화가 얼마나 뿌리 깊게 그녀 안에 자리 잡았냐는 것이었다. 나는 본의 아니게 한두 번 그녀의 꽉 다문 입에서 묘한 소리가 흘러나오는 것을 들었다. 나는 움찔했고, 직감적으로 느꼈다. 처녀 시절 그토록 거리낌 없이 내뱉던 저주가 지금은 똬리를 틀고 그녀의 내면 깊은 곳에 자리 잡은 채 아주 위험하게 변해서는 언제 튀어나올지 모른다는 것을 말이다. 물론 엉뚱한 발상일 수도 있지만 나는 내 직감이 옳다고 생각한다. 차차 시간이 말해 줄 것이다.

그 다음은 이 믿기지 않는 변화를 만들어 낸 마법사, 한때 그렇게 제멋대로였던 영국 여인을 친척들조차 놀랄 못할 정도로 온순하게 길들인 외국인 남편에 대한 것이다. 과연 그는 어떤 사람일까?

그에 대한 대답은 한 마디로 족하다. 그는 무엇이든 길들일 수 있는 사람이었다. 만일 여자 대신 호랑이와 결혼했다면 호랑이조차 온순하게 길들였을 것이다. 심지어 나와 결혼했다면 나조차도 그의 아내처럼 그를 위해 담배를 말고 있을 것이다. 그가 쳐다보면 나도 여지없이 혀를 단단하게 말고 입을 다물었을 것이다.

심지어 사적인 이 일기에서조차 이 사실을 고백하는 것이 두렵다. 이 남자는 내 관심을 끌고, 나를 매료시킨다. 나로 하여금 그를 좋아하지 않으면 안 되게끔 만들고 있다. 그는 단 이틀 만에 내 호감을 사는 방법을 분명히 알고 온 것만 같았다. 이 기적 같은 일이 어떻게 일어났는지는 나 스스로도 설명하기 어렵다.

내가 그를 얼마나 꾸밈없이 바라보게 되었는지, 그가 얼마나 내 마음속에서 꿈틀거리고 있는지 놀랍고 혼란스러울 뿐이다. 지금 이 순간 나는 로라를 제외하면, 그의 모습을 퍼시벌 경이나 페어리 삼촌, 심지어 하트라이트 씨보다 훨씬 또렷하게 떠올릴 수 있다. 그의 목소리가 아직도 귀에 생생하다. 마치 이 순간 듣고 있는 것처럼 어제 그가 한 이야기를 샅샅이 기억하고 있다.

그를 어떻게 묘사해야 할까? 그의 외모나 습관에는 분명히 특이한 점들이 적지 않다. 만일 다른 사람에게서 그런 면을 발견했다면 거친 말로 비난하고 매정하게 조롱했을 것이다. 그런데 이 남자에게는 이상하게도 그런 비난이나 비웃음을 던질 수 없다. 대체 무엇이 나를 그렇게 만들고 있는 걸까?

예를 들면 그는 뚱뚱하다. 그를 만나기 전만 해도 나는 뚱뚱한 사람들을 특히 싫어했다. 내 생각은 한결 같았다. 나는 뚱뚱한 사람이 성격도 좋다는 말은 뚱보 아니면 성격 좋은 사람은 없다고 말하는 것과 다를 바 없다고 믿었다. 또한 뚱뚱한 사람이 선하다는 엉터리 주장에 대해서도 마찬가지였다. 나는 이 두 가지 일반적인 통념들과 늘 싸워왔는데, 그래서 이 문제로 논쟁을 벌일 때면 뚱뚱한 사람을 콕 짚어서 가장 비열하고 비천하고 사악하며 잔인한 인간의 예로 들곤 했다.

이를테면 이렇게 묻곤 했다. 헨리 8세는 마음씨 좋은 사람인가? 황제 알렉산더 6세는 과연 착한 사람인가? 살인마 매닝 부부는 둘 다 뚱보 아니었나? 영국 속담에서 가장 잔인한 여자로 묘사되는 보모들도 대다수 뚱뚱한 여자들 아닌가? 그 밖에도 고대부터 지금까지, 국내이건 외국이건, 높은 지위이건 낮은 지위이건 모든 사례들을 동원해 뚱보에 대한 그릇된 관념과 맞서왔다. 그런데 헨리 8세만큼이나 뚱뚱한 포스코 백작을 단 하루 만에 아무 거리낌 없이 좋아하게 되다니 정말 기적 같지 않은가!

혹시 얼굴 때문일까? 그럴 수도 있다. 전체적으로 그는 놀라울 정도로 나폴레옹을 닮았다. 그의 얼굴은 빈틈없이 짠 듯한 나폴레옹의 걸출한 풍모를 떠올리게 한다. 위대한 군인의 얼굴에서 볼 수 있는 대단한 침착성과 거역할 수 없는 위력이 느껴진다. 처음에는 이 두드러진 나폴레옹과의 유사성이 나를 매료시켰던 것이 분명하다. 하지만 그 외에도 나를 매료시킨 것이 또 있다. 머리를 짜서 생각해 보니 바로 그의 두 눈이다.

그의 눈은 내가 본 눈 중에 가장 깊이를 헤아릴 수 없는 회색이었다. 그 눈은 때때로 냉정하고 명료하고 아름답고 거역할 수 없는 광채를 뿜었다. 이 강렬한 빛이 나로 하여금 그에게서 눈을 뗄 수 없도록 만들곤 했다. 게다가 스스로도 소름끼칠 정도로 그 눈빛 속으로 빨려들 때마다 일종의 야릇한 흥분을 느꼈다.

그의 얼굴과 머리의 다른 부분들도 독특하다. 예를 들어 그의 얼굴빛은 독특하게 창백하다. 거기에 짙은 갈색 머리카락은 그 얼굴과 명료한 대조를 이루어 가발이 아닐까 싶을 정도이다. 깔끔하게 면도한 얼굴은 어떤 자국도 주름도 없어서 내 얼굴보다도 부드럽고 윤기가 흐른다. 퍼시벌 경의 말에 따르면 나이가 예순 살에 가까운 데도 말이다.

그러나 이것들이 내가 봐온 다른 남자들과 그를 구분 짓게 하는 결정적인 요소라고 보긴 어렵다. 모든 계층의 사람들, 온갖 부류의 사람들을 막론하고 그를 가장 탁월하게 만드는 제일 중요한 부분은 그의 두 눈에서 느껴지는 비상한 표현력과 비범한 힘이다.

그의 태도나 영어 구사력 또한 내가 호감을 가지게 하는 데 일조했다. 그의 태도는 겉으로 드러나지 않는 은밀한 마력이 깃들어 있다. 그는 여자의 말을 듣는 동안 유쾌하고도 주의 깊은 흥미를 내보이고 귀를 기울인다. 게다가 목소리에 담긴 은밀한 신사적 풍모며, 여자들에게 말을 걸 때 무의식적으로 빨아들이는 흡인력 등 정말 뿌리칠 수 없는 매력이 있다. 비범한 영어 구사력도 빼놓을 수 없었다. 물론 이전에도 심심찮게 이탈리아 사람들이 영어를 아주 유창하게 구사한다는 말은 들은 적이 있다.

하지만 포스코 백작의 영어를 듣는 순간, 외국인도 영어를 이렇게 능수능란하게 할 수 있다는 걸 처음 알고 혀를 내두르고 말았다. 그의 억양을 듣고 있노라면 이 사람이 영국인이 아니라는 게 이상할 정도였다. 물론 표현 방식에는 외국인 특유의 습관이 묻어 있었다. 하지만 나는 한 번도 그가 틀린 문장을 내뱉는 걸 듣지 못했고, 단어를 선택하느라 머뭇거리는 것도 본 적이 없다.

이 낯선 남자는 아무리 사소한 특징도 그 자체로 독창적이었다. 몸은 비대하고 나이 들었지만 몸놀림은 가볍고 경쾌했다. 반면 실내에서는 여자처럼 조용하게 행동했다. 또한 정신과 의지에서 풍기는 강인한 힘과 동시에 여자 같은 섬세한 감정과 예민함까지 지닌 보기 드문 남자였다. 예를 들어 그는 로라와 다를 바 없이 작은 소동에도 깜짝 놀라곤 했다. 어제 퍼시벌 경이 스패니얼 애완견을 때릴 때, 그는 갑자기 움찔하며 몸을 움츠렸다. 나는 그 모습을 보고,

백작에 비해 나는 얼마나 인정머리가 없나 싶어 부끄러울 정도였다. 이 부분에서 무엇보다 내 호기심을 자극한, 꼭 언급하고 넘어가야 할 부분도 하나 있다. 그가 지나칠 정도로 애완동물을 좋아한다는 점이다.

그는 이곳에 올 때 애완동물 몇몇은 자기 나라에 두고 왔다고 했다. 그러나 앵무새 한 마리와 카나리아 두 마리, 흰쥐 일가족은 이곳까지 데리고 왔다. 그는 이 애완동물들을 몸소 먹이 주고 관리할 뿐만 아니라 이 동물들이 자기를 좋아하고 따르게 완벽히 훈련까지 시켜놓았다. 특히 사악하고 음흉하기로 정평이 난 앵무새까지도 그를 맹목적으로 좋아하는 것 같았다. 그가 새장을 열면 이 새는 어김없이 그의 무릎 위로 껑충 뛰어올라 그 거대한 몸 위로 살금살금 기어 올라가서는 그의 턱에 머리끝을 문질렀다. 정말이지 장관도 그런 장관이 없었다. 카나리아 새들은 아예 문을 열어놓고 부르기만 하면 스스로 알아서 왔다. 그리고는 아무 두려움 없이 그의 손바닥에 꼿꼿이 머리를 세우고 올라와 살찐 손가락 하나하나마다 자리를 잡는다. 그러다가 그가 "이층으로 가자." 하고 명령하면 기다렸다는 듯이 기쁨에 겨운 목소리로 지저귀며 손톱까지 올라간다.

흰쥐들은 그가 손수 도안하고 화려하게 채색한 작은 탑 모양 우리에 살고 있다. 이것들도 카나리아들만큼 온순하고 수시로 우리 바깥으로 나오곤 했다. 그러면 이 녀석들은 백작의 몸 위를 마음껏 누벼댄다. 양복 조끼 안으로 숨었다가 갑자기 나타나기도 하고, 그러기를 반복하다가 어느새 그의 널찍한 양어깨 위에서 두 마리씩 짝을 이루어 일렬횡대로 선다.

그는 유난히 이 흰쥐들을 좋아하는 듯했다. 미소를 보내고 입을 맞추고 온갖 애칭을 동원해 이들을 불렀다. 만일 어떤 영국 사람이 이런 취향을 지니고 있었다면 백발백중 그것을 쑥스러워했을 테고, 틀림없이 윗사람과 자리를 할 때는 이 흰쥐들에 대해 정중히 사과했을 것이다. 하지만 누가 봐도 폭소를 터뜨릴 이 비대한 남자와 연약하기 짝이 없는 동물들의 대조적인 모습을 그는 전혀 부끄러워하지 않았다. 그러면 여우 사냥꾼들과 자리를 함께 했더라도 다정하게 자기 흰쥐들에게 입맞춤을 하고, 카나리아 새들과 함께 재잘댈 것이다. 그리고 사냥꾼들이 한바탕 웃음으로 손가락질을 해대면 그저 미소를 지으며 그들의 야만성을 측은하게 여겼을 것이다.

이 글을 쓰고 있는 지금도, 나는 도저히 믿기지 않는 한 가지 사실에 입을 딱 벌리고 있는 나 자신을 발견한다. 늙은 하녀보다 지극한 정성으로 카나리아를 애지중지하고 오르간 연주자처럼 세세한 손놀림으로 흰쥐들을 다루는 그도 뭔가 심각한 주제에 몰두할 때는 완전히 달라진다는 점이다. 그런 순간이면 그는 누구도 가지지 못한 독자적인 사상, 거의 모든 언어로 된 책들을 섭렵한 박학다식함, 유럽의 절반을 넘는 도시는 다 둘러본 풍부한 경험으로 좌중을 압도한다. 그야말로 교양 있는 그 어떤 문화인들의 모임에서도 단연 돋보이는 인물이다.

게다가 이 카나리아 조련사이자 흰쥐들을 위해 탑을 설계한 건축가는(퍼시벌 경이 내게 말해 준 바에 의하면), 현존하는 화학자 중에 가장 실험 정신이 투철한 이였다. 그는 여러 가지 굉장한 발명품들을 만들었는데, 그중에는 시신을 썩지 않고 보관할 수 있는 약품도 있었다고 한다.

뿐만 아니었다. 말했듯이 작은 소리에도 깜짝 놀라고 스패니얼이 매를 맞는 것에도 몸을 움츠리는 이 뚱뚱하고 게으르고 나이 든 남자는 도착한 다음날 마구간에서도 자신의 진면목을 유감없이 발휘했다. 불쑥 손을 내밀더니 쇠사슬에 묶인 블러드하운드 사냥개의 머리를 쓰다듬은 것이다. 그 사냥개는 먹이 주는 마부조차 가까이 다가가지 않으려는 잔인한 녀석이었다. 비록 잠깐이었지만 그다음, 그곳에 같이 있었던 로라와 내 기억에서 절대 지워지지 않을 만한 일이 벌어졌다.

"개 조심하십시오. 아무에게나 덤벼듭니다요."

마부가 당부했다.

"저 녀석이 그러는 건 이유가 있지. 모두가 무서워하니까 그런 거야. 나한테도 그러나 한번 볼까?"

그러더니 10분 전에 카나리아 새들이 앉아 있던 두툼한 손가락을 그 무시무시한 짐승의 머리 위에 얹었다. 그러면서 개의 면상을 정면으로 노려보며 코가 거의 맞닿을 정도로 가까이 얼굴을 가져갔다.

"너희 덩치 큰 놈들은 하나같이 비겁하단 말이야."

그가 개에게 경멸하듯 약을 올리며 말했다.

"너희 놈들은 불쌍한 고양이만 죽일 줄 알지, 이 지옥에나 떨어질 겁쟁이야. 너희 놈들은 배고픈 거지들에게만 덤벼들 줄 알지, 이 지옥에나 떨어질 겁쟁이야. 다들 네 놈의 큰 덩치 때문에 겁을 먹는 것뿐이다. 네 놈은 그 사악한 이빨로, 침 흘리는 피에 굶주린 주둥이로 약자한테만 덤벼든단 말이야. 자, 어서 내 목을 물어뜯어보지 그래, 이 변변찮은 겁쟁이야. 내가 네 놈을 무서워하지 않으니까 내 얼굴도 제대로 쳐다보지도 못하는구나. 왜? 한번 덤벼보겠다고? 자, 이 푸짐한 목살을 한번 물어뜯어 보시지. 어허! 역시 넌 멀었구나."

그는 돌아서서 마냥 놀라 있는 사람들을 향해 큰 소리로 웃어댔다. 개는 꼬리를 말고 뒷걸음질을 치며 우리로 슬금슬금 기어 들어갔다.

"이런, 아까운 내 조끼!"

그가 안타깝다는 듯 소리쳤다.

"여기 온 내가 잘못이지. 저 짐승의 침이 내 귀한 조끼를 더럽혔구먼!"

그 한 마디는 그의 또 하나의 유별난 성격을 말해 주고 있었다. 그는 멋진 옷을 지독하게도 좋아했다. 블랙워터 파크에 온 지 불과 이틀인데도 그는 벌써 네 벌이나 되는 조끼를 갈아입었다. 모두 화려하고 광택 나는 소재였다. 게다가 그의 몸집에 비해서도 헐렁할 정도로 컸다.

게다가 작은 것들에 대한 솜씨나 재주 또한 시시각각 변하는 그의 성격만큼이나 유별나고 도드라졌다. 그의 취향과 추구하는 것들 역시 사소한 것에 지나치게 집착하는 면모를 드러냈다.

그는 이곳에 머무는 동안 모든 사람과 좋은 관계로 지내기로 작심한 것처럼 보였다. 그는 로라가 내심 자기를 싫어한다는 걸 잘 알고 있었다. 실제로 로라도 내가 추궁하자 그렇다고 말한 바 있었다. 그는 로라가 꽃을 무척 좋아한다는 것을 간파했다. 그래서 로라가 꽃다발을 원하면 자신이 직접 꽃을 따서 가지런히 정리한 뒤에 건네곤 했다. 게다가 영리하게도 로라에게 준 것과 똑같은 꽃다발을 숨겨놓았다. 이것은 질투심 많은 아내의 마음을 다독이기 위해서였다.

또한 그가 사람들 앞에서 아내를 대하는 모습도 특이한 구경거리였다. 그는 부인에게 고개를 숙여 인사하고, 아내를 부를 때면 습관적으로 '나의 천사'라는 애칭을 썼다. 가끔 손 위에 카나리아 새를 앉히고 아내에게로 가서 새들이 노래를 부르게 했다. 아내가 담배를 건넬 때면 그 손에 입을 맞추고 답례로 주머니의 상자에서 사탕을 하나씩 꺼내 그녀의 입에 장난스럽게 넣어주곤 했다. 때로는 철로 된 지팡이를 휘저어 아내가 동행하는 걸 막기도 했는데, 그 지팡이는 비밀처럼 항상 이층에 보관했다.

그런가 하면 내 호감을 사는 방식은 전혀 달랐다. 그는 마치 내가 남자라도 되는 것처럼 진지하고 사려 깊게 대화에 응함으로써 내 허영심을 부추겼다.

그렇다! 한 발자국 떨어져서 보니 그를 파악할 수 있을 것 같다. 그와 떨어진 내 방에 있을 때는 그가 내 허영심을 부추기며 아첨한다는 것을 분명히 안다. 하지만 아래층으로 내려가 다시 그와 있게 되면 또다시 그의 아첨에 이성의 눈이 멀어버릴 것이다. 마치 그의 의도를 전혀 모르는 것처럼 말이다. 로라와 아내를 다루듯이, 동물 우리에서 사냥개를 다뤘듯이, 그는 지금 나를 조종하고 있다. 게다가 퍼시벌 경에게도 마찬가지다.

"굉장하네, 퍼시벌, 자네 그 유머는 정말 대단하군."

"오호, 못 당하겠군. 자네의 그 영국인다운 감각은 당해낼 재간이 없네!"

그는 퍼시벌 경을 한껏 부드러운 기분과 온순한 기분으로 돌려놓는 허물없는 말들을 늘어놓곤 했다. 사실 퍼시벌 경은 그런 태도를 즐기는 사람은 아니었다. 그럼에도 그는 언제나 퍼시벌 경을 성이 아닌 이름으로 부르고 어깨를 두드리며 은인인 척 그의 말을 들어주곤 했는데, 그 모습은 마치 너그러운 아버지가 토라진 아들을 보듬는 것과 비슷했다.

나는 그의 불가사의함과 독특함에 이끌려 급기야 퍼시벌 경에게 이 남자의 과거까지 묻고 말았다.

그러나 퍼시벌 경은 그의 과거에 대해 아는 게 없거나 가르쳐주고 싶지 않은 것 같았다. 내가 앞서 언급했듯이 두 사람은 몇 년 전 로마에서 아주 위험한 상황에서 만나게 되었고, 그 이후 런던에서도 파리에서도 비엔나에서도 늘 함께 했다. 하지만 이탈리아에서 다시 만난 적은 없었다. 이상하게도 백작은 지난 수년간 이탈리아 국경을 넘은 적이 없었다. 그렇다면 그는 어떤 정치적 핍박의 희생양인 걸까?

어쨌거나 그는 애국심을 발휘해 런던에 있는 이탈리아 사람은 그냥 지나치지 않으려 했다. 이곳에 도착한 첫날 저녁에도 그는 여기서 가장 가까운 도시가 어디인지, 거기에 정착해 사는 이탈리아 사람들을 아는지 물었다. 또한 그는 고립된 사람은 아닌 것 같았다. 그의 편지에 찍힌 온갖 종류의 소인을 보건대 고국 사람들과 서신 왕래를 하고 있는 게 틀림없었다. 오늘 아침에도 그의 앞으로 온 편지 하나가 식탁 위에 놓여 있었다. 그 편지에는 공적인 것으로 보이는 봉인이 찍혀 있었다. 그렇다면 그는 정부기관과 관계가 있는 걸까? 그게 사실이라면 그가 정치적 망명객일지 모른다는 내 추측과는 정반대의 상황일 것이다.

도대체 얼마나 더 써야 이 사람에 대한 얘기가 바닥이 날까? 인자한 길모어 아저씨라면 직업적인 견지에서 아마 틀림없이 "이렇게 해서 결과적으로 얻는 게 뭡니까?"라고 물었을 것이다.

계속 반복하고 있지만, 나는 이 짧은 기간에도 불구하고 내가 자의 반 타의 반으로 그를 좋아하고 있다는 것을 분명히 느낄 수 있다. 그가 퍼시벌 경을 명백히 지배하고 있듯이, 나도 그의 손아귀 안에 놓여 있는 느낌이었다. 퍼시벌 경은 이 뚱뚱한 친구를 가끔은 격의 없게 대하기는 했지만, 그럼에도 나는 그가 백작의 기분을 상하게 하지 않으려고 노심초사한다는 것을 분명히 알 수 있었다.

그렇다면 나도 백작을 두려워하고 있는 걸까? 내 경험으로 볼 때 이 사람만큼 적으로 만들면 마음 편치 않을 사람이 없을 것 같았다. 이것은 내가 그를 좋아하기 때문일까, 두려워하기 때문일까? 포스코 백작이라면 이 질문에 이렇게 대답할 것이다.

"그걸 어찌 알까요?"

6월 16일

오늘 일기는 내 느낌이나 생각은 제쳐두고 일종의 연대기적인 이야기를 해야겠다. 방문객이 한 사람 찾아왔는데 로라와 나는 처음 보는 사람이었고, 퍼시벌 경도 예상하지 못한 손님인 것이 분명했다.

우리는 신식 프랑스풍 창문이 베란다 쪽으로 열려 있는 방에서 점심을 먹고 있었다. 백작은 페이스트리를 엄청나게 좋아했는데, 옛날 우리 학교 기숙사의 어떤 여학생이 그렇게 좋아하는 걸 본 뒤로 두 번째였다. 몇 번을 주문했는지 모를 정도로 새로운 페이스트리 접시를 계속 주문해서 우리를 웃게 만들던 참이었다. 그때 하인이 들어와 방문객이 왔다고 말했다.

"메리먼 씨가 방금 도착했습니다, 나리. 서둘러 뵙길 바랍니다."

퍼시벌 경이 깜짝 놀라더니 하인을 잔뜩 찌푸린 얼굴로 쳐다보았다.

"메리먼 씨라고?"

그는 마치 잘못 들은 것처럼 재차 이름을 되물었다.

"네, 나리. 런던에서 온 메리먼 씹니다."

"어디 있나?"

"서재에 있습니다, 나리."

그는 말이 끝나자마자 자리에서 벌떡 일어나 급히 방을 빠져나갔다. 주위 사람들에게는 일언반구도 없었다.

"메리먼 씨가 누구지?"

로라가 내게 궁금한 듯 물었다.

"나도 몰라."

그게 내가 답할 수 있는 전부였다. 백작은 페이스트리를 모조리 해치우고는 탁자로 가서 음흉한 앵무새를 만지작거리다가 어깨에 얹고 우리 쪽으로 돌아섰다.

"메리먼 씨는 퍼시벌 경의 변호사랍니다."

그가 점잖게 말했다.

퍼시벌 경의 변호사라고? 로라의 질문에는 완벽한 대답일지 몰라도 이런 상황에서 충분한 답변은 아니었다. 만일 그가 의뢰인의 부탁으로 런던에서 이 먼 햄프셔까지 왔다면 별 대단한 일은 아니었다. 그런데 변호사 스스로 할 말이 있어 여기까지 온 데다 그가 왔다는 말에 퍼시벌 경도 깜짝 놀라지 않았는가.

그 사실로 볼 때 다음과 같은 결론이 나왔다. 변호사는 지금 중요하고 예기치 않은 소식을 가지고 왔고, 그 소식은 아주 좋거나 아주 나쁘거나 둘 중에 하나고, 어느 경우든 평범하고 일상적인 소식은 아닐 것이라는 점이다.

로라와 나는 15분 이상을 불안한 마음으로 자리에 조용히 앉아서 퍼시벌 경이 돌아오기를 기다렸다. 하지만 그는 돌아올 기미가 없었다. 우리는 결국 자리를 뜨려고 일어섰다.

여전히 어깨에 앵무새를 앉히고 먹이를 주던 백작이 평소처럼 정중하게 우리를 위해 문을 열어주었다. 로라와 포스코 백작부인이 먼저 밖으로 나갔다. 순간 백작이 내게 기묘한 손짓으로 사인을 보냈다.

"맞아요."

그 한 마디를 듣는 순간, 내 머릿속에 맴도는 질문을 그에게 들킨 듯 나는 깜짝 놀랐다.

"그래요, 할콤 양. 무슨 일이 일어난 겁니다."

너무 기가 막혀서 "난 그런 말 한 적 없어요."라고 말하려던 찰나였다. 그때 백작의 어깨에 앉아 있던 앵무새가 양 날개를 퍼덕거리며 심장을 베는 것처럼 찢는 듯한 외마디 소리를 냈다. 일순간 신경이 곤두선 나는 가까스로 방을 나와 안도의 한숨을 쉬었다.

계단 밑에서 로라를 만났을 때, 그녀의 생각이나 내 생각이나 피차일반이었다. 지금 로라가 건넨 말과 포스코 백작의 한 마디가 서로 메아리치듯이 귓전에 울려온다. 아까 로라는 은밀하게 내게 속삭였다. 무슨 일이 일어났다고.

3

6월 16일

잠자리에 들기 전에 몇 자 더 적어야겠다.

퍼시벌 경이 자신의 변호사인 메리먼 씨를 만나러 식탁을 뜬 지약 두 시간 후였다. 수목원으로 산책을 나가려고 일층으로 내려가는데 퍼시벌 경과 그의 변호사가 서재 문을 열고 나왔다. 나는 그들과 마주치기 싫어 그들이 홀을 건너갈 때까지 계단 위에서 기다렸다. 두 사람은 경계심을 품고 나지막하게 속삭이고 있었지만 그 대화 내용을 충분히 들을 수 있었다.

"너무 심려 마십시오."

변호사가 입을 열었다.

"모든 건 글라이드 부인 선에서 해결될 겁니다."

내 방까지 다시 돌아가는 데는 1~2분이면 족했다. 하지만 낯선 자의 로라의 이름이 흘러나오는 순간, 내 발길은 즉각 멈추었다. 남의 얘기를 엿듣는 건 분명 부도덕하고 불명예스러운 짓이다. 하지만 모든 관심과 애정을 쏟는 이의 얘기가 나올 때 원칙과 품위를 따질 여자가 몇이나 되겠는가?

나는 당연히 엿들었다. 다른 경우라도 또 그럴 것이다. 심지어 문고리에 귀를 대고 들어야 했어도 반드시 그랬을 것이다.

"제 말 이해하시겠습니까, 퍼시벌 경?"

변호사가 계속 말했다.

"한두 명의 증인 앞에서 글라이드 부인이 서명을 하고 손으로 봉인을 누른 뒤에 '내 의지에 따라 내용대로 이행합니다.'라고 말씀만 하시면 되는 겁니다. 일주일 안에만 끝나면 모든 게 해결되는 겁니다. 골칫거리도 사라지고요. 그런데 만약……."

"그런데 만약이라니?"

퍼시벌 경이 화를 내며 말했다.

"난 한다면 하니까 걱정하지 마시오."

"그건 그렇지요. 하지만 저는 직업상 항상 다른 경우도 대비해야 합니다. 만약 일이 제대로 풀리지 않으면 부득불 이자 포함해서 석 달 만기 차용 증서를 발행할 수밖에 없습니다. 그러나 어음 기간까지 이 돈을 어떻게 감당할지……."

"증서는 무슨 증서란 말이오! 돈이 나올 곳은 한 군데밖에 없소. 다시 말하지만 반드시 내가 그렇게 할 겁니다. 가기 전에 와인이나 한 잔 드시고 가시오."

"죄송합니다. 상행 열차를 타려면 지금 출발해야 합니다. 일이 해결되는 즉시 알려주시기 바랍니다. 그리고 제가 드린 주의도 잊지……."

"그걸 말이라고 하오? 저기 마차가 기다리고 있군. 내 마부가 태워드릴 거요. 벤자민, 어서 모셔다드려! 날듯이 다녀와야 해. 손님이 열차를 놓치면 이 집에 다시는 발 들여놓을 생각하지 마. 메리먼 씨, 꽉 잡고 타시오. 너무 빨리 달려 숨이 막히면 눈을 감고 고개를 숙이면 됩니다."

그는 이 말과 함께 몸을 돌려 다시 서재로 들어갔다.

많은 말을 들은 건 아니었지만, 지금 들은 것만으로도 가슴이 쿵쾅거렸다. 그 '무슨 일'이란 돈 문제가 뻔했다. 게다가 이 문제가 로라의 손에 달려 있었다. 퍼시벌 경의 재정 곤란 문제에 로라가 개입됐다는 것만으로도 마음이 무거웠다. 물론 돈과 관련한 일에 대한 내 무지와 퍼시벌 경에 대한 반감이 이 문제를 확대해석해서 이런 기분이 드는 것일 수도 있었다.

나는 산책을 나가는 대신 즉시 로라의 방으로 가서 내가 들은 내용을 들려주었다. 로라는 놀랍게도 담담하게 받아들였다. 그녀는 내가 생각했던 것보다 남편의 성격이나 재정적 곤란에 대해 상당히 잘 알고 있음이 분명했다.

"예상하고 있었어."

동생이 말했다.

"여기 도착한 날, 낯선 신사가 들렀는데 자기 이름을 밝히지 않았다는 얘기를 들었을 때 말이야."

"그 남자가 누구라고 생각해?"

내가 조급하게 물었다.

"퍼시벌 경이 상당한 액수를 빚진 사람일 거야. 그것 때문에 오늘 메리먼 씨가 급히 왔을 거고."

"그 빚에 대해 아는 거 있어?"

"아니, 자세히는 몰라."

"내용을 제대로 알기 전에는 절대 서명해 줘서는 안 돼, 로라."

"그래야지. 언니와 나 자신을 위해서라도 순수하게 도와줄 수 있는 건 도와줘야겠지. 하지만 부끄럽고 옳지 않은 일이라면 절대 관여하지 않을 거야. 그 얘긴 그만 하자. 언니 모자 썼네? 같이 나갈까?"

우리는 집을 나서자마자 가장 가까운 그늘로 걸음을 옮겼다. 집 앞 숲 사이로 들어서는 순간, 포스코 백작이 눈에 들어왔다. 그는 뜨거운 6월의 햇살을 온몸으로 받으며 풀밭 사이를 거닐고 있었다. 그는 보라색 리본을 두른 챙 넓은 밀짚모자를 쓰고 가슴에 수를 놓은 파란색 블라우스로 커다란 덩치를 가리고 있었다. 그리고 배인지 엉덩이인지 모를 자리쯤에 넓은 자주색 가죽 벨트를 찼다. 바지 끝자락에는 더 화려한 자수가 놓여 있고, 그 자수와 조화를 이룬 자주색 모로코 슬리퍼를 신은 발이 환하게 빛났다.

그는 〈세비야의 이발사〉에 나오는 피가로의 〈만물박사의 노래〉를 부르고 있었다. 정확하고 유창한 발성은 여느 이탈리아 사람에게서는 듣기 어려운 것이었다. 그는 직접 육각형의 작은 아코디언을 연주하면서 황홀경에 빠진 듯 두 팔을 크게 벌리고 머리를 휘저으며 이리저리 움직였다. 마치 뚱뚱한 세실리아가 남자 옷을 입고 노래하고 연주하는 것만 같았다. 그는 우리를 보자 인사를 건네면서도 연주를 멈추지 않았다. 마치 스무 살의 피가로처럼 날렵한 우아함이 느껴졌다.

"내 말 잘 들어, 로라. 저 사람도 퍼시벌 경의 재정 곤란 상태에 대해 알고 있는 게 분명해."

적당히 떨어진 지점에서 백작의 인사에 답례를 보내면서 내가 말했다.

"왜 그렇게 생각하는데?"

"안 그러면 메리먼이 퍼시벌 경의 변호사란 사실을 어떻게 알았겠어?"

내가 대답했다.

"게다가 점심식사를 끝내고 나올 때 내가 한 마디도 안 했는데 무슨 일이 일어났다고 말하지 뭐야. 그것만 봐도 우리보다 더 많은 걸 알고 있는 게 틀림없어."

"그래도 저 사람한테 질문 같은 건 하지 말아줘. 우리 문제에 저 사람까지 끌어들이지 말자."

"백작을 정말 싫어하는구나, 로라. 그것도 아주 단호하게 말이야. 대체 무슨 말을 하고 어떤 행동을 했기에 그러니?"

"아니야, 언니. 정반대야. 여행하는 내내 나한테 너무 친절하고 정중하게 대했어. 심지어 퍼시벌 경이 폭발하려고 할 때도 그를 막아서 나를 배려했는걸. 내가 저분을 싫어하는 건 아마 나보다 퍼시벌 경에게 더 큰 영향력을 가지고 있기 때문일지도 몰라. 또는 저 사람이 간섭하는 대로 따라가야 한다는 게 자존심 상해서일 수도 있어. 어쨌든 분명한 건 내가 저 사람을 정말 싫어한다는 거야."

그날의 남은 시간은 아주 조용하게 흘러갔다. 백작과 나는 체스를 두었다. 그는 처음 두 번을 아주 교묘하게 져주었다. 그러나 내가 일부러 져준 걸 알아챈 것을 보고는 세 번째 판은 불과 10초 만에 끝내버렸다.

퍼시벌 경은 저녁 내내 변호사에 대해서는 일언반구도 하지 않았다. 허나 그 때문인지 다른 연유 때문인지 그날따라 모두에게 상냥하고 정중하게 대했다. 리머리지에서의 그가 다시 돌아온 것 같았다. 자상하고 마음씨 좋은 그런 사람으로 말이다. 아내에게도 얼마나 세심하고 따뜻하게 대하는지 차가운 포스코 부인조차도 눈을 크게 뜨고 입을 다물지 못할 정도였다.

과연 이건 무엇을 뜻하는 걸까? 나는 짐작할 수 있었다. 로라 또한 알 것이며, 확신하건대 포스코 백작 역시 알리라. 저녁 시간 내내 퍼시벌 경이 간간이 백작을 건너다보며 동의의 눈빛을 구하는 것을 여러 번 보았으니까.

6월 17일

사건들로 얼룩진 날이었다. 이 말은 정말 쓰고 싶지 않지만, 오늘은 재앙의 날이었다.

어제 저녁과 마찬가지로 퍼시벌 경은 아침식사 때만 해도 그 '합의(변호사가 그렇게 말했으니까)'에 대해 함구했다. 그에 대한 생각이 여전히 우리 머릿속을 뱅뱅 맴돌고 있는데도 말이다. 그런데 한 시간 정도 지나서 그가 느닷없이 거실 안으로 들어왔다. 나와 로라는 산책을 하려고 모자를 들고 포스코 부인을 기다리는 중이었다. 그는 포스코 백작이 있는 곳을 물었다.

"조금 있으면 여기로 올 겁니다."

내가 대답했다.

"사실······."

방 안을 초조하게 거닐던 퍼시벌 경이 말을 이었다.

"사업 문제로 백작 부부와 서재에서 얘기를 할까 하는데, 로라 당

286

신도 잠깐 와줄 수 있겠소?"

그는 잠시 말을 멈추더니 그제야 우리가 외출복 차림인 것을 알고 다시 물었다.

"지금 들어오는 길인가요, 아니면 나가려던 참인가요?"

"오늘 아침 모두 호수로 갈 예정이었어요."

로라가 대꾸했다.

"하지만 다른 계획이 있으시다면……."

"아니, 아니오."

그가 서둘러 가로막았다.

"기다리겠소. 점심식사 후라도 난 괜찮소. 모두 호수로 가는 거요? 좋지. 한번 느긋한 오전을 보내볼까. 나도 가겠소."

그가 자기 계획을 기꺼이 포기하고 우리를 따르겠다고 한 건 빈틈없는 각본임이 명백했다. 그는 우리를 위해 서재에서의 만남을 미뤘다는 사실을 과시라도 하는 것처럼 유난히 환한 표정을 지어 보였다.

그때 포스코 백작 부부가 나타났다. 백작부인은 손에 남편을 위한 담뱃잎 주머니와 담배 마는 종이를 쥐고 있었다. 백작은 예의 그 챙 넓은 밀짚모자를 쓰고 화려한 블라우스를 입은 채 쥐 우리를 손에 들고 있었다. 그는 흰쥐들에게 환한 미소를 짓더니 우리에게도 그 뿌리치기 힘든 온화한 미소를 보냈다.

"실례가 되지 않는다면 이 작고 귀여운 녀석들도 함께 신선한 공기를 마시게 해줄까 합니다. 아시다시피 집 근처의 사나운 개들에게 어떤 참변을 당할지 모르니까요."

그는 탑의 가느다란 철장을 들여다보며 흰쥐들에게 아버지 같은 어투로 말을 건넸다. 우리는 모두 호수로 향했다. 전나무 숲에 이르자 퍼시벌 경은 우리와 떨어졌다. 그리고는 언제나처럼 지팡이를 만들기 시작했다. 초조함을 느낄 때는 그 버릇이 더 심해졌다. 그

287

는 위험을 무릅쓰고 가지를 꺾어 나무를 깎는 단순한 행동에서 만족감을 느끼는 듯했다. 심지어 집 안 곳곳마다 그가 만든 지팡이가 즐비했다. 그중에 하나라도 다시 쓰거나 하지 않았다. 한 번 쓰고 난 뒤에는 버리고 또 다른 지팡이를 만드는 일에 집중했다.

그는 오래된 보트 창고에서 다시 우리와 합류했다. 여기서 한 가지를 미리 말해 두겠다. 우리가 자리에 앉아서 나눈 대화를 가급적이면 대화 내용 그대로 옮기겠다는 점이다. 이 대화는 내 입장에서 상당히 큰 의미가 있었다. 나는 이 대화를 통해 드디어 포스코 백작이 내게 미치는 영향력을 심각하게 고려하고, 앞으로 거기에 온 힘으로 저항해야 한다는 결심을 했기 때문이다. 따라서 내 사사로운 감정을 배제하기 위해서라도 있는 그대로 써야 할 것이다.

보트 창고는 우리 모두가 들어갈 수 있을 정도로 넓었다. 하지만 퍼시벌 경은 창고 바깥에 앉아 열심히 휴대용 도끼로 새 지팡이를 다듬느라 여념이 없었다.

우리 여자 셋은 널찍하게 자리를 잡고 앉아 각자의 일에 전념하기 시작했다. 로라도 하던 일을 시작했고 백작부인은 담배를 말기 시작했다. 나는 늘 그랬듯이 딱히 할 일이 없었다. 항상 그래왔고 앞으로도 그러겠지만 내 손재주는 항상 남자만큼이나 형편없었다.

백작은 자기 몸보다 훨씬 작은 등받이 없는 의자를 끌어내 그 위에 엉덩이를 놓았다. 거대한 등을 벽에 기대자 허술한 오두막이 비명을 지르듯 삐거덕거렸다. 그가 흰쥐들을 풀어주자 놈들은 기다렸다는 듯 그의 몸을 타고 누비기 시작했다. 보기에는 예쁘장하고 순진하게 생겼지만 왠지 쥐들이 사람 몸을 마음대로 돌아다니는 걸 보는 건 썩 유쾌한 일이 아니었다. 그걸 보노라면 마치 내 등골이 저 쥐들의 발톱에 점령당하기라도 한 것처럼 불쾌감이 들면서, 쥐들이 지하실에서 죄수의 시신을 마음껏 농락하며 먹어치우는 기괴한 장면이 떠올랐다.

아침 날씨는 바람이 강하게 불고 구름이 많이 일었다. 황량한 호수 위로 햇빛과 구름이 번갈아 나타났다 사라지는 모습은 허허로운 호수를 더 사납고 음침하게 보이게 했다.

"어떤 사람은 저런 풍경을 그림 같다고 말하지요."

퍼시벌 경이 반쯤 깎은 지팡이로 넓게 펼쳐진 호수의 풍경을 가리키며 불쑥 입을 열었다.

"하지만 저는 저걸 내 소유지의 얼룩이라고 말합니다. 증조부 때만 해도 저 호수는 여기까지 흘러들었지요. 그런데 지금은 수심이 1미터나 겨우 넘을 정도로 말라버렸습니다. 온 사방이 웅덩이와 구덩이 천지예요. 여건만 되면 저 호수 물을 죄다 뽑아내고 나무를 심을 수 있으면 얼마나 좋겠습니까. 그런데 미신을 철썩 같이 믿는 멍청한 내 토지 관리인이 하는 말이 이 호수에는 저주가 깃들어 있다고 합디다. 이스라엘과 요르단 사이로 흐르는 사해처럼 말입니다. 포스코 백작, 당신 생각은 어떻습니까? 살인사건이 일어나기에 딱 좋은 장소 아닙니까, 안 그렇습니까?"

"이런 얼토당토않기는!"

백작이 대꾸했다.

"자네의 그 냉철한 영국인의 이성은 다 어디로 갔나? 수심이 저렇게 얕은데 어디에 시신 감출 곳이 있겠나? 사방이 모래밭이니 살인자의 발자국도 널려 있을 테고 말이야. 아무리 잘 봐준다 해도 이제껏 본 곳 중에서 사람 죽이기에는 최악의 장소라네."

"시시하군요."

나무 껍데기를 힘주어 깎으며 퍼시벌 경이 맞받아쳤다.

"제 말의 뜻을 정말 모르겠습니까? 저 황량한 풍경과 쓸쓸한 분위기를 말하는 겁니다. 제 말을 이해하려 들면 제 말을 이해할 것이고, 이해하기 싫다면 저도 굳이 설명할 필요가 없겠군요."

"무슨 말인가? 자네 말의 뜻은 단 두 문장으로 설명되지 않나? 만일 세상에서 제일 멍청한 바보가 살인을 하려 들면 저 호수에서 할 테고, 제법 똑똑한 친구라면 사람을 죽일 때 이런 장소는 절대로 택하지 않는다는 말이지. 자네 말이 그거 아닌가? 그렇다면 자네 질문이 도리어 시시하네, 그려.”

로라가 싫은 표정을 완연히 드러내며 백작을 쳐다보았다. 하지만 백작은 생쥐들과 노느라 로라의 표정을 전혀 눈치 채지 못했다.

“호수 풍경을 보고 그런 무시무시한 말씀들을 하시다니 유감입니다.”

로라가 끝내 입을 열었다.

“게다가 포스코 백작께서 범죄자들을 지칭하시는 방식에도 문제가 있다고 봅니다. 단순히 멍청하다고 말한다면 그것은 그들의 죄를 너무 가벼이 여기시는 것이고, 더군다나 죄인을 현명하다고 말하시는 것은 모순입니다. 전 현명한 사람은 살인을 모르고, 살인 자체에 혐오감을 느낀다고 알고 있습니다.”

“오호, 대단하신 부인.”

백작이 응수했다.

“정말 풍부한 감성의 소유자이시군요. 어릴 적 도덕 교과서에서나 들어본 말입니다만.”

그러면서 그는 생쥐 한 마리를 손바닥에 올려놓고는 고약한 얼굴로 바라보며 말했다.

“내 앙증맞고 귀여운 하얀 건달아. 여기 너를 위해 들려주는 교훈의 말씀을 잘 들어라. 정말 현명한 쥐는 선한 쥐란다. 이 말씀을 네 식구들에게도 전하렴. 그리고 이제부터는 네 목숨이 붙어 있는 한 쓸데없이 빗장 문을 갉아서 내 신경을 건드리지 말거라.”

“그렇게 말씀을 빙빙 돌려서 만사를 어처구니없게 만들기는 쉽겠지요.”

로라가 작심한 듯 말했다.

"하지만 이 세상을 빙빙 돌아다녀서 죄를 저지른 자가 현명한 사람이라는 예를 찾기는 쉽지 않을 겁니다."

백작이 거대한 어깨를 으쓱하며 더할 나위 없이 친절한 모습으로 로라에게 미소를 보냈다.

"지당하신 말씀이지요. 멍청한 자의 범죄는 쉽게 발각되고, 현명한 자의 범죄는 쉽게 발각되지 않지요. 그래서 현명한 자의 범죄에 대한 예를 찾기가 쉽지 않은 겁니다. 부인의 철벽같은 영국인의 상식은 제가 감당하기에는 벅차군요. 이번에는 제가 한 방 먹었습니다. 할콤 양, 그렇죠?"

"물러서지 말지, 로라."

문 앞에서 말없이 듣고만 있던 퍼시벌 경이 빈정거렸다.

"이번에는 이렇게 한 방 먹이시지. 범죄는 스스로 냄새를 풍긴다고 말이야. 포스코 백작, 당신을 위한 또 한 마디 도덕적 말씀이 있군요. 죄악은 스스로 냄새를 풍긴다, 어떻습니까? 엉터리 양반?"

"전 그 말이 진실이라 믿어요."

로라가 조용히 답했다. 그 말에 퍼시벌 경이 갑작스럽게 웃음을 터뜨렸다. 너무 난폭하고 폭발적인 웃음이라 모두가 깜짝 놀랐고, 포스코 백작이 특히 놀란 듯했다.

"저도 그 말을 믿어요."

로라를 돕기 위해 나도 끼어들었다.

아내의 말에는 지나칠 정도로 웃던 퍼시벌 경이 이번에는 지나칠 정도로 얼굴을 찌푸렸다. 그는 새로 만들던 지팡이를 모래밭으로 거칠게 내던지고는 일어나 자리를 떴다.

"가련한 내 친구, 퍼시벌!"

포스코 백작이 걸어가는 퍼시벌 경의 뒷모습을 은근히 즐기듯 바라보며 소리쳤다.

"저 사람은 저 발끈하는 영국인의 성질 때문에 큰일입니다. 그나

저나 친애하는 할콤 양, 그리고 글라이드 부인, 정말 죄악은 스스로 냄새를 풍긴다고 생각합니까? 정말 그렇다고 믿습니까? 그리고 당신, 내 천사여."

그가 지금까지 한 마디도 하지 않고 앉아 있던 아내에게 얼굴을 돌리며 물었다.

"당신 생각도 그렇소?"

"말할 기회를 기다렸어요."

백작부인이 살얼음처럼 차가운 원망의 목소리로 대답했다. 그 원망은 당연히 로라와 나를 향한 것이었다.

"많이 배우신 남자 분들 앞에서 감히 제 의견을 말하기가 그렇지만……."

"정말로 그러신가요?"

내가 먼저 방패막이를 쳤다.

"그때가 기억나네요, 백작부인. 부인께서 여성들의 자유에 대해 부르짖으셨을 때 말이지요. 여성이 의견을 말한 권리도 그중 하나였지 않나요?"

"백작께서는 여기에 대해 어떤 의견이시죠?"

차분히 말던 담배를 계속 말던 포스코 부인이 내 말에는 털끝만큼도 관심 없다는 듯이 남편에게 물었다. 백작은 통통한 손가락으로 흰쥐들을 쓰다듬으며 생각에 잠겼다.

"정말 기막힐 정도로 놀라운 일입니다. 사회라는 조직체가 그 따위 시시한 허풍 몇 마디로 자신의 극악한 결점들을 손쉽게 덮어버릴 수 있겠습니까? 사회가 범죄를 소탕하기 위해 만들어낸 도구들은 정말 허술하기 짝이 없지요. 그럼에도 자기들의 작업이 완벽하게 이행되고 있다면서 고작해야 도덕적 경구나 만들고 있지요. 그런 경구들이 전파되는 순간 우리도 진실에 눈이 멀고 맙니다. 죄악은 스스로 냄새를 풍긴다, 그래요, 정말 그럴까요? 또 다른 경구도 있지요. 살인은 사라질 것이다. 정말 그럴까요? 그 말이 사실이라면 대도시에서 일하는 검시관에게 진위를 물어보시겠습니까, 글라이드 부인? 그게 사실이라면 생명보험회사 직원에게 물어봐도 되겠군요, 할콤 양? 대중잡지나 신문은 읽으시지요? 몇 안 되는 사건들 중에 참혹한 시신들을 발견됐는데 살인자는 못 찾고 미궁에 빠진 경우가 있지 않던가요? 더 정확하게는 이 발견된 사건들에 발견되지 않은 사건을 더해야겠지요. 범인이 잡힌 사건에 범인이 잡히지 않은 사건을 더해야 하고 말입니다.

자, 이제 어떤 결론이 나왔습니까? 그렇죠, 바로 그겁니다. 멍청한 놈들은 발각돼도 머리 좋은 놈들은 잡히지 않는다는 겁니다. 그렇다면 범죄를 감추고 밝히는 사람은 누구겠습니까? 경찰이나 범인이나 똑같지요. 경찰은 범죄 사실을 감추기도 하고 밝혀내기도 합니다. 범인도 마찬가지로 범죄를 감추거나 스스로 드러냅니다. 다 똑같아요. 범인이 짐승 같고 무지하면 열에 아홉은 경찰이 이깁니다. 반대로 범인이 영리하고 교묘하다면 열에 아홉은 경찰이 지게 되지요. 경찰이 이겼다면 그 사실을 어디서든 듣게 됩니다. 하지만 경찰이 진다면? 어디서도 그에 대한 소식을 들을 수 없을 겁니다. 여러분은 이런 고통스러운 사실을 알고도 지금 죄악이 스스로 냄새를 풍긴다고 믿는 거로군요. 아주 마음 편한 도덕적 경구 아닙니까? 그래요, 그건 여러분이 알고 있는 범죄들 이야기이죠. 그런데 나머지는 어떻게 합니까?"

"끔찍하게 현실적이고, 지독히도 정확하군."

보트 창고의 문 입구에서 목소리가 들렸다. 우리가 백작의 말에 귀를 기울이는 동안 마음의 평정을 되찾은 퍼시벌 경이 돌아온 것이다.

"어느 정도는 진실이고 정확하게 말씀하셨어요."

내가 잘라 말했다.

"하지만 어째서 백작께서는 그렇게 열광적으로 사회를 이긴 사악한 범죄자들을 환대하듯 말씀하시는 거죠? 그리고 그런 백작의 말씀에 퍼시벌 경께서는 왜 그토록 도취된 듯이 박수를 치시는지 알다가도 모르겠군요."

"저 말 들었습니까, 포스코 백작?"

퍼시벌 경이 되받았다.

"내 충고를 받아들여서 이 청중들과 화해하시는 게 어떻겠습니까? 그냥 선은 좋은 거라고 말씀해 주시지요. 사람들은 그 말을 몹시 좋아하니까요. 내가 장담하지요."

백작이 소리 내지 않고 표정으로만 껄껄 웃어댔다. 백작의 몸 위에서 놀던 쥐들이 백작의 배에서 일어난 경련에 깜짝 놀라서 황급히 찍찍거리며 우리 속으로 기어 들어갔다.

"친애하는 퍼시벌, 선에 대해 말한 사람은 내가 아니라 숙녀 분들이라네. 선과 관련해서는 나보다 저분들이 더 훌륭하시지. 숙녀 분들은 선이 뭔지 알지만 나는 잘 모르거든."

"모두들 들었소? 끔찍한 말 아니오?"

퍼시벌 경이 거들었다.

"사실이 그렇다네."

백작이 조용하게 말했다.

"나는 세계 시민이라네. 안 가본 나라가 없으니까. 전성기 때는 그야말로 온갖 종류의 선을 가진 사람들과 만났지. 그러다가 이 나이가 되어보니 정말 뭐가 옳고 그른지조차 혼미하네. 영국에는 영국 나름의 도덕이 있다면, 중국에는 중국 나름의 도덕이 있지. 영국인은 자기 선이야말로 진정한 선이라 하고, 중국인은 자기 선이 진정한 선이라고 말하지. 이때 내가 한쪽은 옳고 다른 쪽은 옳지 않다고 말한다면 어떤 광경이 벌어질까? 승마 장화를 신은 영국인에게 당하는 만큼 머리 땋은 중국인에게도 똑같이 당하게 되어 있지.

옴짝달싹 못하고 말이야. 아, 내 작고 귀여운 녀석들, 이리 온. 내게 입을 맞춰주렴. 네가 생각하는 선한 사람은 누구냐, 내 귀염둥이. 너를 따뜻하게 해주고 먹을 걸 풍족하게 주는 사람이라고? 쓸 만한 정의로구나, 최소한 넌 분별력이라도 있구나, 허허."

"잠깐만요, 백작님."

내가 말을 막았다.

"그 사례를 받아들인다 해도, 중국에는 없는 확고한 선이 영국에는 있습니다. 중국의 권력자들은 하찮은 이유로 무고한 이들을 수없이 죽입니다. 영국에서는 적어도 그런 죄악으로부터 자유롭지요. 우리는 결코 그런 끔찍한 죄를 저지르지 않아요. 맹세컨대 그런 무자비한 유혈 학살을 혐오하니까요."

"맞는 말이야, 언니."

로라가 맞장구를 쳤다.

"백작님 말씀을 다 들어보는 게 어때요?"

백작부인이 공손하지만 단호하게 말했다.

"적어도 백작님 말씀에 우리가 헤아리지 못하는 분명한 이유가 있어요. 헛되이 말하실 분이 아니라고 봅니다."

"고맙소, 내 천사."

백작이 대답했다.

"사탕과자 하나 먹겠소?"

그가 주머니에서 무늬 있는 작은 상자를 꺼내더니 뚜껑을 열어 탁자 위에 놓았다.

"바닐라 맛 초콜릿입니다."

이 속을 알 수 없는 남자는 그렇게 외치고는 상자 안의 사탕들을 소리 내서 흔들어대며 고개를 숙인 뒤 주위를 둘러보았다.

"포스코가 여기 매력적인 분들에 대한 존경의 표시로 이걸 바칩니다."

"그만하면 됐어요. 계속해 주세요, 백작님."

그의 아내가 나를 앙심을 품은 눈초리로 바라보며 백작을 부추 겼다.

"제 입장을 생각해서라도 할콤 양의 말에 어서 답해 주세요."

"할콤 양의 말에 대해서는 답 같은 걸 할 수 없어요. 적어도 할콤 양의 입장에서 보면 그녀가 말한 바대로입니다. 그래요! 나는 할콤 양의 말에 동의합니다. 영국인은 중국인의 범죄를 무척 혐오합니다. 영국인은 이웃의 잘못은 제일 빨리 지적하지만 자기 잘못은 가장 늦게 아는 늙은 신사 같지요. 그는 늘 창조주의 얼굴을 하고 있지만, 자기가 손가락질하는 사람들보다 과연 그리 훌륭하게 살아갈까요?

할콤 양, 영국 사회는 범죄를 적대시하면서도 한편으로는 죄악과 공모합니다. 다른 나라에서 일어나는 범죄가 이 나라에서도 똑같이 벌어지지요. 자기 주변 사람들에게는 좋은 친구가 누군가에게는 적이 되지요. 흉악범이 자기 아내와 가족들을 동정심으로 돌보는 꼴이지요. 더 흉악한 범죄자일수록 그의 가족들은 우리의 동정심을 불러일으킵니다. 물론 어떤 악한들은 자신만을 위해 죄를 짓지요. 재산을 물 쓰듯 탕진하는 난봉꾼은 누구를 파멸시킵니까? 그렇죠, 주변 친구들을 곤란에 빠뜨리지요. 늘 그에게 돈을 빌려줘야 하니까요. 난봉꾼들은 원칙과 지조를 지키며 사는 정직한 사람보다 더 쉽게 돈을 빌립니다. 왜냐고요? 늘 그러니까 그러려니 하고 또 빌려주는 거죠. 놀랄 일도 아닙니다. 그런데 지조를 잘 지키다 일생에 한 번 돈을 빌리는 사람들에게는 다들 당황하지요. 보십시오. 악당이 자기 말년을 감옥에서 보내는 게 더 불편할까요, 아니면 정직한 사람이 말년을 일터에서 보내는 게 불편할까요? 누가 더 초조하고 불안할까요?

박애주의자인 교도소 개량 운동가 존 하워드 씨는 인간을 비참한 상태에서 구하려고 일생을 바치면서 감옥을 찾습니다. 그가 죄악의 비참함과 선의 비참함을 동시에 발견하는 곳은 어디입니까? 오두막집의 헛간이나 창고입니까? 감옥소에 갇힌 죄인의 독방입니까? 죄인의 독방에서 선 혼자 독야청청할 수 있겠습니까? 인간의 죄악과 선이 함께 인간 안에서 쪼그라들고 죽이가는 모습을 보게 되지요. 세상에서 가장 큰 공감을 받은 영국 시인은 누구일까요? 바로 위조 그림 그리는 일로 인생을 시작해서 자살로 인생을 마감한 채터턴 아닙니까? 그의 시와 그림은 바로 그 때문에 세인들로부터 가장 쉽게 연민에 찬 사랑을 받았습니다.

자, 여기 두 명의 가련한 사람이 있습니다. 이 둘 중에 누가 더 잘 살았다고 생각합니까? 정직하게 유혹을 뿌리치고 평생 배고파 굶어 죽어간 쪽입니까, 아니면 유혹에 넘어가 물건을 훔쳐 목돈을 쥐고 계율을 파괴해 굶주림으로부터 벗어난 쪽입니까?

이리 오거라, 내 사랑스러운 쥐들아, 어서 변해라! 내 당분간 네가 고결한 여인으로 변하는 것을 허락하마. 여기 내 커다란 손바닥 위에 앉아서 잘 들어라. 네가 사랑하는 가난한 남자와 결혼한다고 치자. 네 친구들 중 반은 너를 동정할 거고, 나머지 반은 너를 바보라고 손가락질 하겠지. 그 반대로, 돈을 위해 마음에도 없는 사람과 결혼해 너를 팔았다고 해보자. 그러면 네 친구들 대부분이 너를 부러워하겠지. 넌 부사니까. 주례를 보는 목사조차도 추악한 인간의 거래 중에 가장 사악한 네 추태를 뻔히 알면서도 그 결혼을 인정할 거다. 네가 나중에 그를 식사에 초대할 정도로 예의를 갖추었다면, 그날 목사는 탁자에서 맛있게 식사를 하면서 능글맞게 웃을 거다. 이제 그만하자. 다시 쥐로 변해서 찍찍거려라. 네가 조금만 더 오래 숙녀로 남으려 들었다면 이런 말을 하려고 했다. 사회는 범죄를 미워한다고 말이야. 하지만 나는 그걸 의심한다. 그렇지 않으면 네 눈과 귀가 네가 무슨 소용이 있겠느냐!

아, 전 나쁜 사람이군요, 글라이드 부인. 그렇지요? 다른 사람들은 머릿속으로만 생각하는 걸 나는 입 밖으로 내니까 말입니다. 세상 모든 사람들이 진짜 얼굴을 가리려고 가면을 쓰려는데, 내 경박한 두 손은 그 가면을 찢고 흉측한 몰골을 드러내고 말았군요. 이제 부인의 그 소박한 생각에 더 상처를 주기 전에 이 코끼리의 것처럼 무거운 다리를 일으켜 세워야겠습니다. 일어나서 홀로 신선한 공기라도 마시러 나갈까 합니다. 숙녀 분들, 작가 셰리든이 말한 것처럼 내 뒤에 나의 인격을 남기고 떠나려고 합니다."

그가 일어서서 탑 우리를 탁자 위에 놓았다. 그리고 잠시 쥐 머릿수를 헤아리느라 움직임을 멈추었다.

"하나, 둘, 셋, 넷…… 아니!"

그가 공포에 질린 표정으로 소리쳤다.

"맙소사. 다섯째 녀석이 어디 간 거지? 제일 어리고 민첩하고 제일 하얀 털을 가진 우리 재주꾼이 어디로 간 거지?"

로라나 나나 유쾌한 기분은 아니었다. 우리는 백작의 냉소적인 언변에서 드러난 극악무도함을 목격하고는 본능적으로 움츠러들어 있었다. 그런데 저렇게 덩치 크고 세상을 다 꿰뚫고 있는 것 같은 사람이 작은 쥐 한 마리 때문에 요란을 떠는 걸 보니 가만히 있을 수 없었다. 우리도 모르는 사이에 웃음이 터져 나왔다. 백작부인은 남편이 보트 창고 안을 샅샅이 뒤질 수 있도록 자리에서 일어났고, 우리도 그녀를 따라 밖으로 나왔다.

몇 걸음 걸었을까, 백작의 날카로운 시선이 우리가 앉았던 자리 밑에서 사라졌던 쥐를 발견했다. 그는 긴 의자를 밀쳐내고 그 작은 동물을 손에 쥐었다. 그리고 무릎을 꿇은 자세로 바닥에 눈을 고정시킨 채 꿈쩍하지 않았다. 가까스로 몸을 일으켰을 때는 너무 손을 떨고 있어 쥐를 우리 안에 넣기 힘들 지경이었다. 얼굴은 새파랗게 질렸다.

"퍼시벌!"

속삭이듯이 그가 불렀다.

"퍼시벌! 이리 와보게."

퍼시벌 경은 거의 10분 동안 누구에게도 신경 쓰지 않고 막대기 끝으로 뭔가를 그렸다 지웠다를 반복하며 자기 생각에 빠져 있던 차였다.

"무슨 일입니까?"

그가 심드렁한 표정으로 창고 안으로 들어왔다.

"저기 뭔가 보이지 않나?"

백작은 퍼시벌 경의 옷깃을 초조하게 움켜쥐고 다른 한손으로 쥐를 발견한 장소를 가리켰다.

"마른 모래군요. 진흙 덩어리도 있고."

"진흙 덩어리 말고."

그는 몹시 흥분해서는 두 손으로 퍼시벌 경의 옷깃을 움켜쥐고 흔들었다.

"피 말일세!"

작은 목소리였지만 가까이 있던 로라에게도 충분히 들렸다. 로라가 당황한 기색으로 나를 쳐다보았다.

"사람 피가 아닙니다. 놀랄 것 없어요. 집 잃은 강아지가 흘린 피에요."

내 말에 모두 놀란 표정으로 나를 쳐다보았다.

"그걸 어찌 알았소?"

퍼시벌 경이 가장 먼저 물었다.

"여러분이 여행에서 돌아온 날, 여기서 죽어가는 개를 발견했어요. 불쌍하게도 전나무 숲에서 길을 잃고 헤매다가 파수꾼의 총에 맞았죠."

"누구 개였소? 우리 집 개입니까?"

퍼시벌 경이 거듭 물었다.

"설마 죽게 두지는 않았지? 살리려고 해봤지?"

로라가 안타깝게 물었다.

"그럼, 관리인과 함께 살리려고 애썼어. 하지만 상처가 너무 깊어서 우리 손 위에서 죽었어."

"누구 개였소? 우리 집 개들 중에 하나였소?"

퍼시벌 경이 짜증을 부리며 집요하게 파고들었다.

"아뇨, 경의 개는 아니었어요."

"그럼 누구 개요? 관리인은 알고 있소?"

그 질문을 듣는 순간, 캐서릭 부인이 자기가 왔다는 사실을 퍼시벌 경에게 말하지 말아달라고 부탁했다는 관리인의 말이 내 기억을 흔들어 깨웠다. 나는 망설였다. 하지만 이미 너무 많은 말을 해버렸다. 여기서 괜히 말꼬리를 내려 의구심만 증폭시키고 상황을 악화시켜서는 안 되었다.

"네, 관리인은 알고 있었어요. 캐서릭 부인의 개라고 하더군요."

지금까지 나는 문밖에서, 퍼시벌 경은 창고 안에서 말을 주고받고 있었다. 그러나 내 입에서 캐서릭 부인의 이름이 나오자마자 그가 반사적으로 포스코 백작을 세차게 밀치며 창고 밖으로 뛰쳐나와 내 얼굴을 노려보았다. 햇볕은 뜨겁고 강렬했다.

"캐서릭 부인 개라는 걸 관리인이 어떻게 알았다는 거요?"

그가 인상을 찌푸리고 나를 뚫어져라 바라보며 추궁했다. 나는 그 눈빛에 놀란 동시에 화가 치밀었다. 나는 차분하게 대응했다.

"캐서릭 부인이 그 개를 데리고 왔으니까요."

"개를 데리고 왔다고? 도대체 어디를 왔단 말이오?"

"이 저택으로요."

"젠장! 도대체 캐서릭 부인 이 집에 뭐 원하는 게 있단 말이오?"

그의 질문하는 태도는 사납고 거칠었다. 나는 그가 도를 넘었다

300

는 표시로 그에게서 몸을 살짝 돌렸다. 내가 몸을 돌리는 순간 백작이 퍼시벌 경을 달래듯이 그의 어깨에 점잖게 손을 놓았다. 그의 부드러운 목소리가 퍼시벌 경의 입을 막았다.

"이보게, 퍼시벌, 진정하고 조용조용 굴게나."

퍼시벌 경이 독기 서린 얼굴로 백작을 돌아보았다. 백작은 연신 미소를 지으며 계속 그를 다독였다.

"왜 이러나, 친구. 진정하게!"

퍼시벌 경은 놀랍게도 잠시 머뭇대며 나를 따라 몇 걸음 오더니 갑자기 태도를 바꿔 사과를 건넸다.

"미안하오, 할콤 양. 최근 내가 제정신이 아니오. 너무 민감하게 굴었다면 사과하겠습니다. 하지만 캐서릭 부인이 이곳에서 뭘 원하는지는 알아야겠소. 언제 왔지요? 관리인만 그녀를 본 거요?"

"제가 알기로는 관리인만 봤어요."

이때 백작이 다시 끼어들었다.

"그렇다면 관리인에게 물어보지 그러나, 퍼시벌. 정보의 장본인에게 물어야 하지 않겠나?"

"그렇군요. 당연히 관리인이 더 잘 알고 있겠지. 그걸 몰랐다니 내가 바보군요."

이 말과 함께 그는 곧장 집으로 돌아갔다. 포스코 백작이 어째서 이 문제에 끼어들었는지, 퍼시벌 경이 사라지자 그 이유가 드러났다. 그는 차마 퍼시벌 경의 면전에서 캐서릭 부인이 이곳을 찾은 이유를 물을 수 없었던 것이다. 그는 퍼시벌 경이 사라지자 캐서릭 부인에 대해 질문 공세를 퍼붓기 시작했다. 나는 이미 그를 의심하기 시작했으므로, 가급적 내 심경 변화를 들키지 않는 범위 내에서 정중하고도 짤막하게만 답했다.

하지만 문제는 로라였다. 옆에 조심해야 할 사람이 있는 줄도 모르고 궁금한 건 죄다 묻는 순진한 성격 때문에 결국 아는 걸 모두 털어놓을 수밖에 없었다. 그렇게 10분 정도 질문이 오가면서 결국 백작도 나만큼이나 이 문제에 대해 잘 알게 되었다. 캐서릭 부인과 하트라이트 씨가 그녀의 딸 앤과 처음 만난 일부터 지금까지 우리와 앤 사이에 연결된 여러 사건들까지 말이다.

내가 제공한 정보들은 백작의 호기심을 자극하기에 충분했다. 그는 퍼시벌 경과 허물없이 흉금을 털어놓는 사이였음에도 앤 캐서릭 이야기에 나만큼이나 놀란 것이 분명했다. 사실 절친한 사이에 한쪽이 어떤 사실을 지금까지 숨겨왔다는 건 그 자체로 놀라움을 가중시킬 만했다.

내 입에서 나오는 한 마디 한 마디를 놓치지 않고 주워 담는 그의 진지하고 열렬한 표정에서, 나는 그가 이 사실에 대단한 관심을 가지고 있다는 걸 눈치 챘다. 세상에는 별의 별 호기심이 다 있다. 하지만 넋을 잃을 정도로 충격적인 호기심은 그중에서도 가장 강력한 것이다. 나는 그런 종류의 호기심을 포스코 백작의 얼굴에서 보았다.

질문을 주고받는 사이에 이미 우리는 전나무 숲을 통과해 집 앞까지 다다랐다. 제일 먼저 발견한 것은 마차와 복장을 갖춘 채 대기하고 있는 마부였다. 이 믿기지 않는 광경이 신기루가 아니라면, 관리인과의 면담이 이미 중대한 결과를 초래한 것이 분명했다.

"훌륭한 말이로군, 진짜 명마야."

백작은 어색할 정도로 친근하게 마부에게 말을 걸었다.

"어디 가려는 참인가?"

"제가 가는 게 아닙니다, 나리."

마부는 입고 있던 정장 웃옷을 백작이 제복으로 착각했나 싶었는지 자기 차림을 내려다보면서 말했다.

"주인 나리께서 직접 몰고 가십니다."

"아하, 그래? 자네를 두고 왜 직접 몰겠다는 거지? 도대체 오늘 얼마나 멀리까지 가서 이 근사하고 잘생긴 말을 혹사시키려는 건가?"

"저는 모릅니다, 나리."

마부가 대답했다.

"다만 궁금하시다면, 이 말은 암컷입니다. 우리 마구간의 말들 중에 가장 용맹스러운 녀석이지요. 이름은 브라운 몰리인데 한번 달리기 시작하면 쓰러질 때까지 달립니다. 주인께서는 가까운 곳에 가실 때는 아이작이라는 말을 타고 가시죠."

"이 멋진 브라운 몰리는 장거리용이고?"

"그렇습니다, 나리."

"결국 정답은……."

포스코 백작이 경쾌한 몸짓으로 몸을 빙 돌리면서 내게 말을 건넸다.

"퍼시벌 경이 오늘 먼 길을 간다는 겁니다."

나는 대꾸하지 않았다. 나 또한 관리인으로부터 알게 된 사실과 지금 본 것들로 미루어 나름의 추론을 세우고 있었지만, 그것을 백작과 공유할 마음은 없었다.

퍼시벌 경은 일전에 컴벌랜드에 있었을 때도 앤 캐서릭의 정보를 얻겠다고 홀로 토드 코너의 먼 농장까지 다녀온 적이 있었다. 그렇다면 이번에도 같은 문제로 웰밍헴에 있는 캐서릭 부인을 만나러 가는 건 아닐까?

우리는 저택 안으로 들어갔다. 홀을 지나는데 서재에서 퍼시벌 경이 나와 우리를 맞이했다. 성급하고 초조한 기색이 역력했지만 우리에게 말을 건넬 때는 최대한 공손한 태도를 꾸며냈다.

"미안하지만 어쩔 수 없이 지금 떠나야 할 것 같소."

그가 말을 시작했다.

"지체해서는 안 될 일이 있어서 긴 여행이 될 것 같소. 늦어도 내일이면 돌아올 겁니다. 그런데 떠나기 전에 먼저 해결해야 할 일이 있어요. 오전에 말했던 사업 문제입니다. 몇 분이면 끝나니, 로라,

안으로 들어오겠소? 간단한 절차상의 문제일 뿐이오. 백작부인께
서도 같이 있어 주시겠습니까? 다른 게 아니라 서명을 하는 데 잠
시 증인 자격으로 계셔주기만 하면 됩니다. 별 일 아닙니다. 들어
가서 얼른 마칩시다."

그는 모두가 안으로 들어갈 때까지 서재 문을 연 채로 잡고 있었
다. 그리고 마지막으로 자기가 들어가면서 문을 닫았다.

나는 현관에 홀로 남겨진 채 서 있었다. 심장 박동이 빠르게 뛰고
불안과 걱정이 번갈아 마음을 괴롭혔다. 나는 계단으로 가서 내 방
으로 천천히 걸어 올라갔다.

4

6월 17일

내 방문 손잡이를 열려는데 아래층에서 퍼시벌 경이 나를 불렀다.

"할콤 양, 다시 아래층으로 와주시겠소?"

그가 소리쳤다.

"다른 게 아니라 백작 때문입니다. 갑자기 백작부인께서 증인이
되는 걸 거부하고 있습니다. 어이없게 말입니다. 그리고 할콤 양을
대신 서재로 불러달라고 하는군요."

나는 곧바로 퍼시벌 경과 서재로 들어섰다. 로라는 집필용 탁자
옆에 서서 나를 기다리고 있었다. 초조하고 불안한 듯 두 손으로
야외용 모자를 비비 꼬고 있었다. 바로 옆에는 안락의자에 앉은 백
작부인이 남편의 모습을 침착하게 바라보고 있었다. 백작은 창가에
홀로 서서 꽃병에서 시든 꽃잎들을 떼어내고 있었다. 내가 들어서
자 백작이 나에게 다가왔다.

"부디 용서를 빕니다, 할콤 양."

그가 나름의 설명을 시작했다.

"영국인이 우리 이탈리아 사람을 어떻게 보는지 아시지요? 훌륭하신 영국인의 평가에 따르자면, 우리 이탈리아인은 천성이 교활하고 의심 많은 이들이지요. 원하신다면 저 역시 그런 부류로 취급해도 괜찮습니다. 사실 할콤 양 당신도 그렇게 생각하고 있지 않습니까? 아무튼 내가 증인인 마당에 제 아내까지 이 서명의 증인이 되는 걸 반대하는 이유도 바로 그 능청맞고 의심 많은 성격의 일환일 겁니다."

"백작께서는 반대할 하등의 이유가 없소."

퍼시벌 경이 말을 막았다.

"제가 충분히 설명하지 않았습니까? 남편뿐만 아니라 그의 아내인 백작부인께서도 증인이 될 수 있다는 영국 법규에 대해서 말입니다."

"인정합니다."

백작이 다시 말의 고삐를 쥐었다.

"영국 법은 괜찮다고 말하지요. 허나 이 포스코의 양심은 안 된다고 말하고 있습니다."

그는 통통한 손가락을 쫙 펴서 가슴에 얹고는 깍듯이 고개를 숙였다. 마치 우리 모두에게는 물론 영국 사회에까지 자신의 눈부신 양심을 드러내 보이려는 것 같았다.

"지금 글라이드 부인께서 서명하시려는 이 서류의 내용이 뭔지 나는 알지도 못하고 알고 싶지도 않습니다. 단 이것만은 분명히 밝혀두겠소. 나중에 혹시 퍼시벌 경이나 그의 대리인들이 이 기록물의 두 증인에게 어쩔 수 없이 판단을 요하게 되는 불상사가 벌어진다고 가정합시다. 그럴 경우 두 사람의 증인은 각각 독립적인 위치에서 각자의 의견을 피력하는 게 바람직합니다. 그래야 확실한 신빙성을 보장할 수 있지요.

그런데 만일 나와 아내가 같이 서명한다면, 이 쌍방의 의견에는 신빙성이 사라집니다. 누가 봐도 부부는 하나이니까요. 우리 둘의 의견은 빈틈없이 일치할 것이고, 그 의견은 누가 봐도 남편의 의견이라는 것에 의문의 여지가 없겠지요? 나중에 이런 불상사 앞에서 내가 아내에게 서명을 강요했고 아내는 허깨비 증인이었다는 걸 나 혼자 가슴에 꽁꽁 묻어둘 수는 없겠지요. 그러니 다들 퍼시벌 경의 이익을 위해 증인이 되긴 하겠지만, 나는 그의 가까운 친구로서 서명하고 할콤 양이 그 아내의 가까운 친구로서 서명을 해야 합니다. 이렇게 되면 각자 독립성을 확보하게 되는 셈이지요. 또 최소한 제가 어떤 진실을 감추거나 남을 속이게 될 위험을 차단할 수 있습니다.

이런 나를 예수라도 되냐고 비아냥거려도 상관없습니다. 별 것 아닌 양심의 가책에 묶여 있다고 말씀하셔도 달게 받겠습니다. 할콤 양, 다만 의심 많은 이탈리아인의 성격과 불안을 못 이기는 이탈리아인의 양심을 자비로운 마음으로 살펴주셨으면 합니다."

그는 다시 고개를 깍듯이 숙인 뒤 몇 발자국 물러나더니 처음과 마찬가지로 정중한 태도로 가슴의 손을 걷어냈다.

백작이 느끼는 양심의 가책은 나름대로 옳고 합리적이었다. 하지만 그것을 표명하는 그의 태도는 뭔가 석연찮았다. 이것이 더더욱 나로 하여금 이 일에 관여하고 싶지 않다는 생각을 하도록 만들었다. 만일 로라에 대한 염려가 아니었다면 결코 이 자리에 남아 있지 않았을 것이다. 나는 로라를 흘긋 바라보고는 다시 마음을 고쳐 먹었다. 동생을 버려두느니 위험을 감수하는 쪽이 훨씬 나았다.

"기꺼이 남아 있겠습니다."

내가 말문을 열었다.

"저 역시 제 양심에 거스르는 것이 없다면 증인이 될 것을 약속합니다."

그때 무슨 말을 퍼부으려는 것처럼 퍼시벌 경이 나를 날카롭게 쏘아보았다. 그러나 그 순간 포스코 백작부인이 자리에서 일어나 퍼시벌 경의 매서운 눈초리를 돌리게 만들었다. 백작부인은 남편의 눈빛이 보낸 암시를 금방 알아차렸다. 그것은 자리를 떠나라는 암시였다.

"가실 필요 없습니다."

퍼시벌 경이 말했다. 그러나 백작부인은 다시 남편을 바라보았다. 그리고는 이 일에 개입하고 싶지 않다고 다소곳이 말하고는 단호한 걸음으로 서재를 나갔다.

백작이 담배에 불을 붙이고 다시 창가로 향했다. 꽃잎을 향해 담배 연기를 뿜으면서도 그 안에 붙은 곤충을 죽이지 않으려는 듯 가늘게 내뿜었다. 그러는 사이 퍼시벌 경이 책장 아래 딸린 서랍장을 열어 양피지 하나를 꺼냈다. 그것을 탁자 위에 올려놓더니 말려 있던 한쪽만 펼쳐놓고 나머지 부분은 손에 쥐었다. 펼쳐진 양피지 부분은 글자 없이 텅 비어 있었고, 몇 군데 작은 기름종이가 붙어 있었다. 진짜 내용은 그가 손으로 쥔 부분에 감춰져 있었다. 로라와 나는 서로를 바라보았다. 로라는 비록 얼굴빛은 창백했지만 갈등이나 두려움의 기색은 없었다. 퍼시벌 경이 펜의 촉에 잉크를 묻힌 후 로라에게 내밀었다.

"여기에 서명하시오."

그가 서명할 곳을 턱으로 가리키며 말했다.

"할콤 양과 포스코 백작은 다음에 저 두 장의 기름종이에 사인하면 됩니다. 이리 오시겠소, 포스코 백작! 창가에서 꽃에 담배 연기나 뿜는 게 증인 노릇을 하는 건 아니지 않습니까."

백작이 피우던 담배를 끄고 탁자 쪽으로 다가와 퍼시벌 경 옆에 서서 두 손을 허리를 감은 자주색 띠에 아무렇게나 쑤셔 넣은 채 그를 물끄러미 쳐다보았다. 로라 역시 남편이 준 펜을 들고 옆에 서서 남편을 바라보았다. 나 역시 퍼시벌 경의 맞은편에 앉아 그를 정면으로 쳐다보았다.

세 사람의 위치가 공교롭게도 탁자 가운데에서 양피지를 누르고 있는 퍼시벌 경을 묘한 입장으로 만들었다. 좌우와 맞은편의 각자의 위치에서 세 명이 일제히 그만 노려보고 있는 상황은 그를 이 저택의 주인이 아닌 법정에 선 죄수처럼 보이게 만들었다.

"거기에 서명하시오."

그가 로라에게 몸을 돌리더니 양피지에 가려진 서류 뭉치를 손가락으로 가리키며 재촉했다.

"제가 서명하려는 게 무엇입니까?"

그녀가 침착하게 물었다.

"설명할 시간이 없소. 마차가 문 앞에 대기하고 있고 나는 곧 출발해야 하오. 설령 시간이 난다 해도 내 설명을 이해하겠소? 단지 절차상의 서류일 뿐이오. 온통 잡다한 법률 용어와 문장으로 가득하단 말이오. 어서 서명만 하시오. 더 이상 시간 끌 필요도, 여유도 없소!"

"전 제가 서명하는 내용을 꼭 알아야겠어요."

"쓸데없는 소리! 여자들이 사업 문제에 상관할 이유가 뭐가 있소? 다시 말하지만 설명해도 이해 못할 거요."

"이해시키려고 노력해 보실 수는 있잖아요? 길모어 씨는 저와 관련된 일이라면 늘 설명부터 해주셨고, 저 또한 매번 그걸 이해했어요."

"그 사람이야 그랬겠지. 그는 당신의 아랫사람이니 설명할 의무가 있었겠지. 하지만 난 당신 남편이고, 따라서 그럴 의무가 없소. 얼마나 기다리게 할 참이오? 다시 말하는데 읽을 시간조차 없소. 마차가 기다리고 있다니까! 자, 서명할 거요, 안 할 거요?"

그녀는 손에 여전히 펜을 쥐고 있었지만 결코 서명할 태세는 아니었다.

"만일 이 서명이 뭔가를 서약해야 하는 거라면, 최소한 그 서약 내용이 뭔지 알고 하는 게 마땅하지 않나요?"

화가 난 퍼시벌 경이 양피지를 탁자 위에 세게 내리쳤다.

"솔직히 말해 보시지! 당신은 진실만 말하는 걸로 유명하니 한번 말해 보시지. 할콤 양이나 포스코 백작은 신경 쓰지 말고 어서 말해 보시오. 나를 믿지 못한다고 말이야!"

포스코 백작이 허리띠에 넣었던 손을 빼서 퍼시벌 경의 어깨에 얹었다. 퍼시벌 경이 신경질적으로 그 손을 떨쳐냈다. 백작은 아랑곳하지 않고 다시 손을 얹었다.

"자네, 그 못된 성질 좀 가라앉히게나."

그가 잔잔하게 말했다.

"글라이드 부인의 말이 맞네."

"옳다고? 아내가 남편을 못 믿는 게 맞다고!"

"당신을 불신한다고 비난만 하는 건 정말 부당하고 잔인한 일입니다. 한번 물어보세요. 제가 서명할 내용을 알고 싶어 하는 게 잘못된 건지 제 언니에게 한번 물어보시죠."

"내가 왜 할콤 양에게 사정해야 하지?"

그가 퉁명스럽게 말했다.

"할콤 양은 이 문제와 상관없는 사람이오."

나는 그때까지는 입도 뻥긋하지 않았고, 그 순간에도 이 문제에 대해 내 의견을 말하지 않는 게 나을 것 같다고 생각했다. 그러나 로라의 얼굴은 어떤가! 안절부절못하면서 나를 보고 있었다. 게다가 그 남편의 행동은 안하무인도 유분수지, 말 그대로 불손함의 극치였다. 더 이상 선택의 여지가 없었다. 말할 기회가 왔을 때 놓치지 않고 입을 열어야 했다.

"죄송합니다만 감히 말씀드리지요, 퍼시벌 경. 서명을 지켜보는 증인으로서 저 역시 이 문제와 관련이 있다고 생각합니다. 로라의 주장은 매우 합당한 주장으로 보이는군요. 더군다나 저만 해도 로라가 서명할 내용이 뭔지도 모르고 증인의 책임을 떠맡을 수는 없지 않겠어요?"

"정말 대단한 선언이시군."

그는 더 흥분했다.

"분명히 충고하겠소. 할콤 양. 다음에 다른 신사 집에 초대를 받거든 당신과 상관없는 문제로 그 아내 편을 들면서까지 초대한 이의 환대를 그딴 식으로 저버리지 마시오."

나는 그에게 한 대 얻어맞은 듯 자리에서 벌떡 일어났다. 만일 내가 남자였다면 누구도 말릴 틈 없이 그의 얼굴을 인정사정 없이 갈겼을 것이다. 그리고 기어서 문턱으로 나가기 전에 한 번 더 가차없이 박살을 내서는 꼼지락거리지도 못하게 만들었을 것이다. 그리고 누가 잡아가든 말든 후련한 마음으로 유유히 박차고 나갔을 것이다. 그러나 저기 한 여자가 있다. 나는 이 작자의 아내를 끔찍이도 사랑하고 있다!

하늘에 감사할 만큼 그 사랑이 나를 차분하게 만들었고, 나를 다시 의자로 허물어뜨렸다. 단 한 마디도 하지 않도록 만들었다. 로라는 내가 어떤 고통을 겪고 있는지, 내가 무엇을 억누르고 있는지 잘 알고 있었다. 그녀는 눈물을 흘리며 내게 달려왔다.

"아, 언니!"

그녀가 울먹이며 속삭였다.

"우리 어머니가 살아 계셨다 해도 언니보다 더하지 못했을 거야."

"어서 와서 서명이나 하시오!"

퍼시벌 경이 탁자 반대편에서 다시 한 번 소리쳤다.

"그냥 할까? 언니가 하라고 하면 할게."

그녀가 내 귀에 대고 물었다.

"안 돼, 너에게는 내용을 알 권리가 있어. 서명하지 마. 먼저 읽기 전엔 절대로."

"어서 와서 서명하라니깐!"

서재가 떠나가듯이 성난 목소리로 그가 다시 외쳤다. 말없이 우리를 주의 깊게 바라보던 포스코 백작이 두 번째로 끼어들었다.

"이보게, 퍼시벌. 숙녀님들 앞이야. 예의를 갖춰야지."

퍼시벌 경이 그에게 얼굴을 돌렸다. 격분 때문에 말이 나오지 않는 것 같았다. 그의 어깨를 잡은 백작의 손아귀에 천천히 힘이 들어갔다. 그는 조용히 반복했다.

"예의를 갖춰야지."

백작과 퍼시벌 경이 서로를 쳐다보았다. 퍼시벌 경은 천천히 움직여 백작의 손에서 어깨를 뺐다. 그리고 굳은 얼굴로 손에 쥔 양피지를 잠시 내려다보았다. 친구의 단호한 설득에 순순히 응했다기보다는 화난 주인의 명령에 꼬리를 내리며 복종한 것처럼 입을 열었다.

"나는 누굴 위협하려는 게 아닙니다. 하지만 내 아내의 저 고집은 성자라도 견디기 힘들 겁니다. 도대체 몇 번을 더 말해야 알아들을지 모르겠군요. 이건 단지 형식적인 서류 절차일 뿐이라고 그렇게 말했지 않습니까? 당신이야 좋을 대로 생각하면 되겠지만, 저건 아닙니다. 어떻게 아내가 남편을 변명해야 하는 입장으로 몰아넣을 수 있습니까. 글라이드 부인, 한 번 더 마지막으로 묻겠소. 서명하겠소, 안 하겠소?"

로라는 다시 남편이 있는 쪽으로 돌아와 펜을 들었다.

"기꺼이 서명하지요. 저라는 존재를 책임감 있는 존재로 대해 주신다면요. 다른 사람에게 해가 되지 않고 잘못된 결과만 초래하지 않는다면 제게 강요될 어떤 희생도 군이 마다하지 않겠어요."

"누가 희생을 강요했단 말이오?"

억눌렀던 그의 울화가 터지기 일보 직전이었다.

"제 말은……."

그녀가 다시 말했다.

"최소한의 인격을 가지고 양보하겠다는 겁니다. 내용조차 전혀 모르는 서류에 친필로 서명을 하는 게 마음에 걸린다는데, 그렇게 험악하게 화를 내는 이유가 뭐죠? 아내인 저한테는 이런 식으로 몰아세우면서 왜 포스코 백작께는 그렇게 고분고분하신 거죠?"

로라가 위험을 무릅쓰고 백작의 막강한 영향력에 퍼시벌 경이 질질 끌려다닌다고 지적한 것이 사태를 악화시켰다. 말이 끝나기가 무섭게 고삐가 풀렸던 그의 격분에 다시 불길이 타올랐다.

"몰아세워?"

그가 반복했다.

"몰아세운다고? 당신처럼 약해 빠진 여자를 내가 몰아세운다고? 결혼한 아내가, 충성을 서약한 아내가, 감히 남편에게 몰아세운다고 말을 해? 남편을 그렇게 야만인으로 만드는 당신이야말로 몰아세우는 것 아니오?"

이 말을 듣는 순간 로라가 펜을 던졌다. 그리고 의미심장한 눈빛으로 남편을 노려보았다. 지금껏 그녀와 지내면서 저런 눈빛은 처음 보았다. 로라는 그에게서 등을 돌리고 석상처럼 굳은 자세로 싸늘하게 서 있었다.

그 노골적이고도 과감한 경멸의 눈빛은 그녀답지 않아서 방 안의 모두가 잠시 할 말을 잃고 말았다. 퍼시벌 경이 아내에게 퍼부은 잔혹한 표현은 단지 표면적인 것에 불과했다. 의심의 여지가 없었다. 그 말들에는 보이지 않는 더한 무언가가 있었다. 내가 지금까지 몰랐던 모욕, 능멸, 구박, 천대 등 그가 로라에게 어떤 짓을 저질렀는지를 나뿐만 아니라 이 모습을 난생 처음 보는 사람이라도 그녀의 표정에서 단박에 읽어낼 수 있었을 것이다.

더군다나 백작도 그녀의 표정에서 그것을 읽은 게 분명했다. 그는 내가 자리에서 일어나 로라에게 가자 고개를 숙이고 나지막하

312

게 말했다.

"이런 멍청하기는!"

로라는 문을 향해 걸음을 옮겼고 나도 그 뒤를 따랐다. 그러자 퍼시벌 경이 고함을 쳤다.

"기어코 서명하지 않을 거요?"

하지만 그 고함소리는 이미 맥이 빠져 있었다. 남을 향해 쏘아댄 말이 되레 자기에게 화살로 돌아와 꽂힌 사람의 신음소리에 불과했다.

"당신이 제게 그런 식으로 말씀하신 이상……."

그녀가 단호한 목소리로 답했다.

"서류 내용의 첫 글자부터 마지막 글자까지 다 읽지 않고는 절대 서명하지 않겠어요. 언니, 어서 가자. 여기 너무 오래 있었어."

"잠깐만!"

퍼시벌 경이 다시 입을 열기 전에 먼저 백작이 말문을 열었다.

"잠깐만요, 글라이드 부인. 제발 제가 부탁합니다!"

로라는 백작의 말도 무시하고 그대로 방을 나가려 했다. 그러나 내가 붙잡았다.

"백작을 적으로 만들지 마!"

내가 그에게 들리지 않게 속삭였다.

"다른 건 몰라도 저 사람과 적이 돼선 안 돼."

로라는 내 말을 받아들였다. 나는 문을 다시 닫고, 문 근처에서 기다렸다. 퍼시벌 경은 탁자 옆에 앉아 팔꿈치로 양피지를 누른 채 머리를 움켜쥐었다. 포스코 백작은 양 진영의 가운데에 서 있었다. 세상만사를 마음대로 주무르듯이 이 살벌한 상황을 자기 뜻대로 중재할 태세였다.

"글라이드 부인."

그가 부드럽게 말을 건넸다. 마치 오고갈 곳 없이 버려진 미아에게 건네는 말투 같았다.

"제가 감히 제안 하나를 할까 합니다. 부디 헤아려 주시기 바랍니다. 그리고 제 말을 믿어주시오. 이 제안은 이 가문의 안녕과 화평을 위한 것이고, 이 가족들에 대한 존경심에서 나온 것입니다."

그가 퍼시벌 경에게 냉정한 얼굴을 돌렸다.

"자네 팔꿈치에 눌려 있는 서류는 반드시 오늘 서명해야만 하나?"

"내 계획과 바람으로는 그렇습니다."

퍼시벌 경이 언짢게 대답했다.

"그런데 백작도 보셨겠지만, 제 계획이 내 아내에게는 통하지 않는군요."

"간단한 질문에 간단하게만 답하게. 그 서명을 내일로 미룰 수 있나 없나?"

"있습니다. 단정적으로 말한다면 말입니다."

"그렇다면 자네는 왜 여기서 시간을 버리고 있나? 서명은 내일로 미루게. 자네가 돌아올 때까지 말이야."

퍼시벌 경이 원망으로 일그러진 얼굴을 들었다.

"당신 어투는 마치 내가 누구 말도 안 듣는 사람이라고 힐난하는 것 같군요."

"자네를 위해서 하는 말이야."

얼굴에 은근히 경멸의 빛을 드러내며 백작이 대꾸했다.

"자네에게도 부인에게도 시간을 주는 게 낫지 않겠나. 마차가 기다린다는 걸 잊었나? 내 말투에 놀랐나, 그런가? 내 말투는 자기를 통제할 수 있는 사람의 말투일세. 내가 몇 번을 신신당부했나? 셀 수 없을 정도일세. 내 말이 어디 한번 틀린 적이 있었나? 굳이 사례를 말하진 않겠네. 가게! 어서 가서 마차를 타. 서명은 내일까지 미루게. 내일 돌아와서 다시 하게."

퍼시벌 경은 머뭇대며 시계를 바라보았다. 백작의 말에 한시바삐 비밀 여행을 떠나야 한다는 절박함이 되살아난 것 같았다. 그 절박함이 아내에게 서명을 받아야 한다는 자존심을 뿌리쳤다. 그는 잠시 생각에 잠기더니 곧장 의자에서 일어났다.

"내가 답할 시간이 없을 때는 나를 설득시키는 게 어렵지 않겠지요. 당신 말을 듣기로 하겠소, 백작. 단 내가 원해서라거나 당신 말이 옳아서 듣는 건 아닙니다. 더 이상 지체할 시간이 없어서일 뿐이지요."

그는 말을 멈추고 고개를 돌려 아내를 음산한 눈길로 쳐다봤다.

"내일 내가 돌아와서도 서명하지 않으면……."

그 뒤의 말은 양피지를 다시 서랍장 안에 넣고 잠그는 소리에 묻혀버렸다. 그는 모자와 장갑을 들고 문 쪽으로 걸어왔다. 우리는 그가 지나가도록 길을 비켰다.

"내일이야, 기억해."

그가 홀을 건너 마차에 오를 때까지 우리는 그 자리에서 기다렸다. 그 동안 백작이 우리에게로 다가왔다.

"끝내 저 사람의 가장 최악을 보고 말았군요, 할콤 양. 오랜 친구로서 그저 유감스럽고 창피합니다. 그의 오랜 친구로서 분명히 약속합니다. 오늘 보인 행태를 내일 다시 보이게 하지 않겠다고 꼭 약속드립니다."

그가 말하는 동안 로라가 내 팔짱을 끼고 손가락으로 내 팔을 의미심장하게 꾹 눌렀다. 그랬다. 어떤 여자라도 자기 집에서 남편 친구가 남편의 못된 행동을 사과하는 걸 멍하니 듣는다는 건 쉽지 않은 일이었다. 로라에게도 그것은 시련이었다. 나는 백작에게 정중히 감사의 말을 전하고 로라와 함께 밖으로 나왔다.

그렇다! 정말 나는 그가 고마웠다. 말로 형언할 수 없는 수치심과 굴욕감을 느끼면서도 그가 고마웠다. 그의 영향력 덕에 블랙워터 파크에 계속 머물 수 있게 됐으니. 일시적 기분인지 관심인지는 모르겠지만 아무튼 그로 인해 나는 여기에 계속 머물게 되었다.

나는 퍼시벌 경이 내게 한 행동으로 볼 때 앞으로도 백작의 지원이 없다면 더는 이곳에 머물 수 없게 되리라는 것을 깨달았다. 모든 사람을 조종하는 백작의 놀라운 영향력은 두렵지만 그것이 없다면 여기 로라와 같이 살 수 없게 될 것이다.

나는 섬뜩한 기분으로 이 사실을 확연히 깨달았다. 모든 사람을 조종하는 그의 두려운 영향력만이 앞으로 로라와 내가 절실히 서로를 필요로 할 때 서로의 곁에 있게 해줄 유일한 끈이었다.

밖으로 나왔을 때 우리는 자갈길을 지나가는 마차의 바퀴소리를 들었다. 퍼시벌 경이 자기만의 먼 여행길을 떠난 것이다.

"어디를 가는 걸까, 언니?"

로라가 속삭였다.

"그가 하는 일이란 죄다 예상하기 힘들어서 한 치 앞도 모르겠어. 언니는 짐작 가는 거 있어?"

나는 마음고생을 단단히 한 로라에게 내 짐작을 말하는 게 내키지 않았다.

"난들 어떻게 알겠어?"

나는 슬쩍 비켜갔다.

"관리인은 알지 않을까?"

로라는 쉽게 포기하지 않았다.

"그렇지 않을 거야. 관리인인들 뭔들 아는 게 있겠니?"

로라가 미심쩍은 얼굴로 고개를 갸웃했다.

"언니, 관리인한테서 이 근처에서 앤 캐서릭을 봤다는 얘기 못 들었어? 그가 혹시 그 얘길 듣고 그녀를 찾으러 가는 건 아닐까?"

"그런 생각하느니 마음이나 가라앉히자. 너도 마찬가지야. 내 방으로 가서 좀 쉬자."

우리는 창가에 나란히 앉았다. 여름의 향기로운 바람이 로라와 내 얼굴을 스쳤다.

"언니 얼굴을 보는 게 부끄러워. 언니가 당한 굴욕을 생각하면 가슴이 찢어질 것 같아. 언젠가 꼭 보답할게."

"무슨 말이야. 그렇게 생각하지 마. 네가 지금 겪고 있는 상황에 비하면 그런 자존심의 상처는 아무것도 아니야."

"그 사람 나한테 말하는 거 들었지?"

다시 얼굴이 달아오르며 그녀가 안절부절못했다.

"언니는 그 말이 뭘 의미하는 줄 알아? 내가 왜 펜을 던지고 돌아섰는지 알아?"

로라는 격앙된 듯 갑작스레 자리에서 일어나 방 안을 부산하게 돌아다녔다.

"그간 언니한테 많은 걸 감췄어. 언니를 비참하게 만들기 싫어서. 우리의 새로운 생활의 결과가 언니를 불행에 빠뜨릴까 무서워서. 그가 나를 어떻게 취급했는지 알아? 오늘 언니도 두 눈으로 똑똑히 봤으니까 이제 언니도 알아야 할 것 같아. 나더러 진실만 말하는 걸로 정평이 났다고? 나더러 약해 빠진 여자라고? 결혼했으면 남편 말에 따라야 한다고?"

로라는 얼굴이 새빨갛게 달아오르더니 입술을 파르르 떨면서 말을 잇지 못했다.

"지금 진실을 다 말하면 나를 주체할 수 없을 것 같아. 나중에 지금보다 더 강하고 현명해졌을 때, 그때 언니한테 다 말할게. 언니 의견은 어때? 차라리 오늘 서명할 걸 그랬어. 내일 그냥 서명할까? 나 자신과 타협하는 게 낫지, 언니에게 타협을 강요하긴 싫어. 만일 내일도 언니가 끼어들어 서명을 막으면 모든 책임을 언니한테 뒤집어씌울 거야. 어떡하지, 언니? 우리를 도와주고 충고해 줄 사람들은 다 어디 갔지? 우리가 진심으로 믿을 수 있는 사람 말이야!"

로라가 비통한 한숨을 쉬었다. 나는 로라가 누굴 생각하는지 잘 알았다. 나도 그 사람을 떠올렸으니까. 바로 하트라이트 씨였다. 결혼한 지 불과 여섯 달 만에, 그가 작별인사 때 했던 말을 이렇게 간절하게 떠올리게 될 줄 몰랐다. 그때는 그 말을 얼마나 가볍게 여겼던가.

"우리 스스로 할 수 있는 걸 최선을 다해서 해야 돼. 모든 걸 펼쳐놓고 어떤 결정을 내리는 게 우리 둘을 위해 최선이 될지 가늠해야 해."

그녀가 알고 있는 남편의 재정 곤란 상태와 내가 들은 변호사와의 대화를 종합해 보니 다음과 같은 결론이 나왔다. 그녀에게 서명을 강요한 그 서류는 일종의 돈을 빌리기 위한 차용증서가 분명했다. 그리고 보증을 위해 로라의 서명이 절대적으로 필요했다.

두 번째 질문은 그 차용증서의 효력이었다. 로라가 거기에 서명을 함으로써 로라에게 부과될 짐의 양과 범위가 어디까지인지 알아야 했다. 하지만 그것은 우리의 지식과 경험으로는 알 수 없는 영역이었다. 나는 어렴풋이 그 서류 안에 로라를 걷잡을 수 없는 상황으로 몰고 갈 비열한 음모가 도사리고 있을지 모른다는 생각에 이르렀다.

그가 계약 내용을 알려주지 않아서만은 아니었다. 완고한 성격이나 독단적 기질로 볼 때 그는 충분히 그럴 수 있었다. 다만 내가 그의 정직성에 강한 의문을 품게 된 가장 큰 동기는 그의 말투나 행동거지의 변화였다. 리머리지에서의 행동은 가면이고 블랙워터 파크에서의 언행이 그의 실체라는 것을 알게 되면서부터였다.

그의 섬세한 신사도, 유려한 겸손함, 이런 것들은 전통을 중시하는 길모어 아저씨의 호감을 사기에 충분했다. 그가 로라에게 보인 정중함, 나를 대할 때의 솔직함, 페어리 삼촌께 보인 진중함, 이 모든 것이 비열하고 교활하며 잔인한 인간의 술책이었다. 최종 목적을 쟁취하자마자 홀가분히 벗어던질 가면이었던 것이다. 그리고 오늘 서재에서는 그 가면을 벗은 본색을 여지없이 드러낸 것이다.

나는 지금 이 발견들이 내게 얼마나 큰 충격과 비통함을 줬는지를 말하려는 게 아니다. 어차피 내 비통함은 말로나 글로 표현할 수 없는 것이다. 그럼에도 이 부분을 확실히 해두려는 건 이것으로 내 결론이 확고해졌음을 확인하기 위해서다. 그 내용을 다 읽기 전에는 절대 그 서류에 서명을 해서는 안 된다.

그러려면 내일도 서명을 거절할 명분이 필요했다. 오늘과 같은 상황이 반복된다면 유리하게 일이 돌아갈 리 만무했다. 오히려 명분만 강화시킬 뿐이다.

그렇다! 우리도 사업과 관련된 법률과 의무조항을 당신만큼이나 잘 안다는 걸 명백하게 보여줘서 허를 찔러야 한다.

얼마간의 생각 뒤에 나는 그나마 믿을 수 있고 금방 연락이 닿을 수 있는 가까운 곳의 인물에게 편지를 쓰기로 했다. 길모어 아저씨의 동료인 카일 씨였다. 길모어 씨가 본의 아니게 건강 때문에 일을 맡기고 런던을 떠난 만큼 카일 씨도 어느 정도는 이 문제를 알고 있을 것이고, 그러니 급한 불을 끄려면 그에게 기대는 수밖에 없었다.

나는 로라에게 길모어 아저씨가 떠나면서 해준 말, 이 사람이라면 로라와 관계된 업무 일체를 맡길 수 있는 동료이고 그 청렴한 성격으로 볼 때 전적으로 맡겨도 될 것이라는 말을 로라에게 전했다. 로라는 즉각 동의했고 나는 황급히 글을 쓰기 위해 자리에 앉았다.

나는 거두절미하고 편지 서두에 우리가 처한 상황을 설명했다. 만에 하나 그가 우리 상황과 정황을 오해할 것을 걱정해 되도록 쉽고도 간결한 문체로 있는 그대로 적었다. 예의나 품위 따위가 문제의 핵심을 파악하는 것을 방해하지 않도록 했다. 내가 부랴부랴 편지를 봉투에 넣으려는데 로라가 내가 미처 생각하지 못한 부분을 지적했다.

"어떻게 시간 안에 답장을 받지? 언니 편지는 내일 오전에나 런던으로 배달될 거고, 답장은 모레 오전이나 되어야 도착할 텐데."

이 문제를 해결할 유일한 방법은 런던의 사무실에서 전령에게 직접 답장을 안겨 보내는 것뿐이었다. 나는 편지에 추신을 달았다. 답장을 가지고 직접 와줄 사람이 필요하다고, 오전 11시 기차를 타서 이곳의 역에 1시 20분까지 도착하면 늦어도 2시에는 블랙워터 파크에 도착할 수 있을 것이라고. 또한 그 전령은 누구의 질문에도 일체 답하지 말고 나를 곧장 찾아서 내 손에 직접 답장을 건네야 한다고도 썼다.

"퍼시벌 경이 2시 전에 도착할 경우를 대비해서 로라 너는 오전에 산책을 핑계로 집을 나가 있어. 책이나 일감 같은 걸 들고 말이야. 전령이 내 손에 답장을 쥐어주기 전까지 시간을 벌어줘. 네가 나가면 나는 오전 내내 집 안을 감시하면서 돌발 상황에 대처하고 있을게. 뜻밖의 경우가 벌어져도 절대 당황해서는 안 돼. 자, 이제 내려가자. 둘이 너무 오래 있으면 괜한 의심을 살 거야."

"의심? 무슨 의심을 누구한테 산다는 거야? 퍼시벌 경도 없는데? 포스코 백작 말하는 거야?"

"그렇겠지, 로라."

"언니도 나만큼 그 사람을 싫어하게 된 거야?"

"아니, 그를 싫어하는 건 아냐. 싫어한다는 건 어찌됐건 경멸을 포함하고 있으니까. 백작을 경멸할 이유는 아직 없어."

"그 사람 무서운 데가 있지, 그렇지 않아?"

"그래, 약간."

"그 사람 무섭지? 오늘 소란에 개입할 때 보였던 행동도 소름끼치지 않았어?"

"그래. 퍼시벌 경의 무자비한 태도보다 그 사람의 언행이 더 두려

320

워. 서재에서 내가 한 말을 꼭 명심해야 돼. 무슨 일이 있어도 결코 그 사람 적이 돼선 안 돼."

우리는 아래층으로 내려갔다. 로라는 거실로 향했고 나는 홀을 가로질러 맞은편 벽에 걸린 우편함에 편지를 넣기 위해 걸어갔다.

문이 열려 있었다. 열린 문틈을 지나는데 계단 아래에 있는 백작 부부가 보였다. 그들은 내 쪽으로 얼굴을 향하고 있었다. 갑자기 백작부인이 부리나케 다가오더니 5분 정도 사적으로 대화를 나눌 수 있겠냐고 물었다. 나는 뜻하지 않은 인물로부터 그런 제의를 받자 당황스러웠지만 편지를 우편함에 넣고는 그러자고 답했다. 그녀는 부자연스런 호의와 친근함을 보이며 내 팔짱을 켰다. 그러더니 빈 방 대신 연못가를 빙 둘러싼 잔디밭으로 향했다. 우리가 백작을 지나칠 때, 백작은 미소를 머금고 인사를 하고는 계단을 올라 저택 안으로 들어갔다. 문을 닫은 듯했지만 완전히 닫은 건 아니었다.

백작부인과 나는 연못 잔디밭을 천천히 걸었다. 나는 그녀가 무슨 영문으로 나와 이야기를 원하는지 호기심이 발동했다. 그러나 내게 건넨 말이라고는 오늘 벌어진 일에 대해 나를 정중히 위로하는 내용이 전부였다. 그 말을 듣자 혼란스러웠다. 그녀는 자기가 방을 나간 뒤 일어난 일을 남편에게서 들었다고 했다. 자신도 퍼시 벌 경의 무례한 행동에 너무 화가 났으며, 다시 한 번 이런 일이 벌어지면 당장 보따리를 싸서 이 집을 떠나는 걸로 퍼시벌 경의 오만함에 경종을 울리겠다고 했다. 남편도 자기 뜻에 동의했고 나도 그래주기를 바란다고 했다.

나는 한편으로는 당황했지만, 본심이든 아니든 그녀의 호의에 무덤덤하게 굴 수 없었다. 그래서 걸맞은 고마움의 표시를 하고 다시 집으로 돌아가려고 했다.

하지만 그녀는 이상하리만치 계속 얘기를 권했다. 당황스러운 것 이상으로, 내 인내를 시험하려고 작심한 건 아닌가 하는 생각이 들었다. 아까 전까지만 해도 그렇게 무뚝뚝하게 굴어 나를 불편하게 만들더니 이제는 수다쟁이로 변모해 나를 괴롭히기로 마음먹은 듯했다. 결혼 생활에 대해, 퍼시벌 경과 로라에 대해, 자신이 생각하는 행복에 대해, 그의 오빠가 그녀에게 남긴 유언에 대해, 또 다른 여러 별 것 아닌 주제들로 거의 30분을 넘겨 급기야 나를 탈진하게 만들었다. 이런 내 상황을 알기나 했는지 모르겠지만, 그녀는 별안간 집 정문을 바라보더니 느닷없는 친밀감으로 내 팔짱을 꼈듯이 느닷없이 다시 싸늘하게 돌변해 내 팔짱을 마음대로 놓아버렸다.

문을 열고 현관에 들어설 때 또다시 백작과 마주쳤다. 그는 막 우편함에 편지를 넣은 뒤 뚜껑을 닫고 있던 참이었다. 그가 백작부인은 어디 있느냐고 물었다. 내가 답하자 그는 지체 없이 현관문을 열고 밖으로 나갔다. 내게 말하는 목소리가 지금까지 들어본 적 없는 풀 죽고 힘없는 목소리라서 그의 뒷모습을 보면서 어디 아픈 건 아닐까 의문이 들 정도였다.

그때 왜 내가 곧바로 우편함으로 향했는지, 왜 내가 쓴 편지를 꺼내서 미묘한 의문을 품고 살펴봤는지, 왜 봉투를 더 확실하게 봉해야겠다는 생각했는지는 여전히 알 수 없다. 여자는 때때로 자신도 모르는 충동에 따라 움직인다. 이유도 정확히 모르면서 일단 결심하면 행동으로 옮겨버리는 존재, 여자란 그렇다.

나는 편지를 들고 다시 내 방으로 올라와 편지를 봉한 곳에 침을 발라 지그시 눌렀다. 그런데 약 45분이 흐른 지금, 나는 봉투가 너무 쉽게 열린다는 걸 발견했다. 손가락을 넣었는데 찢어지지도 않고 금방 열렸다. 처음부터 너무 약하게 붙였던 걸까? 아니면 풀에 문제가 있는 걸까? 아니면?

세 번째 가정을 하는 순간 나는 진저리를 쳤다. 그 세 번째 가정은 내 이성과 감각을 송두리째 마비시켰다. 순간 내일과 대면하는 것이 두려워졌다.

그러나 누구보다도 강해져야 했다. 나는 딱 두 가지에만 집중하기로 했다. 첫 번째는 평상시처럼 백작을 자연스럽게 대하고 속내를 비추지 않아야 한다는 것이었다. 두 번째는 전령이 집에 도착했을 때 태연하고 안전하게 답장을 손에 쥐어야 한다는 것이었다. 일단 이 두 가지에만 힘을 쏟기로 하자.

5

6월 17일

저녁식사 시간이 되어 모두 한자리에 모였을 때, 포스코 백작은 평소처럼 왕성한 모습으로 돌아와 좌중을 사로잡았다. 마치 오후의 서재 사건을 우리 기억에서 말끔히 지우기로 작정한 것처럼 능란한 언변과 화제로 우리의 주목을 끌었다.

여행을 하면서 마주친 모험담, 해외에서 만난 유명인사들과의 재미있는 일화들, 다양한 나라들의 각양각색의 문화들과 관습들에 대한 사실적인 묘사들, 젊은 시절에 저질렀던 실수들, 프랑스 모델을 사모해 우스꽝스런 연애편지를 썼던 일 등 청산유수처럼 흐르는 입담으로 좌중을 들었다 놓았다 했다.

나와 로라조차 얘기에 푹 빠져 이런 저런 질문이 절로 튀어나올 정도였다. 비록 질투로 무장하긴 했지만 백작부인 역시 넋을 잃고 남편의 얘기에 푹 빠져 있었다. 여자는 남자의 사랑을 뿌리칠 수 있다. 남자의 외모, 남자의 명예나 돈도 거절할 수 있다. 하지만 여자들 앞에서는 어떻게 혀를 굴려야 하는지 아는 이의 세 치 혀 앞에서는 녹지 않을 여자가 없다.

저녁을 마치고 여전히 그의 얘기들이 가슴에 잔영처럼 남아 있을 때 백작이 서재로 가겠다고 조용히 물러났다.

로라가 내게 긴 하루가 저무는 모습을 보러 산책을 가자고 말했다. 나는 예의를 갖추어 백작부인에게도 동석을 권했다. 하지만 그녀는 사전에 남편의 지시를 받은 게 분명했다. 마치 사과를 하듯이 냉담함을 잠시 접고 이전의 따뜻한 미소를 짓더니 양해를 구했다. 자기는 남편에게 담배를 말아줘야 하고, 남편은 자기가 말아주는 담배가 아니면 영 만족하지 않는다는 것이다. 자신이 군주나 왕과 다름없는 남편과 담배를 연결시켜 주는 매개자라는 것에 진심으로 뿌듯해하는 모습이었다. 담배 마는 일에 그런 자부심을 느끼는 정말이지 못말리는 여자이자 아내였다.

결국 산책은 로라와 단둘이 갔다. 바깥 풍경은 안개 때문에 흐릿하고 우울한 기색이 감돌았다. 꽃들은 머리를 축 늘어뜨리고, 땅은 말라서 갈라졌으며, 이슬은 메말라 기미조차 없었다. 서쪽 하늘은 안개로 뒤덮여 뿌옇고 희미한 광채만 눈에 들어왔다. 곧 비가 내릴 것 같았다. 어둠이 내리면 비도 함께 내릴 것이다.

"어느 길로 갈까?"

내가 물었다.

"괜찮다면 호수 쪽으로 가고 싶어."

로라가 대답했다.

"너는 그 음침한 호수를 이상할 정도로 좋아하는 것 같아."

"아냐, 호수가 아니라 주변 풍경이 좋아서 그래. 모래밭과 히스 나무들, 그리고 전나무들이 리머리지의 추억을 떠올리게 해주거든. 언니가 좋다면 다른 길로 가도 돼. 난 괜찮아."

"내게는 그 길이 그 길이야. 특별히 좋아하는 길도 없어. 호수 쪽으로 가자. 넓은 호수 쪽은 여기보다 시원할 거야."

우리는 그림자가 드리운 전나무 숲 사이를 말없이 걸었다. 빽빽한 나무가 음산한 날씨에 무거워진 우리 기분을 더 무겁게 만들었다. 하지만 보트 창고에 다다라 안으로 들어가서 쉴 수 있게 되자 기분이 한결 나아졌다.

뿌연 안개가 호수 아래 낮게 깔려 있었다. 건너편의 울창한 나무들이 안개 위로 줄줄이 모습을 드러내고 있었다. 그것은 마치 하늘을 떠다니는 난쟁이 숲 같았다. 우리가 앉은 자리에서부터 완만하게 경사진 모래땅은 가장자리에 낮게 깔린 안개 때문에 왠지 신비로워 보이기까지 했다. 소름끼치는 침묵이 감돌았다. 나뭇잎 서걱거리는 소리도, 새 울음소리도, 여기 저기 웅덩이에서 들려오던 물새들의 첨벙대는 소리도, 심지어 개구리 울음소리조차도 오늘 밤에는 없었다.

"참 외롭고 쓸쓸한 곳이야. 하지만 여기는 우리 단둘이 있다는 느낌이 들어서 좋아."

로라가 중얼거렸다. 로라의 고요한 눈빛은 모래와 안개로 자욱한 황야를 향하고 있었다. 언뜻 생각에 몰두하느라 바깥의 황량함조차 느끼지 못하는 것 같았다. 내 마음도 비슷한 기분에 사로잡혀 있었다.

"일전에 말했지, 언니. 때가 되면 내 결혼 생활의 진실을 다 말해주겠다고. 언니 혼자 궁금하게 애태우게 하지 않겠다고. 지금 이 비밀은 우리가 함께 하면서 내가 처음으로 가진 비밀이자 마지막 비밀이 될 거야. 물론 언니를 위해서, 또 조금은 나 자신을 위해서 내가 침묵을 지켰다는 걸 언니도 알겠지만…… 한 여자로서 모든 일생을 다 바친 남자인데, 그 여자에게 그 남자가 조금도 소중하지 못하다는 걸 고백하는 건 정말 힘든 일이야.

언니, 언니가 결혼을 했다고 생각해 봐. 그 결혼이 행복하다고 상상해 봐. 그러면 홀로 지내는 여인은 느끼지 못하는 동정을 내게 보여줄 수 있을 텐데."

그 순간 뭐라고 답할 수 있을까? 그저 손을 붙잡고 내 눈빛을 온전히 드러내 보여주면서 최대한 진심을 전달하려고 애쓰는 수밖에 없었다.

"언니도 기억하지? 언니는 언니가 가난해서 불쌍한 사람이니 불쌍히 여겨달라고 했지? 게다가 나는 부자라서 축복받은 아이라고 놀려댔잖아, 기억하고 있지? 언니, 그게 아니야. 언니의 가난은 소중한 거야. 언니의 가난이 언니를 강하고 독립적인 여자로 만든 거라고. 언니의 가난이 언니를 내가 빠진 운명의 덫으로부터 구한 거야."

신혼을 보내는 아내의 입에서 흘러나오기에는 너무 슬픈 이야기였다. 솔직하게 말하는 그 진실 속에는 슬픔이 깃들어 있었다. 사실 블랙워터 파크에서 보낸 단 며칠만으로도 나는 모든 걸 알 수 있었다. 나 아닌 다른 사람이라도 금방 알았을 것이다. 로라의 남편이 로라와 결혼을 원한 이유가 무엇인지를 말이다.

"슬퍼하지 마, 언니. 내 실망과 시련이 얼마나 빨리 시작되었는지, 그 이유가 뭐였는지 듣는다고 해도 결코 슬퍼해서는 안 돼. 내가 처음이자 마지막으로 그에게 응석을 부렸을 때 그가 날 어떻게 대했는지 안다면, 그것만으로도 그가 이후 날 어떻게 취급했는지 백 마디 천 마디보다 쉽게 알 수 있을 거야.

로마에서 있었던 일이야. 우리는 말을 타고 성녀 체칠리아 메텔라의 묘지를 구경하러 갔어. 하늘은 맑고 푸르렀고 웅장한 유적지는 정말 아름다웠어. 이 아름다운 무덤을 오로지 죽은 아내를 위해 지었다는 사실에 나도 모르게 들떠서 이렇게 불쑥 말을 꺼냈지.

'퍼시벌, 당신도 저를 위해 저런 무덤을 만들어주실 수 있어요? 결혼 전에 저를 사랑한다고 하셨잖아요. 하지만 그때 이후로는……'

더 이상 말할 필요가 없었어, 언니! 그 사람은 나를 쳐다보지도 않았어. 나는 모자의 베일을 내렸어. 눈물을 보이기가 싫었어. 그런데 내 말을 듣고 있지 않다고 생각했는데 사실은 듣고 있었어. '자, 가자고.'라고 하더니 나를 말에 태워주고 자기도 말에 타면서 혼자 히죽거리는 거야. 말을 타고 달리기 시작하더니 큰 소리로 웃어대면서 이렇게 말했어.

'만일 내가 당신 무덤을 만든다면 비용은 당신이 내시오. 궁금하군. 체칠리아도 자기 돈으로 저 무덤을 지었는지 말이야.'

나는 아무 말도 할 수 없었어. 베일 안에서 울고 있는데 무슨 말이 나오겠어? 그런데 그가 말했어.

'당신처럼 인물깨나 하는 여자들은 하여간 뾰로통한 게 습관이군. 원하는 게 뭐야? 칭찬과 달콤한 말들? 그래! 난 지금 기분이 좋은 상태요. 그 동안 내가 지불한 칭찬의 말과 달콤한 말들이 신물이 나지도 않소?'

남자들은 몰라. 자기가 험한 말을 할 때 여자는 얼마나 그걸 두고두고 가슴에 새기는지. 그 말이 여자에게 얼마나 큰 상처를 주는지도. 차라리 그 자리에서 엉엉 울기라도 했다면 나았을지도 몰라. 그런데 그의 야비한 경멸에 눈물까지 말라버렸어. 심장은 단단하게 굳어버렸지. 그때부터 언니, 나는 하트라이트 씨에 대한 그리움을 억지로 막지 않기로 했어. 우리가 비밀리에 나눈 사랑의 나날, 그 행복했던 추억들이 내게 날아와서 내 슬픔을 달래주도록 그냥 나를 놓아두기로 했어. 그것 말고 달리 할 수 있는 일이 뭐가 있겠어? 언니가 함께 있었다면 한결 위안이 되었겠지. 내가 잘못하고 있다는 건 알아. 사랑하는 언니, 솔직하게 말해 봐, 내가 잘못하고 있는 거지?"

나는 얼굴을 돌리지 않을 수 없었다.

"나한테 묻지 마! 나도 너만큼 고통스러운 줄 알잖아? 그런데 내가 뭐라고 말을 할 자격이 있겠니?"

"나는 줄곧 그를 생각했어."

목소리를 낮추고 내게 가까이 다가오면서 그녀가 말을 이었다.

"퍼시벌 경이 오페라 하는 사람들을 만난다며 외출해서 혼자 남겨진 밤이면 그를 떠올리곤 했어. 이런 상상에 젖어들곤 했지. 아, 신께서 내게 가난을 선물로 축복하셔서 그와 부부로 살게 되었더라면 내 인생은 얼마나 행복했을까? 나는 싸구려 가운을 입고 집에 앉아서 일을 마치고 돌아올 그를 기다리겠지. 나도 그를 위해 하루를 일했으니, 우리는 더 사랑하게 되겠지. 그가 일에 지쳐 돌아와 옷과 모자를 벗고, 나는 그를 위해 배운 요리로 가장 초라하고도 맛있는 저녁상을 차리겠지. 그는 얼마나 맛있게 먹을까! 그 사람도 나처럼 외롭게 지내면서 그리움에 몸부림치지 않기를 바랄 뿐이야!"

비애로 가득 찬 한 마디를 내뱉는데 그 목소리에서 그간 사라졌던 애틋함이 한꺼번에 되살아났다. 얼굴에는 잃어버렸던 아름다움이 전율하듯이 피어났다. 동생의 두 눈은 호숫가의 음산하고 고독하며 불길한 모습에 고정되어 있었다. 마치 컴벌랜드의 흐리고 험상궂은 하늘 아래에 놓인 친근한 언덕들을 보고 있는 것 같았다.

"다시는 하트라이트 씨에 대해서 얘기하지 마."

나는 약간의 평정을 찾자마자 내뱉었다.

"오, 로라, 제발 그 사람 이야기로 우리를 더 비참하게 만들지 말자!"

로라는 몸을 일으키더니 나를 부드럽게 바라보았다.

"이 말이 언니에게 한순간이라도 고통을 준다면 차라리 그 사람에 대해서 영원히 입을 다물게."

"너를 위해서야. 네 말을 네 남편이 듣기라도 해봐. 그러면……."

"그 사람, 설사 듣게 돼도 전혀 놀라지 않을 거야."

로라는 가라앉은 태도로 냉담함이 뒤섞인 이상한 대답을 했다. 갑작스레 돌변한 로라의 모습은 내게 충격을 안겨주었다. 사람이 이토록 갑자기 차갑게 바뀔 수 있다니.

"그가 놀라지 않을 거라고? 로라, 네가 지금 나를 놀라게 하고 있어."

"사실이야. 사실 오늘 언니 방에서 내가 하고 싶었던 말이야. 리머리지에서 이 일을 고백했을 때 이 말은 누구에게도 해가 되지 않는 비밀이었어. 언니도 그렇게 말했잖아. 그리고 나는 남편에게 결코 그 이름을 말하지 않았어. 그런데 그가 이름을 알게 되고 말았어."

나는 그녀가 한 말을 또렷이 들었음에도 입이 떨어지지 않았다. 그녀의 마지막 말은 그나마 남아 있던 내 마지막 희망을 완전히 앗아가 버렸다.

"로마에 있을 때였어."

그녀가 힘이 빠진 듯 담담하게 얘기를 계속했다.

"퍼시벌 경의 친구들 중에 마크랜드 부부라는 사람들이 있어. 그들이 우리를 위해 파티를 열어주었지. 마크랜드 부인은 뛰어난 스케치 솜씨로 명성이 자자했어. 손님 몇이 부인에게 그림을 보여줄 수 없냐고 성화를 했지. 다들 그녀의 그림에 감탄을 연발했어. 그 와중에 내가 뭐라고 던진 말이 그녀의 관심을 끌었나봐. 이렇게 말하는 거야.

'부인도 그림을 그리시나 보죠?'

그녀가 물었어.

'한때 조금 그린 적이 있지만 지금은 아니에요.'

'그린 적이 있으시다면 다시 시작할 수도 있겠네요. 다시 그리게 되시면 제가 좋은 교사 분을 소개해 드리죠.'

나는 잠자코 있었어. 왜 그런지 알지? 어서 다른 주제로 넘어가려고 했어. 그런데 이 부인이 계속 말을 끊지 않는 거야.

'저도 많은 교사들을 만나서 배웠죠. 하지만 가장 능력 있고 가장 열성적인 선생을 꼽으라고 한다면, 하트라이트 씨라는 분이 계세요. 다시 그림을 그리게 되시면 꼭 그분의 교습을 받아보세요. 젊고 예의바르고 아주 점잖은 분이랍니다. 확신컨대 만족하실 거예요.'

사람들 앞에서 그렇게 말하는 거야. 신부와 신랑 얼굴을 보려고 몰려든 낯선 사람들 앞에서 말이야. 나는 흔들리지 않으려고 이를 악물었어. 아무 말도 하지 않고 가까이에서 그림만 봤어. 그러다 고개를 드니 퍼시벌 경이 나를 물끄러미 바라보고 있는 거야. 그 표정을 보니, 그가 내 속내를 다 읽었다는 걸 단박에 알 수 있었어.

'하트라이트 선생을 수소문해 보지요.'

그가 나를 계속 노려보면서 말했어.

'영국으로 돌아가면 말이오. 마크랜드 부인의 말에 전적으로 동감합니다. 내 생각에도 아내가 그 선생을 굉장히 마음에 들어 할 것 같군요.'

그는 특히 마지막 말을 강조했어. 갑자기 얼굴이 달아오르고 심장이 쿵쿵 뛰었어. 숨이 막힐 것만 같았어. 그것으로 얘기가 끝나서 우리는 일찍 연회장을 나왔어. 그는 마차를 타고 호텔로 돌아오는 내내 말이 없었지. 도착하자 내가 내리는 걸 도와주고 늘 그랬던 것처럼 내 뒤를 따라서 방으로 올라왔지. 그런데 거실로 들어서는 순간 문을 잠그더니 나를 두 팔로 밀쳐 의자에 앉혔어. 그리고는 두 손으로 내 양어깨를 누르면서 노려보았어.

'당신이 리머리지에서 내게 고백한 뒤 줄곧 그 남자가 누군지 궁금했지. 그런데 오늘 당신 얼굴에서 그 남자를 찾았어. 당신 그림 선생이 바로 그 남자로군. 이름은 하트라이트이고. 당신, 후회하게 될 거야. 그 작자도 후회할 거고. 자, 이제 자러 가지. 꿈속에서 그 남자를 만나봐. 그러면 그놈 등에 새겨진 채찍 자국을 보게 될 테니까.'

그 뒤로 그는 언제든지 화만 났다 하면 여지없이 경멸과 협박의 얼굴로 내가 고백한 말을 꺼냈어. 그는 내가 진심으로 한 그 고백을 이용해서 나를 포위하고 압박했어. 하지만 나는 거기에 대항할 힘이 없었어. 내 말의 참뜻을 믿게 만들 수도, 그 얘길 못하게 만들

수도 없었어. 언니도 오늘 놀랐지? 아마 다음에도 화가 나면 같은 말을 할 테니 다시 듣더라도 놀라지 마. 오, 언니! 이젠 놀라지 마! 사정이 그랬던 거야. 언니마저 그러면 난 어떡해."

어느새 나는 몸이 뻣뻣하게 굳은 채 로라를 껴안고 있었다. 회한과 후회로 가득 친 굳어버린 몸에서 가시가 돋아 로라의 살갗을 찔러댔다. 모든 게 내 판단 착오 때문이었다. 하트라이트 씨를 가혹하게 몰아내고 로라의 행복까지 가차 없이 내팽개친 사람은 바로 나였다. 내 판단과 결심 때문에 지금 하트라이트 씨와 로라의 삶이 이렇게 버림받은 것이다. 내가 조금만 더 깊이 생각했더라면 두 사람의 운명은 어떻게 변했을까? 내가 조금만 더 깊은 관심을 가지고 차분히 굴었더라면, 과연 두 사람이 지금처럼 어긋난 운명의 장난으로 참담한 시간을 보내게 되었을까?

나는 로라의 행복과 하트라이트 씨의 행복 사이에 벽을 쌓았다. 로라와 그의 삶의 하나가 되는 것을 무너뜨린 장본인은 바로 지금 그녀를 보듬고 있는 나였다. 퍼시벌 글라이드 경을 위해 내가 그 짓을 하고 만 것이다.

* * * * *

로라의 목소리가 들렸다. 아마도 날 위로하고 있는 것 같았다. 차가운 책망 외에는 아무것도 받을 자격이 없는 나를! 얼마나 오래 뉘우침에 빠져 있었을까. 로라가 내게 입맞춤을 했다. 순간 돌연히 캄캄했던 눈앞의 풍경이 열렸다. 그제야 내가 멍하니 호숫가의 전경을 바라보고 있다는 걸 깨달았다. 로라의 속삭임이 들렸다.

"늦었어. 숲이 곧 어두워질 거야."

그녀가 내 팔을 흔들며 되풀이했다.

"언니, 숲이 곧 어두워질 거야."

"잠시만, 아주 잠시만 있을게."

로라의 얼굴을 정면으로 바라보기가 두려웠다. 나는 호수에서 눈을 떼지 못했다.

그래, 늦은 시간이었다. 눈 앞의 안개에 가려 하늘에 떠 있던 나무들이 어둠 속에 헝클어지고 있었다. 안개가 서서히 우리 쪽을 덮쳐오고 있었다. 여전히 숨 막히는 적막이 가득했지만 그로 인한 공포는 사라졌다. 고요가 자아내는 엄숙한 신비가 피어올랐다. 그녀가 속삭였다.

"집까지 너무 멀어. 어서 돌아가자."

그때 동생이 갑자기 말을 멈추더니 내게서 얼굴을 돌려 보트 창고 입구 쪽을 보았다.

"언니."

로라가 떨리는 목소리로 말했다.

"못 봤어? 저기 봐!"

"어디?"

"저기 아래."

나는 로라의 손가락이 가리키는 방향으로 시선을 옮겼다. 그리고 보았다. 저 멀리 살아 있는 물체 하나가 히스 나무 공터 사이에서 움직이고 있었다. 그것은 보트 창고에서 안개 끝자락 쪽으로 움직였다. 그리고는 우리로부터 멀리 떨어진 곳에서 동작을 멈추고 잠시 기다렸다. 그리고 다시 천천히 움직였다. 천천히 보트 창고의 모서리까지 아주 느리게. 그리고는 종적을 감추었다.

우리는 둘 다 멀쩡한 상태가 아니었다. 몇 분 뒤 이윽고 로라가 숲으로 발길을 옮겼다. 내가 미처 따라가려고 마음을 먹기도 전에 말이다.

"남자였어, 여자였어?"

함께 차갑고 어두운 밤공기를 통과해 걸어갈 때 그녀가 물었다.

"확실히 모르겠어."

"누구였던 것 같아?"

"여자 같기도 했어."

"난 긴 망토를 입은 남자였던 것 같아."

"그럴지도 몰라. 너무 흐리고 어두워서 세대로 볼 수가 없었어."

"잠깐만, 언니! 길이 안 보여. 무서워. 그 사람이 우릴 미행하고 있을지도 몰라."

"그럴 리 없어. 무서워하지 마, 로라. 이 호숫가는 마을에서 그리 멀리 떨어진 곳이 아니야. 마을 사람들이 낮에나 저녁에나 이곳을 거니는 건 당연한 일이야. 다만 우리가 호숫가에서 사람을 본 적이 없어서 놀랐을 뿐이야."

우리는 전나무 숲으로 들어섰다. 너무 어두워서 길조차 보이지 않았다. 나는 로라를 붙잡고 최대한 속도를 내서 집으로 향했다.

반쯤 걸어왔을까, 로라가 갑자기 걸음을 멈추는 바람에 나까지도 멈춰 섰다. 그리고 귀를 기울였다.

"쉿, 우리 뒤에서 무슨 소리가 들려."

그녀가 속삭였다.

"낙엽 아니면 바람에 꺾인 잔가지 소리일 거야."

로라를 안심시키려고 내가 말했다.

"지금은 여름이잖아, 언니. 바람도 없고. 잘 들어봐!"

내 귀에도 들렸다. 우리 뒤를 따라오는 숨죽인 발자국 소리 같은 것이.

"사람이든 뭐든 일단 계속 걷자. 조금만 더 가면 우릴 위협해도 집에서 그 소리를 들을 수 있을 거야."

우리는 다급히 걸음을 옮겼다. 너무 빨리 걸은 탓에 전나무 숲을 거의 벗어나 저택 불빛이 보이는 곳에 도착했을 때는 숨을 헐떡이고 있었다.

나는 잠시 걸음을 멈추고 로라가 숨을 고를 시간을 주었다. 그리고 다시 걸음을 떼려는 순간, 로라가 나를 잡더니 손짓으로 다시 소리를 들어보라는 신호를 보냈다. 이번에는 우리 둘 다 분명히 길고 무거운 한숨소리를 들었다. 바로 우리 뒤 캄캄한 숲에서 들려온 소리였다.

"누구시죠?"

내가 불렀다. 대답이 없었다.

"누구세요?"

다시 내가 외쳤다. 그러자 짧은 침묵 뒤에 발자국 소리가 이어졌다. 멀어지면서 점점 작아지는 발자국 소리였다. 그리고는 정적만 남았다.

우리는 서둘러 숲 속에서 정원 잔디밭으로 빠져나와 말없이 정원을 가로질러 드디어 저택 앞에 도착했다. 현관의 램프 불빛 아래 로라가 하얗게 질린 얼굴로 나를 바라보았다.

"무서워서 죽을 뻔했어. 누구였을까?"

"그건 내일 생각하기로 하자. 오늘은 누구한테도 우리가 보고 들은 것을 말하지 말기로 하자."

"왜?"

"침묵이 더 안전하니까. 게다가 이 집에서는 무엇보다 안전이 중요해."

나는 즉시 로라를 위층에 데려다주고 내 방으로 와서 모자를 벗고 머리를 풀었다. 그런 후 곧바로 책을 찾는 척하며 서재로 가서 동태를 살피기 시작했다.

서재에는 백작이 그 큰 덩치로 커다란 안락의자를 독차지하고 있었다. 옷깃을 편안하게 열어둔 채 담배를 피우며 책을 읽는 중이었다. 옆에는 그의 아내가 등받이 없는 의자에 앉아 조용히 담배를 말고 있었다. 내가 들어서자 백작은 약간 당황한 기색으로 정중하게 일어나서 넥타이를 다시 맸다.

"불편하게 해서 죄송해요. 책을 하나 찾으러 왔는데……."

"저처럼 덩치 큰 사람에게 이런 더위는 그 자체로 불행이지요."

백작이 커다란 초록색 부채를 엄숙하게 부치며 말했다.

"이럴 땐 아내와 처지를 바꾸고 싶군요. 지금도 아내는 연못의 물고기처럼 몸이 차갑지요."

백작부인도 백작의 이 재기 어린 비유에 흔쾌히 동의했다.

"전 몸이 원래 차거든요, 할콤 양."

그녀는 마치 자기 자랑거리를 고백하듯 겸손하게 말했다.

"밖에 나갔다 오시는 길입니까?"

내가 어색함을 감추려고 책장에서 책을 하나 꺼내는데 백작이 물었다.

"네, 바람을 좀 쐬었어요."

"어느 방향으로 가셨는지 물어봐도 될까요?"

"호숫가 보트 창고까지요."

"아하? 보트 창고까지요?"

다른 경우였다면 백작의 이런 시시콜콜 캐려드는 태도를 괘씸하게 여겼을 것이다. 하지만 오늘은 달랐다. 그들이 의문의 발자국의 주인공이 아니라는 걸 입증해 줘서 오히려 고마울 정도였다.

"오늘 저녁에는 지난번처럼 죽어가는 개를 발견한 것과 비슷한 모험은 없었나요?"

그가 깊이를 헤아릴 수 없는 차갑고 투명하고 거역할 수 없는 회색 눈동자로 나를 바라보며 물었다. 그 눈빛은 늘 나로 하여금 그를 보지 않을 수 없게 만들었다. 그가 먼저 그러지 않는 이상 내가 먼저 눈길을 돌리기 어렵게 만들었다. 이럴 때면 그가 내 마음을 샅샅이 들여다보고 있다는 기분에 사로잡혔다. 지금도 그랬다.

"아뇨."

나는 짧게 답했다.

"아무 일도 없었어요."

나는 몸을 돌려 방에서 나가려고 했지만 이상하리만치 몸이 딱딱하게 굳어 움직일 수가 없었다. 다행히 백작부인이 백작의 시선을 거두어갔다.

"백작님, 할콤 양을 계속 서 있게 하시면 안 되지요."

백작이 내게 의자를 주려고 몸을 돌리는 순간 나는 기회를 놓치지 않았다. 고맙다고, 실례한다고 말하면서 방을 빠져나왔다.

한 시간 뒤 로라의 하녀가 시킬 일이 없냐며 로라의 방을 찾아왔다. 나는 또다시 기회를 놓치지 않고 그들이 저녁을 어떻게 보냈는지 탐색했다.

"아래층은 하루 종일 이렇게 더웠어?"

"아뇨, 아가씨."

"그럼 숲에라도 다녀왔니?"

"가려고 했는데 주방장이 부엌 바깥마당이 시원하다고 거기 가겠다고 해서 저희도 함께 의자를 가지고 나가서 열기를 식혔어요."

이제 남은 사람은 관리인뿐이었다.

"마이컬슨 부인은 잠자리에 들었어?"

"그럴 리가 없죠, 아가씨."

소녀가 생글생글 웃으며 대답했다.

"부인한테 지금은 잠들 시간이 아니라 깰 시간이에요."

"무슨 말이지? 낮잠이라도 잤단 말이야?"

"아뇨, 저녁 내내 방 안 소파에서 졸고 계셨거든요."

서재에서 본 것과 하녀로부터 들은 얘기를 종합해 보니 한 가지는 확실했다. 우리가 호수에서 본 정체불명의 인물은 포스코 백작부인도, 백작도, 이곳의 하인들도 아니라는 사실이었다. 다시 말해 우리가 들은 그 발자국 소리의 주인공은 이 저택 사람이 아니었다.

그렇다면 과연 누구일까?

질문 자체가 무의미했다. 그 사람이 여자인지 남자인지도 몰랐으니까. 그저 나는 그 사람이 여자라고 짐작만 할 뿐이었다.

6

6월 18일

어제 저녁 호숫가에서 로라의 얘기를 들은 뒤 찾아온 자괴감이 밤의 외로움을 틈타 다시 나를 짓누르기 시작했다. 몇 시간 동안 잠이 오지 않아서 괴로웠다.

끝내 나는 자리에서 일어나 촛불을 밝혔다. 그리고 일기장을 펼쳐 여기저기 뒤졌다. 과연 로라의 이 불행한 결혼에서 내 역할은 어디까지였나, 그 불행의 씨앗을 거두기 위해 내가 한 번이라도 진정으로 노력한 적은 없나 궁금해서였다. 그 결과 약간이나마 마음의 짐을 덜 수 있었다. 비록 무지하고 맹목적이었지만 나름대로 최선을 다한 흔적들이 있었다.

사실 내게 눈물은 별 도움이 되지 않는다. 하지만 어젯밤은 달랐다. 실컷 울고 나자 기분이 조금이나마 풀렸다. 덕분에 오늘 아침에는 다부진 각오와 단호한 평정심으로 잠자리에서 일어날 수 있었다. 이제부터는 퍼시벌 경의 그 어떤 말도 나를 뒤흔들지 못할 것이다. 아무리 굴욕감과 모욕을 주고 위협할지라도 내가 로라를 위해 이곳에 머물고 있다는 것을 망각하도록 만들지 못할 것이다.

오늘 오전은 로라와 함께 어제의 그 정체불명 발자국의 주인공, 그 어두운 그림자에 대해 골똘히 생각해야 옳았다. 하지만 사소한 사건 하나가 그것을 가로막았다. 로라가 결혼식 전날 내가 선물한 작은 브로치를 잃어버린 것이다.

로라는 자신을 책망하고 안절부절못했다. 로라는 그 브로치를 어제 호숫가로 산책을 나갈 때 달고 있었다. 그렇다면 보트 창고 부근이나 집으로 돌아오는 도중에 잃어버린 게 분명했다. 하인들을 시켜 찾아보게 했는데도 못 찾자 로라는 직접 찾아보겠다고 나섰다. 브로치를 정말 찾건 못 찾건 길모어 아저씨의 동업자로부터 답장을 받기 전에 퍼시벌 경이 도착할 경우 그녀가 집에 없는 이유를 설명할 수 있게 된 셈이다.

1시를 알리는 시계 소리가 울렸다. 나는 생각에 잠겼다. 미리 빠져나가서 정문의 문지기 초소 앞에서 답장을 기다리는 게 나을까, 아니면 그냥 집 안에 있을까?

나는 이 집의 모든 사람들, 그 외의 모든 것들에 의심을 품게 된 이상 미리 나가는 게 좋겠다는 결론을 내렸다. 백작은 식당에 있었으므로 걱정할 필요가 없었다. 10분 전쯤에 이층으로 올라가다가 문 너머로 그의 소리를 들었기 때문이다. 그는 카나리아 새들에게 훈련을 시키느라 열심이었다.

"자아, 내 예쁜이들, 어서 내 손 위로 올라오려무나! 어서! 그렇지! 자아, 이제 위로 한 걸음 두 걸음, 세 걸음, 그만! 다시 아래로 한 걸음, 두 걸음, 세 걸음, 그만! 자 다시 하나, 둘, 셋, 이제 노래해볼까? 찍찍, 짹짹, 짝짝!"

새들은 오래 기다렸다는 듯이 일시에 큰 소리로 우짖기 시작했다. 백작 역시 새라도 된 것처럼 그들의 지저귐에 맞춰서 우는 소리를 흉내 내기 시작했다. 지금도 그 날카로운 노랫소리와 휘파람 소리를 들을 수 있었다. 그렇다면, 다른 사람 눈에만 띠지만 않는다면 지금이 기회다.

* * * * *

4시다. 지난 세 시간은 블랙워터 파크에서 일어난 모든 사건의 방향을 전혀 새로운 판도로 바꿔놓았다. 그게 좋은 방향일지 나쁜 방향일지는 아직 알 수도 없고 판단을 내리기도 힘들다. 마지막으로 일기를 썼던 시점으로 시계 바늘을 돌려보자. 그래야 나도 마음을 정리할 수 있을 것 같다.

나는 계획대로 문지기 초소에서 답장을 가져올 사람을 기다리려고 방을 나왔다. 계단을 내려가는 중에는 아무도 보지 못했고, 현관 근처에서는 새들을 훈련시키는 백작의 목소리만 들려왔다. 그렇게 집 앞 뜰까지 나와서 뜰을 가로지를 때였다. 문득 나는 포스코 백작부인을 발견했다. 그녀는 둥근 연못을 감싼 잔디밭을 천천히 걷고 있는 중이었다. 나는 그녀를 보자 최대한 평온한 표정을 지으려고 노력했다. 만에 하나를 위해 당당히 다가가 점심식사 전에 잠깐 산책하지 않겠냐고 물어보기까지 했다. 그녀는 친근한 표정으로 미소를 보내더니 자기는 집에 그냥 있겠다고 말했다. 그리고는 다시 현관으로 들어갔고, 내가 마구간 문 옆에 있는 쪽문을 열기도 전에 먼저 문을 닫았다.

15분도 채 지나지 않아 나는 문지기 초소에 도착했다. 좁은 오솔길이 갑자기 왼쪽으로 꺾이더니 약 100미터쯤 직진 후 다시 오른쪽으로 날카롭게 꺾이며 도로가 나왔다. 나는 한쪽은 문지기 초소에 가려지고, 다른 쪽은 역으로 가는 길로 가려진 곳에서 기다리기로 했다. 양옆에는 높은 산울타리가 있었다.

나는 그곳에서 20분 정도 배회하며 기다렸다. 그때 마차소리가 귀에 들어왔다. 다시 길이 꺾이는 지점으로 다가서는데 기차역 방향에서 달려오는 마차 한 대가 보였다. 나는 손으로 멈추라는 신호를 보냈다. 마부가 멈추자 점잖아 보이는 남자가 무슨 일인지 궁금한 얼굴로 창문 바깥으로 머리를 내밀었다.

"실례합니다. 혹시 블랙워터 파크로 가는 마차 아닌가요?"

"그렇습니다만."

"혹시 누군가에게 편지를 전하러 가는 건가요?"

"할콤 양께 전할 편지가 있습니다만."

"그 편지는 저를 주시면 됩니다. 제가 그 할콤입니다."

남자가 모자에 손을 올려 인사를 하며 마차에서 내리더니 편지를 건넸다. 나는 즉시 편지를 읽어내렸다. 내 의견을 조금도 개입시키지 않기 위해서 이곳에 그 편지 내용을 그대로 옮기기로 한다.

친애하는 할콤 아가씨.

오늘 아침 편지를 받았습니다. 편지를 읽고 무척 걱정이 앞섭니다. 그래서 되도록 알기 쉽게, 되도록 간략하게 답변을 올립니다.

아씨께서 직접 쓰신 편지로나 서약서에 기록된 글라이드 부인의 입장에 대해 제가 아는 지식으로 보나, 말씀드리기 면구스럽지만 다음과 같은 결론에 도달했습니다. 퍼시벌 경에게 위탁된 대여금(다른 식으로 표현하자면, 글라이드 부인의 재산인 2만 파운드에 대한)의 일부가 양도 대상이 된 것 같습니다. 다시 말해 글라이드 부인이 이 대여 행위에 서명을 하시게 되면 이는 위탁 위반을 흔쾌히 허락한다는, 나중에는 뭐라고 부인해도 받아들여지지 않을 만한 강력한 증빙 자료가 될 것입니다. 다른 여타 상황을 고려해 봐도 일단 서명을 하게 된다면, 아무리 모르는 내용이었다고 항의해도 소용이 없게 되는 겁니다.

만일 글라이드 부인께서 제가 강하게 의혹을 품고 있는 그 대여 계약서에 서명을 하시게 되면, 그 재산의 수탁자들은 부인의 2만 파운드에서 원하는 금액을 퍼시벌 경에게 대여할 수 있게 됩니다. 만일 그 금액이 제대로 상환되지 않은 상황에서 글라이드 부인이 후손을 가지게 되면, 그 후손들은 양도된 금액만큼 손실을 입게 됩니다. 직설적으로 말씀드리자면, 부인의 서명, 부인이 그 진실성을 믿어 의심치 않는 그 양도 행위는 결과적으로 태어나지 않은 자녀들의 돈을 사취하는 결과가 됩니다.

이런 심각한 정황을 볼 때 제가 감히 권해 드리고 싶은 선택은 이것입니다. 부인이 서명을 보류하는 이유를 이렇게 말씀하시는 겁니다. 서명하기 전에 먼저 부인의 가족 변호사인 제게 먼저 내용을 제출하겠다고 말입니다. (저의 파트너인 길모어 씨가 저에게 직책을 일임했으니까요) 이런 행위에는 어떤 타당한 반론도 있을 수 없습니다. 그 양도 건에 아무 하자가 없다면 제가 승인하지 않을 이유가 없기 때문입니다.

진심으로 거듭 말씀드립니다. 그 어떤 추가적인 도움이나 조언에 대해서도 제 마음은 늘 열려 있습니다. 아가씨, 제가 충실한 수임자로서 아가씨의 곁에 늘 함께 있음을 명심하시기 바랍니다.

—윌리엄 카일

나는 이 친절하고 분별력 있는 편지를 감사한 마음으로 읽지 않을 수 없었다. 이제 로라는 정당하게 서명을 거부할 수 있게 되었다. 문제의 본말도 어느 정도 알게 되었다. 내가 편지를 읽는 동안 전령은 옆에서 다음 지시를 기다리고 있었다.

"이렇게 전해 주시겠어요? 제가 편지를 잘 읽었고 충분히 이해한다고요. 그리고 마음의 빚을 잊지 않겠다고요. 현재로서 다른 부탁은 없습니다."

내가 편지를 손에 쥐고 이 말을 한 순간이었다. 돌연히 포스코 백작이 도로 위의 꺾인 지점을 돌아 마치 땅 속에서 솟아오른 사람처럼 내 앞에 서 있었다.

나는 가장 맞닥뜨리고 싶지 않았던 장소에서 느닷없이 그가 나타나자 기겁하고 말았다. 전달자는 내게 인사를 하고 다시 마차에 올라탔다. 나로서는 전령에게 한 마디 인사의 말도, 심지어 그가 고개를 숙여 인사하는 것에 답할 수조차 없었다. 들키고 말았다는 생각, 그것도 내가 가장 염려하는 사람에게 들키고 말았다는 확신에 온몸이 딱딱하게 굳었다.

"집으로 가시는 길인가요, 할콤 양?"

조금도 놀라는 기색 없이, 심지어 떠나는 마차에는 눈길 한 번 주지 않고 그가 물었다. 나는 조각난 이성을 정렬해 마음을 굳게 다지면서 의연하려고 노력했다.

"저도 집으로 가는 길입니다."

그가 계속 말했다.

"바라건대 함께 하는 영광을 주시겠습니까? 제 팔짱을 끼시겠습니까? 절 보고 놀라신 것 같군요."

나는 그의 팔짱을 꼈다. 마음을 추스르면서 제일 먼저 다짐한 것은 어떤 희생을 치르더라도 절대 이 사람과 적이 되어서는 안 된다는 것이었다.

"절 보고 왜 그렇게 놀라셨습니까?"

그는 조용하지만 집요하게 물고 늘어졌다.

"아침 식당에서 새들과 계시는 소리를 들었거든요. 그래서 의아했을 뿐입니다."

나는 최대한 침착하고도 단호하게 대답했다.

"그랬지요. 그런데 내 날개 달린 예쁜이들은 꼭 어린애들 같죠. 기분이 엉망인 날이 있는 겁니다. 오늘이 바로 그런 날이었습니다. 새들을 새장에 다시 넣고 있는데 아내가 들어와서 할콤 양께서 혼자 산책을 나갔다고 하더군요. 그렇게 말씀하셨다고 들었는데, 맞지요?"

"그렇습니다."

"저런, 할콤 양. 그래서 함께 하고 싶은 마음이 굴뚝같았습니다. 나이가 나이인 만큼 제가 이런 말씀 드려도 전혀 부담되지 않으시지요? 그 말을 듣고 저는 얼른 모자를 쥐고 할콤 양과 같이 산책을 가려고 집을 나섰습니다. 아무리 제가 늙고 뚱뚱하다고 해도 산책에 동행할 사람이 없는 것보다는 나을 거라고 생각했지요. 그런데 길을 잘못 들었지 뭡니까? 그래서 실망해서 다시 돌아오는 중인데, 이렇게 표현해도 될지 모르겠지만 여기서 예상 밖의 행운을 만난 겁니다."

그 듣기 좋고 유창한 언변이 펼쳐지는 동안에도 나는 긴장을 풀지 못했다. 평정심을 지키려 애쓰던 마음이 점차 자포자기 상태로 가라앉았다.

그는 내 행동과 아직 내 손에 들려 있는 편지를 빤히 보고도 결코 분명한 질문을 던지지 않고 있었다. 이 불길한 태도는 역설적으로 내가 변호사에게 연락을 취했음을 알아차렸다는 신호였다. 역으로 그는 내게 그런 자기 상황을 감추려 열심히 떠들고 있는 게 분명했다. 내가 방어벽을 치지 못하도록 말이다.

하지만 나도 순순히 넘어갈 사람은 아니었다. 나는 그럴듯한 변명을 둘러대지 않음으로써 그의 의심이 확신으로 굳어지는 것을 막았다. 게다가 여자라는 사실을 이용해 팔짱에 은근슬쩍 신경 쓰게 만들어 그의 전열을 뒤흔들려고까지 했다.

집 앞 정문에 도착해 보니 마차가 마구간으로 들어가는 것이 보였다. 퍼시벌 경이 방금 도착한 것이다. 그는 저택 문 앞에서 우리를 발견하고는 정문 계단을 걸어 내려왔다. 여행이 어떻게 종결되었는지는 모르겠지만 험악한 심보는 떠날 때와 달라진 게 없어 보였다.

"오, 이제야 두 분이 오시는구먼. 대체 어찌된 영문이기에 집이 이 꼴로 텅 비어 있는 거요? 글라이드 부인은 어디 갔소?"

그가 언짢은 표정으로 물었다. 나는 브로치 이야기를 해주었다. 로라가 잃어버린 브로치를 찾으러 전나무 숲으로 갔다고 말이다.

"브로치야 어찌 됐건……."

그가 부루퉁하게 투덜거렸다.

"오늘 오후 서재에서 보기로 한 약속을 잊지는 않았겠지요? 30분 후에 봅시다."

나는 백작의 팔에서 손을 떼고 천천히 계단을 올라갔다. 백작은 내게 과장된 큰절을 하고는 못마땅한 표정을 짓고 있는 퍼시벌 경을 향해 놀리듯 쾌활하게 말했다.

"어땠나, 퍼시벌. 여행은 즐거웠나? 귀하신 명마 브라운 몰리께서 지쳐서 탈이라도 나진 않았나?"

"빌어먹을 브라운 몰리! 내가 어디 놀다온 줄 아십니까? 점심이나 먹어야겠군요."

"그 전에 5분 정도 대화나 먼저 하세. 식사하기 전에 말일세, 퍼시벌. 여기 안뜰에서 5분만 이야기하세, 친구."

"무슨 일입니까?"

"자네가 지대한 관심을 가지고 있는 사업 문제지."

이 문답을 들은 나는 퍼시벌 경이 못마땅한 얼굴로 두 손을 주머니에 넣은 채 머뭇거리는 모습을 다 볼 수 있을 정도로 가급적 천천히 현관문을 통과했다.

"또 그 지긋지긋한 양심 얘기로 나를 짜증나게 할 셈이라면 듣지 않겠습니다. 난 지금 배가 고픕니다."

"어서 이리 오게. 나랑 얘기 좀 하자고."

백작은 친구의 무례한 언동에도 꿈쩍 않고 그를 다그쳤다.

퍼시벌 경이 계단을 내려오자 백작은 그의 팔을 점잖게 끌었다. 그 '사업'이란 당연히 로라의 서명에 관한 것일 것이다. 의심의 여지없이 두 사람은 로라와 내 얘기를 할 것이다. 나는 걱정 때문에 마음이 무거웠다.

그들이 나누는 얘기가 뭔지 알아야 했지만 그것이 귀에 들릴 리 만무했다. 나는 혼란스러운 마음으로 정처 없이 이 방 저 방을 돌아다녔다. 심지어 열쇠와 자물쇠도 못 믿고 편지는 가슴 안에 꼭꼭 숨겼다. 답답함과 불안감이 마음을 짓눌렀다. 더는 못 참고 로라를 찾으러 나갈까도 생각했다. 그러나 몸이 말을 듣지 않았다. 오전 내내 긴장한 탓에 여름의 열기를 이겨낼 기력이 없었다. 나는 할 수 없이 방으로 돌아와 소파에 몸을 눕혔다. 가까스로 마음이 진정되려는 찰나에 문이 슬며시 열리더니 백작이 고개를 내밀었다.

"실례를 범해서 죄송합니다, 할콤 양. 반가운 소식을 급히 알려 드리려는 마음에 무례를 범했군요. 다름 아니라 서명 이야기입니 다. 아시다시피 이랬다저랬다 하는 퍼시벌의 변덕이 또 한 번 발동 했군요. 다행히도 이번에는 좋은 결과로 말입니다. 오늘 하기로 한 서명을 일단 미루겠다는 겁니다. 어쨌든 저나 두 분에게나 모두에 게 다행스러운 일 아닙니까? 그럼 저는 소식을 전하면서 물러가지 요. 이 소식을 글라이드 부인께서 오시는 즉시 제 진심과 더불어 알려주시면 됩니다. 당연히 그러시겠지만요, 그럼 이만."

놀라움이 채 가시기도 전에 그가 문을 닫았다. 퍼시벌 경의 이 예 상치 못한 변덕에는 백작의 입김이 작용한 것이 분명했다. 내가 런 던의 변호사와 편지를 주고받은 걸 알고 뭔가 수단을 강구할 시간 을 벌려는 것이다.

내 생각은 그랬다. 하지만 몸과 마음이 지친 나는 현재의 의혹과 미래의 위협에 대한 추론을 이어갈 힘이 없었다. 나는 다시 한 번 자 리를 박차고 일어나서 로라를 찾으러 나가려 했지만 다리가 후들거 리고 어지러워서 모든 걸 포기하고 소파로 돌아올 수밖에 없었다.

집 안의 고요와 열어놓은 창 밖에서 들려오는 벌레소리가 조금씩 나를 진정시켜 주었다. 두 눈이 절로 스르르 감겼다. 나는 점점 이 상한 상태로 빠져들있다. 깨어 있는 건 아니라서 주변의 움직임은 느낄 수 없었다. 그렇다고 잠든 것도 아니었다. 그 와중에서도 내 가 소파에 누워 있다는 것만은 인식할 수 있었다.

내 지친 육신은 가만히 누워서 휴식을 취했지만 열병에 짓눌린 마음은 내 통제에서 벗어나고 있었다. 황홀경인지 상상이 빚어낸 백일몽인지 모르겠지만, 나는 월터 하트라이트를 보았다. 오늘 아 침 잠에서 깬 후로 지금까지는 한 번도 그를 생각하지 않았다. 로 라도 그에 대해서 어떤 식으로든 일언반구를 하지 않았다. 그런데도 나는 그를 아주 생생하게 보고 있었다. 마치 옛날의 리머리지 시절로 돌아간 듯이 말이다.

그는 여러 남자들의 무리 속에 있었다. 주변 사람들은 모두 처음 보는 사람들이었다. 그들은 모두 광대한 버려진 사원의 계단 위에 누워 있었다. 신전은 커다란 열대 넝쿨들이 휘감고 있고, 형체를 알 수 없는 괴이한 신상들이 사원을 빼곡하게 에워싸고 있었다. 나무 때문에 하늘은 가려져 있고 불길해 보이는 나무 잎사귀 그림자들이 쓸쓸히 버려진 그들의 얼굴 위에 드리워져 있었다. 땅바닥에서는 유령처럼 솟아오른 연기들이 피어오르다가 스물스물 기어서 그들에게 다가갔다. 그것이 몸에 닿자 한 사람 한 사람씩 차례로 몸이 뻣뻣하게 굳어서 죽어갔다. 나는 월터를 향한 연민과 두려움에 휩싸여 그를 구하려고 크게 소리쳤다.

"돌아와요! 어서 돌아와요! 로라와 제게 약속한 거 잊으면 안 돼요. 어서 우리에게 돌아오세요. 저 역병이 다른 사람들처럼 당신의 목숨을 앗아가기 전에요!"

그때 그가 지상에서는 찾아볼 수 없을 것 같은 차라리 공포에 가까운 고요한 얼굴로 나를 바라보았다.

"기다려요."

그가 말했다.

"나는 꼭 돌아갈 거요. 도로에서 길 잃은 흰옷의 여자를 본 그날 밤, 바로 그날 밤이 내 인생을 보이지 않는 음모의 장난감으로 만들었습니다. 여기 폐허에서 버려지든 거기 내 조국 땅으로 다시 돌아가든 나는 여전히 어둠의 길 위를 걷게 될 겁니다. 그리고 나와 당신, 그리고 우리가 사랑하는 당신의 동생도 미지의 복수와 정의의 결말로 이끌려가게 될 것입니다. 저길 보세요. 다른 사람들을 죽인 저 역병이 나는 비켜갈 겁니다."

다시 그가 보였다. 그는 여전히 열대림 속에 있었지만, 그를 둘러싸고 있던 시신들과 사원들은 사라졌다. 석상들도 자취를 감추었다. 사라진 그 자리에는 검고 작은 난쟁이들이 활을 들고 나무 사이에 숨어서 살기를 품고 있었다.

나는 다시 한 번 월터가 걱정되어 그를 향해 소리쳐 경고했다. 그러자 그는 또 다시 평온한 얼굴로 나를 바라보았다.

"또 한 걸음 나아갈 겁니다."

그가 말했다.

"어두운 길 위를 또 한 발자국 나아갈 것입니다. 저길 보시오. 다른 사람들을 쏘아 죽인 저 화살이 나를 비켜가고 있어요."

나는 그를 세 번째로 보았다. 이번에는 거친 바다 위를 헤매는 난파선이었다. 사람들로 가득 찬 구명보트들이 육지를 향하고 있는 와중에 월터만이 홀로 침몰하는 배에 남아 있었다. 나는 공포를 느끼며 그에게 소리쳤다. 배 끝으로 가라고, 그래서 악착같이 살아남아야 한다고. 그러자 그는 역시 바위 같은 표정과 변하지 않는 목소리로 같은 답을 했다.

"암흑의 길로 가는 또 한 걸음입니다. 보세요. 모두를 삼킨 파도가 나를 비켜가고 있어요."

그가 마지막으로 나타났다. 그는 하얀 대리석으로 만든 무덤가에 무릎을 꿇고 있었다. 무덤 아래에서 베일로 얼굴을 가린 여인의 그림자가 솟아나서 그의 옆에 섰다. 신비롭게 고요한 그의 얼굴이 불가사의한 슬픔으로 젖어들었다. 그러나 단호한 목소리는 그대로였다.

"어둠에 점점 더 가까이 가고 있습니다, 점점 더 깊이. 죽음은 착한 자, 아름다운 자, 젊은 자들을 모두 데리고 가지만 나만은 비켜갈 것입니다. 역병과 화살과 집어삼킬 듯한 파도와 사랑과 희망 위에 드리운 죽음. 이 모든 것들이 내가 밟아가야 할 걸음걸음들입니다. 이 모든 것들이 나를 결말로 인도하고 있습니다."

내 가슴은 표현하기 힘든 두려움과 눈물조차 마비시키는 슬픔으로 무너졌다. 어느새 어둠이 묘지의 순례자를 덮치고, 무덤에서 나온 베일을 쓴 여인을 덮치고, 심지어 이 광경을 보고 있는 꿈꾸는 나까지도 덮쳐왔다. 더 이상 아무것도 보이거나 들리지 않았다.

* * * * *

그때 누군가의 손이 내 어깨를 흔들어 깨웠다. 로라였다. 그녀는 소파 옆에 무릎을 꿇고 앉아 있었다. 얼굴은 벌겋게 달아올라 초조한 기색이 역력했고, 당황한 눈이 내 눈을 바라보았다. 나는 그녀를 보자마자 깜짝 놀랐다.

"무슨 일이야? 왜 이렇게 겁을 먹은 거야?"

그녀가 반쯤 열린 방문을 둘러보더니 내 귀에 입술을 바짝 대고 속삭이듯이 말했다.

"언니! 호숫가에서 본 그 사람, 어젯밤 발자국 소리를 냈던 사람 말이야. 지금 막 보고 왔어, 얘기도 했어!"

"도대체 누구였어?"

"앤 캐서릭."

나는 불길한 꿈에서 막 깨어난 상태에서 로라의 당황한 표정을 본 데다 앤 캐서릭의 이름까지 듣자 충격을 감출 수 없었다. 나는 반사적으로 자리에서 벌떡 몸을 일으켜 돌처럼 굳은 채로 물끄러미 그녀를 내려다보았다.

로라도 방금 겪은 일에 정신을 빼앗긴 나머지 자기 말이 내게 어떤 충격을 줬는지 눈치 채지 못하고 있었다.

"내가 앤 캐서릭을 봤어! 앤 캐서릭과 얘기를 했어!"

그녀는 반복해서 말했다. 마치 내가 알아듣지 못한 것처럼.

"언니, 놀랄 만한 일이 있어. 언니한테만 말해야 해. 어서 나가자.

여긴 위험해. 빨리 내 방으로 가자.”

그녀는 절박하게 말하며 내 손을 잡고 서재를 지나 일층 끝 방으로 나를 데려갔다. 이 방은 로라만을 위해서 꾸며진 방이라서 로라의 하녀 말고는 아무도 함부로 들어올 수 없었다. 로라는 나를 먼저 방 안으로 밀어넣고 문을 잠근 뒤 커튼까지 쳤다.

나를 사로잡았던 기괴하고 멍한 느낌이 여전히 남아 있었다. 하지만 그녀를 질색하게 만든 그 혼란이 서서히 내게도 전염되고 있다는 확신이 서서히 그 멍한 느낌을 걷어냈다.

“앤 캐서릭! 앤 캐서릭!”

나는 무기력하게 넋두리만 연발했다. 로라가 가장 가까이에 놓인 긴 의자에 나를 앉혔다.

“이것 봐, 언니.”

그녀가 가슴을 가리켰다. 잃어버렸던 브로치가 제자리에 꽂혀 있었다. 눈에 명확히 보이는 그 물건 하나가 아까 꾼 꿈과 로라의 질겁한 표정과 앤 캐서릭의 이름이 불러온 복잡한 혼란을 수습할 수 있게 도와주었다. 비로소 현실 감각을 되찾은 것 같았다.

“브로치는 어디서 찾았니?”

이 중차대한 순간에 내가 던질 수 있는 질문은 그것이 전부였다.

“그 여자가 찾았어, 언니.”

“어디서?”

“보트 창고 바닥에서. 아, 어디서부터 말해야 하지? 어떻게 말해야 제대로 전달할 수 있지? 그 여자는 정말 이상해 보였고, 끔찍할 정도로 아파 보였어. 그리고 불시에 사라졌어.”

로라는 기억이 출렁일 때마다 그 자신도 함께 출렁거렸다. 이 집에 있는 동안 밤낮으로 짓누르는 불신 때문에 나는 로라에게 경고했다.

“조용히 말해. 창문이 열려 있잖아. 바로 아래가 정원 통로야. 처음부터 순서대로 차근차근 말해 봐."

"창문을 닫을까?"

"아니, 목소리만 낮춰. 명심해. 앤 캐서릭은 네 남편 집에서는 위험한 인물이야. 처음 만난 데가 어디였어?"

"보트 창고였어. 알다시피 브로치 찾으러 나갔잖아. 땅바닥만 유심히 살피면서 브로치 찾는 데만 열중했어. 그렇게 자꾸자꾸 가다 보니 어느새 보트 창고까지 간 거야. 들어서자마자 무릎을 굽히고 샅샅이 창고 안을 뒤지고 있었어. 등을 창고 입구 쪽으로 돌리고 말이야. 그런데 등 뒤에서 나지막하게 부르는 소리가 들렸어. '페어리 아가씨.' 하고."

"페어리 아가씨?"

"으응, 내 옛날 이름이잖아. 누군가 다시는 듣지 못할 거라 여겼던 그 이름을 부르는 거야. 난 깜짝 놀랐어. 하지만 두려움은 없었어. 그 목소리는 사람을 무섭게 만들기에는 너무 조용하고 차분했거든. 그래도 깜짝 놀랐어. 문 앞에서 나를 보고 있는 여자는 처음 보는 여자였어."

"옷차림은?"

"깔끔하고 예쁜 흰 가운을 입고 있었어. 그 위에 걸친 검정색 숄은 남루하고 헤진 것이었지만. 갈색 밀짚으로 만든 보닛 모자도 몹시 너덜너덜했어. 옷은 깨끗하고 예쁜데 나머지는 너무 볼품없어서 대조적으로 눈에 띄었어. 그 여자도 그걸 알아차렸나봐. 숨 돌릴 틈도 없이 이렇게 말하는 거야.

'제 모자나 숄 따위는 신경 쓰지 마세요. 전 흰옷만 입으면 다른 건 상관없답니다. 제 흰옷만 보세요, 제발요. 이것만은 부끄럽지 않아요.'

이상하지? 내가 그런 게 아니라고 말하기도 전에 먼저 그 여자가 손을 내밀었어. 보니까 브로치였어. 그걸 보는 순간 너무 기쁘고 고마워서 감사를 표하려고 가까이 다가섰어. 그런데 그 여자가 물었어.

'제가 고마우시다면 작은 부탁 하나만 들어주시겠어요?'

나는 좋다고 했어. 비록 미약하지만 고마움을 표하고 싶다고 그랬어.

'그러시다면 제가 그 브로치를 찾았으니 제 손으로 달아드려도 되겠죠?'

언니, 너무 뜻밖의 부탁인 데다가 그 여자가 너무 열정적으로 달려들어서 나도 모르게 뒷걸음질을 쳤어. 단지 어쩔 줄 몰랐을 뿐이야. 그 여자가 말했어.

'아, 아가씨 어머님이셨다면 기쁜 마음으로 그렇게 하라고 하셨을 거예요.'

내 행동을 서운해하는 것도 그렇고, 어머니에 대해 말하는 투나 표정이 이상하리만치 마음 찡해서 괜히 미안하고 죄스러운 마음이 들었어. 나는 브로치를 쥐고 있는 그 여자의 손을 잡아서 내 가슴 쪽으로 가져왔어.

'제 어머니를 아세요? 아주 오래전 일인가요? 혹시 전에 우리 만난 적이 있나요?'

그녀는 내 말을 듣는 둥 마는 둥 브로치를 다느라 정신이 없었어. 그러면서 이렇게 말했어.

'아가씨는 리머리지의 화창한 봄날이 기억나지 않으세요? 그날 아가씨 어머님은 학교로 가는 오솔길을 걷고 계셨죠. 양손으로 어린 소녀 두 사람의 손을 한쪽씩 잡고 말이에요. 난 오로지 그 추억뿐인걸요. 아가씨는 어머니의 한손을, 저는 다른 쪽 손을 쥐고 나란히 걸었죠. 예쁘고 총명한 페어리 아가씨와 가난하고 멍청한 앤 캐서릭은 그때만 해도 누구보다 가까운 사이였죠. 지금에 비할 바가 아니었죠.'"

"로라, 그 여자가 자기 이름을 말했을 때 그 이름을 기억하지 못했어?"

"기억났어. 언니가 앤 캐서릭에 대해서 나한테 물었잖아. 그 여자가 나랑 무척 닮았다고 했고."

"닮았다는 느낌이 왔어?"

"응. 아주 가까이 서 있는데 불현듯 이 여자와 내가 너무 닮았구나 하는 생각이 들었어. 비록 얼굴은 창백하고 여위고 말랐지만 너무 깜짝 놀랐어. 마치 오래 앓고 난 뒤에 거울에 비친 내 얼굴을 보는 것 같았으니까. 그만큼이나 빼닮았다는 사실에 큰 충격을 받았어. 한순간 말문을 열 수 없을 정도였어."

"그 여자는 네가 말을 안 해서 실망하지 않았어?"

"그런 것 같았어. 이렇게 말했어.

'아가씨는 어머니 얼굴을 닮지 않으셨군요. 또 마음씨도요, 아가씨 어머님은 천사의 마음을 가지신 분이셨어요.'

그래서 내가 말했어.

'저도 당신에게 친절하고 싶어요. 제 마음을 알아주세요. 단지 진심을 제대로 표현하지 못할 뿐이랍니다. 근대 왜 저를 페어리 아가씨라고 부르는 거죠?'

'왜냐하면 페어리라는 이름이 좋아서예요. 글라이드 부인이라고 부르는 건 너무 싫어요!'

이 부분에서 그녀는 갑자기 폭발하듯 외쳤어. 그때까지 그녀에게 광기 어린 모습은 없었거든. 하지만 그때 그녀의 눈빛에 광기가 서리는 걸 느꼈어.

'전 당신이 제 결혼 사실을 모르고 있다고 생각했는데요?'

리머리지에서 그녀가 내게 보냈던 편지가 떠올라 그녀의 기분을 누그러뜨리려고 내가 말했어. 그녀는 이 말에 슬픈 한숨을 내쉬면서 내게서 얼굴을 돌렸어.

352

'결혼한 사실을 모르다니요! 아가씨가 결혼하셨기 때문에 제가 지금 여기 있는 거예요. 제가 지금 여기 있는 건 아가씨께 보답을 하기 위해서예요. 저세상에 계신 아가씨 어머님께로 떠나기 전에 말이죠.'

그렇게 말하고서 그 여자는 점점 내게서 멀어져 창고 바깥으로 나갔어. 그리고 주변을 황급히 두리번거리다가 다시 내게로 얼굴을 돌렸어. 창고 안으로 들어오지는 않고 두 손으로 입구 양쪽을 잡은 채 이렇게 말했어.

'어젯밤 호숫가에서 절 봤나요? 숲 속에서 제 발자국 소릴 들으셨어요? 전 아가씨와 단둘이 시간을 가지려고 지금껏 기다리고 기다렸어요. 세상에 하나뿐인 친구도 두고 왔지요. 절 걱정해 주고 저 때문에 노심초사하는 친구를 말이죠. 게다가 정신병원에 다시 갇힐지 모를 위험도 무릅쓰고 말이에요. 오로지 아가씨를 위해서, 바로 페어리 아가씨 단 한 사람을 위해서 말이에요.'

언니, 그전까지는 그녀의 말에 놀라기만 했는데 그 말을 들으니 나도 모르게 그녀가 너무 불쌍했어. 진심으로 연민을 느꼈어. 안 그랬다면 거기 서 있지 말고 안으로 들어오라고, 들어와서 내 옆에 같이 앉자고 그렇게 말이 불쑥 튀어 나왔겠어?"

"앤 캐서릭이 들어와서 앉았니?"

"아니. 고개를 젓더니 그 자리에 서서 망을 보면서 있어야 한다고 했어. 다른 사람이 이 광경을 보거나 들어서는 안 된다는 거야. 그래서 그때부터 마지막 순간까지 양손으로 입구를 꼭 잡은 채 계속 서 있었어. 내게 말할 때는 머리를 안으로 집어넣고 말하고, 주변을 살필 때는 고개를 다시 빼고 주위를 두리번거리고. 계속 그랬어.

'난 어제 이곳에 있었어요. 어두워지기 전부터요. 아가씨가 어떤 숙녀 분이랑 얘기하는 걸 엿들었죠. 아가씨가 남편 이야기를 하는 것도 들었어요. 남편에게는 어찌해 볼 수 없다는 말, 남편의 입을 막을 수도 없다는 말, 다 들었어요. 아! 전 그게 무슨 말인지 알아요. 아가씨의 말을 듣는 내내 양심이 계속 절 괴롭혔죠. 왜 이 결혼을 막지 못했냐고요. 오, 전 겁쟁이에요. 정신 나간 비열하고 사악한 겁쟁이였죠. 나만 살려는 겁쟁이였죠!'

그러면서 남루한 숄에 얼굴을 파묻고는 혼잣말을 내뱉으면서 흐느끼는 거야. 그대로 뒀다가는 그녀가 억제할 수 없는 절망의 수렁으로 빠질 것 같았어. 그래서 말했지.

'진정하세요. 진정하고 어떻게 제 결혼을 막을 수 있었다는 건지 말해 줄래요?'

이 말에 그녀는 숄에서 얼굴을 들더니 멍하니 나를 바라보면서 이렇게 말하는 거야.

'리머리지에서 진작 용기를 냈어야 해요. 그 남자가 온다는 사실에 겁먹고 도망치지 말고 아가씨에게 확실하게 경고를 드렸어야 했어요. 더 늦기 전에 아가씨를 한시바삐 이 불행에서 구했어야 했는데! 무엇 때문에, 기껏해야 이름도 밝히지 않은 편지 따위나 쓰고 말았는지 모르겠어요. 뭐가 겁나서, 좋은 일을 하려다가 오히려 아가씨께 해를 끼치고 말았지요? 아, 저는 정신 나간 겁쟁이, 비열하고 사악한 겁쟁이였어요!'

그녀는 그 말을 다시 반복하더니 다시 숄로 얼굴을 가렸어."

"로라, 그녀가 왜 자기를 겁쟁이라고 하는 건지 물어봤지?"

"으응, 물었지."

"뭐라고 답했어?"

"이렇게 되물었어. 만일 나를 정신병원에 가뒀던 사람이 다시 나를 가두려 들면 그 남자가 무섭지 않겠냐고 말이야. 나는 이렇게 말했지.

'아직 겁이 나세요? 그럼 여기 있으면 안 되잖아요.'

'아뇨.'

그녀가 잘라 말했어.

'지금은 겁나지 않아요.'

나는 이유를 물었어. 그랬더니 그녀가 갑자기 얼굴을 창고 안으로 바짝 들이미는 거야.

'이래도 이유를 모르겠어요?'

그 질문에 나는 고개를 내저었어.

'저를 잘 보세요.'

그녀가 계속 말했어. 나는 내 심정을 말했지. 얼굴이 너무 병약해 보이고 안쓰럽다고 말이야. 내 말에 그녀가 처음으로 입가에 미소를 지었어.

'병약하다고요?'

그녀가 내 말을 되풀이했어.

'난 죽어가고 있어요. 이제 왜 제가 무섭지 않은지 아시겠지요? 천국에서 아가씨 어머니를 만나지 못하는 건 아닐까요? 설혹 만난다 해도 절 용서해 주실까요?'

난 그 말에 너무 아찔해져서 말문이 막혔어. 그녀는 계속해서 말했어.

'나는 그 생각만 하고 지냈어요. 아가씨 남편에게 들키지 않으려고 숨어 지내면서도, 늘 아파서 누워 있는 동안에도 오로지 그 생각뿐이었어요. 그 생각 때문에 여기로 온 거예요. 제 죗값을 치루고 싶어요.'

나는 그 말이 뭘 뜻하는지 자세히 말해 달라고 진심으로 부탁했어. 그녀는 내 말에는 아랑곳없이 계속 멍한 눈빛으로 날 바라보기만 했어.

'제 죗값을 치룰 수 있을까요?'

그녀는 근심 어린 표정으로 혼잣말만 했어.

'아가씨는 아가씨를 도와줄 친구들이 있잖아요. 만일 아가씨가 그의 비밀을 알게 되면, 그도 아가씨를 두려워하게 될 거예요. 내게 그랬던 것처럼 아가씨께도 함부로 대하지 못하겠죠. 만일 그 사람이 아가씨와 아가씨 친구들을 두려워하게 되면, 자신을 위해서라도 아가씨에게 아주 자상한 척 굴겠죠. 그래서 그 사람이 아가씨에게 자상하게 대해 준다면, 그게 내 덕분이었다고 말할 수 있다면……'

나는 두 귀를 바짝 세우고 들었어. 그런데 거기서 말을 멈추는 거야."

"계속 말해 달라고 했어?"

"그랬지. 그런데 그녀는 다시 몸을 젖히더니 보트 창고의 벽면에 얼굴과 팔을 기댔어. 그러더니 다시 나지막하게 목소리로 말했어. '오! 부디 아가씨 어머니 곁에 함께 묻힐 수만 있다면! 죽지 않더라도 그 무덤에 나란히 누울 수만 있다면! 천사의 나팔소리가 무덤 속의 죽은 자들을 깨울 때 그분 옆에서 다시 잠을 깰 수 있다면!'

언니, 그 말에 너무 소름이 끼쳐서 마치 내가 머리에서 발끝까지 송장이 된 것 같았어. 그녀는 내게 시선을 주려고 약간 고개를 돌리면서 넋 나간 소리를 계속했어. '하지만 그건 덧없는 꿈이에요. 저 같은 불쌍한 이방인에게 그런 기적이 일어날 리 없겠지요. 어찌 감히 그 대리석 십자가 아래에 묻힐 수 있겠어요. 내 손으로 직접 아가씨 어머님을 위해 하얗고 순결하게 닦아놓은 그 묘비 아래에 말이에요. 오, 안 돼! 제발! 인간의 손길이 아니라 하늘의 자비가 나를 그분께 데려가주길. 사악한 자는 사라지고 지친 자가 안식을 얻는 곳으로!'

그녀는 조용하고도 비탄에 잠긴 한숨을 내쉬며 말하더니 잠시 잠잠해졌어. 얼굴은 일그러지고 가위 눌림에서 벗어나려는 것처럼 안간힘을 쓰고 있었지. 마치 악몽에서 깨어나려는 그런 표정과 몸짓이었어.

'제가 무슨 말을 하려다가 말았죠? 아가씨 어머니를 생각할 때면 다른 모든 것들은 마음에서 사라져요. 방금 제가 뭐라고 말했죠? 무슨 말을 하고 있던 참이었죠?'

나는 그 불쌍한 여자에게 아주 조심스럽고 부드럽게 이야기해 줬어.

'아, 그랬군요. 맞아요.'

그녀가 여전히 얼이 빠진 듯한 얼굴로 말했어.

'아가씨의 사악한 남편에게 뭐가 더 필요하겠어요? 그래야죠. 내가 여기 온 목적을 반드시 이뤄야죠. 좀 더 좋은 기회에 하려고 아껴뒀던 얘기를 아가씨께 해야겠어요.'

'제게 말해야 한다는 얘기는 뭐죠?'

'아가씨의 잔인한 남편이 두려워하는 비밀이지요. 저도 언젠가 그 비밀로 그 인간을 위협해서 떨게 만들었으니 아가씨도 똑같이 이 그 비밀로 그 사람을 벌벌 떨게 할 수 있겠죠.'

그녀는 얼굴이 어두워지면서 바위라도 뚫을 것 같은 시선으로 그렇게 말했어. 그런 뒤 나를 향해 의미 없이 손을 저어대면서 계속 말했어.

'제 어머니는 그 비밀을 알고 계셨죠. 그 비밀에 짓눌려 거의 반평생을 허비했죠. 그리고 제가 다 자라자 어느 날 제게 그 비밀을 말해 줬어요. 그리고 바로 다음날 아가씨 남편이…….'"

"그래! 그래서? 네 남편에 대해 그 여자가 뭐라고 그랬는데?"

"그러고는 다시 말을 멈췄어, 언니. 그 말만 하고."

"더는 말 안 했어?"

"말은 안하고 유심히 귀만 기울이고 있었어.

'쉬잇!'

그 여자가 손을 저으면서 내게 소곤거렸어.

'쉬잇!'

그러더니 입구에서 완전히 나가서 한 걸음 천천히 움직이더니 보트 창고 가장자리로 사라졌어."

"그 여자 뒤를 따라갔어?"

"응, 나도 모르게 자리에서 벌떡 일어나서 밖으로 나갔어. 입구쯤 다다르니 그 여자가 사라졌던 쪽 반대편에서 다시 나타났어. 나는 안달이 나서 말했어.

'그 비밀! 가지 말고 말해 줘요!'

그녀가 다가오더니 내 팔을 붙들고 눈을 부릅뜨면서 나에게 속삭였어.

'지금은 안 돼요. 여기 우리 말고 누가 있어요. 우리를 감시하고 있어요. 내일 이 시간에 다시 여기로 오세요. 아가씨 혼자서요. 명심하세요. 꼭 혼자 오셔야 해요.'

그리고는 나를 창고 안으로 와락 밀치고 사라졌어."

"오, 로라, 어떡하지? 또 기회를 놓쳤잖아! 내가 근처에 있었다면 그렇게 사라지게 놔두지 않았을 거야. 어느 쪽으로 사라졌어?"

"왼쪽으로. 땅이 움푹 파이고 숲이 가장 울창한 쪽으로."

"다시 밖으로 나갔니? 그 여자 이름이라도 불러봤어?"

"어떻게 그럴 수 있겠어? 너무 겁나서 몸을 움직일 수조차 없었는걸."

"그러면 거기에서 나와서는?"

"바로 집으로 달려왔어. 언니에게 이 일을 얘기하려고."

"오는 도중에 전나무 숲에서 아무도 못 봤어?"

"못 봤어. 오는 내내 조용하고 아무 소리도 없었어."

나는 상황을 파악하느라 잠시 생각에 잠겼다. 감시하고 있었다는 그 인물은 실제일까, 아니면 그녀가 긴장한 나머지 만들어낸 상상일까?

정확히 알 수는 없었다. 단 하나 분명한 건 우리가 귀중한 기회를 다시 한 번 놓쳤다는 것이고, 내일 다시 만나자고 한 앤 캐서릭의 말을 믿어보는 수밖에 없다는 것이었다.

"잘 생각해 봐. 혹시 오고간 얘기 중에 빠뜨리고 말한 건 없어?"

"그런 것 같아. 내 기억력은 언니 같지는 않아. 하지만 너무 강렬하고 이야기에 몰입해서 중요한 건 다 기억이 나, 언니."

"로라, 앤 캐서릭 문제는 아무리 사소한 것도 중요해. 다시 생각해 봐. 우연히 지나가는 말이라도 그 여자가 지금 어디에 머물고 있는지 들은 거 없어?"

"내 기억으로는 전혀."

"그 여자 친구, 클레먼츠 부인에 대해선 얘기 않던?"

"아, 맞아! 맞아! 그걸 잊었네. 그녀가 클레먼츠 부인에 대해 말했어. 그녀가 이 호숫가에 갈 거면 동행해서 돌봐주겠다고 간청했대. 이 주변을 혼자 다니는 걸 한사코 말렸다고 말이야."

"클레먼츠 부인에 대한 말은 그것뿐이었니?"

"응, 그게 전부였어."

"토드 코너 농장을 함께 떠난 뒤로 어디에 은신처를 뒀는지 말은 없었고?"

"없었어. 확신해."

"그 뒤로 어디서 지냈는지도? 무슨 병을 앓고 있는지도?"

"안 했어, 언니. 한 마디도. 언니 생각은 어떤지 말해 줘. 난 도무지 갈피를 못 잡겠어. 앞으로 어떻게 행동해야 할지도 모르겠고."

"내 말 잘 듣고 꼭 그대로 해, 로라. 내일 보트 창고의 약속을 철저히 지켜. 그 여자를 다시 만나는 게 얼마나 중요한지는 두말할 필요도 없겠지. 다만 이번에는 너 혼자 가게 하지 않을 거야. 일정한 거리를 두고 나도 따라갈 거야. 아무에게도 들키지 않으면서 네 말을 들을 수 있는 거리에 있을게. 무슨 일이 있더라도 이번에는 안 놓치겠어. 월터 하트라이트 씨도 앤 캐서릭을 놓쳤어. 너도 그 여자를 놓쳤어. 하지만 나는 무슨 일이 있어도 놓치지 않을 거야."

로라의 두 눈이 나를 유심히 살폈다.

"언니는 그 말을 믿어? 내 남편에게 두려워하는 비밀이 있다는 이야기? 언니, 잘 생각해 봐. 그냥 앤 캐서릭이 꾸며낸 상상 아닐까? 그저 옛 시절이 그리워서 나를 만날 목적으로 꾸며낸 얘기인지도 몰라. 그녀의 태도가 너무 이상해서 하는 말에 의심이 들 정도였어. 그 말을 믿어야 할 다른 이유라도 있는 거야?"

"나는 아무것도 믿지 않아, 로라. 내가 믿는 건 네 남편의 행동에 대한 관찰이야. 그것 때문에 앤 캐서릭의 말을 믿는 거야. 나는 그럴 만한 비밀이 있다고 믿어."

나는 더는 말하지 않고 자리에서 일어났다. 수많은 생각들이 나를 괴롭혔다. 조금만 더 앉아 있다가는 이 들끓는 생각들이 혓바닥을 타고 흘러나와 로라에게 상처를 줄지도 몰랐다. 여전히 그 사나운 꿈의 잔상이 남아 있다가 로라의 이야기를 듣자 더 강렬한 모습으로 생생하게 떠올랐다.

나 역시 서서히 불길한 미래를 감지하고 있었다. 말로 표현하기 어려운 나를 꽁꽁 얼어붙게 만들고 말 그 미래의 정체가 어렴풋이 내 의식을 점령하고 있었다. 그 동안 일련의 복잡한 사건들을 통해 더더욱 나를 옥죄기 시작한 그 미래가 이제는 자기를 인정하라고 재촉하고 있었다.

불현듯 하트라이트 씨가 떠올랐다. 그와 마지막 작별인사를 할 때를 생각하면 여전히 그의 모습이 떠올랐지만, 꿈속의 그를 떠올리면 그의 진짜 모습이 가물가물해졌다. 이제 나 역시 그처럼 피할 수 없는 미지의 운명으로, 눈을 가리고 그 종말로 다가가고 있는 건 아닌지 두려움마저 느껴졌다.

나는 이층으로 로라만 혼자 올라가게 한 뒤 바깥으로 나와 집 주변을 이리저리 살폈다. 앤 캐서릭이 로라와 헤어졌던 정황을 생각하니 내심 포스코 백작이 오후를 어디서 어떻게 보냈는지 궁금해졌다. 그리고 몇 시간 전에 돌아온 퍼시벌 경의 여행 결과도 궁금증과 불안을 동시에 증폭시켰다. 여기저기 살폈지만 두 사람은 보이지 않았다. 다시 집 안으로 들어와 방마다 뒤졌는데도 마찬가지였다.

나는 다시 홀로 나와서 이층의 로라에게 가려고 현관으로 들어섰다. 복도를 지나는 도중 백작부인의 방 옆을 지나는데 백작부인이 방문을 열고 나왔다. 나는 백작과 퍼시벌 경이 어디 있냐고 물었다. 그랬더니 방 창문을 통해 두 남자를 한 시간 훨씬 전에 보았다는 대답이 돌아왔다. 백작이 평소처럼 친절하게 창문을 올려다보면서 깍듯한 예의와 격식을 차려 퍼시벌 경과 긴 산보를 하고 오겠다고 했다는 것이다.

긴 산책이라고! 두 사람을 안 이후로 두 사람이 그렇게 긴 산책을 한 일은 없었다. 퍼시벌 경의 경우 승마 외에는 운동에 전혀 관심이 없었고, 백작도 내게 호의 아닌 호의를 베풀어 산책길을 호위하겠다고 말한 적은 있지만 사실 몸 움직이는 일과는 담을 쌓은 사람이었다.

다시 로라를 만났다. 내가 없는 동안 그녀는 서류의 서명 문제로 씨름하고 있었다. 워낙 앤 캐서릭의 얘기가 충격적이어서 우리 둘다 깜박하고 있었던 문제였다. 나를 보자마자 로라는 왜 시간이 한참 지났는데 퍼시벌 경이 서재로 오라고 하지 않느냐고 물었다. 나는 미안한 마음으로 뒤늦게나마 설명을 해주었다.

"그 문제는 마음을 놓아도 돼. 적어도 지금으로서는 우리의 용기와 결심이 시험당하는 일은 없을 거야. 퍼시벌 경이 마음을 바꿨나봐. 서명은 연기됐어."

"연기됐다고?"

그녀가 영문을 몰라 되물었다.

"어떻게 그런 거야?"

"포스코 백작의 분부시겠지. 내 생각에는 백작이 끼어들어서 경의 마음을 돌리게 만든 거 같아, 다행스럽게도."

"그럴 수가 있어, 언니? 알다시피 그 서명이 퍼시벌 경의 급박한 재정 곤란 때문이라면 연기할 수 있는 문제가 아니잖아?"

"부득이 연기할 수도 있겠지. 다른 방법도 있고. 기억 안 나니? 내가 현관을 지나갈 때 변호사와 퍼시벌 경이 나눈 이야기를 듣고 너에게 해줬던 말?"

"그건 알아. 하지만 무슨 말이었는지는 잘 기억이……."

"난 기억하고 있어. 두 가지 선택이 있다고 했어. 첫 번째는 차용 증서에 네 서명을 받아내는 거였고, 두 번째는 석 달 어음을 발행해서 시간을 버는 거였어. 두 번째 선택을 택한 게 분명해. 그러니 퍼시벌 경의 재정 곤란 문제에 당분간 말려들지 않아도 된다는 말이지."

"언니, 너무 기뻐서인지 도무지 믿기질 않아!"

"믿기지 않는다고, 로라? 방금 전만 해도 내 기억력은 틀림없다고 해놓고 지금은 아닌가봐? 내 일기장을 가지고 올게. 내 말이 맞는지 아닌지 직접 확인해 보자."

나는 곧바로 일기장을 가지고 돌아왔다. 변호사가 방문한 날의 일기를 살펴보니 내 말이 한 자도 틀리지 않았다는 것이 확인되었다.

내 기억력이 정확하다는 사실에 우리는 평소보다 더 깊은 안도감을 느꼈다. 위급하고 불확실한 상황에서 내 규칙적인 일기와 정확한 기억력에 앞으로 얼마나 더 많이 의존해야 할지 생각하니 안도감과 더불어 슬픔이 밀려왔다. 로라의 얼굴에도 내가 느끼는 그런 비애가 서려 있음을 어렵지 않게 읽을 수 있었다.

어쨌든 이건 일기에다 쓸 가치조차 없는 사소한 문제다. 이걸 적고 있는 내가 한심하다. 의지할 곳 없는 두 자매의 애처로운 상황을 기록이나 기억력을 통해서라도 남겨두려는 꼴이다. 처량한 신세를 드러내는 일인 것이다. 내 기억력이 여전히 의지할 만하다는 건 새 친구를 만난 것처럼 안도할 만한 일인 동시에, 우리가 의지할 곳이 없다는 걸 여실히 보어주고 있었다.

저녁식사를 알리는 종소리에 우리는 헤어져서 각자 내려갔다. 퍼시벌 경과 포스코 백작이 들어오는 소리도 들렸다. 식사 시간이 5분 늦은 것을 두고 하인들에게 호통을 치는 퍼시벌 경의 고함소리, 뒤이어 백작의 어르고 달래는 소리가 들려왔다.

* * * * *

여느 때와 다름없는 저녁식사 시간이 지나갔다. 특별히 기록할 만한 일은 없었다. 다만 퍼시벌 경과 백작의 행동이 예사롭지 않았다. 나는 침실로 돌아오면서 초조하고 불안했다. 앤 캐서릭과 내일에 대한 걱정이 점차 커졌다.

이제 나도 몇 가지를 충분히 헤아릴 수 있게 되었다. 퍼시벌 경의 태도 중에서 가장 거짓되고 나쁜 태도가 그의 공손함이라는 것을 말이다.

오늘 저녁식사 때의 그는 리머리지에서의 모습이었다. 모든 사람에게 자상했지만 아내에게 유별나게 너그러웠다. 로라를 성이 아닌 이름으로 부르고, 최근 삼촌 소식을 들었냐고 물어보고, 베시 부인은 언제쯤 초대할 거냐고 먼저 묻는 등 아주 사소한 문제에까지 일일이 관심을 보였다. 그 모습을 보자 리머리지에서의 가증스러운 모습이 떠올라 심사가 뒤틀렸다.

이것은 불길한 신호였다. 더군다나 식사를 마치고 거실에서 잠든 척하면서 우리 모습을 슬그머니 곁눈질하는 걸 보는 순간, 그 모습이 불길함을 넘어 흉측한 암호처럼 느껴졌다. 본인은 들키지 않으려고 실눈을 떴지만 날카로운 내 시선은 벗어날 수 없었다. 그의 가증스런 친절을 익히 아는 나로서는 그의 극진한 태도 때문에 더더욱 무엇 하나 방심할 수 없었다.

나는 그의 장거리 여행이 웰밍헴의 캐서릭 부인을 만나기 위한 것이었으리라는 추측에 조금의 의심도 가지지 않았다. 문제는 그의 태도로 볼 때 그 여행이 헛수고는 아니었다는 점이다. 그의 공손함에는 뭔가 우리가 모르고 있는 정보를 캐냈다는 득의만만함이 서려 있었다. 앤 캐서릭이 어디 있는지만 알았어도 머뭇대지 않고 곧장 달려가 조심하라고 주의를 줬을 것이다.

오늘 저녁 퍼시벌 경의 극진한 태도가 내게 불쾌한 감정을 일으켰다면, 반면 포스코 백작도 그를 알고 지낸 이래 새로운 모습을 보여주었다. 오늘 처음으로 그는 내게 자신의 인간적인 면모를 드러냈다. 가감 없고 꾸밈없는, 인간의 감정을 가진, 백작 아닌 한 남자로서의 모습을 보여준 것이다. 장담하건대 그 순간 가식이라고는 찾아볼 수 없었다.

그는 오늘 유난히 말이 없고 차분했다. 두 눈과 목소리는 절제된 감성을 드러냈다. 이제껏 가장 화려하게 차려 입고 나온 조끼조차도 엷고 푸르스름한 녹색이었다. 로라와 내게 말을 걸 때 그의 목소리는 낮게 가라앉아 있었고, 아버지가 딸에게 보내는 기특한 찬사가 배어 있었다. 식사 도중에 아내가 남편의 사소한 배려에 고마움을 표할 때마다 탁자 아래로 아내의 손을 꼭 쥐었다. 아내와 와인을 마시면서 다정한 눈빛을 그윽하게 담은 채 말했다.

"당신의 건강과 행복을 위하여, 나의 천사!"

그는 음식을 거의 입에 대지 않았고, 친구인 퍼시벌 경이 놀려댈 때면 한숨과 함께 고개를 저을 뿐이었다. 식사를 끝낸 뒤 그는 로라의 손을 잡고는 친절을 베풀어 자신을 위해 피아노 연주를 해달라고 청했다.

로라는 깜짝 놀란 기색이었지만 그 요청에 응했다. 그는 회중시계를 풀어 접은 뒤 자기도 그녀 옆에 앉았다. 그리고는 큼지막한 머리를 맥없이 기울인 채 두 손가락을 가볍게 허공에 두드리며 연주에 리듬을 맞추었다. 고상하게 음악을 평가하고 부드럽게 그녀의 연주를 칭찬했다. 순수한 성정의 하트라이트 씨가 마냥 연주를 순박하게 즐기던 것과는 차원이 달랐다. 그는 심오한 지식과 풍부한 감성으로 그 음악의 가치를 평가했고, 손끝이 전하는 깊이를 짚어가며 연주자의 솜씨를 평가했다.

해가 거의 질 무렵이었다. 그는 아름다운 노을빛을 램프 불빛으로 훼손하지 말아달라고 부탁했다. 그리고는 피아노에서 가장 멀리 떨어진 창가 쪽에 서 있던 내게 무서울 정도로 조용한 발걸음으로 다가와 램프를 켜지 말자는 자기 뜻을 지지해 달라고 부탁했다. 그 순간, 어떤 램프로든 그를 불태워 없앨 수 있다면 직접 부엌으로 내려가 그 램프를 가져올 것 같은 심정이었다.

"당신도 저 부드럽고 잔잔하게 떨리는 영국의 노을을 좋아하시겠죠?"

그가 부드럽게 말했다.

"아, 너무 사랑스럽군요. 오늘 같은 밤에는 천국의 입김으로 정화된 모든 고결하고 위대하고 선한 것들에 마음 깊이 존경심을 느끼게 되지요. 노을은 신께서 인간에게 내리신 선물 중에 선물입니다. 자연은 저토록 영원불멸한 매력과 부드러움을 지니고 있지요. 하기야 이제 살찐 늙은이가 돼서 이런 표현을 쓰다니 어색하군요. 이런 말은 할콤 양의 젊고 고운 입술에서 나와야 걸맞지요. 하지만 지금 저는 저 노을만큼 성숙해진 나 스스로를 느끼고 있습니다. 저 자신이 저 노을과 혼연일체가 된 마당에 뭐 부끄러울 게 있겠습니까? 감정을 주체할 수 없는데 말입니다. 저기를 봐요, 나뭇가지 사이로 저무는 빛을! 저 빛이 지금 제 가슴을 지나가고 있어요. 당신은 어떻습니까?"

그가 말을 멈추고 나를 바라보더니 단테의 유명한 시를 읊조리기 시작했다. 시 자체의 비할 바 없는 아름다움에 음성과 곡조를 덧붙여 내가 듣기에도 멋진 낭송을 했다.

"나 참!"

그가 갑자기 큰 소리를 내며 낭송을 멈췄다.

"괜히 바보 같은 짓을 해서 여러분들께 지루함만 안겨 주었군요. 저 창문 밖 광경은 가슴에 묻고 이제 현실 세계로 돌아가야겠습니다. 퍼시벌! 이제 램프를 켜도 되네! 글라이드 부인, 할콤 양, 내 사랑 엘리너, 여러분들 중에 누가 나와 함께 도미노 게임에 빠져주시겠소?"

그가 우리 모두를 향해 물었지만, 눈길은 로라에게 고정되어 있었다. 로라는 그와 적이 되어서는 안 된다는 내 경고를 명심하고 있었던 만큼 그의 요청을 받아들였다. 그 순간 내가 할 수 있는 일은 없었다. 아무리 생각해도 백작과 자리를 함께 할 수는 없었다. 짙어가는 노을빛 어둠 속에서도 그의 두 눈은 내 내면을 낱낱이 꿰뚫고 있었다. 그는 자기 목소리를 사용해 내 온몸의 신경을 마음대로 조종해서 냉탕과 열탕에 번갈아 빠뜨렸다. 저녁 내내 의식 속을 맴돌던 아까 꾼 신비롭고 불길한 꿈이 이제 참을 수 없는 불안과 공포로 내 의식을 깨고 밖으로 튀어나올 것만 같았다.

마음속에 다시 하얀 무덤이 나타나고, 얼굴을 베일로 가린 여자가 무덤 위로 솟아 하트라이트 씨 옆에 서 있었다. 순간 로라를 향한 내 연민이 깊은 심연으로부터 샘물처럼 솟아 이전에는 느낀 적 없는 비통함으로 나를 가득 채웠다.

로라가 탁자로 가려고 내 옆을 지나는 순간, 나는 그녀의 손을 잡았다. 그날이 우리의 마지막 밤이라도 되는 듯이 뜨겁게 로라의 손에 입맞춤을 퍼부었다. 사람들이 놀란 얼굴로 우리를 쳐다보는 동안 나는 자리를 박차고 열린 문을 통해 바깥으로 마구 달렸다. 내 모습을 그들에게 보이지 않으려고 어둠이 내려앉기 시작한 밖으로 무작정 달렸다. 심지어 스스로에게도 이런 모습을 보이는 것이 싫었다.

그날 밤, 모임은 평소보다 늦게 파해서 자정 무렵에 끝이 났다. 여름밤의 고요함이 나뭇가지 사이로 부는 음산하고 우울한 바람 소리에 부서졌다. 방에 있던 모두가 그 바람이 몰고 온 묘한 분위기에 갑작스러운 한기를 느끼는 듯했다. 그중에서도 백작이 제일 먼저 은밀히 다가오는 바람의 예고를 알아차렸다. 나를 위해 촛불을 켜주던 그가 동작을 멈추더니 경고하듯 손을 올렸다.

"잘 들어요!"

그가 말했다.

"내일 분명히 어떤 변화가 있을 겁니다."

7

6월 19일

어제 일을 통해 나는 조만간 최악의 상황이 다가올 것이라는 마음의 준비를 시작한 차였다. 그리고 아직 오늘이 끝나지 않았음에도 그 최악의 상황이 드디어 오고야 말았다.

로라와 나는 여러 정황들을 볼 때 어제 앤 캐서릭이 오후 2시 30분쯤 보트 창고에 온 게 분명하다는 데 동의했다. 따라서 나는 로라에게 점심식사 시간에 모습을 보인 뒤 가급적 빨리 기회를 봐서 빠져나가라고 말했다. 그리고 나는 자리에 남아 모양새만 유지하다가 안전할 때 미행하는 자가 없는지를 살피며 뒤를 따라가겠다고 덧붙였다. 별다른 일이 없으면 로라는 2시 30분이 되기 전에 보트 창고에 도착할 수 있을 테고, 나 역시 3시 전에는 안전하게 전나무 숲을 통과할 수 있었다.

전날 밤 심상찮은 바람이 예고했듯이 날씨가 많이 변해 있었다. 아침부터 억수 같은 비가 내리기 시작했다. 비는 정오까지 줄기차게 내리다가 서서히 구름이 걷히면서 푸른 하늘이 얼굴을 내밀었다. 그리고 오후에는 좋은 날씨가 되리라는 약속처럼 태양이 다시 모습을 드러냈다.

퍼시벌 경과 포스코 백작이 오늘 오전 시간을 뭘 하며 보낼지 알아내겠다는 결심은 퍼시벌 경의 느닷없는 행동으로 무너지고 말았다. 그는 아침식사를 끝내자마자 부리나케 집을 나갔다. 무엇 때문에 나가는지, 어디로 가는지, 언제 돌아올지 아무 말도 없었다. 그저 식당 창문을 통해 그가 장화와 비옷을 단단히 입고 황급히 지나가는 모습만 얼핏 볼 수 있었고, 그것으로 끝이었다.

백작은 오전 내내 집에 있었다. 한동안 서재에 있다가 또 한동안은 거실에 있으면서 이리저리 움직였다. 거실에서는 피아노를 마음 가는 대로 치면서 혼자서 흥얼거렸다. 그 모습으로 짐작하건대 어제의 감상적인 기분이 채 가시지 않은 듯했다. 그는 말이 없었고, 예민해 보였고, 아주 작은 자극에도 한숨을 내쉬고 풀이 죽어 고개를 숙였다.

점심식사 시간이 되었지만 퍼시벌 경은 오지 않았다. 백작은 친구의 빈자리에 앉아서 보란 듯이 크림을 듬뿍 올린 과일 파이를 며칠 굶주린 사람처럼 먹어댔다. 그리고 다 먹자마자 고요하고 아주 감미로운 음성으로 과일 파이에 대한 예찬을 늘어놓았다.

"단맛은 어린아이와 여자들이 즐기는 순결한 맛이지요. 이 맛은 숙녀 여러분과 저를 묶어주는 또 하나의 고리입니다."

10분 뒤 로라가 먼저 방을 나갔다. 따라나서고 싶은 마음이 굴뚝같았지만, 둘이 함께 자리를 비우면 틀림없이 의심을 살 것이고, 무엇보다 로라 혼자 와야 한다는 앤 캐서릭과의 약속을 깰 경우 그녀의 신뢰를 영영 회복할 수 없게 될 것이다.

그래서 나는 인내심을 발휘해 하녀들이 식탁을 치울 때까지 기다린 뒤에야 방을 빠져나왔다. 내가 나왔을 때도 퍼시벌 경이 돌아온 흔적은 없었다.

그 무렵 백작은 입에 설탕 한 조각을 물고 있었다. 사악한 앵무새가 설탕 조각을 먹으려고 그의 조끼 위를 기어오르고 있었다. 맞은편에 앉은 백작부인은 마치 처음 보는 광경인 양 꼼짝 않고 남편과 새를 바라보았다.

나는 조심스럽게 밖으로 나왔다. 점심식사를 마친 식당 창가에서 내 모습을 볼 수 없게 몸을 숨겨가면서 전나무 숲으로 들어섰다. 손목시계를 보니 3시 15분 전이었다.

* * * * *

일단 숲에 이르자 나는 빠른 걸음으로 걷다가 전나무 숲을 반 이상 넘어서고 나서야 걸음을 멈추었다. 거기서부터는 속도를 줄이고 주변을 살피고 귀를 기울였다. 아무 소리도 들리지 않고, 어떤 모습도 보이지 않았다.

나는 다시 천천히 걸었다. 그리고 얼마 후 전나무 숲 끝에 다다랐다. 저만치 보트 창고가 보였다. 나는 다시 걸음을 멈추고 귀를 기울였다. 다시 발걸음을 옮겨서 창고 뒤편에 아주 가까워질 정도로 다가갔다. 안에서 대화를 나누는 소리가 들려야 했지만 여전히 아무 소리도 들리지 않았다. 가까이에도 먼 곳에도 인적은 전혀 없었다. 나는 창고 뒤에서 걸음을 옮겨서 주변과 창고 안을 살폈다. 역시 아무것도 보이지 않았다. 이번에는 위험을 무릅쓰고 입구 쪽으로 다가가서 살며시 그 안을 엿보았다. 그러나 창고 안도 텅 비어 있었다.

"로라!"

나는 처음에는 약하게, 그러다가 점점 큰 목소리로 동생의 이름을 불렀다. 하지만 아무 대답도 들려오지 않았고, 아무도 모습을 드러내지 않았다. 그 호수 주변과 전나무 숲 전체에서 내가 볼 수 있고 들을 수 있는 생명체는 오직 나 자신뿐이었다.

가슴이 뛰기 시작했다. 하지만 다시 굳게 마음을 다잡고 보트 창고 안을 살폈다. 로라가 도착하기는 한 걸까? 창고 안에는 로라의 흔적이 없었다. 그러나 창고 바깥 모래밭에서 간신히 그녀의 발자국을 발견할 수 있었다.

발자국은 두 사람의 것이었다. 하나는 남자의 것인 듯 아주 컸고, 다른 하나는 작았다. 내 발을 대보고 나니 직감적으로 작은 것이 로라의 발자국이라는 걸 알 수 있었다. 두 사람의 발자국은 어지럽게 엉켜 있었다. 아울러 창고 앞쪽 지붕을 받치고 있는 처마 밑의 모래 사장에 작은 구멍 하나가 보였다. 사람이 파놓은 것이 분명했다. 그것을 본 나는 다급한 마음으로 발자국을 따라가기 시작했다.

발자국은 창고 왼편에서 시작되어 약 200미터 떨어진 숲의 외곽까지 이어지다가 모래사장에 들어서자 자취를 감추었다. 발자국을 남긴 사람들은 아마 이곳에서 숲으로 들어갔을 것이다. 나는 숲으로 들어섰다. 두리번거리며 앞을 향해 걷는데 저만치 작은 길 하나가 보일락 말락 나 있었다. 나는 주저하지 않고 그 길을 따라갔다. 길은 마을 쪽으로 뻗어 있었다. 나는 길을 따라 멈추지 않고 걸었다. 다시 발자국이 나타났다. 그때 길이 두 갈래로 나뉘어졌다. 새로 난 길은 가시나무가 울창했다. 나는 어느 방향으로 가야 할지 망설이기 시작했다.

그때였다. 하늘이 도왔다! 구원의 깃발이라도 되는 것처럼 가시나무 한쪽 나뭇가지에 여자 숄에서 떨어져 나온 듯한 천 조각이 걸려 있었다. 자세히 살펴보니 더 고맙게도 로라의 숄에서 찢겨 나온 것이 틀림없었다.

나는 즉시 그쪽 길로 들어섰다. 더 마음이 놓이는 것은 그 길 끝이 저택 뒤편과 이어져 있다는 점이었다. 나는 거듭 하늘에 감사를 올렸다. 나는 로라에게 돌아올 때 나보다 먼저 집에 도착해야 하며 눈에 뜨지 않게 빙 돌아오라고 말해둔 차였다. 아마 로라는 일을 마친 뒤 이 우회로를 타고 집에 도착한 것이 틀림없었다.

나는 뒤뜰로 들어갔다. 문지기 초소를 지나서 내가 맨 처음 마주친 사람은 관리인인 마이컬슨 부인이었다.

"글라이드 부인이 산책에서 돌아왔는지 혹시 아세요?"

"부인께서는 퍼시벌 나리와 함께 조금 전에 도착하셨어요. 그런데 할콤 아가씨, 무슨 일이 일어난 것 같아요."

나는 가슴이 철렁했다. 그리고 꺼져가는 목소리로 물었다.

"사고라도 났나요?"

"아뇨, 아뇨. 사고는 아니에요. 마님께서 오시자마자 눈물을 흘리면서 이층으로 올라가셨어요. 그리고 나리께서 제게 명령하시기를 한 시간 안에 페니를 집에서 내보내라는 겁니다."

페니는 로라의 하녀였다. 충실하고 다정다감한 아이로 지난 몇 년 동안 로라의 곁에서 시중을 들어왔다. 그녀는 이 의지할 곳 없는 집에서 그나마 우리 곁에 남아 있는 헌신과 충심으로 가득한 존재였다.

"페니는 어디 있어요?"

내가 물었다.

"제 방에요, 아가씨. 그 어린 것이 슬퍼서 어쩔 줄을 모르고 있네요. 그래서 마음을 진정시키라고 앉아서 쉬게 해놨어요."

나는 마이컬슨 부인의 방으로 들어갔다. 페니가 방 한 구석에 웅크리고 앉아 가방을 옆에 두고 흐느끼고 있었다. 그녀는 왜 자신이 졸지에 쫓겨나야 하는지 영문을 모르는 것 같았다. 퍼시벌 경은 그녀에게 한 달치 월급을 주라고 했고, 그걸 받으면 무조건 떠나야 한다고 명령했다. 아무 이유도 없었고, 뭐가 잘못인지에 대한 언급도 없었다. 게다가 여주인에게 하소연해서도 안 되고, 작별인사를 한다고 여주인을 봐서도 안 된다는 엄명을 내렸다. 결국 그녀는 이유도 없이, 작별인사도 없이 곧장 집을 떠나야 했다.

나는 그녀에게 몇 마디 위로를 건네고 다독거린 후 오늘 밤 잘 곳이 있냐고 물었다. 그녀는 마을 여인숙에서 잘 것이라고 했다. 하녀들 사이에 그 여인숙 주인의 명망이 잘 알려져 있다는 것이다. 그리고 내일 아침 일찍 나와서 컴벌랜드의 친구들 집으로 떠날 거라고 했다. 런던에서는 완전한 이방인이라 런던을 거치지 않고 컴벌랜드로 직행할 거라고도 덧붙였다.

순간 떠나는 페니의 도움을 받으면 런던과 리머리지 가와 안전한 연락을 주고받을 수 있을지 모른다는 생각이 들었다. 나는 그녀에게, 오늘 저녁 로라나 나로부터 연락이 갈 테니 그대로 행동하고, 향후 모든 임금은 로라와 나로부터 지급될 테니 그렇게 알라고 말한 뒤 이층으로 올라왔다.

여기서 로라의 방으로 가려면 통로에 딸린 대기실을 지나야 했다. 그 문을 열려고 하니 안에서 잠겨 있었다. 문을 두드리자 열어준 사람은 다름 아닌 부상당한 개를 발견한 날 내 인내의 한계를 시험했던 그 덩치 크고 미련한 하녀였다. 나중에 알았는데 이 아둔한 하녀의 이름은 마가렛 포처로, 이 저택의 하녀 중에서 가장 칠칠맞고 게으르고 꼴불견인 여자였다. 그녀는 문을 열자마자 곧장 그 육중한 몸으로 앞에 떡 버티고 서더니 아둔한 이빨을 드러내면서 웃었다.

"왜 앞을 가로막고 있는 거야? 내가 들어가려는 거 안 보여?"

"아, 그건 안 됩니다."

하녀는 아까보다 입을 더 크게 벌려서 웃으며 말했다.

"어디서 감히 대꾸를 해? 어서 물러서!"

그러자 그녀는 두 팔을 문 양쪽으로 쫙 펼쳐 가로막고는 다시 한 번 그 바보 같은 머리를 끄덕였다.

"주인나리 분부시옵니다."

내가 한 마디만 더하면 이 비곗덩어리가 당장 그 주인나리에게 일러바칠 게 뻔했다. 결국 나는 모든 자제력을 동원해 곧장 돌아선 뒤 그녀의 주인나리를 만나러 아래층으로 내려갔다. 이 집에 있을 수만 있다면 그의 어떤 짜증스러운 언행도 꾹 눌러 참을 것이라고 맹세했던 결심이 창피스러울 정도로 금방 사라졌다. 오히려 그간 삭여왔던 본심이 마침내 해방되자 더 큰 화가 치밀었다.

거실과 식당은 텅 비어 있었다. 그래서 나는 서재로 갔다. 거기서 퍼시벌 경과 포스코 백작, 백작부인이 서로 가까이 서서 얘기를 주고받고 있었다. 퍼시벌 경의 손은 서류 한 장을 쥐고 있었다. 내가 문을 열었을 때 포스코 백작이 한 마지막 말은 이것이었다.

"안 돼, 그건. 수없이 말했어, 안 된다고."

나는 주저 없이 곧바로 퍼시벌 경에게로 가서 그의 얼굴을 정면으로 노려보았다.

"지금 경의 아내 방이 감옥이 되고 경의 하녀가 간수가 됐던데, 내가 제대로 이해한 겁니까?"

"그렇소, 제대로 이해했군요. 그러니 조심하구려. 내 하녀가 간수 일을 두 배로 하지 않도록 말이오. 당신 방도 감옥이 되지 않도록 조심하라는 말이오."

"당신이 지금 당신 아내를 어떻게 취급하고 있는지, 나를 어떻게 협박하고 있는지나 알고 조심하시죠."

나는 화를 못 참고 끝내 폭발하고 말았다.

"영국에는 여자를 학대하고 난폭하게 다루는 걸 금지하는 법이 엄연히 존재합니다. 로라의 머리카락 하나라도 손댄다면, 내 행동을 제멋대로 규제하려 든다면, 영국의 법이 어떤 처분을 내릴지 한 번 보시죠."

내 말에 답하는 대신 퍼시벌 경은 백작에게 고개를 돌렸다.

"내가 뭐라 그랬나? 이제 어떡할 텐가?"

백작이 받아쳤다.

"내가 말했잖아. 안 된다고."

나는 화가 극도로 치미는 와중에도 백작의 고요하고 냉정한 회색 눈이 내 얼굴에 꽂혀 있는 것을 느꼈다. 그의 시선은 곧 나를 떠나 아내에게로 향했고, 그 눈빛의 뜻을 헤아린 백작부인이 재빨리 내게 다가왔다. 그리고 퍼시벌 경과 내가 입을 열기 전에 불쑥 말했다.

"잠깐 제 말을 들어주세요."

그녀가 감정 없는 차가운 어조로 말했다.

"일단 환대를 베풀어주신 경께 감사의 말을 드림과 동시에 부득이하게 더 이상의 환대는 거절하겠다는 뜻도 말씀드려야겠군요. 경의 아내나 할콤 양 같은 숙녀들이 이런 대우를 받는 집에서는 조금도 더 머물 수 없을 것 같군요."

퍼시벌 경은 반사적으로 한 발짝 뒷걸음질을 쳤다. 그리고 죽은 듯이 백작부인을 응시했다. 나도 알고 있고 그도 알고 있듯이, 지금 백작부인의 말은 백작의 허락 없이는 감히 나올 수 없는 말이었다. 그 때문에 부인의 말을 들은 퍼시벌 경은 온몸이 굳어버린 것 같았다. 백작은 자리에 선 채로 아내를 흡족한 눈빛으로 쳐다보고 있었다.

"지당하신 말씀이오!"

그가 혼잣말로 외치며 아내에게 다가가 그 손을 끌어당겼다.

"엘리너, 당신이 편한 대로 하시오."

그는 일전에는 볼 수 없었던 조용한 위엄으로 말을 이어갔다.

"그리고 할콤 양, 그대도 분부만 내려주십시오. 원하신다면 제가 드릴 수 있는 도움을 드리지요."

백작이 아내와 함께 문 쪽으로 향하자 퍼시벌 경이 소리쳤다.

"젠장! 지금 뭐하자는 거요?"

"다음에 말하기로 하지. 지금은 아내의 뜻이 곧 내 뜻일세."

나는 백작의 느닷없는 태도의 변화에 얼떨떨할 수밖에 없었다.

"퍼시벌, 이제 우리도 처소를 옮기겠네. 포스코 백작부인의 의견이 내 의견이라네."

퍼시벌 경이 손에 쥔 종이를 구겨버리고 급히 걸음을 옮겨 백작을 밀치고 문 앞에 섰다.

"당신 멋대로 하시오."

그가 한풀 꺾인 분노를 표출하면서 낮고 거의 속삭이는 투로 말했다.

"당신 멋대로 해봐요. 어떻게 되는지 보자고."

그 말과 함께 그는 문을 박차고 나갔다. 그러자 백작부인이 의아한 표정으로 백작을 쳐다보았다.

"저분이 갑자기 왜 저러시죠? 저건 무슨 뜻이지요?"

"무슨 뜻이냐면, 영국에서 가장 성질머리가 나쁜 남자를 당신과 내가 제정신으로 돌려놓았다는 뜻이오. 그리고 할콤 양, 저건 글라이드 부인이 지긋지긋한 모욕에서 마침내 벗어나게 되었다는 뜻이기도 합니다. 당신도 더는 퍼시벌의 무례한 행동을 용납하지 않아도 된다는 뜻입니다. 어려운 고비를 무릅쓰고 용기와 행동을 보여주신 할콤 양께 감히 한없는 경의를 표하는 바입니다."

"진심으로 존경합니다."

백작부인이 거들었다.

"진심으로 존경합니다."

백작도 맞장구쳤다. 나는 이 광경을 보자 도무지 처음 지녔던 분

375

노를 계속 품기가 어려웠다. 로라를 한시바삐 봐야 한다는 간절한 마음, 보트 창고에서 무슨 일이 벌어졌는지 알고 싶은 궁금증이 감당할 수 없는 무게로 그 분노의 자리를 비집고 들어섰다.

나는 속마음을 들키지 않으려고 백작 부부의 어조를 흉내내서 말하며 평정을 지키려 애썼음에도, 목이 막히고 숨이 차올랐다. 내 두 눈은 문손잡이에만 애처롭게 고정되었다. 그것을 눈치 챈 백작이 문을 열고 밖으로 나가더니 문을 닫아주었다. 동시에 이층에서 내려오는 퍼시벌 경의 묵직한 발걸음 소리가 들렸다. 밖에서는 두 사람의 소곤대는 소리가 들려왔고, 안에서는 백작부인이 이 집을 떠나지 않게 되어 무척 다행이라고 말하는 중이었다. 그런데 부인이 말을 다 끝나기도 전에 문이 열리더니 백작이 안으로 고개를 내밀었다.

"할콤 양, 이 말을 전하게 돼서 무척 기쁘군요. 글라이드 부인이 다시 이 댁의 안주인이 되셨습니다. 퍼시벌 경보다는 제가 전해드리는 것이 낫겠다고 판단해서 이렇게 빨리 돌아왔습니다."

"어머, 자상하셔라!"

백작부인이 남편의 말에 장단이라도 맞추듯 감탄했다. 백작은 처음 보는 사람에게 칭찬을 받기라도 한 것처럼 공손한 미소를 지으며 고개를 숙였다. 그리고는 내가 문밖으로 나갈 수 있도록 옆으로 비켜섰다.

복도 가운데에 퍼시벌 경이 서 있었다. 내가 계단으로 향하는 사이에 그는 다급한 목소리로 백작에게 서재에서 나오라고 요청하고 있었다.

"안에서 뭘 기다리고 있습니까? 어서 나와서 얘기합시다."

"잠시 혼자 생각 좀 해야겠어. 조금만 기다리게. 조금만 기다려."

퍼시벌 경도 백작도 더는 말이 없었다. 나는 계단을 다 오르자 복도를 따라 내달리다시피 걸었다. 너무 서둘러서 대기실 문도 미처 닫지 못했다. 그러나 일단 침실 안으로 들어서게 되자 급히 문을 닫았다.

로라는 방 끝에서 혼자 앉아 두 손을 탁자 위에 놓고 얼굴을 파묻고 있었다. 그러다가 나를 보자 깜짝 놀라서 기쁨의 탄성을 질렀다.

"어떻게 들어왔어? 누가 들어오게 했어? 퍼시벌 경은 아니지?"

대체 로라에게 무슨 일이 있었는지 알고 싶은 마음이 워낙 커서 나는 그 질문에 대한 답을 건너뛰고 곧장 내 질문을 던지려 했다. 하지만 아래층에서 무슨 일이 일어났는지 너무 궁금해하는 로라를 배겨낼 도리가 없었다.

"당연히 백작이지."

나는 재빨리 대답했다.

"이 집에 그 사람 말고 누가 있겠니?"

그녀가 불쾌한 표정으로 내 입을 막았다.

"그 사람 얘기는 꺼내지도 마. 백작이야말로 살아 숨쉬는 가장 사악한 인물이야. 정말 경멸스러운 스파이라구!"

우리가 다시 얘기를 꺼내려는데 문을 두드리는 소리가 우리 숨을 멎게 했다. 그때까지도 서 있던 내가 문을 열었다. 문 앞에는 백작부인이 한손에 내 손수건을 들고 서 있었다.

"아래층에 손수건을 떨어뜨렸더군요. 제 방으로 가는 길에 드리는 게 좋겠다 싶어서요."

원래부터 창백한 백작부인의 얼굴이 지금은 무서울 정도로 하얗게 질려 있었다. 평소에는 그렇게 당당하고 편안해 보였던 두 손까지 눈에 띌 정도로 떨고 있었다. 게다가 늑대처럼 엉큼한 두 눈은 내가 아닌 방 안의 로라에게 멈춰 있었다. 방문을 두드리기 전에 우리가 나눈 얘기를 들은 것이 분명했다. 그 하얗게 질린 얼굴, 떨리는 손, 로라를 노려보는 눈빛을 보고 단박에 알 수 있었다. 그녀는 잠시 그렇게 서 있더니 말없이 몸을 돌려 서서히 멀어져갔다.
나는 다시 문을 닫았다.

"오, 로라, 백작을 스파이라고 부르지 말았어야 했는데, 언젠가
후회할 날이 올 거야!"

"언니도 내가 아는 사실을 알았다면 그를 스파이라고 불렀을 거
야. 앤 캐서릭이 옳았어. 어제 숲에서 우리를 감시한 사람이 있었
어. 그리고 그 인물은 바로……."

"백작이 확실해?"

"한 치의 의혹도 없어. 그는 퍼시벌 경의 스파이야. 퍼시벌 경의
정보원이야. 그가 어제 앤 캐서릭의 입을 불시에 다물게 한 장본인
이야."

"앤도 들킨 거야? 호숫가에서 앤을 봤어?"

"아니, 그녀는 그 장소에서 멀리 떨어진 곳에서 기다렸어. 내가
보트 창고에 도착했을 때는 아무도 없었어."

"그래서, 그래서 어떻게 됐는데?"

"안으로 들어가서 몇 분 정도 기다렸어. 하지만 마음이 심란해서
가만히 있을 수가 없었어. 그래서 밖으로 나왔는데, 보트 창고 가
까이 모래 위에 그려진 어떤 자국들이 보였어. 걸음을 멈추고 무슨
표시인지 자세히 보니 크게 쓴 글자였어. 그 글자는 바로 '봐요.'라
는 글자였어."

"그래서 모래 구멍을 팠구나."

"어떻게 알았어, 언니?"

"네 뒤를 따라서 보트 창고에 갔을 때 직접 봤어. 계속 애기해 봐,
어서!"

"맞아. 난 모래밭을 계속 팠어. 조금 뒤에 종이 한 장이 보였어.
거기에 앤 캐서릭의 이니셜이 서명된 글이 적혀 있었어."

"그 종이 어디 있어?"

"퍼시벌 경이 가져갔어."

"무슨 내용인지 기억해?"

"글이 짧아서 내용은 또렷이 기억해. 언니라면 아마 단어 하나하나까지 그대로 외웠을 거야."

"무슨 내용인지 어서 말해 봐."

그녀가 말했다. 그녀가 말한 내용을 그대로 여기에 옮기겠다.

어제 아가씨와 함께 있는 동안 키 크고 우람한 체구를 가진 늙은 남자가 우리를 봤어요. 그래서 어쩔 수 없이 달아나야 했죠. 하지만 그 남자는 저를 따라잡을 만큼 발이 빠르지 못해서 숲에서 저를 놓쳤죠.

전 오늘, 어제와 같은 시간에 감히 여길 올 수가 없었어요. 이 글을 여기에 아침 6시에 묻어놓고 갑니다. 다시 한 번 아가씨의 사악한 남편의 비밀을 얘기할 기회가 오면, 절대적으로 안전한 곳이어야 할 거예요. 참고 기다리세요. 다시 만나게 될 것을 꼭 약속합니다. 그것도 멀지 않아서요.

— A. C.

'키 크고 우람한 체구의 늙은 남자'에 대한 언급으로 볼 때(로라는 몇 번이나 이 말을 되풀이하면서 분명히 그런 글귀가 적혀 있었다고 확언했다) 침입자가 누구인지는 더 이상 캐고 말고 할 것도 없었다. 생각해 보니 그저께 백작 앞에서 퍼시벌 경에게 로라가 브로치를 찾으러 보트 창고로 갔다고 말했던 것이 떠올랐다.

모든 가능성으로 볼 때, 백작은 내게 서명이 연기되었다고 말한 뒤 로라의 환심을 사기 위해 호숫가로 로라를 찾으러 갔을 것이다. 이 경우라면 앤 캐서릭이 그를 발견했을 때 그는 기껏 보트 창고 주변에나 도착했을 것이고, 따라서 두 사람이 나눈 얘기는 전혀 듣지 못했을 것이다. 그가 앤 캐서릭을 잡으러 쫓아간 건 단지 그녀의 행동이 너무 급작스럽고 의심을 살 만해서였을 것이다. 즉 앤이 먼저 급히 달아나니 순간적으로 쫓아간 것뿐이다.

그러면 백작은 두 여자가 나눈 얘기를 한 마디도 듣지 못한 셈이 된다. 저택과 호수 사이의 거리, 백작이 나를 떠난 시간, 그리고 앤과 로라가 대화를 나눈 시간 등을 종합해 볼 때 어쨌건 이것만은 분명했다.

이렇게 결론에 도달하고 나자 한 가지 의문이 더 떠올랐다. 만일 백작이 이런 정보를 퍼시벌 경에게 알려주었다면 퍼시벌 경은 과연 사건의 어디까지 알고 있을까 하는 점이었다.

"너 그 편지는 어떻게 뺏기게 된 거야? 모래 속에서 편지를 찾고 나서 어떻게 했기에?"

"한 번 읽고, 창고 안으로 들어가서 다시 찬찬히 읽고 있었어. 그때 편지 위로 그림자가 어른거리는 거야. 고개를 들었는데 퍼시벌 경이 문 앞에 서서 날 바라보고 있었어."

"편지 감추려고 했어?"

"그랬지. 그런데 그가 막았어.

'당신 괜히 그 편지 감추려고 애쓸 필요 없소. 나도 본의 아니게 읽고 말았거든.'

난 굳은 채로 그를 쳐다볼 뿐 아무 말도 못했어. 그가 계속 말했어.

'알겠소? 나도 그걸 다 읽었소. 두 시간 전에 모래를 파서 읽고 다시 묻어두었지. 모래 위에 글자도 다시 쓰고. 그러니 그 편지를 없앨 필요는 없지 않나. 당신은 어제 비밀리에 앤 캐서릭을 만났고 지금 그 여자의 편지를 쥐고 있소. 그 여자는 못 잡았지만 당신은 잡은 셈이지. 그 편지를 내게 주지, 그래?'

그가 내게 다가왔어. 그와 나 둘뿐이었어, 언니. 내가 무슨 힘을 쓸 수 있겠어? 그래서 편지를 주고 말았어."

"편지를 줄 때 뭐라 그러던?"

처음에는 아무 말도 안했어. 내 팔을 잡고 창고 밖으로 데리고 나가더니 초조하게 주변을 두리번거렸어. 마치 누구 눈에 띌까봐 두려워하는 것 같은 눈치였어. 그런 다음 내 팔을 세게 움켜쥐더니 속삭였어.

'어제 앤 캐서릭이 당신한테 뭐라 그랬지? 한 마디도 빠뜨리지 말고 어서 말해!'"

"그래서 말했니?"

"나 혼자 뭘 어쩔 수 있었겠어. 그가 팔을 세게 잡아서 멍이 들고 있는데 방법이 없었어."

"멍 자국 아직 있어? 어떤지 보자."

"이건 왜 보려는 거야?"

"꼭 봐야만 해, 로라. 오늘부로 우리 인내심은 끝이야. 이제부터는 싸워야 해. 그 멍 자국은 이제 그를 때려눕힐 무기가 될 거야. 지금 봐두자. 언젠가 내가 법정에서 이 사실을 증언해야 할 날이 올지도 몰라."

"오, 언니, 그런 눈으로 보지 마! 그런 식으로 말하지 마! 이제는 아프지 않아!"

"그냥 보자니깐!"

로라가 마지못해 멍이 든 자국을 보여주었다. 그것을 보는 순간 슬픔과 분노와 울분이 내 마음을 스쳐갔다. 만일 로라가 아니라 내가 그 자리에 있었다면? 내가 그에게 멍이 들 정도로 압박을 받고 있었다면?

다행히 로라는 내 마음을 읽지 못하고 있었다. 이 점잖고 순수하고 정 많은 아이는 내가 그저 놀라고 슬퍼하고 있는 줄로만 알고 있었다. 그 이상의 생각은 읽지 못했다.

"너무 심각하게 생각하지 마, 언니."

소매를 내리며 로라가 순진하게 말했다.

"이 문제는 널 위해 천천히 생각할게. 그래서 앤 캐서릭에게서 들은 내용도 다 말했니? 나에게 말한 것처럼 전부?"

"응, 전부 말했어. 그가 계속 물고 늘어졌어. 나는 혼자였고 뭔가를 감출 여력이 없었어."

"다 말하고 나니 뭐라던?"

"나를 보더니 혼자 웃어댔어. 비웃음과 쓰라림이 뒤섞인 웃음으로. '자, 어서 마저 다 토해내시지 그래.'라고 했어.

'내 말 안 들리나?'

나는 들은 얘기는 빠트린 것 없이 말했다고 맹세했어.

'천만에! 당신은 아직 나한테 감추는 비밀이 있어. 말하지 않을 건가? 그럼 내가 말하게 해주지! 여기서 말하지 않으면 집에서 모조리 다 털어놓게 해주지!'

그러면서 나를 풀숲 사이의 못 보던 길로 끌고 가는 거야. 언니를 마주칠 가능성이 전혀 없는 길로. 그는 말이 없더니 저택이 눈에 들어오자 다시 나를 멈추게 한 다음 말했어.

'자, 두 번째 기회를 주겠소. 무엇이 현명한 선택인지 잘 생각했으면 이제 말해 보겠소?'

나는 같은 말을 되풀이할 수밖에 없었어. 그는 나더러 고집 센 여자라고 저주를 퍼붓더니 다시 나를 끌고 집으로 데려왔어.

'나를 속일 수 있다고 생각하나? 당신은 다 말했다고 하지만, 난 나머지 비밀까지 반드시 알아내겠소. 당신 언니한테서도 자백을 받아낼 거야. 더 이상 둘이 계략을 꾸미거나 수군거릴 생각은 안 하는 게 좋을 거요. 당신이나 그 여자나 죄다 말하기 전까지는 서로 보지 못할 테니까. 당신은 아침부터 밤까지 24시간 철저히 감시당하게 될 거요.'

그는 내가 하는 말은 아예 들을 생각도 않고 나를 곧바로 내 방으로 끌고 갔어. 마침 페니가 내 방에서 일을 하고 있었는데, 페니를 보자마자 큰 소리로 말했어.

'너 역시 이 음모에 엮이지 않게 해줘야겠군. 오늘 내로 이 집에서 나가! 하녀가 필요하다면 내가 직접 뽑을 테니까.'

그는 나를 방 안으로 밀더니 문을 잠가버렸어. 영문도 모르는 페니는 문밖에서 나를 쳐다보기만 했어. 언니! 정말이야. 그는 꼭 미친 사람 같았어. 말도 행동도 표정도 완전 미친 것 같았어. 언니는 믿을 수 없을 거야. 정말 그랬다고!"

"내가 왜 모르겠어? 그는 미쳤어. 죄책감의 공포 때문에 미쳐버린 거지. 네가 한 말을 보면, 어제 앤 캐서릭은 정말로 네게 그 작자의 사악한 비밀을 말해 주려고 작정하고 나온 거야. 다만 한발 늦었지. 막 말하려던 참에 누가 나타나는 바람에 어쩔 수 없이 도망간 거야. 그런데 퍼시벌 경은 앤이 네게 모든 비밀을 다 말했다고 믿고 있는 거야. 그러니 저렇게 펄펄 뛰고 제정신이 아니지. 이제 그는 우리를 철저히 불신하고 무서워하게 될 거야. 네가 아무리 아니라고 해도 그는 네가 자기 죄를 다 알고 있다고 생각할 거야. 너를 못 믿으니 앞으로 어떻게 나올지 걱정스럽구나.

로라, 이 말은 너를 겁주려는 게 아냐. 기회가 오면 절대 놓쳐서는 안 된다는 거야. 잘 생각해 봐. 지금 유리한 건 너야. 그는 널 겁내고 있고, 어쨌든 넌 그에게 위협적인 인물이야. 무슨 일이 있어도 내가 곁에 있다는 걸 한시도 잊지 마. 오늘은 포스코 백작의 중재 때문에 우리가 함께 있게 되었지만, 내일은 어찌될지 몰라. 그 사람인들 언제까지 진흙탕 속에 허우적대려 하지는 않을 테니까.

오늘 일을 봐. 퍼시벌 경은 벌써 페니를 쫓아냈어. 그 아이는 영리하고 네게 헌신적이니까. 어떤 하녀가 페니 자리를 대신할지는 안 봐도 뻔해. 네 생각은 조금도 않고 멍청하게 주인 시키는 대로 온종일 널 감시하는 사냥개 같은 하녀를 데려와서 널 시중들게 하지 않겠니? 중요한 건 지금 우리가 이 기회를 십분 활용하지 못하면 앞으로 그가 무슨 짓거리로 우릴 괴롭힐지 모른다는 점이야."

"어떡하면 좋지, 언니? 아, 차라리 여기를 영영 떠나서 사라져 버리고 싶어!"

"내 말 잘 들어, 로라. 내가 너와 같이 있는 한 방법이 전혀 없는 건 아니야."

"나도 그렇게 믿고는 있어. 나를 생각해서라도 불쌍한 페니를 모른 체하지 말아줘, 언니. 그 아인 정말 도움이 필요해."

"그럴 리가 있겠어? 올라오다가 그 아이를 봤어. 오늘 밤에 연락을 주겠다고 말해 두었지. 블랙워터 파크에서는 우편함도 믿을 게 못 돼. 오늘 난 편지 두 통을 쓸 거야. 반드시 페니가 직접 전해야 하는 편지 말이야."

"무슨 편지?"

"먼저 길모어 아저씨의 동료 분에게 쓸 거야. 그분은 우릴 언제든지 도와주겠다고 했어. 물론 난 법에 대해서는 잘 몰라. 하지만 최소 그 작자가 오늘 네게 한 짓 같은 잔인한 행동을 다시는 못하도록 법이 보호해 줄 거야. 앤 캐서릭에 대해서는 크게 언급하지 않을 거야. 나도 확실하게 아는 게 없으니까. 다만 네 팔에 멍이 들게 한 것과 너를 방에 가뒀던 일만큼은 꼭 길모어 아저씨의 동료 분도 알게 할 거야!"

"하지만 그러면 우리 집안 일을 너무 많이 알게 되지 않을까?"

"그 문제도 생각해 봤어. 걱정 마. 너보다는 네 남편이 더 두려워해야 할 문제야. 문제가 드러나면 그도 순순히 항복하지 않고는 못 배길 거야."

내가 자리에서 일어나자 로라는 조금만 더 함께 있어달라고 애원했다.

"그를 너무 몰아붙이는 건 아닐까? 그러다가 우리가 더 위험해지는 건 아닐까?"

나는 이 말이 뭘 뜻하는지 알고 있었다. 하지만 그렇다고 답할 수는 없었다. 이 급박한 상황에서는 최악의 경우와 맞서 싸우는 것 외에는 달리 희망이 없었다. 나는 조심스럽게 말을 골라가며 동생을 설득했다. 결국 그녀도 더는 이의를 제기하지 않았다. 단지 아직 내가 말하지 않은 두 번째 편지는 누구에게 보낼 거냐고 나직하게 물었다.

"페어리 삼촌에게 보낼 거야. 삼촌은 너와 가장 가까운 혈육이고, 우리 가문의 가장이야. 그러니 도움을 줄지도 몰라."

로라는 애처롭게 고개를 저었다. 나는 말을 끊지 않고 계속했다.

"알아, 잘 알아. 삼촌은 나약하고 이기적이고 자기밖에 모르는 사람이야. 내가 그걸 모르겠니? 네 삼촌은 퍼시벌 경도 아니고, 주변에 포스코 백작 같은 친구도 없으니까. 나는 삼촌에게 도움이나 친절 따위를 기대하는 게 아니야. 삼촌이 가장 싫어하는 게 뭔지 잘 알지? 그래, 자기 안전과 평화를 방해하는 거잖니? 그래서 편지를 쓰겠다는 거야. 다시 말해 지금 손쓰지 않으면 나중에는 걷잡을 수 없는 화가 삼촌에게도 미칠 거라고 말이야. 사실이잖아? 지금 조금만 신경 써주면 자기의 평온한 생활이 평생 유지될 텐데, 설마 그 정도도 못할까? 당연히 해야지. 그 양반이 어떤 분인데. 날 믿어. 삼촌 다루는 법은 누구보다 내가 잘 알아."

"삼촌이 얼마 동안이라도 나와 언니를 리머리지에서 조용히 지낼 수 있게 허락해 준다면 결혼 전만큼 다시 행복해질 수 있을 것 같아."

로라의 이 말은 내게 뜻밖의 제안으로 다가왔다. 그래, 퍼시벌 경에게도 이렇게 말하면 괜찮지 않을까?

자, 여기 당신에게 두 가지 선택이 있다. 하나는 당신이 아내에게 저지른 행동이 있으니 법정에서 한바탕 법석을 피워서 명성에 흠집을 낼 것인가? 아니면 당분간 우리 두 여자가 조용히 떨어져 리머리지에서 지낼 수 있도록 해줄 것인가?

스스로 이런 질문을 던지는 와중에 한 가지 의문이 들었다. 과연 이것을 진짜 실행할 수 있을까? 한번 시도해 볼 수는 있지 않을까? 나는 해보겠다고 결심했다.

"네 바람을 삼촌에게도 말해 볼게. 변호사한테도 상의해 보고. 좋은 결과가 있을 거야. 그렇게 믿어."

이렇게 말하고 나는 다시 자리에서 일어났다. 하지만 이번에도 로라가 나를 붙잡았다.

"제발 가지 마, 언니. 책상이라면 저기에도 있어. 저기서 쓰면 되잖아."

정말 로라를 위한다면 거절해야 했지만 그 간절함을 선뜻 내치기 어려웠다. 우리는 너무 오래 같이 있었다. 다시 얼굴을 봐야 할 때를 생각해서라도 절대 새로운 의심을 불러일으켜서는 안 됐다. 틀림없이 아래층에서 우리 둘에 대해 의논하고 대책을 마련하고 있을 인간들에게 불필요한 빌미를 주어서는 안 됐다. 나는 로라에게 찬찬히 설명을 해주었다. 더는 나를 붙잡지 못하게 아주 분명하게 말이다.

"한 시간 안에 돌아올게, 로라. 최악의 상황은 일단 넘겼어. 그러니 침착해야 해. 아무것도 무서워하면 안 돼."

"열쇠는 방에 있어, 언니? 이 문은 안에서 잠가버릴까?"

"그러는 게 낫겠어, 여기 열쇠가 있네. 문을 잠그고 있어. 내가 올 때까지 누구에게도 열어줘서는 안 돼."

나는 로라에게 입맞춤을 하고 방을 나왔다. 나올 때 문 잠그는 소리를 듣고야 마음을 놓았다. 적어도 이 문만큼은 그녀의 통제 아래 있다는 사실에 안도했다.

8

6월 19일

계단을 다 올라갔을 때쯤이었다. 문득 로라처럼 나도 내 방을 잘 단속해야겠다는 생각이 들었다. 열쇠는 늘 가지고 다녀야 할 것이다. 그간 일기와 다른 서류들은 잠긴 서랍 안에 안전하게 보관했지만 다른 필기구들은 그다지 신경 쓰지 않았다.

인감과 압지가 어젯밤처럼 서랍 바깥에 놓인 걸 보자 왠지 불안감이 밀려들었다. 사소한 것에도 신경이 곤두섰고, 모든 것을 안전하게 관리해야 직성이 풀릴 것 같은 기분이었다. 심지어 잠가둔 서랍조차도 믿음직스럽지 않았다. 그걸 여는 것이 불가능하다는 걸 눈으로 보기 전에는 말이다.

방에 누가 들어온 흔적은 없었다. 필기구들은(하녀들에게 필기구는 손대지 말라고 일러두었다) 평소 버릇대로 어지럽게 탁자 위에 놓여 있었다. 그중에 인감이 눈길을 끌었다. 나는 인감조차도 다른 필기구처럼 탁자 위에 아무렇게나 놓아두곤 했다. 그런데 그 인감이 쟁반 위 연필들과 봉인용 밀랍과 함께 가지런히 놓여 있었다.

문득 의심이 생겼다. 누가 이렇게 단정하게 치워둔 걸까? 아니면 나도 모르게 정리해서 놓아둔 걸까?

와락 짜증이 치밀었다. 갑자기 어지럽고 속이 메스꺼웠다. 이런 하찮은 일에 신경이 곤두서다니 스스로가 맘에 들지 않았다. 지금은 이런 것에 힘을 소비하고 있을 때가 아니었다. 중요한 일에 온 정신을 집중시켜도 모자랄 판에 필기구 위치 따위에 마음이 산란해지다니 어처구니가 없었다.

나는 애써 마음에서 사소한 걱정들을 지워버리고 방을 나오면서 문을 잠갔다. 열쇠를 주머니 안에 넣고 손으로 만지면서 계단을 내려왔다. 포스코 백작부인이 복도의 습도계를 보면서 서 있었다.

"아직 비가 내리네요. 더 올 것 같아요."

그녀는 얼굴 표정과 안색은 특유의 냉담함을 되찾았지만, 습도계를 가리키는 손가락은 여전히 떨리고 있었다. 로라가 '스파이'라고 남편을 모욕한 걸 남편에게 일러바친 건 아닐까? 벌써 말했을 것 같다는 생각이 들었다.

여자들은 남자들과 달리 사소한 언행만으로도 상대의 속내를 쉽게 짐작한다. 백작부인 역시 겉으로는 태연한 척 말하고 담담하게 굴었지만 내 눈을 속일 수는 없었다. 이 여자는 아직도 자기 유산을 가로막고 있는 조카에게 앙심을 품고 있는 게 틀림없었다.

나는 태생적으로 숨기고 있던 비밀을 들키고 나면 그 후환을 두려워했다. 게다가 그로 인해 어떤 일이 생길지 모르는 상황에서는 더 그랬다. 여기까지 생각이 미치자 부질없는 짓인 줄 알면서도 로라의 언행을 대신 사과하지 않을 수 없었다.

"언짢으신 걸 알지만 말씀드려도 될지 모르겠군요."

그녀는 팔짱을 끼더니 말없이 고개를 끄덕이며 시선을 내게 고정시켰다.

"제 손수건을 전해주러 오셨을 때 본의 아니게 제 동생이 한 말을 들으셨지요. 죄송합니다. 제가 드릴 수 있는 말은, 동생은 그리 심각하게 한 말이 아니니 한 귀로 흘려주셨으면 하는 겁니다. 백작께 말씀드릴 성질의 것도 아니고요. 감히 부탁드립니다."

"뭐가 그리 대수겠습니까?"

백작부인이 날카롭고 신경질적으로 답했다. 한순간에 차가운 표정으로 돌아가더니 말을 이었다.

"그런데 어쩌죠? 저는 본래 아주 자잘한 것까지도 남편에게 말하는 습관이 있어서요. 남편이 아까 내 얼굴을 보고는 무슨 일이 있냐고 묻더군요. 남편에게 일일이 내 마음을 말하는 저도 좀 한심하지요. 솔직히 말하자면 할콤 양, 이미 다 말해 버렸어요."

이 대답을 예상치 못한 건 아니었다. 그런데 마지막 말을 뱉을 때 백작부인의 차가운 표정을 보자 나도 모르게 눈이 휘둥그레졌다.

"굳이 동생의 잘못을 변명하고자 하는 건 아닙니다. 다만 제 말을 믿어주시면 고맙겠어요. 제 동생은 오늘 비참한 상황을 겪었습니다. 부디 헤아려 주세요. 남편에게 억울하고 참담한 꼴을 당하고 제 동생이 제정신이었겠어요? 그냥 입에서 나오는 대로 내뱉은 것일 뿐 마음에 두고 한 말은 아니에요. 용서를 구합니다."

"용서하고 말고요."

뒤에서 백작의 차분한 목소리가 들렸다. 야비하게도 소리 없이 다가와 여자들의 대화를 다 듣고 있었던 것이다.

"글라이드 부인이 그리 말씀하셨다니 저로서는 당연히 억울합니다. 그래도 용서하고 잊어야지요. 할콤 양, 이제 그 얘기는 앞으로 우리의 좋은 관계를 위해서라도 다시 꺼내지 않기로 하지요."

"정말 다행입니다. 말할 수 없이 마음이 놓이는군요……."

다시 그의 눈이 나를 뚫어져라 바라보았다. 모든 것을 뒤로 감춰버리는 부드럽고 환하고 흔들리지 않는 미소가 나를 압도하고 있었다. 그 미소에 사로잡히고 있다는 자격지심, 방금 그가 보여준 행동에 대한 불신이 뒤엉켜 더 이상 입이 떨어지지 않았다. 나는 조용히 서 있었다.

"거기까지면 충분합니다. 그런 문제로 이렇게 말을 많이 하시는 것도 썩 마음 편치 않군요."

그는 자상하게 말을 건네며 내 손을 잡았다. 과연 지금 내가 제정신인가? 어떻게 그에게 내 손을 허락할 수 있단 말인가가? 아무리 로라를 위해서라도 이렇게 꺼림칙한 손을 꼭 잡아야 하는 걸까?

그가 내 손을 자신의 사악한 입술로 가져갔다. 그리고 독을 바르듯 내 손등에 입을 맞췄다. 나는 그에게 강한 혐오감을 느꼈다. 나는 세상 남자들에게 당할 수 있는 가장 지독한 치욕이라도 당한 것처럼 어쩔 줄 몰라 했다. 그러나 참아야만 했다. 미소를 지어야만

했다. 어떻게 해서든 그에게 눈빛으로 고마움을 전해야만 했다.

지금껏 나는 거짓 교태를 부리는 여자들을 경멸해 왔다. 그런데 지금은 내가 그 어떤 교활한 여자보다 더 철저히 본심을 숨기고 교태를 부리고 있다. 아마 예수를 배반한 유다가 내 손에 입술을 맞췄더라도 이렇게 미소를 지으며 태연히 서 있었을 것이다.

거기서 몇 초만 더 백작과 눈을 마주치고 손을 잡고 있었다면 통제력을 잃었을 것이다. 아찔해지는 순간, 백작부인의 질투가 나를 구원했다. 나는 질투가 여자에게 엄청난 생기와 활기를 불어넣는다는 걸 그때 처음 알았다. 백작부인의 두 눈이 활활 타오르고 두 뺨은 홍조를 띠며 달아올랐다. 심지어 몇 년은 더 젊어 보일 정도였다.

"백작님! 그런 이탈리아식 예의는 영국 사람들에게는 무례일 수 있습니다."

"용서하시오, 내 천사! 세상 모든 사람들 중에 가장 훌륭한 이 영국 아가씨는 이해할 거요."

백작은 그 말과 함께 내 손을 놓더니 이번에는 아내의 손을 잡고 입술을 맞췄다. 나는 때를 놓치지 않고 서둘러 계단을 올라와 내 방으로 들어옴으로써 마침내 고문에서 풀려날 수 있었다.

만일 생각할 시간이 많았더라면 비참한 심정에 빠져 허우적거렸을지도 모르지만 다행히도 많은 걸 생각할 시간이 없었다. 얼마 남지 않은 시간 동안 처리해야 될 일들이 냉정과 용기를 되찾아 주었다. 변호사 카일 씨와 페어리 삼촌에게 써야 할 편지가 남아 있었다. 나는 자리에 앉자마자 편지 쓰기에 몰입했다.

편지 쓰기는 복잡할 이유가 없었다. 지금 나는 철저하게 나 자신말고는 의지할 사람이 없었다. 퍼시벌 경도 마찬가지였다. 행여 그에게 가까운 친척이라도 있어서 중재의 가능성을 열어주었다면 나도 그것을 받아들였을 것이다. 그러나 퍼시벌 경은 같은 서열에 위치한 가족들과는 차가운 관계였다. 그러니 복잡할 것도 없었다. 이것은 우리 두 사람의 싸움이었다. 아버지도 오빠도, 대신해 줄 누구도 없으니 문제를 단순하게 바라보면 됐다. 다시 말해 완전히 믿을 수 없다 해도 지금 상황에서는 이 두 사람에게 편지를 쓰는 것이 최선이었다. 어떻게든 로라와 나를 블랙워터 파크에서 빠져나가게 해달라는 평화의 타협을 비밀리에 이끌어내야 했다. 절체절명의 위기가 닥친다 해도 방법은 이것뿐이었다. 나는 편지를 써야 했고, 그래서 편지를 썼다.

카일 씨에게 앤 캐서릭 이야기는 언급하지 않았다. 로라에게도 말했듯이 이 문제는 아직 미궁에 빠져 있는 만큼 함부로 말할 내용이 아니었다. 나는 카일 씨에게 가능하면 폭행 사건과 금전 문제를 함께 생각해 달라고 요청했다. 또한 로라와 내가 안전하게 리머리지에 머물 수 없을 경우를 대비해서 법적인 보호 장치도 마련해 달라고 부탁했다. 또한 이 내용을 페어리 삼촌에게도 보내겠다고 사전에 밝혀두었다. 그리고 이 편지를 로라의 허락하에 쓴다는 사실도 말했다. 끝으로 힘닿는 데까지 로라를 위해 최선을 부탁한다고 당부했다.

이어서 나는 페어리 삼촌에게도 편지를 썼다. 로라에게 말했듯이 최대한 그의 심기를 불편하게 만들 작정이었다. 나는 앞으로 더 큰 화가 닥쳐 삼촌의 안락한 삶을 망쳐버릴 수 있다고 반복해 강조함으로써, 그가 자신을 위해서라도 조치를 취하지 않으면 안 되도록 했다. 그리고 이 모든 것은 우리를 위해서가 아니라 절대적으로 삼촌의 안위를 위해서라는 점을 충분히 인식시키려고 했다. 또한 사태의 심각성을 알리기 위해 카일 씨에게 보낸 편지의 사본까지 함께 동봉했다. 그리고 우리가 가급적 빨리 리머리지로 거처를 옮기는 것만이 유일한 타협이라고 못박았다. 그것만이 로라뿐만 아니라 불쌍한 삼촌도 위험과 불행에서 벗어날 유일한 길이라고 말이다.

편지를 다 써서 봉히고 주소를 적은 다음 그것을 가지고 로라의 방으로 갔다.

"혹시 누가 왔었어?"

문을 열어주는 로라에게 내가 물었다.

"아무도 안 왔어. 그런데 바깥에서 인기척이 들렸어."

"남자야, 여자야?"

"여자야. 치마가 바닥을 스치는 소리가 났거든."

"비단이 스치는 소리?"

"응, 맞아."

포스코 백작부인이 바깥에서 감시하고 있는 게 분명했다. 그것이 그저 백작부인 혼자 로라를 겁주려는 행동이라면 무서울 게 없었다. 하지만 남편의 지시를 받고 행해진 일이라면 결코 간과할 수 없었다.

"바스락거리는 소리가 더 들리지 않게 된 건 언제였니? 어느 방향으로 사라졌는지 들었어?"

"응, 유심히 들었어. 그 소리만 집중해서."

"어느 쪽으로 갔어?"

"언니 방 쪽으로."

나는 곰곰이 생각했다. 편지에 너무 골몰하느라 백작부인의 치맛자락 소리를 못 들었을 가능성이 컸다. 게다가 내가 썼던 펜도 무거운 깃펜이라서 정신없이 종이를 긁고 누르며 썼다. 그러니 치마 바스락거리는 소리보다 내 글 쓰는 소리가 더 크게 들렸을 것이다. 복도에 걸린 우편함을 더더욱 믿어서는 안 될 또 하나의 이유가 추가된 셈이다.

로라가 생각에 잠긴 나를 물끄러미 바라보았다. 그리곤 숨죽여 말했다.

"이건 너무 위험한 일이야."

"전혀 위험하지 않아. 약간 곤란할 뿐이지. 나는 지금 어떻게 페니한테 이 편지를 안전하게 전달할까를 생각하고 있어."

"정말 편지를 썼어? 언니, 그러지 마. 너무 위험해. 제발 그만둬!"

"괜찮아, 걱정하지 마. 지금 몇 시지?"

5시 45분이었다. 충분히 저녁식사 전까지 마을 여인숙으로 갔다 올 수 있는 시간이었다. 식사 때까지 기다릴 경우 들키지 않고 빠져나가기가 불가능할 게 뻔했다.

"방문 잘 잠그고 있어, 로라. 내 걱정일랑 말고. 만일 누군가 내가 어디 갔냐고 묻거든 문은 열지 말고 산책 나갔다고만 해."

"언제 돌아올 건데?"

"저녁식사 전까지는 꼭 올게. 힘을 내야 해, 로라. 내일쯤이면 너를 위해 일을 돌봐줄 현명하고 믿음직한 네 편이 생길 거야. 길모어 아저씨의 동업자는 우리가 아저씨 다음으로 기댈 수 있는 원군이잖아."

나는 혼자 있게 되자 잠시 생각했다. 그래, 바로 외출복을 입고 내려가서는 안 돼. 먼저 아래층 상황부터 살피자. 아직 퍼시벌 경이 안에 있는지 바깥에 있는지도 모르잖아?

서재에서 들리는 카나리아 울음소리와 열린 문틈에서 풍기는 담배 냄새로 볼 때 백작이 어디 있는지는 금방 알 수 있었다. 나는 문을 지나치면서 서재 안을 흘긋 보았다. 그러자 놀라운 광경이 보였다. 백작이 관리인을 앞에 앉혀놓고 공손하면서도 열정적으로 새 묘기를 보여주고 있었다.

분명히 꿍꿍이가 있었다. 관리인이 자청해서 거기에 왔을 리는 없었다. 그녀는 결코 자기 멋대로 윗사람들의 방 근처로 가거나 하지 않았다. 그렇다면 포스코 백작이 관리인을 초대한 것이 틀림없었다. 이건 분명히 뭔가 꿍꿍이가 숨겨진 행동이었다.

지금까지 볼 때 백작의 행동에는 하나같이 목적이 있었다. 그런데 이번에는 왜 저런 식으로 연기를 하는 걸까? 그러나 한가하게 이유를 생각할 때가 아니었다. 나는 다시 두리번거렸다. 백작부인은 어디에 있는지 궁금해서였다. 그녀는 매일 걷는 연못 둘레의 잔디밭을 천천히 돌고 있었다.

나는 백작이 일찍 가라앉히긴 했으나 아까 복도에서 목격한 그녀의 질투심을 기억해 냈다. 그 때문에 그녀가 나를 어떻게 대할지 가늠할 수가 없었다. 다행히 그녀는 평소대로 나를 보자 인사를 보냈다. 나는 퍼시벌 경의 행방을 캐내려고 그녀에게 말을 걸었다. 눈치 채지 못하게 말을 돌려가며 퍼시벌 경은 어디 있냐고 물었다. 그녀는 잠시 생각하더니 외출했다고 말했다.

"이번엔 무슨 말을 타고 가셨지요?"

나는 흘리듯 물었다.

"말은 타지 않았어요."

그녀의 대답이었다.

"두 시간 전에 걸어서 나가더군요. 제 생각에는 앤 캐서릭이라는 여자에 대해 새로운 정보를 찾으려고 나가는 것 같았어요. 지나칠 정도로 그 여자를 찾는 일에 고심하는 게 아닌가 싶어요. 혹시 그 여자가 위험할 정도로 미쳤다는 얘기 들은 적 있나요?"

"못 들었어요."

"들어갈 건가요?"

"네, 그럴 거예요. 이제 식사 시간이니 옷을 갈아 입어야죠."

우리는 함께 실내로 들어섰다. 백작부인은 서재로 들어가고 나는 곧바로 모자와 숄을 가지러 갔다. 페니를 만나고 다시 식사 전에 돌아오려면 1분 1초가 아까웠다.

다시 복도를 지나는데 서재의 새 울음소리가 더는 들리지 않았다. 하지만 기웃거릴 시간이 없었다. 뚫려 있는 길로 무조건 돌진하는 것 외에는 방도가 없었다. 나는 주머니 속 편지를 손에 단단히 쥐었다.

＊ ＊ ＊ ＊ ＊

마을로 가는 길에 퍼시벌 경과 마주칠 경우 어떻게 대할지를 생각했다. 단둘이 마주친다고 해도 동요하거나 나약해지지 않을 것이다. 아무리 여자라 해도 자기 감정만 통제할 줄 알면 강해질 수 있었다. 비록 상대가 남자라 해도, 만일 그가 쉽사리 감정의 노예로 돌변하는 이라면 충분히 대적할 수 있었다. 퍼시벌 경은 적어도 백작만큼 두려운 존재는 아니었다. 퍼시벌 경이 외출했다는 말에 가슴이 두근거리기는커녕 오히려 담담해졌다.

그래, 앤 캐서릭의 뒤를 열심히 쫓아라. 우리는 이 휴전의 틈을 충분히 이용할 테니까. 나는 앤을 위해, 그리고 우리 둘을 위해서라도 앤 캐서릭이 무사하기를 기도했다.

나는 여름의 열기를 견딜 수 있는 한도 내에서 쉬지 않고 씩씩하게 걸어 마을로 향하는 교차로에 다다랐다. 가끔씩 뒤를 돌아보며 누군가 따라오는지도 확인했다. 아무도 보이지 않았다.

그때 저만치 텅 빈 마차 한 대가 달려왔다. 삐걱거리는 바퀴소리가 귀에 거슬렸다. 더구나 마을로 가는 마차였다. 나는 마차를 먼저 보내서 그 거슬리는 소리에서 벗어나려고 했다. 마차가 다가올수록 신경이 곤두섰다.

그때 마차 뒤에 언뜻 남자의 발이 보이는 것 같았다. 앞서 달려오는 말 두 마리와 뒤쪽의 수레 때문에 바싹 붙어 걷는 두 발의 모습을 정확히 확인할 수는 없었다.

마을로 가는 길이 너무 좁아서 마차는 길 양옆의 가지들을 부러뜨리며 나아갔다. 나는 마차가 지나갈 때까지 옆으로 바짝 비켜 서 있었다. 마차가 지나가자 내가 본 두 개의 발은 착각이라는 것을 알 수 있었다. 마차 뒤에는 아무도 없었다.

나는 무사히 여인숙에 도착했다. 퍼시벌 경과 부딪치지도 않았고, 눈에 띄는 것도 없었다. 여인숙에 도착해 보니 여주인이 기대 이상으로 페니를 잘 대해 주고 있었다. 그녀는 술집의 떠들썩한 소리와 떨어진 별도의 객실에서 페니를 기다리게 했고, 침실도 집의 제일 위층에 마련해 주었다.

나를 보자 페니는 다시 눈물을 흘리기 시작했다. 나는 페니를 다독거렸다. 이토록 착하고 성실한 아이를 마치 죄 지은 여자처럼 모질게 거친 세상 밖으로 내쫓는 것은 사람 할 짓이 아니라고 생각했다.

"진정하고 내 말 잘 들어, 페니. 나와 네 여주인을 믿어. 걱정 말아. 결코 네게 나쁜 일이 일어나게 놓아두지 않을 테니까, 알았지? 나는 지금 네게 아주 귀중한 걸 맡길 거야. 이 편지 두 통은 정말 잘 간직해서 전달해야 해. 여기 봉인이 찍힌 편지는 런던에 도착하면 우체통에 넣어. 그리고 페어리 씨라고 적힌 편지는 네가 리머리지에 가서 주인어른께 직접 전해드려, 알겠니? 정말 소중한 거니까 꼭 간직하고 다녀야 해. 절대 잃어버리거나 다른 사람에게 보여줘서는 안 돼. 어쩌면 이게 네 여주인의 마지막 희망이 될지도 몰라. 내 말대로 정확히 해야만 돼, 알았지?"

페니가 편지를 가슴 속에 넣었다.

"아가씨 말씀대로 잘 전달할 때까지 꼭 품고 있을게요."

"내일 아침 이른 시간에 기차역에 가 있어. 그리고 리머리지에 도착해서 저택 관리인을 만나면 이렇게 전해. 다시 네 주인이 부를 때까지 지금은 내가 너를 고용하고 있다고 말이야. 네가 생각하는 것보다 빨리 다시 우리를 만나게 될 거다. 그러니 마음 단단히 먹고 내일 아침 7시 기차를 꼭 타렴."

"고맙습니다, 정말 고맙습니다. 아씨께서 그렇게 말씀해 주시니 힘이 나고말고요. 제 마음은 늘 마님께 있다는 것을 꼭 전해 주세요. 모든 물건들은 제자리에 잘 정돈해 놓았다는 사실도요. 참, 오늘 저녁 드레스는 누가 갈아입혀 드리죠? 생각만 해도 가슴이 찢어지는 것 같아요."

집으로 돌아와 옷을 갈아입고 나니 로라에게 간단히 말할 시간이 15분 정도 남아 있었다. 나는 문 앞에서 그녀를 만나 귀엣말을 건넸다.

"편지는 페니가 가지고 있어. 저녁식사 할 거지?"

"아니, 못 먹겠어!"

"무슨 일 있었어? 누가 널 괴롭히기라도 했어?"

"응, 방금 퍼시벌 경이⋯⋯."

"그가 방에 들어왔어?"

"아니, 문을 쾅쾅 두드려서 날 놀라게 했어. 누구냐고 물었더니, 잘 알면서 왜 그러냐는 거야. 그러면서 이렇게 협박했어. 마음을 바꿔서 들은 얘기를 전부 말하라는 거야. 조만간 말하지 않고는 못 배길 거라고. 나를 쥐어 짜서라도 자백을 받아내겠대. 내가 앤 캐서릭이 어디 있는지 알면서 말을 안 한다는 거야. 진짜로 모른다고 말했더니 단번에 잘라버렸어. 자긴 다 알고, 내 고집을 뭉개버리겠다고. 명심하라고. 나를 비틀어서라도 자백하게 만들겠다고. 그리고는 사라졌어. 불과 5분도 안 지난 일이야."

그래, 아직 앤을 찾지 못한 것이다! 오늘 밤 로라와 나는 안전했다. 그녀를 찾지 못했으니 말이다.

"언니는 내려갈 거지? 나중에 다시 올 거지?"

"그럼, 너무 염려 마. 조금 늦을지도 몰라. 자리를 조급하게 떠서 괜한 오해를 사면 안 되잖아."

식사 종이 울리자 나는 부리나케 걸음을 뗐다.

퍼시벌 경이 백작부인을 대동하고 식당으로 들어왔다. 백작이 내게 팔을 내밀었는데, 왠지 얼굴이 벌겋게 상기되고 옷차림도 평소처럼 단정하지 않았다. 그도 나처럼 바깥에 나갔다 서둘러 들어온 것일까? 그래서 미처 옷차림을 정돈할 시간이 없었던 걸까? 아니면 단지 여름 더위를 견디기 힘들어 옷을 헐렁하게 입은 걸까?

어찌됐건 오늘의 백작은 평소의 깍듯하고 자상하고 친절하고 느긋한 미소로 넘치는 모습이 아니었다. 무언가 곤혹감이나 불안에 시달리고 있는 얼굴이었다.

그는 식사 내내 퍼시벌 경과 마찬가지로 아무 말이 없었다. 간간히 부인에게 불편한 눈빛을 보내는 모습도 어렵지 않게 볼 수 있었다. 그렇게 자신만만했던 사교 능력도 졸지에 사라진 것만 같았다. 어떤 일이 있어도 내게만은 발휘했던 예의와 격식도 없었다.

그가 어떤 목적으로 이 집에 발을 들여놓은 뒤 그렇게 깍듯한 예의와 품위를 지켰는지는 아직도 모르겠다. 나는 그가 내게 보이는 변함없는 친절, 로라에게 보이는 지극한 겸손, 퍼시벌 경의 벼락같은 성질을 자제시키는 극진한 인내 등이 뭘 노리고 하는 행동인지 항상 궁금했다.

서재에서 로라의 서명 사건이 있던 날, 백작이 우리를 위해 호의를 베풀었을 때부터 그것을 의심해 왔다. 그러나 이제는 때가 됐다. 차츰 그 윤곽이 드러나기 시작할 것이다.

나와 백작부인이 자리에서 일어나자 백작 역시 우리를 따라 응접실로 가려고 일어났다.

"어디 가는 겁니까? 당신 말입니다, 포스코."

"저녁도 배불리 먹었고, 와인도 이 정도면 됐으니 일어나야지."

백작이 대답했다.

"퍼시벌, 왜 이러나. 들어올 때나 나갈 때 여인들과 같이 하는 내 이국적인 습관을 좀 이해해 주게."

"천만에요! 와인 한 잔 더 마신다고 당신 예절에 금이 가진 않습니다. 영국인들이 하듯이 어서 자리에 앉으십시오. 와인을 마시며 조용히 대화를 나누고 싶군요."

"조용한 대화라, 퍼시벌. 진심인데 지금은 곤란하네. 더군다나 와인을 마시면서는 더더욱. 정 그러하다면 이따 밤에 시간이 날 때 하세나."

"집주인의 부탁입니다, 제발 좀 들어주시오!"

퍼시벌 경이 거칠게 쏘아댔다. 나는 저녁식사 내내 퍼시벌 경이 백작을 불안한 표정으로 흘끗흘끗 바라보는 것을 여러 번 보았다. 그럴 때마다 백작은 교묘하게 퍼시벌 경의 눈초리를 피했다. 거기에다 지금은 퍼시벌 경의 대화 요청을 한사코 뿌리치고 있었다.

이제야 알 것 같았다. 백작은 오늘 오후에도 퍼시벌 경이 얘기를 좀 하자고 했을 때 미적거리다가 한참 뒤에야 그에게 향했다. 그리고 지금도 그는 미적거리고 있다. 이 모습만 보면 한 가지는 분명했다. 무슨 대화를 나누려는지 모르겠지만 이 대화가 퍼시벌 경에게는 매우 중요한 문제인 반면, 백작에게는 매우 위험한 문제일 수도 있다는 것이다.

나는 식당에서 응접실로 자리를 옮기는 사이에 이런 생각을 했다. 퍼시벌 경은 친구의 거절에 화를 냈지만, 결국 상황을 바꾸지는 못했다. 백작은 끈질기게 응접실 안으로 우리를 따라와서는 잠시 방 안에 머물다가 혼자서 나갔다. 그리고 손에 우편물 가방을 들고 다시 들어왔다. 시간을 보니 8시였다. 배달부가 와서 우편물을 수거해 갈 시간이었다.

"보내실 편지라도 있습니까, 할콤 양?"

가방을 든 채 내게 다가오며 그가 물었다.

"괜찮아요, 오늘은 없어요."

그는 따라 들어온 하인에게 가방을 건네더니 천천히 피아노 의자에 앉아 아름다운 나폴리의 거리 음악을 두 번이나 연거푸 연주했다. 백작부인은 부딕도 히지 않았는데 내 차를 만들어주고 자기도

2분 남짓한 사이 날렵하게 자기 차를 만들어 컵에 따랐다. 그리고 그 컵을 손에 쥐고 부리나케 방을 빠져나갔다.

나 역시 그녀를 따라가려고 자리에서 일어섰다. 부인이 이층에서 로라에게 농간을 부릴까 걱정도 되고, 백작과 단둘이 남아서는 안 된다는 결심이 섰기 때문이다. 하지만 내가 문에 다다르기 전에 백작이 나를 막았다. 차를 한 잔 청하고 싶다는 것이었다. 나는 그에게 차 한 잔을 따라주고 다시 나가려 했다. 그러자 이번에는 피아노에 앉아 조국의 명예가 걸린 음악이라면서 오페라 비슷한 연주곡을 연주해서 내 발길을 막았다.

나는 음악에 대해서는 문외한이며 이런 연주가 너무 낯설고 어렵다고 항변했지만 소용없었다. 그가 너무도 간절하게 간청하는 바람에 내 거절은 맥없이 무시당했다.

그의 격정적인 손놀림에 피아노가 흔들거리면서 탁자의 찻잔까지 달그락거렸다. 그의 굵직한 저음이 악보를 뒤흔들고 육중한 발이 바닥을 쿵쿵 울렸다.

그의 도취되어 희열을 분출하는 듯한 얼굴과 나를 압도하는 목청 속에는 알 수 없는 음흉함과 사악함이 배어 있었다. 나는 점점 문에 기대어 몸을 움츠렸다. 공포와 고통이 엄습했다. 그때 가까스로 구원의 손길이 다가왔다. 퍼시벌 경이 갑자기 방 안으로 들어온 것이다. 그는 방문을 열더니 이 벼락 같은 소리는 대체 뭐냐고 언성을 높였다. 이윽고 백작이 피아노에서 일어섰다.

"퍼시벌이 왔다면 멜로디든 조화로움이든 모두가 끝장 난 것과 다름없지. 할콤 양, 이제 음악의 여신도 우리를 떠난 모양입니다. 이 늙고 뚱뚱한 음유시인은 이제 허공에나 대고 이 영혼의 목소리를 외칠 수밖에요."

백작은 성큼성큼 베란다 쪽으로 걸어나갔다. 나는 식당 창문을 통해 퍼시벌 경이 그의 이름을 부르는 소리를 들었다. 하지만 그가 원했던 조용하고 은밀한 대화는 여전히 미뤄지고 있었다. 백작의 단호하고도 한편으로는 은근히 골탕 먹이려는 것 같은 들은 척도 않는 행동 때문에 퍼시벌 경의 애끊는 대화 요청은 계속 대기 상태에만 머물렀다.

백작부인이 방을 나간 지 30분이 흘렀다. 백작이 나를 이 방에 붙잡아놓는 동안 그의 아내는 어디서 무엇을 하고 있었을까?

나는 황급히 이층으로 올라갔지만 아무것도 발견할 수 없었다. 로라에게도 물어보았지만 아무 소리도 못 들었다고 했다. 노크소리도, 목소리도, 비단 치마가 쓸리는 소리도 못 들었다는 것이다. 대기실에서도 복도에서도, 그 어떤 소리도 나지 않았다고 했다.

시계를 보니 8시 40분이었다. 나는 내 방으로 가서 일기를 가지고 다시 로라의 방으로 돌아왔다. 일기를 쓰면서 간간히 로라와 이야기를 나누기도 했다. 그렇게 함께 있다가 10시가 되자 나는 자리에서 일어났다. 마지막으로 로라에게 기운을 북돋는 말을 건네고 잘 자라는 인사를 했다. 그리고 내일 일어나자마자 들르겠다고 말하고 방을 나왔다. 로라는 방문을 걸어 잠갔다.

아직 잠들기 전에 일기에 적어야 할 게 남았다. 로라의 방에서 나온 뒤 나는 다시 아래층 거실로 내려갔다. 오늘 지치고 힘든 하루의 종지부를 찍기 위해서였다. 오늘 밤에는 한 시간 먼저 자리를 떠야겠다는 말을 하고 자리를 빠져나올 생각이었다.

거실에는 퍼시벌 경과 백작과 백작부인이 함께 있었다. 퍼시벌 경은 안락의자에 앉아 하품을 하고 있었고, 백작은 책을 읽고 있었고, 부인은 홀로 부채를 부치고 있었다. 그녀의 얼굴은 상기되어 있었다. 더위를 좀처럼 타지 않는 그녀가 오늘 밤만큼은 열기에 고통스러워하고 있었다.

"백작부인, 오늘 밤은 편치 않아 보이시는군요."

나는 넌지시 말했다.

"내가 하려던 말이었어요, 오늘따라 우리 아가씨 얼굴도 창백하군요."

백작부인이 되받아쳤다. '우리 아가씨'라고! 우리가 만난 이래 처음 듣는 친근한 말이었다. 심지어 얼굴에는 처음 보는 거만한 미소까지 서려 있었다.

"오늘 심한 두통이 저를 괴롭히네요."

나는 냉담하게 대꾸했다.

"오, 정말요? 그럼 먼저 자리를 떠야겠네요? 저녁식사 전의 산책이 문제였을 거예요."

그녀는 유난히도 '산책'이라는 단어에 힘을 실었다. 내가 나가는 걸 본 걸까? 봤건 말건 상관없다. 편지는 이미 페니의 품에 안전하게 보관되어 있으니까.

"포스코, 같이 가서 담배나 피우지요."

퍼시벌 경이 자리에서 일어나 다시 한 번 친구를 불안한 표정으로 바라보았다.

"그러지, 숙녀들께서 잠자리에 들면 말일세."

"실례합니다. 두통에는 일찍 자는 게 제일 좋을 것 같군요."

내가 먼저 작별인사를 했다. 부인과 악수를 하는데 그녀의 얼굴에 방금 전의 거만한 미소가 다시 떠올랐다. 퍼시벌 경은 내게는 전혀 신경 쓰지 않는 듯했다. 오로지 나와 함께 방을 나설 기미를 보이지 않는 백작부인을 짜증스럽게 쳐다볼 뿐이었다. 읽고 있던 책 너머로 백작이 은밀한 미소를 짓는 것이 보였다. 아직도 퍼시벌 경과 백작의 조용한 대화는 미뤄지고 있었다. 이번에는 백작부인이 장애물이었다.

9

6월 19일

무사히 방으로 돌아와 편한 마음으로 일기장을 펼쳤다. 10분 넘게 오늘 일어난 일들을 곰곰이 정리하면서 앉아 있었다. 마침내 일기를 쓰려는데 의지와 상관없이 선뜻 글을 쓰기가 어려웠다. 집중하려고 노력했지만 생각들이 제멋대로 배회하다가 퍼시벌 경과 백작에 관한 것으로 흘러가 버렸다. 아무리 일기에 관심을 두려고 해도 결국은 퍼시벌 경과 백작의 대화에 생각이 쏠렸다. 이런 마음 상태 때문에 오늘 정리해 둔 생각은 산산이 흩어졌다. 결국 일기를 덮고 잠시 내버려두는 수밖에 없었다.

나는 잠시 후 침실에서 거실로 이어지는 문을 열고 다시 닫았다. 화장대에 촛불을 켜두었기 때문에 바깥에서 바람이 들이치지 않게 하기 위해서였다. 나는 무심결에 활짝 열린 창문에 기대어 공기를 들이마셨다.

밖은 어둡고 조용했고, 별도 달도 보이지 않았다. 고요하고 둔탁한 공기 사이로 비 냄새가 느껴져 손을 내밀었지만 빗방울은 없었다. 그 냄새는 단지 비가 내릴 거라는 예고에 불과했던 모양이다.

그렇게 하릴없이 창가에 기대어 서 있었다. 눈에 보이는 것은 컴컴한 어둠뿐이었다. 조용한 가운데 간간이 아래층 하인들의 목소리와 멀리서 문 닫는 소리만 잔잔하게 들려왔다.

나는 마침내 무거운 몸을 창가에서 돌려 미처 다 못 쓴 일기를 마저 쓰려고 침실 쪽으로 걸음을 돌렸다. 바로 그때 담배 냄새가 코를 스쳤다. 나는 냄새를 쫓아 다시 창가로 향했다. 그리고 어둠 속을 보니 빨간 담뱃불이 다가오는 것이 보였다. 발소리는 들리지 않고 불씨만 보였다. 그 불빛은 어둠 속에서 점점 가까이 다가와 내 침실 바로 아래에서 멈추었다.

불빛은 잠시 그 자리에 머물렀다가 다시 있던 곳으로 돌아갔다.

나는 불빛을 따라 눈길을 옮겼다. 그러자 또 하나의 빨간 불빛, 처음보다 더 큰 불빛이 멀리서 다가왔다. 두 담뱃불이 만났다. 나는 누가 담배를 피우고, 누가 시가를 피우는지를 떠올렸다. 금방 답이 나왔다.

첫 번째 담뱃불은 백작의 것이었다. 그가 먼저 내 창문 아래에서 주변을 살피고, 뒤이어 퍼시벌 경이 합세한 것이다. 두 사람은 잔디밭을 통해 걸어온 것이 틀림없었다. 그렇지 않았다면 내가 퍼시벌 경의 무거운 발자국 소리를 못 들었을 리 만무했다. 백작의 발걸음 소리는 아주 부드러워서 자갈밭 위를 걷더라도 알아차리기 힘들었겠지만 말이다.

나는 꼼짝 않고 그 자리에 서 있었다. 두 사람이 컴컴한 위층에 있는 내 모습을 눈치 챌 리 없었다.

"무슨 문제입니까?"

퍼시벌 경이 낮은 목소리로 말했다.

"도대체 왜 안으로 들어오지 않는 겁니까?"

"저 방의 불빛을 확인하려고 그랬네."

"저 방 불빛이 뭐가 어때서요?"

"저 불이 켜져 있으면 그녀가 아직 안 잔다는 뜻이거든. 그 여인은 눈치가 빠르고 예민해. 아래층에서 조그만 소리만 들려도 주저하지 않고 내려와서 엿들을 거야. 그러니 조금만 참자고, 퍼시벌, 조금만 참아."

"시시하기는! 말끝마다 그놈의 참자, 참자군요."

"그러면 다른 걸 말해 주지. 이보게, 친구, 자네는 지금 이 집 안에서 벼랑 끝에 몰린 상태야. 내가 만일 저 두 여자 중에 한 사람에게라도 어설프게 기회를 주면 자네를 틀림없이 낭떠러지 아래로 밀어뜨리고 말 걸세."

"무슨 뚱딴지 같은 소립니까?"

"내가 다 말해 주겠네, 퍼시벌. 저 방 불빛이 꺼지고 서재 양쪽 방들을 확인하고 계단까지 확인한 뒤에 모든 게 안전하다 싶으면 그때 말해 주겠네."

불빛 두 개가 다시 자리를 떴다. 멀어지면서 계속 이야기를 나눴지만 더 이상은 들리지 않았다. 상관없었다. 정말 중요한 걸 들었으니까.

나는 이미 백작이 언급한 내 영특함과 용기를 증명할 만한 행동을 하기로 마음먹었다. 나는 빨간 불씨들이 완전히 사라지기도 전에 두 사람의 밀담을 엿들을 만한 제삼자가 필요하다는 결론을 내렸다. 그리고 나를 겨냥한 백작의 우려에도 불구하고 그 제삼자는 바로 내가 될 터였다. 나 스스로 그 행위를 정당화하고 이를 행동할 용기를 주는 동기는 단 하나면 충분했다. 로라의 명예, 로라의 인생, 로라의 행복과 생명이 지금 내 두 귀와 내 정확한 기억력에 달려 있었다.

백작은 말했다. 밀담을 나누기 전에 먼저 서재 양쪽의 방을 살펴보고 계단도 점검하겠다고 말이다. 그렇다면 둘의 밀담이 시작될 장소는 서재인 게 확실했다. 거기에다 또 한 가지 확신이 들었다. 백작의 용의주도함을 무력화시키고 둘의 밀담을 엿들으려면 섣불리 아래층으로 내려가서는 안 된다는 것이었다.

예전에 언급했듯이 아래층의 방들에는 각각의 방마다 베란다가 있었다. 방과 베란다 사이에는 천장에서부터 바닥까지 닿는 프랑스식 창문이 설치되어 있는데, 이 창들은 여름에는 항상 열려 있었다. 베란다 지붕은 평평했고, 거기에 고인 물이 이 집의 용수 탱크로 연결되어 있었다. 또한 좁은 지붕은 창문턱까지 채 1미터도 되지 않았다. 지붕에는 듬성듬성 화분이 놓여 있고, 거센 바람에 화분이 날아가는 것을 막기 위해 철판으로 된 난간이 화분을 단단히 붙들고 있었다.

내 계획은 내 방의 거실 창문을 통해 밖으로 나간 다음 지붕을 소리 없이 타고 올라가 서재 창문 바로 위까지 기어가는 것이었다. 그런 다음 철제 난간에 쪼그리고 앉아 두 사람의 대화를 엿들을 생각이었다. 여러 번 보았지만 두 사람은 이야기를 하며 담배를 피울 것이다. 그러려면 분명 열린 창문 쪽에 시선을 두고 두 다리를 정원용 양철 의자에 걸쳐 놓아야 할 것이다. 물론 귀엣말로 주고받을 수도 있겠지만 그것은 잠시는 가능해도 몇 십 분 동안 이어지기는 불가능했다. 즉 이론상으로 보면 그들의 밀담을 고스란히 듣는 게 얼마든지 가능했다.

　그러나 뜻하지 않게 방 안 깊숙한 곳에서 이야기를 나눈다면? 그럴 경우에는 과감하게 계단을 내려가서 엿들어야 할 것이다. 게다가 방 안 깊숙이 박혀 있다는 건 계단과 가장 멀다는 뜻이니 오히려 그들의 약점을 파고들 수 있었다.

　나는 절박한 상황에서 단단한 결심으로 무장했음에도 마음속으로는 이 마지막 상황만은 일어나지 않기를 간절히 바랐다. 여자의 용기는 어쩔 수 없이 여자의 용기에 불과했다. 퍼시벌 경과 백작의 사정거리 안에 포함되는 아래층에서 그들의 말을 감히 엿듣는다는 건 생각만으로도 아찔했다.

　나는 먼저 침실 창문으로 가서 베란다 지붕을 확인했다. 옷을 갈아입어야 했다. 조용한 심야에는 약간의 소리만 내도 두 귀가 번쩍 열릴 것이다.

　나는 비단 가운을 벗었다. 그 다음 거추장스러운 흰 속옷들도 벗어버리고 대신 검정색 무명으로 만든 페티코트로 갈아입었다. 그 위에 여행용 검정색 외투를 걸친 뒤 거기에 달린 모자로 머리를 단단히 둘러쌌다. 평소 같았으면 남자 셋의 자리는 차지했을 옷차림이 지금은 그 어떤 남자보다 쉽게 좁은 공간을 빠져나갈 수 있는 상태로 변했다. 화분과 화분 사이의 공간은 그리 넓지 않았기 때문에 굉장한 집중력이 필요했다. 만에 하나 그 화분들 중 하나를 건드려 떨어뜨리기라도 한다면? 감히 떠올리기조차 끔찍했다.

드디어 나는 성냥을 그 옆에 갖다놓고 촛불을 끈 다음, 컴컴한 길을 손으로 더듬어 침실 문을 잠그고 거실 문까지 잠갔다. 그리고 창문을 타넘어 조심스럽게 두 발을 베란다의 납 지붕 위로 올려놓았다.

내가 쓰는 두 개의 방은 건물 안쪽 끝부분에 있어서 목표 지점인 서재까지 가려면 다섯 개의 창문을 통과해야 했다. 첫 번째 창문은 여분의 방이라서 비어 있었다. 두 번째와 세 번째 창문은 로라의 방이었다. 네 번째 창문은 퍼시벌 경의 방이었고, 마지막 다섯 번째 창문은 백작부인의 방이었다. 내가 지나갈 필요 없는 나머지 창문들은 백작의 드레스 룸, 욕실, 나머지 하나의 여분의 방 창문들이었다.

아무 소리도 들리지 않았고, 주변은 검은 천으로 둘러싼 듯 온통 암흑만 펼쳐져 있었다. 저 멀리 백작부인의 창문만 어렴풋이 눈에 들어왔다. 바로 그녀의 방 위쪽이 내가 가야 할 목표 지점인 서재였다. 그런데 그 창문에서 불빛이 보였다. 백작부인이 아직 깨어 있었다. 물러서기에는 너무 늦었다. 더는 주저할 시간이 없었다. 캄캄한 어둠에 몸을 맡기고 조심하는 수밖에 없었다.

'로라를 위해서!'

나는 지붕 위에서 첫 발을 내딛으며 기도했다. 한손으로는 내 옷을 단단히 붙잡고, 다른 한손으로는 벽을 더듬으며 움직였다. 이렇게 벽에 바짝 붙어서 조금씩 발을 옮기는 편이 바로 옆에 있는 화분들 곁을 지나는 것보다 안전했다. 화분을 잘못 건드리면 그걸로 끝장이었다.

첫 번째 방의 어두운 창문을 지나쳤다. 먼저 납으로 된 지붕이 내 몸의 하중을 견딜 수 있는지 발끝으로 살짝 눌러보면서 걸음을 옮겼다. 로라의 방 어두운 창문도 지나쳤다. 신이시여, 로라를 굽어 살펴주소서! 그 다음 퍼시벌 경의 어두운 창문도 지나갔다. 그런 다음 한순간 걸음을 멈추고 무릎을 구부렸다. 두 손으로 몸체를 지탱하면서 그 자세로 목표 지점까지 느리게 움직였다. 불이 켜진 창문의 벽과 베란다 지붕이 내 몸을 가려주고 있었다.

나는 백작부인의 불 켜진 창문을 위험을 무릅쓰고 내려다보았다. 외문만 열려 있고 문에는 커튼이 쳐져 있었다. 안쪽을 보니 백작부인의 그림자가 커튼에 어른거리며 창문을 왔다 갔다 하고 있었다. 일정하게 움직이는 걸 보면 내 소리를 듣지 못한 게 틀림없었다. 만약 소리를 들었다면 걸음을 멈추고 지붕 쪽을 유심히 올려다보거나 창문을 열고 고개를 내밀었을 것이다.

나는 베란다 난간 옆에 몸을 기댄 뒤 두 손으로 양옆 화분을 더듬어 위치를 확인했다. 나 하나 정도는 간신히 앉을 수 있는 공간이 있었다. 왼편에 있는 꽃의 향기가 코를 찔렀다.

귀에 제일 먼저 들어온 소리는 문 여닫는 소리였다. 짐작컨대 백작이 말했듯이 점검을 위해 복도의 문과 서재 양쪽의 문을 차례로 열고 닫는 소리인 듯했다. 그 다음으로 예의 그 담뱃불이 눈에 들어왔다. 그 불빛은 불 꺼진 내 방 아래에서 잠시 정지했다가 다시 있던 자리로 돌아갔다.

"왜 그리 부산을 떨고 그러시오? 도대체 언제 앉을 겁니까?"

퍼시벌 경의 투덜대는 소리가 들려왔다.

"휴, 더위가 완전히 사람 잡겠구먼."

백작이 짜증 섞인 목소리로 담배 연기를 훅 불면서 말했다. 뒤이어 바닥을 긁는 정원 의자 소리가 들렸다. 예상대로 두 사람은 창가 쪽으로 자리를 잡는 것 같았다.

지금까지는 내가 이겼다. 두 남자가 의자에 자리를 잡고 앉자 탑의 괘종시계가 12시 45분을 알렸다. 열린 문틈 사이로 백작부인이 하품을 하는 소리가 들렸다. 그녀는 다시 한 번 커튼 사이를 걷기 시작했다.

백작과 퍼시벌 경의 이야기가 시작되었다. 낮은 저음이었지만 완전히 속삭이는 것은 아니었다. 때로는 작게 때로는 더 크게 말할 뿐 일정한 크기와 높이를 유지하고 있었다.

나는 앉은 위치와 주변 정황들, 밑에서 백작부인이 아직 깨어 있다는 두려움 때문에 두 사람이 나누는 이야기에 깊이 몰두할 수가 없었다. 그러나 얼마 동안 들은 말들을 토대로 내용을 종합해 보면 이랬다.

백작이 먼저 이제 불 켜진 방은 백작부인 방뿐이고, 아래층에는 아무도 없으니 안심하고 이야기를 나눠도 되겠다고 했다. 그러자 퍼시벌 경은 오늘 백작이 자신에게 보인 거절과 무시를 불평하는 것으로 대답을 대신했다. 그의 비난에 백작은 나름의 항변을 시작했다. 종일 근심과 불안에 휩싸여 있어서 다른 데 정신을 팔 틈이 없었다고 말이다. 또한 이런 이야기를 나눌 수 있는 시간은 누구도 방해하지 않고, 누구도 엿듣지 않는 한밤중밖에 없으며, 자기도 이 순간을 기다렸다고 말했다.

"우린 지금 매우 위태로운 상황일세. 계획을 차질 없이 세우려면 철통같은 보안이 필요하네. 한 치의 빈틈도 용납되어선 안 돼."

나는 비로소 산만한 상태에서 벗어나 원래의 집중력을 회복하자마자 이 첫 마디를 들었다. 이후 간간히 다른 생각을 한 경우를 빼면 한 마디 한 마디를 모두 머릿속에 꼼꼼하게 기억해 두었다.

"단순히 위태로운 것 이상입니다. 장담컨대 당신이 생각하는 것보다 더 위태롭습니다."

"그렇다면 자네의 하루 이틀 전 행동부터 보세."

백작이 냉정하게 대꾸했다.

"내가 모르는 내용으로 가기 전에, 내가 지금 아는 것들부터 점검해 봐야겠네. 일전에 일어난 일들에 대해서 내가 제대로 알고 있는지 확인부터 해야겠어. 그 다음에 무슨 일이 일어날지 자네 말을 들어보자고."

"잠깐, 브랜디와 물부터 가져와야겠습니다. 뭘 드시겠습니까?"

"고맙네, 퍼시벌. 시원한 물, 설탕 한 그릇, 스푼 하나 부탁하네. 이상일세."

"설탕물이라, 그 나이에 몸에 나쁜 것만 골라 드시는군요. 외국인들은 다 그렇다니까."

"이보게, 퍼시벌. 먼저 우리 위치를 정확히 해두는 게 좋겠군. 내 말이 맞는지 틀린지는 자네가 판단하게. 자네와 내가 유럽 대륙에서 이 집으로 돌아올 때 어땠나? 우리 일은 전혀 정리조차 않고 왔지 않나."

"핵심만 말하지요! 나는 수천 파운드를 원했고, 당신은 수백 파운드가 필요했지요. 그 돈이 없으면 우리는 이래저래 망할 거였고 말입니다. 당신은 어떻게 생각합니까, 말해 보시죠?"

"그래, 자네의 그 거두절미하는 영국식 표현대로 하자면, 자넨 수천을 원했고 나는 수백에서 조금 더를 원했지. 그리고 그 돈을 손에 쥘 유일한 방법은 자네 아내 도움을 받는 거였고. 영국으로 돌아오는 길에 내가 자네 아내에 대해 뭐라 그랬나? 우리가 여기 도착했을 때 거듭 내가 뭐라 했나? 게다가 할콤 양이 어떤 여자인지를 알고 나서 내가 또 자네에게 뭐라 했나?"

"내가 무슨 수로 알았겠습니까? 시도 때도 없이 속사포처럼 말하는 통에 말이오."

"내가 한 말 다시 들어보게. 기발하게 독창적이라는 인간들이 지금까지 여자를 다루는 방법이라고 발견한 게 고작 두 가지라네. 첫 번째는 힘으로 때려눕히는 거지. 하지만 그건 저급한 짐승 같은 하층 계급들이나 쓰는 수법일 뿐 우리처럼 고상하고 배운 사람에게는 썩 내키지 않는 방법이지. 다른 방법은 훨씬 어렵고 긴 시간이 요구되지만 종국에는 가장 확실한 방법이지. 여자가 문제를 일으킬 때 부화뇌동하지 않는 거야. 이 방법은 동물에게나 아이에게나 다 자란 아이에 불과한 여자에게나 가장 잘 통하는 방법이지. 이들은 하나같이 진지한 결심을 할 능력이 없네. 만약 어쩌다 이런 능력을 가지게 되면 그때는 남자의 우위에 서게 되지. 이 방법도 사실은 이들이 이런 자질을 손에 쥐지 못할 경우에나 통하는 걸세.

이 평범한 진리를 잘 기억하게. 난 분명히 말했네. 자네가 부인 도움으로 돈을 마련하겠다고 했을 때, 내 분명히 말했네. 이제 와서 부인하지 말고 기억해 보게. 자네 아내와 할콤 양의 면전에서 확실히 말했는데 설마 잊어버렸다고는 않겠지? 일이 엉망진창이 될수록 내가 한두 번 말했나? 두 여자들이 반발할 때마다 자넨 기다렸다는 듯이 꼬박꼬박 맞받아쳤지? 자네의 그 뭐 같은 성질머리가 서명 받을 기회를 팽개치고, 굴러들어온 돈도 잃게 만들었네. 결국 할콤 양이 변호사에게 첫 번째 편지까지 쓰게 만들었지…….”

“첫 번째? 그 여자가 다시 편지를 썼단 말입니까?”

“그렇다네. 오늘 다시 썼네.”

의자 하나가 베란다 바닥으로 나뒹굴었다. 부딪치는 소리로 미루어 누구 발에 차여 넘어진 것인지 알 수 있었다. 백작의 폭로가 퍼시벌 경을 흥분하게 만들었다는 건 나로서는 나쁠 게 없었다. 다만 내 행동이 또 다시 발각되었다는 사실에 나도 모르게 몸을 들썩였다. 그 바람에 기대고 있던 난간에서 삐걱 소리가 났다.

설마 그가 여인숙까지 나를 따라왔단 말인가? 내가 우편 가방에 넣을 편지가 없다고 말했을 때, 그는 이미 내가 페니의 손에 편지를 넘겼을 거라고 추측한 걸까? 그렇다면 어떻게 내가 직접 페니의 손에 전달한 편지 내용을 알아낸 걸까?

“자넨 참 운 좋은 사람이야.”

백작의 목소리가 다시 들렸다.

"일단 나를 이 집에 머물게 했으니 운이 좋고, 내가 자네 실수를 늘 해결해 주니 운이 좋지. 자네가 아내 방의 문을 연 다음에 괴팍스럽게 할콤 양의 방문까지 열려고 했을 때 내가 절대 안 된다고 막았던 걸 감사하게나. 대체 자네는 눈을 어디에다 두고 다니는 건가? 아내에게는 결국 그 어처구니없는 망령 때문에 그렇게 했다 쳐도, 할콤 양이 어떤 사람인지 안 보이는가? 그 여자가 웬만한 남자 이상의 통찰력과 결단력을 가졌다는 걸 못 보겠는가? 만일 그런 여자가 내 친구였다면 난 이 세상 모두가 하찮아 보였을 거라네. 또 그런 여자가 내 적이라면 영국 속담에서 말하는 것처럼 달걀 껍데기 위를 아슬아슬 걷는 심정일 수밖에 없네. 그 대단한 여자를, 그 숭고하기 짝이 없는 여자를 나는 진심으로 우러러본단 말일세. 비록 나와 자네 이익 때문에 서로 대결하고 있긴 하지만 말일세. 퍼시벌, 자넨 너무 극단적이야. 그 여자를 다른 여자와 하등 다를 게 없다고 하대하니 말이야. 퍼시벌! 퍼시벌! 자넨 실패해도 마땅하네. 아니 벌써 실패했지."

잠시 침묵이 흘렀다. 지금 나는 이 두 악마들의 얘기들을 빠짐없이 적고 있다. 내가 그 말들을 잘 기억하고 있다는 의미에서, 그리고 어느 날 기회가 오면 백작의 면전에서 그가 내뱉은 이 말들을 하나하나 되뇌어서 복수할 날을 고대하기 위해서.

침묵을 먼저 깬 사람은 퍼시벌 경이었다.

"그래, 좋을 대로 말하시오. 나는 고래고래 고함이나 질러대는 골목대장 아니오. 하지만 돈 문제만 난관인 것도 아닙니다. 당신도 내 처지를 이해하면 내 강력한 조처에 동의할 겁니다."

"그 두 번째 문제는 곧 얘기하겠네."

백작이 응수했다.

"자네 혼자야 멋대로 혼돈에 빠져도 상관없네. 하지만 나까지 그

진창 속으로 끌어넣지 말게. 일단 돈 문제부터 깨끗이 매듭을 짓지. 내가 몇 번을 말해야 자네 고집을 깨닫겠나? 얼마나 더 반복해서 말해야 자네 성질머리가 자네를 망치고 있다는 걸 알겠나? 아니면 내가 다시 돌아가길 바라나? 그래서 자네 말마따나 혼자 고함이나 지르는 골목대장이 되라고 내버려두길 바라나?"

"참 나! 족치는 건 그 정도로 하고, 어서 말해 보시지요. 뭘 어떻게 해야 할지 말입니다."

"그게 어려운 일인가? 이렇게 하면 되지. 오늘 밤부터는 일체 이일에서 손을 떼고 내가 하자는 대로 하게. 분명히 말하는데 이 말은 매사에 실용적인 영국 신사 양반한테 권하는 말일세. 어떤가? 그래, 실용적인 영국 신사께서는 말이야."

"당신한테 모든 걸 맡기라니 무슨 의도입니까?"

"대답부터 하게. 내 손에 맡길 텐가, 말 텐가?"

"당신 손에 맡기면, 그 다음에는?"

"먼저 몇 가지 해결해야 할 문제가 있네. 하지만 얼마간은 기다리면서 상황이 어떻게 돌아가는지 봐야겠네. 어떤 방법을 써서라도 상황이 어떻게 흘러갈지를 미리 알아야 하네. 시간이 별로 없어. 내가 말했지? 할콤 양이 오늘 두 번째로 변호사에게 편지를 썼다고."

"대체 어떻게 알아냈지요? 뭐라고 썼습니까?"

"만약 내가 자네에게 이걸 말하면, 방금 얘기가 끝난 문제로 다시 돌아가야 하네. 그저 내가 알아냈다는 정도만 알면 되네. 그것 때문에 내가 오늘 자네와 가급적이면 충돌하지 않으려고 얼마나 노력했는지 알기나 하나?

자, 그럼 이제 기억을 되살려 보자는 취지에서 우리 입장을 다시 정리하세. 결국 자네는 아내의 서명을 못 얻고 석 달 어음으로 돈을 마련했네. 이 가난뱅이 외국인 머리에 쥐가 나게 만들면서까지

413

말일세. 만기가 언젠가? 맹세코 자네 아내 도움 없이는 해결할 방법이 전혀 없나?"

"없소."

"뭐라고? 은행에 한 푼도 없단 말인가?"

"수천이 필요한데 기껏해야 수백 정도요."

"돈을 융통할 곳은?"

"없습니다."

"현재 자네는 아내와 무슨 돈으로 먹고 지내나?"

"2만 파운드에서 나오는 이자로 먹고 삽니다. 겨우 하루하루 때우는 정도요."

"자네는 아내한테 뭘 바라는 거지?"

"아내 삼촌이 죽으면 나오는 매년 3,000파운드요."

"괜찮은 수입이군, 퍼시벌. 그 삼촌이라는 자는 어떤 부류인가, 늙었나?"

"늙지도 젊지도 않소."

"온순하고 자유분방한 남잔가? 결혼은 했나? 아냐, 아내로부터 미혼이라는 이야기를 들은 것 같군."

"당연히 안 했지요. 했다면 자식이 있을 거고, 그렇다면 글라이드 부인이 그가 가진 재산을 상속받을 수 없었겠지요. 한 마디로 어떤 사람인지 말해 드리지요. 그는 걸핏하면 쓸데없는 감상에 젖고 시시한 얘기나 주절대는 이기적인 인간입니다. 건강에 문제가 있어서 누가 가까이 가면 못견디게 괴로워하지요."

"그런 인물이 꼭 오래 사는 법이지. 게다가 전혀 그럴 것 같지 않은 상황에서 누굴 골려주려는 듯이 결혼해 버리거나. 이보게, 친구, 보건대 1년에 3,000파운드는 그리 기대하지 말게. 그 외에 자네 아내한테 나올 수입은 더 없는가?"

"없습니다."

"진짜 없나?"

"절대 없소. 그녀가 죽는 경우를 빼고는."

"아하! 그녀가 죽을 경우라."

다시 한 번 말이 중단되었다. 발자국 소리를 들으니 백작이 베란다에서 바깥 자갈길로 걸음을 옮기는 듯했다.

"드디어 비가 내리는군."

비가 내리고 있었다. 외투가 축축한 것을 보니 짧은 시간 동안 꽤 굵은 빗줄기가 내렸음을 알 수 있었다. 백작은 다시 베란다 안으로 들어갔다. 무거운 몸 때문에 의자가 삐걱거리는 소리로 보아 그가 의자를 끌어당겨서 다시 앉았음을 알 수 있었다.

"자, 퍼시벌, 글라이드 부인이 죽으면 자네가 얻게 되는 게 뭔가?"

"만일 그녀가 자식을 낳지 않는다면…….."

"자식 낳을 가능성은?"

"눈곱만치도 없소."

"그렇다면?"

"그러면 내가 그녀의 2만 파운드를 손에 넣게 되지요."

"현찰로?"

"현찰로."

다시 한 번 대화가 끊겼다. 그때 백작부인의 그림자가 다시 창가에 나타났다. 이번에는 지나치지 않고 창문에서 멈추더니 가리개를 걷은 뒤 내가 있는 위쪽을 올려다보았다. 나는 숨을 멈추고 검은 외투를 감싼 채 꼼짝도 하지 않았다. 다행히 내 옷을 빠르게 적시는 빗줄기가 그녀 방의 창문 유리까지 흘러내려 앞을 뿌옇게 만들었다. 거의 아무것도 보기 힘들 정도였다.

"비나 실컷 내려라!"

혼잣말 하는 소리가 들리더니 그녀가 다시 가리개를 손에서 놓았다. 창문이 다시 가려지자 나는 그제야 참았던 숨을 내쉬었다.

아래에서 다시 대화가 시작되었다. 이번에는 백작이 먼저 말을 꺼냈다.

"자네 말일세, 아내에게 조금이라도 애정이 있나?"

"포스코! 그런 질문은 너무 노골적이오."

"내가 노골적인 걸 이제 알았나? 다시 묻네."

"도대체 왜 그런 얼굴로 나를 보지요?"

"대답 않을 텐가? 그럼 그만두지. 여름이 가기 전에 자네 아내가 죽는다고 치면……."

"그만두시오, 포스코!"

"자네 아내가 죽는다고 생각할 때……."

"그만하시오, 내 말 안 들립니까?"

"그럴 경우 자네는 2만 파운드를 얻게 될 거고, 잃게 되는 건……."

"…… 매년 3,000파운드의 수입이오."

"그건 너무 먼 가능성이야, 퍼시벌. 아주 멀리 있는 돈이지. 자네는 그 돈이 지금 당장 필요하잖나? 즉 얻는 건 확실하고, 잃을 것은 불확실하지."

"나 말고도 당신 자신을 위해서라고 말하지 그래요, 내가 빌린 돈의 일부는 당신을 위한 거였으니까. 게다가 당신이 원하면, 내 아내가 죽을 경우 당신 아내 주머니 속으로 1만 파운드가 들어가게 되지요. 그렇게 정확한 머리를 가진 백작께서 포스코 부인에게로 갈 유산은 잊어버린 모양이군요. 제발 날 그런 눈으로 쳐다보지 마시오! 정말 왜 이럽니까? 그 눈이 얼마나 내 몸에 소름을 돋게 하는지 알고나 그러시오?"

"몸? 영국에서는 몸과 양심이 같은 말인가? 나는 지금 일종의 가능성으로 자네 아내의 죽음을 말하는 걸세. 안 될 게 있나? 뭐가 잘못되기라도 했나? 이건 엄연한 사업이야. 모든 실수를 철저히 없애야 하는 사업상의 문제라고. 그래서 하는 말일세. 자네 입장은 이런 거야. 자네 아내가 살아 있으면 그녀의 서명을 받아서 빚을 갚고, 자네 아내가 죽으면 그 죽음으로 빚을 갚는 거지."

그가 말을 끝냈을 때 백작부인의 방에 불빛이 꺼졌다. 이제 이층의 모든 방이 암흑 속으로 잠겼다.

"그저 말! 말! 누가 당신 말을 들으면 내 아내가 벌써 서명을 해준 걸로 알겠소."

"자네 모든 문제를 나한테 일임하기로 한 것 벌써 잊었나?"

백작이 잘라 말했다.

"내가 유럽으로 돌아가기까지 아직 두 달이라는 시간이 남았네. 더 이상 아무 말도 말게. 어음 만기가 돌아와서야 내가 한 '말! 말!'이 정말 가치가 있는지 없는지 깨달을 수 있겠네. 자, 돈 문제는 이걸로 얘기 끝났으니, 괜찮다면 자네가 그토록 조바심 내는 두 번째 문제를 보자고. 그 문제 때문에 곤란한 일들이 많았지. 게다가 자네는 내가 몰라볼 정도로 괴팍해졌네. 친구, 어서 말해 보게. 그리고 자네 영국인의 비위에 크게 거슬리지 않는다면 설탕물 한 번 더 부탁하네."

"말하기야 쉽지만, 어디서부터 시작해야 할지 난감하군요."

퍼시벌 경이 이전보다 훨씬 누그러지고 공손한 태도로 답했다.

"내가 도와주길 바라나? 자네가 개인적으로 겪고 있는 곤란한 일에 이름을 붙여줄까? 앤 캐서릭이라는 이름은 어떤가?"

"보시오, 포스코 백작. 당신과 난 오랜 친구요. 당신이나 나나 우정을 위해 허물없이 도와주고 도움을 받았지요. 그러나 아무리 절친한 사이라 해도 비밀은 있는 법 아닙니까?"

"자넨 내게 말하지 않은 비밀이 쭉 있었겠지. 다른 사람에게 발각되면 수치스러운 그런 비밀이 이 블랙워터 파크에 있었겠지. 문제는 그 비밀이 요 근래 자네 말고도 다른 사람들에게도 모습을 드러내고 있다는 거지."

"그래, 그렇다고 칩시다. 하지만 당신과 크게 관련 있는 게 아니라면 굳이 호기심을 보일 필요는 없지 않습니까?"

"내가 호기심을 보인다고?"

"그렇지 않습니까?"

"그렇군. 내 얼굴에 '호기심'이라고 적혀 있는 모양이구먼. 이 나이에 얼굴에 엄청난 순박함을 철철 흘리며 나는 정말 알고 싶어 미치겠다고 말하는 사람이 나라니, 그거 참 과찬이구먼. 이보게, 퍼시벌! 서로 털어놓자고. 자네 비밀이 나를 쫓아왔지, 내가 자네 비밀을 쫓아간 건 아니지 않나. 이걸 호기심이라고 해도 좋네. 자네 정말 진심으로 이 비밀을 혼자 간직하길 바라는가? 내가 알면 안 되고? 내 도움은 필요 없고?"

"그렇습니다. 그게 내가 바라는 거요."

"그렇다면 내 호기심은 여기서 끝이네. 지금 이 순간부터 내 관심은 사라졌네."

"정말입니까?"

"뭐 때문에 나를 의심하나?"

"포스코, 당신의 둘러서 말하는 수법은 내가 잘 알지요. 당신이 정말 이 문제를 머릿속에서 깡그리 지웠다는 생각이 안 듭니다."

또 다시 의자가 삐걱거리는 소리가 들렸다. 격자 기둥이 크게 흔들리면서 내 몸까지 흔들렸다. 화가 난 백작이 벌떡 일어나 화를 억누르지 못해 손으로 기둥을 치는 소리였다.

"퍼시벌! 퍼시벌!"

그가 불같이 소리쳤다.

"자네는 날 그렇게 밖에 못 보겠나? 함께 지낸 세월 동안 아직 내 모습을 다 안 보여준 건가? 나는 지극히 고전적인 인간의 전형이야! 도덕심으로 똘똘 뭉친 한심하고 한심한 인간이라고. 자네에게 내 본성을 진정 보여주지 않았단 말인가? 그럴 기회가 없었다면 그

418

건 내 불행일세. 나한테 우정은 최고의 덕목일세.

자네 비밀이 내게 얼굴을 들이민 게 내 잘못인가? 왜 내가 내 호기심을 털어놓는 줄 알기나 하나? 이 불쌍하고 속 좁은 영국인 같으니! 이 모두가 나를 자제하면서까지 자네 고통을 받아들이려는 내 마음에서 나온 말인 걸 아직도 모르겠는가? 내가 자네 비밀을 몰래 알려고 마음만 먹었다면 손가락 까닥하듯이 알아냈을 걸세. 자네, 날 잘 알지 않나, 능히 그걸 해낼 사람이라는 걸! 그래도 지금까지 어려움을 나누고, 자네도 늘 나와 상의하며 지내지 않았나? 나에게 있어 우정의 의무는 절대적인 가치일세. 보게! 지금 자네 앞에서 내 호기심 따위는 이렇게 발로 뭉개고 있네. 우정에 대한 소신이 있다면 이 따위 호기심 정도야 아무것도 아니지. 내 우정의 원칙만은 인정해 주게. 자네도 나 정도는 돼야 하지 않겠나? 퍼시벌! 악수하게, 자네를 용서하네!"

이 마지막 말을 건네는 부분에서 그의 목소리가 떨렸다. 마치 진심으로 눈물을 뚝뚝 흘리고 있는 것처럼. 퍼시벌 경은 용서를 비느라 어찌할 바를 몰랐다. 허나 백작은 이미 관대해져서 그것을 허락하지 않았다.

"그만두게! 친구가 준 상처는 사과 받는 게 아니라네. 말해 보게, 솔직하게 말해 보게. 내 도움을 바라는가?"

"그렇소, 아주 많이."

"자네 체면을 다치지 않고 나에게 부탁할 수는 없겠나?"

"그렇게 해보도록 하겠소."

"그럼, 말해 보게."

"좋습니다. 오늘 내가 당신에게 말했지요. 앤 캐서릭을 찾으려고 갖은 애를 다 썼는데도 못 찾았다고 말입니다."

"그래, 말했지."

"포스코, 만일 그 여자를 못 찾으면 난 끝장입니다."

"하! 그렇게 심각하단 말인가?"

그때 작은 빛줄기가 아래층 베란다 여기저기를 맴돌다가 자갈길 위를 비추었다. 백작이 친구의 얼굴을 잘 보려고 방 안쪽에서 램프를 가져온 것이다.

"그렇구먼. 이번엔 자네 얼굴이 진실이라고 말하고 있구먼. 이 문제가 돈 문제만큼이나 진지하고 심각하다고."

"그것보다 심각합니다. 여기 앉아 있는 내 모습이 진실이듯이 정말 심각합니다."

빛이 다시 사라지고 대화가 계속되었다.

"그 앤 캐서릭이 아내를 위해 모래밭에 숨겼던 편지를 당신에게도 보여주지 않았습니까? 그 편지는 결코 허무맹랑한 게 아닙니다. 포스코, 그녀는 진짜 비밀을 알고 있는 거요."

"퍼시벌, 내 앞에서 그 비밀은 말 안 해도 되네. 그 여자는 그 비밀을 자네한테서 들었나?"

"아닙니다. 자기 어머니를 통해서 알게 됐습니다."

"두 여자가 자네의 은밀한 비밀을 손아귀에 쥐고 있구먼. 아주 안 좋은 상황일세, 퍼시벌. 계속 말하기 전에 질문 하나 하겠네. 자네가 그 여자를 왜 정신병원에 가뒀는지는 이제 잘 알겠네. 하지만 그 여자가 어떻게 그곳을 탈출하게 되었는지는 납득이 가지 않는구먼. 자네 혹시 그녀가 병원 내부 누군가의 도움을 받고 탈출했을 거라는 의심은 안 했는가? 뭔가를 노리고 말이야."

"결코 의심하지 않았습니다. 그 여자는 병원에서 가장 행동거지가 얌전한 환자였습니다. 그런데 관리자들이 바보처럼 지나치게 방심한 거지요. 그 여자는 갇혀 있어야 할 만큼 제정신이 아닌 동시에, 마음만 먹으면 언제든 나를 망가뜨릴 수 있을 만큼 제정신이기도 합니다. 내 말 이해하겠습니까?"

"이해하고말고, 여부가 있겠나. 자, 이제 본론으로 들어가지, 퍼시벌. 한시라도 빨리 자네 걱정을 덜어주고 싶네. 지금 자네를 위태롭게 하는 그 여자는 어디에 있나?"

"이 근처에 있소. 내 아내와도 내통하고 있지요. 그게 바로 내가 위험한 이유입니다. 아무리 아니라고는 하지만, 편지 내용으로 볼 때 내 아내가 그 비밀을 모를 리가 있겠습니까?"

"잠깐, 퍼시벌. 만일 자네 부인이 그 비밀을 알고 있다면, 그 비밀이 자네 위신을 망치게 되리라는 것도 알고 있겠지? 그렇다면 아내 입장으로서 그런 비밀은 지키는 게 좋지 않겠나?"

"그럴까요? 내가 말해 주지요. 만일 그녀가 내 입장에 서 있다면 그렇게 하는 게 아내에게도 이익일 수도 있겠지요. 하지만 나 말고도 남자 하나가 더 있어요. 우연찮게 내가 두 사람 사이에 방해물이 된 거요. 그녀는 나와 결혼하기 전에 다른 남자와 사랑에 빠졌더군요. 지금도 여전히 그 작자를 사랑하고 말이오. 그 사람은 하트라이트라는 떠돌이 그림 선생입니다."

"이보게, 친구. 도대체 그런 문제라면 이상할 게 뭔가? 여자들도 남자들과 마찬가지로 다른 남자와 사랑하는 게 당연하네. 어느 남자가 자기가 결혼하는 여자의 첫사랑일 수 있단 말인가? 나는 이제껏 한 번도 아내 마음을 맨 처음으로 사로잡아 결혼한 남자를 본 적이 없네. 두 번째는 가끔 봤지. 세 번째나 네 번째는 더 자주 봤고. 그런데 첫 번째는 결코 본 적이 없네, 결코! 그런 남자도 어딘가 있기는 하겠지. 허나 내 눈으로 본 적은 한 번도 없네."

"아직 얘기 안 끝났습니다. 정신병원에서 그 여자를 잡으러 다닐 때 그녀가 무사히 빠져나가게 도와준 작자가 누구라고 생각합니까? 바로 하트라이트입니다. 컴벌랜드에서 그 여자와 다시 만난 사람이 누구라고 생각합니끼? 바로 하트라이트입니다. 그 작자는 두 번 다 그녀와 단둘이 얘기를 나눴소. 잠깐! 내 말 막지 마시오. 그 떠돌이와 아내는 각별한 사이입니다. 못 잊을 사이란 말입니다. 그렇다면 그도 비밀을 알고 있고, 그녀도 비밀을 알고 있는 거지요. 자, 그러면 답은 뻔하지 않소? 다시 함께 하려면 어떡해야 되겠소? 자기들이 알고 있는 비밀을 누설해 나를 궁지에 몰아야 하지 않겠습니까?"

"침착하게, 퍼시벌. 글라이드 부인이 얼마나 도덕을 중시하는 여자인지 설마 모르는 건 아니겠지?"

"지금 와서 무슨 도덕 나부랭입니까! 나는 사실 그 여자가 가진 돈 말고는 아무 관심이 없습니다. 상황이 어떤 상황인지 모르겠소? 그래, 그녀 혼자만이라면 무슨 나쁜 짓을 저지르겠습니까? 그런데 상황이 안 그렇지 않습니까? 그녀가 그 떠돌이 그림 선생 하트라이트와……."

"그렇군, 이제 감을 잡았네. 하트라이트는 지금 어디 있나?"

"해외에 있습니다. 몸 성히 지내려면 조용히 다른 나라에 숨어 있는 게 좋겠지요."

"이 땅 밖에 있다는 게 확실한가?"

"확실합니다. 그 자가 컴벌랜드를 떠나 배를 타고 항해를 나서는 순간까지 사람을 시켜서 줄곧 감시하게 했으니까요. 내가 생각해도 지극히 조심했지요. 이것만은 장담할 수 있지요! 앤 캐서릭은 리머리지 근처의 농장에 머물렀고, 나는 직접 그 농장으로 갔소. 그리고 농장 사람들은 아무것도 모른다는 사실을 확인했지요. 그리고 앤 캐서릭의 어머니로 하여금 직접 할콤 양에게 편지를 쓰게 했소. 내가 앤 캐서릭을 정신병원에 가둔 게 나쁜 의도가 아니었음을 입증해 달라고 말이오. 할콤 양에게 그걸 증명해야 했기 때문입니다.

내가 앤 캐서릭을 잡으려고 얼마나 많은 시간을 버린 줄 압니까? 그런데 결과는 뭡니까? 그 여자는 여기까지 나타났고, 내 소유의 땅에서 또 다시 감쪽같이 사라졌습니다. 이제 앞으로 누가 그 여자를 만나고, 누가 그 여자와 얘기할지 무슨 수로 안단 말입니까! 그

음탕한 떠돌이 선생 하트라이트가 내가 모르는 사이에 돌아와서 내일 당장 그 여자를 이용해 먹을지 어떻게 압니까?"

"그렇게는 안 될 걸세! 만에 하나 그가 여기로 돌아온다고 해도 내가 있네. 앤 캐서릭이 이 근처에 있는 이상 우리가 그보다 먼저 그녀를 잡게 될 걸세. 이제 알겠네. 그래, 감을 잡았어! 우선 앤 캐서릭부터 찾아야겠네. 나머지 문제는 마음 편하게 먹게. 자네 아내는 자네 것인 이 집 안에 머물러 있네. 할콤 양도 자네 아내와 떨어지지 않을 테니 마찬가지로 자네 손아귀 안에 있는 것과 다름없지. 그리고 하트라이트는 이 나라 바깥에 있고. 중요한 건 아직 어디 있는지 모를 앤 캐서릭일세. 그녀를 붙잡는 데 모든 힘을 쏟아야 할 걸세. 그게 급선무야. 그런데 뭐 알아낸 건 없었나?"

"그 여자 모친도 만나러 갔지요. 마을을 쥐 잡듯이 뒤졌소. 하지만 헛수고였습니다."

"그 여자 어머니는 믿을 만한가?"

"그렇습니다."

"자네 비밀을 딸에게 누설한 적이 있는데도?"

"다시는 못 그럴 겁니다."

"어째서? 자네만큼 그 비밀을 입 다물고 지켜야 할 절박한 이유라도 있나?"

"그렇지요, 아주 절박한 이유가 있지요."

"그 말을 들으니 나행이군, 그래. 너무 의기소침해지지 말게나, 친구. 방금 말했듯이 돈 문제는 천천히 해결할 만한 충분한 시간이 있네. 내가 내일 더 샅샅이 앤 캐서릭을 찾으러 나갈 걸세. 마지막으로 하나만 더 묻지. 이제 자야 할 시간이니까."

"뭡니까?"

"일전에 사네 아내에게 서명이 연기됐다는 걸 알려주려고 보트 창고에 갔을 때 말일세. 어떤 여자가 수상한 행동으로 급히 창고를 달아났다고 말한 적이 있지 않나? 잡으려 했지만 놓쳤다고 말이야. 때문에 나는 그 여자가 어떻게 생겼는지 전혀 아는 바가 없네. 내가 마지막으로 묻고 싶은 게 그걸세. 그 여자를 찾으려면 얼굴이 어떻게 생겼는지 알아야 할 게 아닌가?"

"어떻게 생겼냐고요? 딱 두 단어로 말해 주지요. 병들고 시든 내 아내를 생각하면 됩니다. 내 아내랑 똑같다는 말입니다."

의자가 다시 삐걱거리고 기둥이 또 한 번 흔들거렸다. 백작이 자리를 박차고 일어났다. 이번에는 너무 놀라서였다.

"뭐라고!"

그가 들떠서 소리쳤다.

"이렇게 생각하면 됩니다. 심하게 병을 앓은 뒤의 내 아내 얼굴, 뭔가 일그러진 표정의 내 아내 얼굴을 말입니다. 그게 당신이 찾겠다는 앤 캐서릭의 모습입니다."

"두 사람은 친척 사이인가?"

"피 한 방울 섞이지 않았습니다."

"그런데도 그렇게 닮았다고?"

"그렇습니다, 그렇게나 닮았지요. 그런데 왜 그런 표정으로 웃고 있습니까?"

아무 대답도, 아무 소리도 없었다. 백작은 지금 혼자서 조용히 웃음을 흘리고 있는 것 같았다.

"왜 그런 표정으로 웃고 있습니까?"

"그래, 오늘은 됐네. 아무것도 아닐세. 그냥 혼자 공상하다가 웃음이 나온 거니까. 앤 캐서릭을 보게 되면 내 눈으로 확인할 수 있겠군. 자, 오늘은 이 정도면 충분하네. 마음 편히 가지게나, 친구. 푹 자게. 잠이 최고니까. 내일 해가 뜨면 우리 둘을 위한 어떤 결과가 기다리고 있을지 기대해도 좋네. 내 이 큰 머리 안에 작업과 계획들을 이미 잡아두었으니까. 자넨 무사히 어음을 지불하고 앤 캐서릭도 잡게 될 걸세. 내 명예를 걸고 반드시 그렇게 될 거라고 장담하네.

나야말로 자네 마음 깊은 곳에 자리 잡은 보석처럼 귀한 친구 아닌가, 안 그런가? 나야말로 자네가 방금 전에 말한 것처럼 자네 돈을 빌릴 자격이 충분한 친구 아닌가? 자네가 뭐라던 이제는 그 어떤 말도 내 우정에 상처 입히지 못할 걸세. 내 기분을 헤아려 주게나. 퍼시벌! 내 마음의 반이라도 자네가 알려나 모르겠지만. 내 다시 한 번 자네를 용서하네. 이제 악수하자고. 자, 푹 자게!"

더는 아무 말도 들리지 않고, 백작이 서재 문을 닫는 소리만 들렸다. 퍼시벌 경도 창문을 잠그는 듯했다. 비는 쉬지 않고 내렸다. 구부린 자세 때문에 급기야 몸에 경련이 일기 시작했다. 뼛속까지 한기가 파고들었다. 움직이려고 몸을 일으키는데 너무 고통스러워서 도로 주저앉을 뻔했다. 두 번째로 시도하자 드디어 양 무릎을 젖은 지붕에 대고 앉는 데 성공했다.

벽을 따라 기어가서 몸을 기대는 순간, 나는 고개를 돌렸다. 때마침 백작의 드레스 룸 창문이 불빛으로 환해졌다. 가라앉았던 용기가 그 불빛을 보자 다시 꿈틀거리기 시작했다. 나는 한참이나 그 창문을 뚫어져라 노려보았다. 한 걸음 한 걸음 옮기면서도 쉽사리 눈을 뗄 수가 없었다.

내 방 창문턱에 손을 댔을 때 괘종시계가 1시 15분을 알리고 있었디. 방으로 돌아오는 동안 내가 발각되었음을 알리는 소리는 없었다.

10

6월 20일

해가 떴다. 맑고 파란 하늘 위로 태양이 빛난다. 나는 밤새도록 침대 근처에는 가지도 않았다. 피곤했음에도 치친 두 눈을 잠시도 붙이지 않았다. 지금 나는 어젯밤 어둠 속에서 담뱃불을 봤던 그 창문을 통해 아침의 싱그러운 고요함을 마주보고 있다.

이 방 창문을 통해 지붕 위로 올라간 뒤 얼마나 시간이 흐른 걸까. 마치 몇 주는 된 것 같다. 다시 방으로 돌아와서 바닥의 어두운 심연 속으로 무너진 뒤로 얼마나 짧은 시간이, 그러나 내게는 얼마나 한없이 긴 시간이 흘렀던가. 쓰러지는 순간 나는 흠뻑 젖고 온몸에는 경련이 일고 뼛속까지 파고드는 추위에 오들오들 떠는 보잘것없고 공포에 짓눌린 미약한 존재에 불과했다.

내가 언제 지붕에서 일어났고, 언제 손을 더듬어 여기로 되돌아왔고, 언제 촛불을 켰고, 언제 마치 낯선 방에 온 것처럼 두리번거리며 마른 옷을 찾았는지 아무것도 기억나지 않는다. 이런 일을 했다는 건 기억나지만 그것이 언제였는지는 기억나지 않는다.

심지어 한기와 경련이 사라지고 그 자리에 뜨거운 열기가 들어차기 시작한 그 시간조차 언제인지 잘 모르겠다. 3시 전이었을까? 그럴 것이다. 그 무렵 3시를 알리는 괘종시계 소리를 들었으니까. 몸의 모든 구석구석이 일제히 뜨거운 긴장과 흥분 속에서 움직이기 시작하면서 의식이 또렷해지고 환해진 게 바로 그때였으니까.

기억난다. 그때 내 결심이 단호해졌다는 것을, 그리고 몇 시간만 참자고 다짐했다는 것을, 날이 밝으면 로라와 함께 이 공포스러운 집을 박차고 나가겠노라 다짐했다는 것을, 누가 쫓아와도 상관하지 않을 것이라고 마음먹었다는 것을.

또한 망설임을 단호함으로 바꾸라고 스스로를 설득했다는 것도 기억한다. 두 남자가 나눈 대화가 우리의 탈출을 정당화시켜 줄 뿐 아니라 역으로 그들에게 대항할 우리의 강력한 무기가 될 것이라고 생각했다. 또한 시간이 있을 때 기록하라고, 두 남자가 한 말을 낱낱이 적어 글로 남겨두라는 마음의 충동도 기억한다.

생생하고 또렷하다. 나는 침실에서 나와 이곳으로 왔다. 펜과 잉크와 종이를 가지고 말이다. 그리고 해 뜨기 전에 문을 활짝 열어서 정신을 차리고 쉬지 않고 그대로 모든 대화를 또박또박 적어갔다. 점차 속도가 붙고 열기가 더해가는 내 글쓰기는 정신이 점차 맑아지고 저택이 잠에서 깨어나 사람 소리가 들려오기 전까지, 그 두려운 새벽 시간을 지나서까지 계속되었다. 내가 생각해도 놀라운 일이었다. 촛불로 시작해서 오늘 아침 햇살로 끝을 본 글들에는 모든 것이 빠짐없이 명쾌하게 기록되어 있었다.

왜 나는 아직 이렇게 앉아 있는 걸까? 왜 무리하게 핏발이 선 두 눈과 타오르는 머리를 혹사시키고 있는 걸까? 왜 몸을 눕히지 않는 걸까? 왜 잠자리에 들어 나를 소진시키는 이 몸살을 가라앉히지 않는 걸까?

그럴 수 없다. 잠들어서는 안 된다. 두려움 중에 가장 큰 두려움이 지금 나를 꽉 붙들고 있다. 살갗을 태우고 있는 이 고열도, 내 머리를 뒤흔드는 두통도 두렵기는 하다. 그러나 만일 누웠다가 다시 일어날 힘이 없다면 어떡할 것인가? 나는 그게 제일 무서웠다.

아, 저주를 받아 마땅할 저 비, 비, 비여……! 지난 밤 나를 추위 속으로 던져버린 잔인한 비여!

* * * * *

9시다. 아홉 번 쳤나, 아니면 여덟 번인가? 나는 한여름임에도 머리끝부터 발끝까지 오한으로 떨고 있다. 여기 앉은 채 잠이 들었던 걸까? 내가 뭘 했는지 기억나지 않는다.

오, 신이여! 제가 아파서 눕게 되면 어떻게 하죠?

아프다니! 하필이면 이럴 때 아프다니!

머리, 머리가 너무 아프다. 글은 쓸 수 있지만 문장들은 뒤죽박죽이다. 단어들을 살펴본다. 로라, 나는 '로라'라는 글자를 쓰고 있다. 로라, 여덟 번째 줄이야, 아홉 번째 줄이야?

몹시 춥다. 몸서리치도록. 아, 간밤의 그 지독했던 비! 괘종시계가 울린다. 몇 번을 치는지 알기 힘든 종소리가 머릿속을 울린다.

※ 여기서부터는 할콤 양의 일기를 더 이상 읽기가 힘들었다. 이어지는 두세 문장은 단어들의 불분명한 파편들이 펜 끝이 찍은 점들과 빗나간 선들로 뒤엉켜 있었다. 이 페이지의 마지막은 두 개의 이니셜로 끝맺고 있다. 글라이드 부인의 이름인 로라의 L과 A와 흡사하다. 일기의 다음 페이지부터는 또 다른 내용이 시작된다. 글자가 크고, 굵고, 빈틈없이 뚜렷하고 규칙적인 것으로 보아 남자의 필체가 틀림없다. 날짜는 6월 21일이라고 적혀 있었고, 내용은 다음과 같다.

진실한 친구가 쓰는 후기

존경하는 할콤 양의 갑작스런 병 덕에 나는 기대하지 않았던 지적인 즐거움을 얻을 수 있었다. 그 지적유희란 이 흥미로운 일기를 숙독할 수 있었던 기회를 뜻한다.

이 일기는 무려 수백 쪽이 넘는다. 하지만 가슴에 손을 얹고 장담하건대 이 모든 페이지가 나를 매료시키고 감동을 불러일으키고 즐거움을 안겨주었다. 나처럼 정서적인 인간이 이런 말을 할 수 있게 되었으니 말로 할 수 없이 유쾌할 뿐이다.

존경받아 마땅한 여인!

나는 할콤 양에게 푹 빠져버렸다!

입을 다물지 못할 그 대단한 노력들!

이건 일기를 두고 하는 말이다.

그렇다! 이 일기는 환상적이다. 여기에서 발견되는 놀라운 솜씨, 신중함, 보기 드문 용기, 입을 다물지 못하게 하는 기억력, 정교한 인물 묘사, 쉬우면서도 우아한 문장력, 입 안에 침이 고이게 만드는 여인으로서의 미세한 감정 분출, 이 모든 것들

428

이 이 숭고하고 장엄한 할콤이라는 여인에 대한 벅찬 찬양을 용솟음치게 한다.

보증하건대 나라는 인물에 대한 분석은 혀를 내두르고도 남을 정도다. 진심으로 나 스스로도 몰랐던 내 모습을 이 일기를 통해 깨닫게 되었다는 사실에 어안이 벙벙할 뿐이다. 내가 대체 이 여자에게 얼마나 생생한 영향을 미쳤기에 이토록 풍부하고 이토록 엄청난 색감으로 나를 낱낱이 묘사할 수 있단 말인가.

일기를 읽으면서 다시 한 번 이해관계 때문에 이 놀라운 여인과 적이 되었다는 것에 한탄을 금치 못했다. 상황이 이렇지만 않았어도 나는 이 여인에게 얼마나 가치 있는 존재가 되었을까? 또한 이 여인은 얼마나 내게 보물 같은 존재가 되었겠는가?

내 심장이 이토록 두근대는 것으로 볼 때 내가 지금껏 한 말은 절대적으로 진실이다. 지금 내 감정은 단순한 개인적 감상을 뛰어넘고 있다. 나는 진정 사심 없이 이 여인의 기막힌 전략에 가슴에 손을 얹고 경의를 표한다. 우리의 허를 찔러 우리 대화를 불시에 엿들은 이 여인에게 담담하게 항복의 백기를 든다. 게다가 대화의 처음부터 끝까지 순서 하나, 내용 하나 흐트러짐 없이 적어둔 이 어마어마한 기억력에 또 한 번 두 손을 들 뿐이다.

나는 이런 기분 때문에 지금 그녀의 병을 치료하고 있는 무뚝뚝한 의사에게 내가 가진 화학적인 지식을 전수하기까지 했다. 나는 이것들이 그녀의 병을 효과적으로 완치시키는 데 도움이 되리라는 점을 믿어 의심치 않는다. 그러나 그 의사는 내 가벼운 제안을 거절했다. 가여운 의사 선생!

지금껏 나는 진심으로 우러나는 연민과 감사와 부성애로 가득 찬 숭배의 글을 적어두었다. 이제는 일기장을 덮겠다(아내의 권유도 한몫했지만). 철저한 예의로 일기장을 원래 있었던 책상 위에 다시 놓아둘 것이다.

서둘러 처리해야 할 일들이 많아졌다. 상황이 심각하다. 이제 광대한 성공의 전망이 내 눈 앞에 펼쳐지고 있다. 나 자신조차 끔찍할 정도로 담담한 평정심으로 내 과업을 완성할 것이다. 그러나 내가 진심으로 하고자 하는 유일한 것은 오직 이 여인에 대한 찬사뿐이다. 겸양 어린 존경심으로 그 찬사를 그녀의 발아래 헌납한다. 깊은 우려 속에서 그녀의 회복을 기원한다. 또한 동생을 위해 그녀가 마련한 계획들이 이토록 무참하게 박살나게 된 것에 심심한 애도를 표한다.

그러나 내가 이 일기를 통해 얻은 정보들을 그녀의 계획을 막기 위한 행동에 이용하지 않을 것임을 그녀가 믿어주기 바란다. 이 일기가 담고 있는 내용은 내가 마련한 계획이 적합했음을 확증시킬 따름이다. 다시 말해 이 일기의 내용은 내 타고난 통찰력을 되살려 주었고, 나는 그것에 감사할 뿐이다. 그 외에는 아무것도 없다.

나와 비슷한 감각을 지닌 사람에게라면 이 한 장의 후기만으로도 모든 것을 설명할 수 있고, 또한 그 사람도 모든 것을 용서해 주리라 믿는다.

할콤 양이야말로 나와 비슷한 감각을 지닌 사람이다. 그런 확신을 가지고 서명과 함께 글을 끝맺기로 한다.

—포스코 백작

흰옷을 입은 여인 1

초판 1쇄 인쇄일 ▌2014년 1월 21일
초판 1쇄 발행일 ▌2014년 1월 28일

지은이 ▌윌리엄 윌키 콜린스
옮긴이 ▌이주현
교열 ▌주영하
발행처 ▌현대문화센타
발행인 ▌양장목
출판등록 ▌1992년 11월 9일
등록번호 ▌제3-448호
주소 ▌경기도 고양시 일산동구 백석동 1449-5
대표전화 ▌031-907-9690~1 팩시밀리 ▌031-813-0695
이메일 ▌hdpub@hanmail.net
ISBN 978-89-7428-390-2 (04840)
　　　978-89-7428-389-6 (세트)

잘못 만들어진 책은 구입하신 서점에서 교환해 드립니다.

이 도서의 국립중앙도서관 출판시도서목록(CIP)은 e-CIP홈페이지(http://www.
nl.go.kr/ecip)와 국가자료공동목록시스템(http://www.nl.go.kr/kolisnet)에서
이용하실 수 있습니다. (CIP제어번호: CIP2014001047)